李　魏
壽　子
菊　雲
　　　著
主
編

魏子雲著作集

金學卷

5

金瓶梅審探
金瓶梅原貌探索

萬卷樓圖書公司

第五冊

目次

《金瓶梅審探》 編按1

編按1　原書目次有〈關於金瓶梅編年紀事〉一文，乃《金瓶梅編年紀事》之〈後記〉，
　　　因重複收錄，本處刪之。

編按1　此書附錄為先生自行編輯，原附錄中共有六篇文章，第六篇是日本學者荒木
　　　　猛的〈新刻繡像批評金瓶梅（內閣文庫藏本）出版書肆之研探〉，屬他人之
　　　　作，本處刪之，移入《外編》。

金瓶梅審探

魏子雲　著

版本源流：
1　臺北　臺灣商務印書館 1982年6月。
2　本書據臺灣商務版重製　橫排印行。

黃序

黃慶萱

　　繼「紅學」之後，「金學」也逐漸熱鬧起來。魯迅、孫楷第、鄭振鐸、吳晗、姚靈犀以降，目前從事金學研究的：在臺灣，有魏子雲教授；在香港，有孫述宇教授；在大陸，有吳曉鈴和朱星；在美國，有韓南博士（ Dr. Patrick D. Hanan）；在法國，有雷威安教授（Andre Lévy）。幾乎可以召開一次國際金學會議了。孫述宇先生還說：無論是塑造人物或認真探討人生態度，《金瓶梅》都勝過《水滸傳》與《紅樓夢》。矯枉必須過正，孫先生的話說得很必要。我看《金瓶梅》雖然趕不上《紅樓夢》；但跟《三國演義》、《水滸傳》、《西遊記》，並列為元明長篇小說中的四大奇書，分量還是夠的。

　　《金瓶梅》在中國文學史上，有其不可抹殺的地位。《水滸傳》第二十三、二十四、二十五、二十六各回，有西門慶與潘金蓮通姦，鴆殺武大的故事。《金瓶梅》把這個故事加以鋪張。托古諷今，對明嘉靖、萬曆年間，政治的腐敗，習俗的墮落，有十分透徹的暴露。以一個家庭的興替去象徵一個時代；一片落葉呈現了一個秋天。全書一百回，出場人物有二百多人。人物個性的刻劃頗能兼顧到人的共相和差別相。對人心的複雜和軟弱，有相當真實的呈現。世情的觀察入微，語言的鮮活逼真，相關知識的豐富，使這本書成為寫實主義的佳作。特別值得一提的是：在我國以家庭生活為題材的長篇小說，《金瓶梅》要算第一部！蘇曼殊說：《紅樓夢》是《金瓶梅》的倒影。且看兩書寫的都是一個大家庭的興衰；都以閨閣人物為主角；而且都不避淫穢的描繪；甚至寶玉出家和孝哥出家的結局也一樣。蘇曼殊的話有些道理。受《金瓶梅》影響的，豈只是《紅樓夢》呢！清末譴責小

說和狎邪小說，不也是《金瓶梅》的直系子孫嗎？

　　但是，這樣一部上承《水滸》，下開《紅樓》的文學巨著，作者是誰，固然是一個謎；刻本起於何時，也有所爭論。

　　說到《金瓶梅》的作者，萬曆丁巳本《金瓶梅詞話》欣欣子作的序說是蘭陵笑笑生。欣欣子、笑笑生當然都是化名，而且可能就是同一個人。清初張竹坡評本有謝頤序，最早提出《金瓶梅》作者是王鳳洲，即明末名士王世貞。鳳洲，江蘇太倉人，原籍山東琅琊。在山東也作過三年官，還到過其他許多地方。賦、文、詩、詞之外，還寫了一些戲曲小說。頗信佛道，也樂酒色。看起來蠻像個寫《金瓶梅》的。加上有關《金瓶梅》作者的早期資料，如沈德符的《萬曆野獲編》卷二十五附錄談《金瓶梅》的一段，《袁宏道文集》中的《觴政》，和他給董其昌、謝肇淛的信，以及謝肇淛《小草齋文集》的〈金瓶梅跋〉，都或多或少加強了《金瓶梅》和王世貞的關係。但是反對此說的人也很多。吳晗便是其中一位。魏先生在《金瓶梅的問世與演變》一書中，也舉四證以為絕非王世貞作。此外，李卓吾、薛方山、趙儕鶴、馮惟敏、李開先、徐渭、盧楠，還有王世貞的門人，都曾被人懷疑為《金瓶梅》的作者。

　　至於《金瓶梅》的初刊年代，在萬曆四十五年丁巳（1617）詞話本之前，魯迅說還有庚戌（1610）本。這又是根據沈德符《野獲編》而來的：「袁中郎《觴政》以《金瓶梅》配《水滸》為外典，余恨未得見。丙午遇中郎……又三年……未幾時，而吳中懸之國門矣！」丙午是一六〇六，又三年是一六〇九，未幾時正是一六一〇庚戌年。

　　對《金瓶梅》的價值、內容、作者、刻本的一般說法了解之後，現在，我們該來看看魏子雲先生的意見了。最近三年，魏先生連出了四本有關《金瓶梅》的書：第一本《金瓶梅探原》刊於一九七九；第二本《金瓶梅的問世與演變》刊於一九八〇；第三、四本《金瓶梅詞

話註釋》四十萬言及《金瓶梅編年紀事》刊於一九八一；三年出版了
四本。魏先生在金學上的成就，正如翁同文先生所指出的：「要以作
者是曾經久住北方的江南人以及詞話本前並無更早刻本兩項，最具確
鑿論據。」魏先生指出：書中山東話，其實為北方各省的普通話。而
「蘭陵」也者，東晉之後江蘇武進也有此稱，不見得必在山東。且飲
食起居，多是江南習俗；器具物產，亦類江南所有。從而認為《金瓶
梅》的作者，當是曾經久住北方的江南人；並進一步猜測：沈德符這
個人，可能就是參與《金瓶梅詞話》寫作者之一。說到《金瓶梅》的
初刊本，魏先生從書中的干支生屬，得出繫年，編列到萬曆四十八年
左右。加上馬仲良勸沈德符把抄本出售給書商，「時榷吳關」，據《蘇
州府志》在萬曆四十一年。又萬曆四十三年李日華所見仍是抄本：因
而斷定萬曆四十五年序的詞話本就是最早的刻本；且判定實際上刻於
天啟。

　　問題也就在這兒了，同樣根據袁宏道的《觴政》和他給謝肇淛的
信，沈德符的《野獲編》等資料，導致的結論卻如此不同。這顯示
出：這些資料本身有問題。因此在這本《金瓶梅審探》，魏先生把重
心放在這些早期資料的審辨上。魏先生把袁宏道向謝肇淛討還《金瓶
梅》的信，引述各關係人詳加考證，究其行止，斷定此信無論寫於萬
曆三十三年夏、三十四年夏、三十四年冬、三十五年夏，都無法與各
關係人的行止配合。何況，依袁、謝生活為人來看，謝既不致借書不
還，袁亦不須寫信索書。而信中文辭，前後矛盾，恐非名家手筆。因
此，魏先生的結論是：這封信是偽造的。沈德符《野獲編》卷二十五
附錄談及《金瓶梅》，說：「原本實少五十三回至五十七回，遍覓不
得，有陋儒補以入刻，無論膚淺鄙俚，時作吳語；即前後血脈，亦絕
不貫串。」云云。魏先生詳舉例證，斷其「不符事實」。同時從《野
獲編》成書與付梓年代，推測此附錄有「後人纂附」的可能。魏先生

進一步指出:「凡是明朝人論及《金瓶梅》者,全是萬曆年間人,又
全是袁中郎的朋友,且又彼此相識。自可想知他們這些人的『詖辭』
之『蔽』,是有其共同目的的了。這個共同目的,所要掩飾的問題,
據我一一分析研判,推想是為了政治因素,他們企圖掩飾他們當年傳
抄的那半部《金瓶梅》,就是這部西門慶的淫穢故事。這樣,就不致
被牽進到『妖書』事件中去了。」既然這些早期資料全屬偽造,有「詖
辭」之「蔽」;那麼依據這些偽造的早期資料所作種種推論,便都是
把前提建立在未經證實的假設上,而有乞貸論證之嫌。魏先生這一招
相當厲害,把「王世貞作《金瓶梅》」、「《金瓶梅》初刊於萬曆庚戌
年說」,連根都拔了!

　　魏先生讀書是仔細的,每能在無疑處發現疑問;尋找資料和審
辨資料是認真的,凡能找到證據的每個角落都被仔細搜尋過了。個人
在此要致敬佩之意。由於個人對《金瓶梅》專題素無研究,而且目前
也無暇研究;加以講學香江,所有書籍均未帶來。所以只能就文學史
上的一點常識和魏先生的論述,作如上的簡略介紹。至於論證的細
節,留給讀者自己去審辨。沒有一個高水準的讀者願意別人來代替自
己去思考,是不是呢?

黃慶萱

民國七十年(1981)十一月序於香港浸信會學院中文系

自序

　　從事《金瓶梅》作者問題的探討，自民國六十一年發表第一篇述論開始[1]，抵今已十年。這十年之間，我所探討的，只有兩個問題，一、作者問題，二、成書年代問題。這兩個問題，自有清以迄民初，十之九的人論及《金瓶梅》一書者，都認為作者是王世貞，為報父仇而作。成書年代，自在嘉靖了。但自從《金瓶梅詞話》於民國二十一年冬，購入於北平圖書館，公諸社會，先後有吳晗、鄭振鐸作文論證[2]。所提論據足夠否定《金瓶梅》之成書在嘉靖，王世貞也不可能寫作此書；為父報仇之說，更是無稽傳言。因而把《金瓶梅》之成書，推斷在萬曆中期，作者必是山東人。且認為《金瓶梅》最早刻於萬曆三十八年（1610），序於萬曆丁巳（1617）年之《金瓶梅詞話》，乃北方之第二次刻本。我的研究，則否定了這兩種說法。

一　《金瓶梅》初刻於萬曆三十八年之說

　　魯迅、吳晗等人，推定《金瓶梅》初版於萬曆三十八年（1610），乃根據沈德符寫於《萬曆野獲編》中的一段話：「…丙午（萬曆三十四年）遇中郎京邸，問曾有全秩否？曰第觀數卷，甚奇快。今惟麻城劉延白承禧家有全本，蓋從其妻家徐文貞錄得者。又三年（自是萬曆三十七年），小脩上公車（赴京應試）。已攜有其書，因與借抄挈歸。

---

[1]　刊於《聯合報》六十一年九月二十四至二十八日。
[2]　參閱拙作：《金瓶梅的問世與演變》。

吳友馮猶龍見之驚喜，慫恿書商以重價購刻。馬仲良時榷吳關，亦勸
予應梓人之求，可以療飢。予曰：『此等書必遂有人板行，但一刻即
家傳戶到，壞人心術，他日閻羅究結始禍，何辭以對？吾豈以力椎博
梨泥哉！』仲良大以為然，遂固篋之。未幾時而吳中懸之國門矣！」
如僅從這段話的語氣觀之，推定《金瓶梅》初刻於萬曆三十八年
（1610），自然是極正確的了。可是，我查《蘇州府志》、《吳縣志》，
已載證馬仲良（之駿），「時榷」吳關之「時」，乃萬曆四十一年間，
又在馬氏著作《妙遠堂集》，查出馬氏在吳地遊賞，自稱「關使者」，
亦萬曆四十一年十二月事。那麼，據沈德符之說，推定《金瓶梅》初
刻於萬曆三十八年的說法，無所附麗矣！[3]

二　《金瓶梅》的作者必是山東人之說

　　吳晗等人認為《金瓶梅》的作者是山東人，僅有二證：一，《金
瓶梅》的語言，是山東土白；二，蘭陵笑笑生的蘭陵，故城在山東嶧
縣。實則這兩說均不能成立。第一說只是一句泛詞。山東一省轄三市
一百零八縣，幅員何止萬里，不要說魯之四方語言有別，雖一縣之四
鄉，語言亦有差異。山東習用之口語，普及於江北之黃河兩岸數省，
如何能從文字紀錄的語言去分別山東土白。所以我認為此一說法，過
於籠統，不合邏輯。《金瓶梅》中的語言，乃我中原這個大區域中，
大家習用的語言，非山東一省所獨擅，是以此說不能成立。第二說，
卻又不僅山東有蘭陵故城，江南武進也有南蘭陵故城，如果「蘭陵笑
笑生」的蘭陵，是冠的籍貫，也不能說不是冠的南蘭陵。再說，《金
瓶梅》中的人物，絕少好人，我們認為《金瓶梅》是性惡說，作者採

3　參閱本書〈馬仲良時榷吳關〉一文。

荀子所居故城蘭陵以寓荀子性惡之說，豈不理由更為充分。說來也難成立。

　　上述二說，我在《金瓶梅探原》中，已為否定之矣。

　　後來，所見史料日多，所悟問題益深。當我從《金瓶梅詞話》之引詞證事，竟楔子劉邦寵戚夫人有廢嫡立庶的故事，與《金瓶梅詞話》的內容西門慶身家的故事，毫不相干，非宋元明小說之入話、得勝頭回等引說的類型。尤其如以《三國》、《水滸》、《西遊》的楔子述事來比，越發可以想知《金瓶梅詞話》中的西門慶身家興衰的故事，可能是後來改寫過的了。於是一一尋找，在「詞話」本第七十回七十一回，尋得了一年兩個冬至的隱喻，與泰昌（明神宗長子常洛）改元的歷史極似。按明神宗故世於萬曆四十八年（1620）七月二十二日，常洛於八月一日繼位，詔改明年為泰昌元年。不想在位僅一月即卒逝，長子由校九月一日繼位，詔改明年為天啟元年。是以萬曆四十八年，在歷史上曾有三個皇帝在位。因為常洛在位未及改元，是以在改元問題上，曾有爭議。一說常洛不曾有泰昌紀元，仍應以萬曆終此一年，明年天啟紀元；一說萬曆紀元久，不如上借父下借子（借萬曆四十八年一月至七月，下借天啟在位之九月至十二月），以萬曆四十八年全年改為泰昌元年。一說萬曆四十八年一月至七月，仍為神宗紀元，八月至十二月為泰昌紀元，明年為天啟元年。最後定案，則為常洛保留了五個月的紀元。這是明史上的大事，不必多說了。

　　在《金瓶梅詞話》第七十回，寫西門慶進京謝恩，於十一月十二日由清河動身，抵京後住了四晚方是冬至。通常，清河與東京之間的路程，要半月時日，如果快馬加鞭，日夜行進，六日夜也能到達；這些情形，書中都寫到了。這次西門慶進京，與夏提刑兩家，隨行人眾二十餘，有「馱裝」、「檯扛」。但他們為了要趕在冬至前到京，在冬至日參朝謝恩，遂晝夜趲行，平常半月的行程，自然要縮減些了。所

以他們只花了十三天的時間，應是十一月二十四日就到京城，在京住了四晚的第二天是冬至，當為十一月二十八日。泰昌元年（1620）的冬至，是十一月二十八日。所以，我們可以推想這第一個冬至，隱喻的是泰昌元年的冬至。

如果，光有這第一個冬至，尚不能毅然肯定這個冬至是十一月二十八日，疑它是萬曆三十七年的冬至——十一月二十七日也可以。但第七十一回寫西門慶離京的日子，則又寫了一個不同時日的冬至。書上寫西門慶拜完了冬（參加冬至令節的大典），在何千戶家住了兩晚，方始整裝返清河，他們離京的日子，寫明是十一月十一日。由冬至日過了兩晚，是十一月十一日，冬至自然是十一月初九日了。查天啟元年（1621）的冬至，是十一月初九日。在抵京離京之間，竟隱示了兩個不同的冬至時日，正巧一個是泰昌，一個是天啟，當然是有意的隱喻了。

再說，若以書中所寫清河東京之間的正式行程來說，西門慶離京返清河的日子，應為十二月初，或十一月底，怎能又回到十一月十一日去呢？假如說，這個離京的日子，是作者筆誤，或誤刻呢？那麼？他們返抵清河的日子，就不應明指是十一月二十四日。是以我們連這一點懷疑，都無法立說。何況，「崇禎本」的改寫，祇把西門慶離京日的十一月十一日，改為十一月二十日。這樣一改，天啟元年的冬至日——十一月初九，便不存在了。目的祇是改去此一政治隱喻而已。要不然，十一月二十日離京，十一月二十四日如何能到清河。

基乎上述發現，我們可以確定《金瓶梅詞話》這部書，是到了天啟初年纔改寫成的。我把問題推究到這裏，已可認定《金瓶梅》與《金瓶梅詞話》，是兩部內容不盡相同的書，袁中郎見到的那半部《金

瓶梅》,可能是一部諷喻明神宗寵幸不當的書,後因「妖書」[4]事件的
震撼,不得不加以掩飾,遂夥同修改,變成了這部《金瓶梅詞話》。
從它的問世與演變的過程上看,這樣推斷,是不會離譜太遠的。

　　雖然,我的《金瓶梅》研究,在《金瓶梅探原》及《金瓶梅的問
世與演變》兩論文出版後,上述幾個問題已告段落,可是,仍有不少
小問題,尚待補充。特別是沈德符在《萬曆野獲編》中的那些話,問
題重重。儘管我在《金瓶梅探原》中,對於沈德符那些話的矛盾牴
觸,曾一再析述,但仍未能使人信服。法國學人雷威安(Andre Levy)
教授,在論及拙作《金瓶梅探原》時,就說:「魏教授的令人不滿之
處,是他認為沈德符的《萬曆野獲編》第二十五卷末的證據全是謊
話」。他認為「在沈德符的敘述中,明顯的矛盾,可能很單純地源於
寫作時間的不同,之後又湊在一起。」換言之,雷威安教授極不同意
我對沈德符這一段論及《金瓶梅》言語的挑剔。要知道,沈德符的這
段話,是引發後人對《金瓶梅》作者誤認為是王世貞的根源,我在拙
作《金瓶梅的問世與演變》一書中,已明確的析論到了。但為了要把
此一問題,闡述得再清楚些,茲又寫成〈論沈德符說有陋儒補以入刻
之金瓶梅五回〉一文,析論沈說之不切實際,第一,《金瓶梅詞話》
以前,絕不可能有其他刻本。第二,流行於今日的《金瓶梅詞話》,
沈說的那五回的缺失,無法印證。尤以沈說他於萬曆三十七年
(1609)向袁小脩抄得《金瓶梅》全本一語,與袁小脩日記《遊居柿錄》
所記《金瓶梅》事,有所牴觸。因為袁小脩在萬曆四十二年(1614)
八月,尚未見到《金瓶梅》全本。自可基此確定沈德符的這番話,全
是飾詞。孟子云:「詖辭知其所蔽」,其斯之謂與!

　　為了把此五回的問題,尋繹得更清楚些,我又寫了「李三、黃四

---

[4]　參閱拙作:《金瓶梅的問世與演變》。

借銀」、「西門慶周濟常時節」、「任醫官看病」、「第七十二回的缺失」，進一步說明「即前後血脈，亦絕不貫串」的缺失，並不祇是第五十三回到五十七回這五回有，在這五回以外，更有的是。如第六十回，同一回便有了血脈不貫的缺點，總不能也算到「陋儒」身上去吧。

另外，還有更重要的一個問題，那就是，凡是明朝人論及《金瓶梅》者，全是萬曆年間人，又全是袁中郎的朋友，且又彼此相識。自可想知他們這些人的「詖辭」之「蔽」，是有其共同目的的了。這個共同目的，所要掩飾的問題，據我一一分析研判，推想是為了政治因素，他們企圖掩飾他們當年傳抄的那半部《金瓶梅》，就是這部西門慶的淫穢故事。這樣，就不致被牽連到「妖書」事件中去了。那麼，形成為《金瓶梅詞話》的這一內容，或基此而共同改寫成的吧？當我從謝肇淛的《小草齋文集》，尋出謝氏生活歷程，竟推繹出了袁中郎寫給謝肇淛的那封討還《金瓶梅》借書的信函，更有偽託之嫌，遂寫成了這篇〈論袁宏道給謝肇淛的這封信〉一文，可以肯定袁中郎不可能寫這樣的一封信。這麼一來，「詖辭」之「蔽」的問題，也就更加瞭然了。

關於大陸上的文教人士，年來也有金書研究論述發表，我去日本購回數種，閱讀之後，至感失望，如〈李開先不可能寫定金瓶梅〉及〈論金瓶梅考證〉兩文，便是我對他們的評騭。至於其他短文，雖只是一些雜說，卻也是我這一研究路線中的糾葛問題。〈論孫述宇的金瓶梅藝術〉，雖所提觀點與孫氏有異，所證者乃《金瓶梅》藝術之光耀多彩，非意孫氏之觀點誤也。實則，孫先生對《金瓶梅》藝術的探討，愈我多矣！

追想在《金瓶梅探原》出版後，最早也最大的一個反應，乃老友高陽兄的兩篇大論，（一）〈黑塔與弇山──試解《金瓶梅》作者及

地點之纇並為沈德符辨誣〉；（二）〈沈德符與野獲編〉，兩文共長約
達三萬言，討論的問題只有兩個，一是袁中郎《觴政》應作於萬曆二
十七年（1599），駁我認為應作於萬曆三十五年之說。二是責我不應
把《金瓶梅》的作者，扯到沈德符頭上去。更附帶認為《金瓶梅》中
的清河縣，背景應是王弇州的別號之所自。「弇山」，《金瓶梅》中寫
潘金蓮罵陳經濟要鑰匙，說：「你就跳上白塔，我也不給你。」高陽
認為潘金蓮口中的「白塔」，應為「黑塔」的反語。聯想力之強，與
其所作小說等焉。從智慧與才情上說，我之與高陽，正騏驥駑馬之
比，高陽，騏驥也；我，駑馬也。騏驥舉足千里，駑馬則不能不功乎
十駕，是以我之《金瓶梅》研究，乃日積跬步者也。原擬將高陽與我
之兩篇討論，配合我的兩篇答辯，并同選刊於本書，高陽不表同意。
答云：「何必呢！」也祇有聽命於老友，付之闕如矣！此一論辯，始
於民國六十八年七月，間斷至同年九月，刊出四篇答對文章均刊於
《中華日報》副刊。並此說明。（我在寫作上論辯共有三次，一是與
于大成兄論辯國文教學，一是與楚戈兄論辯姜姓非牧羊族——楚戈說
是牧羊族，三是與高陽論辯上述問題。這三次論辯，可印專書，斯乃
相對問題，非我一方可決行也。）

　　我的此一研究，仍日日進行未已。翁同文先生譽我是「孤軍挺
進」。誠然，十年以來，未嘗遇同道，較之《紅樓夢》，不可同日語
矣！

論沈德符說「有陋儒補以入刻」之《金瓶梅》五回^{編按1}

袁中郎《觴政》，以《金瓶梅》配《水滸》為外典，予恨未得見。丙午（萬曆三十四年）遇中郎京邸，問曾有全秩否？曰：「第觀數卷，甚奇快。今惟麻城劉延白承禧家有全本，蓋從其妻家徐文貞錄得者。」又三年，小脩上公車，已携有其書，因與借抄挈歸。吳友馮猶龍見之驚喜，慫恿書商以重價購刻。馬仲良時榷吳關，亦勸予應梓人之求，可以療飢。予曰：「此等書必遂有人版行，但一刻則家傳戶到，壞人心術，他日閻羅究結底禍，何辭置對？吾豈以刀椎博犁泥哉！」仲良大以為然，遂固篋之。未幾時而吳中懸之國門矣。然原本實少五十三回至五十七回，遍覓不得，有陋儒補以入刻，無論膚淺鄙俚，時作吳語，即前後血脈，亦絕不貫串，一見知其贋作矣？……

——《萬曆野獲編》卷二十五，〈附錄〉

沈德符在《萬曆野獲編》中說的這番話，如從文詞的語意看，《金瓶梅》的傳抄與梓行過程，是這樣的：

一、沈德符聽說袁中郎寫的《觴政》一文，把《金瓶梅》與《水滸傳》同列為外典，作為酒令的說詞。遺憾的是，他還沒有讀到《觴政》這篇文章。

編按1　原載於《國立編譯館館刊》第10卷第2期（1981年12月），頁147-158。

二、萬曆三十四年（1606）在京城遇到了袁中郎，問中郎曾否讀過
　　全部？袁中郎答說：「祇看過幾卷，就甚感奇快。如今，祇有
　　麻城劉承禧家有全本，是打從他妻子的娘家徐文貞（楷）處抄
　　錄來的。」

三、又過了三年（當是萬曆三十七年），中郎的弟弟小脩，晉京應
　　試，就携有《金瓶梅》這部書，遂向袁小脩借來，抄了一部帶
　　回家。

四、（帶回家鄉之後），吳縣的朋友馮猶龍看見了，驚喜沈德符抄
　　得了這部書，慫恿書商出重價向沈德符購買付梓，沈沒有賣。

五、在蘇州滸墅關監收船料鈔的馬仲良（之駿），見到了他這部
　　《金瓶梅》，也勸他應梓人之求，沈德符也沒有答應。理由是
　　此種（淫）書，必然有人願意刻，一旦刻出，就會家傳戶到的
　　壞人心術，將來死了，閻王爺問起罪來，便無言回答。遂把這
　　部《金瓶梅》秘藏起來。

六、沈德符雖未出售《金瓶梅》的稿本，竟「未幾時而吳中懸之國
　　門矣。」（不久，在蘇州等地刻出流行了。）

七、沈德符知道「原本實少五十三回至五十七回」五回，但「吳中
　　懸之國門」的這一部，則是完整無缺的。但一看其中的五十三
　　回至五十七回，則「無論膚淺鄙俚，時作吳語，即前後血脈，
　　亦絕不貫串，一見知其贗作矣。……」

八、沈德符（去打聽），獲知付刻時，這缺少的五回，「遍覓不
　　得」，遂「有陋儒補以入刻。」（這缺少的五回，是「陋儒」補
　　寫進去的。）

　　鄭振鐸等人之所以把《金瓶梅》的初版，判定在萬曆三十八年

（1610）[1]，正由於沈德符說他於萬曆三十七年（1609）向袁小脩抄得其書携歸，馮猶龍與馬仲良都希望沈德符賣給人刻行，他不肯，但不久吳中竟有了刻本。從語意上看，鄭振鐸的研判，並沒有錯，問題是馬仲良時権吳關之「時」，不是萬曆三十八年，是萬曆四十一年，此一史料，記於《蘇州府志》，馬仲良著《妙遠堂全集》，也有說明[2]。證據確鑿。是以說《金瓶梅》初版於萬曆三十八年的說法，便失去憑依了。

不過，沈德符的話，應該這樣解說：

一、沈德符向袁小脩抄得《金瓶梅》原本，携歸家鄉後，先是馮猶龍見到驚喜，慫恿書商向沈購買，沈未肯出售。

二、到了萬曆四十一年，馬仲良派到蘇州滸墅關監收船料鈔，見到了沈德符手上的《金瓶梅》稿本，也勸他「應梓人之求。」他也沒有肯。

三、繼此不久（未幾時），吳中便出現刻本了。

這樣說來，固可推繹出《金瓶梅》的初版在萬曆四十一年（1613）之後，但究竟「後」於何年呢？

馬仲良勸沈德符應梓人之求的時間，是馬仲良時権吳關的萬曆四十一年，此一時間，在史料上，業已確切不移，那麼，從此說之「未幾時而吳中懸之國門矣」的時間說，應是何時呢？若依據《萬曆野獲編》沈氏此說的語氣看，似不應「後」於萬曆四十二年（1614），方能符合「未幾時而吳中懸之國門矣」的說詞。這樣說來，《金瓶梅》

1　鄭振鐸：〈談金瓶梅詞話〉，《文學》第1卷第1期（1933年7月）及以後所編之〈中國文學家年表〉中，均如此肯定。吳晗在〈金瓶梅的著作時代及社會背景〉，《文學季刊》創刊號（1933年10月）也如此說。魯迅在《中國小說史略》（民國二十五年出版）也如此說。全是根據沈德符《萬曆野獲編》的話作出的判斷。

2　參閱本書「馬仲良時権吳關」一文。

的初版，應在萬曆四十一、二年間矣！

　　可是，袁小脩的日記《遊居柿錄》[3]，在萬曆四十二年八月間，記述到《金瓶梅》時，尚說「從中郎真州時，見此書之半。」按小脩從中郎真州，時在萬曆二十六年（1598）。袁小脩在萬曆四十二年八月尚未見《金瓶梅》全書，還只是在萬曆二十六年從中郎真州時，見此書之半。謝肇淛寫於《小草齋文集》中的〈金瓶梅跋〉，行文於萬曆四十一年之後，亦言未見全稿[4]。試想，沈德符又如何能在萬曆三十七年向袁小脩抄得《金瓶梅》全稿而只缺五回呢！同時，也足以證明《金瓶梅》在萬曆四十二年八月以前，尚無刻本問世。

　　另外，李日華的《味水軒日記》[5]，在萬曆四十三年正月五日，記有沈德符的侄子沈伯遠，携去沈德符藏《金瓶梅》給他看，此時的《金瓶梅》尚是抄本，更足以證明《金瓶梅》在萬曆四十三年以前，尚無刻本行世。那麼，沈德符的這句「未幾時而吳中懸之國門矣」的話，如何解釋呢？縱然此話說於萬曆四十一年秒，這「未幾時」也不應在一年之後尚無刻本行世吧！想來，沈德符的這句「未幾時而吳中懸之國門矣」的話，誠是一大問題。

　　《金瓶梅》的初版究在何時呢？我們要探究此一問題，必先從沈德符說的這五回的問題，尋出這個初版本的存在。否則，無法推論。

3　袁小脩的日記《遊居柿錄》，所記由萬曆三十六年（1608）十月初一日始，到萬曆四十六年（1618）十一月二十八日止。刻於何年，未查。所見乃臺北市新興書局印《小說筆記大觀》七編二。所記《金瓶梅》事，在九七九則。

4　謝肇淛的《小草齋文集》序刻於天啟六年（1626），所寫〈金瓶梅跋〉提到的丘諸城（丘志充），是萬曆四十一年（1613）進士，故可推定此文必作於一六一三年之後。

5　李日華的《味水軒日記》共八卷，自萬曆三十七年（1609）始，至萬曆四十四年（1616）止，每年編為一卷。本文所據乃清劉氏嘉業堂本。記云「萬曆四十三無乙卯（正月）五日，伯遠携其怡景倩（沈德符字）所藏《金瓶梅》小說來，大抵市諢之極穢者，而鋒頒遠遜《水滸傳》，袁中郎亟口贊之，亦好奇之過。」

但此一初版問題，我們如從《味水軒日記》看，即足以證明《金瓶梅》在萬曆四十三年正月五日以前，尚無刻本問世。再後呢？我們如今所能見到的史料，便是東吳弄珠客序於《金瓶梅詞話》中的那篇敘文，時間寫明是萬曆丁巳（四十五年，1617）冬。斯敘之出，在梓行前或梓行後？可先不討論，但要推究的是，這部敘於萬曆丁巳冬的《金瓶梅詞話》，是否就是《金瓶梅》的初刻本呢？

一、如依據沈德符記於《萬曆野獲編》的文詞語意，《金瓶梅詞話》之前，似乎還應該有一部《金瓶梅》刻本。萬曆丁巳冬的《金瓶梅詞話》，委實符合不上沈說「未幾時而吳中懸之國門矣」的話。

二、如依據《遊居柿錄》、《小草齋文集》、《味水軒日記》等史料觀之，則《金瓶梅》之付梓於萬曆四十三年（1615）之後，應是確立之論。

三、既然《金瓶梅》之付梓應在萬曆四十三年之後，則萬曆丁巳冬的序刻，在時間上，頗能膠合。何況，《金瓶梅》的內容，還牽涉了政治因素的阻礙呢[6]！

據目前我們所掌有的史料看，這部敘於萬曆丁巳冬的《金瓶梅詞話》，應是《金瓶梅》的初刻本，在它之前，似不可能還有另一部早於他的刻本問世。我在《金瓶梅的問世與演變》一書中的第四章[7]，已把此一問題，詳細申論過了。

---

[6] 此一政治阻礙，竊以為《金瓶梅》的原稿，可能是涉及有關明神宗政治諷喻的內容，是以遲遲未能付梓。可參閱拙作：〈金瓶梅頭上的王冠〉，收入靜宜文理學院中國古典小說研究中心編：《中國古典小說研究專集》（臺北市：聯經出版事業公司，1980年），及拙作：〈形成金瓶梅與阻礙其成書及梓行的重大原因〉，《金瓶梅的問世與演變》。

[7] 拙作：〈金瓶梅的傳抄付梓與流行〉，《金瓶梅的問世與演變》，第四章。

　　若把這部敘於萬曆丁巳冬的《金瓶梅詞話》，肯定為《金瓶梅》的初刻本，那麼，沈德符在《萬曆野獲編》說的「原本實缺五十三回至五十七回」的問題，就應向《金瓶梅詞話》去印證沈說的情況是否實在。

　　下面，我們一一推論。

一　膚淺鄙俚，時作吳語

　　誰能涇渭出《金瓶梅詞話》第五十三回至第五十七回這五回的「膚淺鄙俚，時作吳語」大異或小異於其他九十五回呢？我認為我無此能力。雖已反覆閱讀了十次以上，也感受不出這五回的文詞，較之其他各回會顯得「膚淺鄙俚，時作吳語。」

　　「膚淺鄙俚」的問題，固難界說，但「時作吳語」則極易區別。觀之《金瓶梅詞話》，「時作吳語」的地方，全書其他各回，隨時可拾，非祇此五回中有之。

　　說來，沈德符的這兩句話，無從與《金瓶梅詞話》相印證矣[8]。

二　即前後血脈，亦絕不貫串

　　沈德符說的這一問題，曾經據以一一舉出討論過的人，是美國哈佛大學的韓南博士（Dr. Patrick D. Hanan）。他的博士論文，有一章論及版本及情節（The Text of the Chin Ping Mei），詳細論述了這些。可惜韓南博士著眼的是以沈德符的話為準則，遂處處為沈說尋註腳；兼之韓南是外國人，所論情節「絕不貫串」的註腳，亦不正

8　參閱拙作：《金瓶梅探原》。

確[9]。在此已無討論韓南立說錯誤的必要，我們只要實際的去檢閱《金瓶梅詞話》中，情節的重複與缺失，即足以研判沈德符的話，有何意義了。

按《金瓶梅詞話》的情節重複，顯著者有以下三處：

（一）李三、黃四借銀

李三、黃四向西門慶借銀，第一次的借銀情節，寫在第三十八回，時間是政和六年（1116）九月中旬。

> 應伯爵來說：「攬頭李三黃四派了年例三萬香蠟等料錢糧下來，該一萬兩銀子，也有許多利息。上完了批，就在東平府見關銀子，來和你計較，做不做？」西門慶道：「我那裏做他攬頭，以假充真，買官讓官。我衙門裏搭了事件，還要動他？我做他怎的！」伯爵道：「哥若不做，教他另搭別人，在你借兩千銀子與他，每月五分行利，教他關了銀子還你。你心下如何？計較定了，我對他說。教他明日挐文書來。」西門

9　韓南博士著，丁貞婉教授譯：〈金瓶梅的版本及其他〉一文，《國立編譯館館刊》第 4 卷第 2 期（1975 年 12 月）。韓南的立論，悉以沈德符之說為圭臬，處處尋求註腳。不惟立說多所牽強，且所引情節「不貫」之處，亦多註誤。如提到甲版本第五十四回，回目第二句：「任醫官豪家看病症」時說：「任醫官在第五十八回，西門慶的生日宴上出現過，但並未交代他在場的理由。在前面的章回中，也未曾有任醫官其人。醫官離去時，西門慶曾請他不日來看李瓶兒的病，又謝過他的藥（第八頁反面，第九頁正面。）我們可以論斷，李瓶兒病了，請任醫官給他看的病，所以第五十四回中應該有一段寫這回事。」實際上，第五十四回寫「任醫官豪家看病症」，已經出現過了。第五十五回開頭，又重複了一次。第五十八回他參加西門慶生日宴會，乃當然的友情酬酢，用不著「交代他在場的理由。」韓南說「在前面的章回中也未曾有任醫官其人，」是韓南閱讀的疏忽。其他問題，我已在〈論金瓶梅的版本及其他〉一文中述及，已收錄在拙作《金瓶梅探原》中。

慶說：「既是你的分上，我挪一千銀子與他罷。如今我庄子收
拾還沒銀子哩！」伯爵見西門慶吐了口兒，說道：「哥若十分
沒銀子，看怎麼再撥五百兩銀子貨物兒，湊個千五兒與他
罷！他不敢少你的。」西門慶道：「他少我的，我有法兒處。
有一件，應二哥，銀子便與他，只不教他打著我的旗兒在外
邊東誆西騙。我打聽出來，只怕我衙門裏放不下他。」伯爵
道：「哥說的什麼話！與（典）守者，不得辭其責！他若在外
邊打哥的旗兒，常沒事罷了，若壞了事，要我作什麼？哥你
顧放心，若有差池，我就來對哥說。說定了，我明日教他寫
文書。」西門慶道：「明日不教他來，我有勾當，教他後日
來。」說畢，伯爵去了。

到了政和七年（1117）正月十五日，李瓶兒生日這天，李三、黃
四來還銀子。寫在第四十三回。

李三黃四關了一千兩香蠟銀子，賁四從東平府押了來家。應
伯爵打聽得知，亦走來幫扶交與。西門慶令陳經濟拿天秤在
廳上盤秤，兌明白收了；還欠五百兩。又銀一百五十兩利
息，當日黃四拿出四錠金鐲兒來，重三十兩，算一百五十之
數，別的搗換了合同。西門慶吩咐二人，你等過燈節，再來
計較，我連日家中有事。那李三黃四千恩萬謝出門。

過了不久，到了四月間，李三、黃四又要借銀了。此次借銀，
寫在第五十三回。那天是四月二十三日（壬子）。

……應伯爵就挨在西門慶身邊來坐近了。

「哥前日說的曾記得嗎？」西門慶道：「記得甚來？」應伯爵道：「想是忙的都忘記了。便是前日回謝子純在這裏吃酒，臨別時說的。」西門慶呆登登想了一會，說道：「莫不就是李三黃四的事嗎？」應伯爵笑道：「這叫做簷頭水滴從高下，一點也不差。」西門慶做攢眉道：「教我那裏有銀子？你眼見我前日支鹽的事沒有銀子，與喬親家挪得五百兩湊用。那裏有許多銀子放出去？」應伯爵道：「左右生利息的，隨分箱子角頭，尋些湊與他吧。哥說門外徐四家的，昨日先有兩百五十兩來了，這一半就易處了。」西門慶道：「是便是，那裏去湊？不如且回他，等討徐家銀子，一總與他吧！」應伯爵正色道：「哥君子一言，快馬一鞭，人而無信，不知其可也。哥前日不要許我便好，我又與他們說了，千真萬確，今日有的了。怎好去回他。他們極佩服你做人慷慨。直甚麼事，反被這些經紀人背地裏不服你。」西門慶道：「應二爹如此說，便與他罷。」自己走進去，收拾了二百三十兩銀子，又與玉簫討昨日收徐家二百五十兩頭，一總彈准四百八十兩。走出來對應伯爵道：「銀子只湊四百八十兩，還少二十兩，有此緞疋作數可使得麼？」應伯爵道：「這個卻難，他就要現銀去幹香的事。你好的緞疋也都沒放，你剩這些粉緞，他又幹不得事。不如湊現物與他，省了小人腳步。」西門慶道：「也罷也罷。」又走進來，又補了二十兩成色銀子。叫玳安通共搋出來。那李三黃四卻在間壁人家坐久，只待伯爵打了照面，就走進來。謝希大適值進來，李三黃四敘揖畢了，就見西門慶，行禮畢，就道：「前日蒙大恩，因銀子不得關出，所以遲遲。今因東平府又派下兩萬香來，敢再挪五石兩暫濟燃眉之急。如今，關出這批銀子，一分也不動，都盡這邊來，一齊算利奉

還。」西門慶便喚玳安舖子裏取天秤請了陳姐夫，先把他討的徐家二十五砲，彈准了，後把自家二百五十兩彈明了，付與黃四李三。兩人拜謝不已，就告別了。（第八頁九頁）

到了七月中旬，在第五十六回，卻又寫了這一借銀的情節。

> ……小戶人家，一疋布也難的。恁做著許多綾絹衣服，哥果是財主哩？西門慶和應伯爵都笑起來。伯爵道：「這兩日杭州貨船怎地還不見到？不知他買賣貨物何如！前日哥許下李三黃四的銀子，哥許他待門外徐四銀到手，湊放與他罷。」西門慶道：「貨船不知在那裏擔閣著，書也沒捎封寄來，好生放不下。李三黃四的，我也只得依你了。」應伯爵挨到身邊坐下，乘間便說：「常二哥那一日……

關於李三、黃四的借銀，在第五十三回雖又借過，這裏雖不能不再借，但此五十六回所寫，有「哥許他待門外徐四銀到手湊放與他罷」的話，顯然，這情節是重複了。在五十三回，從徐四收來二百五十兩，又湊了二百五十兩借與五百兩。不應再把此事重寫於五十六回。這五十六回（第三頁）的這一百零二字，是多餘的，如果刪去，上下文以及情節的銜接，就恰好嚴實上了。

李三、黃四借銀，借了還，還了借，一直到西門慶死，尚未清楚。第六十回，寫應伯爵領了李三、黃四還銀，還了三百五十兩。第六十七回寫李三、黃四還銀一千兩，另外又送了一百石白米帖兒，還加兩封銀子，託西門慶代他岳父解脫訟事。第七十九回西門慶死後，這兩人的債貸，方始草草作一了結，連本帶利欠六百五十兩，還二百兩，下欠的四百五十兩，只寫了四百兩借據文書。可以說，李三、黃四的借銀情節，自三十八回起到七十九回止，前後綿亙四十回，借借

還還，還還借借，情節交代，極為清楚，獨有第五十六回的這一百零二字重複了，「重複」的原因在那裏呢？我們再看另一重複的情節。

（二）任醫官看病

第五十四回。西門慶由劉太監庄上吃酒回來，聽說李瓶兒病了，遂連忙寫帖去請任醫官。時為政和七年（1117）四月二十六（七）日，已經夜了。

這五十四回寫任醫官來診看李瓶兒病，寒暄點茶，望聞問切，看過之後，又向病家說了一番病情的診斷：「只是降火滋榮，火降了，這胸膈自然寬泰，血足了，腰脅自然不作疼了。不要認為是外感？一些也不是的。都是不足之症。」於是說返舍後即送藥來。「沒事的，只要知此症乃不足之症，其胸膈作痛乃火痛，非外感也。其腰脅怪疼，乃血虛，非血滯也。吃了藥去，自然逐一好起來，不須煩躁得。」就這樣出門上馬去了。

西門慶差書童掌燈送去，又叫玳安拿一兩銀子趕上隨去討藥。玳安客套著付了藥金，討來一付降火滋榮湯與一筒加味地黃丸。回來之後，西門慶便令迎春煎了一帖，親自看藥煎好，濾清了渣，捧到李瓶兒床前，伺候李瓶兒把藥吃了。睡了一晚，李瓶兒覺得好些了。又著迎春煎起第二鍾來吃了，「西門慶一個驚魂落向爪哇國去了。」

任醫官在第五十四回，已經看完了病，且已拿來藥煎妥吃了，睡了一夜，又煎一鍾吃了。可是第五十五回一開始，卻又這樣寫：

> 卻說任醫官看完了脈息，依舊到廳上坐下。西門慶便開言道：
> 「不知這病症看得如何？沒的甚事麼？」任醫官道：「夫人這
> 的病，原是產後不慎調理，因此得來。目下惡路不淨，面帶

黃色，飲食也沒些要緊。走動便覺煩勞，依學生愚見，還該
謹慎保重。大凡婦產後，小兒痘後，最難調理，略有些差
池，便種了病根。如今夫人兩手脈息，虛而不實，按之散
大，卻又軟不能固。這病症都只為火炎肝腑，土虛木旺，虛
血妄行。若今番不治，他後邊一發了不的了。」說畢，西門慶
道：「如今該用什麼藥纔好？」任醫官道：「只是用些清火止
血的藥，黃栢知母為君，其餘只是地黃黃芩之類。再加減些
吃下看住就好了。」西門慶聽了就叫書童封了一兩銀子送任醫
官做藥本。任醫官作謝去了。不一時送將藥來，李瓶兒屋裏
煎服，不在話下。且說西門慶送了任醫官去回來，與應伯爵
坐地，想起東京蔡太師壽旦……

　　顯然地，這五十五回開頭寫的任醫官為李瓶兒看病的情節，又
重複了。如果，這一回寫的是復診，那就對了。但看這一段所寫，卻
不是復診，因為在語意上，無復診的語氣。第五十四回，已寫過任醫
官為李瓶兒診病，且已拿藥來煎了吃過，睡了一夜，覺得好些，第二
次又煎服了一次。緊跟著這第五十五回，卻又寫了一次任醫官看病。
若是一人執筆所寫，怎會在第五十四回剛剛寫過任醫官看病，藥都煎
了吃過了，又怎會緊跟著在第五十五回一開頭，又寫一次任醫官為李
瓶兒看病呢？
　　這一重複的原因何在？那麼，我們再看看，書中還有一處重複
的情節。

（三）西門慶周濟常時節

　　西門慶周濟常時節的情節，首見於第五十六回，這一回的上半

回目，就是「西門慶周濟常時節」。

　　……卻說常時節自那日席上求了西門慶的事情，還不得個到
手。房主又日夜催逼了不的。恰遇西門慶自從東京來家，今
日也接風，明日也接風，一連過了十來日，只不得個會面。
常言道見面情難盡，一個不見，卻告訴誰！每日央了應伯
爵，只走到大官人門首，問聲說不在，就空回了。……那時
正是新秋時候，金風荐爽，西門慶連醉了幾日，覺精神減了
幾分。正遇周內相請酒，便推事故不去，自在花園藏春塢遊
玩。……四個妖妖嬈嬈伴著西門慶尋花問柳，好不快活。且
說常時節和應伯爵來到廳上，問知大官人在屋裏，懽的坐
著，等了好半日，卻不見出來。只見門外書童和畫童兩個，
擡著一隻箱子，都是綾絹衣服，氣吁吁走進門來，亂嚷道：
「等了這半日，還只得一半。」就廳上歇下。應伯爵便問：「你
爹在那裏？」書童道：「爹在園裏玩耍哩！」伯爵道：「勞你
說聲。」兩個依舊抬進去了。不一時書童出來道：「爹請應二
爹常二叔少待，便出來。」兩個坐著等了一回，西門慶纔走出
來。二人作了揖，便請坐地。伯爵道：「連日哥吃酒忙不得些
空，今日卻怎的在家裏？」西門慶道：「自從那日別後，整日
被人家請去飲酒，醉的了不的，通沒些精神。今日又有人請
酒，我只推有事不去。」伯爵道：「方纔那一箱衣服是那裏抬
來的？」西門慶道：「這目下交了秋，大家都要添些秋衣。方
纔一箱是你大嫂子的，還做不完，纔勾一半哩！」常時節伸著
舌道：「六房嫂子，就六箱了？好不費事。小戶人家，一疋布
也難的。恁做著許多綾絹衣服，哥果是財主哩！」（此處刪去
錯簡之重覆情節一零二字）應伯爵挨到身邊坐下來，乘問便

說：「常二哥那一日在哥席上求的事情，一向哥又沒的空，不曾說的。常二哥被房主催逼慌了，每日被嫂子埋怨，二哥只麻做一團，沒個理會。如今又是秋涼了，身上皮襖兒又當在典舖裏。哥若有好心，常言道，救人須救時，無省的他嫂子在屋裏嘮嘮叨叨。況且尋的房子住著了，人走動也只是哥的體面。因此常二哥央小弟，特地來求哥，早些周濟他罷。」西門慶道：「我當先曾許下他來。因為東京去了，這番費的銀子多了，本待等韓夥計到家，和他理會，要房子時，我就替他費銀子買。如今又恁的要緊。」伯爵道：「不是常二哥要緊，當不的他嫂子聒絮。只得求哥早些便好。」西門慶躊躕了半晌，道：「既這等也不難。且問你要多少房子纔住了。」伯爵道：「他兩口兒，也得一間門面，一間床房，一間廚灶，四間房子是少不得的。論著價銀也得三四個多銀子。哥只早晚湊些，交他成就了這椿事吧！」西門慶道：「今日先把幾兩碎銀與他拏去，買件衣服，辦些家活，盤攬過來，待尋下房子，我自對銀與你成交，可好嗎？」兩個一齊謝道：「難得哥好心。」西門慶便叫書童去對你大娘說，皮匣內一包碎銀取了出來，書童應諾去了。不一時，取了一包銀子出來，遞與西門慶。西門慶對常時節道：「這一包碎銀，是那日東京太師府賞封剩下的十二兩，你拿去好禳用。」打開與常時節看，都是三五錢一塊的零碎銀。常時節接過，放在衣袖裏，就作揖謝了。西門慶道：「這幾日不是要遲你，只等你尋下房子，一攬果和你交易。你又沒曾尋的，如今即忙便尋下，待我有銀，一起兌去便了。常時節又稱謝不迭，……

我把這一段，幾乎全部抄錄了下來。我之所以如此抄錄原文，

要用來證明兩件事，第一，我把第三頁寫李三、黃四借銀，重複了一百零二字的情節，全部刪去了。請試讀一遍，刪去了這一百零二字，上下文不是銜接得很嚴實嗎！第二，請試讀這一段長達一千餘字的西門慶周濟常時節的情節，無論人、時、地都無缺點，從風格上看，與其他情節，亦無異韻。絕難說是「有陋儒補以入刻」的「鄙俚」；至於那一百零二字的重複情節，想是多人分回改寫所造成。

　　西門慶周濟常時節的情節，上錄第五十六回，只是此一情節的開始，下面還要陸續寫到。到了第五十九回，已是八月下旬，常時節已把房子尋妥了。八月二十三日這天，常時節又到西門家來了。在第五十九回第十四頁，這樣寫著：

> 這李瓶兒走來，抱到懷中，一面哭起來。叫丫頭快請你爹去。「你說孩子，待斷氣也。」常時節又走來說話，告訴房子尋下了，門面兩間兩層，大小四間，只要三十五兩銀子。西門慶聽見後面官哥重了，就打發常時節起身。說：「我不送你罷，改日拏銀子和你看去。」急急走到李瓶兒房中，……

　　這裏寫常時節尋好了房子來找西門慶，適巧碰上官哥病危，西門慶沒有閒情處理他的事。到了九月初四日，杭州的貨船到了，緞舖開張，親戚友朋們，紛紛出分資前來恭賀。應伯爵常時節等弟兄，自也是賀客之一。作者寫到這些賀客的時候，在常時節名下，加了一段西門慶周濟常時節的情節交代，寫在第六十回第二第三兩頁之間。

> 原來西門慶近日與了他五十兩銀子，使了三十五兩典了房子，十五兩銀子作本錢，在家開了個小小雜貨舖兒，過其日月不題。近隨眾出分資，來與西門慶賀。還有李三、黃四……

　　這裏雖只寫了短短數十字，對于西門慶周濟常時節的情節，足
夠交代得過。可是到了這同一回的第八頁，當應伯爵領了李三、黃四
到西門家還銀子，西門慶周濟常時節的事，卻又詳細的重寫了一遍。

> 西門慶把銀子教陳經濟來，拏天平兌收明白，打發去了。銀
> 子還擺在桌上，西門慶因問伯爵道：「常二哥說，他房子尋下
> 了，前後四間，只要三十五兩銀子就賣了。他來對我說，正
> 值小兒病重了，我心裏正亂著哩，打發他去了。不知他對你
> 說來不曾？」伯爵道：「他對我說來。我說你去的不是了，他
> 迺郎不好，他自亂亂的。有甚麼心緒和你說話？你且休回他
> 房主兒，等我見哥替你題就是了。」西門慶聽了，便道：「也
> 罷！你吃了飯拏一封五十兩銀子，今日是個好日子，替他把
> 房子成了來吧。剩下的教常二哥門面開個小本舖兒，月間撰
> 得幾錢銀子兒，勾他兩口兒盤攬過來就是了。」伯爵道：「此
> 是哥下顧他了。」不一時放桌兒，擺上飯來，西門慶陪他吃了
> 飯道：「我不留你，你拏了這銀子去，替他幹幹這勾當去吧！」
> 伯爵道：「你這裏還教個大官和我拏這銀子去。」西門慶道：
> 「沒的扯淡，你袖了去就是了。」……

　　從文詞上看，寫在第八頁的這一段，恰好與上面第五十九回所
寫情節嚴實接上。那麼，寫在第三頁的那六十三個字，顯然是多餘
的。在語氣上，這第三頁的六十餘字，又不像是錯簡而來，且又不像
是伏筆的插述。這第三頁所寫，是九月初四日大家慶賀筵上的作者插
述。從語氣上看，明白交代的是已經尋妥了房子，西門慶的五十兩
銀子，已經周濟過了，第八頁就不應再寫。有了第八頁的詳細描寫，
第三頁的六十餘字，便是一大贅瘤。把這六十三字刪去，則上下文也
就恰恰連貫。那麼，作者為何要寫上這六十三字的贅瘤呢？這一回，

不惟在沈德符說的那五回之外，而且這累贅情節的出現，卻又是同一回，相隔不過數千字之間。這重複與不相連貫的情事，總不能歸咎到「補以入刻」的「陋儒」頭上吧？同時，此一情節中的「他廼郎不好」的「廼郎」二字，則是不折不扣的吳語。難道，沈德符說的那部《金瓶梅》稿，不同於這部《金瓶梅詞話》？誰能證出在這部《金瓶梅詞話》以前，還另有刻本呢？

　　如果說書中有沈說「即前後血脈亦絕不貫串」的情節，其最顯著的一處，是第七十二回，遺憾的是，哈佛大學的韓南先生，居然沒有例述到這一處，在別處卻花費了不少不應花的力氣[10]，這裏不去推說它了。請看：

（四）第七十二回

> 話說西門慶與何千戶在路不題。單表吳月娘在家，因前者西門慶上東京，在金蓮房飲酒，被奶子如意看見。西門慶來家反受其殃，架了月娘一篇是非，合了那氣。以此這西門慶不在，月娘通不照應，就是他哥嫂來看也不留，即就打發。吩咐平安，無事關好大門。後邊儀門夜夜上鎖，姊妹們都不出了。各自在房做針指，若經濟往後樓上尋衣裳，月娘必使春紅（鴻）或來安兒，跟出跟入，常時查門戶，凡事多嚴緊了。這潘金蓮因此不得和陳經濟勾搭。只賴奶子如意兒備了舌在月娘處，逐日只和如意兒合氣。……

10　韓南博士著，丁貞婉教授譯：〈金瓶梅的版本及其他〉一文，以及拙文：〈論金瓶梅的版本及其他〉一文。

　　這第七十二回，寫西門慶因陞官晉京謝恩，完後返回清河時，
作者的筆再按下不題，回頭寫西門慶離開清河晉京的這段日子。如照
本回的這段描寫，在西門慶第一次晉京為蔡太師慶壽時的那段日子
裏，應有陳經濟在金蓮房中飲酒，被奶子如意見看見的情節。但翻查
前面西門慶第一次晉京後的第五十五回到五十六回，並無此一情節。
這缺失，是第五十五回的錯呢？還是第七十二回的錯？確是需要我們
推想一下了。

　　按第五十五回寫西門慶晉京後，潘金蓮在家的生活情節，是這
樣的：

　　　且說西門慶往東京慶壽，姊妹們眼巴巴望西門慶回來，多有
　　　懸掛，在屋裏作些針指，通不出來閒耍。只有那潘金蓮，打扮
　　　的如花似玉，嬌模嬌樣，在丫環夥裏，或是猜枚，或是抹牌，
　　　說也有，笑也有，狂的通沒些成色。喜喜哈哈，也不顧人看
　　　見，只想著與陳經濟拗搭，便心上亂亂焦燥起來。多少長噓
　　　短嘆，托著顋兒，呆登登，本待要經濟回來，和他做些營生，
　　　又不道經濟每日在店裏沒的閒，欲要自家出來尋著他，又有
　　　許多丫頭往來不方便。一日正是風和日暖，那金蓮身邊帶著
　　　幾多麝香合香，走到捲棚後面，只望著雪洞裏。那經濟在店
　　　裏，那得脫身追來。望了一回不見，只得來到屋裏，把筆在
　　　手吟哦了幾聲，便寫一封書封著，哄春梅遞送與陳姐夫。經
　　　濟接著，拆開從頭一看，卻不是書，一個曲兒。經濟看罷，
　　　慌的丟了買賣，跑到捲棚後面看，只見春梅，回房去時（對）
　　　潘金蓮說了。不一時也跑到捲棚下，兩個遇著，就如餓眼見
　　　瓜皮一般，禁不的一身直鑽到經濟懷裏來。捧著臉一連親了
　　　幾個嘴，咂的舌頭一片聲響。道：「你負心的短命賊囚，自從

我和你在屋裏，被小玉撞破了去後，如今一向都不得相會。
這幾日你爺爺上東京去了，我一個坐坑上，泪汪汪只想著
你，你難道耳根兒也不熱的。我仔細想來，你恁地薄情，便
丟著索罷休。只到了其間，又丟你不的。常言痴心女子負心
漢，只你也全不留些情。」正在熱鬧間，不想那玉樓冷眼瞧
破。忽然抬頭看見，順手一推，險些兒，經濟跌了一跤。慌
忙驚散不題。那日吳月娘、孟玉樓、李瓶兒同一處坐地……

　　上面的這一段，就是西門慶第一次晉京後，所寫潘金蓮在家的
情形，並無陳經濟在金蓮房中飲酒，被奶子如意看見的事。這裏只說
「自從我和你在屋裏，被小玉撞破了去後，如今一向都不得相會。」
可是，在前面的情節中，連「小玉撞破」的事也沒有。關于小玉牽連
著金蓮與陳經濟的事，在後面第八十三回卻寫有秋菊發現了潘金蓮與
陳經濟的奸情，向小玉透露，小玉轉知春梅，春梅告知金蓮，於是金
蓮毒打秋菊。跟著第三天，陳經濟睡在金蓮房中起晚了，秋菊再向上
房密告，小玉遮攔不過，編說五娘使秋菊來請奶奶說話。月娘走到金
蓮房中，也只數說了金蓮一頓，未著意去搜查，勉強遮過去了。至於
月娘與金蓮合氣的事，寫在第十八回。由於李瓶兒招贅了蔣竹山，氣
腦了西門慶。回家來正遇上潘金蓮等人在儀門外跳繩，其他三人一聽
說西門慶回來了，都連忙躲避開去，只有潘金蓮不躲避，遂被帶酒的
西門慶踢了兩腳。潘金蓮在吳月娘面前埋怨，招來月娘一頓搶白。事
後向西門慶訴說，男人竟安慰金蓮說：「你由他，教那不賢良的淫婦
說去。到明日休想我這裏理他。」就這樣吳月娘與西門慶不說話好些
日子，一直到第二十一回吳月娘掃雪烹茶，方與西門慶和好。另外，
第五十一回潘金蓮向吳月娘調唆李瓶兒，逗月娘與瓶兒合氣。還有五
十三回潘金蓮與孟玉樓背後閒話吳月娘沒的養，巴結別人生的孩子。

恰巧月娘偷聽到了，氣得悶聲哭泣。西門慶在世的日子吳月娘因潘金
蓮而合氣的情節，只是這些，都不在西門慶第一次晉京之後。西門慶
第一次晉京，寫在第五十五回，上面已引述到了。

　　看來，只有這第七十二回的這一段情節，「前後血脈絕不貫
串」，但是否可以派到沈德符說的「有陋儒補以入刻」的過愆上去
呢？這事我們可以退一步說，就算是「陋儒補以入刻」之過，那麼，
其他幾處的重複情節呢？如前面引述的第四十三回到五十六回，第五
十四回到第五十五回，以及第六十回的同一回，那些重複的情節，一
在「陋儒補以入刻」的五回之內，這「陋儒」補寫這五回，竟也「陋」
得自作重複而不自覺嗎？第六十回同一回也有類同的重複情節，與前
面第五十四回、五十五回、五十六回的重複相似（上已詳細引述），
也能怪在是「陋儒補以入刻」之過錯嗎？從這些重複情節作一綜觀來
說，都符合不上沈德符的話。請看本文上面引述的四處重複或絕不貫
串的情節，顯然不是沈德符在《萬曆野獲編》中說的那種情況。如果
在這部萬曆丁巳冬序的《金瓶梅詞話》之前，已不可能有《金瓶梅》
的刻本行世，那沈德符的那些話，可就值得推敲了。

　　從《金瓶瓶詞話》的這些重複與缺失情節來看，極顯然的可以判
定：「《金瓶梅詞話》是改寫本」。經過數人改寫之後，匆匆付梓，遂
在情節中有了重複不貫的情事。關于這一點，我已在《金瓶梅的問世
與演變》一書中，研判出《金瓶梅詞話》改寫於天啟初年[11]。本文所
論也正好是《金瓶梅的問世與演變》的另一例證。

　　至於沈德符為什麼在《萬曆野獲編》中寫了這一段不符事實的
話？（包括萬曆三十七年向袁小脩抄得《金瓶梅》原本的話？）我在

---

[11]　根據寫於《金瓶梅詞話》第七十回到七十二回的情節，隱寫了泰昌元年與天啟元年
　　的兩個冬至問題，即足以肯定《金瓶梅詞話》改寫於天啟初年。參閱拙作：《金瓶
　　梅的問世與演變》一書。

《金瓶梅探原》及《金瓶梅的問世與演變》兩書中，已反覆說了一些，這裏，我想再提出一個意見，（一）沈德符的這段話，也許後人纂附。（二）若非纂附，則沈德符的這番不實之言，必有所掩飾。那麼，我在《金瓶梅的問世與演變》一書中，推論出的政治因素，自是主要的原因。蓋故作掩飾之詞耳。

《金瓶梅詞話》是改寫後的刻本，此一研判，可作確論。但如從李日華證明沈德符在萬曆四十三年初，手頭還只是抄本的這一點來說，在時間因素上，已足以證明《金瓶梅詞話》是初刻本。這一問題，我在《金瓶梅的問世與演變》一書中，也曾反覆說明。

有一點，需要在此加以推論的是，《萬曆野獲編》的成書與付梓年代。

一、《萬曆野獲編》分初編、續編兩部分，初編成書於萬曆三十四年（1606），續編成書於萬曆四十七年（1619）。

二、沈德符卒於崇禎十五年（1642），沈氏生前《萬曆野獲編》未付梓行。抵清康熙三十九年（1700），桐鄉人錢枋收集散稿重行釐訂編目，到了道光七年（1827）始行由粵之荔枝山房梓行，去成書時間已二百年有奇矣。書中文稿，經過清人兩人兩次釐訂，這則附錄於《萬曆野獲編》詞曲中的談《金瓶梅》一文，是否沈氏之作，卻也很難說了。

三、如果說，這則論記《金瓶梅》之作，確是沈氏的文稿，那麼，此文寫於何年呢？寫於萬曆四十一年嗎？「未幾時而吳中懸之國門矣」的話，如何作結！寫於萬曆四十七年嗎？萬曆四十一年權鈔吳關之馬仲良勸他應梓人之求後的「未幾時」，又如何攀附？

看來，沈德符的這番話，視之為「後人纂附」，乃最好的解答。否則，他的那些話，只能視之為「謊話」，有所掩飾而已。我這「有陋儒補以入刻」的五回之例論，不就是一個顯著的說明嗎！

引錄韓南研究沈德符說的《金瓶梅》這五回是陋儒補寫的問題

一　引言

此一問題，美國哈佛大學的韓南教授，在距今十年前所寫的論文〈金瓶梅的版本及其他〉一文中，曾把這「補以入刻」的五十三回至五十七回，加以詳細探討，他在文中曾分作六個步驟進行：（一）苗青；歌童。（二）西門慶訪京城。（三）永福寺。（四）陀羅尼經文。（五）西門慶訪太監。（六）李三、黃四。茲分別引錄如下：

（一）苗青；歌童

1　苗青部分

第四十七回第一頁（正）至十頁（反）。故事說苗天秀——亦即苗員外——不聽老僧囑咐戒他不可出楊州府，卻應其表兄之邀前往東京開封府。帶了家人苗青與家童安童前往，因苗青曾被員外責打記仇，在船上與兩個舟子密商謀殺家主，好平分一船貨物及錢財。苗員外被殺推入海中，安童也被一記悶棍打落水裏，幸得不死，被一老翁救到家中，後來指認了穿他主人衣服上岸來買魚的兩個舟子，告到官裏，兩個殺人犯只有招供，招出了苗青。苗青得到衙門的人通風報信，便託人去賄賂西門慶和其他官員。花了一千兩銀子給西門慶，帶

著剩下的財物「忙忙如喪家之狗」逃回楊州。

　　西門慶和夏提刑兩人受賂後，在審案時便說兩個舟子誘過苗青。夏提刑於是判兩人斬頭之罪。第四十八回第一頁（正）至第三頁（反）。安童到山東巡按御史前去告狀，御史知道真情後派人往楊州去拿苗青，又彈劾了西門慶他們兩個貪肆不職的官。（兩人卻打點了銀兩金玉賄賂了東京的蔡京，把個清廉的御史除了官，後來甚至放逐了他。）

　　第四十九回第十一（反）頁。鹽吏蔡蘊乃蔡京的手下，西門慶向蔡蘊辭行，臨行時說起苗青的事。

　　　「苗青之事乃學生相知，因註誤舊大巡曾公案下。行牌往揚
　　　州，案候捉他。此事情已問結了，倘見宋公，望乞借重一
　　　言，彼此感激。」蔡御史道：「這個不妨，我見宋年兄說，設
　　　使就提來，放了他去就是了。」

後來蔡御史果未食言。

　　第五十一回第十四（反）頁至十五（正）頁。韓道國與崔本兩人欲往南方去辦貨，西門慶交給他們兩封信。

　　　一封到揚州馬頭上投王伯儒店里下，這一封就往揚州城內，
　　　抓尋苗青問他的事情下落，快回來回報我，如銀子不勾，我
　　　後邊再交來保捎去。

　　他們在四月二十日上路（見第五十一回第八（前）頁。）以上便是五十三回以前有關此一線索的全部。

　　第五十八回第十二（反）頁。崔本已回西門慶府中。第五十九回第一（正反）頁。韓道國獨自歸來。崔本來幫忙卸貨。第六十七回第十五（反）頁。

> 三十四日西門慶燒紙。打發伙計崔本來保並後生榮海胡秀，
> 五人起身往南邊去。寫了一封書，捎與苗小湖，謝他的重禮。

苗小湖與重禮以前都不曾提到。

第七十七回第十七（正）頁至第十八（正）頁，崔本治了二千兩
的貨物回來，到了臨清他把榮海留下看守船貨，自顧回來稟報西門
慶：

> 我從臘月初一日起身，在揚州與他兩個分路，他每往杭州去
> 了，俺每都到苗親家住了兩日，因說苗青替老爹使了十兩銀
> 子，抬了揚州衛一個千戶家女子，十六歲了，名喚楚雲，說
> 不盡生得花如臉……腹中有三千小曲八百大曲……苗青如今
> 還養在家，替他打廂盒，治衣服，待春開韓伙計保官兒船上
> 帶來。

第八十一回第一（正）頁至第二（反）頁。韓道國與來保到了揚
州。「抓尋苗青家內宿歇。苗青見了西門慶手札，想他活命之恩，儘
力趨奉。」在一次餞行酒宴上胡秀喝醉了便和韓道國吵起來。

> 次日韓道國要打胡秀，胡秀說，小的道不曉一字。被來保苗
> 小湖做好做歹勸住了。話休饒舌，有日貨物置完，打包裝載
> 上船，苗青打點人事禮物，抄寫書帳，打發二人。

以上便是甲系版本中各有關此線索之資料。但我在上一篇中提
到乙版本第八十一回增補的兩段卻與此線索有關。

乙版之四第八十一回第一（正）頁。

> 苗青見了西門慶手札，想他活命之恩，儘力趨奉，又討了一
> 個女子，名喚楚雲，養在家裏，要送與西門慶，以報其恩。

乙系之四第八十一回第三（正）頁。

> 不想苗青討了送西門慶的那女子楚雲，忽生起病來，動身不
> 得。苗青說「等她病好了，我再差人送來吧！」

由此可見此兩段之增補乃是編梓者有見於原作者把第七十七回
苗青答應待開春將楚雲送往西門慶處的一回事全忘了以致未再提及，
所以才替他補上了那麼兩段，輕描淡寫很技巧地就把楚雲的事交代清
楚。讀者會斷定等她病好時，西門慶的死訊也早該傳到苗青耳中。

從以上各段文字，我們可以歸納出一兩件第五十三至五十七回
應該描述的事情。崔本應該帶回苗青的消息——顯然苗青與苗小湖為
同一人——還該帶有他的重禮，因為第六十七回提到西門慶謝苗小湖
送的厚禮。但厚禮之事暫且擱下，我們得先談談另外一條線索。

2　歌童部分

第五十八回第十一（反）頁。「西門慶……叫春鴻上來唱南曲與
大舅聽。」春鴻是第一次登場，前文並沒有提起過他，但從這兒以後
卻常常被描述為極擅唱南曲。西門慶乃北方家族，南曲在北方家庭中
可以說是一種很稀罕的本領。

第七十四回第九（正反雙）頁，西門慶聽了宋御史稱讚春鴻，說
道：「此是小价，原是揚州人。」

第八十七回第一（正）頁至第三（反）頁。應伯爵想誘春鴻離開
西門慶家，用回南方家鄉做誘餌。

綜觀以上諸點，春鴻應該在五十三至五十七回中被介紹到西門
慶家中來，而且很有可能是苗青所餽贈的。苗青住揚州而我們知道西
門慶曾收受苗青的重禮，雖然這重禮究竟包括些什麼並未述明，可是
後來苗青又曾有送「腹中有小曲大曲」的歌女之意。

讓我們把我們上面的結論拿來與甲系和乙系版本補以入刻的內容作一對照吧！下文未註明出處者為甲系版本。

第五十五回第四（反）頁。西門慶在東京給蔡太師上壽，遇見揚州的一個朋友苗員外也來了。員外只是有錢人的官稱，並不是真正有實職的官員。

第五十五回第七（反）頁。西門慶在他們兩人滯留東京的一段時間曾往訪苗員外。「當下山餚海錯，不記其數，又有兩個歌童，生得眉清目秀，開喉音唱幾套曲兒。西門慶指著玳安琴童，書童畫童，向苗員外看著：那班蠢材，只顧吃酒飯，卻怎地比的那兩個。苗員外笑道，只怕伏侍不好，老先生若愛時就送上也何難。」

第五十五回第八（正）頁。西門慶突然歸心似箭，未去向苗員外辭行便行返山東去了。

第五十五回第十（正）頁至第十二（反）頁。苗員外因為「君子一言快馬一鞭」，即在席上許下了兩個歌童，焉能「改口」？主僕淌了一陣淚後，便差了兩個家人把歌童送往山東。底下有一段沿途風景的描寫是乙版本沒有的。

第五十五回第十三（反）頁至第十五（反）頁。他們到了西門慶家不久就唱了些曲子。（甲系版本中曲名和歌詞全有，乙版本中只有曲名和歌詞的第一行。）以下開始甲乙版本就大有區別了。

甲系之一第五十五回十五（反）頁。潘金蓮在人叢裏看到兩個歌童生的標緻，心中已暗暗喜歡他們了。甲系之一第五十六回第一頁（正反面）。「後來兩個歌童西門慶畢竟用他不著，都送太師府去了。」

乙系之四第五十五回第五十七（正）頁。西門慶把兩個歌童喚做春鴻和春燕。乙系之四第五十六回第一（正）頁。「後來不多些時，春燕死去，止春鴻一人。」

　　甲乙兩系在與上面的結論對照時，都不能圓滿地有所貫串。乙系未提崔本回山東及苗青贈重禮的事。而多了個與西門慶在京城相遇的苗員外，這一個角色卻未曾在其他章回出現過。甲版本也有過相同的缺點，而且對春鴻之出現在西門慶宅第未有交代。

　　我們因此必須斷言，在這一部分，兩系版本都非原作。但如兩者均非原作，則他們又是如何寫成的呢？因為兩者事實之接近決不可能為巧合。實際上兩系版本裏有三點是我們前面的結論也同有的：歌童遣往西門宅、是姓苗的人送的、這個苗某人家住揚州。

　　但是，甲系中所有這三點都對後文沒有作用，乙系則除了頭一點外，後兩點也無下文。顯然的其中的道理可以由回目中看出。甲系第五十五回的回目是：「西門慶東京壽旦，苗員外揚州送歌童。」

　　這後一句正與我們的結論不謀而合，也包含了上面的三個共同點。所以甲乙兩系之同時具有「沒了下文」的同樣幾點事實，應該解釋為，其中執筆較早的一個（或者他們兩系所本的版本作家），手中握有原作的這個回目。

　　假定回目下半句也是原作中所有。如果有人請一個作家按著原作留下的回目來補寫《金瓶梅》的散帙的話，他多半會寫出與甲系版本類似的文字來補。惟一衝突之處是甲系中的歌童並非送自揚州而是來自東京。可能的解釋是作者面對這兩句回目，便有意把這兩件事合而為一，叫西門慶在東京給蔡太師祝壽時，遇了個前文從未提過的苗員外──這好像也是極其自然的事。

　　回目第二句與我們前面的推論相符，卻與甲系版本之內容不合，這個事實顯示甲系版本的回目是完全保留了原作所用的回目。

　　我們也可以據此推斷甲乙兩版本之間的關係。乙系版本第五十五回之回目是：「西門慶兩番慶壽旦　苗員外一諾送歌童」

　　礙事的「揚州」一詞已然被除掉。同樣的乙的五十五回的末尾和

五十六回開頭的那些文字一定是後來加上的改作，以使下文春鴻的出現不那麼突然，也交代了另一個歌童之死。這些更改與乙系第八十一回有異曲同工處，只不過第八十一回的錯誤出在作者本身罷了。

除了上述各節，乙系版本在與甲系版比較時其刪節處相同。很可能乙系也經過了相同的過程。

（二）西門慶訪京城

第十回。西門慶透過其女婿的親戚楊戩，交結了太師蔡京，好使他教唆殺人之罪能瞞天過海。他厚禮頻送，交好了蔡太師和蔡府中的帳房翟謙。

第二十七回第一（正反）頁。來保由東京回來，辦妥了西門慶受賄交代他前去搭救幾個鹽商出獄的事情。來保回時也帶回了翟謙的口信，要西門慶在六月十五日蔡太師的壽旦前去東京上壽。

第二十七回第二（正反）頁。西門慶並未親自前去，他派了家僕於五月二十八日帶禮前往。

第四十九回第七（反）頁。御史蔡蘊去揚州監督執行新鹽法途中來訪西門慶。於是安排好來保去揚州，蔡蘊當予款待。

第五十一回第五（反）至六（正）頁。西門得知「十兄弟會」中孫天化與祝日念被捕，罪名是帶一個大官的侄子去冶遊。犯有相同罪名的李桂姐則暫時逃過了官兵的緝拿。

第五十一回第六（反）頁至七（反）頁。李桂姐哭求西門慶去給她說情。第五十一回七（反）頁至八（正）頁。西門慶決定差來保上京為李桂姐打點去。（來保本來是要和韓道國崔本去揚州的。）李桂姐暫住西門家。

第五十一回十（正）頁。來保上京。第五十一回十四（反）頁到

十五（正）頁。西門送韓崔二人南行。「崔本道，還有蔡老爹書沒有？西門慶道，你蔡老爹書還不曾寫，交來保後邊捎了去罷」。他們在四月二十上的路。這些是五十三回以前，有關西門慶訪京城的資料。

第五十八回六（正）頁。李桂姐對才剛到來的歌女，說：「俺每（指李與吳銀姐）兩日沒家去了」。她們是到西門慶家給西門慶祝壽的，日子是七月二十八日。第五十八回十三（反）頁。吳月娘裝了盒子，相送李桂姐吳銀兒家。

第六十回第二（正反）頁。來保由南京趕貨船到。第六十六回第五（反）頁。翟謙的一封信上說，與西門慶「自京邸執手話別。」第六十七回第四（反）頁，西門慶信：「自從京邸邂逅。……倏忽半載。」此信約在十月中旬所寫。第七十回第四（正）頁。西門慶準備好上京。第七十二回第七（正）頁。「西門慶想起前番往東京回家，還有李瓶兒在。」

由以上推斷，顯見下面諸事必發生在第五十三至五十七回中：

一、來保回來後，西門慶立刻要他帶著一封給蔡蘊的信趕往揚州。

二、走東京一趟，來保為李桂姐疏通了官府，不追究李桂姐，而且可能也為孫祝兩人說好了。

三、李桂姐返家。

四、來保同時也帶回一信邀西門慶上京賀蔡京的壽旦去。

五、西門接受邀請，上京城。

讓我們看看甲乙兩種版本中實際情節如何：

甲系之一第五十三回第一（正）頁。提到的眾婦女之中也有李桂姐。甲系之一第五十四回第六（正反）頁。當西門慶得悉孫祝兩人的事時，他說他們是咎由自取。甲系五十五回第一（反）頁。西門慶「想起東京蔡太師壽旦已近。」早先他就差了玳安往杭州去買龍袍飾繡等禮物去了。

甲系之一第五十五回第二（反）頁。西門慶動身上京。乙系之四
第五十五回四十七（反）頁至四十九（反）頁。應伯爵問李桂姐是否
還在西門慶家，又問派去京城的信差是否已回來。西門慶答道，來保
就要回到家，他說隨後要他趕往揚州。

來保向西門慶報稱李桂姐不會被起訴，祝孫二人也可能會從輕
發落，他又交給西門慶一封翟謙邀他進京祝蔡太師壽旦的信函。來保
被吩咐進去休息，因為他馬上就得再動身上揚州。桂姐獲悉消息，回
家。

西門告訴月娘上京的事，籌辦禮物。又給來保一信交揚州的蔡
蘊，要來保翌日上路。西門上京。

綜合上說，乙系版本包含了我們所推斷各點，而甲系版本則只
有「西門上東京」一點吻合。因此甲版本不可能為原作真本；即缺該
有的情節，又復多不必要的蛇足：如玳安之被遣往杭州就是一例。但
如甲系版不是真本原作，則乙系也不可能是原作，因為第五十五回，
除了上述若干段落之外，兩版幾乎雷同。我們因而必須認定乙系版乃
是以類似甲系版的版本為據，加以改作的。而且乙版本修改之處全集
中於第五十五回，這件事，更足以證明此點。

甲系版本之回目可能為原作之回目，甲系版之作者即根據此回
目寫出了有關的各個情節。

甲乙兩系版本之關係可分成第五十五回及第五十三、五十四回
兩方面來說。第五十五回，乙系版本是甲系本的刪節本，但卻也是訂
正過且較好的版本；第五十三，五十四兩回，則以甲系為上乘，由上
述甲系五十三、四回中論及的有關故事發展的脈絡，就可見一斑。

（三）永福寺部分

第四十九回十二（正反）頁。西門慶在永福寺送別了蔡御史，回到方丈處坐下，等候與長老談話：

> 便問長老多大年紀。長老道：小僧七十有五。西門道：倒還
> 這等康健。因問法號稱呼什麼？長老道：小僧法名道堅。西
> 門慶道：你這寺院，倒也寬大，只是欠修整。長老道：不瞞
> 老爹說，這座原是周秀老爹蓋造，長署裏沒錢糧修理，丟得
> 壞了。西門慶道：原來就是你守備府周爺的香火院，我見他
> 家庄子不遠，不打緊處，你稟了你周爺，寫個緣簿，一般別
> 處也再化著來，我那裏也資助你些布施。

這就是在五十三回以前有關的一點情節了。

第六十五回第四（正）頁。「到李瓶兒三七，有門外永福寺道堅長老，領十六眾上堂僧來念經。」第八十八回六（正）至七（正）頁。春梅如今已是周秀的妻子，把她從前女主潘金蓮的屍首埋了。

第八十九回第六（正反）頁。吳月娘，和吳大舅一干人去給西門慶上坟，回途決定在一座庵院停一下。

> 吳月娘便問，這座寺叫做什麼寺？吳大舅便說：此是周秀老
> 爺香火院，名喚永福禪林，前日姐夫在日，僧捨幾十兩銀子
> 在這寺中，重修佛殿。

由上面這些文字，可見永福寺為周秀所建。而很清楚的在第五十三回至五十七回中應該提到老僧人道堅在稟報周秀之後，接受了西門慶的布施。

現在我們來看看甲乙系版本中，是如何記述這些事的。因為有關這件事的文字，兩版大同小異，所以只採甲系版本。

五十七回第一（正）頁至二（正）頁。一長段描述——實際上是

取材自《太平廣記》中的一個故事——描述有關永福寺早在梁武帝
（521）時興建的事，說創建的人原是個道行極高的僧侶，到他死後
寺廟落入只顧吃酒呷飯的人手裏，寺裏的寶都賣得光光的，甚至屋瓦
牆磚也被拆了下來，成了個廢虛破廟。

第五十七回第三（正）頁。「原來那個寺裏有個道長老，原是西
印度國出身⋯⋯」第五十七回第三（反）頁。忽然道長老記起一事對
自己說：

> 且前日山東有個西門大官，⋯⋯前日餞送宋西廉御史，曾在
> 咱這裏擺設酒席。他因見咱這裏寺宇傾頹，就有個捨錢布
> 施，鼎建重新的意思。⋯⋯

第五十七回第六（正）頁至第八（正）頁。這長老便去求西門
慶，西門慶捨了五百兩銀子。極清楚的，這一段絕非原作，因為不但
永福寺的源史大為不同，而且提也沒提周秀。長老的名字有不同，可
能可以自回目得到說明。多半是為了回目的上下對偶而把「道堅」長
老略寫為道長老的。這一點在甲乙兩系中均如此。不過在其他章回中
則全做道堅。

（四）陀羅尼經文

第五十三回以前沒有相關的文字。第五十八回十五（反）至十六
（正）頁。

> 因那日薛姑子王姑子家去，李瓶兒來對月娘說：向房中挈出
> 他壓被的銀獅子一對來要教薛姑子，印造佛頂陀羅經，趁八
> 月十五日嶽廟裏去捨。那薛姑子就要拿著走，被孟玉樓在旁

> 說道：師父你且住。大娘，你還使小廝叫將賁四來，替他充
> 充多少分兩，就同他往經舖裏，講定個數兒來，每一部經，
> 多少銀子，咱每捨多少，到幾時有，才好。你教薛師父去，
> 他獨自一個，怎弄的過來？……

賁四把那對銀獅子秤了，重四十一兩五錢。

　　第五十八回第十八（正）頁。到經舖裏交了錢，賁四回來報告吳
月娘與李瓶兒：

> 講定印造綾壳陀羅五百部，每部五分。絹壳經一千部，每部
> 三分。筭共該五十五兩銀子。除收過四十一兩五錢，還找與
> 他十三兩五錢……

這樣突然地在五十八回殺出這麼一個情節，由不得叫人納悶，總覺得
前面應該提過此事才對。

　　在甲乙系兩版本中各有一次提到此點：第五十七回第十三（正）
頁。薛姑子要西門慶捐錢印經散發。西門慶給了她三十兩銀子，印五
千卷經，說等全部印完了，再去與他們清帳去。

　　顯然這段話不可能為原作，因為這件事就此沒了下文。如同上
面所說第五十八回那件事毫無伏筆一樣，同前說，這原因又可在回目
裏覓得：「道長老募修永福寺　薛姑子勸捨陀羅經」顯然的，增補此
一回的人，認為道長老與薛姑子勸募的對象為同一個人，即西門慶。
而實際上我們可以推定薛姑子找的卻是李瓶兒。這個正巧與前面我們
提過的，第五十五回「西門慶東京慶壽旦，苗員外揚州送歌童」的情
形毫無軒輊，把兩個題材並在一起做一個回目。

　　甲乙兩版都有不少不合情理處。譬如，薛姑子就不可能去向西
門慶勸捨，更不用說勸得到西門慶的錢了，因為五十一回裏寫得清清

楚楚，西門慶討厭薛姑子，甚至不許她進屋一步。

（五）西門慶訪太監

　　第五十二回十六（正）頁。西門慶跟應伯爵說翌日四月二十二日他要到劉太監庄上。（請西門慶吃酒的事在書中前文有提。）

> 到次日，西門慶早起，也沒往衙門中去，吃了粥，冠帶著，騎馬拿著金扇，僕從跟隨，出城南三十里，逕往劉太監庄上來赴席。那日書童與玳安兩個都跟去了。

　　就這樣酒席如期舉行。但甲乙兩版卻都在五十三回中再次相當詳細的把吃酒席的情形描寫了一遍，好像以前沒有這回事似地。不過兩版的遣詞有所不同。當然第五十三回的這一部分就不可能是原作了。然則這一次，並不是錯會了回目的含義，卻很可能是增補者根本沒有注意到我們前面討論過的第五十二回裏那些情節。
　　這說明了甲乙版本五十三回五十四回間的關係。用字雖各有不同，但情節的始末如此相似，簡直看不出是兩件不同的創作。

（六）李三、黃四

　　李三、黃四向西門慶告貸的故事也散見於五十三回至五十七回中。
　　第二十八回第一（正反）頁。應伯爵來替李三、黃四向西門慶關說貸款的事。李三、黃四與官府訂有一年契約，負責為他們採購各種用品。西門借給他們一千五百兩銀子。
　　第四十三回第一（反）頁。償還一千兩銀子。第四十三回第三

（反）頁。西門被勸服再借給他們五百兩銀子，連前共借給一千兩。

　　第五十一回第五（正反）頁。李三、黃四又央人向西門慶挪五百兩銀子接濟一時之急。西門慶回答說，他的銀子全拿去南方辦貨去了，但答應到徐四那裏去討債以便接濟。

　　第五十二回十六（正）頁。西門慶說第二日他得去赴劉太監的筵席。應伯爵道「李三、黃四那事，我後日會他來吧。西門慶點頭兒，吩咐交他那日後晌來，休來早了。」（這天是四月二十一日，所以李、黃應在二十三日來。）第二天，也就是二十二日，西門慶到劉家去了。

　　第五十二回十七（正）頁。徐家欠西門慶的二百五十兩銀子要回來了。（此回結尾是二十二日）這便是五十三回前有關李三、黃四的情節。第六十四回第七（反）至八（正）頁。李三、黃四來償還一部分債務。

　　顯見在五十三回西門慶一定付給李、黃五百兩銀子。在這一件事情上甲系與乙系情節頗為不同，須分別述之。

　　甲系第五十三回第八（正）頁至九（反）頁。此處說西門慶推拖了一陣之後借了五百兩銀給他們，兩百五十兩是他自己的，另兩百五十兩是徐家討回的，這事發生在去劉庄的第二天，如果我們肯定第五十二回所說西門慶赴宴之事可靠，那麼此地的日期是吻合的（見前）。

　　甲系五十六回三（反）頁。應伯爵又提到湊放許下李三、黃四的銀子。（顯見意味著一直未給。）

　　乙系五十五回四十七（反）頁。應伯爵與李、黃前來。西門慶付了五百兩銀子，兩百五十兩自己的，兩百五十兩是徐四還的。乙系五十六回第二（反）頁。（與上文引自甲系版的後一段同地方。）西門道，李與黃曾說須待下月方能還他的錢。

因此雖然剛才引述的甲系第一段合情合理，卻由於其他多處含有太多大的錯誤，而使其為真本的論點成為不可能。乙系顯然非原作，因為在事情發生的時間上落後太多。

甲乙二系之間的關係在此變為錯綜複雜，第一，引述自甲系五十三回與五十六回的兩段，互相矛盾；第一段合理則第二段之錯誤大矣。這與前文論西門慶訪京城中提到的五十三、五十六回之矛盾相同。第二，如我們只就第五十五與五十六回論，則乙系遠優於甲系。乙系引述的兩段，密縫了甲系情節的漏洞，修正了甲系情節上的謬誤。引自乙系五十五回的第一段，對借款的數目有正確的交代。這一段正就是乙系第五十五回開頭被修改得最多的那一長段文字的一部份。乙系引文第二段卻是無關宏旨，只是抹掉甲系的那個錯而已。

簡言之，甲系五十三回情節嚴實合理之處頗多，卻被該系五十六回搞壞了。由於對五十六回的許多更正，乙系的五十五回在情節上也同樣嚴實。究竟甲系五十三與乙系五十五那些合理嚴實的情節之間有無關係，則很難說。有些細節相似：諸如西門慶的推拖，應伯爵的急於了斷一件事好去給李、黃邀功領賞。兩系的行文也有類似之處。但並不足以說明兩個版本是誰仿的誰；細節之同，行文之類似，在《金瓶梅》這本小說前面各回也屢見不鮮。不過，仍然可以假定他們之間有此種關係。

到目前，我們談的都是情節上的不貫串。雖然我們因此而得到了許多證明，斷定了第五十三至五十七回確是增補上去的。

二　我的結論

自《萬曆野獲編》問世以來，尋究沈德符說「有陋儒補以入刻」的五十三回到五十七回的問題，不僅韓南教授是第一位，而且一回回

一節節，分析得極為細膩。且不管他理論的論點，是否正確，作為一位外國人，能對此一鉅著，作如此深入而精密的探討，亦足夠令人敬佩。我之所以把韓南教授的這一部分論述，引錄在這裏，用意有二：第一，當我們讀到韓南的這一研究，都應有愧作之感，過去，我們中國人有誰曾作如此細致的分析。第二，我希望讀者諸君在研讀了我對此「陋儒補以入刻」的五回研究之後，再一讀韓南的此一研究，當可取證於沈德符說此五回——五十三回至五十七回，是否「有陋儒補以入刻」的痕跡。或藉著我與韓南兩人不同的研究方向，更有助於後來研究此書者的參考。把我們兩人的研究，先後排列在本書之內，豈不是更方便於後來者的研究嗎！

說起來，韓南的這一逐回逐節的分析，確是下了相當工夫，他摘要出來的那多情節上不相脈聯的謬誤，也十之七八都是對的，但在這類似的情節，不相貫串的誤謬，卻又不止這五回有，其他各回也多得是，正如我的研究提出來的那幾回，誤謬都不能按放到「陋儒補以入刻」的責任上去。基乎此，自可想知韓南提出的那些情節誤謬，也同樣的不應按到「陋儒」頭上去。因為全書中像韓南摘要出的那些錯誤，實在太多了。就像我提出的第五十四回到五十五回的任醫官看病的重復情節，尤其第六十回同一回中的重復情節，又怎能算是「這五回」的因陋儒補刻與上下（五十三回前五十七回後）各回的脈絡不貫串呢！所以，我們只能判斷這些情節不貫的情形，完全基於集體執筆的改寫者造成的錯誤，連韓南所謂的乙版本（今所謂崇禎本）上的情節不貫，也都由於再一批或同一批改寫者的錯誤。這一判斷，自是可以肯定的。

關于韓南教授的此一研究，尚有一部分論及「咱」、「俺」二字人稱的問題，也曾費了不少工夫加以統計歸納。他認為「照例除去第一至第六回（的《水滸》部分），《金瓶梅》中被認為是原作的部分，

共用了幾百個「俺」（俺們、俺每）還用了一二十個「我們」（我每）。其他疑為後人增補的部分，則很少用「俺們」，而多用「我們」，還有時用「咱們」（咱每）。這是其他部分所沒有的現象。」關于這一點，我在論及韓氏此文時，已予指證過了，指證韓南教授的此一統計歸納不確[1]。

韓南教授的〈金瓶梅的版本及其他〉一文[2]，其論點的立論之誤，誤在處處為沈德符論《金瓶梅》的話語尋註腳，對沈氏之說，雖也時表懷疑，卻始終疑而未究，當我疑究沈德符之說的不可置信，一一尋出了證據，一一指出了漏洞，尤其馬仲良的「時榷吳關」之「時」，在萬曆四十一年，還有袁小脩的日記，說他在萬曆二十六年隨中郎真州時，方見此書之半，以及謝肇淛刻於天啟七年的《小草齋文集》中的〈金瓶梅跋〉都說尚未見到《金瓶梅》的全本，更說此書向無鏤板，越發的把沈德符寫在《萬曆野獲編》中的那些話，支離得一無是處矣。所以，當我的《金瓶梅》研究，進行到我這《金瓶梅審探》付梓的時日，韓南教授的《金瓶梅》研究，可存在的部分，已經微乎其微了。

不過，韓南教授對我國古典小說的研究成果，在今日的國際上，則仍為一方重鎮。深值敬佩者也。

1　可參閱拙作：〈論金瓶梅的版本及其他〉，《金瓶梅探原》，頁 167-189。
2　韓南著，丁貞婉譯：〈金瓶梅的版本及其他〉，《國立編譯館館刊》第 4 卷第 2 期（1975 年 12 月）。

論袁宏道給謝肇淛的這封信^{編按1}

　　在明朝，最早論到《金瓶梅》的人，是袁宏道（中郎），現已發現到的史料，是兩函一文。兩函，一給董其昌，一給謝肇淛，文則為《觴政》。這三件史料，我已說到不少次了。

　　關於其中給謝肇淛的這封信，我在〈論明代的金瓶梅史料〉¹一文中，對於這封信的真實性，曾表示懷疑。後來，馬泰來在謝肇淛的《小草齋文集》中，發現了謝氏寫的一篇〈金瓶梅跋〉²，其中說到「於中郎得十其三」，堪以證明謝肇淛手上的《金瓶梅》，有十之三乃從袁宏道處得來。那麼，袁宏道向謝肇淛函索《金瓶梅》的這封信，應是無問題的了。可是，如從信的本身看，雖有〈金瓶梅跋〉為證，仍難令人相信這是一封沒有問題的信。本文要討論的，就是這封信上的問題。

　　原信：

　　　　今春謝胖來，念仁兄不置，胖落落甚，而酒肉量不減。持數

編按1　　原載於國語日報《書和人》第434期，1982年2月6日，報刊題為：〈論一封
　　　　偽造的袁宏道信〉

1　　參閱拙作：《金瓶梅探原》，頁105-131。
2　　在謝肇淛著《小草齋文集》卷二十五，聯經出版公司出版之《中國古典小說研究專
　　　刊》第二輯，馬幼垣作〈論金瓶梅謝跋書〉引錄此文，拙作：《金瓶梅的問世與演
　　　變》，亦引錄此文。

刺謁貴人，皆不納；此時想已南。仁兄近況何似？《金瓶梅》
料已成誦，何久不見還也。弟山中差樂，今不得已，亦當
出。不知佳晤何時？葡萄社光景，便已八年，歡場數人，如
雲逐海風，倏爾天末，亦有化為異物者，可感也！[3]

　　我們如只是從這封信上的文辭去尋求文意，約可分作四個段落
看：

1

今年春天，謝胖到我這裏來過，嘴裏一直唸叨著仁兄你。胖
子落寞得很，可是飲酒吃肉，還不減當年。拿著名片去拜謁
權貴，都不接見他；這時想必回南方去了。

2

仁兄近來的情況怎樣？借去的《金瓶梅》，應該讀熟了吧？為
什麼這樣久不還我呢！

3

弟隱居山中這幾年，生活得倒也快樂，如今為了不得已的情
由，也應當出山（入仕）了。不知什麼時候可以見面？

4

想起當年葡萄社宴飲唱和的光景，竟然八年了呢！那時歡樂

3　此函最早刊於《三袁先生集》（美國普林斯敦大學圖書館藏），補刻於崇禎二年刻
　　之《袁中郎全集》四十卷本。勾吳袁氏書種堂刻之《袁石公集》及萬曆丁巳年梨雲
　　館類定本之《袁中郎全集》二十四卷本，以及清道光年間刻之培原書屋本《袁中郎
　　全集》，均未刻入此函。

場中的幾人，像天上的雲、海上的風一樣，轉眼間便消失在天邊了；還有離開人世的呢，令人感慨了！

我用語體譯出的文意，不致有什麼錯誤吧？那麼，我們下面再來探討寫信人與收信人的相關時地，以及這兩人的生活狀況；還有信中提到的「謝胖」其人與「葡萄社」等。這些，都關聯到這封信所涉及的《金瓶梅》問題。

一

凡是書信，都關聯到寫信的時間與地點。那麼，我們先不問寫信人是誰？也不問收信人是誰？光是從這封信的文辭所傳達出的語意看，我想任何人都會把這封信，作如此解說：

今年春天，謝胖來到北京，嘴裏一直唸叨著仁兄您。胖子落寞得很，好在酒肉量不減當年。可是拿著名片去拜見權貴，都不接見他；只有離開北京，此時想必已經回到南方了。……弟隱居山中生活得還算快樂，如今為了不得已的情由，也應該出山（入仕）了。不知什麼時候可以見面？想起當年葡萄社宴飲唱和的光景，竟然八年了呢！……

這樣，我們會把「弟山中差樂」的「山中」，看作是京城近郊的山鄉，謝胖到京城來，訪於山中。這時，這位寫信人準備出山尚未出山呢！

可是，當我們知道這位寫信人，是明朝萬曆年間的袁中郎（宏道），這封信的寫作地點，可就放置不到北京了。因為袁中郎沒有在

北京近郊山中隱居過，他隱居的地方是他家鄉公安，自營之柳浪湖[4]。

　　既然信中說的「弟山中差樂」的「山中」，是指的公安鄉間柳浪湖，那這封信上開頭說的「今春謝胖來」，自然不是到京城來，而是到公安來了。

　　公安有沒有那多「貴人」，招徠這位「謝胖」竟「持數刺」去拜謁呢？這一點，我們先不必去追究。我們應去查尋一下，有無「謝胖」其人？所謂「今春謝胖來」，與袁中郎的生活行踪，牽連得上嗎？

　　我們先來探討這一點。

二

　　查袁中郎的《瀟碧堂集》卷十，刻有謝于楚等人訪問柳浪詩數首，時間在萬曆丙午（三十四）年初春。其中有一首寫有短序，說：「謝于楚由川入楚，將東歸歙，復北上，有姬在燕也。」基此，我們知道確有一位姓謝的朋友，在萬曆三十四年初春，曾到公安柳浪湖去拜訪袁中郎。這位謝于楚，也是這封信的收信人謝肇淛的朋友。在謝肇淛的《小草齋文集》卷四，刻有〈謝于楚詩序〉一文，及卷八刻有〈遊黃山記〉一文，均記有與謝于楚遊止事。如此對證，或者可以說，這封信中的「謝胖」，就是指的謝于楚。

　　再查《瀟碧堂集》卷十，袁氏為謝于楚寫的〈歷山草引〉，其中說：

　　　　余與于楚交有年，初于歙，再于白下，于廣陵，于燕市，每

4　按袁中郎於萬曆庚子（二十八）年冬辭官南歸，是冬袁宗道卒於京。袁中郎即在家鄉自營柳浪湖山居，時為萬曆辛丑（二十九）年。

見必以詩相質，力追作者。今春忽見於柳浪，衣上塵土寸
許，是則夢想不及者也。問別來何所遇？嘿無語。試解其
裝，但見其詩益富，語益奇，而他無所有。……

這一段話，又堪與「胖落寞甚」一語相印證。

復按謝氏《小草齋文集》卷四之〈謝于楚詩序〉，說：

……既又從之長安，（指在真州南遊黃山之後，又與謝肇淛相
偕赴京。）長安多貴人，朱門碧瓦，寶勒金鷹，陌上紅塵，幾
失天日，于楚不聞也。日惟二、三酒徒，擊筑踏歌，醉胡姬
酒肆中，而無一語及時政。先是山人遊燕者，率以筆舌賈禍
去，獨于楚無間言，燕人始知重于楚矣。居燕三月，而余有
東郡之役[5]，戒驪且遍。……余既行，囑于楚於長安貴人，貴
人問：「風韻得如茂秦[6]否？」于楚聞之不懌！曰：「方今寧復
有弇州新都也者，而茂秦我乎？」吾馬首且東矣，夫骨體不媚
仲翔，不無恨於青蠅，而于楚能之。于楚於是乎可與友也。

如從謝肇淛記述謝于楚之為人的這一點來看，則又與「持數刺謁貴
人」之說，不相符契。像謝于楚這樣性格的人，怎會去「持數刺謁貴
人」呢！再說「此時想已南」，也與謝于楚於萬曆丙午（三十四）春
訪柳浪湖後的行踪不合，謝于楚離開柳浪湖後乃「東歸歙」；回到歙
縣家鄉去了。他是歙人，謝陞少連的兄弟[7]。歙縣在公安的東北，所

5　謝肇淛於萬曆戊戌（二十六）年春因案解官湖州，嗣至真州及黃山等處，遊賞經
　　年，於己亥（二十七）年夏抵京，居三月，復蒙選任山東東昌司理。（見〔明〕謝
　　肇淛：〈謝于楚詩序〉，《小草齋文集》，卷四。）

6　見〔明〕謝肇淛：〈謝于楚詩序〉，《小草齋文集》，卷四。

7　謝陞，字少連，諸生，歙人，謝于楚之兄。嘉隆間人，名士，與當代王世貞等人
　　遊。所作《季漢書》，承繼朱子《紫陽綱目》，以蜀為正統，為人稱道。

以袁中郎在詩序中說他「將東歸歟」。這一點也印證不上。

　　這封信的後一段，寫有「葡萄社光景，便已八年」的話，卻正好說明了他這封信，寫於萬曆丙午（三十四）年夏。按謝肇淛曾於萬曆己亥（二十七）年夏，抵京候選[8]，居留三閱月，與袁氏兄弟等人，時去崇國寺葡萄園飲宴唱和，此一聚會，袁氏兄弟稱之為「葡萄社」，到了翌年庚子（二十八），便因人事星散而解體[9]。那麼，從萬曆己亥（二十七）年算到萬曆丙午（三十四）年，正好八年。再說袁中郎離開柳浪湖赴京補官，也正是萬曆丙午（三十四）年秋，此說「弟山中差樂，今不得已，亦當出。」不也正是萬曆丙午夏的語氣嗎！所以，從「今春謝胖來」，到「弟山中差樂…亦當出」，再加上「葡萄社光景，便已八年，」在在都足以印證這封信，應寫於萬曆丙午夏（三十四年夏）。可是，「持數刺謁貴人」的地點，縱可置於京師以外，卻也不合謝于楚的性格；更何況「此時想已南」這句話，也與謝于楚於丙午春訪柳浪後的「東歸歟」不符呢。難道，「謝胖」並非謝于楚而另有其人？

　　關于謝于楚其人，是不是胖子？尚未尋得明確證言。不過，謝肇淛則是個胖子。在《小草齋文集》卷二十八，曹學佺撰謝肇淛墓誌銘，曾說到謝肇淛的形貌是：「君貌豐碩，額顙如砥，光能鑑人，腹便便，善飲噉，……」觀此，則又令人聯想到此信不是寫給謝肇淛的嗎？

　　《小草齋文集》卷八，有〈游黃山記〉一文，其中寫有一段攀登困苦的情況，說：

8　謝肇淛原任湖州司理，因案解任，再去京師走門路，等候選任新職。

9　按袁氏兄弟在燕京崇國寺葡萄園之飲宴，本是集在京之各地友人，乃一時歡場之聚，參予唱和諸人，時因一己生活動變而離京，如謝肇淛於己亥秋即東赴任，袁中郎亦於庚子冬南行是也。

詰旦，易芒履而上，山路始窮，樵夫前導，常聞丁丁聲。行
者越危石攀低枝，手挽足移，目眩心悸。既至石樓，眾喘如
吳牛矣。景升賈餘勇前進，于楚謝不能往，余亦難之。……

從這幾句話看，也許二謝都是胖子，錄此以作參證。

三

　　由上述推論觀之，這封信上的「今春謝胖來」、「胖落寞甚。」
以及「弟山中差樂，……亦當出」、「葡萄社光景，便已八年」等語，
均堪與袁中郎萬曆丙午（三十四）年夏的生活情實相符契，我們應該
確定這封信寫於萬曆丙午夏的柳浪湖，但謝胖的「持數刺謁貴人」與
「此時想已南」，則與謝于楚的萬曆丙午春訪柳浪湖，東歸歙再北上
燕，以及謝于楚的不攀權貴等性格，有了齟齬。自不能如此確定這封
信是寫於萬曆丙午夏的柳浪湖了。那麼，我們再設想另一時間與地
點，能否周圓此信之說呢？

　　現在，我們把這封信的寫作時間，再後推半年，探討一下是否
可能？

　　這封信的寫作時間，如往後再推半年，時間則為萬曆丙午冬。
這年，袁中郎秋間離開柳浪湖，冬間應在京城了。這封信寫於萬曆丙
午冬，基於袁中郎的生活情實說，是可能的。可是，信上的語言能符
合嗎？茲二析論如後：

　　一、萬曆丙午冬，袁中郎方由家鄉柳浪湖到達京城。這封信如
寫於這年的京城，則所謂「今春謝胖來」，在語意上，就不合時宜。
因為謝于楚「今春」到袁中郎那裏來，地點在公安鄉間，不在京城。
除非「謝胖」另有其人，要不然就應寫作「今春謝胖來柳浪」；再說，

「此時想已南」，在語意中隱示的時間，也不切合。從春到冬，中間
已隔兩季，怎能還說「此時」？而且「想已南」三字的語意，也不是
在冬天回想春天時人物動變的推測，這位朋友在半年多以前，到他公
安鄉間相訪後，東歸歙縣家鄉去了，且已知道這位朋友，將由歙入
京。他冬天到達京城，縱然詢知這位朋友並未來京，也不應推想說：
「此時想已南」，照理似應寫作「此時想仍在南」，方適合這時已在京
城的袁中郎的語氣。至於「持數刺謁貴人」之不合謝于楚的性格，都
不去管它了。

　　二、除了「今春謝胖來」的語意，不合袁中郎丙午冬在京城的生
活立場，下面的「弟山中差樂，今不得已亦當出」，在語意上，也有
同樣的不切時際。這時的袁中郎已由柳浪湖抵京補官，不應說「今不
得已亦當出」，應寫作「今不得已遂出」，或「今不得已只得出」，「今
不得已再入仕途」，「今不得已離鄉來京」；此所謂「亦當出」，在語
意上乃應當出仕而尚未出仕，意非已出仕也。是以從語意看來，這一
句也不合袁中郎丙午冬在京城時的立場。

　　所以，把這封信的寫作時間，放在萬曆丙午（三十四年）冬，也
不可能。

　　美國哈佛大學的韓南教授，認為這封信寫於萬曆丁未（三十五）
年[10]。這樣看來，可不可能呢？

　　下面我們再來推繹此一看法。

10　韓南著，丁貞婉譯：〈金瓶梅的版本及其他〉，《國立編譯館館刊》第 4 卷第 2 期
　　（1975 年 12 月）。

四

　　韓南的此一看法，自然是從信上的文意推想的。如從信上的文意看，特別是第一段及末一段，顯然都是寫於京城的語氣。一查袁中郎的生活行踪，自萬曆庚子（二十八）年冬，即辭官離京返鄉，隱居於自營之柳浪湖六年，直到萬曆丙午（三十四）年秋，方始由鄉赴京補官，所以韓南把這封信的寫作時間，設想在萬曆三十五年夏。韓南的此一推想，如沒有謝于楚的丙午春訪柳浪，以及謝肇淛的丙午年到丁未年的行止，形成這兩者的均不能印證，則此一推想，應無問題。最低限度，也尋不出事實上的理想來推翻此一設想。但偏偏的有一謝姓友人，於丙午春訪中郎於柳浪，卻也是謝肇淛的友人。同時，謝肇淛的生活行止，更其不適於袁中郎寫出這樣語氣的一封信。

　　按謝肇淛字在杭，萬曆壬辰（二十）年進士，與袁中郎同年。得中後的當年冬，任湖州司理，戊戌（二十六）年春，因案解任[11]。當年夏避地真州，與袁小脩等人，在真州遊宴數月，抵九月，遊伴分散[12]，他偕同謝于楚南遊黃山，到了十二月盡，方由南北上，再到真州。翌年（己亥）夏抵京師[13]。在京逗留三閱月[14]，方獲東昌司理之

11　吳興鄉紳董份范應期等，頤指氣使，為害地方。撫按等人搜證列罪上奏，范應期畏罪自經。范夫人伏闕鳴冤。神宗念范曾任講官，怒怪搜證者生事，一一逮下刑獄問罪。謝肇淛雖未坐連牢獄之災，卻解任於戊戌大計。（參閱〔明〕謝肇淛：〈謝氏行狀〉，《小草齋文集》，卷二八。）

12　見〔明〕謝肇淛：〈遊黃山記〉，《小草齋文集》，卷八，「秋半，小脩北遊，晉叔南邊，余偕于楚為天都之行。於是一時同遊，飄零略盡。」

13　見〔明〕謝肇淛：〈謝于楚詩序〉，《小草齋文集》，卷四。

14　同前註。

選，七月間到任[15]。在東昌一居六年，抵乙巳（三十一）年春，始擢升南京刑部山西司主事，嗣改任兵部職方司主事。到丙午（三十四年）四月，以入賀皇太后徽號，始再入京[16]。在京未久留，即乞假歸省。六月至京，八月二十一日即遄抵家鄉長樂。返家不及兩月，即丁父憂，到己酉（三十七）年服闋，方再補官工部屯田司主事，轉員外郎。……

　　由上錄謝肇淛的十餘年間之生活行止看，萬曆丁未（三十五）年間的謝肇淛，正在家守父喪。謝的父親卒於丙午年十月初五日，葬於當年十二月十四日[17]。此信如寫於丁未夏，還是謝肇淛的熱喪時期，身為同年的袁中郎，不能不知。我們看袁氏此函，居然連一句慰唁之詞也無有，還問：「近況何似？」雖一無識鄉人，也不會說出這樣的話吧！再說袁中郎應否在同年友的熱喪期中，寫信催索借書呢？亦不近情理也。

　　是以我敢斷定，這封信決不可能寫於萬曆三十五年。那麼，再往前推一年呢？前推一年是萬曆乙巳（三十三）年，這一年，袁中郎仍在柳浪湖隱居，乙巳春並無姓謝的友人來訪，而且，「弟山中差樂，今不得已，亦當出」的話，距離他第二年出山入仕，尚有一年之久，這話說得未免早了些。再「葡萄社光景，便已八年」的時計，也不合事實。越發的印證不上了。

15　謝氏《居東集》卷二，有〈己亥夏初度歷山署中〉詩。按謝肇淛生於隆慶元年七月二十九日，既在歷山署中初度，自可想知他七月間就抵任所了。其他《小草齋文集》的〈謝于楚詩序〉，也記有他與謝于楚回到京師的時間，是己亥夏的記載。《居東集》尚有〈長安初夏偕沈仲潤太史、袁中郎博士郊行〉詩，都足以證明謝肇淛己亥夏在京，七月赴任所。〈謝于楚詩序〉又說：「于楚居燕三月，而余有東郡之役，戒驂且逼……」可以確知謝肇淛在己亥（二十七）年的七月，就由京抵達山東任所了。
16　見《小草齋文集》，卷二十八，曹學佺寫〈謝肇淛墓誌銘〉及徐𤊹作〈謝肇淛行狀〉。
17　參閱〔明〕謝肇淛：〈謝氏行狀〉，《小草齋文集》，卷二十八。

五

　　再看袁中郎的這封信，主要的一點，乃討還《金瓶梅》，信上
說：「《金瓶梅》料已成誦，何久不見還也。」顯然在說明謝肇淛借
去的《金瓶梅》，已很久沒有歸還。那麼，謝肇淛什麼詩候向袁中郎
借去《金瓶梅》呢？

　　根據上述謝肇淛的生活行狀看，他向袁中郎借閱《金瓶梅》，有
兩個合適的時期，一是戊戌夏在真州，一是己亥夏在燕都。戊戌夏，
謝肇淛卸任了湖州司理，避地真州，與袁小脩等人共遊了數月，小脩
秋天纔離真州北上。在此時期，謝肇淛有時間讀閒書，也有時間與經
濟能力抄錄《金瓶梅》。如果《金瓶梅》被袁中郎帶往京城了呢，第
二年，己亥夏，謝肇淛到了燕都，曾在京與袁氏兄弟等人玩了三個多
月[18]。這時的謝肇淛在京候選，也有時間借抄《金瓶梅》。這時的袁
中郎，手上的《金瓶梅》，只有「十其三」。僱一人抄錄，三閱月也
能竟事。縱然沒有抄好，帶去山東，也不見得八年未還。因為袁中道
（小脩）每三年就要往返春闈一次，在往返途中，都有道經山東向謝
氏取回《金瓶梅》稿本的機會。如庚子（二十八年）辛丑（二十九年）；
癸卯（三十一年）甲辰（三十二年），都曾往返京師，參加春闈。辛
丑年下第，小脩護長兄（宗道）靈柩南返，曾過謝肇淛衙署。謝氏在
《居東集》卷二，寫有〈小脩見過衙齋〉一詩，可證袁小脩曾在辛丑
（二十九年）夏，去過山東訪謝肇淛。如果謝肇淛曾於己亥（二十八
年）向袁氏兄弟借去《金瓶梅》抄本，這一次袁小脩到謝氏山東衙
署，也應該還了。縱然這次未還，則袁小脩於癸卯（三十一年）與甲
辰（三十二年）這兩年的往返京城，也應是袁中郎函索還書的最好機

18　見〔明〕謝肇淛：〈遊黃山記〉，《小草齋文集》，卷八。

會。又怎的會拖到丙午（三十四）年纔寫信討索呢！

　　丙午年謝肇淛的職務是南京兵部職方司主事，袁中郎既已決定
這年上京補官，自可於北上之便，道經金陵一訪老友，順便索還，何
必在準備赴京前，專函馳索？想來，此信索書亦非情理也！

六

　　從上舉理由來看，委實無法證明這封信是袁中郎寫的。我們再
來結論一下：

　　第一，推斷此信寫於丙午（三十四）年夏，「今春謝胖來」固可
印證上謝于楚的訪問柳浪，「葡萄社光景，便已八年」的時間之說，
也能符合事實。但「持數剌謁貴人」與「此時想已南」，則與謝于楚
的訪問柳浪而「東歸歟」，不相符合矣！

　　第二，推斷此信寫於丙午（三十四）年冬，則「今春謝胖來」與
「此時想已南」，以及「弟山中差樂，今不得已，亦當出」這些話，
更與袁中郎的生活往還的情實不符。

　　第三，推斷此信寫於丁未（三十五）年夏，則不惟「弟山中差樂」
之說，不符袁中郎在京師的立場，信中的語言，則尤不合寄給正在守
喪中的謝肇淛。此一判斷，也難以成立。

　　第四，推斷此信寫於乙巳（三十三）年夏，不惟「葡萄社光景便
已八年」之說，不合事實，「今不得已亦當出」的話，也言之過早。
更何況，在袁中郎的生活歷程中，這年（乙巳）春，並無謝姓友人往
訪於柳浪。

　　第五，再據謝肇淛的生活歷程觀之，似無久借《金瓶梅》不還的
可能。且由己亥（二十七年）到乙巳（三十三年），袁氏兄弟也有向
謝肇淛索還《金瓶梅》借書的時機，不至於等到八年後的丙午（三十

四年）再寫信催索。

第六，尤其是，先從這封信的文辭本身看，如「持數刺謁貴人」與「弟山中差樂，今不得已亦當出」前後立場，也自相矛盾。上句的立場，應寫在京城，下句的立場，應寫在袁中郎隱居的柳浪湖。不是自相矛盾嗎！

綜上研判，無論選定任何一點立論，都無法認定這封信是出於袁中郎之手。我們把這話再退一步說，縱然這封信是袁中郎寫的，也必是故意偽託，而有所掩飾者也。看來，此信似乎不是袁中郎寫的，問題太多了。

總之，這封信是偽造的，看來已無疑義。否則，何以連信的文辭本身，也自相矛盾呢？

七

當然，任何偽造者，都有其偽造的目的，那麼，偽造者偽造袁中郎的這封信，其目的何在呢？說來，又得歸論到我寫《金瓶梅的問世與演變》[19]一書的結論上去了。

按《金瓶梅》最早出世傳抄，時在萬曆丙申（二十四）年（1596），那時的《金瓶梅》，可能是一部有關明神宗寵愛鄭貴妃有廢長立幼的政治諷喻小說，後來，因為兩次「妖書」[20]事件，此一政治諷喻的小

---

[19]　拙作：《金瓶梅的問世與演變》。

[20]　第一次「妖書」事件，發生於萬曆二十六年間，幸未釀成事態，焚版了事。蓋有人假朱東吉之名為問答，刻一小冊子，名《憂危竑議》，諷刺鄭貴妃之子將取代長子常洛為儲君。第二次「妖書」事件，發生於萬曆三十一年，有人又假鄭福成之名為問答，刻印冊籍，名《續憂危竑議》，諷喻鄭氏子福王常洵，仍將起代常洛。神宗大怒，鬧得全國沸騰，牽連極廣，兩年未息。（參閱拙作：《金瓶梅的問世與演變》一書之第五章，及附錄三〈一月皇帝的悲劇〉。）

說，不敢流傳。凡所傳抄的文士，為了掩飾此一小說的可能惹禍，乃改寫成西門慶的身家興衰等淫穢故事。用以證明彼等所傳抄的《金瓶梅》，即西門慶與潘金蓮的淫穢事也。所以，凡是明朝人論及《金瓶梅》的人，第一，全是萬曆間人，第二，全是與袁中郎相識而又彼此也相識的人，第三，所論全是異口而同聲，都說《金瓶梅》的故事，即西門慶家的潘金蓮、李瓶兒、龐春梅也。這樣一來，《金瓶梅》的政治諷喻問題，便這樣掩飾過了。

　　說來，這封信的偽造目的，自基乎此；為了有所掩飾。這封信，不是呼應了謝肇淛《小草齋文集》中的〈金瓶梅跋〉嗎！

　　話再說回來，袁中郎的這封信，如果不是偽造，又何以會有如此多的矛盾與牴觸的問題，展示於信文的字裏行間呢！

審探《金瓶梅》十題

一　《金瓶梅》引詞與證事的諷喻^{編按1}編按1

　　如果，蘭陵笑笑生寫《金瓶梅詞話》，只是為了要寫西門慶的故事，這闋引詞徵喻在故事開始之前，到底徵喻西門慶些什麼呢？像西門慶這樣一位不識之無的僻野小縣城的地痞，怎能與項羽劉邦並論。特別值得一提的是，劉邦寵戚夫人廢嫡立庶的事，與《金瓶梅詞話》的故事，更是風馬牛互不相及。那麼，《金瓶梅詞話》的作者，把這些歷史引證到前面，是什麼意思呢？

　　固然，作者又緊跟著在下面解釋說：

> 說話的，如今只愛說這情色二字作甚？故士矜才則德薄，女衒色則情放。若乃持盈慎滿，則為端士淑女，豈有殺身之禍。今古皆然，貴賤一般。如今這一本書，乃虎中美女，後引出一個風情故事來。一個好色的婦女，因與了破落戶相通，日日追歡，朝朝迷戀，後不免屍橫刀下，命染黃泉，永不得著綺穿羅，再不能施朱傅粉。靜而思之，著甚來由。況這婦人他死有甚事？貪他的斷送了堂堂六尺之軀，愛他的丟了潑天關產業。驚了東平府，大鬧清河縣，端的不知誰家婦

編按1　本文乃《金瓶梅的問世與演變》中下編，第六篇〈詞話本頭上的王冠〉中第二節「引詞證事的諷喻」的擴寫版。文初自「如果，蘭陵笑笑生寫《金瓶梅詞話》……尤其劉邦寵愛戚夫人有廢嫡立庶心意的故事」與前文皆同，後則擴寫之。

　　女，誰家妻小？後日乞何人占用？死于何人之手？正是：「說
　　時華岳山峯歪，道破黃河水逆流。」

下面才說到故事的背景。改錄了《水滸》的打虎故事等等。

　　就以所述「虎中美女」這一點來說，也與後所寫的潘金蓮一生際
遇，不相符節。雖然，此所謂的「破落戶」，應是指的西門慶，潘金
蓮的屍橫刀下，也是基于她與西門慶的通奸所引起。可是，西門慶之
死，在《金瓶梅詞話》的故事裏，卻不全是為了潘金蓮的原因。《水
滸》上的故事，才是如此。至於「驚了東平府，大鬧了清河縣（陽
穀）」，也全是《水滸》的情節，與流行於今日的《金瓶梅詞話》，內
容兩不相符了。所以，我們可以從這些地方，去領會到作者原意所要
架構成的《金瓶梅》，並不是今天我們所讀到的《金瓶梅詞話》的內
容。今日的這部所謂萬曆丁巳本的《金瓶梅詞話》，可能是改寫過的
了。從它的第一回的引詞證事來看，我們確確實實的可以如此推斷它
的。

　　那麼，改寫成《金瓶梅詞話》以前的《金瓶梅》，其內容如何呢？
我個人認為《金瓶梅詞話》第一回中的引證所喻，透露出的消息，必
是它以前那部《金瓶梅》的內容。從以往寫在說部中的楔子慣例來
看，這樣推想，應是一件不容置疑的事。再證諸前章所述之「萬曆朝
的宮闈事件」（「《金瓶梅》的社會背景」章），益發可以令人蠡及，
袁中郎時代的《金瓶梅》，極可能就是一部諷諫神宗皇帝寵幸鄭貴
妃，有廢長立幼的故事。不過，它原來的故事，是不是支出於《水
滸》的那個西門慶與潘金蓮的故事呢？可就很難說了。

　　西門慶與潘金蓮，在《水滸》中是兩個定了型的人物，除了西門
慶的那分可以在獅子樓與武松對打的武藝拳腳之外，幾乎全部搬進了
《金瓶梅詞話》。如果，袁中郎時代的《金瓶梅》，正如袁小脩日記中

所寫，可證它與《金瓶梅詞話》的故事無異。此一問題，留待後面再來述說。但在此可以說明的是，西門慶與潘金蓮，似乎不可能擔當起來像《金瓶梅詞話》中那個諷喻帝王寵幸故事的任務。所以，我們可以推想到《金瓶梅詞話》以前的那半部《金瓶梅》，必是一部可以楔入劉項寵幸事件——尤其劉邦寵愛戚夫人有廢嫡立庶心意的故事。後來迫於政治情勢，遂有人把它改寫過了。這一點，在袁中郎寫給董其昌的那封信中，還有其蛛絲馬跡可尋。

從前人留下的文件看，我們知道袁中郎寫給董其昌的這封信，是談到《金瓶梅》最早的一件資料。已為人所共知。這件資料對於《金瓶梅》的論述，只說「雲霞滿紙，勝枚乘〈七發〉多矣」。這時的袁中郎，瘧疾數月未愈，是以所謂「勝枚乘〈七發〉多矣」的話，也可以作為祛病解釋。但也可以作為枚生〈七發〉祛除了楚王子所患政治病的解釋。如果是這樣，《金瓶梅》的內容，必是一個有諷諫意味的故事。

第一，首回中的劉項之比，所冠喻的都似乎是屬於君王的故事，尤其漢高寵戚夫人意想廢嫡立庶的史實冠喻，豈不是已說明了後面的故事，與萬曆皇帝的寵愛鄭貴妃有關嗎？

第二，所謂「雲霞滿紙」，想來也可作兩種解釋，一是指的滿紙璀璨如霞彩，贊美書中的文詞或意想優點，一是指的滿紙是霞彩的雲翳。如果第二個解釋合乎中郎的文意，便可證明袁中郎讀到的《金瓶梅》，其內容是諷喻的，有象徵意義的，或者說有所「發」的。那麼，怎不令人想及當年袁中郎讀到的半部（謝在杭說是十之三）《金瓶梅》，必是另一部書。此一問題，中郎的後人袁照，在《袁石公遺事錄》中，業已提出過了[1]。

---

[1]　袁照編：《袁石公遺事錄》，清同治八年出版。

　　縱然，中郎在萬曆二十四年間讀到的《金瓶梅》，其內容與《金
瓶梅詞話》無異，袁小脩的日記《遊居柿錄》及謝在杭的《小草齋文
集》均足以徵。問題是，在萬曆那個淫縱不束的朝代，社會上又正需
要像《金瓶梅》那樣的淫佚小說，怎會半部傳抄於世間長達二十年以
上，方有刻本問世？這一問題，我已反覆說了。尤其，在明朝那個善
於纂附入刻的時代，縱然作者因故未能及早寫完，亦必有人代為補寫
成篇而入梓的吧。但居然沒有這種情況出現。可是到了萬曆丁巳（四
十五）年冬《金瓶梅詞話》板行，抵甲申易姓之前後二十七年之間，
不同刻本即有六至七種之多。這一點，也就足以證明當年袁中郎讀到
的《金瓶梅》，之所以遲遲不曾板行於世，是有其相當原因的。這原
因，也只有認為中郎當年見及的那一部分《金瓶梅》，具有的是關于
政治諷喻的內容。所以才沒有人敢貿然付梓，閱及的人也不敢公開嚷
嚷了。我們從第一回的徵詞證事，不是已經吟味到了嗎？

　　從《金瓶梅詞話》第一回看，作者一下筆即以詞語徵諸劉項，且
論及漢高之寵戚氏的廢嫡立庶的故事，來楔子後文，豈不顯然是在諷
喻神宗之寵鄭氏，因而遲不冊立太子的比況乎？這一點，幾已無所懷
疑。若再以明人說部之引詩證詞，以及引起與楔子等寫入文首的原則
看，則又益可證明《金瓶梅詞話》中寫的漢高有心廢嫡立庶事，應是
後文的棟樑。可是，《金瓶梅詞話》，則僅僅餘下了這根棟樑的椿頭，
山窠出的樑柱，已是另一形態。因而第一回的劉項故實，與後面的西
門慶故事，兩相扞格，既引不起也楔不入了。更可以說，劉項的故
事，特別是劉季戚夫人一事，委實冠不到《金瓶梅詞話》的故事上
去；這頂戴在帝王頭上的平天冠，如何能戴到西門慶的頭上去呢？基
乎此，越發可以蠡及《金瓶梅詞話》之前，極可能還有一部諷喻神宗
寵鄭貴妃的《金瓶梅》，暗流於民間文士之手。萬曆二十四年（1596）
前後，正是神宗遲不冊立東宮等問題的高潮。《金瓶梅》的前半，正

好在此時期出現，這總不能說是巧合吧！

二　《金瓶梅》的故事結構 ^{編按1}

西人說，藝術乃加在自然上的人工，換言之，凡所藝術品，都是人工的行為而成。藝術既是人工的行為而成，當然不是神為的自然，在形成上，自難免會有缺點了。是以論藝者，不能忽略藝術的結構，可以說結構應是藝術形貌的第一要素。小說雖是寫人的藝術，但人的言談舉止與人與人的往還所構成的事件，無論簡單或複雜，都含有故事本身的體性結構，那麼，我們論小說的結構，著眼的便是這一部分。長篇小說，結構則尤其重要。《金瓶梅》一書的最後部分，論者都說寫的鬆了，也就等於說是它結構上的缺點。

按《金瓶梅》的故事，寫的是西門慶的身家興衰，雖然西門慶與潘金蓮的偷情通姦，借自《水滸》，但在《金瓶梅》中，則已另成宇宙，她演出的故事，不止是偷情西門慶謀殺親夫，而且還嫁到西門家演出了其他不少的故事。所以在《金瓶梅》的故事中，祇有西門慶纔是第一主角，其他都是配角。正因為西門慶是《金瓶梅》的第一主角，所以《金瓶梅》的故事，寫到西門慶死亡，主要的故事便結束了。那麼，西門慶死後的故事，可以說只是西門家的衰落交代而已。

《金瓶梅》故事一百回，其中情節，全是與西門慶有關聯的故事，就是西門慶死後的二十一回，也不例外。從回目上看，雖然詞話本的第一回「景陽崗武松打虎」，距離西門慶的故事開端，似乎嫌遠了一點，但由武松打虎，引出了武大與潘金蓮，先寫潘金蓮戀上了武松，為武松所拒，潘金蓮惱羞成怒，再與西門慶通姦，武松派往東京

編按1　原載於報紙，報刊名不詳，國家圖書館特藏組典藏有先生剪報。

辦事，時踰三閱月歸來，武大已死，告狀鳴冤，不得正判，誤打皂隸李外傳，反遭墨刑充軍。因而西門慶獲得了迎娶潘金蓮的機會。在情節上，構成的均極自然。尤其誤打李外傳惹上官司，知府陳文昭的同情，改判武松充軍的一筆，為西門慶的故事，由此開闢出一個新天地，手法最為高明。缺點便是開頭引述劉項故事——特別是劉邦寵戚夫人有廢嫡立庶一事的楔不入西門慶的故事，在後來的改本（所謂崇禎本）中，已改寫成西門慶義結十兄弟，尚無故事支離情節散漫的缺點，就是後二十一回——由八十回到一百回，雖然情節鬆懈了下來，故事可並未離譜，只是在基調上，由遲緩變得快速，顯得不相統一。說起來，自是小說的最大缺點了。

如依故事情節的編年發展上看，益發可以顯出這部小說在結構上的缺點。我在另一篇短文中，曾提到此一問題，對此問題，我作一個簡單的統計，在一百回的篇幅中，自政和二年（1112）寫到建炎元年或二年（1127 或 1128）共十六年，或十七年的時閒。如以情節來看，政和二年約兩回，政和三年約有九回，政和四年約有十回，政和五年則有十八回，政和六年則有十六回，政和七年竟有三十九回之多，重和元年有十回，宣和四年五回，宣和五、六兩年無情節紀事，宣和七年及建炎元年二年兩回。可足以想見《金瓶梅》的故事，全部著眼在政和七年前後上面，亦即西門慶身家之興的高潮，到了政和七年九月李瓶兒死（第六十四回），之後的情節，便逐步寫西門慶的由盛入衰了。雖然，李瓶兒死後，還有西門慶工完陞級，上京引奏朝儀（第七十回、七十一回），更有佳期賁四嫂，兩戰林太太，李代如意兒，都是貪欲得病的情節安排了。當西門慶死後，在情節上，雖為他安排了一個墓生子，使西門未絕後嗣，但結果，這個孩子竟是為佛而生，出家為僧去了，西門雖有嗣等於無嗣。這一門還是絕了，只得以玳安來李代桃僵。作者的此一安排，亦未嘗不是給與西門慶的懲罰

吧！前生作的孽，由後世來補贖。（作者在墓生子一回中，有西門慶轉世孝哥的暗示。）跟著，西門慶的愛娘子潘金蓮為愛婿所竊，斯一「淫人妻子，妻子淫人」的果報循環之機，亦未免使西門慶之蒙辱已甚。再跟著就是李嬌兒盜財歸院，韓道國拐財倚勢（逃往京城太師府靠女兒去了），湯來保欺主背恩。賣春梅，出金蓮，逃雪娥，嫁玉樓，西門家的樹倒而猢猻散矣！

　　在後二十回中，有三個故事是枝蔓的：

一、是第八十四回的吳月娘大鬧碧霞宮，宋公明義釋清風寨，雖看來不無孤立多餘之感，而且所寫故事，更是從別處拼湊來的。可是，在《金瓶梅》的情節上，如無這一回的安排，則潘金蓮與陳經濟的姦情，就不會那麼裸露，因為沒有吳月娘離家那麼一段日子，這兩人的姦情就不會那麼明目張膽，不使此二人的姦情明目張膽起來，則下面的賣春梅，出金蓮就不易安排了。

二、是武松殺嫂祭兄，寫武松的及時歸來，雖在情節不無傳奇之筆，稍違乎寫實的章法，但在八十七回中寫武松歸來的簡略交代，卻也恰能與第十回的充軍孟州道情節相吻合。何況這一故事，又寫得那麼令人驚心動魄呢！

三、是第九十六回的春梅遊舊家池館，看來也似乎是《金瓶梅》的外一章，可是，如無這一回，則西門家的各處破敗景象，就無法一一自然顯現給讀者了。還有第九十二回的陳經濟被陷嚴州府，在我看來，應是《金瓶梅》百回中多餘的一回情節。固然，作者的目的，企圖把前面寫陳經濟拾到孟玉樓簪子的伏筆，在此予以顯露出來，但總令人覺得這樣寫，迂迴得太遠，在時間上，穿插得也不合理[2]。如果為了寫陳經濟的敗家落

2　參閱拙作《金瓶梅編年紀事》，《金瓶梅詞話註釋》。

拓，也不必迂迴到嚴州去。至於孟玉樓嫁了李衙內，出了西門家，已算交代了。陳經濟的落魄行乞，以假弟作春梅面首，續娶葛翠屏，再遇韓愛姐，最後死於張勝刀下，都顯得拖杳散漫，雖然在情節上，一一交代了陳經濟、韓愛姐以及春梅的「以淫死」，但在小說的故事結構上，可以說處處都是敗筆。後二十回，只有兩處可以圈點的情節，一是上面說的武都頭殺嫂祭兄，一是春梅遊舊家池館。雖然吳月娘誤入永福寺，寫春梅的不記舊怨，仍以婢禮叩主，對吳月娘達成尖銳的諷嘲對比，也頗感人，似還不夠完整。其他均無足論矣！

總之，《金瓶梅》也一如其他長篇小說一樣，多由許多小情節組合編綴而成。在結構上，自難免有缺點。至於《金瓶梅》的結尾，目的只在交代全書情節人物，未暇及於緊湊，憾然！

三　吳月娘大鬧碧霞宮

《金瓶梅》全書一百回，寫的是西門慶身家興衰的故事，可是，西門慶在七十九回便死去了，餘下的二十一回寫些什麼呢？曾有人說前八十回寫的是金蓮、瓶兒，後二十回寫的是春梅。這種說法，可以說是信口開河，連《金瓶梅》的目錄都不曾翻檢一次的人，方會胡說出這樣的錯誤。我在〈論《金瓶梅》〉這篇短文中，已提到了。不必去一回回閱讀內容，光是從回目上，就能統計出春梅在前八十回的情節中，占的分量重？還是在後二十回中占的分量重？便一目了然了。那麼，後二十回寫的什麼呢？從小說的結構上說，西門慶死後的情節，全是要把出現在書中人物的後果，予以交代而已。

作者為了要把西門慶家的人物，一一作一結果的處理，最惹人注意的人物，便是潘金蓮與春梅主婢二人。作者為了處理金蓮春梅之

能有下回（第八十五回）「月娘識破金蓮奸情，薛嫂月下賣春梅」以及再下一回（第八十六回）「王婆子貪利嫁金蓮」與再下一回第八十七回的「王婆子貪財受報，武都頭殺嫂祭兄」，遂在這第八十四回，按排了吳月娘泰山進香的情節。但為了加強吳月娘夠資格作西門慶家的正頭大娘子，遂寫有吳月娘在泰山進香的這一行程之中，遭遇了兩次劫難，先是殷天錫，後是矮腳虎王英，故有「吳月娘大鬧碧霞宮，宋公明義釋清風寨」的情節穿插；更有雪洞禪師之遇合，以作孝哥皈佛的伏筆。從情節的演進上看，「吳月娘大鬧碧霞宮」，自是為此構想而傅設出的了。如果，吳月娘不去泰山燒香，須要離家一段日子，潘金蓮與陳經濟的姦情，還不致暴露得那麼快。是以吳月娘泰山進香的這一情節，在後二十回中，乃一重要設施。

不過，吳月娘大鬧碧霞宮的這一回，全是從《水滸傳》中的情節套用而來。已有人考證過了，如美國哈佛大學的韓南教授曾為文一一點出。韓南說，（一）月娘所見的女神（碧霞元君）描寫，取自《水滸》第四十二回宋江的夢。（二）月娘逃出廟中的情節，取自《水滸》第五十二回，（三）廟中企圖誘陷月娘等情節，出自《水滸》第七回。（四）逃出廟宇以後又遇另一危險，出自《水滸》第三十三回。但實際上，韓南指出的這些取自《水滸》的情節，只是略有類似而已。像這些地方，與前幾回的原文照抄，大不相同。如殷天錫，在《水滸傳》第五十二回中，固有「李逵打死殷天錫」的情節，但與本回所寫殷天錫調戲吳月娘的情節，絕不相同。下面的矮腳虎王英把吳月娘搶上清風寨的情節，雖《水滸》第三十三回有「花榮大鬧清風寨」的事，也絕不相同。我們只能說，《金瓶梅》的作者只是借了《水滸傳》這幾個人物到《金瓶梅》中來擔當另一演出的任務，似不能把它說成這情節是從《水滸》中取得來的。我們只要兩相閱讀一下就明白了它們之間不是一回子事。

　　但《金瓶梅》這回寫吳月娘觀看碧霞娘娘的金身，寫了十多句「但見」：

> 頭綰九龍飛鳳髻，身穿金縷絳絹衣。藍田玉帶曳長裙，白玉圭璋篆彩袖。臉如蓮萼，天然眉目映雲鬟，唇似金朱，自在規模。瑞雪罷猶如王母瑤池，卻似嫦娥離月殿。正大仙容，描不就威嚴形相畫難成。

　　在《水滸傳》第四十二回寫宋江夢見女神的那一形相的文詞，確有取摘之處。如

> 宋江恰纔抬頭舒眼——看見殿上金碧交輝，點著龍燈鳳燭；兩邊都是青衣女童，持笏捧圭，掣旗擎扇侍從；正中七寶九龍床上，坐著那個娘娘，身穿金縷絲絹之衣，手秉白玉珪璋之器；天然妙目，正大仙容；……

　　是有幾句設用在「但見」的文詞中了。

　　在這一回的情節穿插下，吳月娘遇難兩次，先遇殷天錫，後遇矮腳虎。逃脫了殷天錫原可在遇見雪洞禪師後，可以安然無恙的返回清河，第二天，偏又在路過清風山時，又被王英搶上清風寨，幸遇宋江以義說服了王英，釋放了吳月娘等人。像這種情節，全是為了圓融章回回目的架構，說來，都是章回小說受限於相對回目的累贅。換言之，只是為了回目而湊數而已。因為這一回的回目是「吳月娘大鬧碧霞宮，宋公明義釋清風寨」。

　　在整篇小說的結構上說，此一回的情節，是交代西門家人逐步離散的重要關目，所以下面的情節，便跟著是逐經濟、賣春梅與嫁金蓮，再跟著便是武松殺嫂祭兄。情節發展至此，西門慶的身家之衰落，已達顛峯矣！所餘下的只是孫雪娥與孟玉樓兩個老婆，尚未交代

出去。雖然，這一回的安排，主要的目的，是為了交代金蓮春梅而構
想，但它卻是這百回小說結尾時的轉捩之筆，與第九回的「武都頭誤
打李外傳」，都是《金瓶梅》作者處理此一百回長篇的精到之技。

四　西門慶及其妻妾的干支生屬

　　《金瓶梅》的故事，由宋徽宗政和二年（1112）九月寫起，武松
告別小旋風柴進，離開滄州到陽穀探訪兄長武大。（以《金瓶梅詞話》
為據）當年十一月間，武松奉差東京公幹。翌年（政和三年癸巳）三
月，西門慶與潘金蓮勾搭成奸。當西門慶與潘金蓮初次見面，敘起家
常的時候，曾問潘金蓮青春多少，潘氏答說：「奴家虛度二十五歲，
屬龍的，正月初九日丑時生。」西門慶說：「娘子倒與家下賤累同庚，
也是庚辰屬龍的。只是娘子生辰大七個月，他是八月十五日子時
生。」這裏（見第三回第十頁）已寫明了潘金蓮與吳月娘，都生於庚
辰，屬龍的；二十五歲。如從政和三年癸巳上數，則潘金蓮與吳月娘
應生於宋哲宗元祐四年己巳，屬蛇。就是再向上推一年，是戊辰，也
不是庚辰。到了第四回（第五頁），潘金蓮問起西門慶貴庚時，西門
慶告訴潘金蓮說：「屬虎的，二十七歲，七月二十八日子時生。」那
麼，如果潘吳二婦是庚辰龍，則西門慶應是戊寅虎。這麼一來，政和
三年時的二十五歲二十七歲，便無法把庚辰丙寅在宋徽宗的在位干支
上符合了。

　　在《金瓶梅詞話》第十二回「劉理星魘勝貪財」，這瞎婦人為潘
金蓮算命時，也明明的說：「娘子庚辰年庚寅月乙亥日己丑時，初八
日立春，已交正月算命，……」下面又說：「只有一件，今年流年甲
辰，歲運並臨災殃，必命中又犯小耗勾紋。兩位星辰打攪，……」不
錯，生於庚辰者，到了流年甲辰，確是二十五歲；但政和三年不是甲

辰，是癸巳，上推一年是壬辰，也不是甲辰。在此，業已證明《金瓶梅詞話》在說到潘金蓮的年齡生屬時，已有兩回都明寫的是生於庚辰，在政和三年時年二十五歲。既不是作者筆誤，也不是手民誤刻，乃作者的故作安排。到了第二十九回「吳神仙貴賤相人」，西門慶報出的八字是：「屬虎的，二十九歲了，七月二十八日子時生。」這位吳神仙暗暗掐指，尋紋良久說：「官人貴造丙寅年辛酉月壬午日丙子時……。」試想，第二十九回的此一情節：紀年已是政和六年（丙申），西門慶於政和三年上場時，年二十七歲，抵政和六年應為三十歲，不能說是二十九歲[3]。再西門慶如生於丙寅屬虎，則潘金蓮與吳月娘，又如何能生於「庚辰」呢？應為「戊辰」也。

故事進行到第三十九回「西門慶玉皇廟打醮」，薦亡時有一篇齋意文章，上寫「西門慶本命丙寅年七月二十八日子時建生，同妻吳氏本命戊辰年八月十五日子時建生。表白道：『還有寶眷，小道未曾添上。』西門慶道：『你祇添上李氏辛未正月十五日申時建生，同男官哥兒丙申七月二十三日申時建生』……」在這裏已把吳月娘的生年干支，改正為「戊辰」了。那麼，西門慶生於丙寅，吳月娘以及同庚的潘金蓮，均生於戊辰，則甲乙丙丁戊，子丑寅卯辰，兩者間的干支生屬之差距，便上下符合了。但是，丙寅虎在政和三年是二十八歲，戊辰龍在政和三年是二十六歲。所以我作《編年紀事》時，以及寫作其他有關短文時，都說有關這一情事，乃作者故作參差重疊一年的寓意安排。事實上，也確是如此。

第四十二回的「妻妾笑卜龜兒卦」，吳月娘要那卜卦的婆子，卜個屬龍兒的女命。那老婆子道：「若提大龍兒四十二歲，小龍兒三十歲。」月娘道：「是三十歲了，八月十五日子時生。」……那老婆道：

3　拙作《金瓶梅編年紀事》，誤西門慶於政和三年上場時二十八歲，應加更正。

「這位當家的奶奶是戊辰生，戊辰己巳大林木，為人一生有仁義。……」之後又卜孟玉樓。玉樓道：「二十四歲的女命，十一月二十七日寅時生。」那位婆子道：「這位奶奶是甲子年生，甲子乙丑海中金，……」又卜李瓶兒，李瓶兒笑道：「我是屬羊的。」婆子道：「若屬小羊的，今年二十七歲，辛未年生的。……」在這裏，作者又把各人的生屬干支，重寫了一遍。除了孟玉樓的「二十四歲」，應是「三十四歲」的誤刻。其他的吳月娘，說是「三十歲女命」，也不符合。試想，吳月娘在政和三年是二十五歲，到了政和七年應是二十九歲，那會是三十歲？只有李瓶兒，政和三年二十三歲，政和七年二十七歲矣。不過，如以「戊辰」起算，則政和七年丁酉（1117）吳月娘確是三十歲了。說來，這些寫法，都是作者故作一年參差重疊的安排。如作故事情節的進行編年，則無法符合矣！

　　李瓶兒卒於政和七年（1117）丁酉九月十七日，年二十七歲。陰陽生徐先生批李瓶兒生卒年時，說「生于元祐辛未正月十五日午時，卒于政和七年丁酉九月十七日丑時。」只有李瓶兒的年歲，從頭到尾，都寫得與故事情節的編年絲絲吻合。亦足徵蘭陵笑笑生對於宋史以及干支，並不是闇無所知，寫這些人的干支生屬時，也不是胡亂寫上的。他之所以寫吳月娘與潘金蓮之先生於庚辰，後又生於戊辰，都無非故作混淆，以惑讀者心目而已。張竹坡說：

> 《金瓶梅》是一部史記，然而《史記》有獨傳有合傳，都是分開做的。《金瓶梅》卻是一百回共成一傳，而千百人總合一傳，內部卻又斷斷續續，各人自有一傳，固知作《金瓶梅》者，必能作史記也。……

又說：

《史記》中有年表，《金瓶梅》中亦有時日也。開口云西門慶
二十七歲，吳神仙相面，則二十九；至臨死，則三十三歲。
而官哥則生於政和四年丙申，卒於政和五年丁酉。夫西門慶
二十九歲生子，則丙申生至三十三歲該云庚子，而西門乃卒
於戊戌，李瓶兒亦該卒於政和五年，乃云七年。此皆作者故
為參差之處。何則？此書獨與他小說不同，看其三四年間，
卻是一日一時推著數去，無論春秋冷熱，即某人某請酒，某
人某日節令，齊齊整整捱去，若再將三五年間，甲子次序，
排得一絲不亂，是真個與西門計帳簿，有如世之無目者所云
者也；故特特錯亂其年譜。……

可以說，張竹坡是最早發現了此一問題，指出此一問題的人。

雖然，張竹坡指出的西門慶與李瓶兒卒年，不無詿誤，按西門
慶生於元祐元年丙寅，卒於重和元年戊戌，確為三十三歲，李瓶兒生
於元祐八年辛未，卒於政和七年丁酉，亦正好二十七歲，編年均無
誤，但張竹坡指出的編年乃史記之流亞，良先見也。

五 《金瓶梅》的人名 [編按1]

小說家往往在為小說人物命名時，總不忘給與一個適合那人物
性格的名字，這情形古今中外皆然，舉起例來，可能會成專書。《金
瓶梅》一書，以諷喻為寫作主旨，其中的人名，自更難免兼帶著一些
諷喻的意義。

《金瓶梅》中的人物姓名，諷喻的意義，張竹坡在《第一奇書》
的評點中，業已指出了一部分，「如車（扯）淡、管世（事）寬、游

編按1 原載於《自由日報》第10版，1981年5月17日。

守（手）、郝（好）賢（閒）、四人共一寓意也。又如李智（枝）黃四，
梅李盡黃，春光已暮，二人共一寓意也。……聶（捏）兩湖、尚（上）
小塘，汪北彥（沿），三人共一寓意也。又如安忱（枕）、朱（送）
喬年，喻色欲傷生，二人共一喻義也。……應伯（白）爵（嚼）字光
侯（喉）、謝希（携）大（帶）字子（紫）純（唇），祝（住）實（十）
念（年）、孫天化（話）字伯（不）修（羞），常峙（時）節（借），
卜（不）志（知）道，吳（無）典恩，雲裏守（手）字非（飛）去，
白賴光字光湯，賁（背）第（地）傳，傅（負）自新（心），甘（乾）
出身，韓道（搗）國（鬼），」以及「李（裏）外傳」，都是張竹坡
的想怯。這想法也未必全是。不過，像應白嚼，這種人到任何人家都
是光起喉嚨管白吃，常時借則全賴西門慶周濟度日，以及背地傳，負
自心，都有此寓意。裏外傳的名字寓言，書中更是說明了的。但要說
「韓道國」是韓搗鬼的寓義，則與其妻「王六兒」的「忘六」乃忘義
之寓，不能相偕。所以我認為韓道國的「國」字，應讀南方音，諧
骨，即「寒到骨」也。作者為韓道國與王六兒這一對夫婦的行為，在
一聽主子已死，即盜賣貨物，携眷逃往京城，簡直令人心寒，寒到
骨。王六兒還說：「如今他已是死了，這裏無人，咱和他有甚瓜
葛？……到不如一狠二狠，把他這一千兩，咱顧了頭口，拐上了東
京，投奔咱孩兒那裏，愁咱親家太師府中，抬放不下你我？」當西門
慶要上王六兒的時候，韓道國甘願把窩兒讓出來，顧自到舖子裏去，
在枕畔喊「親達達」喊得最親也最多的女人，就是王六兒。死了之後
竟說：「咱和他有甚瓜葛？」想來，韓道國夫婦的背主行為，不是令
人寒到骨嗎！他寧願做活王八，也只是為了這一貪圖。其為人也，怎
不令人為之心寒到骨！「韓搗鬼」是韓道國的弟弟韓二，書中已經寫
明了。

　　張竹坡的寓意說，幾乎把每一人物的名字，都譜說了寓意，固

然，如李瓶兒之嫁花子虛，瓶花相連，瓶花開放，鮮不能久。但要說
「因瓶假屏」，則「屏風二字相連，則馮媽媽必隨瓶兒，而當大理屏
風，又點睛妙筆矣。」若此類寓意之說，都未免懸虛過甚。他如對
「永福寺」則說其寓意是「湧於腹下」，也都未免過於穿鑿。其他還
有穿鑿附會得更甚的「寓意說」，都難令人心服。蓋言之不能成不易
之理，喻之也得迂迴穿鑿還得加以附會，想來，非作者命名這些人物
姓名的寓意矣！

　　吾友水晶，也在治《金瓶梅》一書，他也採納了張竹坡的此一寓
意說，說「吳月娘」諧音是「無欲兒」，說「鄭愛月」是諧音「真愛
欲」。這一看法，我曾向之不表苟同。第一，吳月娘什麼意念無欲？
無財欲還是無色欲？若說她無財欲，陳經濟帶來的箱籠筐篋，收在她
的上房，到後來，趕出了陳經濟，並沒有歸還當初收存在他上房中的
箱篋等物，一直到陳經濟吵著要告官，纔勉強在送回西門大姐的時
候，應付著抬去一部分。孟玉樓嫁過來時，一應隨來的箱籠物件，都
先抬得家來，這些財物，也由大房作主，譬如孟玉樓的那張南京八步
床，不是用來陪了大姐作了妝奩嗎。（後來孟玉樓改嫁，不得已把潘
金蓮房中的那張璅鈿床陪了玉樓）。李瓶兒家的財物，由牆頭暗夜運
送過來，不是吳月娘主其事嗎？那一次西門慶收入的財物金銀，不是
交由吳月娘收受，吳月娘勸過丈夫莫貪無義之財，有過幾次？吳月娘
不愛財嗎？第二，吳月娘不愛枕邊風月嗎？吃過胡僧藥物的西門慶，
曾向吳月娘展示藥力，吳月娘不惟未拒絕丈夫的要求，而且深表歡
快。能說她無性欲嗎？第三，寫於第七十五回及七十六回的「玉簫慂
言潘金蓮」及「孟玉樓解慍吳月娘」，不是為了吳月娘與潘金蓮爭漢
子的事嗎？請看月娘怎樣當面罵西門慶的：「我偏不要你去，我還和
你說話哩！你兩人合穿一條褲子，他怎的是強悍世界，巴巴走到我這
屋裏，硬來叫他，沒廉恥的貨，自你是他的老婆，別人不是他的老

婆。因說西門慶，你這賊皮搭行貨子，怪不的人說你，一視同仁，都
是你的老婆，休要顯出來便好，就乞他在前邊攔攬住了。從東京來，
通沒個影邊兒，不進後邊歇一夜兒。教人怎麼不惱你！冷寵著一把
兒，熱寵著一把兒纔好。通教他攔攬住了。」後來，逼得潘金蓮不得
不低頭，向吳月娘磕頭賠不是纔了事。還有第二十一回吳月娘掃雪烹
茶，第五十三回吳月娘承歡求子息，都是吳月娘「欲」求，求丈夫改
過，求神賜予子息。這又怎能說不是吳月娘的「欲」？

　　鄭愛月是個妓家女，凡是妓家女，十之九都是由於家中貧苦，
父母無以為生，或孤苦無依，或罪家婦女，總之，大都出於不得已而
為之。只有今天，世上竟有甘願為娼而開起應召站的女大學生。若說
「鄭愛月」是「真愛欲」的寓意，她又是寓意的誰？寓意她自己嗎？
她是為了愛作妓女這一行業可以達到她「愛欲」的目的，纔去作妓女
嗎？不錯，她房裏的陳設有名士們寫給她的嵌名聯以及名畫，但也未
嘗能烘襯了她的「真愛欲」的寓言。她的「真愛欲」是寓意的西門慶
嗎？又如何能牽連上呢？這意想，則與張竹坡的寓意說相等觀了。

　　吳月娘這個人，是作者依據〈關雎〉之德的準則，塑造出的一個
眾人所期的家庭主婦，這一點，張竹坡也說到了。在明朝那個時代，
納妾之風是普遍的，作那個時代的男人的主婦（正妻），必須是有
〈關雎〉所美的后妃之德（據〈詩序〉之說），吳月娘就是這一典型
的人物。但作者並沒有一味在此一典型上去塑造她，遂有第七十五回
及七十六回的那種寫法，（別回也有），吳月娘就是那時代的正妻，
不能說她是「無欲娘」也。

六 《金瓶梅》的人物^{編按1}

　　小說與散文的不同，就在於小說不能不以人物為主，所以我常說：「小說是寫人的藝術。」換言之，應說小說是描述人物行為的藝術。人物的行為，就操縱在人物的性格上面，是以刻畫人物的性格，就是小說的任務。只要人物的性格刻畫出了，人物的形象不加描繪，也自會活躍於書本之外；不朽的與人間的生活群眾同起居同作息呢！

　　雖然，《金瓶梅》的主要人物，如西門慶、潘金蓮、武大郎、武松，都是從《水滸傳》中借調來的，但我敢說，如無《金瓶梅》的誇大描寫，這幾個人物，是否能活躍於人間？就是問號了。比如潘巧雲，淫亂的行為，不是與潘金蓮類似嗎？潘巧雲卻不曾被封為淫婦的代表。西門慶在《水滸》中，幾乎是一位上不得數的小人物，但在《金瓶梅》中，則是一位溝通官商的天橋，官吏們沒有他，無處得銀子，商賈們沒有他，無處得方便。所以，這位一丁不識的地痞，居然能從十兄弟的幫會中起家，在保鏢包賭作司法黃牛之外，又能一步步夤緣上當朝太師，獲得五品之秩的提刑千戶。如不是胡僧之藥，助長了他的淫欲過度，造成了他的性崩潰而死，一準可以升到武官的最高職──總兵官（明兵制）。這就是《金瓶梅》在人物上展現出的社會價值。

　　說來，《金瓶梅》寫的是西門慶身家興衰的故事，是以所有《金瓶梅》中的人物，都是圍繞著西門慶出沒著的。由於西門慶出身低，他本是清河縣一家生藥舖的獨養子，出生之後家已敗落，雖身為獨子，也不曾得到入學機會，也許他自小就不喜書本，便逐日與些遊手好閒的人物廝混，到了二十七歲的時候，居然混發了，幫中的弟兄，

編按1　原載於《自由日報》第10版，1981年6月5日。

如應伯爵、謝希大等人，年齡都比他大，但卻都尊西門慶為老大。可想此人在混混中的地位了。在《金瓶梅》的故事進行演出時，西門慶在清河縣的「聲望」，即已由「西門大郎」升稱為「西門大官人」了。

在《金瓶梅》的故事中，出場最多的人物，是西門慶與其家人妻妾僕婦、丫頭小廝，以及為他經營商業，交通官吏的夥計們，除此之外，就是他幫會中的兄弟們。儘管，在西門慶得了官之後，他的幫會已因為西門慶不再參加而失去了出錢的頭頭，已不再聚會，但卻名亡實存，他手下的弟兄們，反而越發靠他靠得近了呢！再之外，那就是與西門慶有所往還的官吏們了。

與西門慶往還的官吏們，上至一品大師，下至衙役皂隸，甚而連那些與蔡京父子稍帶關聯的外官內官，如派在外地的巡撫巡按守皇庄看磚廠的太監，採皇木榷關稅的各部主事，迎「奇石」的御前太尉，西門慶都擔當了恭迎一飯的榮寵。還有些過路官員，也繞道到西門家逗留個一天半晚，吃住陪宿還加送旅贐，自難怪西門家的煊赫一世矣。至於地方上的文武官員，以及富豪土霸，能不猶恐巴結不到。所以西門家的應酬，經常有地方上的知府縣令以及統制都監大巡撫小巡按等文武濟濟於西門家的「花家」樂園。（原是花子虛的住宅，從李瓶兒手上接收過來，加以設計動工建築成的。）再另外呢？便是三姑六婆與和尚道士以及倡優們的點綴其間。

《金瓶梅》的人物，有名字而且記述得出他們的事跡的，算來也有五十人以上（我沒有詳細統計），這些人物已包容了整個社會階層，有官、有商、有地痞流氓，雖不能在《金瓶梅》的人物中，見到社會各階層的所謂一般平民的生活樣相，但也能從那些活躍於故事情節中的人物，吟味到他們生活背後的社會大眾，是怎樣困苦地生活著的。譬如他們交通官吏的關節銀子，動輒以百萬千兩計，普通人家生活過不去，出賣兒女的身價，多者不過十餘兩，少者不過數兩，則不

寫亦可蠡知一般生活群眾的窮苦矣！

《金瓶梅》中雖寫有那麼多的人物，活躍在西門慶的故事情節裏面，我們卻尋不出幾個好人出來。在官吏中，只有兩個好人，一個是寫於第十七回的宇給事（宇文虛中，此人《宋史》有其名），也只劾倒了一個楊提督，主要的貪官蔡京父子與王輔等人，卻未能動其毫毛。另一個是寫於第四十八回的御史曾孝序（《宋史》有傳，但卻不是《金瓶梅》說的他是曾布之子），不惟沒有劾倒西門慶與夏龍溪，結果，反而被黜於陝西慶州，到後來，竟陰使山西巡撫宋盤，劾其私事，逮其家人，鍛煉成獄，竄於嶺表。好人竟是如此的下場，試想，好人還能在那社會上存在嗎？按說，那位東平知府陳文昭也是好人，可是他好人只做了一個意念，遇上太師爺的「關照」，他便因前途而半道改轍了。相反的，西門慶卻因此禍事，因緣上太師爺的翟管家，先由平民得官，再又獲得三萬鹽引的專賣。（第四十八回）。噫！官場若是乎！

娶春梅的周統制是個好人嗎？雖說，他在高陽關因抗遼而陣亡，但從他與西門慶交往的日子裏，以及他關於家門之不修的情形來看，卻不見得他是位能征慣戰的將官，要這種昏瞶無能的武人藩守一方，折衝戰場，縱不戰死，亦必被俘。所好的是，蘭陵笑笑生沒有把他寫成降將，亦大慈悲矣！

那位周濟陳經濟再三的王杏庵，是個好人嗎？像陳經濟這樣的廢物，除了一己的吃喝玩樂，願意讓人「掇箱子」之外，此人一無所用。這位王杏庵的好生之德，便是這樣施與的。就拿吳月娘都算上，成天禮佛，印經文，聽宣卷，說她活到七十歲善終，都由於她平素好善所積，天哪！像吳月娘、王杏庵作過一次半次有益於廣大群眾的社會福利嗎？張竹坡說吳月娘是作者筆下的最大惡人，雖稍嫌過，但吳月娘卻無論如何列不到好人行列中去。西門慶在外為非作歹，她只勸

過他少去妓院淘淥，卻從來不曾勸過丈夫莫貪不義之財。西門慶為非
作歹來的銀子財物，不是全交給吳月娘上房收存嗎！

　　可以說，《金瓶梅》中的人物，絕少好人，凡是好人都寫不進《金
瓶梅》的社會中去。像宇給事則一閃即逝，曾孝序下場如此悽慘，陳
文昭也不得不改變主意。因為《金瓶梅》的社會，根本就不容許好人
進入啊！

七　《金瓶梅》穢書也

　　　不提到淫書則已，如一提到淫書，大家所想到的必定是《金瓶
梅》。儘管，在明人的小說或戲劇中，寫到男女性事的作品尚夥，在
《金瓶梅》以後，更有不少比它更淫穢的作品，如《肉蒲團》，幾乎
以描寫性事為主旨，但說起來，他的名氣，還是壓不過《金瓶梅》。
何以？是《金瓶梅》寫男女性事，開了風氣之先嗎？非也。在它之
前，描寫男女性事的書，早就有了。那麼，《金瓶梅》之所以在這方
面享有大名，主要的原因，應是它在小說藝術上的成功。換言之，它
並不祇是描寫男女性事的書，更有它在小說上的藝術價值在焉。

　　儘管，《金瓶梅》有它在小說上的藝術成就，但寫於其中的那多
男女性事，寫得又是那麼赤赤裸裸而毫無保留，一處又一處，妻妾僕
婦，倡優小唱，以及名門貴婦，都任西門慶予取，而且為爭寵而鬪
狠。又怎能不說它是淫書。是以為《金瓶梅》作序的東吳弄珠客也毫
不掩飾的一下筆就說：「《金瓶梅》穢書也。」

　　那麼，《金瓶梅》為何要寫入那多的男女性事呢？有人已經論述
過，認為《金瓶梅》縱然刪去那些性描寫，也不失其小說藝術的偉
大。那他偏要寫那些男女性事幹啥？說來，也只是忠於寫實而已。既
是人生的寫實，男女的性事，更是人生的重要部分。古之聖賢亦把食

與色并為人生相等重的事，所謂「食色性也」。又說「飲食男女，人
之大欲存焉！」可見男女性事在人生中的重要。「君子造端乎夫婦」
之造端，豈不是在性事上！如果這樣說，則寫實之作，都應不避男女
性事的描寫？我則認為不然。人之異於禽獸者，即在於男女性事之知
羞，只應卿卿我我於閨房，嬲嬲丁八於床第，不應展示於大庭廣眾，
如野狗之合。有句俗語論及人獸之別的性說謂：「人，知羞不知足，
狗，（禽獸類），知足不知羞。」如果，人之於性事，連羞恥也不知
了，則與禽獸何擇焉！《金瓶梅》寫西門慶之於性事，幾乎是禽獸的
行為。尤其那位應伯爵，看到西門慶與李桂姐正在藏春塢雪洞兒裏，
作起了原始的獸行，偏有應伯爵這種人物，會轉彎抹角的找尋得來，
看到了這種情事，如按一般人的常情，無不惟恐避之而不迭。否則，
偷偷兒看個過癮也就夠了。可是這位應伯爵，看到了這種場面，偏偏
的要撞上前去，而且說：「快取水來，潑潑兩個攪心的，攪到一搭里
了。」這地方，《金瓶梅》的作者，豈不是擺明了已把西門慶的淫行
當作野狗交合處理。（見第五十二回）。

　　在《金瓶梅》中，與西門慶發生淫行的男女，除了正妻與幾個小
老婆之外，尚有妓女、僕婦、家人、小僮等等。像這般人，妻妾，是
名份上的行為；妓女，是賣淫的行為；僕婦，是求安的希求；家人、
小僮畏主人者也。所以他們不拒西門慶的取與需，甚而相互爭寵。可
是，作者偏還寫了一個林太太，官至三品的招（昭）宣夫人。祖上曾
任范陽節度使，封到了王位，可以說是世代簪纓之家。這位太太的大
名，竟不是他的家世顯赫，居然是她的「好風月」，傳遍了妓院中的
妓女之口。作者把官高三品的昭宣府，與妓院連成一體，把命官夫人
與妓女的風月同傳，而且與西門慶初見的當晚，三杯兩盞之後，便上
了床了。比上妓院嫖妓還要來得迅捷，高級妓院還要經過虛情假意的
過程呢！金錢還得花夠了數呢！只有下流野雞窠子，纔是屬皮匠的，

縫著就上。林太太這裏，連錢也不要花銷，她所需求的只是西門慶的「身材凜凜，語話非俗，一表人物，軒昂出眾。」文嫂介紹說西門慶，說是「個出籠兒的鵪鶉，也是個快鬪的。」因而使林太太聽了，「越發歡喜無盡。」（見六十九回）。從這裏，我們不難想及作者在《金瓶梅》中寫及男女性事的目的何在了。顯然的，《金瓶梅》的作者之所以如此處理這位年近四十的林太太，竟置於妓女的風月之上，殆禮教之反叛也。這一點，遠超過 D・H・ 勞倫斯處理查泰萊夫人的情人的觀點。雖然，林太太的偷漢子，也是偷偷摸摸的，有文嫂作「牽頭」（拉皮條），段媽媽作「聽頭」（設暗號），而林太太所需求的只是「性」，並不是「情」，所以他時常更換，勞倫斯還要為查泰萊夫人設計個「情人」，《金瓶梅》的作者處理男女性事，從不注入「情」字，他只著眼於「飲食男女人之大欲存焉」一點去處理。這一點是戚戚我心。老實說，男女之間的情意，本就建立在性上的，電子的原理，不就是同性相斥異性相吸嗎！花之香艷美麗，其目的就是企圖於招蜂引蝶，為它們傳送花粉，好繁殖綿衍啊！果子之所以圓美香甜，其目的即在於希求有人採食它，傳撒它的種子到更遠更廣袤的地方去，無非是為了傳宗接代啊！造物者之所以把男女創造得一柔一剛，女人是花樣的迎風招展，男人是幹樣的矗壯雄糾，正本於兩性所需而使然，這是自然學家的說法，動物學家的說法。人雖是自然界自然形成的動物之一，但人終與一般動物有別，我們不是自詡「人為萬物之靈」嗎！既然人為萬物之靈，人就應該有超異乎一般動物行為的表現。人之超異乎一般動物行為的表現，即知禮與知義；能知禮知義，自然也就知羞知恥了。我們看《金瓶梅》中的人物，有幾個是知禮知義的？圍繞著西門慶這位主線人物的那多男男女女，上至當朝一品的太師爺，下至麗春院的鵪兒龜子。他們成天裏營營苟苟，何嘗作一件守禮守義的事？「人性本惡」，這或許就是蘭陵笑笑生，冷眼觀照人

生的「蘭陵」性惡吧！基此，自可洞然於《金瓶梅》之大寫男女性事的底因矣！

　　「《金瓶梅》穢書也。」這是一句否認不了的定論。東吳弄珠客又說：「袁石公亟稱之，自亦寄其牢騷耳！非有取於《金瓶梅》也。」又說：「然作者亦自有意，蓋為世戒，非為世勸也。」欣欣子則說：「竊謂蘭陵笑笑生作金瓶梅傳，寄意於時俗，蓋有謂也。」這些話均已說明《金瓶梅》之所以寫得如此淫穢，乃時俗所使然，袁石公之所以一再贊賞此書，因為他自有牢騷，寄意於《金瓶梅》，對《金瓶梅》之所寫淫穢，非有所取法也。所以，我們讀《金瓶梅》應有憐憫畏懼之心，勿作歡喜效法之心。《金瓶梅》之大寫人之淫穢，只是以性惡觀乎人也！

八　一年兩冬至的隱喻

　　在《金瓶梅詞話》第七十回及第七十一回，寫到西門慶由清河進京，要趕在冬至令節前抵京謝恩，十一月十二日動身，抵京住了四晚纔是冬至，謝恩之後，又住了兩晚，再由東京回清河，動身的日子，居然又回到十一月十一日。像這樣的情節不貫等情，一般的看法，自然是認為傳抄的底本抄錯了，或手民誤刻了，怎會想到這是政治隱喻呢？關于此一政治隱喻問題，我在《金瓶梅的問世與演變》一書的第七章，已詳細說到。不過有關此一隱喻，尚感意有未盡，特在此再加補述之。

　　按我國歷史，在同一年間，同一朝代，一年有兩個皇帝的紀元，事實上有三個皇帝在位，明朝的萬曆（神宗）泰昌（光宗）天啟（熹宗）三朝乃其二。

　　第一，萬曆皇帝朱翊鈞崩逝於萬曆四十八年七月二十二日，他

的長子朱常洛在同年八目一日繼位，詔改明年（1621）為泰昌元年，不想在位僅一月，未及改元，便於九月一日賓天，長子朱由校，同年九月六日登基，詔改明年（1621）為天啟元年。這麼一來，不僅萬曆四十八年（1620）有了三個皇帝在位，事實上也有了兩個皇帝的紀元，一是泰昌，一是天啟。

第二，由於常洛在位僅一月，尚未改元，遂有朝臣建議不列泰昌紀元，仍由萬曆四十八年終其年，翌年再由天啟紀元。不同意此議者，認為常洛在位雖一月，卻廢除了他老子的惡政「鑛稅」（開鑛與雜稅），功不可沒。遂建議上借父（朱翊鈞）下借子（朱由校），以萬曆四十八年全年為泰昌元年，翌年再由天啟紀元，反正他老子在位的時間長。但也有人反對，認為常洛在位僅一月，怎能把他老子的以及兒子的政事，列在他一月皇帝的頭上？

第三，後來禮部採納了左光斗等人的建言，以神宗卒日，七月二十二日之七月以前，仍為萬曆四十八年，八月至十二月為泰昌元年，翌年為天啟元年。這一年（1620）的三朝（萬曆、泰昌、天啟）的紀元，方始這樣決定下來。所以在明朝的歷史紀年上，萬曆四十八年有兩個皇帝的紀年，即明神宗的萬曆四十八年與明光宗的泰昌元年。（雷同唐貞元二十一年史）。

要是說到冬至呢！因為冬至在冬月，史載這一年（1620）的冬至令節，在十一月二十八日，朱翊鈞卒於七月二十二日，他當然沒能在這一年的歷史上，獲得冬至的節日，歷史把他的紀年（萬曆四十八年），也只算到七月止，換言之，朱翊鈞在明朝歷史的文件上，也不曾享有到這年的冬至，當然，這一年的冬至自然輪不到他了。那麼他兒子常洛呢？卒於九月一日，也不曾享有到這年的冬至節。可是，常洛雖然事實上沒有享受到這年的冬至，但明朝的史家給與他的泰昌元年，由八月一日到十二月終，卻在明朝歷史上，享受了這一年的冬

至。可以說，泰昌元年中的史日，列有十一月二十八日的冬至令節。
儘管如此，這泰昌元年的冬至，領銜祭冬的皇帝，卻不是泰昌，而是
天啟。這麼一來，這一年的冬至，便有了兩個，一個是泰昌元年的歷
史冬至，一個是天啟元年的事實冬至。我們再換句話說，這泰昌元年
（1620）的冬至，事實上是由天啟占有的。說來，這一年兩冬至的事
實，不是極為明顯麼！

　　我在《金瓶梅的問世與演變》一書的研判中，認為《金瓶梅》初
出世時，乃一政治諷喻小說，諷喻的對象是明神宗寵幸鄭貴妃的宮闈
淫穢事件，後來受到「妖書」事件的影響，為了有所掩遮，不得不有
改寫的企圖，經過一再的改寫，遂成了今天流行於世的《金瓶梅詞
話》，這部書改寫完成，已是天啟初年，第七十回及第七十一回中的
一年兩冬至，不就是一大明證嗎？

　　《金瓶梅詞話》的改寫者，之所以在第七十回及第七十一回中，
把西門慶的晉京、離京，隱喻了泰昌元年及天啟元年兩年的冬至，
（西門慶十一月十二日由清河動身，十一月二十四日抵京，住了四晚
方是冬至，正好是泰昌元年的冬至日十一月二十八日。冬至日起住了
兩晚離京，離京日是十一月十一日，正說明了這個冬至是十一月初九
日，正是天啟元年的冬至。）這兩回的這種寫法，豈不是顯明的隱喻
了泰昌元年的情況嗎！所以，當我們瞭然了泰昌這一月皇帝的悲劇歷
史，準會豁然於這兩回中的一年兩冬至的隱寫，不是傳抄之誤，也不
是手民之誤，而是作者們的有所隱喻而故意如此寫的吧！

　　《金瓶梅》的作者們，自始至終，都在同情常洛，第一回的劉邦
寵戚夫人有廢嫡立庶的引事比況，不就是《金瓶梅》的政治諷喻明證
嗎！

九　三十三回中的白塔

　　我揣想《金瓶梅》中的清河縣，作者所憑依的實際背景，可能是北平——燕都，因而在《金瓶梅探原》的〈補述〉一文中，提到第三十三回中，陳經濟向潘金蓮討還鑰匙，潘金蓮不給他，提了一個條件，要陳經濟唱上四個小曲纔給。「不然，隨你跳上白塔，我也沒有。」因而我說：「這白塔豈非北平風物乎！」在這一回陳經濟的口中，還說出了只有北平人纔使用的口語「牛騎（犄）角」一語，都足以說明這位作者對於北平是極為熟知，而且有土著之嫌的蛛絲馬跡。卻想不到我的老友高陽兄，竟從「白塔」引述了一連串的推想，認為「白塔」乃「黑塔」的反語。

　　高陽這樣說：

> 這白塔，子雲道是「豈非燕京為背景，那是辨都不用辨的。」但我心裏在想，「白」必有所指，這是很細微，但極具體的一個地理特徵。我找到燕京以外的白塔，或者就可以確定「清河縣」指何處？
> 我找到了，不過找到的是「黑塔」。據《嘉慶一統志》卷一六八「東昌府」
> 「鐵塔寺在莘縣東北，金天眷二年建，內有甎塔一座，高十三級，可望七十里。塔頂銅籠，容二十餘人；明正德六年，巨寇逼城，邑令諸忠，令民登塔望賊，隨方設備，自後賊不敢犯，城賴以全。」
> 這猶如改清河郡為清河縣一樣，故意改黑塔為白塔。此塔既已變為保障一方安全的重要軍事設備，平時當然守護森嚴，無事不准登臨；反過來說，一旦塔上有人，必是出現了嚴重

的情況。所以潘金蓮對陳經濟說那一句話的意思就是：那怕
跳上白塔去告急也無用。

　　下面，高陽還扯上了王世貞的「弇州山人」的別號，以及王氏
「三槐堂」的來源，即在莘縣，這鐵塔也在莘縣，《金瓶梅》的作者
之所以把「黑塔」改為「白塔」，一如把「清河郡」改為「清河縣」
一樣，遂判定說：「《金瓶梅》之所以跟王世貞扯上關係，即由莘縣
而來。這重公案，恐怕自沈德符以還，只有我一個人能說出個道理
來。」實則，《金瓶梅》之所能與王世貞扯上關係，完全由於沈德符
的「聞此為嘉靖間大名士手筆」及「偽畫致禍」的說詞所引起，王世
貞的父親在薊遼總督任內，冤死於嚴分宜父子之手，乃歷史上的事，
王世貞為報父仇而作《金瓶梅》的訛傳，已五花八門的傳說了三百多
年了。那麼，既然《金瓶梅》中的「白塔」乃王世貞的王姓三槐堂以
及弇州山人別號的莘縣黑塔寺的來源，豈不是《金瓶梅》的作者，有
故意把王世貞扯入《金瓶梅》的暗示嗎！這暗示，自沈德符以來，又
只有遇到三百年後的高陽出世，方能「說出這個道理來」，這暗示的
隱晦，卻也未免太無意義了吧！
　　我們如果把《金瓶梅詞話》第三十三回中的這句話，上下文細讀
一遍，就會發現潘金蓮的這句話，毫無故作隱喻之意。看來，應是一
句平常大家習用的口語，按塔乃佛家建於寺廟之內，用來儲存人死火
葬後的骨灰處所，並用以彰顯佛教的高德標誌。《說文》新附：「塔，
西域浮屠也。從土，荅聲。」基此，自可想知潘金蓮這句話的意思，
應是：你就是死了化成灰，送上了白塔，我也不給你。再看《金瓶梅
詞話》第三十三回所寫，這天潘金蓮準備了八碟菜蔬四盒菓子，一錫
瓶酒，打聽到西門慶不在家，教秋菊用方盒拿到李瓶兒房裏飲用。後
來知道陳經濟到隔壁樓上尋贖當的衣服，潘金蓮吩附秋菊叫陳經濟尋

了衣服來。陳經濟到來，潘金蓮要他吃酒，被一鍾鍾的逼不過，便抽空兒拿起衣服溜了。但卻忘落了鑰匙，迎春發現道出，潘金蓮便檢起坐在身下。陳經濟回到店中，不見了鑰匙，便趕回來找。潘金蓮逗他，雖已發現了鑰匙被潘金蓮坐在身下，潘金蓮還是不還他，反而取了放在袖內去了。前面寫陳經濟著急：急得經濟，只是油回磨轉。轉眼看見金蓮身底下露出鑰匙不與他，說到：「你的鑰匙兒怎的落在我手裏？」急得那小夥兒只是殺雞扯膝（脖）。金蓮道：「只說你會唱的好曲兒，倒在外面舖子裏唱與小廝聽，怎的不唱個兒我聽？今日趁著你姥姥和六娘在這裏，只揀眼生好的唱四個兒，我就與你這鑰匙，不然，隨你跳上白塔，我也沒有。」這裏，豈不是說明了，意為你急，急死了也不給你。前面已寫了陳經濟的著急，「急得經濟只是油回磨轉。」以及「急得那小夥兒只是殺雞扯膝（脖）。」換言之，陳經濟急得近乎跳腳。所以潘金蓮說「隨你跳上白塔我也沒有」，這句中的「跳」字，作形容動詞，意為你跳吧！儘管你去跳，就是跳到累死，化成了灰，送上了白塔，我也不給你。塔，儲藏人死火葬後的骨灰處所也。

　　燕京有白塔寺，在霍家橋近處。據求恕齋本朱一新、繆荃孫同撰《京師坊巷志》卷七所記云：「法藏寺，俗稱白塔寺，金之彌陀寺也。」或萬曆時京師人口語，有謂人死曰「上白塔」之說，待考矣。不過，國人諱言死，每以他語代之，如「西歸」、「西遊」、「過世」、「仙去」、「昇天」、以及今日習謂之「走了」。都是指的死，這句潘金蓮口中的「上白塔」，或亦如是云乎吧。

　　我說《金瓶梅詞話》的清河，實際上寫的是燕都，也曾在《金瓶梅探原》中，引述了第六十八回玳安殷勤尋文嫂，陳經濟回答玳安的路向如何走法的一段話，不妨再錄一次在這裏：「經濟道：出了東大街，一直往南去，過了回仁橋牌坊，轉過往東，打王家巷進去，半中

腰裏，有個發放巡捕的聽（廳）兒，對門有個石橋兒，轉過石橋兒，緊靠著個姑姑庵兒，旁邊有個小衚衕兒，往西走，第三家豆腐店隔壁，上坡兒有雙扇紅封門兒的，就是他家。你只叫文媽，她就出來答應你。」試唸這麼一段話，留心話中的「兒」音，以及「坊巷」、「衚衕」，不全是燕京人口語中的坊巷描繪麼！

視《金瓶梅》中的「清河」為燕京者，今已非我一人，對海的研究者，也有人持此說了。

十　那位不曾登場的張二官

《金瓶梅》的主角是西門慶，全書一百回，所寫故事情節，也只是西門慶的身家興衰而已。但西門慶在第七十九回即已死亡，他死後還有二十一回的情節在繼續發展，那是為了要寫完西門慶衰亡散落的交代。在交代中，作者不僅一一交代了西門家的妻妾僕婦，丫頭豎子，更把西門慶死後的提刑千戶之職，以及他那分為官府作運輸隊長的才能，也全交由一位被稱為張二官的張戀德承祧了去。這一交代的情節，纔是《金瓶梅》作者的作金瓶梅傳之「蓋有謂也」呢！

張二官在《金瓶梅》的一百回中，始終不曾登場，凡是論《金瓶梅》的人，都不曾注意到他，因為讀《金瓶梅》的人，都把他給忽略了。

在《金瓶梅》中，寫張二官這個名字的出現，最明顯的一處在第六十八回，「鄭月兒賣俏透密意」，透露的密意是王三官的母親林太太，有一身的好風月，還有王三官的媳婦纔十九歲，是東京六黃太尉的姪女，王三官經常在外胡來，不落家，這女孩在家如同守活寡，慫恿西門慶著人去尋到牽頭文嫂為他帶路，先刮剌上婆婆，後刮剌上媳婦。當然，鄭愛月的這番話，把西門慶說得「心邪意亂」。問鄭愛月

是如何曉得的？鄭愛月不說她常在她家賣唱，只說是一個熟客告訴她的，這個熟客曾跟這位林太太會過一遭，就是文嫂的說合。這時，西門慶便猜想那位與林太太會過的人兒，「莫不是大街坊張大戶的侄兒張二官兒？」愛月兒道：「那張戀德？好合的貨！麻著七八個臉彈子，密縫兩個眼，可不砢磣殺我罷了，只好樊家百家奴兒接他。一向，董金兒也與他丁八了。」張二官的大名以及他的家世（張大戶的侄兒）與長相，首次在鄭愛月的口中道出。鄭愛月在西門慶跟前說這種醜陋的人，只好由「樊家」（或是當時的下流妓館）的「百家奴兒」（指一天接客百人的土娼）接他，雖是妓女討好恩客的口頭禪，但「麻著七八個臉彈子，密縫著兩個眼，」卻已繪寫出了張二官是個麻子，而且是個大臉盤，可沒有西門慶長得標致。可是，他卻是西門慶的繼承人，這也正說明了，當時官場所需要的人，只管你有無才能為他們輸銀子，品貌與學識，都是其次啊！西門慶一丁不識。

西門慶死後，剛到五七，李嬌兒就嚷著要嫁了。介紹人是西門慶的要好拜兄弟應伯爵，下嫁的對象就是張二官。這事寫在第八十回：「李嬌兒盜財歸院」，應二哥說：「大街坊張二官府，要破五百兩金銀，要你做二房娘子，當家理紀。……」下面寫李嬌兒由西門家回到院中，「應伯爵打聽得知，報與張二官兒，就拿著五兩銀子，來請他歇了一夜。原來張二官小西門慶一歲，屬兔的，三十二歲了。李嬌兒三十四歲，虔婆瞞了六歲，只說二十八歲。教伯爵瞞著，使了三百兩銀子，娶到家中，做了二房娘子。……」此後，「伯爵、李三、黃四借了徐內相五千兩銀子，張二官出了五千兩，做了東平府古器這批銀糧。（第七十八回及七十九回）逐日寶鞍大馬，在院中搖擺。張二官見西門慶死了，又打點了千兩金銀，上東京尋了樞密院鄭皇親人情，對堂上朱太尉說，要討刑所西門慶這個缺。家中收拾買花園蓋房子。應伯爵無日不在那邊趨奉，把西門慶家中大小之事，盡告訴與

他。」於是又慫恿張二官娶潘金蓮。到了潘金蓮被攆出西門家，王婆
領到家中發賣（第八十六回），這時的張二官已是清河的提刑正千戶
了。他派了兩個節級來，出價八十兩，未能成交。再去一次兩次，還
是非要一百兩不可。湊巧西門家的春鴻也投到張二官府，告訴張二官
潘金蓮在西門家養女婿被攆出來的。張二官聽到此說，便不要了。他
告訴應伯爵說：「我家現放著十五歲未出兒子，上學攻書，要這樣婦
人來做甚！」又聽李嬌兒說：「金蓮當初用毒藥擺布死了漢子，被西
門慶占將來家，又偷小廝。把第六個娘子生了兒子，娘兒兩個生生吃
他害殺了。」以此張二官就不要了。要不然，張二官真是把西門慶的
一切全承繼了（見第八十七回）。

　　到了第八十八回，張二官沿循著西門慶的發跡道路，又向前跨
進了一大步，與北邊徐公公（太監）結了親了；他兒子娶了徐太監姪
女兒。可以想知，這張二官在清河將代替了西門慶交通官吏的地位。
極可能，他的職官會比西門慶陞得高，有一天，陞到武職官最高階總
兵官也極有可能，西門慶本來可以，那胡僧藥以及他的自恃有「本
領」，把他爆了。這位張二官能勒韁於懸崖，不聽應伯爵的話，打消
了娶潘金蓮的決定，就是高於西門慶的地方。想來，這位繼承西門慶
的張二官，無論貌相多麼醜陋，都會是官場的寵兒嘞！

論《金瓶梅》的版本

一 《金瓶梅》版本雜說[編按1]

　　民國二十一年冬，在山西發現，流入北平琉璃廠書肆，北平圖書館以二千銀圓收購入藏的《金瓶梅詞話》，北京大學的同仁們，集資（登記購買）委由北平古佚小說刊行會影印二百套（有人說僅印一百套），並向馬廉收藏之「崇禎本」所附插圖二百幅，影印一冊，共裝二十一冊公諸於世。這樣一來，世人方知《金瓶梅》一書，尚有這部由東吳弄珠客序於萬曆丁巳（四十五年，1617）冬的《金瓶梅詞話》，而且還有一篇欣欣子的敘文，指明作者是「蘭陵笑笑生」。於是，《金瓶梅》的作者等等，世人有了一個新的看法了。

　　在《金瓶梅詞話》未被發現公之於世人之前，世人僅知有《新刻繡像金瓶梅》一種，因其中附圖之刻工姓名，乃新安名手，且經常為杭州出版商繡刻插圖，是以被認為此一《新刻繡像金瓶梅》是杭州刻本。由於這些刻工多見於崇禎時代之刻本上，遂被視為《新刻繡像金瓶梅》是「崇禎本」。復基於《金瓶梅詞話》有東吳弄珠客序於萬曆丁巳冬的敘文，遂被稱之為「萬曆本」。但日本的版本學家，則不以年代稱此兩種版本，他們稱《金瓶梅詞話》為「詞話本」，稱《新刻繡像金瓶梅》或《新刻繡像批評金瓶梅》為「明代小說本」[1]。我是

編按1　原載於《自由日報》第10版，1981年2月3日。

---

[1]　參閱鳥居久靖：〈金瓶梅版本考〉，日本《天理大學學報》第 7 卷第 1 輯（1955 年）。

贊同日本學人的此種說法的，因為《金瓶梅詞話》並非刻於萬曆，所謂「崇禎本」的《新刻繡像金瓶梅》，也未必刻於崇禎。這一問題，我在後面再說。

　　自從《金瓶梅詞話》公諸於世之後，日本方面，方始發現在日光山輪王寺慈眼堂及德山毛利氏棲息堂，各藏有同版之《金瓶梅詞話》一部，京都大學附屬圖書館藏有殘卷二十三回，只有七回是全的。此一殘卷是從藏經院某同學寄贈普陀洛山志中之襯紙，被某氏發現取出者。是以今之日本藏有該版《金瓶梅詞話》，共兩部有二十三回殘卷。今者，藏於日本日光山輪王寺慈眼堂之本，已由日本大安株式會社於一九六三年八月影印行世，兼且勘出藏於德山毛利氏棲息堂之本的第五回末葉異版。且將該異版影印附於第二卷末。大安株式會社在列言中說：「今以慈眼堂所藏本認為初版，附棲息堂所藏本書影于第二卷末。」但核對附印之棲息堂所藏之該一異版，亦我當年北平圖書館所藏之本的異版。該一異版，從第一行起，即有一字異辭，「便把衣裳蓋在身上」之「身」字，異版改為「屍」字。下面從第八行之「就叫那」，異版改為「就呼那」，有一字異辭。再下從第十行第七字始，以下便改得多了。異版比慈眼堂本少五行，短九十七字。證詩亦不同，慈眼堂本在「且聽下回分解」下附七言兩句：「雪隱露鷥飛始見，柳藏鸚鵡語方知」。異版則以「正是」接出五言四句：「青竹蛇兒口，黃蜂尾上針，兩般猶未毒，最毒婦人心。」然後再寫「畢竟未知後來如何？且聽下回分解。」看來，顯然是後印時，此版已缺，又無原文對照，遂就上文續寫，補以入刻。堪證此版是印過兩次的了。

　　像上述的日本藏本，都是我們這部《金瓶梅詞話》被發現公諸於世之後，方行引發出的版本問題。我們的這部《金瓶梅詞話》，原版現藏故宮博物院，我曾經對過，日本大安株式會社影印的慈眼堂藏本，與我們的這部同版，而且，從字跡的清晰程度上看，亦足證我們

藏的這部早於日本慈眼堂的那部。已由聯經出版事業公司照原版印裝
出了。大家可以參對。

　　《金瓶梅詞話》雖有東吳弄珠客序於萬曆丁巳冬的序文，但此書
並非刻于萬曆。日本版本學家長澤規矩也根據字樣推斷，疑該版之刊
行在崇禎中[2]。此一推斷，雖不足證，但他懷疑此版刻於萬曆，則頗
值採疑。此一問題，我在《金瓶梅的問世與演變》一書中[3]，曾考出
這流行於今世之《金瓶梅詞話》，改寫於天啟初年，蓋其中第七十回
到第七十二回，寫有泰昌與天啟兩個元年的冬至令節。此一問題，無
篇幅在此多說，我的《金瓶梅的問世與演變》一書的十章，所探討的
便是此一隱寓。更從之證見了《金瓶梅詞話》在天啟年初梓行後，並
未廣事發行，直到所謂「崇禎本」的《金瓶梅》出版後，《金瓶梅》
一書，方始昌行起來。

　　《金瓶梅詞話》刻出後，並未廣事發行，有兩個證據可作如此推
斷。第一，《金瓶梅詞話》除已發現有日本德山毛利氏棲息堂所藏之
第五回異版，可證此版曾經補版重印，並未發現有第二家刻本。第
二，此書居然有人把它毀了夾襯於他書內作襯紙，可以想知此書之在
當時的未被重視，或有故意損毀的情事。這一點，與沈德符在《萬曆
野獲編》說的「此等書必遂有人板行，但一刻則家傳戶到」的話，不
相符合了。但改寫後的所謂「崇禎本《金瓶梅》」，在明朝竟有四種
不同的刻本。現存於世的有藏於北平孔德圖書館的《新刻繡像金瓶
梅》，藏於日本內閣文庫的《新刻繡像批評金瓶梅》（在東京大學東
洋文化研究所亦藏有同版一部），藏於日本天理大學的《新刻繡像批
評金瓶梅》，藏於北平馬廉氏的《新刻繡像批評金瓶梅》；尚有其他

2　同前註。

3　拙作：《金瓶梅的問世與演變》。

未經鳥居久靖考列者。光是從這四種不同的所謂「崇禎本」來說，亦足以證明了我上述的「《金瓶梅詞話》刻出後，並未廣事發行」的話，是有其未能「廣事發行」的相當原因的。如果《金瓶梅詞話》刻出後，曾廣事發行；決不會只餘下這一種刻本。所謂的「崇禎本」就是一個大好事例。在他刻出後的那短短二十年間（我認為今所謂的「崇禎本」也刻于天啟），便有了四種以上的不同刻本，豈不說明了此書一經板行，便有人競相刊刻？豈不更加證明了《金瓶梅詞話》刻出後未經廣事發行嗎！

　　在明朝，淫穢書刊不干公禁。它的未能廣事發行，自然不是因為此一問題。而且「崇禎本」不是已有人競刻而家傳戶到嗎！想來，《金瓶梅詞話》之未能廣事發行，自是緣於另一因素了。這另一因素，不是還存在於第一回中的引詞與證事所述說的劉邦寵戚夫人，有廢嫡立庶的楔子嗎！此一入話的楔子，與當時天子明神宗的寵鄭貴妃，有廢長立幼的宮闈政治事件，息息然相關到了。到了天啟，雖萬曆之朝已諡神宗，泰昌也一閃崩逝，而天啟初年，則正作萬曆、泰昌、天啟之梃擊、紅丸、移宮等案的要典修訂，稍一不慎，便可牽連。若《金瓶梅詞話》第一回中之劉邦寵戚夫人有廢嫡立庶事，幾是明喻明神宗之寵鄭氏，不敢冒然發行了。亦遂有所謂「崇禎本」第一回之改寫，把那頂足以明喻神宗皇帝的劉項之皇冠，予以全部刪除，改寫成「西門慶義結十兄弟」，更把第七十二回中足以推繹出天啟元年冬至日的西門慶離京返回清河之啟程日子，加以更改，使人不致推繹這個天啟元年的冬至，便不足以確定上一個冬至是泰昌元年，政治的明顯諷喻，便不存在了。這些，都足以說明今所謂的「崇禎本《金瓶梅》」，亦必刻於天啟間，去《金瓶梅詞話》之刻出，相去或不致五年以後，鳥居久靖氏寫〈金瓶梅版本考〉，考訂上述之四種版本，梓行的時間順序是（一）孔德本（二）內閣本（三）天理本（四）馬

廉本。而且認為內閣本是孔德本的加評而成。長澤規矩也氏推定內閣本刻於天啟中。只有馬廉的這一本刻於崇禎。如此說來，所謂「萬曆本的《金瓶梅詞話》」及所謂「崇禎本的《新刻繡像金瓶梅》」，全是天啟年間的刻本。刻於崇禎年間的《金瓶梅》，只有藏於馬廉的那一本而已。當然，其他未列入鳥居久靖氏〈金瓶梅版本考〉中的他處所藏，則又當別論矣！

　　至於清康熙年間的「第一奇書」本，乃據所謂「崇禎本」加以評點而成，在有清一代，刻本有二十種之多。更加流行了。

二　再論《金瓶梅》版本

　　雖然，有關《金瓶梅》的版本，我已說過不少次了，但仍有部分問題，須再加以補充，譬如法國雷威安（Andre Lévy）教授既認為抄本的全文，在萬曆三十八年（1610）就出現了。這一點，我們的意見是相左的。

　　不錯，《金瓶梅》的版本，應分別兩部分討論，一是抄本，一是刻本。抄本最早出現於萬曆二十四年（1596）冬初，證見便是袁中郎寫給董其昌的那封信，我在《金瓶梅探原》中已反覆論到了。遺憾的是，我們至今還不能確知袁中郎在董其昌處得來的這「半」部《金瓶梅》，董其昌從何處得來？在董其昌留下的文字中，竟無隻字片語提及《金瓶梅》事。董其昌即世甚晚，他卒於崇禎九年（1636），在袁中郎向他借得《金瓶梅》的四十年之後，四十年之中，居然一字未及於《金瓶梅》事，果真礙於名教之思乎？這一點，也是我們研究《金瓶梅》抄本情事，頗感困惱的一點。總之，在萬曆二十四年（1596）間，《金瓶梅》的「半」部抄本，已傳抄於人間這一點，如無新的證據發現。應是確定的了。

　　這「半」部抄本《金瓶梅》，究竟「半」到多少？我們已有了一件謝在杭的《小草齋文集》為證，如果這一資料不值得懷疑，所說「於中郎得十其三」，只有百分之三十而已。此「十其三」，究竟指的是前三十回呢？還是如馬幼垣所猜想，中郎的「十其三」是百回中的不連續的部分？也極難明確肯定。不過有一點是可以肯定，謝在杭收入《小草齋文集》中的這篇〈金瓶梅跋〉，寫於萬曆四十一年（1613）之後，應是無疑的。因為謝氏文中提到的丘諸城（志充）是萬曆四十一年進士。此文自是寫在丘中進士之後了。這一點。也正好與袁小脩寫於萬曆四十二年（1614）八月的日記《遊居柿錄》中的話，兩相印證。袁小脩在這則日記中說，他在隨中郎真州時，「見此書之半」。按袁小脩從中郎真州，在萬曆二十六年（1598），換言之，到了萬曆四十二年八月。還未見到此書的全本。豈不是與謝在杭作〈金瓶梅跋〉時，也說「而闕所未備，以俟他日」的話相同嗎？由此，便足以證明《金瓶梅》一書在萬曆四十一、二年間，謝在杭與中郎兄弟，均未見到該書的全本。此二人的文件，不是極肯定的證言嗎！

　　說到這裏，我們便不得不提到沈德符在《萬曆野獲編》中的話，沈德符的話，已說明他在萬曆三十七年（1609）間，曾向袁小脩抄得《金瓶梅》全部，其中缺五十三回到五十七回。可是袁小脩在萬曆四十二年八月日記，說他當年從中郎真州時，見此書之半，換言之，在萬曆四十二年八月，他還不曾見到全本，沈德符又如何能在萬曆三十七年向袁小脩抄得《金瓶梅》全本？關于這一點，雷威安教授則認為袁小脩日記中的這段話，尚不足以說明他以後沒有讀到《金瓶梅》全稿。「而同時，他又把這篇故事的概略情形，告訴了我們。」遂認為袁小脩一定讀到全文後，才能說出那些話。我則認為不然。第一，在袁小脩寫這則日記時，如已讀到《金瓶梅》全部稿本，除了憶述萬曆二十六年曾見此書之半而外，也應一提他之後在何時何處得到全本的

情事。何況，還有謝在杭的《小草齋文集》也說明他在萬曆四十一、二年間尚未讀到《金瓶梅》全稿呢？小脩與在杭是時相函問的好友，小脩手中如在萬曆三十七年間即有了全稿，謝在杭的這篇〈金瓶梅跋〉，就不會說「闕而未備以俟他日」了。第二，即以《金瓶梅詞話》前三十回的情節來立說，也足以據之寫出《遊居柿錄》中的那種內容的說詞。不必讀全文。如「大約模寫女兒情態俱備，乃從《水滸傳》潘金蓮演出一支。所云金者，金蓮也；瓶者，李瓶兒也；梅者，春梅也。……」亦概言之詞。這些證據，不是很明白了嗎？幾已無有辯駁餘地也。

　　足以證明沈德符手中已據一部《金瓶梅》全稿的證言，是李日華寫於萬曆四十三年（1615）正月初五日的《味水軒日記》，由此想來，則已不難蠡知沈德符寫於《萬曆野獲編》中那段有關《金瓶梅》的記述，是何居心了。也許，袁小脩、謝在杭，甚而李日華、陶望齡兄弟，全知《金瓶梅》的傳抄與改寫底蘊，因而故作隱諱乎哉？那麼，我們已有證據說明，《金瓶梅》的抄本自萬曆二十四年問世傳抄之後，直到萬曆四十三年正月，方有了全稿本在沈德符手上。至於沈德符手上的這部全稿，是否就是袁中郎當年讀到的抄本內容，那就很難說了。甚而是否與刻本《金瓶梅詞話》完全一樣，也是問題。總之，抄本至此方有全部稿文，《味水軒日記》是可以取證的了。

　　至於刻本，傳於今世的《金瓶梅詞話》，乃最早刻本，這一點，已被東西方學人公認，是不必再說的了。但此一刻本，刻於萬曆丁巳（1617）年嗎？則未必。我在〈金瓶梅編年說〉一文中[4]，尋出了《金瓶梅詞話》寫有泰昌與天啟兩個元年的冬至隱喻，雖然，此一問題雷威安教授尚持保留態度，而我則認為是一大鐵證，請參閱拙作《金瓶

4　後改寫於《金瓶梅的問世與演變》一書中。

梅的問世與演變》一書[5]，這裏不必多說了。我尋出的寫於《金瓶梅
詞話》第七十回到七十二回中的泰昌與天啟元年的冬至，極為確定，
本刊前發表之拙作〈論金瓶梅這部書〉一文，也曾述及。日本版本學
家長澤規矩也曾考訂《金瓶梅詞話》刻於天啟或崇禎，與所謂「崇禎
本」的刻本，幾乎同時。但如根據「崇禎本」之改寫了詞話本第一回
的政治隱喻（劉邦寵戚夫人有廢嫡立庶意），以及第七十二回之可以
確定是天啟元年冬至的隱寓時日，也加以改寫了[6]，在在都足以證明
《金瓶梅詞話》是天啟初年才改寫完成的稿本，最低限度已是第二次
改寫本。在沈德符手上的那一部全稿，可能是第一次改寫完成的稿
本，也許已改寫不少次了呢！行文至此，我可以如此推想，抄本自一
五九一年問世，傳抄到一六一五年時，已改寫過不少次。在天啟元年
後改寫成功，方行付刻，但仍不敢流行，遂又有了改寫後的今謂「崇
禎本」的刻行。最早，祇有這種刻本。張竹坡評點的《第一奇書》，
是清朝的事了！

三　《第一奇書》的版本 ^{編按1}

　　《金瓶梅》在明朝梓行的版本，只有兩類，一是序於萬曆丁巳
（四十五）冬的《金瓶梅詞話》，一是有崇禎年間梓工姓名插圖的《繡
像金瓶梅》。日本學界稱前者為「詞話本」，後者為「明代小說本」。
我們則稱前者為「萬曆本」，後者為「崇禎本」。實則這兩部明代刻

編按1　原載於《自由日報》第10版，1981年4月17日。

---

[5]　初稿刊於《國立編譯館館刊》六十九年十二月號。

[6]　可參閱〈論金瓶梅這部書〉一文。

本的《金瓶梅》，全刻於天啟年間。我在《金瓶梅的問世與演變》一書中，業已論說。這兩種刻本，在明朝共有七種之多。到了清朝康熙年間，彭城人張竹坡加評再刻，改稱《第一奇書》。即今之世人習稱之「第一奇書」本。

《第一奇書》的底本是所謂的「崇禎本」，其中文詞，雖略有更異，卻更異極少，這一版本的可貴處，是附刻於其中的張竹坡評，項目有十五種之多：

（一）凡例

（二）竹坡閒話

（三）西門慶房屋

（四）西門慶家人名數

（五）西門慶家人媳婦

（六）西門淫過婦女

（七）潘金蓮淫過人目

（八）第一奇書目

（九）雜錄小引

（十）寓意說

（十一）趣談

（十二）冷熱金針

（十三）苦孝說

（十四）非淫書論

（十五）讀法

此書最早由皋鶴草堂於清康熙乙亥（三十四）年（1695）梓行，從其中的一篇敘文，寫明是「時康熙歲次乙亥清明中浣秦中覺天者謝頤題於皋鶴堂」，可以想知「皋鶴堂」或是謝頤家的堂號，由謝頤敘刻於秦中。敘中且推崇張竹坡之批。足證此書之刻，乃由竹坡之批而興

起，殆無疑義。

　　張竹坡的人事策簡，已查出的只有劉廷璣的《在園雜記》卷二，提到張竹坡批《金瓶梅》事說：「彭城張竹坡為之先總大綱，次則逐卷逐段分注批點，可以繼武聖嘆，是懲是勸，一目了然。惜其筆不永，殁後將刊板抵償夙逋於汪蒼孚，舉火焚之，故海內傳者甚少。」孫楷第說，劉廷璣既稱「彭城張竹坡」蓋徐州府人。又說：「曾見張山來《幽夢影》有張竹坡評，則順（治）康（熙）時人也。」劉氏說「殁後將刊板抵償夙逋於……」則又係張竹坡的主刻矣，謝頤祇是敘者而已。再看謝之敘文說：「不特作者解頤而謝覺，今天下失一《金瓶梅》，添一艷異編，豈不大奇！」其中之「解頤而謝覺」一語，則又隱含「謝頤」二字，亦足徵序者「謝頤」一名，並非真姓名，則「皋鶴堂」，又可能是張竹坡的呢？待考。

　　不管「皋鶴堂」是誰的堂號，張竹坡評《第一奇書》的初刻，則是皋鶴堂，應無疑問；刻於康熙乙亥（三十四）清明中浣者也。根據鳥居久靖〈金瓶梅版本考〉，現藏於日本天理大學之《第一奇書《金瓶梅》一百回》，即皋鶴草堂刊本。該版四套二十二冊，縱二二點七公分，橫一六點三公分；框郭平均縱是一八點七公分，橫是一四點三公分，無附圖。封面中央刻「第一奇書《金瓶梅》」兩行，下註「姑蘇原板」四字兩行；右上角刻「彭城張竹坡批點」一行，左下角刻「皋鶴草堂梓行」一行。謝頤敘，半葉五行，每行平均十二字計三板，板心上部刻「序一」、「序二」、「序三」等。序後是（一）凡例，板心上題「凡例」；（二）竹坡閒話，首刻「皋鶴堂批評第一奇書《金瓶梅》」，板心上題「大略」；（三）西門慶房屋，板心上題「房屋回」；（四）西門慶家人名數，西門慶家人媳婦，西門慶淫過婦女，潘金蓮淫過人目。上四項，板心上通題「雜錄」；（五）第一奇書目，板心上題「目錄」；（六）雜錄小引，板心上題「雜錄小引」；（七）《金

瓶梅》寓意說，板心上題「寓意說」；（八）《第一奇書《金瓶梅》》
趣談計四十條，板心上題「趣談」；（九）冷熱金針，板心上題「冷
熱金針」；（十）苦孝說，板心上題「苦孝說」；（十一）第一奇書非
淫書論，板心上題「非淫書論」；（十二）批評《第一奇書金瓶梅》
讀法，板心上題「讀法」。本文首頁題「皋鶴堂批評《第一奇書金瓶
梅》」，行格是十一行，行二十二字。板心上部「第一奇書」，附旁
評、眉評。鳥居先生推說是「明代小說本（崇禎本）的別文。」而且
認為天理大學收藏的這部皋鶴堂本，可能是皋鶴草堂刊本的原樣。不
過天理大學的這一部，其中的第十一，以及二十一到二十四等五回，
行格則為十一行行二十五字，自係由他本插入者。總之，《第一奇書
金瓶梅》的最初刻本，是皋鶴堂本。

　　近來，里仁書局影印了在茲堂刊本《第一奇書》，據戴不凡之
說，認為是康熙乙亥年的刻本，則不正確。不錯，該書封頁中央刻
「第一奇書」，右上角刻「李笠翁先生著」，左下角刻「在茲堂」，自
是指梓行者了。上欄外刻「康熙乙亥年」。顯然的，所刻之「李笠翁
先生著」及「康熙乙亥年」等字樣，全是偽託。第一，書中所刻謝頤
的敘言，說明書為「王鳳洲作無疑也」，更說明書之批評，乃張子竹
坡，且提及明朝之東吳弄珠客序，又如何能刻上「李笠翁先生著」？
此一託名之舉，可說是荒唐透頂。第二，皋鶴堂的初刻是康熙乙亥謝
頤的敘跋年代，此版縱刻於康熙乙亥，仿刻者必在後，是以在茲堂之
刻本，應在康熙乙亥之後，居然刻上「康熙乙亥年」自亦魚目之混。
不知「在茲堂」為阿誰之堂號？在臺北藏有此一回版原刻者，我已見
過的已有二部。均無附圖。但由於此版刻有「康熙乙亥年」字樣，版
本學家總把它列在皋鶴堂本之後。實則，我認為在茲堂本的刻成梓
行，必在康熙以後無疑。本書第十五回第九頁以後缺文。里仁書局據
小字本補入，且加說明。但鳥居久靖之考，則未提此處之缺。得非所

見無缺乎？抑未暇檢勘耶？

《第一奇書》的善本，據鳥居久靖考，是「本衙刊」本的四套十六冊附圖一冊及「影松軒刊」本的六套三十六冊附圖二冊。本衙版書縱二五點五公分，橫十五點八公分，框郭十九點五公分，橫十三公分，附圖與崇禎本同，百葉二百面，崇禎本附圖的橫刻。行格十行，行字二十二字。第二冊本文以下計十四冊，本文首刻「皋鶴堂批評第一奇書《金瓶梅》」。影松軒版縱二三點八公分，橫十五點五公分，框郭十九點五公分，橫十三公分，附圖五十葉百面一冊，共兩冊，亦模刻於崇禎本。封面刊「影松軒藏板」，行格等與「本衙刊」本同。本版之特徵，是各回首有總評，總評行格十行二十字，似以「本衙刊」為底本。總評者何人？不明。

按第一奇書本之《金瓶梅》刻本，有清一朝有二十餘種，我已在《金瓶梅的問世與演變》一書中引錄過了。

四　李開先不可能寫定《金瓶梅》^{編按1}

關於「《金瓶梅》的寫定者是李開先」說，頗難成立。另一人的金瓶小札，其中說到作者，亦從語言證之為浙人，意見與我接近。前人多為蘭陵乃山東故城所昧，且盲從語言乃山東土白之說。實則《金瓶梅詞話》之語言駁褄，除以中原流行之語言為主外，尚雜有吳、越、燕等南北各地語言。此人舉出部分語言類似浙江建德等地土白，似亦不能僅限於建德一處，只能說是吳越地域之語態而已。此一問題，我在《金瓶梅探原》中已說得夠多，可勿再論。

編按1　原載於報紙，刊名不詳，國家圖書館特藏組典藏有先生剪報。原題為「李開
　　　　先不可能寫定《金瓶梅》——寄法國波都大學雷威安教授」

　　按李開先寫定說之主要論點有二：一、李開先之《寶劍記》傳奇，由《水滸》故事氏支出來，《金瓶梅》也是如此。二、《金瓶梅》第七十、七十一兩回，引錄《寶劍記》第五十齣全文。且認為《金瓶梅》改自《水滸》的手法與《寶劍記》改自《水滸》的手法相同。兼且認為《寶劍記》的序者李氏同鄉姜大成說：「予曰：此乃為中麓（李開先）也。古來抱大才者，若不得乘時柄用，非以樂事系其心，往往發狂病死。今借此坐鎮歲月，暗老豪傑，奚不可也。如不然，當會中麓而問之，問之不答，遂書之以俟知其心者。」與欣欣子作《金瓶梅》序之文筆酷似。遂認定李開先必是《金瓶梅》的寫定者。原本《金瓶梅》來自說書之口，由李開先加工整理而寫定。想來此一理由無法成立。第一，《寶劍記》脫稿於嘉靖二十六年（1547）夏，《金瓶梅》是萬曆年間作品，相距已五十餘年（從《金瓶梅》於萬曆二十四年傳抄算起），後人自可採錄前人作品。是以《金瓶梅》中有《寶劍記》的全齣曲詞，實不足為奇。《金瓶梅》中的詩詞曲以及小故事，大多從他人作品及傳說中集錄而來，如第三十五回，書童裝旦時唱的〈殘紅水上飄〉等四段曲子，乃李日華的作品。姚靈犀已在《瓶外卮言》中說到了。李日華生於嘉靖四十四年乙丑（1565），卒於崇禎八年乙亥（1635），《寶劍記》脫稿時，李日華尚未出生。李開先生於弘治十五年壬戌（1502）卒於隆慶二年戊辰（1568），李開先死時，李日華纔四歲。第二，《萬曆野獲編》卷二十五「填詞有他意」條，說李開先的《寶劍記》指斥的是嚴嵩父子，如看《寶劍記》第五十齣林冲唱的正宮〈端正好〉正曲，確有借高俅以諷嚴氏父子的寓意。按嚴嵩於嘉靖二十一年（1542）秋七月代夏言入閣，翌年春即讒殺山東巡撫葉經，雖夏言於二十四年九月再入閣，但嚴氏羽翼已成，且暗構夏言，父子為謀。李開先筆之於劇，以寄牢騷，自然事耳。《金瓶梅》引錄以壯情節，亦自然事耳。處理情節手法，後人模擬前人，亦屬自

然。不能基此認為是李開先寫定。

　　《金瓶梅詞話》以前之《金瓶梅》，內容究竟怎樣？我只能從《金瓶梅詞話》中的蛛絲馬跡，尋得一些推想，認為袁中郎閱讀到的《金瓶梅》，是一部隱寓著對明神宗寵幸鄭貴妃淆亂朝政的諷喻小說，但這部《金瓶梅詞話》，則是萬曆末年到天啟初年改寫成的。拙作《金瓶梅的問世與演變》，已把問題探討得夠清楚了。

　　按說，鄭振鐸與吳晗二氏的論述，肯定《金瓶梅》是萬曆中期作品，證言雖不充分，已足以否定不可能是嘉靖間作品[7]。遺憾的是，竟還有人在王世貞頭上作文章，始終丟不下《萬曆野獲編》的謊話。若仍認為《金瓶梅》所寫是嘉靖時事，這都是未能深入《明史》的空泛之見，難作立論之據。

　　關於竹坡本之《第一奇書》，實乃所謂「崇禎本」之刪去詞話，並作部分改寫之本，此說「但舊日通行之《金瓶梅》，實均從此本出。」此語中之「舊日」，不知指的是何時代？可以說是語焉不詳。按竹坡評本之《第一奇書》，初序於康熙乙亥（三十四年），序者謝頤如此寫，究竟是否康熙乙亥梓行，也難肯定。此書是《金瓶梅》最流行之本，在《金瓶梅》的三種版本中，它雖是清朝人改寫梓行的。卻流傳最廣，版本家有登錄的，已踰二十種。著名的有皋鶴堂刻，在茲堂刻、影松軒刻、目睹堂刻、玩花書屋刻，還有乾隆丁卯（十二年）刻、乾隆四十六年刻等本，均有圖。如在茲堂本，則刻上李笠翁先生著。或有意把《第一奇書》的改寫者，置之於李笠翁吧！

　　總之，竹坡本的《第一奇書》，是清人的改寫本，與《金瓶梅詞話》，更有一段距離了。若說這部在茲堂刻的《第一奇書》，是舊日通行之《金瓶梅》均從此出的底本，則不知據何云然了。

7　拙作：〈金瓶梅的問世與演變〉，《國立編譯館館刊》第 9 卷第 2 期（1980 年）。

論《金瓶梅考證》[編按1]

　　旅英學人許道經博士返國參加今年的國建會，過香港時，為我購來《金瓶梅考證》一冊，作者名朱星，今春在法國友人雷威安教授寄來的一篇短文中，已知有此一文，卻不知已成書出版。客歲，香港中文大學的孫述宇教授來信，也提到這麼一篇文章，說是大陸方面也在研究《金瓶梅》了，考證作者仍是王世貞。如今，卻等了一年，終於讀到了這篇《考證》。在未讀到這篇《考證》之前，曾讀到雷威安教授寄來的那篇短文，是反駁這篇《考證》的，雖不同意作者是王世貞之說，則把《金瓶梅》的作者又向前推移了數十年，說該書的作者是由李開先寫定。我曾寫一短文，認為此說不可能成立。

　　關於《金瓶梅》的作者問題，自吳晗與鄭振鐸於四十年前（1933）發表了〈金瓶梅的著作時代及其社會背景〉與〈談金瓶梅詞話〉，把該書的成書年代，設想於萬曆中期，絕不可能是嘉靖間作品，可以說已少有爭論餘地，我的十年研究，也只是把出世與演變的問題，又加以補充推說而已。當然，由於我發掘到的資料多，可以幫助我研判的證據更多，所以我推論出的問題，比四十年前的吳晗，可作結論的由頭是更多了。譬如，在流行於今日的所謂「萬曆丁巳敘本」以前，《金瓶梅》絕無任何刻本存在，魯迅等人根據沈德符《萬曆野獲編》的話，推定《金瓶梅》初刻於萬曆三十八年（1610）之說，已被我尋到的一條馬仲良「司榷吳關」的時間是萬曆四十一年（1613）的歷史，鐵定的予以推翻。更由於我從《金瓶梅詞話》第一回的引詞證事，以

及所謂「崇禎本」第一回以其他有所諷喻部分的改寫[1]，益發考究清楚了《金瓶梅》一書的何以成書？又何以未能及早付梓？又何以在天啟初年付梓後，又不敢廣事發行，直到所謂「崇禎本」的改寫付梓之後，《金瓶梅》方始大大流行起來。這些，我都在《金瓶梅探原》[2]及《金瓶梅的問世與演變》兩書中，一一闡述明白了。所以，當我讀到了徐朔方寫的《金瓶梅》是李開先寫定說及這位朱星寫的《考證》，乃認為作者是王世貞說，則不禁忍俊。

像這位朱星寫的《金瓶梅考證》，既知已有前人吳晗等否定了作者是王世貞之說，若想重建王世貞之說的論斷，首先要作的應是先否定了吳晗等人之說的誤斷處，一一予辯駁清楚使讀者了解吳晗等人之說的不足據，或吳晗等人的論據有誤，要不然就是提出新發現的證據，把吳晗等人的論據，一一予以消滅，然後方能再去建立一己的論斷，斷定該書的作者應是王世貞無疑。可是這位朱星的《考證》，對於吳晗與鄭振鐸的那兩篇文章，並未先作辯駁，他只是自說自話的提出一己的一些言之既不能成理，證之也不能成據的說詞，可以說是一位根本不知考據為何事的人物，居然大寫起「考證」，自然無創意可尋了。

考據之事，同一問題既有人論之於前，若有新據論之於後，必須先破而後方能有立，不先破如何有立之地？譬如蓋房子，你如認為那人的房子的建地有問題，豈不是應該先指出建地的問題，如果那房子的建地有問題，縱然房子建造得很好，也難免會遭受到「拆屋還地」的命運，最低限度，那已蓋起的房子，會因建地有問題遭遇麻

1　參閱拙作《金瓶梅的問世與演變》一書，該文發表於《國立編譯館館刊》一九八〇年十二月號九卷二期。

2　拙作：《金瓶梅探原》。

煩。寫論文也是這樣，應先把對方的建地問題一一提出，然後再在一己的土地上建築自己的房屋，如果你的房屋是自地自建，縱然房子蓋得不夠高，也比那蓋在有問題的土地上的高大房屋，要站得住的多了。因為你有基礎，誰也拆不了你的房屋。若是為了同一塊土地爭執呢！如不把先建築的房子訴之於「拆屋還地」，你的房子蓋在那裏？關於《金瓶梅》作者的問題，既有人把那認為作者是王世貞的土地取得過來，新建立了作者不是王世貞的房子，你如認為他在法律上提出的證據有誤，或有漏洞可以上訴，就得先把這塊土地取得來，拆去人家的房子，方能建蓋你的房子。說來，這道理是一樣的。

這位作者寫《金瓶梅》的作者是誰？根據的資料只有《萬曆野獲編》，袁中郎寫給董其昌的那封要抄換《金瓶梅》的信，以及偽書屠本畯的《山林經濟籍》，還有李日華的《味水軒日記》，連袁小脩的《遊居柿錄》都沒有研究，只是別人告訴他，他約略的提了一句而已。就憑這些資料，像《萬曆野獲編》與《遊居柿錄》之間的言語牴觸，這位作者根本不曾推繹，可以說連想也未想到。雖說，他也認為《金瓶梅詞話》是後來的人改寫的，卻以袁照（袁中郎五世孫清同治間人）的《袁中郎遺事錄》數言為則，認為原本非穢本，穢本是後來作偽的人增入的。而且認為清人王曇的那部《真本金瓶梅》可能有所據，所據可能是早期的原本。卻又同意鄭振鐸的看法，此本是偽託的《第一奇書》刪改本。自相矛盾。雖然，作者提出了不少理由，認為王世貞應是寫《金瓶梅》的作者，如王世貞在山東作過三年官，又作過浙江右參政，知道嚴州這小地方，王世貞相信佛道，所以《金瓶梅》寫有佛道等事甚多。可是，這位作者卻沒有仔細看看陳經濟由浦江口到嚴州的地理行程，對嗎？作者在《金瓶梅》中寫的佛道等事，是一個信奉佛道的人筆下的產物嗎？可以說這位作者絲毫不用腦筋，只是膚淺的摭拾一二模糊印象，胡亂湊成篇幅而已。既體會不到作者

的智慧，也看不出這位作者的功力。可是，從後記上看，這位作者是
大學教授，執教有年，自謂研究《金瓶梅》已數十年了。然其所論竟
若是，何只是令人失望，忍不住為大陸學子哀也！

《隔簾花影》的書名^{編按1}

　　繼《金瓶梅》之後，有《續金瓶梅》一書行世，梓行已在清之順治年間了。據孫楷第《書目》所記，該書計十二卷六十四回，附圖六十四頁，上題「紫陽道人著」，「湖上釣史評」。更有隱道人、西湖釣叟、南海愛日老人等序文，疑為清丁耀亢撰。（天一書局有六十回本，非原書，又改節過了。）

　　《續金瓶梅》的主要內容，意圖把西門慶等人轉世後的報應在續書中寫出，以副《金瓶梅》所說之報應不爽。復以國家大事穿插其間，又雜引佛典道經儒理，詳加解釋，動輒數百言，以感應篇為歸宿。而且說：「一部《金瓶梅》說了個色字，一部《續金瓶梅》說了個空字，從色還空，即空是色，乃自果報，轉入佛法。」無非假以《金瓶梅》之名而續寫，冀博微利而已。跟著，又有《隔簾花影》之續，又稱「三世報」，乃竄易《續金瓶梅》而成。故事情節，幾與《續金瓶梅》無大差異，僅將人名更易，改西門慶名南宮吉，改吳月娘為楚雲娘，而又刪去絮說因果略變穿插而已。孫楷第《書目》引平步青《霞外攟屑》卷九云：「紫陽道人續奇書，蔓引佛經感應篇，可一噱。梅村（吳偉業）祭酒別續之，署名隔簾花影，相傳為隔一字讀之成文，意在刺新朝而洩黍離之恨。其門下士恐有明眼人識破，為子孫禍，顛倒刪改之，遂不可讀。但成一小說耳！」孫目說：「此言無稽，不可信。」

　　如照平步青之說，吳梅村據《續金瓶梅》別續之《隔簾花影》，

編按1　　原載於《台灣新生報》第12版，1981年4月28日。

並非小說，故能「隔一字讀之成文，意在刺新朝而洩忝離之恨。」但
經過吳氏門人「顛倒刪改」，「遂不可讀」，「但成一小說耳！」倘使
「別續」是小說，則又何必說「顛倒刪改」之後的《隔簾花影》是「但
成」的「小說」？顯然指的原寫非小說。當然，這些說詞，全是好事
者的捏造之詞，只要一讀《隔簾花影》的小說，即可破解這些說法的
無稽。說《隔簾花影》是吳梅村所作，想亦無根之語，益發不必管它
了。

　　按《隔簾花影》的四橋居士原序，業已說明作者寫《隔簾花影》
的意旨，是不滿於西門慶這人的享厚福而終，說：「《金瓶梅》一書，
雖係寓言，但觀西門慶平生所為，淫蕩無節，蠻橫已極，宜乎及身，
即受慘絕，乃享厚福以終。至其報復，亦不過妻散財亡，家門零落而
止，似乎天道悠遠，所報不足以蔽其辜，此《隔簾花影》四十八卷所
以繼正續編而作也。」至於作者何以要變《金瓶梅》正續編中的姓名？
四橋居士的解說是：「至於西門易為南宮，月娘易為雲娘，孝哥易為
慧哥，其餘一切人等，名目俱更，俾閱者驚其筆諦變幻，波瀾綺麗，
幾曾識其所自始。其實作者本意，不過藉影指點，去前編有相為表裏
之妙。故南宮吉生前好色貪財等事於首卷，輕輕點色；以後將人情之
惡薄，感應之分明，極力描寫，以見無人不報，無事不報，直至妻子
歷盡苦辛，終歸於為善以贖前愆而後已。揆之福善禍淫之理，彰明較
著，則是書也，不獨深合於六經之旨，且有益於世道人心者不小！後
世覽者，幸勿以寓言而忽之也可！」那麼，本書何以名之為《隔簾花
影》？四橋居士的序，不是說明了嗎！

　　《隔簾花影》的作者，不滿於《金瓶梅》的正續編對於惡人如西
門慶者，竟享厚福以終，未能「宜乎及身，即受慘絕。」至於報復，
「亦不過妻散財亡，家門零落而止。」《續金瓶梅》的西門慶，卻又
投生在江南富家沈員外作了獨生子。這都是四橋居士說的《隔簾花

影》之所以要除去前編的這些「相表裏」的情節，來寫禍福因果的「無人不報，無事不報」的彰明較著，期「有益於世道人心。」說來，這都是表面上的大道理了。但「作者本意，不過藉影指點，」所謂「影」，當是指的「西門易為南宮，月娘易為雲娘，孝哥易為慧哥，其餘一切人等，名目俱更，」這些人雖已另易姓名，但他們卻一個個都是西門慶等人的影子，斯所謂「藉影指點」，指點讀者能從南宮吉的「淫蕩無節，蠻橫已極」的生平所為，「宜乎及身，即受慘變」後的報應，如南宮吉死後脫生賈家，變成瞎子。「罰他乞食十年。」雲娘與慧哥在生活上受盡了窮困潦倒的折磨，最後，慧哥做了和尚，雲娘也出了家。藏在廢井中的元寶，上天都賜予了泰定，南宮家一無所有，一切皆空。斯亦《隔簾花影》之又稱為「三世報」的基因。

　　從四橋居士的序文所指，我們可以知道《隔簾花影》的書名，指的是西門慶易名南宮吉等的影射，實則乃《金瓶梅》之續，只是不滿於《續金瓶梅》的續法，又無能力另起爐灶，遂把《續金瓶梅》的原有情節，略加刪減更變，改易書中人物姓名，期人以隔簾花影觀之，無非以影隨形，自謙非創造而已。

　　如從故事情節上看，既有《續金瓶梅》行世於前，何必再有《隔簾花影》於後？事實上，《隔簾花影》有如一篇改寫了《續金瓶梅》這篇作文的謄抄本，又卑鄙的竄易了原作姓名；另定回目予以簡化了情節而新加書名而已。無論如何，都符合不上平步青的那段閒話，認為是吳梅村的「忝離之恨」而「隔字讀之成文」的諷刺之作。更不可能是吳氏門人懼「為子孫禍」而顛倒改之成的小說。因為，它本身《續金瓶梅》的原文，再加刪節改竄而成的作品，如何能聯想到「隔字讀之成文」的政治諷喻上去？顯然的，這是不讀書的好事者，徒在《隔簾花影》四字上，駕空寄以玄想已也。

　　儘管，平步青傳聞來的這一《隔簾花影》之說，乃不讀書的好事

者的信口開河，而傅樂淑女士居然引以作為寫作《紅樓夢破》的「破夢」方法，大談《紅樓夢》中的賈政、賈母、王夫人都是康熙皇帝的代身；《紅樓夢》竟又用了好幾十個人來形容胤禛，也許會有六十四人之多。這樣去破解《紅樓夢》，《紅樓夢》還能成其為小說嗎？如果《紅樓夢》的作者，在下筆之前，竟有像傅女士及趙同先生這樣的政治諷喻安排，《紅樓夢》就絕不是我們今天所能讀到的這麼誘人入勝的小說了。

古往今來，無分中外，凡成功的作品，必出於作者的至情至性之潛意識呈現，題材之來，亦必一己生活之歷驗，曹雪芹的《紅樓夢》之所以寫得好，正因為它具有自傳成分。抄家固為雪芹生活上的痛史，以及當時政治鬥爭上的問題，都不免流露於小說的字裏行間，但如一定要說整部《紅樓夢》的情節經營，悉是為了什麼政治諷喻架構，則去小說之藝遠矣！《續金瓶梅》與《隔簾花影》之遠不如《金瓶梅》者，正因為它們無蘭陵笑笑生至情至性的潛意識呈現之也。

與法國波都大學雷威安教授論《金瓶梅》

一　我的《金瓶梅》研究等等^{編按1}

　　直到上周末（二月二十三），我纔讀到大作有關《金瓶梅》刻本問題的討論。謝謝您支持我的說法。可憾您寫這短文時，尚未見及我的拙作《金瓶梅探原》，因而您把馬仲良（之麟）的「司榷吳關」年代，推疑到萬曆四十四年（1616）去了。也因此把沈德符的說法，也推斷得大有出入。

　　我研究《金瓶梅》的論點，首要在指出明人論及《金瓶梅》的話，相互矛盾。尤其沈德符的話，更是漏洞百出。可以說我在各論中，駁正的事，十九都與沈的言語矛盾有關。馬仲良司榷吳關的時間，亦其一。先生意為「去年抵輦下」的「去年」，採韓南說，認為是萬曆四十六年（1618）。這一推想，難作肯定。我們不能認為《野獲編》的續編成於萬曆四十七年（1619），便認為這篇文章是一六一九年寫的。初編成於萬曆三十四年（1606），那麼，我們應想及續編中的各文，在一六○六年到一六一九年的這十多年間，都是沈氏寫作續編的時間。不過，論文中大都有時間因素可尋，如論《金瓶梅》這篇，有「從丘工部六區志充」一詞，丘志充被稱為「丘工部」，顯然

編按1　　原載於《中國時報》第8版，1980年3月11日，報刊題名：〈金瓶梅刻本及其他——寄法國雷偉教授〉。

是指丘氏在中了進士之後任職工部時的年代。按丘志充進士及第之年，是萬曆四十一年（1613）。這一問題，我們只能肯定沈德符的這篇文章，寫作的時間絕不會上越於萬曆四十一年。如要去確定這一時間，尚須去查考丘志充離開工部（出守）的年代。這種小地方，年已久遠，不易查考了。

　　沈德符的話，最大的漏洞，是他說他在萬曆三十七年間，在京城向袁小脩抄得《金瓶梅》携歸。袁小脩則在萬曆四十二年（1614）八月的日記《遊居柿錄》中，論及《金瓶梅》時，還未見到全本。關於這矛盾的問題，除了已寫成有〈論明人的金瓶梅史料〉[1]，近年來，又寫成〈金瓶梅頭上的王冠〉[2]，〈金瓶梅編年說〉[3]這兩篇論文，是我繼《金瓶梅探原》後的進一步追蹤。除了確定《金瓶梅》一書，在萬曆朝以前不可能有刻本之外，我又肯定了《金瓶梅詞話》的成書年代，應在天啟（1621-1627）初年；不可能上越於天啟元年（1621）。我的理由與證據有二：

　　（一）在萬曆一朝的四十八年之間，因為萬曆皇帝寵愛鄭貴妃，鄭貴妃的兒子皇三子，只比王氏妃的兒子皇長子小四歲。遂形成皇帝有廢長立幼的心理。在皇長子常洛五歲的這一年——萬曆十四年（1586）開始，請求冊立東宮的建白便開始了。因此上言而觸怒皇帝，受到廷杖而遣戍、削籍、謫官的臣子，不下十數人。到了萬曆二十六年（1598），遂有人假造了一個名叫「朱東吉」的人，作了一篇問答形式的短文，反諷太子將被廢除，皇三子常洵將取而代之的事件發生。這件事雖然皇帝也知道了，好在沒有擴大事端，下令焚板了

1　拙作：〈論明人的金瓶梅史料〉，《金瓶梅探原》。
2　參閱拙作〈金瓶梅頭上的王冠〉，收入胡萬明主編：《中國古典小說研究專集》（臺北市：聯經出版事業公司，1980年），第二集。
3　去年十二月脫稿，已在《中外文學》月刊發表。

事。雖然，萬曆二十九年十月，太子的冊立禮，已草草完成了。可是太子應當享受的權利，卻未能合乎所謂「祖制」。因此，臣民們還是懷疑太子將有被廢的可能。所以到了萬曆三十一年（1603）十一月，又有人假造了「鄭福成」這個名字，仍用問答的形式，寫了一篇諷喻皇三子將取代太子的短文。所謂「鄭福成」，意為鄭氏之子福王（皇三子）將成太子。這件事由當時的副宰相朱賡發現，呈給了皇帝。皇帝大發雷霆，下令迫查作者與刻書人。於是，這件事鬧得天下鼎沸，且有人借此問題報私仇，株連之廣，可寫成一本專書。最後，雖只殺了一個秀才皦生光，算是結了案了。但我們可以想及，袁中郎在萬曆二十四年（1596）間讀到的《金瓶梅》，其內容如與我們今天讀到的《金瓶梅詞話》一樣，試想，像第一回中寫的有關漢劉邦寵幸戚夫人，有廢嫡立庶的隱喻，極其顯然的，是影射萬曆皇帝寵愛鄭貴妃的事。所以我敢以判定，《金瓶梅詞話》絕不可能在萬曆一朝刻印流傳。何況，在萬曆三十一年之後，皇三子福王之國（到他的封國洛陽去）久久不成行，臣子們也吵了不少年。直到萬曆四十二年（1614）三月才離京去洛陽。四十三年（1615）五月，就發生了所謂「梃擊」事件，有一位男子手持棗木棍，打進了皇太子的住處。又轟動了不少時日。這都足以證明，像《金瓶梅詞話》第一回中的那種內容，絕不可能在萬曆一朝公開流行。甚而暗中傳抄，也是有問題的呢。

（二）我在《金瓶梅詞話》第七十回到七十六回之間，發掘到兩個微妙的問題，第一個是政和、重和、宣和的改元，第二個是同一年竟寫出兩個時間不同的「冬至」。一般人都認為這是作者的疏忽所造成的錯誤，竟把情節演進中的時間都弄重複了，都寫矛盾了。但我們如從萬曆到天啟的歷史實錄去看這些問題，方始發現那些錯誤的矛盾，並非作者的疏忽，而是作者的故意，故意隱藏著萬曆、泰昌、天啟這一年間「改元」的微妙史實。此一問題，我無法在此詳細說明。

我已寫在〈金瓶梅編年說〉一文中。簡要的說，《金瓶梅詞話》之所以把「政和」改元為「宣和」（應是政和改元重和），以後又寫出改元「重和」，依我看來，並不是作者的疏忽之誤，而是作者有意在用以隱示萬曆、泰昌、天啟之改元史實。按萬曆皇帝逝於萬曆四十八年（1620）七月二十二日，太子常洛繼位於八月一日，在位僅僅一月，九月一日便宴駕了。原頒詔命，訂於明年元月一日為泰昌元年，卻未及改元。遂有人建議既未改元，不如取銷泰昌，逕改明年為天啟元年。有人則認為常洛在位雖祇一個月，卻建有廢棄礦稅等暴政之德，建議上借父下借子，把萬曆四十八年的全年，作為泰昌元年。後來，才議定自萬曆四十八年八月一日起，到十二月三十日止，為泰昌元年，明年（1621）為天啟元年。實際上，天啟皇帝由校在萬曆四十八年的九月六日即登基了。所以，作者在第七十一回中，寫西門慶由清河到東京謝恩，冬至是十一月二十八日，由東京返回清河，離京時的冬至則是十一月九日。正巧，萬曆四十八年（泰昌元年）的冬至，是十一月二十八日，明年的天啟元年，冬至也正好是十一月初九日。若非隱寓，怎會如此的巧合。所以我敢大膽的肯定，《金瓶梅詞話》的成書，絕不會上越於天啟元年。先生以為如何？

接胡萬川先生函，方告知了先生的通訊地址，還說剛收到先生的信。還告知我先生將為《金瓶梅探原》寫一評論，我真是高興極了。在此，我要先向您改正其中一點錯誤，最重要的一點，是第五十五頁，第十二行，書中印的是「萬曆三十二、三年」，乃「萬曆三十五、六年」之誤。其中第二一七頁，「汙邪」乃「汙邪」之誤。還有第一二八到一三八頁中的註釋，有錯簡的地方。以及其他還有些小錯誤，不關緊要，都不一一向您改正了。

本來，要繼續寫《金瓶梅編年紀事》，寫完這一部分，這一部分考據就成書了。這一部分考據，改正了《金瓶梅探原》一些不正確的

看法，當然，也更加向前推進了一步。以後如再有新資料發現，或再
有新的領悟，自當一一重寫或改正。先生如有指正，我也會一一接
受。考證之事，重在證據。任何推斷，都得有證據作憑依。韓南在
《金瓶梅》上的考證，談不上有什麼大成就，他在「五十三回至五十
七回」上化下去的工力，一再為沈德符的話尋註腳，真是浪費精神
了。依據我研究了八年時間的看法，可以確定當年袁中郎讀到的《金
瓶梅》是有關政治諷喻的內容，如第一回。萬曆過了，才有人改寫成
《金瓶梅詞話》。後來有人鑑於第一回仍有問題，遂又改寫了。便是
後來的所謂「崇禎本」。

　　劉師古本名劉維典，現在中學教書。他的《金瓶梅閒話》是才人
之作，只是在辭藻上略欠典雅。曾與我在同一所學校教書，已數年不
見了。附上我〈論金瓶梅的藝術〉一文，也許您已見到了。多年以
來，我一直在考據上研判《金瓶梅》，人物論述只寫了一部分，藝術
探討尚未入手，與孫述宇博士的討論，首次涉及藝術內容。請您賜
正。

二　馬仲良時榷吳關 編按1

　　沈德符在《萬曆野獲編》卷二十五論及《金瓶梅》時，曾說他於
萬曆己酉（三十七）年在燕京向袁中道抄得《金瓶梅》攜回家鄉後，
「吳友馮猶龍見之驚喜，慫恿書商以重價購刻。馬仲良時榷吳關，亦
勸予應梓人之求，可以療飢。予曰：『此等書必遂有人板行，但一刻
則家傳戶到，壞人心術，他日閻羅究結始禍，何辭以對？吾豈以刀錐
博泥犁哉！』仲良大以為然，遂固篋之。未幾時而吳中懸之國門

編按1　　原載於《台灣新生報》第12版，1981年9月4日。

矣！」於是，魯迅的《小說史略》，鄭振鐸的〈談金瓶梅〉以及所編〈中國文學年表〉，都據沈氏的這番話，判定《金瓶梅》初版於萬曆三十八年（1610）。此一錯誤的說詞，已被東西方研究《金瓶梅》的學人，以訛傳訛的傳說了四十餘年矣！

當我於數年前，在《吳縣志》的〈職官表〉上，尋得了馬仲良司榷吳關的年代，是萬曆四十一年，那麼，判定《金瓶梅》初版於萬曆三十八年（1610）的說法，已失去憑依。換言之，《萬曆野獲編》的語意是有了問題了。一向以《萬曆野獲編》的話為準則的《金瓶梅》研究者，不得不有所徬徨無主吧。

法國波都大學雷威安（Andre Lévy）教授在論及拙作《金瓶梅探原》一文時[4]，說到我從《吳縣志》尋得馬仲良司滸墅關的年代是一六一三年，而且只做了一年，表示懷疑。他說：「我懷疑一九三三年修的《吳縣志》，也可能有疏忽和錯誤，還需要重加核對。」此一懷疑的產生，自是因為這個資料的出現，牴觸了沈德符說於《萬曆野獲編》中的話。在考證的原則上說，此一懷疑是應當的。同時，我也遺憾於雷威安教授，未能仔細閱讀拙作〈沈德符與《金瓶梅》〉一文中的這一段話：「按此一船鈔之稅，始於宣德四年。據《明史》〈食貨志〉載……（略）馬之駿便是以戶部主事之職，派在蘇州的滸墅關，監收此項船料費。此一職司，一年更代。在《吳縣志》的〈職官表〉上，所列此一職司的官員，及任事年代，自景泰以還，未嘗遺漏，堪以證明馬仲良派榷吳關，只是萬曆四十一年這一年之任，前後都有別人。」[5]基此，足可想知錯誤或疏忽的情況，不太可能產生。何況，

---

[4] 參閱雷感安撰，何欣譯：〈最近論金瓶梅的中文著述〉，《中外文學》（1981年8月），頁72。

[5] 參閱拙作：《金瓶梅探原》，頁82-83。

馬仲良是萬曆三十八年的進士呢！

如今，我願把此一有關馬仲良司榷吳關的年代，再加詳實說明，提供給與雷威安教授持有同樣懷疑的人，多知道一些史料，來解除對《吳縣志》的此一記載的懷疑。

一、關於馬之駿（仲良）以戶部主事之職，派任蘇州滸墅關監收船料鈔，不僅《吳縣志》的〈職官表〉上（卷六，職官五）有此明確的記載，他在此任內，為了靈巖山的採取硯石問題，與當時任吳縣令的袁熙臣齟齬，鬧得非常不快。沈德符曾把此事記入《萬曆野獲編》卷八，我在〈沈德符與《金瓶梅》〉一文中，也提到了。袁熙臣任吳縣令的時間，《吳縣志》與《蘇州府志》的〈職官表〉，都記明是萬曆四十一年至四十六年。再說，袁熙臣是萬曆癸丑（四十一）年進士，中了進士後，即派任吳縣令。若想把他擔任吳縣令的時間，向前推一年都不可以。他是萬曆四十一年才中進士的呀。

二、既然袁熙臣是萬曆四十一年進士，中了進士之後即派任吳縣令，那麼馬之駿（仲良）在滸墅關任內，與袁熙臣因靈巖山採石事，發生齟齬，無論如何也不可能是萬曆四十一年以前的事。試想，馬仲良「時榷吳關」之年，還有什麼漏洞可以懷疑的呢？

三、近讀馬仲良著作《妙遠堂全集》（中央圖書館藏天啟七年新野馬氏金陵刊本），在列集〈記一〉中，有一篇〈遊靈巖山記〉，還有一篇〈靈巖山贖山記〉，記述了他與袁熙臣為靈巖山爭論的事，文尾也寫明「袁君諱熙臣，浙江慈谿人，癸丑進士。」另外，還有一篇〈讌雪記〉，記癸丑（四十一年）嘉平月（十二月）十九日夜，赴友人戚不磷之招，自稱「關使者」，當然是在吳時，與吳地友人遊讌遇雪而作的遊記。更足以證明馬仲良司榷吳關在萬曆癸丑（四十一）年。這些誰也無法捏造更變的史實，不信也不成啊！

馬仲良司榷吳關的史實，乃萬曆四十一年，應是無法否定的事

實，基乎此，我們怎能不去懷疑沈德符在《萬曆野獲編》中說的話，
是有問題的呢。同時，當我展示出此一史料，今後，誰也不應再去遵
循魯迅與鄭振鐸的說法，認為《金瓶梅》在萬曆三十八年就有了吳中
刻本了吧！

　　謹以此文呈法國雷威安教授參證。

關於《金瓶梅詞話註釋》

一　難解的市諢人語

　　《金瓶梅》是近四百年的作品。固然，在它以前尚有《三國》、《水滸》、《西遊》，但在語言的運用上，《三國》是文言，《水滸》與《西遊》雖是語體，仍是一般文士的口語，不是市諢人等的俚白，是以今人讀來，縱有不明的語彙，也能順應著上下文蠡知八九。但《金瓶梅》則不同，作者運用的語言，幾乎十九著眼於市諢人語。市諢語言，代有變化，不僅語言的成語，已非今日的生活所能印證，即語言的組成，且已非今日的語法。譬如第三十五回，寫應伯爵酒醉之態。「來安道：『爹和應二爹、謝爹、韓大叔還在捲棚內吃酒，書童哥裝了個唱的，在那裏唱哩。娘每瞧瞧去。』金蓮拉玉樓：『咱瞧瞧去』二人同走到捲棚槅子外，往裏觀看。只見應伯爵在上坐著，把帽兒歪挺著，醉的只像線兒提的。」所謂「醉的只像線兒提的」，便不是今人所能了解到的形容詞。因為「提線戲」，早已不在今日社會上流行，現在的人，幾已不知提線戲是怎樣的一種形態，是以這句比喻人物形態的形容詞，自不是今日的讀者所能感到趣味的了。雖然，「醉的只像線兒提的」一詞，我們如認真去體會，並非不能理解，但終與當時的寫實生活，有了相當遠的距離了。

　　按「提線戲」，我在兒時還曾觀賞過，它與我們今天尚能見到的布袋戲不同，與皮影戲倒略有近似。它是用線提的布製人物，我們偶然在西方的電影片（電視）上，還能見及西方人學去的這種演出。我

見過的那種形式，是一個搭起的布棚，前部敞開如舞臺，中間隔開一道布幔，掌握提線的人，隱在這道布幔後面。布幔的前面，有長條几似的平臺，作為提線人物演出的場地。那些布人不大，不過數寸來高。由於人物的動態，悉由提線操縱，所以他們在臺上行動起來，總是腳不點地，搖搖幌幌的，腳步似點地又似乎不曾點地。試想，作者形容應伯爵醉得東倒西歪的醉態，用這句「醉得只像線兒提的」作比喻，是多麼恰切的形容詞。只是提線戲早已不再流行於你我今日生活的社會之上，是以這句恰切的形容詞，已不易激發起我們的趣味感了。

　　下面還有一段描寫，亦頗值一提。說：「謝希大醉得把眼通睜不開，書童便粧扮在旁邊斟酒唱南曲。西門慶悄悄使琴童兒，抹了伯爵一臉粉，又拿草圈兒，悄悄兒從後邊作戲，弄在他頭上。把金蓮和玉樓在外邊忍不住，只是笑的不了。罵：『賊囚根子，到明日死了也沒罪了。把醜卻教他出盡了。』西門慶聽見外邊笑，使小廝出來問是誰？二人纔往後邊去了。」像其中金蓮罵應伯爵的話，雖不隔膜，卻也激發不起吾人今日的情趣，因為今日人們對於像應伯爵這樣的醉態，已算不得是什麼「醜」了，婦女們的上空與天體運動，以及其他更醜的行為，都已肆行無忌，應伯爵的醉態，算得什麼醜呢！

二　不易理解歇後語

　　本書中的歇後語，相當之多，但已泰半以上，不流行於今日。如第八回，「賣糞團的撞見了敲板兒蠻子，叫冤屈麻煩肐膝的帳；騎著木驢磕瓜子兒，瑣碎昏昏。」都不是今人可以理解的。像「賣糞團」，乃中原一帶的行業之一，「敲板兒蠻子」是南方人賣飯團的行業，北方的糞團，南方的飯團，質大異而形相似，故說一旦兩者「撞

見了」，就會形成「叫冤屈麻煩肐膝」，為什麼呢？這兩樣東西放到一起，難以形分，吃錯了，就會「冤」在「麻飯」製成了「肐膝」（團也）的原因上，所以要從「肐膝」上算帳。至於騎木驢磕瓜子，更不是今日的人所能了解。婦女犯淫行判騎木驢，早成歷史名詞，這種「瑣碎昏昏」的解（歇）後語，以及上述之「糞團」「麻煩」（飯）的「肐膝」帳，都是早已死去了的社會形態，（糞團的處理，可能仍存在於大陸北方，滾上黑芝蔴的飯團，今仍能在臺灣見到，但已不能使今人融會到一起，）是以此類的歇（解）後語，都不易使今人了解了。

雖說，我是生長在中原地區的人，自小習用的是中原地區的語言，但仍感於有不少的口語，我不能了解他的意義。「知之為知之，不知為不知。」是以我還有不少處註明不知何意。譬如第六十一回潘金蓮罵西門慶：「論起來，鹽也是這般鹹，醋也是這般酸，禿子包網巾，饒這一抿子兒也罷了。若是信著你意兒，把天下老婆都要遍了罷。賊沒羞的貨，一個大眼裏火行貨子。你早是個漢子，若是個老婆，就養徧街合徧巷，屬皮匠的逢著就上。」其中的這句「一個大眼裏火行貨子」，便不知是何喻意。他如第九十四回說到：「把陳經濟打了發昏章第十一」。就未能查知是從何處製成的這一俗話，從語態上看，顯然是當時流行的口語，但此語的出處，可就說不清了。我雖然引述了《孝經》第十一章，卻也未必是對的。像這種地方，縱然就己之理解註釋了，也自以為不是確定的解說，尚有待知者教之。

三　疑設詞的肯定詞

在語言中，還有不少疑設詞的肯定詞，如第三十七回，蔡太師的翟管家要西門慶尋個小妾，馮媽媽向西門慶誇說韓家的愛姐長得如何如何美好，遂說：「休說俺們愛，就是你老人家見了，也愛得不知

道怎麼樣的了。」西門慶以為馮媽媽誤會他要再討一個，遂說：「你看這馮媽媽子，我平白要他作什麼！家裏放著好少兒？」意思是我家裏的女人還少麼？平白要他幹什麼！再第九十五回說吳典恩忘恩負義，說：「從來忘恩纔一個兒也怎的？」同樣是疑設語氣的肯定詞。

四　有關《金瓶梅》研究種種

　　研究《金瓶梅》的人，實在太少了。雖然距今四十年前，有吳晗、鄭振鐸、姚靈犀、趙景深、阿英作了一些歷史、語言、劇曲以及零星問題的探討，終嫌太少。日本方面，在版本的考證上，曾著有超乎我國的成績，如長澤規矩也，豐田穰，鳥居久靖，特別是鳥居久靖的〈金瓶梅編年稿〉（惜僅見全稿之五之一），提出了不少情節上的問題。第七十回至第七十二回的冬至，就是鳥居先生首先提出萬曆三十七年（1609）之說，方始激發我進一步探尋出了泰昌與天啟兩冬至的隱寓。遂使我的十年研究，有了一部結論的論述：《金瓶梅的問世與演變》[1]。他的〈金瓶梅歇後語私釋〉，雖然例釋的太少了，卻也給了我一些幫助，但鳥居先生究竟是外國人，在語言上，總是有著隔膜的。說來，在語言上的解說之功，姚靈犀應是早於我的一位先進，可惜他註釋的比較簡略，但卻給我極大助益。凡所引用之處，我都一一註明了。姚先生說他還要寫「潘金蓮西門慶紀事年表」、「書中人名表」、「書中時代宋明事故對照表」及「金瓶寫春記」、「詞話本刪文補遺」等，但均未見，不知有否完成？迄未獲知。

　　當我的《註釋》即將脫稿之際，收到日本名古屋池本義男先生來信，告以他從事《金瓶梅》一書的研究，已踰三十年。著有（一）廁

---

[1]　拙作：《金瓶梅的問世與演變》。

考（二）婦女禮贊（三）姻粉小說之性考（四）衣裳裝飾考（五）裝飾與文房考（六）飲食概說（七）飲茶考（八）賭博考（九）奴隸考（十）艷詞考（十一）罵話考（十二）纏足考（十三）幫考（十四）經濟概說（十五）諸論與考證註釋。從論著之名目觀之，亦足見池本先生對《金瓶梅》一書專攻之深。憾我孤陋寡聞，未能早日讀到池本先生的研究論著。

西人研究《金瓶梅》者，除美國哈佛韓南之兩篇論文，芝加哥大學之芮效衛有一篇，要數法國雷威安最為留心，探討《金瓶梅》問題，亦至為深入，胥我所敬重者。楊沂（水晶）兄的博士論文，關於《金瓶梅》者，著有百頁，告訴我說，將重寫中文送國內裝表；至為期待。夏志清先生也論過《金瓶梅》，我讀過何欣兄的譯稿。侯健人兄近亦寫成〈論金瓶梅〉一文，可見大家對《金瓶梅》之研究，已逐漸展開矣！

關於《金瓶梅》這部書^{編按1}

一　《金瓶梅》的淫穢問題

　　數百年來，《金瓶梅》被視為淫書。不錯，如從寫在故事中的那些有關男女性行為的精細描寫，誰也不能掩飾它不是一部涉及淫穢的書。但如把它放在小說的寫實藝術上看，則又不得不給與情理上的諒解。因為，它並不是一部光是著眼於淫穢，而毫未寫出其他藝術內容的書，我們如把它所寫的那些淫穢部份，予以全部刪除，也不會消失去它在小說藝術上的許多偉大成就，此一看法，早經有人說到了。

　　既然，刪去了它其中的那些淫穢部份，也不影響它的藝術內容，那又何必細描那些男女之私呢？我想必有人會提出此一問題。這問題我也探討過，所得答案有二：

　　（一）時代傳統：在明朝那個承平頗久，一個又一個皇帝們都喜貪宮幃的時代裏，自然而然的便形成了社會的淫靡。因而小說家們的筆下，出現了淫穢的描述，自亦是適應時代之情了。在《金瓶梅》以前，如《效顰集》、《如意君傳》，《金主亮荒淫》、《張于湖誤入女貞觀記》，以及同時代的《繡榻野史》、《弁而釵》、《宜春香質》等書，無不有性行為的描寫。就是徐渭的《四聲猿》以及湯顯祖的《還魂記》、陸采的《南西廂》、屠隆的《修文記》、沈璟的《博笑記》，都免不了有淫穢之述，《金瓶梅》當然就少不了了。

編按1　　後又收錄於《中國古典小說賞析與研究》　（臺北：中華文化復興運動總會
　　　　1993年8月），頁357-378。

　　（二）更由於《金瓶梅》的作者，在寫作時把視線放在現實上，受了寫實意念的推動，遂把人生中的現實形態，錙銖不遺的行之於文。這或許就是《金瓶梅》在這方面，寫得比其他小說細膩而更副乎現實境界，遂使它在這方面享有了大名的基因。要不然，何以我們一提到淫書，大家所想到的就是《金瓶梅》而不及其他，甚而不知其他呢！

　　袁宏道是最早涉及《金瓶梅》的人，他的弟弟袁小脩在萬曆四十二年（1614）八月日記中，提到《金瓶梅》的時候，對於淫穢部份，曾作如是論斷。他說他當年與董其昌談到《金瓶梅》這部小說時，董其昌說：「決當焚之。」袁小脩則認為：「以今思之，不必焚，不必崇，聽之而已。焚之亦自有存之者，非人力所能消除。但《水滸》，崇之則誨盜，此書誨淫；有名教之思者，何必務為新奇，以警愚而蠱俗乎！」李日華也斥之為「市諢之極穢者」。可見當時的時人，也認為《金瓶梅》是一部淫書。

　　東吳弄珠客在序中說：「讀《金瓶梅》而生憐憫心者，菩薩也；生畏懼心者，君子也；生歡喜心者，小人也；生效法心者，乃禽獸耳！」這幾句話，確給讀《金瓶梅》的人，指示了一個正大的原則。清人張竹坡說：「凡人謂《金瓶梅》是淫書者，想必伊止知看其淫處也。若我看此書，純是一部史公文筆。」誠然，我們如能認真而深入的去研讀這部書，《金瓶梅》洵有《史記》的諷喻之筆，其發抒塊壘之處，也確不亞於史遷之情。所憾者，大多人都只在淫穢上去閱讀。有一天，一位年將從心的老人，嘻嘻哈哈地向我說：「《金瓶梅》我讀了不少遍，但我只挑其中那些地方讀，其他的都使我感到枯燥。」斯真禽獸耳。有為是書之淫穢而辯者說：「詩云：『以爾事來，以我賄遷。』此非瓶兒等輩乎！又云：『子不我思，豈無他人。』非金梅等輩乎！狂且狡童，此非西門敬濟等輩乎！乃先師手訂，文公細註，

豈不曰，此淫風也哉！所以云：『詩三百，一言以蔽之，曰：思無邪。』註云：『詩有善有惡，善者，啟發人之善心，惡者，懲創人之逆志。聖人書者，立言之意，固昭然於千古也。』今夫金瓶一書，作者亦是將襄寒風雨孳兮衿者詩，細為摹倣耳。夫微言之，而文人知倣，顯言之，而流落皆知。不意世之看書者，不以為懲，勸之韋絃，反以為行樂之符節，所以目為淫書，不知淫者自以為淫耳。」但為淫書諱護者，固有此說之作，然竊以為《金瓶梅》良不適於未成年之青年閱讀。因為，我不能否認它其中的淫穢描寫，無損於青年人的身心。雖然，在文學上說，它是一部具有高水準藝術成就的小說，是今日世界上的第一部現實主義的偉大作品。

二　《金瓶梅》的版本

《金瓶梅》最早出現於萬曆二十四年（1596），那時只有半部。但究竟半到多少？今已不易確證。僅在謝肇淛的《小草齋文集》上見到謝說：「於中郎得十其三」。或可據此想知在萬曆二十四年只出現了前三十回。雖然，沈德符在《萬曆野獲編》中記述《金瓶梅》時說，他曾於萬曆三十七年（1609）向袁小脩抄得《金瓶梅》全稿，缺其中五十三至五十七等五回，且說，攜回之後，友人馮夢龍及時在吳關收稅的戶部主事馬仲良，都勸他應梓人之求。他不願出售，但卻未幾時吳中便有刻本問世。是以後來，凡是論及《金瓶梅》的人，都以沈德符的《萬曆野獲編》為準則，一律說「《金瓶梅》初版於萬曆三十八年（1610）」，魯迅、鄭振鐸以及東西方學人，相沿成說。實則，戶部主事馬之駿仲良是萬曆三十八年進士，派去蘇州滸墅關收船料鈔，時在萬曆四十一年（1613），他勸沈德符應梓人之求的時間，自不可能是萬曆三十八年了。何況，袁小脩寫在萬曆四十二年（1614）八月

的日記，尚且表示他還不曾見到《金瓶梅》全本，沈德符又怎能在萬曆三十七年（1609）向袁氏抄得全本？這顯然一大矛盾了。這一矛盾的癥結究在何處？可參閱業已出版之拙作《金瓶梅的問世與演變》一書，這裏無篇幅多說了。但有一點可以在此說明的是，李日華的《味水軒日記》，已證明了他在萬曆四十三年（1615）正月初五日讀到了沈德符藏的《金瓶梅》抄本，未說是殘卷。可以說，這是一個確定《金瓶梅》有了全稿的有力證據。更可從爾推想，《金瓶梅》的全稿在沈德符手上，已有一段時日了吧！

　　在我們今天所能見到的最早的《金瓶梅》版本，是東吳弄珠客序於萬曆丁巳（四十五年，1617）冬的《金瓶梅詞話》。因而我們都稱這部《金瓶梅詞話》是「萬曆本」；日本人稱為「詞話本」。不錯，這部《金瓶梅詞話》是存乎今世的《金瓶梅》的最早刻本，在它之前，似不可能再有其他刻本。我的此一研究的推斷，已成定論，東西方學人均已引用，不必再說。可是，它是萬曆刻本嗎？今經縝審探討，這部《金瓶梅詞話》，竟然是天啟年間的作品。因為其中曾隱喻了泰昌與天啟的改元問題。在第七十回，寫西門慶於十一月十二日由清河動身去東京，抵京後住了四晚才是冬至。通常，由清河抵京是半月行程。因為他們這次晉京，是要趕在冬至前到達，所以在行程上趕緊了些。或者我們可推想他們走了十一、二天，或十二、三天，提前個三兩天到。抵京後住了四晚才是冬至，自可推想這個冬至，不是十一月二十七日，便是十一月二十八日。可是，西門慶離京，則在第七十二回寫著十一月十一日，是在冬至這天過了兩晚之後的這一天。顯然的這個離京的冬至，是在十一月初九日。這一推斷，是毫無疑問的。若一查《明史》，可真是乞巧，泰昌元年的冬至是十一月二十八日，天啟元年的冬至是十一月初九日。泰昌於萬曆四十八年（1620）八月一日即位，在位僅僅一個月，未及改元，便崩逝了。天啟於當年九月初

六日即位，翌年改元天啟。關于泰昌紀元的問題，臣僚曾有不同建議。這些問題，都是《明史》上的大事。我曾為此問題，寫了一篇〈金瓶梅編年說〉，發表於《中外文學》民國六十九年四月號（八卷十一期）。再寫〈金瓶梅的編年改元與出世行程〉一文，分兩期發表於《文藝》，民國六十九年十月號十一月號。以及我的第二本研究：《金瓶梅的問世與演變》一書，更加詳細的論述了此一問題。在在均足以確證《金瓶梅詞話》乃改寫於天啟初年的作品，刻成也在天啟年間。所以，我們不能再稱它為「萬曆本」了。

　　《金瓶梅詞話》於天啟初年改成刻出後，並未敢大事發行，仍怕其中的政治隱喻惹來麻煩，遂又再加改寫，重寫了第一回，又改去了第七十二回中西門慶離京返清河的日子，改為十一月二十日離京。這樣一改，這個冬至便是十一月十八日，不是天啟元年的冬至十一月初九日。同時，又把不整齊的回目，改整齊了。最重要的一點，是把第一回的卓田那闋〈眼兒媚〉說項羽劉邦也為「花柔」，以及引述劉邦寵愛戚夫人有廢太子改立趙王如意的歷史，全部刪除，改成「西門慶義結十兄弟」為第一回。顯然的說明了《金瓶梅詞話》刻成後未能大事流行的原因。就是第一回的政治諷喻。是以《金瓶梅》自所謂「崇禎本」梓行後，方始普遍流行。抵清康熙乙亥（三十四年，1659）皋鶴堂再以張竹坡的苦孝說評點，刻為《第一奇書》，於是，《金瓶梅》才更為盛行。後來流行於世的版本，最多的一種便是竹坡本《第一奇書》。但如以版本的淵源說，《金瓶梅》的版本已有兩個不同的系統，那就是萬曆丁巳冬敘的《金瓶梅詞話》及改寫了第一回的所謂崇禎本《金瓶梅》。竹坡本便是依據崇禎本加以評點的。至於《金瓶梅詞話》以前的抄本，其真正的內容究竟如何？雖然，我寫了十萬言的《金瓶梅的問世與演變》，仍未能獲得確切證言。總之，我已提出不少線索就是了。

三　《金瓶梅》的作者

　　《金瓶梅》的作者是蘭陵笑笑生，這是一個最肯定的名字。可是，「蘭陵笑笑生」只是個筆名，他的真實名籍如何？至今仍未能獲得一個正確答案。不過，數百年以來，傳說最久的一個認定，便是王世貞的說法。雖說，指《金瓶梅》是嘉靖間人的作品，從沈德符的《萬曆野獲編》就開始了，確切指出作者是王世貞（鳳洲），當為康熙三十四年（1695）序張竹坡批點之《第一奇書》的秦中謝頤，因而數百年來，大家便一直認為作者是王世貞。雖有人表示懷疑，終屬少數。自《金瓶梅詞話》於民國二十一年（1932）被發現，北京大學（北平古佚小說刊行會）影印了一百部，世人始知作者蘭陵笑笑生的筆名，當時有兩篇重要的研究論文，發表於民國二十二、三年間，即吳晗的〈金瓶梅的著作時代暨其社會背景〉一文，以及郭源新（鄭振鐸）的「談〈金瓶梅詞話〉」。吳氏根據明史考據出《金瓶梅》絕不可能是嘉靖間作品，郭氏根據欣欣子之序文，推繹作者不可能是嘉靖間人。他們一致認定作者是在萬曆中葉方始寫成的作品。而且，吳郭二人都把《金瓶梅》一書的寫成，放在萬曆中葉——約為萬曆三十年以前。而且，大家全基於「蘭陵」的地名，配上書中語言，便確切的認定《金瓶梅》的作者，必是山東人。此一認定，也誤說了有四十餘年之久了。

　　關于《金瓶梅》的作者乃山東人之說，我首先提出異議。第一篇論文發表於民國六十一年（1972）九月二十四日至二十八日臺北市《聯合報》副刊。以後又加重寫，發表於民國六十六年（1977）七月二十八日至七月三十日臺北市《中華日報》副刊。認為他們說《金瓶梅》的語言是「山東的方言土白」，乃不合邏輯的說法。山東一省幅員數千里，附縣踰百，方言各有特色，怎能以「山東」省區之大來概

說「方言土白」。而且，我國語言，雷同之語態聲調，徧及中原冀魯豫以及蘇皖之北，甚而晉陝等地，都有相似語彙與音聲，怎能如此泛然概說。再說「蘭陵」故地，雖在山東之境，但江南武進，亦有「蘭陵」，也不能徒以蘭陵一詞，認定就是山東的古蘭陵，不是江南的僑蘭陵。所以，吳晗等人的這兩個立說，都不能成立。何況，書中語言甚襍，尚夾有吳語、越語、燕語，以及其他駁雜的語言。「蘭陵」一詞也許有假借荀子為蘭陵令的意念，作為性惡說而立論於《金瓶梅》的創意。此一推想，我已在〈論蘭陵笑笑生〉一文，及《金瓶梅探原》一書的〈補述〉中提到了。〈論蘭陵笑笑生〉一文發表於民國六十六年（1977）十二月十六日臺北市《出版與研究》半月刊，〈補述〉一文，發表於民國六十七年八月號《中華文藝》月刊。美國芝加哥大學教授芮效衛（David T. Roy）於民國六十九年（1980）臺北漢學會議，曾據此說提出論文「A Confucian Interpretation of the Chin P'ing Mei」。試想，我們怎能據此兩點，去認定《金瓶梅》的作者是山東人。

那麼，《金瓶梅》的作者是誰呢？我們如果想去認真的來探討此一問題，應分作兩部分來進行研究，第一，是《金瓶梅詞話》以前的《金瓶梅》，第二，是《金瓶梅詞話》以後的《金瓶梅》。當然，《金瓶梅詞話》是我們今天研究《金瓶梅》的重要部份。從《金瓶梅》早於萬曆二十四年（1596）出世半部，到《金瓶梅詞話》的成書梓行，中間有二十餘年的空檔。如果，早年出世的《金瓶梅》，就是《金瓶梅詞話》的這個西門慶的故事，在那個淫縱的萬曆社會，連春畫也不干公禁的時代，怎會延宕了二十多年不能成書而又無人梓行。正如沈德符說的：「此等書必遂有人板行，但一刻則家傳戶到」，縱無成書，也會有人為之續成付刻的。編纂竄改，更是明朝人的習氣。這些情形，居然都沒有發生在《金瓶梅》上，自可想知阻礙它的成書與梓行，必有更大原因了。但一經追查《明神宗實錄》，我們便發現到明

神宗寵愛鄭貴妃及溺愛鄭氏之子常洵的踰乎常情，因而牽涉到廢長立幼的問題。這是一件在萬曆一朝的四十八年間，連生事故鬧擾了三十餘年的宮闈大事。我已據史寫了一篇〈一月皇帝的悲劇〉，附錄於《金瓶梅的問世與演變》一書中。可以據爾推想在萬曆二十四年（1596）間問世的半部《金瓶梅》，是一部對明神宗的廢長立幼的意圖，有所諷諫的政治說部，所以袁中郎贊美說：「勝枚生〈七發〉多矣！」

在《金瓶梅詞話》第一回，不還殘存著這一諷喻嗎？若基此推想，則早期的《金瓶梅》作者是誰？可就不易說了。我雖在《金瓶梅的問世與演變》一書中，推說了一些可能的人，也都是假設，不能肯定了。

不過，如從沈德符、袁中道、謝肇淛等人，提到《金瓶梅》時的說詞來看，顯然的，這班人必定知道《金瓶梅》的作者是誰，所以他們才說了那些為《金瓶梅》有所掩飾的話。至於《金瓶梅詞話》，其中既寫入了泰昌、天啟兩個元年的冬至，當然是天啟年間改寫成的了。看來，《金瓶梅詞話》必是一部集體創作。這些修改寫了《金瓶梅》為《金瓶梅詞話》的人士，定是與早期《金瓶梅》的作者相識而且有所相關連的人。甚至所謂「崇禎本《金瓶梅》」的改寫，也是這一夥人。其中的重要人物，沈德符是一位絕難脫離干係者。我對作者是誰的推論只能到此為止。

在《金瓶梅探原》中，我已把作者縮小到必是一位具有江南生活習尚的人士，從飲食與起居看，已非常清楚了。像沈德符、馮夢龍、謝肇淛、袁氏兄弟，以及李贄（卓吾），都是南方人。

四　《金瓶梅》的故事背景

　　《金瓶梅》的故事，取自《水滸》，加以枝節而成為西門慶身家興衰的故事。這是人所共知的事，似已毋庸再說。至於故事的背景，寫的是宋徽宗政和年間，故有花石綱的應奉事務，點綴其中。實際上，是用以諷喻明神宗的開礦惡政。所以，《金瓶梅》的真正故事背景，是明之神宗朝，非宋之徽宗朝。

　　按《金瓶梅》的故事演述，是編年體的，起於宋徽宗政和二年（1112），迄於宋欽宗建炎元年（1127），上下綿亘共計十六個年頭。故事中的地理背景，是以山東東平府清河縣為基點，相互演示情節的重要地方，有東京汴梁、以及山東臨清。其他江南等地，如杭州、揚州、湖州、以及浦口、嚴州等，雖也枝節到了，但作者並未認真的去明確而詳密的描寫這些地方。甚而連東京都算上，除第七十一、二回寫西門慶晉京謝恩時，觀見天子的一些情況之外，其他亦未見描述。祇有臨清多寫了一些故事的演出，其餘，幾乎全在清河一縣。卻又令人感於清河縣城很大，一如明之北京。這是我們研究《金瓶梅》的故事的地理背景，應去特別注意到的一點。

　　我們認為《金瓶梅》的故事背景，暗寫的是明神宗的萬曆朝政，最顯著的地方，除了上述泰昌天啟的改元，以及花石綱的隱喻，更明確的一處，莫過於第八十七、八兩回寫到的東宮冊封。第八十七回：「單表武松自從西門慶墊發孟州牢城充軍之後，多虧小管營施恩看顧。次後施恩與蔣門神爭奪快活林酒店，被蔣門神打傷，央武松出力，反打蔣門神一頓。不想蔣門神妹子玉蘭，嫁與張都監為妾，賺武松去，假捏賊情，將武松拷打，轉又發安平寨充軍。這武松走到飛雲浦，又殺了兩個公人，復回身殺了張都監與蔣門神全家大小，逃躲在施恩家。施恩寫了一封書，皮箱內封了一百兩銀子，教武松到安平寨

與知寨劉高，教看顧他。不想路上，聽見太子立東宮，郊天大赦，武松就遇赦回家。」第八十八回：「卻表陳經濟前往東京取銀子，一心要贖金蓮成其夫婦，不想走到半路，撞見家人陳定，從東京來告說家爺病重之事，奶奶使我來請大叔往家去，囑託後事。陳經濟一聞其言，兩程做一程，路上躓行，有日到東京他姑父張世廉家。張世廉已死，只有姑娘現在。他父親陳洪已是歿了三日光景。滿家帶孝。經濟參見父親靈座，與他母親張氏並姑娘磕頭。張氏見他長成人，母子哭做一處，通同商議。如今一則以喜，一則以憂。經濟便道：『如何是喜？如何是憂？』張氏道：『喜者，如今且喜朝廷冊立東宮，郊天大赦；憂則不想你爹爹得病死在這裏，你姑夫又沒了，姑娘守寡。……』」看來，這兩處所寫太子冊封事的郊天大赦，似極平常。但在萬曆朝則是一件大事。關于常洛太子的冊封，自萬曆十四年（1586）一月開始，到萬曆二十九年十月要求皇帝爺速速冊立東宮的本章，不知凡幾，因此讁官譴戍的人，也不下數十人。

所以到了二十九年十月方行草草完成冊封之禮，這種事件，不僅未見於徽宗之朝，其他各代，亦絕少有此廢立太子而久久不予冊立太子的情事。當然，不立太子之朝是例外了。八十七、八十八兩回的這一記述，自是指常洛太子的冊立事。按常洛太子冊立於萬曆二十九年（1601）十月十五日。

寫於《金瓶梅詞話》中的職官，十九都是明朝的官制，這一點，前人曾經說到。如第十回稱蔡京為「內閣」，自非宋時職官之稱，按宰臣之稱為「內閣」，乃明朝人的習慣，明人稱輔臣為「內閣大臣」。明朝自廢除宰相後，在四殿二閣中各設大學士，（通常祇補三人），正五品，後多以尚書兼攝，凡擔任此大學士職者，謂之「閣臣」。所以稱蔡京為「內閣」，自是明朝官稱了。他如第十七回寫兵科給事中宇文虛中劾倒楊提督，所謂「兵科給事中」也是明朝的官制。給事中

之分屬吏、戶、禮、兵、刑、工六科，掌規諫之事，與都察院的御史
們同稱為「科道官」，悉為明制。這裏寫宇文盧中（此人確為宋徽宗
時人）為「兵科給事中」，顯然是明朝的社會背景了。

至於第七回寫「緊著起來，朝廷爺一時沒有錢使，還向太僕寺支
馬價銀子來使。」以及全書中寫了不少在臨清、清河等地看守「皇
莊」、「皇木」、「磚廠」的太監，也都是明朝中葉才有的事，而且也
惟有萬曆一朝最為普遍。這些研究，吳晗早於四十年前便說到了。他
如第六十五回寫有管磚廠的工部黃主事來西門家弔孝，並商請西門慶
留上黃太尉一飯。「工部主事」之職，也是明朝的官制。其他細節上
的背景資料，大都屬於明朝，更是不勝枚舉了。

五　《金瓶梅》的人物

小說是寫人的藝術，人物自然是小說的重要部分。我在前面說
了，《金瓶梅詞話》的故事，寫的是西門慶的身家興衰，人物自以西
門慶為主線。雖然西門慶在第七十九回便死了，全書一百回，尚有二
十一回沒有了西門慶，又怎能說西門慶是主線人物呢！可是，後面的
二十一回雖已沒有了西門慶，寫的卻是西門慶身後一切交代。有人
說，八十回以前，寫的是金（蓮）瓶（兒），八十回後寫的是春梅。
此一二分法，是用不到《金瓶梅詞話》人物塑造的故事情節的。我們
只要一看春梅在前八十回中的那一尊尊鮮靈的形象，比後二十回占有
的篇幅要多，演出的事件，也無不擔當著要角，就知道這二分法不
對。可以說，如果沒有她，潘金蓮可就出色不起來，她是潘金蓮的影
射。如第十一回「金蓮激打孫雪娥」，第十二回「潘金蓮私僕受辱」，
第二十二回「春梅正色罵李銘」，第二十七回「潘金蓮醉鬧葡萄架」，
第二十九回「吳神仙貴賤相人」，以及第五十八回「懷妒嫉金蓮打秋

菊」，第七十五回「春梅毀罵申二姐」，還有與奶子如意爭洗衣棒槌
等等，都寫在前八十回中。後二十回寫春梅的重要情節，不過第八十
五回「薛嫂月下賣春梅」、第九十回「雪娥官賣守備府」、第九十五
回「春梅遊舊家池館」而已。所以，我們如果研究《金瓶梅》的人物，
與全書的故事情節，有相關間的干係，西門慶方是全書故事發展情節
的主幹。

　　《金瓶梅》的人物，以西門慶為中心，所以每一人物都圍繞著西
門慶；或附庸於西門慶的相關情節中。這些人物，不外西門慶的妻妾
僕婦與童男丫頭，以及店夥友朋。除了這些，便是那有賴於西門慶供
應財貨的官吏與飛繞在西門慶涎餘汗酸下的蚊蠅之類。再無其他等人
了。

　　西門慶一共取了八個妻妾，髮妻陳氏，已故，遺有一女，即嫁
與陳經濟的西門大姐。續弦吳月娘，收房了陳氏的丫頭孫雪娥，又娶
了私娼卓丟兒，麗春院的李嬌兒，以及孟玉樓、潘金蓮、李瓶兒。在
《金瓶梅》的故事演出時，陳氏與卓丟兒都不在世了。排行起來，是
李嬌兒、孟玉樓、孫雪娥、潘金蓮、李瓶兒。另外還有陳經濟與西門
大姐夫婦，這些就是西門慶的家屬親人。重要的僕婦計有來旺宋惠蓮
夫婦、來保惠祥夫婦、來昭一丈青夫婦，及小鐵棍兒，來爵惠元夫
婦，來興惠秀夫婦。家僮有玳安、平安、來安、越安、來友、書童、
琴童、棋童、畫童、王顯、春鴻，還有後生榮海，小郎胡秀、崔本，
以及司茶鄭純，燒火劉包，看墳張安，還有王六兒的弟弟王經。丫頭
有玉簫、小玉、蘭香、小鸞、夏花、元霄、迎春、繡春、春梅、秋
菊、中秋、翠兒，再加上一個奶子如意兒。店裏的夥計韓道國王六兒
夫婦，賁地傳賣四夫婦。其他人物，都是西門家以外的。

　　如妓家的李桂卿、李桂姐、吳銀兒、鄭愛月等等，他有王婆母
子，武大兄弟，鄆哥、何九、以及來往京師繞道西門家的無恥官吏，

和尚，姑子，媽媽子，還有那些大小幫閒兄弟及搗子們，交通官商之間的李三、黃四、喬大戶，地方上的各界有司，遂給《金瓶梅》架構成一個完整無缺的現實社會。所以，我們如果想去研究明代萬曆一朝的社會史，《金瓶梅詞話》中的這些人物行誼，良是引以參研的寶貴資料。可不能小看它是小說已也。

六　《金瓶梅》的小說藝術

如以小說的藝術準則來看《金瓶梅詞話》，除了人物的性格塑造之外，更重要的還得有嚴實的結構，合理的情節，精到的描寫，適於人物生活的對話。那麼，我們如從這些準則去看，《金瓶梅詞話》的結構則是散亂的，從編年上統計，一百回的情節，是如此分配的：

（1）政和二年一回至二回之半。

（2）政和三年，二回至十回。

（3）政和四年，十一回至十四回。

（4）政和五年，十四回至二十二回。

（5）政和六年，二十三回至三十九回。

（6）政和七年，三十九回至七十八回。

（7）重和元年，七十八回至八十八回。

（8）宣和元年，八十八回至九十二回。

（9）宣和二年，九十二回至九十三回。

（10）宣和三年，九十三回至九十五回。

（11）宣和四年，九十六回至九十九回。

（12）宣和五年，宣和六年無情節。

（13）宣和七年，九十九回至一百回。

（14）建炎元年，一百回。

　　從這一統計來看，就足以想知《金瓶梅詞話》的結構，極不均
衡，全部故事雖有十六年的演進時間，但重要的情節，全傅陳在政和
三、四、五、六、七及重和元年這六年之間的時間裏。像政和七年，
一年之間鋪設三十回之多，這一年就占據了全書百分之三十的篇幅。
到了宣和元年之後，一年只寫有兩回三回，最後，一年的時間，連一
回情節也沒有。許多事情，只是草草三言兩語帶過。自難免有人要說
《金瓶梅》的最後，只是草草了結而已。這情形，當然是無可諱言的
在結構上鋪張情節不夠完善的缺點。推想起來，卻又是時代使然了。
在那個時代的小說，總喜把故事中的所有人物，都在結尾時一一予以
清楚交待，甚至連他們的死後轉世，也安排進來。這種寫法，對於結
構的藝術自然談不到了。

　　《金瓶梅》的故事，除了借錄《水滸傳》的部分之外，採錄自其
他說部的片片斷斷，卻也不少，美國哈佛大學的韓南教授，曾有一篇
論文，〈金瓶梅所採用的資料〉，指出不少部分的來源，這裏不抄錄
了。譬如其中的詞話、劇曲，大多出於《雍熙樂府》，或時人的作
品。雖然辭藻美，引用於情節，也是地方，換言之，都適合情節上的
需要，但在今日讀者看來，則感於他們是累贅了。尤其，姑子們在宣
道時，插述了一些佛家故事，如第七十三回薛姑子講說佛法，連五戒
禪師的五戒故事，都一一述說，第三十九回玉皇廟打醮，連齋意文字
都一一錄出。他如皇帝的詔命，邸報，本章，祭文，狀子，無不一一
錄入。吃酒閒談，還要插述人云亦云的小故事，小笑話，真是無所不
包，應有盡有。從內容上說，稱得上是駁襍。這些，都是《金瓶梅》
的小說藝術上的缺點。不過，這些駁襍的附庸，略而不讀也能領略到
小說上的奧義。這一點，我們後面再說。

　　孫述宇在論及《金瓶梅的藝術》時曾說：「《金瓶梅》是需要好
好校訂過，也很需要好好評介一番的。不然這本書馬上湮沒了。儘管

小說還很易買到和借到，仔細看的讀者今天已是少之又少；一般人都是慕『淫書』之名而來，只翻尋那些講述房事的章節。我們也不能全怪讀者，因它描寫確實細膩。字數驚人之外，書中生動的對話，多是明末山東的方言，今日讀者往往讀也讀不來，更遑論欣賞那特別的味道。……小說又有當今讀者不喜歡的缺點，使我們從開首就對它生出偏見。而書又寫得深沈，比別的中國小說都深沈得多。一般人若是抱著看淫書或消閒書的心情來看，看見只有些家庭瑣事，沒有《水滸》中的天上星宿降生來播亂塵世與討平遼國，沒有《紅樓夢》中的補天遺石降生為最漂亮的愛，怎麼看下去？」但是孫氏又說：「但這書的錯謬無論怎樣多，終是瑕不掩瑜。」

「我們即使拿著最差的版本，祇要不存成見，有耐心的看下去，必是看出這是天才之作，這書和莎士比亞的戲劇相似的地方很不少，我們提到兩者都愛以今說古，此外兩者都愛說笑話，都不避情欲，而致讓人詆為淫猥；但要緊的是，兩者都是很多瑕疵的，不以謹慎見長的天才之作。這樣的作品，要吹毛求疵是容易不過的。但是，為什麼不看他們的優點與成就呢！」

孫述宇的這番話，確是說到了我們讀者應如何拿出耐心來讀這部書的道理。所以我抄在這裏。

《金瓶梅》的偉大成就在寫實上，正因為作者的筆鋒是放在寫實上的，對於人物性格的塑造，絕少賦以理想的意念，事事都放在現實人生上。所以《金瓶梅》的人物，一個個都是現實人生中人，他們的一言一行，一嗔一笑，都是我們生活周遭可以隨時見到的熟人，絕無一個是超乎常人的英雄，或具有靈異的神魔。雖然，你得細數，西門慶家婦女們的瑣屑生活，一天間的事，可以鋪陳兩三回，但簡略之處，卻也往往簡簡一筆勾過。有些地方，不僅把他們唱的曲詞，一字不遺的錄入，連齋意、祭文、狀子等全文文辭，也照抄不漏。這些，

也都是寫實的缺點了。

　　不過，《金瓶梅》的藝術成就，應是它所隱示的那個明朝社會的淫靡。我們看，寫在《金瓶梅》中的那多人物，有幾個是有益於國家社會的人，雖然那個周守備與金人作戰陣亡，作者卻未嘗寫過他有何作為。也是一位在官場上往還宴飲的人物之一。全書一百回，人物上百人，演出的時間，上下十餘年，他們除了吃喝玩樂，每天都在過著醉生夢死的日子，與官吏交往，不是逢迎，便是送禮關節，營私、逃稅，事事都與官府勾串。天大的事，只是派人上京一打點，不惟禍事消失，還兼而帶來一筆發財的消息，第四十八回的「蔡太師奏行七件事」，不是給西門慶平空得來三萬鹽引的財富嗎！那位參劾西門慶的曾御史（曾孝序亦《宋史》中人），反而謫官，再而又羅織以家人私事，譴戍嶺表。西門慶則逐漸由副而正，到了七十回便升任正千戶了。

　　像西門慶這種人物，如果不是自作孽，死於胡僧的藥物，興不能已而爆炸，升到武職最高的總兵官，殆亦意中事耳。

　　可是，西門慶雖死，還有個事事學習西門慶的張二官起而代之。這一點，纔是吾人研究《金瓶梅》藝術的一大關鍵哩！

七　如何研讀《金瓶梅》

　　《金瓶梅》是一部不容易讀的小說，特別是《金瓶梅詞話》，這已是大家說到的事。第一，它使用的語言駁雜，雖然說它是「山東土白」並不合事實，但大多的語言，則是中原一帶鄉人習用的口語與俚白俗諺，口調語態距今業已久遠，與今日時代的語言層次，頗多不能渾融。第二，在情節上插入冗雜的其他材料，我們在前面說過，除了詩詞劇曲之外，還雜入不相干的故事。第三，進行的基調太慢，又不是單線發展，因而有時要按下這事不表，回頭再敘他事，更由於步調

進行得慢，往往讀了兩三回，化去了不少時間，故事還未讀完某一天。到了後十回，基調卻又快得驚人，三言兩語，就帶過了幾年。像這些地方，都是今日讀者深感腦脹而又頭昏目眩的地方。

不過，我們研讀《金瓶梅》，應分兩方面來說，一是研究者，二是娛樂者。你如企圖去研究這部書，必須一字字認真而仔細的讀上兩遍，然後再決定你要寫的題目，進行蒐集你寫作論文所需要的資料。《金瓶梅詞話》值得我們研究的問題很多；我雖已化去了幾近十年的時間，只研討了兩個問題（一）作者問題。（二）成書年代問題。雖已寫出了兩本論文，仍未獲肯定的結論。只是把《金瓶梅》問世後的演變，系出了一條極可能是如此走將出來的路線而已。至於它所涉及的社會問題，更是一門大學問，需要付出豐贍的學養與積久不懈的辛勤，方能去進行這一問題的研究。這一社會問題，牽涉到宋徽宗前後及明神宗前後這兩個時代的政治、經濟、以及整個社會動盪。我已查出《金瓶梅詞話》中凡所涉及的宋朝史事及官員姓名，大都是《宋史》上的實人實事，雖相關的時代，不能與《金瓶梅詞話》中的《宋史》編年符節，但卻不是無中生有。

如第十七回「宇給事劾倒楊提督」，第四十八回「蔡太師奏行七件事」，以及第六十五回的「宋御史結豪請六黃」，都能在《宋史》上查出史實。像宇文虛中、曾孝序、宋喬年、以及李邦彥，《宋史》均有其人；不僅止於蔡京父子與朱勔、楊戩、童貫也。由此，自可想知《金瓶梅詞話》的作者們，是一些諳通史書的人，他們運用宋徽宗的花石綱以諷喻明神宗的開礦權稅，這就是值得吾人去進行鑽研的一個大問題。至於有關小說藝術上的問題，可作研究的題目就更多了。

如果，你只是一個只想在小說上一獲愉快的人，那麼，你就不必去認真的去一字字讀它，你可以專從某一個人的塑造描寫上去研讀，譬如，你專看有關潘金蓮的部分，春梅的部分，李瓶兒的部分，

西門慶的部分，……。這樣研讀，你纔會讀出趣味來。老實說，《金瓶梅》的成功之處，就在於他寫活了這些人物。我們讀他有關這些人物的塑造，最精到的就是語言的鮮靈鮮活，每一句話都是那人在那時那地那情之下，必須如此說出的語言。我對於小說的對話，曾認為小說人物的對話應合「五斯」的原則。第一，斯人，這個人物；第二，斯時，在這個時候；第三，斯地，在這種地方；第四，斯情，在這種情況下；第五，斯言，必須說出這麼一句話。這一原則，用在《金瓶梅》中，十九都合乎此一原則。下面，我們隨便抄一段來看看。

第二十八回陳經濟因鞋戲金蓮
一宿晚景題過，到次日，西門慶往外邊去了。婦人約飯時起來，換睡鞋；尋昨日腳上穿的那一雙紅鞋。左來右去少一隻。問春梅，春梅說：「昨日我和爹攙扶著娘進來，秋菊抱娘的鋪蓋來。」
婦人叫了秋菊來問，秋菊道：「我昨日沒有見娘穿著鞋進來。」
婦人道：「你看胡說。我沒穿鞋進來，莫不我精著腳進來了」
這秋菊道：「娘！你穿著鞋，怎的屋裏沒有？」婦人罵道：「賊奴才，還裝憨兒！無故只在這屋裏，你替我老實尋是的。」
秋菊三間屋裏，牀上牀下，到處尋了一遍。那裏討那雙鞋來。婦人道：「端的我這屋裏有鬼，攝了我這雙鞋去了。連我腳上穿的鞋也不見了。要你這奴才在屋裏作什麼？」
秋菊道：「倒只怕娘忘記落在花園裏，沒曾穿進來。」
婦人道：「敢是合昏了，我鞋穿在腳上沒穿在腳上，我不知道？」叫春梅：「你跟著這賊奴才，到花園裏尋去。尋出來便罷，若尋不出我的鞋來，教他院子裏頂著石頭跪著。」

這春梅真個押著他，花園到處，並葡萄架根前，尋了一遍兒。那裏得來，再有一隻也沒了。正是：「都被六丁收拾去，蘆花明月竟難尋。」尋了一遍兒回來，春梅罵道：「奴才！你媒人婆迷了路兒，沒的說了；王媽媽賣了磨，推不的了。」

秋菊道：「省恐人家不知甚麼人偷了娘的這隻鞋去了。我沒見娘穿進屋裏去。敢是你昨日開花園門，放了那個拾了娘的鞋去了。」

被春梅一口稠唾沫嗌了去，罵道：「賊見鬼的奴才，又攪纏起我來了。六娘叫門我不替他開。可可兒就放進人來了。你抱著娘的鋪蓋就不經心瞧瞧，還敢說嘴兒。」一面押他回到屋裏，回婦人說沒有鞋。婦人教採（讀ㄐㄧㄡ）出他院子裏跪著。秋菊把臉哭喪下水來說：「等我再往花園裏尋一遍，尋不著，隨娘打罷。」春梅道：「娘休信他，花園裏地也掃得乾乾淨淨的，就是針也尋出來，那裏討鞋來。」

秋菊道：「等我尋不出來，教娘打就是了，你在旁戳舌兒怎的！」婦人道：「也罷。你跟著他這奴才，看他那裏尋去？」這春梅又押他在花園山子底下，各雪洞兒，花池邊和牆下，尋了一遍。沒有，他也慌了。被春梅兩個耳刮子，就拉回來見婦人。

秋菊道：「還有那個雪洞裏沒尋哩！」

「那裏藏春塢是爹的暖房兒，」春梅道。「娘這一向又沒到那裏。我看尋哩尋不出來，我和你答話。」于是押著他到藏春塢雪洞內。正面是張坐床，旁邊香几上都尋到，沒有。又向畫篋內尋。

春梅道：「畫篋內都是他的拜帖紙，娘的鞋怎的到這裏？沒有遮溜子捱工夫兒，翻的他恁亂騰騰的，惹他看見又是一場

兒。你二這捱剌骨，可死成了。」

良久，只見秋菊說道：「這不是娘的鞋！」

在一個紙包內裏著些棒兒香排草，取出來與春梅瞧。「可怎的有了娘的鞋。剛才就調唆打我。」

春梅看見果是一隻大紅平底鞋兒。說道：「是娘的。怎麼來到這書籃內？好蹊蹺的事。」

于是走來見婦人。

我們看這近千字的描寫，把春梅與秋菊這兩個丫頭的性格，真是寫活了。這一段如果名之曰「尋鞋」，用不著加首尾，就是一篇頗為完整的小小短篇。何況，這隻鞋還關連著後面的情節，揭發了來旺媳婦與西門慶的首尾呢！像這種小地方，不是我們讀《金瓶梅》時，可以享受到的愉快嗎！你如果有心進入研究，準會發現秋菊是《金瓶梅》中多麼重要的一個人物。這裏不多說了。

孫述宇先生說得對，讀《金瓶梅》是需要有耐心的，沒有耐心，真是讀不下去。不過，如果像我上面的這點讀法呢？你只要化上個多小時的耐心，就能獲得不少小說家在藝術上給你的快感。像秋菊尋鞋這樣的小情節，在《金瓶梅》中不知凡幾，你可以從回目上，去作一部分又一部分的研讀，我相信一定會讀出趣味來。其中的這些小情節，前後都有關連，就像上引的一段秋菊尋鞋，情節並沒有完，因為那隻鞋並不是潘金蓮的，是來旺媳婦的。後面，秋菊還有罪受呢！

我不能再多所引述了，我只能舉出這一小小情節作例子，也不是故意挑出來的。其中許多人物的對話，關乎著那人物的性行至大，讀時要耐心去體會，就會發現某一人物的成敗，都關鍵於他們的性格。這些，作者都認真而細膩的寫在對話中。就像秋菊回答潘金蓮的那些話，就會令人覺得這女孩真是不善詞令。「我昨日沒見娘穿著鞋進來。」所以潘金蓮罵他：「我沒穿鞋進來，莫不我精著腳進來了！」

其實潘金蓮可真是不曾穿鞋進來。再看秋菊與春梅的對話，益發顯示出了這女孩的能夠經得冰霜，作者為他取名秋菊，也就是這個意思吧！

　　《金瓶梅》確是一部有內容的小說，卻不是一部藝術完美的作品。如果大家只有興於其中的淫穢，那就是禽獸之心，無從領略它的優點了。

論孫述宇著《金瓶梅的藝術》^{編按1}

一

　　綜觀起來，《金瓶梅》自萬曆丁巳（四十五）年以後梓行問世，便一直是一部相當熱門的書。從日人鳥居久靖所著〈金瓶梅版本考〉所記的梓板情形，查出它自萬曆丁巳冬到崇禎甲申易姓，頭尾算來，不過二十七個年頭，世間便有了不同的刻本，達六至七種之多。在有清一朝的二百餘年間，雖受淫穢之禁，也有近乎二十種的不同版本問世[1]。說來，算得上是一部很風行的書。當然，它的風行卻又泰半由於淫穢部分。至於屬於文學方面的藝術部分，則誠如孫述宇先生所說，在明朝的同時代人，也只有袁中郎給了它幾句詩話式的評贊。其他，都是一些世俗的閒話而已。不過，孫先生說：「在晚明袁石公寫了幾句詩話式的評語之後，直到幾年前夏志清的《中國古典小說》出版，一直沒有詳細的討論。」這番話若是僅僅是指的文學部分，卻也遺漏了清人張竹坡的「閒話」。並不是孫先生沒有讀到「竹坡閒話」，似乎孫先生並不以為「竹坡閒話」算得《金瓶梅》論評。實則，明清人的說部，有幸運能獲得像「竹坡閒話」那樣多文辭評述的，恐怕還

編按1　原載於《文藝月刊》第125、126期（1979年11月），頁81-91。1979年12月，
　　　　頁101-111。

---

[1]　參閱拙作：〈金瓶梅的版本與流行〉，《臺灣新聞報》西子灣副刊，1979 年 5 月
　　　25、26 日。

不可能尋得出第二部。像夏先生與孫先生這等的「詳細討論」，已是民國以後的論述形式了。

　　不錯，《金瓶梅》的流行以及樂為人所談論者，率為其淫穢部分，關乎內容者，如不出於苦孝說的妄誕故事，就是「真本」的證論，也意在為原作者的誨淫闢避，絕少認真於全書內容的討論。這或許就是孫先生所看成的「國人忽略了的小說」吧！

　　直到今天，我們對於《金瓶梅》一書，仍有「諱言淫書」的社會心理。雖然民國以還，學者運用了西方的論評方式，研究了不少舊小說，尤其國人對於《紅樓夢》的狂熱，相形之下，《金瓶梅》確是被冷落了。但如認真的去考究一下，在夏志清的《中國古典小說》出版以前，討論到《金瓶梅》的人，也不在少數。如魯迅、吳晗、鄭振鐸、姚靈犀、趙景深、阿英，香港方面還有一位寫〈金瓶梅畫傳〉的南宮生，累集起來，成文亦不在少。如史論方面，吳晗的〈金瓶梅的著作時代及其社會背景〉，鄭振鐸的〈談金瓶梅詞話〉，至今仍是研究《金瓶梅》的重要文獻。涉於該書的藝術方面，「竹坡閒話」亦每多足以借鏡之處。這些，孫先生都在他的《金瓶梅的藝術》各文中，不時提及了。

二

　　若以我們今天對於小說的藝術尺度，來論評《金瓶梅》，其文字與情節上的錯誤，確實多得不得了。這些，都早已有人提到了。而且證明了並不祇是沈德符所說，其中的五十三回至五十七回是陋儒補以入刻，所以「無論膚淺鄙俚，時作吳語，即前後血脈，亦絕不貫串」[2]

2　見〔明〕沈德符：《萬曆野獲編》，卷二十五。

這五回以外的前前後後，都有沈德符說的這些缺點[3]。至於這些缺點的過錯在誰？可真是難說。正如孫先生所說。這些缺點，要是讀者不肯海量包涵，這小說就無法欣賞。孫先生希望能有一部完善的校本。我不知孫先生所希望的「完善的校本」如何形成？依據版木學的校訂，應以原作者的原文原義為校訂準則，後人所能改動的，除了「手民之誤」，最大的任務，便是依據各家的版本，校對出何家何辭為正。這是版本學上的校正。像《金瓶梅》一書，原始的刻本是東吳弄珠客序於萬曆丁巳冬的《金瓶梅詞話》，此一版本中的文字，是否全出於原作者的手筆，今已難成定論。那不同於「詞話」本的所謂「崇禎本」[4]，是否由原作者改寫？都已尋不出直接證據肯定。那麼，究竟以何一版本為校正準則呢？再說，今之所謂「手民之誤」的文字，在古人行文的慣例上，則又未必堪以認為是錯字。文字學上的通假原則是（一）形近相假，（二）音近相假，（三）義近相假。試想，通假原則有如此的運用廣濶，《金瓶梅》中的別字問題，又怎能視之為「手民之誤」？吾人若依據了今之《金瓶梅》的各種版本，仿照歐美的出版機關，給它來一個完善的編校，改去「手民之誤」，再把重複與不合理的情節，予以改成合理化，豈不是另一部《金瓶梅》了！這樣的「善本」，恐已非研究文學者的對象。

　　無論任何一本書，它的讀者都有兩類，一類是普通讀者，他們只要讀後獲得一些心情的快愉就是了。一類是特殊的讀者，他們要去研討書中的一切問題。諸如史的考證，義的賞析，在在都需要向作者原始的文辭上去尋求。譬如《金瓶梅》，現已發現的版本，以「詞話」

3　參閱拙作：《金瓶梅探原》。

4　根據鳥居久靖著：〈金瓶梅版本考〉，明朝刻本約六至七種，刻於崇禎年間的版本，只有馬廉藏的那一部可以確定，其餘的數種除同於萬曆丁巳回目者外，其他以字體觀，均疑為天啟間刻。

為最早刻本[5]，那麼，我們今天研究《金瓶梅》的小說藝術，就得以
「詞話」本為基準。它的缺點，就是它的缺點。至於它的這些缺點，
或是原作者的故意造成的，如宋朝的故事，明朝的事實。或是傳抄者
的基乎本意亂改，再不就是出版者附加曲詞以廣招徠。這些，都是考
據家的事，不是專為小說藝術的欣賞者，所應旁騖的了。

　　當然，各種版本的異同，所形成的藝術高低，則是為小說藝術
去欣賞的作家們，應去比擬等衡的問題。孫先生要讀者在欣賞這部
《金瓶梅》之前，得先用海量去包涵書中的文字與情節上的錯誤。對
於普通讀者來說，確應如此。對於特殊的鑑賞藝術的論評家來說，就
不能包涵它了。所以，孫先生還是把它們一一挑剔了出來。

　　至於孫先生認為這些缺點有「真」有「假」，意思是說，書中的
缺點，有的是作者形成的，有的是別人假造進去的。而我則認為那些
缺點，既已寫在書中，在沒有另一部「真本」取以校正之前，也犯不
著為「作者」去辯白「真假」，只能視之為全書的缺點。但這些缺點。
卻也並不影響這部大書的藝術成就，孫先生已特別說到了。

三

　　《金瓶梅》的藝術成就，是它能在我國的小說史上，首先豎立了
一塊寫實的里程碑。這話已是前人說過的了[6]。誠然，在《金瓶梅》
以前，用寫實的手法，真實的去描寫社會形形色色的說部，確是沒有
第二部。孫先生說《金瓶梅》的寫實，也與它的故事一樣，同樣取自

---

[5]　參閱拙作：〈金瓶梅的版本與流行〉一文。

[6]　參閱郭源新作：〈談金瓶梅詞話〉，收入《中國文學新編》（臺北市：明倫出版社，
　　1971 年）。

《水滸》。《水滸》這小說有一部分是英雄故事，另一部分是寫實文學。英雄故事的部分，很誇張的講刀槍和武藝，講拔樹舉鼎，講好漢打倒壞蛋，講大碗酒和大把銀子。這些都是使人心大快的事。但是是真實日常生活裏絕少見到的，因此這一部分是逃避現實的浪漫藝術。在英雄故事的盡頭，《水滸》就開始寫實，寫真實生活裏經常發生的事。《水滸》中英雄事跡多是在戶外上演的——在大路上、山崗上、松林內、演武場和法場中，也在城堡、公堂和酒店裏；但在住家裏的場景，則多半很真實。比方武大郎的家，閻婆惜的家，或是徐寧的家，其中的陳設與生活習慣，樣樣都是很可信的。在這些段落中，我們看見一些非英雄的人物，……，這是孫先生研究《水滸》的創見。說來，我國小說的「寫實藝術」，在《水滸》中已發端了。那麼，「《金瓶梅》起源於《水滸傳》，不但承受了那個潘金蓮和西門慶通姦的故事，還承受了這故事的寫實手法。」這看法，是孫先生超越了前人的獨到之見。認為「《金瓶梅》的作者選擇西門慶與潘金蓮通姦的故事來入手，顯然有部分是由於他看到了這種寫實文學的價值。」因而把《水滸》中的「寫實藝術」，發揚光大起來。是我非常贊同的一個看法。先不必問《金瓶梅》的作者在寫作這部《金瓶梅》之前，曾否想到「寫實文學」的什麼「價值」問題，但他從這個通姦的故事，卻印象了他所處身的那個淫靡的社會，使他寫出了這部「很偉大的小說，赤裸裸的毫無忌憚的表現著中國社會的病態，表現著世紀末的最荒唐的一個墮落的社會景象[7]。」應是誰也否定不了的看法。

　　孫先生對《金瓶梅》這部小說藝術的推崇，並非祇是概念化的說詞，而是向讀者具體的提示。他認為作者所以能一口氣便結結實實地寫了幾十萬字，寫了百十個大小人物都不膚淺單調，而且都是活生生

---

[7]　同前註。

的現實人，「原因是他對人性存著一股強烈的好奇，且不是一般世俗淺見可以滿足得了的。他對人的心靈的各種反應都極感興趣，因此書中不但包含了許多醫卜星相三教九流的活動，還抄錄了許多詞曲、寶卷，乃至書札、公文和邸報。」這番提示，就是作為一個小說家應具備的天賦。換言之，讀者也需要具備了能接納這一天賦的胃口。孫先生怕讀者會為了《金瓶梅》中的太多缺點搖頭，以及那慢吞吞的寫實手法厭煩，所以一開頭就為作者寫了一篇又一篇的辯詞。（這書中的前三篇，似乎全是為作者這些缺點的辯說而寫）想來，孫先生對予該書的關愛熱誠，實在感人。

四

無疑的，《金瓶梅》的作者，必是一位青樓中的常客，要不然，書中的妓女，就不可能寫得那麼有活力。正因為作者看到了良家婦女的貞節，未必好過妓女，所以他對妓女未存絲毫偏見。把她們與良家婦女看得一視同仁。就以林太太來說，她品格的淫蕩，豈非較之妓女更有甚焉。像李瓶兒雖是小老婆出身，但在花子虛家，也算得是「良家婦女」，然而她與西門慶的勾搭，卻連個牽頭也不需要。說來，比潘金蓮要淫蕩多了。這一點，我們留在後面再討論。孫先生以「幾個小妓女」為例，說《金瓶梅》的作者「偏見少得出奇」。意思想是說作者處理他筆下的妓女，並無一般常人的對於妓女的偏見。實際上，《金瓶梅》的作者處理飲食男女的問題，並不劃分界域，他似乎認為人類間的性問題，無論那一等人都是那樣。勾欄院中的妓女，獻上了她們的卑賤，還有一個圖錢的目的，良家婦女如林太太的「好風月」，豈非祇是「大欲」二字已耶？我們看，西門慶的性泛濫，麗春院比得上嗎？堂堂招宣夫人的風月，居然聞名於妓女之間。這都顯然

說明了作者筆下的招宣夫人，與妓女等類視之的。我認為蘭陵笑笑生之所以赤裸裸的寫了那多人之大欲，而且亂倫犯忌，可能他是荀子的性惡論者[8]。事實上，人間的性問題，禮教能約束多少？連禁宮中的宮女，還要尋個「菜戶」解饞呢[9]！俗說：「兒大避母，女大避父。」正如孫先生說：「人就是這麼下流卑鄙的，」寫人性的下流卑鄙，可能就是《金瓶梅》的主題。我們看，出現在《金瓶梅》中的人物，除了那個還不會說話的官哥，還有好人嗎？

是的，蘭陵笑笑生寫他筆下的妓女，並未賦以任何理想，既不像莫泊桑處理「脂肪球」，也沒有認為妓女總比良家婦女更不要羞恥。所以說《金瓶梅》沒有這些偏見。「作者帶著對人生的無限興趣，緊緊盯著真實去看，所以筆下妓女的品格並不見得比別的人好，雖然也不比別的人壞。」這就是《金瓶梅》的偉大寫實。正由於作者具有如此偉大的寫實能力，他才能把書中的幾個重要人物，處理得自自然然，要人讀來，認識到他是一個真真實實的人物，絕無作者加進去的「偏見」，或者說是「理想」的成分。孫先生在〈幾個小妓女〉的這一章中，已例述得很清楚了。

五

孫述宇先生認為《金瓶梅》是我國文學史上的諷刺文學之祖。修正了前人的《儒林外史》之說。（這當然是指小說而言。若概觀言之，《詩經》中的「刺」，不就是文學上的「艾朗尼」嗎！）斯一見地，相信批評家們都應予以承認。雖然，孫先生例說的事件，只是用來與

8　參閱拙作：〈論蘭陵笑笑生〉，《金瓶梅探原》。
9　見《萬曆野獲編》，所謂「菜戶」指宮女們尋太監為伴，成假夫妻。

《儒林外史》有所比較的部分；只例出人的「虛偽」如李桂姐、韓道國等；只例出「表裏之別」，以及宋惠蓮前後不等的性格等；實則，作者寫入《金瓶梅》中的人與事，無一事一人不被以諷刺的視線照射著。我認為《金瓶梅》作者的世界觀是用「冷眼」旁觀出來的。他對於「儒」、「釋」、「道」三種信仰下的人物，無不拉來給以嘲笑譏諷。如中了進士做了縣令知府的陳文昭，原想依法而公正的去辦理武松弟兄的案子，最後卻又不得不放棄了「清廉官」的主張。他如狀元、大巡、御史等人，不都是儒家的正道人物嗎？出得京來，也不忘繞道到清河西門官人家，打尖個一天兩天，有吃有喝，還有女人陪宿，臨走還送盤纏錢。這豈非作者對於儒冠的譏諷？至於那尚未能躍上龍門通過三級浪的童生們，如水、溫二秀才，居然要去靠之無不識的西門慶混口飯吃，想來此一諷刺夠多大？結果，這位溫秀才的被斥逐於西門家，竟是因為他不走「正軌」[10]。一位秀才在西門家混飯吃，已夠儒家丟人的了，還因為這種品行不軌而被西門慶斥逐，更為儒士丟人。孔子曾罵冉求：「求也為季氏宰，不能改於其德；而賦粟倍他日。非吾徒也。小子鳴鼓而攻之可也。」蘭陵笑笑生的這種筆法，不是與孔子斥責冉求的話類似嗎？他如釋家的和尚姑子，道家的道士、陰陽星相，無不個個寄以無情的嘲笑。可以說《金瓶梅》的從頭到尾，全是「艾朗尼」予以艾朗尼的。有任何一事一人不曾被譏諷嘲笑嗎！

　　人世間的事，如認真的去寫實，準會發現人的愚蠢而可笑。這種愚蠢而可笑，被人真實的說出來，無不夾有譏嘲的意味。應說，凡是認真去寫實的文學，都會帶有譏諷，問題只在於或多或少而已。正因為《金瓶梅》是我國第一部寫實的小說，所以它也是我國文學上的諷刺文學之祖。我非常同意孫先生改正了前人的誤說。

---

[10]　查出他與畫童有不軌的行為。

為了讚揚《金瓶梅》的諷刺藝術的深入，孫先生以宋惠蓮為例，認為「《金瓶梅》所以了不起，是作者嘲諷儘管嘲諷，但並不因之失去同情心，而且對人生始終有尊重的態度。」他用這個觀點，來例說作者筆下的宋惠蓮，是最有深度的譏嘲手法。孫先生認為「諷刺文學的通病是膚淺。」他提出的「膚淺」的理由是：「咀巴嬉笑久了，就很難再合攏來，或者是怒罵慣了，想講些客觀公正的話都不好意思，弄得沒法再正經，亦不能認真了。」然而《金瓶梅》的作者則不然，他能合攏了他嬉笑過的嘴巴，再替那被他譏嘲的人，說幾句正經話。如宋惠蓮、李瓶兒等人的性格塑造，都能完成他深入的諷刺藝術。（不過，孫先生並沒有把李瓶兒說進來，其實，作者寫李瓶兒的前後性格不一致，手法是一樣的，所不同的只是各己的個人因素不同而已。）

說實在的，人就是一種表裏不一的動物。《金瓶梅》中的人物之所以寫得個個表裏不一，正因為《金瓶梅》的作者是認真的寫實，他早把人心看透澈了，方能寫出人性的表裏各是一套。孫先生從這些地方推崇《金瓶梅》的「了不起」，也是前人不曾領悟到的優點。他還說：「Irony 的概念，反映出觀者了悟到大千世界中人生萬象，有很複雜矛盾的性質。拿這種概念作為一種尺度，以衡量作家是否成熟，不能說是毫無道理。由於我國的傳統文學批評少用這概念，有人以為看內外不一與意義相歧的眼光是西歐文學的特色，這其實是一種錯覺。我們在前頭分析《金瓶梅》，已經反證出這種錯誤。」這見地，別人都不曾說過。

六

孫先生認為李瓶兒對於西門慶是「痴愛」，我並不完全贊同。在

我，則認為李瓶兒是一位比潘金蓮還要淫的女人。這話也許有不少人難表同意。因為李瓶兒嫁到西門家，是出了名的好脾氣，連漢子到不到她房裏來，她都不爭，且有時漢子來了，還要推出去謙讓給別人。怎能說她比潘金蓮還要淫？這一點，幾乎大多讀《金瓶梅》的人都忽略了，孫述宇先生也忽略了。

　　我們知道李瓶兒本是梁中書家的妾，梁中書雖然遭了難，李瓶兒卻帶出了一筆財寶離開了中書府。後來嫁給了花太監的嫡侄花子虛。在花家，她名義上雖是花子虛的媳婦，事實上，她則是花太監的玩物。花太監去廣南，把李瓶兒也帶去了，去半年之久。她手中的財產，十九都是老太監給她的私房。不要說花家的其他人不知道，就連丈夫花子虛也一概不知。西門慶帶給潘金蓮看的春畫以及淫具緬鈴，都是李瓶兒那裏得來的；都是花老太監從宮中帶出來給李瓶兒的。大家想想，李瓶兒與她的太監叔公之間，如無這種苟且，她會無緣無故的為叔公保存那些淫具淫畫嗎？能單獨得到老太監的私蓄嗎？

　　固然，太監已不能人道。但正因為太監不能人道，才造成了太監們在性行為上的變態。這位老太監之所以對李瓶兒如此的寵愛，豈不是因為李瓶兒能滿足他的性變態的要求。李瓶兒既能滿足他太監叔公的性變態之需，那麼，李瓶兒在性的需求上，亦自必異乎常人。這一點，豈不就是李瓶兒與西門慶一經交接之後，便打算傾家蕩產於西門大官人的底因。這之間，雖還因了西門慶的遭遇變故，延遲了迎娶之期，使李瓶兒在憤恨之餘，招贅了蔣竹山。在我認為，也是作者為了烘襯李瓶兒性享受的強烈，才這麼從中安排的。李瓶兒與蔣竹山的關係，縱無西門慶的搗子破壞，這倆人的婚姻關係，也難繼續維持。書中已經寫明，蔣竹山縱靠藥物，也無法滿足於李瓶兒的希求了。這裏豈不是說明了李瓶兒的性享受，已在老太監手下訓練得只有西門慶才是對手嗎。

可是，李瓶兒嫁到西門家之後，懷孕生子，健康日非。雖面對美酒佳餚，失去了胃口的老饕，卻也望之莫可奈何。所以我認為李瓶兒在西門家的那幾年，之所以脾氣好，不競不爭，都因為她已失去健康的關係。瓶兒不是死於血崩嗎？東吳弄珠客說：「金蓮以姦死，瓶兒以孽死，春梅以淫死。」此所謂「瓶兒以孽死」，自是指的她的死，種因於那老太監的變態摧殘。「孽，惡因也。」

花子虛之所以愛在勾欄院中鬼混，自是一半得不到李瓶兒的體貼。李瓶兒已告訴了西門慶，說花子虛在這方面「不中用」。我曾說李瓶兒之所以傾家蕩產的去嫁西門慶，寧願挨鞭子，至死都無一句怨言。只因為她感於她一生之中，只有在西門慶身上獲得了真真實實的性滿足。可惜這老饕在住進了飯店之後，健康的情形已使她失去胃口了。

我是這樣來看李瓶兒的，所以我與孫先生的看法不同。我對李瓶兒的結論是：她是一位為了性滿足而倒貼男人的女豪客。縱有「痴」，也是在這方面形成的。

七

「潘金蓮以姦死」，這話似乎不像批評家的語氣。事實上，《金瓶梅》的作者，從一下筆，就寫潘金蓮的通姦，一直到她死，仍舊在與人通姦。

在張大戶家，她避著大戶娘子與大戶通姦。嫁給武大後，若不是武大有心，由陽穀遷來清河，也早被那些浮浪子弟占有去了。到了清河，與西門慶通姦，嫁了西門慶，與琴童通姦，與女婿通姦；趕到王婆家等僱主來的這簡短日子，她還與王潮通姦呢！她是連一晚也離不開漢子的女人。最後死，也死在一個「姦婦」的名義下。我想，作

者筆下的潘金蓮，似是從一個「姦」字上去著眼的。至於孫先生拈出的「嗔惡」二字，也應是從「姦」字庶出來的吧！孫先生引述的「詞話」第一回的那一段話，說到的也是她的「姦」；與人通姦的根由。

西門慶與潘金蓮，就是《金瓶梅》成功塑造出的姦夫與姦婦的代表，數百年來，他們已世世代代的揚名人間。

潘金蓮在《金瓶梅》中的行為表現是「妒」。為了爭漢子的寵而妒。她的「嗔」大都由妒而起。但對李瓶兒，則又不只是爭漢子，更是妒恨她居然替西門家生了孩子，而且是傳宗接代的兒子；唯一的第一個兒子。因此搶去了她的風光。所以她妒恨李瓶兒，時時想置瓶兒母子於死地。生方磨角地去設法折磨瓶兒母子。當官哥死後，她竟高興地指著丫頭罵道：「賊淫婦，我只說你日頭常晌午，卻怎的今日也有錯了的時節。你斑鳩跌了彈，也嘴答谷了。春凳折了靠背兒，沒的椅了。王婆子賣了磨，推不的了。老鴇子死了粉頭，沒指望了。卻怎的也和我一般。」這情事就是孫先生說的「她內心的嗔毒有神魔的強度」。否則，在這種情形之下，不惟沒有一絲惻隱心，在背後竟是如此的心安理得，還惡毒的唱罵。真是有「嗔毒」的「神魔」在作祟著她了。

無論任何一次她折磨秋菊，都是在發洩她內心的解決不了的「妒」恨。孫先生認為《金瓶梅》中的幾個女人，潘金蓮寫得最不夠真實。還有打虎英雄武松。因為他們都太沒有人性了。武松當著姪女兒殺了金蓮，還挖出了心肝五臟，用刀插在樓後房簷下。然後，把親姪女兒倒扣在屋裏。姪女兒央求說：「叔叔，我也害怕。」武松則回答：「孩兒，我顧不得你也。」便跳過王婆家，要去殺王潮兒。這種怨恨心腸，「都超人一等」（異乎常人），不像正常人。從寫實的角度看，確是誇大了些。判斷「作者寫書之時，也許是覺得一個像《水滸傳》潘金蓮那樣的女人，帶著無限的怨毒之力，正宜表達那種天地開

闢以來萬古常新的人心中之嗔惡。」這看法我承認比我更深一層。

八

　　若依據〈關雎〉之德與妾婦之道的標準，確應把吳月娘看成合乎中庸德行的賢妻範本。

　　在西門家，她是合法的主婦。雖然她是填房，前房死後還留下一個女兒。《金瓶梅》的作者之所以如此安排吳月娘的身分，想必有意去加強她的德行情操。丈夫是個最喜在外拈花惹草的男人，娶了一個又一個，收了一個又一個，姦了一個又一個，連文靜些的小廝也不放過。還成天裏在妓院中鬼混，聽說了或發現了誰家的女婦有姿色有風月，就想著要去弄到手。吳月娘與西門慶這樣的一個男人相處，如無〈關雎〉的「后妃之德」，成嗎？不早打翻了醋罈子，也早氣死了。但正因為她具備了「關雎之德」，與「必敬必戒，毋違夫子」的「以順為正」的「妾婦之道」，遂能為西門慶掌管了那個複雜的家。西門慶死後，她也無不一一處理得適稱。李嬌兒回院，孟玉樓再嫁，賣了金蓮、春梅，拒向官府領回孫雪娥，趕走陳經濟；女兒吊死了，還遞上一張申冤狀。更為西門家留下了一條「慧」根，還為自己的晚年安排了一位送終的玳安。——數來，可想月娘是一位多麼能幹的處世治家能手。西門慶這位惡人，娶了這麼一位好管家，也算是前世修來的了。

　　「毋違夫子」就是吳月娘的德行。「順」著丈夫，就是吳月娘的治家原則。丈夫討小老婆，她順著，丈夫梳攏妓女，她順著，為了討好丈夫，還收丈夫的相好李桂姐為義女呢。只有李瓶兒過門時，轎子到門老半日了，她沒有去接。但經孟玉樓一提醒，還是去了。因為她要做到個「順」字，要「毋違夫子」。雖在掃雪烹茶那一晚，西門慶

向月娘說「賭誓不再踏院門了。」月娘說；「你躧不躧不在於我，我是不管你。傻材料，你拿响金白銀包著它，你不去可知他另接了別的漢子。養漢老婆的營生，你拴住他身，拴不住他心。你長拿封皮封著他也怎的。」平常日子月娘連這番話也不說。這番話都出於潘金蓮口中。所以月娘說：「作氣不作氣，休對我說，我不管你，望著管你的人去說。」事實上，也的確如此。丈夫的行為，她不惟極少勸阻，且無不事事百依百順。陳家的箱籠她照收，尚有可說。把李瓶兒家的財物由牆頭上接運過來，月娘不祇是參與人之一，而且把接運過來的財物，全收到她自己的上房中存藏起來。卻從來不曾勸過丈夫一句。後來買下花家的房子，還提醒丈夫留心著別人的閒話。自難怪張竹坡說她奸詐了。

孫先生說月娘不夠聰明，認為「月娘之不敏，是作者一點重要的意思。作者用了不少筆墨寫她處處不如人……」認為「作者花這些筆墨來寫月娘不敏，主要的目的不在得些笑料，而在讓讀者看見，德與智之間是有衝突存在的。月娘之有德，正為她笨，……」這看法就很難令人同意。在我認為吳月娘是一位相當有才能的人，要不然，她處身於西門慶那種人物的家庭中，以及其所占據的主婦地位，連一天也生活不下去。

我認為作者筆下的吳月娘，是依據他當時的社會情形予以著墨的。月娘是當時社會主婦的理想形象。在明朝，有錢有勢的男人，尠有不納妾，不冶遊的。身為大婦的人，就得容忍這些。像吳月娘，正因為她必得容忍這些，遂事事都裝戇賣傻。事實上，並不是她生來的「笨」。這可能就是張竹坡說的「寫月娘之罪，純以隱筆」的看法。實際上，《金瓶梅》中的女人，最笨的是潘金蓮。她如果不那麼笨，就不會死得那樣慘了。如果認真去比較起來，《金瓶梅》中的所有女人，最聰明的一位應是吳月娘。我這看法與孫先生相距可是兩極端了。

九

　　《金瓶梅》中的女人，我最討厭的就是春梅。我認為春梅是生成的丫頭坯子；而且是奴下奴。後來，雖然貴為守備夫人，卻也始終未改丫頭行徑與奴下奴的性格。她所以被作者列為書名之一，正如孫先生說：「分析起來，潘金蓮、李瓶兒、龐春梅這三個，她們所共有的特質，其實只是強烈的情慾。」又說：「情欲本是人的通性，《金瓶梅》中有淫行的人不知凡幾，可是真正無法應付自己情欲的重要角色，除了男主角西門慶外，就數這三個婦女。她們生活在情欲裏，走情欲驅策的路，最後都慘死在情慾之手。」就《金瓶梅》現在的情節來說，孫先生以此一看法來推想作者命名的理由，頗中肯綮。孫先生又問：「作者拿三個大淫婦來命名小說，是什麼意思呢？是警世懲淫嗎？」孫先生對作者用這三個女人命名的問題，也深感迷惘。我也是。真是，作者為什麼要用這三人為書名呢？時人東吳弄珠客在序言中，也首先說到這一點，「如諸婦多矣，而獨以潘金蓮、李瓶兒、春梅命名者，亦楚檮杌之意也。蓋金蓮以姦死，瓶兒以孽死，春梅以淫死，較諸婦為更慘耳。」我認為東吳弄珠客十九是作者的友人，也可能是集體創作者或集體改寫者之一。他這樣說，正合上孫述宇先生的看法。至於這小說的後二十回，寫得沒有勁了，對於春梅的死，也只是三言兩語，交代得潦潦草草，不像瓶兒與金蓮之死，寫得那麼轟轟烈烈慘慘悽悽。這都是另一回事。作者之所以用這三個淫婦為書名，乃楚檮杌之意的為世戒，已序明了。孫先生說：「我們的三大淫婦都走很兇險的路，吃大苦頭，死得悽慘，作者以之命名小說，也是向人生的苦致意。」，這看法應說是不會錯。

　　我之所以討厭春梅，就是怕看他在同儕之間裝模作樣。本是奴才，偏要裝作主子。對秋菊，對如意，對李銘，全是這種心理形成

的。孫先生說她這是「由於傲」，我卻認為不是。如果「傲」，怎會
在「吳月娘誤入永福寺」的那天，有那種表現？再說，她被領出西門
府第的那天，雖然表現得很堅強，一滴眼淚也不曾流，卻還不忘去向
主婦拜別。這一點，也許是張竹坡說的作者寫月娘用的隱筆吧！

　　春梅與秋菊是同時買進西門府中的，只不過在身價上比秋菊多
花了幾兩銀子。還不全是人家的使女，怎可因為討得了主子的喜歡，
就欺侮同是一鍬土上的伴兒。她罵李銘千王八萬王八。她們主婢二人
的品性，好得過李銘嗎？春梅之所以得寵於金蓮，還不是因為她們主
婢二人同事一夫又同姘一夫嗎？後來又同樣收買了一個玉簫，於是，
三插花的禍活起來。

　　《金瓶梅》的故事，寫到潘金蓮死，本來大勢已去。在作者的寫
作情緒上，便減低了下來。春梅的貴為守備夫人，安葬了金蓮，處理
了雪娥，又結束了陳經濟，似乎只是由她來了結這個故事。但也許原
作者沒有寫完或者那《金瓶梅》的原書，另有其內容。「詞話本」的
故事情節，也許是另一批作者編纂的[11]。因而才有了這許多缺漏。說
來，還得向另一天地去探討。如就現刻本來說，其缺失，我同意孫先
生的看法。

11　參閱拙作：〈金瓶梅第一回〉，《臺灣新聞報》西子灣副刊，1979 年 7 月 27 日，及
　　《金瓶梅的問世與演變》。

十

　　孫述宇先生認為《金瓶梅》的主題，表達的是佛家的「貪、嗔、痴」三毒，分別代表這三毒的人物，是西門慶的貪，潘金蓮的嗔，李瓶兒的痴，且註釋說：「依《大智度論》的解說，分別指貪婪，怒恨，和愚昧無明，不肯接受佛理。」而我則認為作者在寫作《金瓶梅》時，卻未必想到這些佛理。從作者寫到書中的佛家佛事與道家法事來看，這位作者仍未必是佛家的信徒，或道家的悟真。儘管書中寫了那麼多的佛道等事，如宣卷講經，牒度薦亡等，都成天在西門家表演著。但那只是社會寫實，寫他當時的那個社會心態。西門家的那種情形就是當時社會的縮影。他看不慣那個淫靡而腐爛的社會，又無能為力地介乎大人之間去建白奏議。遂只有在小說的藝術上，去謀求發洩了。所以欣欣子說：「竊謂蘭陵笑笑生作金瓶梅傳，寄意於時俗，蓋有謂也。」又說：「無非明人倫，戒淫奔，分淑慝，化善惡。知盛衰消長之機，取報應輪迴之事，如在目前。」這自是《金瓶梅》的作者寄意於寫作時的大前提。這位作者之所以能寫成這麼一部大書，大半都出於一種嘔吐，所謂「寄意於時俗，蓋有謂也。」未必有表達佛理的心意。這是我對《金瓶梅》的看法。

　　正因為如此，作者筆下的西門慶，也只是寫來讓他代表他當前那個淫靡社會上的一個典型形象而已。西門慶這個人，大字不識，出身微賤，上一輩子只是清河小縣城開生藥舖子的人家，雖然發跡過，到他這一代，卻已破落了。但西門慶卻有交通官吏包攬詞訟的本領，照今天說，是個「司法黃牛」。他就靠著這個本領去放官利債，賺了一些昧心錢。又仗著他生得一表人才，而又自小浪蕩，遂有了潘、驢、鄧、小、閒的條件。後來，又夤緣上京城太師，用生辰擔換來了提刑所的副千戶，又作了太師的義子，再升而為正千戶。居然是地面

上的煌赫人物。不惟看皇莊的老公公是他家的常客，連那狀元、巡
案、御史也要繞道他家盤桓幾日。舖子增多了，綢緞絨線官鹽引，上
下勾結，一檔子買賣就賺上許多萬兩。像這樣的一個人物，怎能不被
貪官們維護著呢！要不是作者派來一個胡僧，給他配上一劑助興藥
物，使西門慶在慾海中自沈以死，我相信西門慶會官職升到總兵官，
壽高耄耋而旌表滿堂。我認為，這就是作者筆下的西門慶。孫先生認
為《金瓶梅》中的西門慶，已失去了《水滸》時代的利爪毒牙。我則
認為不然。《金瓶梅》的西門慶，雖無勇猛之力演出《水滸傳》的獅
子樓，他那為害於社會的利爪毒牙，比《水滸》中的西門慶，可要銳
利得多了。

　　凡是偉大的作家，都未必在下筆之前就想著要寫些什麼？他們
只是有所傾吐。即欣欣子說的「寄意」與「有謂」。只有職業作家們
才有那種工匠的構思。我認為《金瓶梅》的了不起，就是它的「寫
實」，也就是孫先生說的「那種天地開闢以來萬古常新的人心」，他
真實地寫出了。試看，我們今天的淫靡社會，西門慶的徒子徒孫還少
嗎！

十一

　　東吳弄珠客說作者寫「應伯爵以描畫世之小丑」。我們看得出，
作者對應伯爵這個人，相當討厭，所以他化了不少筆墨來描繪他的嘴
臉，使他這種人的嘴臉，展現給世人嘲笑。孫先生說作者寫應伯爵充
滿了活力，還不是由於這種人給與作者的印象深刻。有時，舞臺上的
丑角，並不令人討厭，可是，《金瓶梅》中的應伯爵，則處處令人討
厭。對於我，則是如此感受。他卑鄙下流，下流得連婦人在便溺時，
他也去偷窺，還故意去撞入西門慶正在偷情狗合的場所。在他，則自

以為夠得上這分交情，他認為這種行為是給對方的一種親暱，只有他才有情分作出這種親暱不避的行為。與妓女們打情罵俏，挨妓女們的惡打惡罵，他還認為那是情那是俏呢！如果世上真有所謂臉皮厚的人，應伯爵便是代表人物。然而，像西門慶這種人，最需要的就是應伯爵。

第一，他善察人意。不像白來創，點示他「不在家」，他還硬往裏闖。

第二，他懂得風雅，略諳古董，交際廣闊。狗一樣的搖尾在腿邊。沒有文化的暴發戶最喜歡這種人。

第三，能海濶天空的亂吹。更會替西門慶在暗中跑腿。所以西門慶樂意他來吃吃喝喝，騙騙落落。應伯爵的諧音雖是「用不著」，像孫先生說的，「是個多餘的人」，但對西門慶來說，則是他最「用得著」的人。在西門慶的兄弟行中，最有用的就是應伯爵。西門慶官商勾結的那些行徑，包攬詞訟與放官利債的暗道，總得有個得力的人從中打點。應伯爵便是西門慶手下的得力助手。辦起事來，比他名下的夥計，要方便多了。

應伯爵占全書篇幅甚多，把他的名字寫進回目之處，數來就有七回之多。出現在書中的地方，在中間的六十來回中，約占十之七八。最妙的是西門死後，水秀才為這幫兄弟寫的那一紙祭文，也不忘狠狠刺上一針。說：「受恩小子，常在胯下隨幫。也曾在章臺而宿柳，也曾在謝館而張狂。正宜撐頭活腦，久戰熬場，故何一疾不起之殃。現今你便長伸著腳子去了，丟下小子如斑鳩跌彈，倚靠何方？難上他煙火之寨，難靠他八字紅牆，再不得同席而偎軟玉，再不得並馬而傍溫香。撇的人垂頭跌腳，閃得人囊溫郎當。」[12]作者還寫著說：

12　見《詞話》第八十回。

「伯爵為首，各人上了香，人人都粗俗，那裏曉得其中滋味。澆了奠
酒，只顧把祝文來宣念。」可不，等到李嬌兒回院，應伯爵就把嬌兒
推薦給張二官人。以後他就不來了。可想作者對應花子的譏嘲是一筆
也不放過。孫先生說作者寫應伯爵「包括關懷、同情、容忍、尊重等
等。」（以及其他人。）在我則認為這毋寧是作者的筆，始終在人性
的社會現實面寫實著就是了。

十二

　　不錯，「一場春夢」是我們中國人的普遍的人生觀，在《金瓶梅》
的人生中，似乎也能品嘗到這種味分。若說《金瓶梅》的布局就是借
自〈南柯〉、〈枕中〉、〈黃粱〉，布局成「一場春夢」卻也未必。《紅
樓夢》的布局則是這條路，《金瓶梅》可不是。雖然，《金瓶梅》的
結尾，也讓吳月娘做個夢結束，但吳月娘的這個夢，所了悟的並非人
生如夢，而是人間因果。她夢見雲裏守要強她成婚，她不肯，竟殺了
她的胞弟與玳安，正要舉刀去殺孝哥，她大叫一聲醒了。因此使月娘
省悟，同意放孝哥跟著普靜和尚去出家為僧。她省悟的是西門慶一生
所結冤仇太多，如不同意孝哥出家，可能連孝哥的性命也保不住。若
論布局，我認為作者所著眼的是佛家的因果，遂以西門慶等人的淫靡
下場，作為世戒。所謂「淫人妻子，妻子淫人，禍因惡積，福緣善
慶，種種皆不出循環之機。故天有春夏秋冬，人有悲歡離合，莫怪其
然也。合天時者，遠則子孫悠久，近則安享終身；逆天時者，身名罹
喪，禍不旋踵。人之處世，雖不出乎世運代謝，然不經凶禍不蒙恥辱
者，亦幸矣。」欣欣子的敘也已寫得很清楚了。

　　再說，李瓶兒的夢，也是因果上的恐懼。她也不曾了悟到人生
如夢。如能悟到人生如夢就不合因果的恐懼了。

　　把其他作品中的材料，整體抄來據為己有，幾是明代小說家的通病。我們只要去問使用得合不合體就夠了。那麼，如從這一角度去看，可以說還大致使用的得體，只有時令人偶感累贅而已。像那一大段五祖的出家故事，我就讀著不大耐煩。但那故事使用在那情節裏，卻也適稱。孫先生贊賞「《金瓶梅》是一本小說家的小說」，說他有把家常的砂礫點化成文學金子的能力。寫小說的人應向《金瓶梅》學習對人生的認真態度，把「人應當怎樣生活」當作一個中心課題。並且讓理性與道德感在文學活動中，擔當不亞於感情的角色。這些精闢的見地，都是前人不曾說到過的。小說家們確應人手一冊。

　　在這本《金瓶梅的藝術》中，確是寫出了不少前人不曾見到的精華。把這部小說的藝術價值，提高多了。其中，說得最精采的一部分，是有關官哥。孫先生所憐恤到的是這個理應有其非常幸福的孩子，竟在他一歲多的生命過程中，未能生活得平平靜靜，居然被這一家人折騰死了。這些地方，在我每讀一遍，看到那孩子被折騰得不能好好吃也不能好好睡，只是哇嗚哇嗚的哭，心情也頗感不快，可從來不曾為這孩子去著想些問題。如今，讀了孫先生的這番指訴，真是心有戚戚。才想到了「吳應元」這個道號的「無因緣」諧聲。乃作者一下筆，就把他不是西門的子嗣這一命運安排妥了。這看法真是深入精到。

　　從寫實這一點看，《金瓶》超過《紅樓》多了。如從結構上說，《金瓶》不如《紅樓》。但《紅樓》比《金瓶》幸運得多。對於《金瓶梅》的贊賞，自張竹坡以還，最值得推揚的應是孫先生的這本《金瓶梅的藝術》。雖說我們彼此的看法尚多異趣，但我卻自認我寫不出這樣豐富的一本《金瓶梅》欣賞；這是內心話。

與高陽先生討論《金瓶梅》

一　為《金瓶梅探原》作答 ^{編按1}

　　本來，作家一旦把作品公開發表之後，無論閱讀的人怎樣看法，都由作品去解答，作家本人委實不應再解說什麼。縱然閱讀的人提出一些題外話，或者看法太偏，或者節外生枝，也全是作品的本身所能反映出的，用不著作者去解釋。但老友高陽兄為拙作《金瓶梅探原》提出的高見，則是需要我這位作者，再提供一些探討的線索的。因為，自我開始推演《金瓶梅》的作者等問題時，高陽便是我的此一問題的參與者。一開始，他就不贊成我針對著《萬曆野獲編》的那則論及《金瓶梅》的話去尋找問題。那時，高陽就告訴我：「《金瓶梅》於萬曆二十四年出世時，沈德符才十八歲，怎麼可能寫這樣一本書？」又說：「朱竹垞在《靜志居詩話》中，推崇《萬曆野獲編》是事有佐證，論無偏黨，明代野史，未有過之者。」這些話，雖如此說，但我卻一如歐陽文忠之審理刑案，「夫常求其生，猶失之死。」雖極想為沈德符的那段話，尋得佐證，卻愈尋愈不能得其證，結果，連開頭的一句，證據也不安穩起來。遂不得不斥之為謊言連篇。然而，我猶未直言沈德符是《金瓶梅》的作者，只判言他與萬曆丁巳本的《金瓶梅詞話》，難脫關係就是了。如果高陽認真而詳盡的把我這本《金瓶梅探原》全讀了，我相信他要「為沈德符辯誣」的辯說，還

編按1　原載於《文學思潮》第5期（1979年10月），頁185-198。

得更加數倍的力氣，方能把我所疑論到的各點，一一尋出飾詞。可憾
的是，高陽並沒有一篇篇讀完我這本書，正因為他沒有一篇篇的讀
過，所以他為沈德符的「辯誣」之說，乃大多不著邊際。而我則一向
認為高陽是最有才力向我提出問題的友人之一，第一，他才高智滿，
第二，在明清史乘方面，比我熟諳。是以我願就我數年所迷及的問
題，一一提出，請老友再復按一下我的《金瓶梅探原》，重下判斷。

（一）沈德符中舉問題

　　沈德符例監於太學，在萬曆三十四年，時已二十八歲。《萬曆野
獲編》初編二十卷，即成於是年。萬曆四十年秋闈中式二十五名，拆
封後考官怕取沈遭受物議，遂改以備取之劉琛遞補。此事曾記入《神
宗實錄》。所謂怕遭物議，雖史未詳載，然揆情奪理，也絕難如高陽
所說，「必是由於其他關礙場規的原因，譬如試卷中發現重大錯誤等
等；斷無因為其人素行不端，而可以隨意點落之理。倘或如此，根本
不成其為考試制度了。」萬想不到高陽會有如此的一說。如果沈德符
在闈中發生過「關礙場規」或「試卷中」有「重大錯誤」的事件，就
不會中式於二十五名。既然列了名次，就不是闈場中的問題，任誰據
此史實研判，也不會像高陽這樣的說法。莊練兄對此問題，推想是
《萬曆野獲編》的影響。這一推想的可能性最大。我想，凡是讀過
《野獲編》的人，準會同意莊練兄的此一推想。沈德符是太學生，恃
父祖之蔭，在京師交遊頗廣，士大夫知其名者眾，適巧在太學時期，
所撰《野獲編》正編已完稿，在京之學政兩界，必有知之者，傳抄之
事，亦勢所必然。當時考官因此而多加顧慮，似為極可能的情況。是
以兩科以後，沈氏方行中式，已萬曆四十六年矣。

　　再者，沈德符冶遊與嗜酒，見於沈氏詩文，且寫於詩文中之與

遊士夫，尠有人與之唱和者。如公安竟陵等人，甚而為景倩視為知交
之德州盧世㴶，悉未重視於他。這些問題，我的《金瓶梅探原》均曾
一一提及。足徵沈德符在當時文壇之寞寞寂寂。亦可推知其學之不被
人重視，品亦未為時人所譽賞。若此之情，是否是《萬曆野獲編》附
帶的影響，自很難肯定推說了。

　　至於朱彝尊的推崇之詞，應視之為鄉人對前輩的藻飾之譽，不
能據為圭臬。所謂「事有佐證」一語，如對證所記之「偽畫致禍」，
就是「事」無「佐證」之說。此一問題，吳晗考證的最清楚了。可以
說，《野獲編》中的記事，道聽塗說而人云亦云者多多，朱錫鬯的這
句推崇《野獲編》是，「事有佐證，論無偏黨」的話，只能視之為同
鄉人的捧場詞令而已。

（二）《觴政》的寫作年代

　　袁中郎的《觴政》一文，成稿的年代只有兩個時期，一是萬曆二
十七、八年補儀曹於京，結葡萄社於崇國寺之時，一是萬曆三十四年
秋至三十五年冬這段時日，袁氏再起春坊庶子，又重抵京師時。起
先，我也是認為《觴政》作於先，《酒評》補於後[1]。可是，讀了袁中
郎的三封提到《觴政》一文的信，便無法作如是肯定。因為袁中郎提
到《觴政》的三封信，都寫於萬曆三十五年以後。作考據工作的人，
遇到這樣的材料，必須考訂推演，方能再下結論。這三封信，提示了
我們以下的問題：

　　（一）　《觴政》既寫於萬曆二十七、八年間，何以到了七、八年之
　　　　　後，再寫信向人提及？

---

[1]　參閱拙作：〈袁中郎觴政之作〉，《金瓶梅探原》，頁 97-103。

（二）《觴政》一文是酒場甲令，而且是獨立性的短文，寫成後勢
　　　必抄與遊宴諸人，敘引中業已說明：「凡為酒客者，各收一
　　　帙，亦醉鄉之甲令也。」試想，《觴政》一文，如在萬曆二
　　　十七、八年間即已寫成，早應流傳或入梓，不應到了七、八
　　　年後，方始將《觴政》文稿寄與刻書人。更不應該再寄給黃
　　　平倩（黃輝），因為黃平倩本是葡萄社的成員，早應有此文
　　　了。又何必在萬曆三十五年秋冬間的信上，寫上這麼一句：
　　　「《觴政》一冊附上，大可為酒場歡具也。」這封信，即已充
　　　分說明了《觴政》是萬曆三十五年夏間才完成的作品。

（三）在《觴政》敘引短語中，有「社內近饒酒徒」一語，語中的
　　　「近」字，也隱約說明了他們近來的觴聚，已非當年，社內
　　　成員，亦非當年故舊了。在給謝在杭的信上，有此數語：
　　　「葡萄社光景，便已八年，歡場數人，如雲逐海風，倏爾天
　　　末，亦有化為異物者，可感也。」豈不是說明了當年的成
　　　員，已不在京師了嗎[2]。所以我認為「社中近饒酒徒」之
　　　「近」，便是指的三十四年秋，中郎再抵京，復與新舊之
　　　交，不時遊飲如故，遂又以當年之葡萄社目之。我想，根據
　　　這些資料作如此研判，是絕對合乎考據原則的。

　　不過，高陽提到的《寶顏堂秘笈》所刻《觴政》，有「荷葉山樵
甲辰閏九月識」之短跋問題[3]。甲辰是萬曆三十二年。《觴政》一文之
後，既有人附識於萬曆三十二年，則《觴政》之作於萬曆二十七、八
年間，應成不爭之論。何況高陽手頭有一工具書，寫「荷葉山樵」是
中郎別號。而且，《寶顏堂秘笈》的此一《觴政》，未附「酒評」。這

---

[2]　此函留有不少疑問，請參閱拙作《金瓶梅探原》，頁 106-111。
[3]　我的註腳誤為閏五月，在此更正

樣以來，高陽當然可以據以否定了我所研判的。《觴政》如寫於萬曆三十五年閒，沈德符如何能在三十四年間知中郎有《觴政》一文？這一點，讀者諸君子，如未詳細而認真的一篇篇讀完我的《金瓶梅探原》，一定會隨跟著高陽一樣，認為我據《觴政》來判說沈德符之謊的立論點，可是站不住了。可是，高陽如果見過《美國國會圖書館藏中國善本書錄》（A Descritive Catalog of Rare Chinese Books in the Library of Congress），有關《寶顏堂祕笈》的著錄，就不會武斷的說我此一立場錯了。我既然看過了《寶顏堂祕笈》的《觴政》，把它附註在書中[4]，竟未引以為據，何也？乃根據王重民先生的著錄而舍棄。請看著錄所說：

> 《寶顏堂祕笈》正集二十種，續集各五十種，彙集四十四種，眉公雜著十六種，二百二十四冊，二十九函，明萬曆間刊本，八行十八字，明陳繼儒輯。正續集及眉公雜著，題尚白齋刻。廣彙集題亦政堂刻，並沈德先沈孚先所刻也。續集刻訖，孚先下世，以此推之，尚寶齋殆為孚先齋名，而亦政堂為德先齋名歟？通稱為寶顏堂祕笈者，切以寶顏堂為陳繼儒齋名，而繼儒名在二沈上也。考李日華《味水軒日記》云：「萬曆四十三年二月七日，書林張氏梓眉公廣秘笈既成，來乞余序。九日招郁伯承夜坐；伯承好古，酷嗜奇，隱張氏，所梓眉公集，大半都其書也。然則此書舊本，藏自郁而梓於張，眉公等名，特為發售作招牌耳。」是刻改竄刪節，多失本來面目，故為通人所嗤，近代藏書家，皆擯而不登於善本之目；茲以流傳漸少，特著錄焉。

4　見拙作《金瓶梅探原》，頁 174，註 17。

請教我的老朋友高陽，你亦常製考據者，當你看到了這樣的著錄，你相信中郎的信札呢？還是舍中郎所寫信札而采納此一《寶顏堂秘笈》之刻？但對此一問題我也有疏漏，竟忘了在論及《觴政》一文時，把我不采《寶顏堂秘笈》的觀點，加以說明，竟陷高陽行文於未妥，實在抱歉！

再者，關於《寶顏堂秘笈》之梓板時間，高陽悉以「萬曆三十四年刻」一語該之，也是不對的。按王重民先生的著錄，記明正集與眉公雜錄，有姚士麟、陳萬言（正集）及李日華、沈德先，沈孚先的序，未註年，既為續集，應在三十四年以後，當為不爭之事實。廣集有沈德先、李日華寫於萬曆四十三年的序，彙集有沈士麟，沈德先的序，未註年，但普集有張可大、王體元寫於泰昌元年的序。可見《寶顏堂秘笈》的全書刻成，自萬曆三十四年起到泰昌元年，前後共達十四年之久，自可推而想知續集之刻，當在萬曆三十五年之後吧？

還有，高陽根據他手頭的一本參考書，說「荷葉山樵」是袁中郎的別號，斯乃大誤。那是由於高陽沒有去查閱《寶顏堂秘笈》，遂有此以訛傳訛之誤。現在，我把荷葉山樵的這則附識，照錄如下：「石公見酒殘輒醉，乃欲以白衣領醉鄉乎？夫披堅執銳，非將不武；而將將者不然？留侯狀貌如女子，未可非萬人敵也。石公曉暢飲略，深入酒解，糟丘伯業，不得不與吾黨共推之。甲辰閏九月荷葉山樵識。」請看「不得不與吾黨共推之」一語，乃推崇中郎《觴政》之語，則荷葉山樵非中郎別號明矣。在此奉告高陽，采取第二手資料，不可不徵於色也。

（三）《萬曆野獲編》之謊

　　沈德符寫於《萬曆野獲編》中的論《金瓶梅》一則，我的《金瓶梅探原》已全文引錄了兩次，高陽的這篇文章，也大體引入了。我想讀者可不必去圖書館查抄，即可印證。沈氏所記不實之處，我的《金瓶梅探原》例述最多，本不應再所費辭，遺憾的是高陽沒有認真細讀我書，只憑著一己的主觀與成見，而且更是只憑據了我引述在《金瓶梅探原》中的一些現成的斷簡資料，連去查證一下的工夫都沒有去作，居然要與沈德符「辯誣」，他所提出的問題，自難圓其說了。關於高陽所提有關《野獲編》的這則論及《金瓶梅》的問題，我在《金瓶梅探原》中業已反覆研判，委實用不著再說。然而高陽對沈德符的這段話的解說，不能自圓的漏洞，似有予以一一指出的必要。因為，我仍在企盼高陽能再進一步去細讀我的這本研究，更希望其他有興趣的朋友加入，再作研判。如果，能進一步尋出證據，或推演出更合情更合理的判斷，把我這七、八年來的研究，一一全部推翻否定，亦衷心所願接受者。我的興趣，是希望解決《金瓶梅》的作者及成書年代兩個問題，任誰能提出解決這兩個問題的創見，都是中國文學史上的功臣。「明其道不計其功」乃我作人的原則。我自問我並沒有在《金瓶梅探原》中把這兩個問題解決了，我只是延續了吳晗與郭源新等人在民國二十二年間的研究，尋出更多的資料，向前又推進了一步而已。當然，我發現的新資料，已否定了前人不少的說法，譬如（1）作者公認是山東人之說，（2）《金瓶梅》初刻於萬曆三十八年之說，而且肯定了《金瓶梅》必定成書於萬曆三十年以後的證據，都是我這七八年來的努力所獲。因為高陽沒有詳細閱讀我這部書，所以他還殘存著張竹坡與蔣瑞藻給他的成見；只是以後不承認「《金瓶梅》不是王世貞所作」而已。

　　高陽依循著《萬曆野獲編》的話及小脩的《遊居柿錄》，系出了
這麼八點：

（1）此書的抄本初藏於松江徐階。

（2）董其昌的抄本由徐家得來。

（3）陶望齡於萬曆二十四年秋，從董借得半部，訪袁蘇州時，為
　　　袁借抄。

（4）後兩三年，小脩在真州得見半部抄本。

（5）袁中郎萬曆二十七、八年在京作《觴政》，列金書為逸典。

（6）至萬曆三十四年，中郎仍無全本，此後三年中，小脩才得到
　　　後部。

（7）沈德符從小脩「借抄挈歸。」至萬曆四十一年，馮猶龍等勸
　　　沈賣給書坊，沈不肯。

（8）萬曆四十五年，蘇州書賈刊刻《金瓶梅詞話》。不錯，如充分
　　　信任他們的話，這樣系出《金瓶梅》的淵源，可以說來路明
　　　確。但是，沈德符與袁小脩兩人的話，卻存在著不能符節的
　　　牴觸與參差，茲把問題簡要的列在後面。

　　（一）根據袁中郎的三封信，可以確定《觴政》作於萬曆三十五
年間，沈德符何以能在三十四年間知袁中郎有《觴政》之作？那麼，
我們就是放棄了《觴政》的問題不說，是不是能把沈德符的話予以周
圓而充實呢？我認為還是不能。

　　（二）沈德符說他在萬曆三十七年間，向袁小脩借來《金瓶梅》
抄錄了帶回家。所謂「又三年，（指三十四年之後）小脩上公車，已
攜有其書，因與借挈抄歸。……。」從前後文理上看，「已攜有其書」
自是指的全帙，所以鄭振鐸曾據此段話，把《金瓶梅》出版於萬曆三
十八年列入文學大事年表。然而高陽卻說：「沈德符只說『借抄挈
歸』，並未說『向小脩抄得《金瓶梅》全書』。……」高陽之所以持

有如此的解釋，只是為了要使沈德符的這幾句話，與袁小脩《遊居柿錄》所說的「後從中郎真州，見此書之半」相契合。要不然，袁小脩在萬曆四十二年八月的日記中，說他當年隨中郎在真州時見此書之半，顯然的，小脩在萬曆四十二年八月尚未見此書之全本，沈德符又怎能在萬曆三十七年間，向小脩抄得全書呢？所以高陽不願認定沈德符向小脩抄回家的《金瓶梅》不是全書。可是，沈德符偏又說他把書抄帶回家之後，馮猶龍見到了，勸他賣錢；馬仲良看到了，也勸他應梓人之求。請問高陽，如果是半部，能應梓人之求嗎？

　　高陽更為了要周圓沈德符抄來的《金瓶梅》是全帙，把《遊居柿錄》的「見此書之半」的話，也看成「全帙」了。他說：同時亦可推知，董其昌其時雖有抄本，並未攜至京中；所以袁小脩只能「私識」於心，「後從中郎真州，見此書之半」，看看亦不過「大約模寫兒女情態俱備」並不如董其昌所誇的「極佳」。此一「追憶」，乃引伸上文，為「大都此等書，是天地間一種閒花野草，即不可無，然過為尊榮，可以不必」這段話作註腳；並非專談《金瓶梅》，故不必再敘以後如何見得全帙。先莫論袁小脩的這則日記，是不是可以照高陽的解說為準，是不是我把前人的文章看死了，發生了嚴重的誤會。或是高陽為成見護短之病；既不承認沈德符的話是抄了全部，卻又認為袁小脩寫入日記的這段話時，早已見到全部。實則，高陽只要認定小脩的日記所說「故不必再敘以後如何見得全帙」就夠了。何必又說沈德符不曾向小脩借得全部呢？

　　如照沈德符的話看，任誰都不會把沈德符向小脩借去的《金瓶梅》只是半部？至於小脩記於日記中的那段話：「往晤董太史思白，共說小說之佳者。思白曰：『近有一小說，名《金瓶梅》，極佳！』予私識之。後從中郎真州，見此書之半，……」不知還有誰可以附和高陽的解說。如果寫此日記時的小脩，曾在三十四年之後的時間，見

到此書之全，且於三十七年携往京師，還借給沈德符抄了一份去。試想，行文記事還能寫作「從中郎真州，見此書之半」嗎？不知高陽有無往例可循？至於袁氏兄弟肯不肯借與小脩抄歸，袁氏兄弟於三十七年間在京，有沒有多餘的時間，留給沈德符看完歸還？我在《金瓶梅探原》中，均經一一研判，這裏不浪費篇幅了。

　　再說，高陽特別舉出袁小脩在這則日記中，仍稱董其昌為「太史」的問題，說「倘是萬曆四十二年，則是時董在出任湖廣副使，乞休家居，復又出都湖廣學政；應稱『董思白學政』，不應再稱『太史』。此是稱謂上一定之理，亦是考據學上的基本方法之一。」這段話也未免自以為是的觀念太強烈了。我在此附錄袁小脩寫於萬曆四十四年四月間的日記一則，以正老友自信之差失。「聞董太史有回祿之變，緣於青衿及居民有小忿，因致結黨肆毒，盡為灰燼，亦奇禍也。」請看，這時的袁小脩不仍稱董為太史嗎？莊練兄語我：「太史望隆，故人仍以太史尊謂之也。」想高陽與我閒談時，仍稱老長官王叔銘將軍為總長或老總，未嘗稱之謂「大使」；豈非同一人生心態。

　　說到董太史的回祿之變，也正好討論到「丁巳本」的來源問題。高陽認為是由董其昌的火災後流出。高陽的資料，是「民抄董宦事實」，說是由於董其昌的一位一丁不識的次子祖常，（文秉之《定陵註略》記為子祖權）因凌辱其姨母，引起公憤。在萬曆四十五年三月間，各地百姓聚眾數萬，將董家父子新老四宅，盡皆焚燬，……藏書樓「抱珠閣」亦為人焚破。所以推想《金瓶梅》抄本於此時流入書賈手中。這一點，在明人文秉所著《定陵註略》亦曾詳記。時萬曆四十四年三月事也。然董家被焚，文秉說：「其昌盡室踰牆鄰家，得免。」時董家門外，所聚合城不平民眾萬餘人，火起，董家人逃命不迭，縱想搬取財物，恐亦不會及於《金瓶梅》其書。戶外羣眾，似不致入室搶劫，那要犯重法的。若有董家財物被劫，董家能不斥之官府乎！這

一點推演，也只能作為假設之一，以之作為肯定，尚須尋有確據。再說，若以之作為沈說的「未幾時而吳中懸之國門矣」的對證，還差一段距離呢！

　　沈說他在萬曆三十七年間，向袁小脩抄得《金瓶梅》回來，馮猶龍與馬仲良勸他應梓人之求，已是萬曆四十年，相去抄來的時間已有四年之久。但馬仲良司榷吳關的時間，是萬曆四十一年，這是一件確立不移的史實。如我們不知道馬仲良榷關吳地之年是萬曆四十一年而僅從沈文「……借抄挈歸。吳友馮猶龍見之驚喜，……」的這些文理看，就會使我們想到，勸他出售的時間，應是萬曆三十七年或三十八年初。所以鄭振鐸會根據沈的下一句「未幾時而吳中懸之國門矣。」的話，推定《金瓶梅》板行於萬曆三十八年。如今，證明馬仲良在吳任職是萬曆四十一年，把馬之「勸他出售」的時間，後移了四年，在文氣上，怎能不是一個漏洞呢？這個漏洞我們不管它好了，然而沈說「未幾時而吳中懸之國門矣」的時間，竟是萬曆四十五年冬方有《金瓶梅》的刻本問世，（這是高陽承認的問題），又是整整四年之久，豈不與沈說的「此等書必遂有人板行，但一刻則家傳戶到，……」之說，有所相悖哉！再說，所謂的「未幾時」能是四、五年之久的說法嗎？既然沈說「懸之國門」，一定是看到了刻出的書，才會寫出這樣的話。難道《金瓶梅詞話》在萬曆四十一年間就刻出了嗎？何以東吳弄珠客的序寫於萬曆丁巳（四十五）冬呢？李日華寫於萬曆四十三年的日記也尚未看到刻本呢！這些漏洞，都是很難為沈德符的話打圓場的。

　　這個問題，如無馬仲良司榷吳關之年，以及萬曆丁巳之序，沈德符的話就容易解說了，有了這兩件確定時間的史料，沈說可真是不易周圓了。我之所以推想到景倩與小脩之書，或許有人纂附之疑，也是想為沈說取周圓之辭也。至於其他，我在《金瓶梅探原》中研判得

最多，不必再多說了。

（四）白塔與黑塔

　　高陽依據我拈出的一句「隨你跳上白塔我也沒有」的一句話，得到「一大收穫」。認為「《金瓶梅》所以跟王世貞扯上關係，即由莘縣而來。」更認為「這重公案，恐怕自沈德符以還，只有我（高陽）一個人能說出個道理來。」我反覆領會高陽說出的「道理」，是王世貞的別號「弇州山人」來源於山東莘縣北四十里的弇山，此弇山即《山海經》中的弇州山；此地也就是王世貞的祖上「三槐堂」的原堂的原地。「在莘縣東北的鐵旛寺，一名黑塔寺，內有磚塔一座……」因此《金瓶梅》的作者，把「清河郡」改為「清河縣」，把「黑塔」改為「白塔」，遂說「又有跟王世貞扯上關係的弇山，」所以高陽認為《金瓶梅》的地理背景是莘縣。我想高陽的此「一大收穫」，只想證明一點，「《金瓶梅》的作者必是山東人無疑。」要不然，高陽的此一發現，即在說明《金瓶梅》的作者，有意把《金瓶梅》與王世貞扯上關係，所以沈德符能夠說出「聞此為嘉靖間大名士手筆」。到了三百年後的今天，才有高陽為沈德符的這句話，尋出了「道理」。想必高陽認為沈德符的這句話《金瓶梅》是嘉靖間大名士的手筆，即在點給讀《金瓶梅》的人，應去了解，《金瓶梅》的地理背景是山東莘縣，此地乃王世貞的王氏三槐堂故址，於是，《金瓶梅》的「苦孝說」便成立了。所以高陽認為《金瓶梅》的寫作目的，就是「設想王世貞為報父仇」的寓言。高陽說：「這段戲劇性的《金瓶梅》成書經過，是極好的宣傳資料，但可以騙無知者，騙不過沈德符。」高陽的這番推想，只是想當然，更是他沒有把我所寫〈論明代的金瓶梅史料〉當作史料看的原因。據我幾年來的探尋，明朝人說到《金瓶梅》的文

字，只有我論引的那七則，其他，便是刻在「詞話」上的那三篇序跋。在這些明朝人的資料上，隱約於王世貞的關係，只有沈德符的這一句，及廿公跋文中的「金瓶梅傳為世廟時一鉅公寓言，蓋有所刺也。」其他，我尚未能尋到如高陽所推想到的說法。查《金瓶梅》的苦孝說，始於康熙年間「第一奇書」本謝頤的序文，以及張竹坡的評批，因而在清人的雜記中，有此類記述，但在明朝人的文籍中，並無作《金瓶梅》毒死世蕃的傳說。所以我說高陽對於《金瓶梅》的意念，還停留在張竹坡與蔣瑞藻的時代。想來，不勝嘆惋！

　　如果，《金瓶梅》的寫作目的，誠如高陽所意想者，騙不了沈德符，那麼，沈德符又何必還要替《金瓶梅》綴上一句「聞此為嘉靖間大名士手筆」也耶？他為什麼要寫上這麼一句呢？關於此一句的偏黨不實等問題，我在〈沈德符與金瓶梅〉一文中，業已詳細論述[5]，此不再贅。不過，我對老友高陽的此一推想，至感興趣。認為此說頗能與沈氏之「嘉靖大名士」之說，有所關連。只是此一「黑塔」變為「白塔」的隱寓，怕只有當地人才能意會得到，作者採用了這樣九曲式的寓言，只有當時的沈德符可以了解，到了三百三十年後，才遇到了吾友高陽，能不為此作者的此一反語惜乎！

（五）《金瓶梅》的底本

　　起先，我也推想《金瓶梅詞話》的底本，許是從說書者的口中錄來[6]，但無論如何，該書必是經過多次傳抄，而後才付之剞劂的一個本子。但一認真探討到「詞話」的三篇敘跋，卻又不得不否定了錄自

5　同前註，頁79-95。

6　同前註，頁32。

說書者口中的推想。我們從這三篇敘跋的文詞上看，怎能不承認該書在付梓時，是由作者手上交出的呢。也許，蘭陵笑笑生、欣欣子、東吳弄珠客、廿公等人，就是《金瓶梅詞話》的共同作者。但也許原有底本，經過這幾人聯合整理出的。可是，欣欣子則明確的指定該書的作者，是蘭陵笑笑生一人，敘中所指出的蘭陵笑笑生寫作《金瓶梅》的「蓋有謂也」之「為世戒非為世勸」，以及「處處埋伏因果」的「懲戒善惡」、「滌濾洗心」等說，雖不無「自解」的意圖，然作者之有心「寄意於時俗」，「爰整平日所蘊者著斯傳」，道出「世運代謝」與「循環之機」，則良是《金瓶梅》的寫作動機[7]。這麼一想，我們就不會再認為《金瓶梅詞話》這個底本的來源，是來自說書人之口了。再說，說書人也是有底本作為依據的，說書人如有能力杜撰，他們也就是作者了。

高陽認為《金瓶梅》之所以被扣上「詞話」二字，「即講明了它本是講唱文學中流行於北方的鼓詞。」此一推想，對於《金瓶梅詞話》來說，尚難成立。第一，在尚無新證據尋得，我們卻不得不承認《金瓶梅》在萬曆二十四年即已出世（高陽則又上推了二年），若果如高陽所說，曾以「講唱文學」的姿態，流行於北方，此種書早就應有了刻本了。沈德符不是說「此等書必遂有人板行」嗎？又何以會在世上講唱了二十餘年，無人刻印它？第二，《金瓶梅》如在「丁巳本」前即在世上講唱著了，必有時人在雜記中提及，但是沒有。能說萬曆間人，太重視名教嗎？到了崇禎七年纔有張宗子記述到的一條，這時，《金瓶梅詞話》已出版許多年了。不能拿來證驗《金瓶梅》一書早在山東講唱著。

吳晗，郭源新，姚靈犀等人，在民國二十二年到二十五年這幾

7　同前註，頁 149-157。

年間，對《金瓶梅》的研究，認為此書流行於萬曆三十年前後，姚靈犀更認為該書靭作於萬曆三十年以後，我的看法也是如此。問題在袁中郎於萬曆二十四年秋間寫給董其昌的那封信，必須尋到袁小脩訂審後梓行的《袁中郎全集》及袁述之（中郎哲嗣）編的《袁中郎續集》參證，方能確知中郎的詩文書牘，被袁小脩袁述之承認的有那些篇。那麼，我設想的一些問題，就可以解決了。

　　高陽之才智，如騏驥之舉足而千里，我則駑馬不得不求十駕之力。但考據之事，假設可大膽，求證應小心，斯胡適之嘉言，殆亦治學之至理。倘所得資料不足以確證，也只能據理推想，絕不可妄予肯定。我所探討的《金瓶梅》作者問題，只推演到沈德符涉嫌最大，意其與《金瓶梅詞話》有關係，未嘗肯定他是作者，各論均如此之說。

（六）《金瓶梅》與王世貞

　　《金瓶梅》與王世貞扯不上關係，這問題早經吳晗探討清楚。他認為「偽畫致禍」的故事，所引起的後人傳說，都是「無中生有」、「以訛承訛」推測出的，原因有三，

（1）是看不清四部稿跋的原意（《弇州山人四部稿》續稿卷一六八），誤會所謂「權相出死力構」的事跡，是指他的家事，因此而附會成一段故事。

（2）是信仰《野獲編》作者的時代和他與王家的世交關係，以為他所說的話一定可靠，而靡然風從，群相應和。

（3）是故事本身的悲壯動人，由好奇心的搗動，不予考慮，即據以記述，甚或替牠裝頭補尾，雖悖求真之諦，亦在所不惜。

　　他的結論是：「其實一切關於《金瓶梅》的故事，都是文人弄筆，不可置信。……關於清明上河圖已經證明和王家無關，作《金瓶梅》

的緣起和對象嚴世蕃或唐荆川之被毒，或被刺，此說亦不攻自破。」
又說：「如此書（《金瓶梅》）專在諷刺，則嚴氏既倒，公論已明，
亦何用其諷刺。且《四部稿》中不乏抨責嚴氏之作，亦何庸寫此無謂
之諷刺作品。」那麼，別人在運用了這個傳說來寫作《金瓶梅》嗎？
這一問題，《金瓶梅》本身便是最好的答覆。我們誰能看出《金瓶梅》
中藏寓著王家的這些傳說的「偽畫致禍」的故事？只有張竹坡「苦孝
說」了。在《金瓶梅》的本文中，除掉應用歷史上的背景來描寫當時
的市井社會一般官商們的放縱生活以外，也絲毫找不出有作者的什麼
本身的暗示存在。所以，高陽的「黑塔」聯想，能否踩出一條路來，
我此時是不便再附加意見的了。

二　《觴政》與《萬曆野獲編》

　　高陽異議我寫《金瓶梅探原》的主要論點，是反對把該書作者的
探討目標，指向《萬曆野獲編》的作者沈德符。我想高陽的此一意念
之產生，乃發乎感情，非出於理智。何以？因為高陽並不是《野獲
編》的研究者，更非沈德符的研究者。不僅沒有讀過《清權堂集》，
可能連《野獲編》也沒有去翻過。他要替《野獲編》辯護的材料，是
「史筆交推《野獲編》」，連我引用吳晗考證的「偽畫致禍」之事無佐
證，亦未嘗寓目。僅憑所尋有清一朝之三數人對《野獲編》一編的泛
泛之論，一己竟無絲毫研究心得，居然要為沈德符辯誣，似非治學之
道；亦非得有盛名如高陽者，應有之文筆也。我對於《野獲編》及
《清權堂集》，雖曾翻檢了幾遍，只是尋求與我研究的問題，有所關
連的資料，並未作整體研究。固有心要寫一本「沈德符評傳」，在我
此一研究未結束前，自無餘力旁務及之，待之異日了。
　　雖說，高陽明說是為沈德符辯誣，實質上則意為可以否定了我

《金瓶梅探原》之「原」。所以我指斥老友沒有認真而仔細的讀了我的《探原》所「探」，究竟「探」獲了什麼？他如認真而仔細的讀了我的《探原》，我敢相信他不會這麼冒冒然的立說。因為我的《探原》只探討了兩個問題：作者與成書年代。對這兩個問題，我只提出了值得探討的資料，未敢妄下結論。我尋出的資料，發掘到的問題，馬仲良的司榷吳關之年，「詞話」中的語言及生活習尚，已否定了鄭氏的「《金瓶梅》板行於萬曆三十八年」之說，及公論該書作者是山東人之說。我尋證出的萬曆三十八年並無《金瓶梅》出版之說，高陽是第一位把此說運用於他的文字間的人。過去，高陽也是依循著《野獲編》之說，認為《金瓶梅》在萬曆三十八年就出版了。如今，他已依據了我提出的證言改了。（我仍存有高陽六十一年間寫給我的信，信仍作《金瓶梅》板行於三十八年之說。）這一點，高陽雖未說明，我也深引為慰。

　　沈德符壬子中舉被黜，究竟是何底因？我未能查出。高陽說：「壬子順天鄉試以前，謠言中說出那些監生賄遞了考官，其中就有沈德符；而且由於王廷鼎、喬之申等「富監」的緣故，謠言很盛。及至揭曉，沈德符中了第二十五名；主考右庶子郭淐監試御史錢桓等，怕惹嫌疑，力主更換。並在卷面上特別註明，本已取中，似有流言，恐滋物議，故而撤換。」如確已查得這些說法，記之載籍（近因遷居，紛亂異常，一時無暇去復按高陽的資料），我當改正我對沈德符中舉被黜的臆測推想；再版時把高陽的此一查證附註上去。謝謝老友為我解決了此一疑問。不過，有關《觴政》的寫作年代，高陽尚未弄明白我把「北車已脂」看為由北往南的根據。這一點，應是我與高陽此一爭論的主要焦點。而且，高陽認為，只要把我所論《觴政》寫於萬曆三十五年的說法推翻，那麼，所有我設疑於沈德符的問題，便全不存在了。甚而是，我花下的七年有餘的精力，都是白費的。這也正是我

說高陽的異議,「乃發乎感情」的理由之一。不過,有關《觴政》的寫作年代,我說「作於萬曆三十五年的成分居多」,乃依據人、時、地相互連索的考據原則,一步步推演而來;非妄臆者。亦非徒以「北車」的「錯誤」方向得來。說來,我又得重述一次了。

我推繹《觴政》的寫作年代,先從袁中郎的生活時(間)空(間)尋起,因而我把袁中郎自二十六年冬由真州抵京,到三十八年故世的這十多年生活時間的動態,編了一個簡單的年表:

(一)二十六年冬由真州抵京,官太學。

(二)二十八年秋辭官南歸,冬間抵家;余大姑老化,伯修逝於京。二十九年隱於鄉(自築之柳浪湖),直到三十四年秋,再赴京補官。

(三)三十五年冬再辭官南歸。尚在途中,即接銓部之報;三十六年春再入京。三十七年秋典試泰中。三十八年春再辭官南歸;是年九月卒於家。這是袁中郎這十餘年間的行蹤。

在中郎這十餘年間的行蹤裏,都有寫作《觴政》的可能動機。雖說中郎非飲徒,卻極愛酒。他說:「余飲不能一蕉葉,每聞罇聲,輒踴躍。遇酒客與留連,飲不竟夜不休。非久相狎者,不知余之無酒腸也。」像這樣一位愛酒而又不善飲的人,自隨時都有寫作《觴政》的可能。

萬曆二十七、八年間,他們弟兄在京結社,詩酒相與;隱居柳浪,也有早年所結之城南社友相聚,各地友朋也時去柳浪聯歡。這些情事,全見諸詩文。為了節省篇幅,這裏不引述了。

中郎三十四年冬抵京,雖葡萄社的舊友,「如雲逐海風,倏而天末,亦有化為異物者,」而一時之新雨故知,飲宴則一如往昔。所以我認為臥柳浪的六年,以及前後兩次在京,都有寫作《觴政》一文的可能。那麼,《觴政》一文究竟寫作於那一時期最為可信?絕不可妄

下臆斷，必須依據考證的原則去設想。我所設想的依恃資料，是《中郎文集》中提到《觴政》的三封信，以及其他與《觴政》寫作時間有所關連的詩文等等。提到《觴政》的三封信，在時間上，都在三十五年以後。我在《金瓶梅探原》的論《觴政》一文中，已經論及，這裏不再多說，只略作補充說明如下：

（一）中郎生前曾自費刻過詩文集，在時間上明確見於文字的，有《瓶花》、《瀟碧》二集，約板行於三十四年秋末。這個刻本，我始終未能尋到，可能今世已無傳本了。其他，便是勾吳袁氏書種堂刻《袁石公集》。我所見到的此一《袁石公集》，僅《敝篋》、《錦帆》、《解脫》、《瓶花》、《瀟碧》五種；想是小脩所說的「家刻備而不精，吳刻精而不備。」要說《觴政》之有家刻本，應是可能的。問題是刻於何年？我們知道小脩為《中郎全集》作序時，已是萬曆四十年以後的事了。

（二）在袁氏書種堂刻《袁石公集》之《瀟碧堂集》二十卷中，刻有中郎寫給書種堂主人袁無涯函兩封，一刻於十八卷，一刻於十九卷。刻於十八卷的那封，說到「明春當偕家弟南歸，或得相偕虎丘道上也。」刻於十九卷的那封，即提到「《瓶花》、《瀟碧》二集寄覽，又《觴政》一篇，唐人舊有之，略微增減耳，併上。」無論內容及編排次第，都說明了這兩封信的一先一後；刻於十八卷的那封，附寄給袁無涯的詩文集是《廣莊》（弘揚蒙周者也）《瓶花集詩》（詩集），都是二十七、八年間在京城所寫。十九卷的這一封，附寄的是《瓶花》、《瀟碧》與《觴政》，更說明了這兩封信的編列先後不錯。這麼一對照，《觴政》的寫作時間，是萬曆二十七年還是萬曆三十五年，以及「北車」之是向南還是往北？便不是爭論的問題了。

（三）我們知道《瓶花齋集》是為京兆太學博士補儀曹時作；二十七年至二十八年（1599-1600）。如果中郎在這一時期曾寫有《觴政》

一文，不會不抄示友儕。在此時期寫成的《廣莊》、《瓶史》，都曾錄寄友朋，查來也有三篇，卻不曾一提《觴政》。凡是提到《觴政》的文字，時間都在萬曆三十五年以後。其中寫給黃平倩的一封，且說：「《觴政》一冊寄覽，大可為酒場歡具也。」黃平倩是當年葡萄社的成員，而且善飲。《觴政》如寫於二十七年，黃輝早應錄有其文，中郎怎會在八年之後還說「大可為酒場歡具也」的話。這話的語氣，顯然是因為黃平倩根本不知過去曾有《觴政》一文，所以中郎才會說出這樣一句話。這兩條反證，亦足以說明《觴政》之不可能寫於萬曆二十七年。

（四）美國哈佛大學的韓南博士，認為《觴政》可能寫於萬曆三十二、三年。此一設想，比寫於二十七年的說法，可能性還要強些。問題是，刻於《瀟碧堂集》卷十八的那一封「明春當偕家弟南下」的信，竟無從把它安排到袁中郎這段生活的時空裏去。如果說，刻在《瀟碧堂》卷十八的那封，寫於萬曆二十七年冬，漏刻於《瓶花》，補刻於《瀟碧》。那麼，袁中郎在二十七年冬，有無可以「明春當偕家弟南行」的生活情況呢？試看中郎寫於〈余大家祔葬墓石記〉中的一段話：「庚子（二十八年）長兄與余及三弟皆留京邸。大人書來云：『大姑病，痛念兒輩。前者廢箸數日，……』余兄弟抱書，腸為之裂。時伯修自東華日講，國本未定，侍講筵者三人，何忍言退。小脩試事迫，余方官太學，例不得請……無何，余轉奉曹郎，私喜曰：『是有間可以見大姑矣！』遂以秋試終之月，偕弟南歸。」從中郎的這段話來看，已足證袁氏兄弟在萬曆二十七年冬的生活情形，都不可能想到南歸。中郎上面的這些話，自是指的二十八年春夏之間的情況，二十七年冬自亦同是。想來，這封「明春當偕家弟南行」的信，似難寫於二十七年間。何況，又是收信人兼刻書人自己把它編入《瀟碧堂集》中的呢！那麼，不能寫於二十七年，便只有向後推，一向後

推，則不寫於三十四年冬，必寫於三十五年冬。雖說，中郎在三十五年冬即南歸，也可以推想中郎原計劃三十六年春偕小脩同行，可能小脩一時離京不得，中郎急於返鄉，遂提前離京。小脩於三十六年春始歸。我們還可以如此推想，中郎先把《廣莊》及《瓶花集詩》附去，說：「餘俟怡山還致之。」當他正要啟程南行時，袁無涯的人又到了，遂又把《瓶花》與《瀟碧》二集以及《觴政》等文附去。（先附的是《瓶花集詩》，再附的是《瓶花齋》的全集，想是袁無涯要求的吧！）這樣推繹，方能把人時地連索起來。如照高陽的說法，則「明春當偕家弟南下」的這封信，便無處安置了。否則，只有斥之為偽竄。

（五）高陽為了要肯定《觴政》絕非纂於三十五年，曾去查考了沈德先兄弟纂刻《寶顏堂秘笈》的情況，獲得了一見沈孚先在荊州取得《觴政》的記述。然仍未能確證了沈孚先取得《觴政》一文的確定時閒。沈孚先任職荊楚的記載，雖有列名的職官表次可數，似難以平均分配的方式來計算沈孚先官楚之年月，未可以臆測來作肯定之說。這一點，高陽還未能肯定《寶顏堂秘笈》的續集五十種，究竟刻成於何年。既然正集有序寫明是「萬曆丙午中秋後三日」，若照一般刻書的實際情況來推想，續集之刻必在丁未或戊申以後。至於荷葉山樵寫於丙辰閏九月的跋，該秘笈既被柱下史家斥之為「改竄刪節，……為通人所嗤，近代藏書家，皆擯而不登善本之目」，再加上中郎詩文之對照，此跋已無足論。至荷葉山樵之非中郎別號，跋文所示已明，更不必辯。強為說辭，益徒現成見而已。「尚白」誤為「南白」，非我所誤錄，且無關雙方爭論宏旨，越發毋庸費辭。

我在上一篇為《金瓶梅探原》作答文中，業已說明《觴政》之作的年代問題，只是我研究沈德符寫於《野獲編》中論及《金瓶梅》的設疑之一。縱然剔除了此一設疑的問題非問題，其他不實之處仍多。譬如：

（一）向小脩借抄挈歸的問題：

　　A 徧查袁氏兄弟詩文，從無一字及於沈，足徵情誼不厚，未
　　　必肯把方行得來的《金瓶梅》全帙借給沈。

　　B 小脩三十七年抵京，已是十月末，中郎尚主試奏中未歸。
　　　小脩攜此書至京，當然是帶給中郎，中郎尚未見書，小脩
　　　自不會在此時借給沈氏抄錄。中郎返京之後，整理考功事
　　　忙，小脩云：「移行李過中郎官舍，時中郎方理考功事，
　　　余亦不便會客故也。」春闈小脩下第後，兄弟即相攜南
　　　歸。《金瓶梅》篇帙厚重過二千紙，需要多少人工與時日
　　　抄錄，小脩在京時間不過三餘月，沈德符亦無時間抄錄
　　　也；何況小脩在四十二年八月的日記中說，他從中郎真州
　　　時，才見此書之半，此時尚未見全本呢！

（二）馮猶龍與馬仲良勸之賣與梓人以療飢的問題：

　　A 如照景倩行文觀之，時間當在三十八年，凡是過去研究
　　　《金瓶梅》的人，無論東方還是西方，全看為三十八年，
　　　近期的《出版與研究》刊出的陳蒼多譯〈有關《金瓶梅》
　　　的評論回顧〉一文，作者猶作如此觀。因為他們全不知道
　　　馬之駿權關濟墅鎮的時間是萬曆四十一年。所以我說高陽
　　　是第一位承認了我這則資料的人。

　　B 試想，沈德符是何年何月向小脩抄錄完的呢？顯然的，他
　　　到了四十一年間才攜回家，相距他說在三十七年間（小脩
　　　這年抵京已十月末）向小脩借抄的時間，已頭尾五年矣。

（三）未幾時而吳中懸之國門的問題：

　　A 根據我的研究，萬曆丁巳序的《金瓶梅詞話》，就是最早
　　　的刻本。這一點，應說是肯定的。縱不以小脩的日記為
　　　準，李日華的日記亦可為憑，他在萬曆四十三年尚未知有

刻本。

B 那麼，就是從萬曆四十一年馬仲良司権吳關的這一年算起，到丁巳也是五年之久了。怎能與「未幾時而吳中懸之國門矣」的話相契合呢？所以鄭振鐸認為丁巳本是北方刻本，萬曆三十九年間尚有一部南方刻本。全因為他們沒有看到馬仲良司権吳關的時間史實，全以《野獲編》的話作依據了。

（四）聞此為嘉靖間大名士手筆與「偽畫致禍」之不符史實問題：

A 沈德符的這句「聞此為嘉靖間大名士手筆」一語，引來後人為《金瓶梅》編造了不少故事，大抵都安排在王世貞身上。此一問題，首由吳晗考證，他認為《金瓶梅》與王世貞扯不上關係，「偽畫致禍」更是不實的傳聞，史無佐證者也。

B 按《金瓶梅》的內容，不惟與「偽畫致禍」的傳說扯不上關係，更與報仇苦孝之說風馬牛。

C 所以我們要問，何以沈德符要把《金瓶梅》的作者，送到嘉靖時的大名士頭上？而且說是袁中郎說的。

（五）陋儒補以入刻的五回問題：

A 沈德符說陋儒補以入刻的這五回——五十三至五十七，是「時作吳語，即前後血脈，亦絕不貫串，一見知其贗作矣。」可是，今見之丁巳本《金瓶梅詞話》，不惟全書百回，回回都有吳語，且不時夾有燕語。前後血脈之不貫串，這五回的前後都有，如二十五回寫西門慶在廳上，叫過來旺，要他收拾行李趕後日三月二十八日起身，押送蔡太師生辰擔上京。到了二十六回，當來旺被栽罪遞解徐州之後，事情的發生，前後不過三兩日，當西門慶改派來保

等人押送生辰擔上京，起身的時間，卻是五月二十八日；半月的行程趕到京，正好是蔡太師六月十五日生日的前兩天。再第七十回寫西門慶升官謝恩，趕在十一月十二日動身。到了七十一回寫西門慶等人由京返清河，時間則是十一月十一日。其他尚有干支以及年齡、生日上的參差與前後不同，也都不是這五回的事。沈德符的話印證不上了。

B 當真，沈德符說的《金瓶梅》是另一部？他既說「未幾時懸之國門」，一定是他見到出版物了。不是這一部《金瓶梅詞話》，又是那一部呢？

（六）《玉嬌李》問題：

A 沈德符提到的《玉嬌李》，也是從袁中郎聽來的，中郎又是耳瞟來的，而且袁中郎還告訴他《玉嬌李》也是《金瓶梅》的作者寫的。

B 更巧的是，沈德符後來終于見到《玉嬌李》這部書，祇讀了首卷，即知道了全書內容。因書主邱工部出守去了，他遂為該書的命運下了結論，「書不知落何所？」推演起來，全篇的說話，都是漏洞。

這些問題，我在《金瓶梅探原》的十餘篇什文中，全提出了。相信仔細而耐心的讀者君子，一定能尋繹出我所設疑的這些問題，確是問題。如不能一一周圓了這些問題，為沈德符的這些有問題的話尋出圓滿的結論，那就很難為沈德符洗刷他說這些話的可疑動機了。

最後，我再補充一句：中郎兄弟往還京師，南行必以車，北行則以舟；南行循西路河北、河南而之楚，北行則循東路，順江流而下至揚州，再舍舟上路。斯亦「北車已脂」之參研資料也。再說，考據之事，如無直接而確立的證據，只憑臆測，萬不可動輒斷言。斯我之正告老友高陽者。應知「武斷」非可以作結論也。

金瓶梅原貌探索

魏子雲　著

版本源流
1　臺北　臺灣學生書局　1985年3月。
2　本書據臺灣學生版重製　橫排印行。

翁序

翁同文

　　魏子雲先生致力研究《金瓶梅》一書，至今已十年有餘，著作之富，發明之多，皆遠逾前脩，海內外專家並已知悉。其初期研究，固上承吳晗、鄭振鐸諸人對該書作者與版本問題之緒論，但廣蒐明人有關記載，結合該書本文辯證，多糾歷來遞相沿襲之誤以及近人新誤。其重要結論尤在下列二項：一是作者當為曾經久居北方之江南人，以糾吳等所謂山東人云云之誤，一是有萬曆四十五年序之《金瓶梅詞話》以前，絕無更早刻本，以糾明末沈德符以來所謂萬曆三十八年稍後吳中即有刻板云云之誤。從第二項結論，遂知該書籍抄本流傳長達二十餘年，然後有萬曆末年加題「詞話」兩字之初刻本，至崇禎年間，復有內容多異且復稱《金瓶梅》之重刻本，亦即清代以來各本之祖本，於是該書早期之演變，遂限於此三階段之內。

　　自此以後，魏先生即以其本人所建立之上述兩項結論為基準，不斷有所推進。就版本方面而言，推進契機厥在下列二問之提出與解答。按該書既為萬曆中葉出現之淫穢小說，就當時社會之放佚風氣，則成書之初當早有人刻印射利，何以竟歷二十餘年傳抄始見刻本？又該書早期二版內容相異實多，捨瑣細異文不論，情節之異亦有顯著易見然卻令人難解之處。即以第一回為例，初刻「詞話」本之情節，始於項羽寵虞姬終死沙場以及劉邦寵戚姬欲廢嫡立庶終使戚姬後死於呂后之手兩事，皆世所熟知之帝王掌故，與後文地方土劣西門慶家人故事全無關涉而難以連貫，原已難於索解；到再版之崇禎本，則第一回已將劉項帝王故事盡刪不留痕跡，改為自始即寫「西門慶熱結十兄

弟」。於是與後文情節遂可貫通，然則前後兩版相異如此，究竟各由
何故？凡此問題，雖似淺顯易於發見，但自來並未有人注意追究，直
至民國六十九年魏先生發表〈金瓶梅頭上的皇冠〉與〈金瓶梅編年說〉
二文以後，始使人豁然開朗而有前後一貫之解釋。蓋萬曆朝之宮廷政
治，實以當時神宗皇帝朱翊鈞寵愛鄭貴妃屢欲廢長立幼，引起朝廷諫
諍，迭生政潮，因有隱名之書諷刺。又與所謂「妖書」之獄等事為其
主流。今傳「詞話」本《金瓶梅》第一回既有蹊蹺欠明之劉項帝王故
事，魏先生遂結合推斷，肯定前此傳抄之原稿本，必是針對當時皇帝
欲圖廢立多所諷喻之政治性小說，適不久旋有「妖書」之獄相繼發
生，未免有所顧忌，遂致長期無人敢於刻印。後至萬曆末年，始有人
將原稿本後文顯多違碍之處刪去改寫，但對第一回令人生疑之劉項故
事卻仍保留，又添萬曆五十四年丁巳東吳弄珠客等人之序，然後刻
印。是為民國二十一年始行發見之「詞話」本。又按神宗皇帝至萬曆
四十八年七月病卒，倖未被廢之太子繼位為光宗，僅經一月又卒，改
由皇子繼位為熹宗，相繼改元為泰昌與天啟，實前所罕有現象；魏先
生依據「詞話」本中有關之日子，推算該本第七十第七十一兩回所寫
之冬至日各當某月某日，足以證明與泰昌元年以及天啟元年兩冬至日
各相符合，於是結合其他證據，論證該本對從萬曆經泰昌到天啟之改
元也有影射，從而推知該本雖有萬曆丁巳序文，但改寫完畢然後刻印
之時，實已晚到天啟初年；由於天啟三年為總結前此發生之梃擊、紅
丸、移宮等案，又頒修所謂《三朝要典》，即刻印甫成之該「詞話」
本，可能又因其有顧忌而未敢發行。於是復另有人將「詞話」本內容
再度改寫，除盡刪第一回之劉項故事不留痕跡外，唯恐對改元之隱微
影射仍有敏感之人可能發覺，又將可據以推算泰昌、天啟兩冬至日之
有關日子亦行改寫，然後刻印，遂成內容毫無政治違碍，純屬描繪市
井人情之崇禎本。至於達到各該結論之詳細過程，亦已見於民國七十

年出版之《金瓶梅的問世與演變》一書，該書拙撰序文，並曾有較詳介紹。

　　該書早期兩版即有傳本，則前後相承違異之改寫痕跡，自可由逐回對照鈎稽而得，魏先生亦曾以「詞話」本為本從事抽繹，而有《金瓶梅箚記》一書矣。至於久歷傳抄之原稿本，既早無存，則原來面貌自然難以探索。但魏先生從已知之改寫痕跡中，又覓得若干線索據以推測，遂能探微索隱，重建若干關目，且集論文十題以成此「原貌探索」一書，實乃循流溯源，於百尺竿頭再進一步之快事。十題之所創獲，固難以此縷述，亦可舉其一端，以覘消息。按第四題從第十七第十八兩回舉證，說明姓名有「西」字頭之賈廉與西門慶之間，有此現彼隱，交替互見情形，顯是改寫時疏忽未周所留痕跡，從而猜測原稿故事，未必有西門慶其人出現，很可能到「詞話」本始從原有之賈廉改成。就西門慶為無人不知之《金瓶梅》主角，則由此一斑，金書之引人入勝，從可見矣！

　　對於一書版本之研究，不外從各本之內容特徵與同異比較以究刻時、刻地、刻人等項，但易失於瑣細無歸，不能會通。魏先生往年對該書之早期研究，如前文之所撮述，其結論則可約為兩語予以概括，即前後兩版皆從舊本內容改寫而成，而改寫緣故皆因對專制政治之迫害有所顧忌。近年又繼上述結論推進，追探原稿面貌，發其底蘊而得要領。於是該書自萬曆中葉問世以來直至崇禎間第二版出現，前後三十餘年之演變，皆可以政治而有貫通之解釋，可謂遷想妙得而又一以貫之之慧業，較其他方面之發現突破，尤饒興趣而富意義。

　　至於該書作者，「詞話」本之欣欣子序謂為笑笑生，固知二者皆為化名，但究為何人？實難追究。自魏先生考定作者當為曾久住北方之江南人後，大陸學者黃霖循此方向注意，終於發現原籍鄞縣曾經宦遊北京之屠隆，別署笑笑先生，見於明版《山中一夕話》與《遍地金

二書，認為條件頗合。按該書第四十八回有開封府黃美致山東巡按史曾孝序信，將任都察院監察御史（巡按御史）之曾某稱為「大柱史」，前所未聞，殊堪詫異；魏先生原以小說家言未予理會。及聞作者可能為屠隆之說，魏先生旋於屠隆所撰〈古今官制沿革〉一文「都察院」之考證下覓得「在周為柱下史，老聃嘗為之」云云，以示此種罕見之稱呼，確有可能出於屠隆之手。此外，魏先生並從屠隆生平經歷以論其有作該書以諷當時皇帝之可能。一為屠隆自萬曆十二年免官以後不能再起，貧困以死，純因在青浦令任內上書賀皇長子誕辰，遂觸皇帝所忌而致，對之未免怨恨。二為屠隆自免官起，即常受其友人麻城劉守有接濟，至萬曆三十三年卒後，世人又傳劉承禧（守有子）家初有該書全本。由此種種跡象判斷，則屠隆為該書原稿作者，似無疑義。惟魏先生態度慎重，認為證據仍欠充分，將近年所撰與此有關之文，僅列為本書附錄，以待論定。按屠隆又號赤水，當此拭目以待之際，余不禁憶及吳晗所撰〈金瓶梅與王世貞〉一文，亦已提及「以雜劇和文采著名的屠赤水」，將之列為當時有力作《金瓶梅》的少數名士之一。

　　魏先生之研究，以該書之藝術論為最後鵠的，其間橫延旁申，方面原非限於版本與作者兩項。惟此兩項實最基本，至如今此書出版，亦且已得綱領而告段落，故此追述其有關研究，以見此書所承，藉見此書推進過程及突破要點，是為序。

翁同文謹誌

民國七十三年（1984）十一月十七日于臺北士林寓所

葉序

葉慶炳

　　在馮夢龍所謂的四大奇書——《三國》、《水滸》、《西遊》、《金瓶梅》——中，有關《金瓶梅》的研究論著最少。主要的原因，是由於此書自問世迄今，一向被世人視為淫書，不宜甚至不許流傳。坊間能購得的都是所謂節本或潔本，都非全本。學者專家即使可以從較大的圖書館中閱讀全本，即使在閱讀之後覺得此書有許多地方值得研究，但一旦提筆撰文，又不免有種種顧慮，因而擱置下來。

　　從世道人心看，《金瓶梅》的確不宜在社會流傳，不宜供一般人閱覽；從學術研究看，《金瓶梅》是明代著名的古典小說，無論是小說本身的藝術以及它所反映的社會，都值得後世學者深入研究。因此，我們最好對這部奇書抱持這樣的態度：仍然把它排除在一般社會人士至少是青少年的閱讀書籍之外，但允許學者專家對它作各個角度的研究。不然的話，把這麼一部已存在了幾百年的古典文學名著摒棄於學術研究之外，豈不可惜。

　　近一二十年來，偶然可以看到《金瓶梅詞話》和古本《金瓶梅》的翻印本。學者要研究此書，已不必天天去坐某些大圖書館的冷板櫈，面對館員的異樣眼光。而國內外研究《金瓶梅》的論文，也漸漸多了起來。一九八三年五月，美國印第安那大學還舉辦了《金瓶梅》學術討論會。看起來，美國學術界研究《金瓶梅》的熱度，還在國內學術界之上。

　　吾友魏子雲先生投入《金瓶梅》研究已有十四年之久，先後著成了《金瓶梅探原》、《金瓶梅的問世與演變》、《金瓶梅審探》、《金瓶梅詞話註釋》、《金瓶梅編年紀事》、《金瓶梅箚記》。如今，《金瓶梅原貌探索》一書也已完稿，即將付排。其中，《金瓶梅詞話註釋》是

　為了便於學者研讀而寫，《金瓶梅編年紀事》是為了便於學者參考而寫，在其餘五種著作中，魏先生都提出了一己的發現和創說。例如：他認為《金瓶梅詞話》的作者是江南人，很可能是屠隆；跳出了歷來為欣欣子序，「蘭陵笑笑生作《金瓶梅》傳」一語所囿的作者為山東人說。又如：他認為今傳《金瓶梅詞話》是經人集體分回改寫而成，並非蘭陵笑笑生的原本。又如：他認為《金瓶梅》的初刻本，即東吳弄珠客序於萬曆四十五年間的《金瓶梅詞話》，否定了昔人以為《金瓶梅》在萬曆三十八年已出版的舊說。他舉出了不少證據來支持這種種創見。

　　考據講究舉證。有些作為證據的文字，一經發現，就可以直接獲得結論，無須推敲。但多數作為證據的文字，必須經過解釋並據以推論，才能得出結論。如果解釋稍有偏差，或者推論稍有疏忽甚至稍涉主觀，都會影響結論的正確性。考據學者常會遇到這種情形：某一問題就現有的證據經過解釋和推論，已認為差堪作成這樣的結論。而有朝一日發現了新的資料，說不定會動搖舊說，甚至改變對原有舉證的解釋，去尋求一個新的結論。因此，考據學者不但破前人的舊說而立自己的新說，同樣也會修正自己的舊說成為新說。魏子雲先生研究《金瓶梅》用功之勤，著述之豐，不但在國內首屈一指，在國際也是無人可以比擬。這並不是說魏先生的創獲每一條都已成為定論，對有些問題，也還有學者抱持著保留的看法。但至少可以說，魏先生帶動了國內研究《金瓶梅》的風氣，向國際漢學界展示了國內學術界研究《金瓶梅》的成果，更重要的，為後學奠定了研究《金瓶梅》的基礎。

　　在《金瓶梅原貌探索》付排前夕，我很高興能以這一篇小序向孜孜矻矻於《金瓶梅》研究十四年如一日的老友表示敬意。

　　　　　　　　　　　　　　　　　　　　　　　　葉慶炳

　　民國七十三年（1984）十一月十五日寫于臺大中國文學研究所

自序

一

　　七十二年四月，寫完了《金瓶梅箚記》，原應著手「人物論」的寫作，但在箚記時，卻發現有不少關乎情節的缺失，與改寫問題有著密切的關係。為了要把改寫的問題，予以更加肯定，遂又著眼於此。再經過半年來的翻檢，縷出了不少問題，定了十篇題目，乃於當年十一月動筆寫這部《金瓶梅原貌探索》。直到今天方行完成。

　　《金瓶梅詞話》非原本，早在距今五十年前，鄭振鐸寫〈談金瓶梅詞話〉的時候，即已說到。不過，鄭振鐸說《金瓶梅詞話》非原本，他的理由與根據，只是沈德符《萬曆野獲論》中的這一段話：「……又三年（指萬曆三十七年）小脩上公車，已携有此書。因與借抄挈歸。吳友馮猶龍見之驚喜，慫恿書坊以重價購刻；馬仲良時榷吳關，亦勸余應梓人之求，可以療飢。余曰：『此種書必遂有人板行，但一出則家傳戶到，壞人心術，他日閻王究詰始禍，何辭以對？吾豈以刀錐博犁泥哉？』仲良大以為然，遂固篋之。未幾時而吳中懸之國門矣！」鄭振鐸即根據這段話，認為《金瓶梅》在萬曆三十八年即已出版，東吳弄珠客於萬曆四十五年季冬序刻的《金瓶梅詞話》，是第二次刻的。還判斷萬曆三十八年刻的那一本《金瓶梅》是南方刻本，《金瓶梅詞話》是北方刻本。此一說法，已被東西方學界錯誤的承認了四十餘年。直到我寫的《金瓶梅探原》各文，於民國六十一年（1972）之後，逐年發表，已有明確的史料，判定了《金瓶梅詞話》乃初刻本，在萬曆丁巳（四十五）年（1617）之前，《金瓶梅》並無刻本。於是，今之東西方研究《金瓶梅》的人士，方始知道鄭振鐸的

說法是錯誤的。如今，關于《金瓶梅》的最早出版年代，大都已援用
了我的說法。

可以說，鄭振鐸的說《金瓶梅詞話》之前還有一部南方的《金瓶
梅》刻本，卻只是指的板本，非關內容。那麼，我判斷《金瓶梅詞話》
是改寫本，指的是內容，依據則是《金瓶梅詞話》。我判定《金瓶梅
詞話》是改寫本，在拙作《金瓶梅的問世與演變》一書中，即已肯定
了。又在《金瓶梅箚記》摘出不少缺失情節，可以據而判定是《金瓶
梅詞話》的改寫痕跡。這本《金瓶原貌探索》，便是在這種情形之下
寫作的。

二

本書共計十題，都是打從《金瓶梅詞話》的情節中縷出來的問
題。頭兩題，是從序文與題詞著眼的。光是從欣欣子的序，就能印證
《金瓶梅詞話》不是欣欣子序文中說的那些內容。當然，《金瓶梅詞
話》是又經改寫過的了。再加上小說前的題詞〈四季詞〉，那種遁世
的思想，也題不到《金瓶梅詞話》的頭上。何況，還有那第一回前的
〈眼兒媚〉證詞，也證不到西門慶的頭上。因而我根據了這些問題，
推斷《金瓶梅詞話》是萬曆末年或天啟初年的改寫本，不是袁中郎讀
到的傳抄本；已是改寫過了。

那麼，袁中郎在萬曆二十四年冬間閱讀到的《金瓶梅》抄本，是
不是西門慶的故事呢？雖然袁小脩的日記《遊居柿錄》已經說了，謝
在杭的《小草齋文集》已經跋了。都說是有關西門慶、潘金蓮等人的
故事，怎麼還能再去懷疑這一點呢？可是《金瓶梅詞話》第十七回，
宇文虛中的參本，聖旨著將楊戩手下的黨惡人等，枷號一月期滿發邊
衛充軍的十名人物，並無西門慶其人。到了第十八回，西門慶派人晉

京打點，拿來的名單，方有西門慶的名字，人名人數都與第十七回不同。把「西門慶」改作「賈慶」（崇禎本則改作賈廉），實則，第十七回寫的楊戩手下的十名黨惡人犯，祇有「賈廉」的「賈」字，是「西」字頭，可與西門慶攀聯上一點關係，其他則尋不出西門慶的痕跡。遂不得不令人懷疑到，《金瓶梅詞話》以前的最早抄本《金瓶梅》，或許不是西門慶的故事，而是賈廉的故事。

三

　　我在《金瓶梅箚記》中，記述到一些有關情節的孤起孤落部分，其中最大一處，就是苗青、苗員外、苗小湖這一部分。從第四十七回苗青謀財害命案發，賄賂西門慶獲得無事，罄身回轉揚州，到了第五十五回又出現了一個揚州第一財主苗員外，之後一直到了第六十七回，在情節中又出現了一位揚州的苗小湖，到了西門慶死後的第八十一回，竟把苗青、苗員外、苗小湖這三個人，糾結的難分難解。究竟苗青與苗小湖是同一人呢？還是苗員外與苗小湖是同一人？由於小說的情節交代不清，誰也無法說明。只能肯定第五十五回的那位揚州苗員外，絕不是苗青而已。再說苗青謀財害命的情節，是孤起孤落，看起來，苗青與監察御史曾孝序的這一部分，好像是早期的《金瓶梅》的主要情節，到了《金瓶梅詞話》已被改得面目全非，是以苗青、苗員外、苗小湖等人的情節，也改得七零八落的不相連貫了。

　　談到《金瓶梅詞話》情節上的孤起孤落問題，王三官與他母親林太太，也是一處交代不清的情節，如按小說上寫的王三官出場，似乎王三官在小說中應有重要的情節，可是王三官在《金瓶梅詞話》中，並無重要的演出。他母親也只有兩場色情的描寫：結局也沒有交代。可能這一部分，也是被刪改了的。

四

　　還有最值得研究的問題，是回目的文辭與內容不符，有些回目應在下一回，卻按在上一回。如第四十五回的「月娘含怒罵玳安」，第四十六回則比第四十五回寫得多，而且寫得清楚。所以我認為類似等情，自然都是改寫者重新剪裁的不妥。還有許多回目的證詩，與內容印證不上。這情形也顯然就是改寫者只顧改寫內容，忘了改換證詩的原因。是以到了崇禎本，不惟證詩十九都刪了改了，連回目也大都改了。本來，本書的第十題，就預訂的是「回目、證詩、情節。」當我在進行箚記資料時，方始發現此一問題，需要較多篇幅演述，可能要自成專書，遂不得不暫時放棄，改選另一題目。

　　《金瓶梅詞話》把武氏兄弟的籍貫，由陽穀易為清河，過去就有人注意到了這一問題。美國哈佛大學的韓南（P. Hanan）教授，則認為清河設有皇家的磚廠，又有兩個太監在那裏看守，改陽穀為清河，是為了遷就兩個太監的說明。這說法自然太勉強了。近來，美國芝加哥大學的芮效衞（D. Roy）則認為「清河」是「河清」的含義。引述了我們中國人對「俟河之清」的說法。可是芮效衞則忽略了「清河」乃一地名，此一地名的由來，乃「黃河」之對。當我們一查華北地區的《清河縣志》，我們便了解到清河這個地方，自漢高帝開始到兩宋，曾兩立其國，九建其郡。自漢以還，歷代以清河之地封王封爵者，數十多之，（虛封者更多）自可想知清河這個地方的被重視。北宋時代的王則之亂（《三遂平妖傳》的小說題材）的貝州，就是清河。若由此一情形推想，可能早期《金瓶梅》的故事，就是以郡國清河作為小說背景的，我們看西門慶在《金瓶梅》的故事中，不是像個國君嗎！所以我推想早期的《金瓶梅》，故事中的主角賈廉，到了《金瓶梅詞話》方始改為西門慶：第十七回不還殘留著賈廉的痕跡嗎！

五

　　《金瓶梅詞話》是改寫本，已堪認定。至於它以前的傳抄本，原貌如何？雖可從《金瓶梅詞話》的情節中，尋得一些蛛絲馬跡，推想早期的抄本，或非西門慶的故事；縱然是西門慶的故事，那西門慶的職官，也未必只是一位清河縣的兵衛千戶。可以肯定的是，早期的《金瓶梅》，必是一部有關政治諷喻的小說，歷史背景，也是宋徽宗時代，在《金瓶梅詞話》中不是還殘留著《宋史》上的人名嗎！以《宋史》的人名冠以明朝的職官，就顯然是關乎政治諷諭的意義了。

　　我這十個論題，全是基於《金瓶梅詞話》中的改寫痕跡，來作推論的。雖還未能詳確的探索出早期《金瓶梅》的原貌，但我提出的這些問題，當可據以肯定《金瓶梅詞話》並非早期《金瓶梅》，是改寫過的了。所以研究《金瓶梅》的人士，不得不去注意到這一點。譬如我們論及作者以及成書年代，都得分作兩個階段來探討論述。關于這一點，都是過去研究《金瓶梅》者不曾注意到的一個問題。

　　如今，我們業已發現到的明朝當代人物，論及《金瓶梅》者，共有九人。可是這九個人，竟無一人提到欣欣子與蘭陵笑笑生，斯亦足證《金瓶梅詞話》刻出後，並未發售，要不然，怎的沒有人提及欣欣子與蘭陵笑笑生？同時，我們也可以據此推想，《金瓶梅》的傳抄時代，並無欣欣子這篇序文。欣欣子的序文應是在《金瓶梅》完稿時，方行序寫的。按《金瓶梅》之有了全稿，已到了萬曆四十三年了（李日華《味水軒日記》）。何以《金瓶梅詞話》的內容，又與欣欣子的序說發生出入？顯然的，刻本《金瓶梅詞話》又改寫過了。我在《金瓶梅的問世與演變》一書中，不是尋到了證言，證明《金瓶梅詞話》是天啟初年的改寫本嗎！當目錄學家王重民發現到薛岡的《天爵堂筆餘》，又尋到了一條有關《金瓶梅》的記述。薛岡在萬曆三十八年間

讀到抄本（不全），二十年後（崇禎初）讀到刻本（全）。此人也沒有提到欣欣子與蘭陵笑笑生，顯然的，他也不曾讀到《金瓶梅詞話》。亦足證明《金瓶梅詞話》不曾在明朝發售[1]。可想我在《金瓶梅的問世與演變》中推論的正確。這裏，不多說了。

六

這多年來，我幾乎付出了全部精力放在《金瓶梅》的研究上，業已成書百萬言有餘，自信掘出了不少寶藏。可以說我的研成果，有如老蠶吐絲結出來的繭，我在《金瓶梅箚記》的後記中說：「其所成就，已何計焉！自然之茲生而已。」相信我的研究成果，定會孳生他人產生新的理路。我的成果也是根據吳晗與鄭振鐸的研究發展出來的。

在國內，最能了解我的研究者，首推翁同文教授，是以近數年來，每成一文，必先寄給翁先生教正，翁先生認真仔細，雖一字不當，也提出與我討論。關乎《明史》部分，亦常商詢老友莊練。海外的趙岡先生不時賜印資料，都是我非常感激的朋友。何況，翁先生又為本書贈序。

最後，更得謝謝老友葉慶炳教授的贈序，以及遠在美國的趙韞慧女士，年來，給我極多幫助。尤其感激無既。再者，本書承老友劉兆祐教授青睞，列入他在學生書局主編的《中國小說研究叢刊》內，得以早日刊行，益所感焉！

民國七十三年（1984）十月一日

1　參閱拙作〈金瓶梅新史料探索〉。

欣欣子、東吳弄珠客、廿公

民國二十一年（1932）冬，國立北平圖書館購到一部《金瓶梅詞話》；書上多了一篇「欣欣子」的序文，我們方始知道這部書的作者，有名曰「蘭陵笑笑生」。在《金瓶梅詞話》之後的《金瓶梅》只有「東吳弄珠客」序，及「廿公」跋，無「欣欣子」序，是以無人知道《金瓶梅》作者之名。

無欣欣子序文的《金瓶梅》，因有插圖百幅，鐫有新安刻工劉應祖、劉啟先、洪國良、黃子立、黃汝耀等人姓名，都是杭州各書店的刻工名手，可以判定是崇禎年間的刻本；但回目與內容，稍異於有欣欣子序的《金瓶梅詞話》，已改寫過了。可是，有欣欣子序文的《金瓶梅詞話》，如依據東吳弄珠客的序文時間，寫明序於「萬曆丁巳冬」（1617），當可判定該書之梓行已在萬曆丁巳（1617）之後，距離袁中郎最早提及《金瓶梅》的時間，已經二十餘年矣。我在拙作《金瓶梅的問世與演變》一書中，業已尋得證言，判定《金瓶梅詞話》是一部改寫過的書，與早期袁中郎閱讀過的那半部《金瓶梅》，已非同一內容。此一問題，我在近作《金瓶梅箚記》中，提出的證見更多。如今，我再以這書的幾篇序跋來進一步研究，也足以證明《金瓶梅詞話》，益非原作內容矣！

一　欣欣子序

這篇欣欣子的序文，所序小說情節，已大多不見於今之《金瓶梅詞話》。我們先來探索這序文的文詞所指：

> 竊謂蘭陵笑笑生作金瓶梅傳，寄意於時俗，蓋有謂也。

欣欣子的這一句話，便已指明蘭陵笑笑生寫的這部《金瓶梅》，乃「寄意於時俗」，把寫作的意想，寄意在時世的風尚上；「蓋有謂也」，乃有所指斥，一如沈德符在《萬曆野獲編》中說的「指斥時事」吧！

　　可是，觀乎今之《金瓶梅詞話》，則又不是沈德符所說的：「如蔡京父子則指分宜，林靈素則指陶仲文，朱勔則指陸炳，其他各有所屬。」試想，我們能在《金瓶梅詞話》中，尋出林靈素嗎？能把朱勔比況嘉靖間的陸炳嗎？只有蔡京父子，還差可與嚴氏父子比擬。其他的「各有所屬」，亦很難與嘉靖間的時事印證，縱能之，亦穿鑿附會耳。

> 人有七情，憂鬱為甚。上智之士，與化俱生；霧散而冰裂，是故不必言矣；次焉者，亦知以理自排，不使為累；下焉者，既不出了於心胸，又無詩書道腴可以撥遣，然則不致於坐病者，幾希！吾友笑笑生為此，爰罄平日所蘊者，著斯傳凡一百回。

這一段話，業已說明「罄平日所蘊」的，乃人之七情中的「憂鬱」。是以笑笑生作《金瓶梅傳》一百回，旨在為「下焉者」去「撥遣」心中的「憂鬱」之病。

　　但今見之《金瓶梅詞話》，何嘗寫到人的「憂鬱」？

> 其中語句新奇，膾炙人口。無非明人倫、戒淫奔、分淑慝、化善惡、知盛衰消長之機，取報應輪迴之事，如在目前。始終如脈絡貫通，如萬系迎風而不亂也。

這裏已說到《金瓶梅詞話》的故事梗概。但是觀乎今之《金瓶梅詞話》，內容雖寫有「戒淫奔、分淑慝、化善惡」，然而「明人倫」的情節，則不顯著。雖說西門慶的淫縱生活，遍及於家人的小廝僕婦，尚未及於亂倫。固有既得王三官之母林太太，又思染指王三官之妻，幸未成為事實。所以我認為「明人倫」的這一部分，作者並未強調在《金瓶梅詞話》中。甚而說，「戒淫奔」的這一部分，也不是今之《金瓶梅詞話》的重要部分。

　　再說，「知盛衰消長之機，取報應輪迴之事，如在目前」，也不能完全符契於《金瓶梅詞話》的內容。不錯，《金瓶梅詞話》的故事，寫的是西門慶的身家興衰，可是西門慶的「興」，興於非法的手段；而他的「衰」，衰於淫欲過度。所以也不易從西門慶的興衰故事上，去「知盛衰消長之機」。固然，西門慶的興衰故事，雖已譜出了那個時代的現實社會，竟是那麼無禮無法而賄賂公行，「盛衰消長之機」，足以見微知著；然而「取報應輪迴之事，如在目前」，卻非今之《金瓶梅詞話》內容矣！譬如西門慶一生作惡多端，死後則託生在富戶沈通家為次子；仍舊生在有錢人家。又怎能符合「取報應輪迴之事，如在目前」的說法？自可想知原始的《金瓶梅》，必非西門慶的故事。

　　　　使觀者可以一哂而忘憂也。

如果從欣欣子的這句話來推想《金瓶梅》的內容，應該是：（一）言人所不敢言，方能發人心中積鬱；（二）諷人所不敢諷，方能發人會心一哂；斯乃人生可以忘憂的兩大關鍵。試問《金瓶梅詞話》的讀者先生，《金瓶梅詞話》中曾有「言人所不敢言，諷人所不敢諷」的故事嗎？我認為沒有。只偶爾有一言片語殘留著，如東平知府陳文昭、兵科給事中宇文虛中、巡按御史曾孝序等人的行為，以及偶爾寫出的幾句牢騷而已。所以，我不相信袁中郎讀了這樣一部書，會感嘆的贊

美說道：「勝枚生〈七發〉多矣！」

> 其中未免語涉俚俗，氣含脂粉。余則曰：「不然」。關雎之
> 作，樂而不淫，哀而不傷。富與貴，之人所慕也，鮮有不至
> 於淫者；哀與怨，人之所惡者，鮮有不至於傷者。

《金瓶梅詞話》的內容，若說「語涉俚俗，氣含脂粉」，則係事
實；可是，其中寫到「樂」，無不淫蕩穢褻，不勝舉矣。所寫之
「哀」，如武大之死，武二之戌，宋惠蓮與其父宋仁之死，曾孝序之
謫，以及那些賣兒鬻女的人家，能不令人傷乎！

看來，今之《金瓶梅詞話》亦非欣欣子序論的內容。

> 此一傳奇，雖市井之常談，閨房之碎語，使三尺童子聞之，
> 如飫天漿而拔鯨牙，洞洞然易曉，雖不比古之集理趣文墨，
> 綽有可觀，其他關繫世道風化，懲戒善惡，滌慮洗心，無不
> 小補。

其所寫「市井之常談，閨房之碎語」，似非「三尺之童」所堪「聞」
而又「洞洞然易曉」者。若說《金瓶梅詞話》所寫「關繫世道風化，
懲戒善惡」，則是；可以「滌慮洗心」則未必焉。至於它能否超越前
賢的《剪燈新話》、《鶯鶯傳》、《效顰集》等等，決定於各人的觀點，
我無能比論矣！

> 如房中之事，人皆好之，人皆惡之。人非堯舜聖賢，鮮不為
> 所耽。富貴善良，是以動搖人心，蕩其素志；觀其高堂大
> 廈，雲窗霧閣，何深沈也？金屏繡褥，何美麗也？鬢雲斜
> 軃，春酥滿胸，何嬋娟也？雄鳳雌凰迭舞，何殷懃也？錦衣
> 玉食，何侈費也？佳人才子，嘲風咏月，何綢繆也？雞舌含

香；唾圓流玉，何溢度也？一雙玉腕縮復縮，兩隻金蓮顛倒
顛，何猛浪也？

這一段序言，固可與《金瓶梅詞話》所寫「房中之事」的內容符節得
上，可是，《金瓶梅詞話》中，何來「佳人才子」的「嘲風咏月」耶？
《金瓶梅詞話》中既無「佳人」，也無「才子」。女人，十九都是妓女
之屬；男人，十九都是流氓之輩。所有寫在《金瓶梅詞話》中的「房
中之事」，何止是「顛倒猛浪」？已是殘酷暴虐之行矣！未嘗有「綢
繆」式的「繾綣」之情。可能原始的《金瓶梅》還寫有「才子佳人」「嘲
風咏月」吧！

　　既其樂矣，然樂極必悲生，如離別之機，將興憔悴之容，必
　　見者，所不能免也；折梅逢驛使，尺素寄魚書，所不能無也；
　　患難迫切之中，顛沛流離之頃，所不能脫也；陷命於刀劍，
　　所不能逃也；陽有王法，陰有鬼神，所不能逭也。

　　試想，「折梅逢驛使，尺素寄魚書」，乃離別之情。《金瓶梅詞話》
則未嘗寫有離別的情苦。潘金蓮與西門慶的短暫離別，未嘗有驛使魚
書之寄。潘金蓮與陳經濟之別，也未嘗有離情之訴。再所謂「患難迫
切之中，顛沛流離之頃」的情節，雖有吳月娘的逃金人之侵，韓愛姐
的湖州尋親，那又怎能算是「患難迫切中」的「顛沛流離」？顯然的，
這些情節已不見於今之《金瓶梅詞話》。

　　至於淫人妻子，妻子淫人。禍因惡積，福緣善慶。種種皆不
　　出循環之機。故：天有春夏秋冬，人有悲歡離合，莫怪其然
　　也。合天時者，遠則子孫悠久，近則安享終身。逆天時者，
　　身名離喪，禍不旋踵。

　　若以西門慶的「淫人妻子」來說，就沒有得到「妻子人淫」的報應。雖然他的幾個小老婆，偷小廝、偷家僕、偷女婿，且又一個個改嫁別人。這能算是報應嗎？他的正頭娘子吳月娘，則清白終身，享壽七十，把一分家業，始終掌管在手上。何來報應？

　　西門慶是自暴死了，死時年才三十三歲。可是，他活著的時候，享盡了榮華富貴，財與色，予取予求。西門慶的死，算得是「禍不旋踵」嗎？果爾，那位巡按御史曾孝序的下場，又當何論？

　　　人之處世，雖不出乎世運代謝，然不經凶禍，不蒙恥辱者，
　　　亦幸矣！

這話又是宿命論了，竟然認為人生在世，都逃不出「世運代謝」，也無法「不經凶禍」、「不蒙恥辱」。否則，那就是有「幸」者。這話豈不又與上語「禍因惡積，福緣善慶」的「循環之機」，兩相矛盾？再說，「春夏秋冬」的交替，又怎能與人之「悲歡離合」相提並論？像這些論調，恰和屠隆罷官後的人生論調一樣。不信，請仔細讀讀屠隆的作品來印證一下吧。此處無篇幅論之矣。

　　　吾故曰：笑笑生作此傳者，蓋有所謂也。

　　總之，《金瓶梅》原本是蘭陵笑笑生抒發個人積鬱的著作，到如今的《金瓶梅詞話》，已被竄改得面目全非矣！

二　東吳弄珠客序

　　　《金瓶梅》，穢書也，袁石公亟稱之，亦自寄其牢騷耳，非有
　　　取於《金瓶梅》也。

　　按袁石公宏道，稱贊《金瓶梅》共有兩文。一在萬曆二十四年（1596）十月間寫給董其昌的信，稱贊《金瓶梅》是「雲霞滿紙，勝枚生〈七發〉多矣」！一在萬曆三十五年夏作成的《觴政》，認為酒人應「以《水滸傳》配《金瓶梅》為逸典」。所以東吳弄珠客說袁石公「亟稱之」（一再贊許這部書）。然而東吳弄珠客則又認為袁石公未必喜歡這部穢書，「亦自寄其牢騷耳！」此說也顯然說明了《金瓶梅》除了淫穢之處，尚有代人寄意牢騷之處。所以袁中郎說「勝枚生〈七發〉多矣」！

　　枚乘的〈七發〉，是一篇述論政治意識的散賦，袁中郎贊美《金瓶梅》比枚乘的〈七發〉還好，想必袁氏讀到的《金瓶梅》有政治意識存乎其間。所以他寄其牢騷，非有取於《金瓶梅》之「穢」。

　　　　然作者亦自有意，蓋為世戒，非為世勸也。

　　這話自是為《金瓶梅》的淫穢所作的解謗之辭。譬如那麼多的男女性事的赤裸描述，是有意為世戒？不過，從東吳弄珠客的序言，可以確定：《金瓶梅詞話》，本就是一部穢書。問題是，弄珠客序的這部《金瓶梅》，是不是袁中郎閱及的那一部？

　　　　如諸婦多矣，而獨以潘金蓮、李瓶兒、春梅命名者，亦楚檮杌之意也。蓋金蓮以姦死，瓶兒以孽死，春梅以淫死，較諸婦為更慘耳。

　　如從這段話看，弄珠客序的《金瓶梅》，應與今之《金瓶梅詞話》無大異趣，也是金蓮、瓶兒、春梅三個女人命名的《金瓶梅》。雖說金蓮的以「姦」死，瓶兒的以「孽」死，春梅的以「淫」死，也衹能勉強說得過去。但要說這三個女人的死事，「較諸婦為更慘」，卻也

與今之《金瓶梅詞話》的內容，不盡符合。這三個女人在今之《金瓶梅》的詞話中，祇有潘金蓮死得慘；瓶兒只是病死，還享受了盛大的殯葬之禮；春梅雖是淫死，卻死在一個小男人的懷中，何慘之有？《金瓶梅詞話》中的婦人們，還有宋惠蓮與孫雪娥兩人，是吊死的。說起來，這兩個女人之死，不是比瓶兒與春梅要慘嗎？

也許，在東吳弄珠客序後的《金瓶梅》，又改寫了。

> 借西門慶以描畫世之大淨，應伯爵以描畫世之小丑，諸淫婦以描畫世之丑婆淨婆，令人讀之汗下，蓋為世戒，非為世勸也！

若以今之《金瓶梅詞話》觀之，應伯爵固係世之小丑，西門慶則非世之大淨，只能算得二淨。諸淫婦固然是臉上應予抹彩的花旦丑婆之類，也未必能「令人讀之汗下」。「為世戒，非為世勸」，亦飾詞耳！（梆子戲的花旦，還在粉臉上，用白粉筆加勾花朵，如蝴蝶夢的田氏，戰宛城的鄒氏，桃花庵的妙常，都在俊扮的粉臉上，加勾白粉花朵，以示此人品行不端。）

> 余嘗曰：「讀《金瓶梅》而生憐憫心者，菩薩也；生畏懼心者，君子也；生歡喜心者，小人也；生效法心者，乃禽獸耳！」

這番話業已說明《金瓶梅》是一部滿紙淫穢的書，也足以證明東吳弄珠客序的《金瓶梅》，與今之《金瓶梅詞話》內容，差異不大；也足以證明東吳弄珠客序的這部《金瓶梅》，與欣欣子序的那部《金瓶梅詞話》，已不相同了。

> 余友人褚孝秀偕一少年同赴歌舞之筵，衍至霸王夜宴，少年垂涎曰：「男兒何可不如此？」孝秀曰：「也只為這烏江設此

一著耳！」同座聞之，歎為有道之言。若有人識得此意，方許
他讀《金瓶梅》也。不然，石公幾為導淫宣慾之尤矣。奉勸世
人勿為西門慶後車也。

按霸王「夜宴」乃明人沈采作《千金記》之第十四齣，正項羽打
算衣錦東歸的時際。褚孝秀喻此宴只為烏江之設，東吳弄珠客且引以
與《金瓶梅》並論。認為「若有人識得此意，方許他讀《金瓶梅》」，
意思當然是說：讀《金瓶梅》，千萬不要被西門慶的那種富貴歡樂生
活迷了眼，笑笑生為西門慶寫的那些紙醉金迷生活，也只是為西門慶
的脫陽暴死設耳。所以東吳弄珠客在序言的最後一句，要「奉勸世人
勿為西門慶後車」。可是，我們看《金瓶梅詞話》的情節，西門慶還
未死，一切學習西門慶的張二官便出現了。西門慶死後，張二官便繼
承了西門慶的一切，不惟繼承了西門慶的提刑千戶之職，連西門慶的
小老婆也繼承了一位。此後，凡是西門慶在清河的一切作為，張二官
也無不全部承擔了下來。又如何勸得住世人「勿為西門慶後車」？看
來，東吳弄珠客的這篇序言，也只為袁石公亟稱《金瓶梅》而有所蔽
飾，勿讓世人指斥袁石公為宣淫導慾之尤而已。

東吳弄珠客的這篇序，寫於萬曆四十五年（1617）年冬，距離袁
中郎讀到這部《金瓶梅》的萬曆二十四年冬，業已二十餘年。如果二
十年前的袁中郎讀到的《金瓶梅》，就是東吳弄珠客序的這部《金瓶
梅詞話》，正如沈德符所說，「此等書必遂有人板行」，又怎的會到了
二十年後方行付梓？這話，我已說了不少次了。

不過，如把東吳弄珠的這篇序，與欣欣子的那篇序，作一比竝
參研，可以立竿見影的發現，這兩個人序述的《金瓶梅》，乃判然是
兩部不同內容的書。顯然的，東吳弄珠客序的這一部《金瓶梅》，是
改寫過的了。

三　廿公跋

　　日本平凡社翻譯的《金瓶梅》，附有小野忍的〈解說〉一文，居
然說：「廿公」是馮夢龍的化名。這話乃毫無根據的臆說，我在另一
文中已說過了。但如以「廿公」一詞來說，袁中郎倒有個方外友人名
「無念」，中郎每稱之為「念公」。「廿」讀如「念」，竊以為此名或
正基此而作的假託。這篇跋，不就充滿了佛家語意嗎？

　　跋說：「《金瓶梅》傳為世廟時一鉅公寓言，蓋有所刺也。」這
話則與沈德符說的「聞此為嘉靖年大名士手筆」，良有先後呼應之
疑。「然曲盡人間醜態，其亦先師不刪鄭衛之旨乎！」不也說明了這
部《金瓶梅》有淫穢的描寫？所謂：「中間埋伏因果，作者亦大慈悲
矣！」又說：「今後流行此書，功德無量矣！」全是以佛家之心，來
為《金瓶梅》的淫誨而辯。「不知者竟目為淫書，不惟不知作者之旨，
併亦冤卻流行者之心矣！特為白之。」這些話，顯然是假借一位和尚
之口，作說因果，說慈悲，來為《金瓶梅》的淫穢內容辯。所以我猜
想此一「廿公」乃假託的無念和尚，要他為《金瓶梅》的淫穢辯解。

四　袁中道與謝肇淛

　　如把欣欣子與東吳弄珠客這兩篇序，作一比並參研，不惟可以
判明兩人敘述的《金瓶梅》內容不同，而且可以證明：東吳弄珠客的
序文，與袁中道的日記《遊居柿錄》，以及謝肇淛的〈金瓶梅跋〉，
有著密切的血緣。

（一）袁中道語[編按1]

> 往晤董太史思白，共說小說之佳者。思白曰：「近有一小說，名《金瓶梅》，極佳。」予私識之。後從中郎真州，見此書之半。大約模寫兒女情態俱備，乃從《水滸傳》潘金蓮演出一支。所云金者，即金蓮也；瓶者，李瓶兒也；梅者，春梅婢也。舊時京師有一西門千戶，延一紹興老儒於家，老儒無事，逐日記其家風月淫蕩之事，以西門慶影其主人，以餘影其諸姬。瑣碎中有無限煙波，亦非慧人不能。追憶思白言及此書曰：「決當焚之。」以今思之，不必焚，不必崇，聽之而已。焚之亦自有存之者，非人之力所能消除。但《水滸》，崇之則誨盜；此書誨盜。有名教之思者，何必務為新奇以警愚而蠹俗乎？（《遊居柿錄》，萬曆四十二年八月日記。）

如從袁小脩這段話看，他們弟兄在萬曆二十四五年間讀到的《金瓶梅》，與流行於今的《金瓶梅詞話》，內容並無大異。應該相信：今之《金瓶梅詞話》，就是袁中郎時代閱及的那部《金瓶梅》。可是，袁小脩的這番話，偏偏與沈德符《萬曆野獲編》的那番話，有了衝突。因為袁小脩在這萬曆四十二年八月的日記上，說他還是跟著中郎在真州時（萬曆二十六）見此書之半，沈德符則說他於萬曆三十七年秋，就向袁小脩借得全本抄錄，攜回家了；還說只少其中五十三回至五十七回這五回。

再說，袁小脩的這番話，對於《金瓶梅》的內容，說得比東吳弄珠客的序言還要接近《金瓶梅詞話》，連西門慶是《金瓶梅》的故事主角，都明確的寫出了。想來，今之《金瓶梅詞話》與袁中郎閱讀到

編按1　本文的序號在《金學卷》的編輯過程中，為求其統一，略微調之。

的《金瓶梅》，內容應是無二致的吧？

（二）謝肇淛說

> 《金瓶梅》一書，不著作者年代。相傳永陵中有金吾戚里，憑
> 怙奢汰，而其門客病之，採摭日逐行事，彙以成編，而托之
> 西門慶也。書凡數百萬言，為卷二十，始末不過數年事耳。
> 其中：朝野之政務，官司之晉接，閨闥之媟語，市里之猥
> 談，與夫勢交力合之態，心輸背笑之局，桑中濮上之期，尊
> 罍枕席之語；馹騎之機械意智，粉黛之自媚爭妍，狎客之從
> 臾逢迎，奴僮之稽唇淬語；窮極境象，駭意快心。譬之范工
> 搏泥，妍媸老少，人鬼萬殊，不徒肖其貌，且并其傳之。信
> 稗官之上乘，鑪錘之妙手也。其不及《水滸傳》，以其猥瑣婬
> 媟，無關名理；而或以為過之者，彼猶機軸相放，而此之面
> 目各別，聚有自來，散有自去，讀者意想不到，唯恐意盡，
> 此豈可與褒儒俗士見哉！此書向無鏤版，鈔寫流傳，參差散
> 失，唯弇州家藏者，最為完好。余於袁中郎得其十三，於丘
> 諸城得其十五，稍為釐正，而闕所未備，以俟他日。有嗤余
> 誨淫者，余不敢知。然溱洧之音，聖人不刪，則亦中郎帳
> 中，必不可無之物也。倣此者，有《玉嬌麗》，然而乖彝敗
> 度，君子無取焉！（《小草齋文集》卷二十八〈金瓶梅跋〉）

在明朝人論及《金瓶梅》的資料中，要以謝氏的這篇〈金瓶梅
跋〉，譜賦這部小說的內容情節，最為清楚。從謝肇淛的這篇跋文，
以及袁中道的那篇日記，雖可肯定的說：袁中郎在萬曆二十四年秋冬
之間，閱讀到的那部《金瓶梅》殘稿，就是今之《金瓶梅詞話》；但

如與欣欣子的序言作一對照比論，可就有了問題了。

第一，謝肇淛說的《金瓶梅》內容，雖堪與今之《金瓶梅詞話》作等觀，卻不同於欣欣子序文所說的《金瓶梅》內容。我在前面已經說到了。

第二，謝氏說：「《金瓶梅》一書，不著作者年代。」顯然的，謝氏作這篇跋文時，尚不曾見到欣欣子的序文；否則，怎能說「不著作者年代」呢？因為欣欣子的序文第一句就寫明了「蘭陵笑笑生作《金瓶梅》傳」；固未著年代，卻寫出作者的化名。謝氏如見到欣欣子的這篇序文，自然就不會說「不著作者年代」了。

第三，再查所有明朝人提到《金瓶梅》的名字，全沒有提到「蘭陵笑笑生」。想來，這不就是一個值得進一步探索的問題嗎？

五　欣欣子與東吳弄珠客

雖說欣欣子的序文寫於何年何月並未註明，但是東吳弄珠客的序文，則明確的寫著是寫於萬曆丁巳（四十五年）季冬，而這兩篇序文同時刻在《金瓶梅詞話》上。基乎此，我們卻不難尋出這部刻有欣欣子與東吳弄珠客序文的《金瓶梅詞話》之正確梓行年月。

說到這個問題，我們就得先說到明朝人論及《金瓶梅》的寫作年月。

（一）袁中郎寫給董思白，論及《金瓶梅》的那封信，寫於萬曆二十四年（1596）十月；《觴政》一文作於萬曆三十二年秋（1604）或三十五年（1607）夏。

（二）袁小脩的日記，寫於萬曆四十二年（1614）八月。

（三）沈德符《萬曆野獲編》寫於萬曆四十一年（1613）之後。（由丘志充是萬曆四十一年進士及馬仲良萬曆四十一年榷吳關為

證）

（四）謝肇淛的〈金瓶梅跋〉寫於萬曆四十一年（1613）之後。（由
　　　丘志充是萬曆四十一年進士為證。）

（五）李日華《味水軒的日記》裏記述《金瓶梅》的年月是萬曆四
　　　十三年（1615）十一月。

（六）屠本畯的《山林經濟籍》，是一部偽託雜纂的書；此文雖未
　　　註明寫作年月，但此書出版已在崇禎年間，可說比前者各文
　　　更遲。然此書既是雜湊，自無引論價值。

　　綜合以上各人論及《金瓶梅》的時間觀之，足以證明《金瓶梅》
在抄本流行傳抄時，尚無欣欣子一序。如有，這些人不會無一人不提
「蘭陵笑笑生」。

　　我曾根據《金瓶梅詞話》的內容（第七十回到七十二回）裏寫到
的一年兩冬至的問題，推想到《金瓶梅詞話》是泰昌元年與天啟初年
的改寫本。那麼，我們再從欣欣子與東吳弄珠客的這兩篇序文的印行
問題來看，則更可以肯定的說明：今之《金瓶梅詞話》的改寫完成，
當在天啟初年，它的梓行可能在天啟中葉。按謝肇淛卒於天啟四年
（1624），袁小脩卒於天啟三年（1623），可以說，此二人都沒有見到
《金瓶梅》的「刻本」。也許見到了隱而不說。

　　至於李日華雖卒於崇禎八年（1635），他論到《金瓶梅》的文字
是日記，沈德符卒於崇禎十五年（1642），可是他的《萬曆野獲編》
則到了清道光七年（1827）方行梓行。並且是由康熙年間的錢枋予以
重行釐訂篇目。這篇《金瓶梅》的文字，是不是出於沈氏手筆，也都
是問題了。

　　可是，欣欣子的序文，既與東吳弄珠的序文，共同梓入《金瓶梅
詞話》，自可從而推想東吳弄珠客等人必然先獲得了有欣欣子序文的
《金瓶梅》原稿，然後再進行改寫的。付梓時，卻忘了欣欣子序文已

與《金瓶梅詞話》的內容不同了。

　　從這兩篇序文所歷述的小說內容大不相同的這一點來看，也足以證明東吳弄珠客是改寫者的一夥。後面，我們還需要一篇篇去探索小說情節中改寫過的痕跡。當不難去猜想到原稿必然充滿了政治諷喻，不敢梓行，所以大家夥方始商量著，予以改頭換面的改寫了。

　　東吳弄珠客的序文，所序乃改寫的內容。欣欣子的序文，乃原稿的內容，或許可以這樣肯定。至於袁小脩的日記、謝肇淛的〈金瓶梅跋〉；我認為悉乃「詖辭」之「蔽」。有此可能吧？

　　還有一大重要參證，那就是再由《金瓶梅詞話》改寫而成的所謂「崇禎本《金瓶梅》」，這個版本，梓入了東吳弄珠客的序文，卻擯棄了欣欣子的序文。既然，他們是根據《金瓶梅詞話》再加改寫的，必然讀了欣欣子的這篇序文。那麼，何以捨而不錄？理由不是很簡單嗎？欣欣子的序文，所述內容與實際流行的《金瓶梅》不同也。不錯，所謂「崇禎本」的《金瓶梅》又改過了，但除了第一回，已重新改寫過了，其中的詞話也大都刪除了，但故事情節則一如其舊，未再改弦更張。由此可知，「崇禎本」之擯棄欣欣子序文，不予梓入，當然是為了他們的改寫，更是鑑及欣欣子序文所述內容與他們手上的《金瓶梅》扞格了。

　　現在，我把問題探索到這裏，很清楚的可以獲得如下的結論：

（一）《金瓶梅詞話》是改寫本，非蘭陵笑笑生的原稿。

（二）東吳弄珠客的序文，所序的是改寫後的《金瓶梅》。東吳弄珠客是改寫者一夥兒。

（三）袁中郎兄弟這一幫朋友，必然知道原始《金瓶梅》的作者是誰。是以小脩、在杭等人，均作文為《金瓶梅》的政治諷喻諱。

（四）原始的《金瓶梅》乃政治諷喻小說，欣欣子的序文，已慨言之矣！

詞曰、四貪詞、眼兒媚^{編按1}

　　在《金瓶梅詞話》的回目之前，附有〈詞曰〉四則，以及論到
酒、色、財、氣的〈四貪詞〉四則，還有第一回的證詞〈眼兒媚〉與
引出的入話；都是我們據以探索《金瓶梅》原貌的證據。我在《金瓶
梅的問世與演變》一書中，業已說到，這裏，我們再來探索一番。

一　詞曰

　　　閬苑瀛洲，金谷陵樓，算不如茅舍清幽。野花繡地，莫也風
　　流；也宜春，也宜夏，也宜秋。酒熟堪酌，客至須留。更無
　　榮無辱無憂，退閒一步，著甚來由。但倦時眠，渴時飲，醉
　　時謳。

　　　短短橫墻，矮矮疏窗，忔憎兒小小池塘。高低疊峯，綠水邊
　　旁，也有些風，有些月，有些涼。日用家常，竹几藤床，靠
　　眼前水色山光。客來無酒，清話何妨。但細烹茶，熱烘盞，
　　淺澆湯。

　　　水竹之居，吾愛吾廬，石磷磷床砌墀除，軒窗隨意，小巧規
　　模。卻也清幽，也瀟灑，也寬舒，懶散無拘。此等何如？倚
　　闌干，臨水觀魚，風花雪月，贏得工夫。好柱心香，說些話
　　讀些書。

　　　淨掃塵埃，惜耳蒼苔，任門前紅葉鋪墀，也堪圖畫，還也奇

編按1　原載於《中外文學》第12卷第12期（1984年5月），頁54-66。此文收入專書
　　　　時，先生略有增補資料。

哉。有數株松，數竿竹，數枝梅，花木栽培。取次教開明朝
事，天自安排。知他富貴幾時來？且優游，且隨分，且開懷。

　　雖說這四首〈詞曰〉的原文，錄自元人中峯禪師的〈行香子〉
詞，詞義的慎獨之情與出世之思，應屬於原作者，但《金瓶梅詞話》
的作者，把它借來前置於小說之前，自應移情於《金瓶梅詞話》的頭
上了。

　　據《詞林紀事》所記，說此〈行香子〉詞，乃中峯禪師不經意出
之者，所謂一一天真，一一明妙也。正由於這四首（闋）〈行香子〉
乃出家人的作品，所以它充滿了慎獨之情與出世之思，可以說是隨興
怡情之作。當然，也有勗勉人莫去強求的規勸意旨。但「閬苑瀛洲，
金谷瓊樓，算不如茅舍清幽。」而且，清幽的鄉居生活，「更無榮、
無辱、無憂。」這種退閒的日子，更可以「倦時眠，渴時飲，醉時
謳。」還說：「明朝事，天自安排。知他富貴幾時來？且優游，且隨
分，且開懷。」比蒙周的傾向自然還要自然。可是，把它冠在《金瓶
梅詞話》的頭上，這四首（闋）詞的詞義，與《金瓶梅詞話》的內容，
可就扞格了。

　　再從這四首詞的慎獨之情與出世之思的意境來說，它顯然不是
《金瓶梅詞話》的前置詞。《金瓶梅詞話》的內容，寫的是西門慶身
家興衰的故事，所涉及的是明末嘉、萬年代那個淫靡的現實社會，早
被公認它是一部社會寫實小說。凡是寫實的作品，可以說全是入世的
思想，蓋寫實作家，總是提出了社會問題，而又大多去描寫社會的黑
暗面，這應是寫實作品的特色。我們看《金瓶梅詞話》描寫的那個現
實社會，不全是黑暗面嗎！那裏還能尋得出像這四首詞意的慎獨之情
與出世之思的情節？可以說無處可見。

　　那麼，生活在《金瓶梅詞話》那個社會中的人們，有那些人會產

生像這四首詞意的慎獨之情與出世之思呢？在我認為，只有像曾任東平知府陳文昭、兵科給事中宇文虛中那種人。這種人一旦罷官，就會安於吾愛吾廬而獨善其身的家居生活。可是《金瓶梅詞話》的作者，並沒有把筆楮向這一目標，而是「有所謂」的寫其七情之「憂」，憂人生之「世運代謝」，慎人生之「因果循環」，與這四首詞的詞意，距離甚遠。我們只能說，作者的這四首前置詞，只是企圖想逃離《金瓶梅詞話》那個社會的感慨而已。

　　按這四闋詞曰：〈行香子〉，乃借他人作品前置於《金瓶梅詞話》之前，在《詞林紀事》上，選錄之三闋，則略有異辭。茲錄如下：

（一）

短短橫牆，矮矮疏窗，一方兒小小池塘，高低疊嶂。曲水邊旁，也有些風，有些月，有些香。日用家常，竹几藤牀，儘眼前水色山光，客來無酒，清話何妨，但細烘茶，淨洗盞，滾燒湯。

（二）

閬苑瀛洲，金谷瓊樓，算不如茅舍清幽。野花繡地，莫也風流，卻也宜春，也宜夏，也宜秋。酒熟堪篘，客至須留，更無榮無辱無憂。退閒是好，著甚來由，但倦時眠，渴時飲，醉時謳。

（三）

水竹之居，吾愛吾廬，石粼粼亂砌階除。軒窗隨意，小巧規模，卻也清幽，也瀟灑，也安舒。孏散無拘，此等何如？倚闌干臨水觀魚。風花雪月贏得工夫，好炷些香，圖些畫，讀些書。

　　筆記[編按1]「天目中峯禪師，與趙文敏為方外交。同院馮海粟學士甚輕之。一日，松雪強中峯同訪海粟，海粟出所賦梅花百絕句示之。中峯一覽畢，走筆成七言律詩，如馮之數。海粟神氣頓懾。嘗賦〈行香子〉」詞云云，「若不經意出之者，所謂一一天真，一一明妙也。」

二　〈四貪詞〉（鷓鴣天）

酒

酒損精神破喪家，語言無狀鬧喧嘩。疏親慢友多由你，背恩忘義盡是他。切須戒飲流霞，若能依此實無差。失卻萬事皆因此，今後逢賓只待茶。

色

休愛綠髮美朱顏，少貪紅粉翠花鈿。損身害命多嬌態，傾國傾城色更鮮。莫戀此，養丹田，人能寡欲壽長年。從今罷卻閒風月，帛帳梅花獨自眠。

財

錢帛金珠籠內收，若非公道少貪求。親朋道義因財失，父子懷情為利休。急縮手，且抽頭，免使身心晝夜愁。兒孫自有兒孫福，莫與兒孫作遠憂。

氣

莫使強梁逞技能，揮拳捵袖弄精神。一時怒發無明穴，到後憂煎禍及身。莫太過，免災迍，勸君凡事放寬情。合撒手時須撒手，得饒人處且饒人。

編按1　原書此段為縮小字，先生筆記也。

　　如照明朝人寫作小說或戲劇的傳統來看，凡是引詞證詩，都應合乎所寫小說或戲劇的內容，絕不是隨便引錄或創作了，用來作點綴的。關于這一點，我在拙作《金瓶梅的問世與演變》一書中，業已證言了一些。曾以《三國》、《水滸》、《西遊》的引詞與入話為例，來說明《金瓶梅詞話》的引詞與入話，與小說的內容不相切合，認為是「《金瓶梅》頭上的王冠」，戴不到西門慶頭上去。判斷《金瓶梅詞話》以前的《金瓶梅》，必是一部有關政治諷喻的小說。那麼，這酒、色、財、氣的引詞，也在所論之列。

　　關于此一問題，美國耶魯的鄭培凱先生，曾為文指摘我的此一判斷，忽略了元明兩代人的傳統習慣[1]。鄭先生認為像這類酒、色、財、氣的四貪詞，入話於元明兩代人的作品內者，極夥。鄭先生一口氣引錄了十餘種之多。可是，鄭先生卻忽略了他所引錄的那些酒、色、財、氣的入話，大都能夠符契於它們所寫的那篇作品的內容。譬如〈錯認屍〉（《清平山堂話本》），這篇小說的內容，便包含了酒、色、財、氣四字；他如鄭先生引述最多的一篇〈蘇知縣羅衫再合〉，這些小說的內容，雖未能把酒、色、財、氣四字全部包括進去，但像徐能的作為，則是為財為色而犯下害命的罪案，結果，禍不旋踵，己身終陷大戮。所以，這篇小說的前面，入話了李生夢中見到的酒、色、財、氣四位女子誘人入彀的故事。而且，馮夢龍還特別寫明說：「這段評話，雖說酒、色、財、氣一般有過，細看起來，酒也有不會飲的，氣也有耐得住的，無如財色二字害事。但貪財好色的又免不得吃幾杯酒，免不得淘幾場氣，酒氣二者又總括在財色裏面了。今日說一樁異聞，單為財色二字弄出大的禍來。……」馮夢龍的這番話，已

---

[1]　所引鄭培凱先生：〈酒色財氣與《金瓶梅詞話》的開頭——兼評《金瓶梅》研究的「索隱派」〉，《中外文學》第 12 卷第 4 期（1983 年 9 月）。

把酒、色、財、氣的故事，嚴實的入話在〈蘇知縣羅衫再合〉的內容中了。那麼，我們再論《金瓶梅詞話》的內容，這酒、色、財、氣的四貪，可以符契得上嗎？

　　按《金瓶梅詞話》的內容，寫的是西門慶一人身家興衰的故事，固然，西門慶這人，酒、色、財、氣四字，他都沾惹上了。可是，他的死，乃死於色慾過度，自暴而亡。死後，還脫生在一個財主人家為子。像欣欣子序文中說的「禍因善慶，種種皆不出循環之機」的事實，在西門慶頭上尋不出來。再說，西門慶的死因，基乎胡僧之藥，以及他個人的自恃在風月上有能，如不是這兩個基因，使他在色慾上爆炸，西門慶這人，必然在《金瓶梅》那個社會，壽到耄耋而官高極品。若是想來，這四貪詞對西門慶來說，復何所為世勸戒乎哉！

　　所以，我們如基是理由研判，自可想知這〈詞曰〉的慎獨之情與出世之思，以及這〈四貪詞〉的勸戒旨意，都是早期《金瓶梅》的引詞，《金瓶梅詞話》的改寫者，付梓時未予擯棄而已。

三　〈眼兒媚〉

　　前面論到的四則〈詞曰〉與〈四貪詞〉，都是《金瓶梅詞話》小說前面的題詞，如以小說的內容說，它們都在情節之外，或者可以說是可有可無。但這一闋引錄自宋人的〈眼兒媚〉一詞，則是小說情節上的血肉同體。如據《三國》、《水滸》、《西遊》等說部的引詞來看，這詞與下面的入話，就不類了。

　　我們看這引詞及入話：

　　　詞曰

　　　丈夫隻手把吳鉤，欲斬萬人頭。如何鐵石打成心性，卻為花

柔。請問項籍並劉季，一似使人愁。只因撞著虞姬戚氏，豪傑都休。

此一隻詞兒，單說著情色二字，乃一體一用。故色絢於目，情感於心，情色相生，心目相視。互古及今，仁人君子，弗合忘之。晉人云：情之所鍾，正在我輩，如磁石吸鐵，隔礙潛通，無情之物尚爾，何況為人。終日在情色中做活計一節，鬚眉丈夫，隻手把吳鈎。吳鈎乃古劍也。古有干將莫邪，太阿吳鈎，魚腸躑縷之名。丈夫心腸如鐵石，氣概貫虹霓，不免屈志于女人。題起當時西楚霸王，姓項名籍，單名羽字。因秦始皇無道，南修五嶺，北築長城，東填大海，西建阿房，並吞六國，坑儒焚典。因與漢王劉邦單名季字，時二人起兵，席捲三秦，滅了秦國，指鴻溝為界，平分天下，因用范增之謀，連敗漢王七十二陣，只因寵著一個婦人，名喚虞姬，有傾城之色，載之軍中，朝夕不離，一旦被韓信所敗，夜走陰陵，為追兵所逼，霸王敗向江東取救，因捨虞姬不得，又聞四面皆楚歌，事發，嘆曰：「力拔山兮氣蓋世，時不利兮騅不逝。騅不逝兮可奈何？虞兮虞兮奈若何？」歌畢，淚下數行。虞姬曰：「大王莫以賤妾之故，有費軍中大事。」霸王曰：「不然。吾與汝不忍捨故耳。況汝這般容色，劉邦乃酒色之徒，必見汝而納之。」虞姬泣曰：「妾寧以義死，不以苟生。」遂請王之寶劍自刎而死。霸王因大慟，尋以自刎死。史官有詩嘆曰：「拔山力盡霸圖隳，倚劍空歌不逝騅；明月滿營天似水，那堪回首別虞姬。」那漢王劉邦，原是泗上亭長，提三尺劍碭碭山斬白蛇起手，二年亡秦，五年滅楚，掙成天下。只因也是寵著夫人，名喚戚氏夫人，所生一子，名趙王如意。因被呂后妒害，心甚不安。一日高祖有疾，乃枕戚夫

人腿而臥。夫人哭曰：「陛下萬歲後，妾母子何所託？」帝
曰：「吾明日出朝，廢太子而立爾子，意下如何？」戚夫人乃
收淚謝恩。呂后聞之，密召張良謀計，良舉薦商山四皓，下
來輔佐太子。一日，同太子入朝，高祖見四人鬚鬢交白，衣
冠甚偉，各問姓名。一名東園公，一名綺里季，一名夏黃
公，一名用里先生，因大驚曰：「朕昔求聘諸公，如何不至？
今日乃從吾兒所遊。」四皓答曰：「太子乃守成之主也。」高
祖聞之，愀然不悅。比及四皓出殿，乃召戚夫人指示之曰：
「我欲廢太子，況彼四人輔佐，羽翼已成，卒難動搖矣！」戚
夫人遂哭泣不止。帝乃作歌以解之。「鴻鵠高飛兮，羽翼抱龍
兮，橫縱四海；橫縱四海兮，又可奈何？雖有繒繳兮，尚安
所施。」歌訖，遂不果立趙王矣。高祖崩逝，呂后酖酖殺趙王
如意，人彘了戚夫人，以除其心中之患。詩人評此二君，評
到個去處。說劉項者，固當世之英雄，不免為二婦人，以屈
其志氣。雖然，妻之視妾，名分雖殊，而戚氏之禍，尤慘於
虞姬。然則妾婦之道，以事其丈夫，而欲保全首領于牖下，
難矣！觀此二君，豈不是撞著虞姬戚氏，豪傑都休。有詩為
證：「劉項佳人絕可憐，英雄無策庇嬋娟，戚姬葬處君知否？
不及虞姬有墓田。」說話的，如今只愛說這情色二字做甚故？
士矜才德薄，女衒色則情放，若乃持盈慎滿，則為端士淑
女，豈有殺身之禍。今古皆然，貴賤一般。如今這一本書，
乃虎中美女，後引出一個風情故事來。一個好色的婦女，因
與了破落戶相通，日日追懽，朝朝迷戀。後不免屍橫刀下，
命染黃泉。永不得著綺穿羅，不再能施朱傅粉。靜而思之，
著甚來由。況這婦人，他死有甚事？貪他的斷了堂堂六尺之
軀，愛他的丟了潑天關產業。驚了東平府，大鬧了清河縣。

端的不知誰家婦女？誰的妻小？後日乞何人占用？死于何人
之手？……

我們看這麼一大段以項羽愛虞姬，劉邦寵戚夫人，且有廢嫡立
庶之志而功敗垂成的故事，竟用來作為《金瓶梅詞話》的入話。我
想，凡是認真讀了這段入話，又認真讀了《金瓶梅詞話》的讀者，若
稍用思維，準會想到作者寫了這麼一大段項羽愛虞姬，劉邦寵戚夫人
兼有廢嫡立庶等故事，入話於《金瓶梅詞話》作為小說的楔子，有何
意義呢？

按明朝人的小說，往往在尚未說到本體故事之前，總要引錄或
創作一首詩詞為證，（此一傳統，在孔孟時代就有了，）然後再寫上
一則故事或一段議論，作為小說內容的提示。如《三國》、《水滸》、
《西遊》，以及馮氏三言，凌氏兩拍，都有這種寫作的習尚。說起
來，這一習尚，在唐宋人的俗講話本中，即已形成，到了元雜劇的楔
子，明人小說的入話，都是傳統下來的了。但這種傳統下來的入話或
曰楔子，所述故事，所引詩詞，無不有一共同的目標，那就是「點
題」，使讀者讀到入話（或楔子），就能吟味到書中的故事內容，金
聖嘆云：「楔子者，以物出物之謂也。」總之，小說上的入話或楔子，
首先應能引發出小說的故事來，而且，被引發出的小說故事，與入話
或楔子中的故事，兩者間應有著密切的比興關聯，否則，如何稱之為
「入」？如何稱之為「楔」呢？譬如《忠義水滸傳》（百回本）的引首，
先錄詞一闋，說：

　　試看書林隱處，幾多俊逸儒流。虛名薄利不關愁，裁冰及剪
　　雪，談笑看吳鉤。評議前王并後帝，分真偽，占據中州，七
　　雄擾擾亂春秋。興亡如脆柳，身世類虛舟。見成名無數，圖
　　形無數，更有那逃名無數。霎時新月下長川，江湖變桑田古

路。訝求魚緣木，疑窮猿擇木，恐傷弓遠之曲木。不如且覆
掌中杯，再聽取新聲曲度。

這詞的詞意，豈不清楚的點題出了要讀者「且覆掌中杯」，去「再聽
取新聲曲度」，這「新聲曲度」，就是一部有關世亂的故事。因而又
加一首證詩，說：

紛紛五代亂離間，一旦雲開復見天。草木百年新雨露，車書
萬里舊江山。尋常巷陌陳羅綺，幾處樓臺奏管絃。人樂太平
無事日，鶯花無限日高眠。

金聖嘆評曰：「好詩，一部大書，詩起詩結，天下太平起，天下太平
結。」楔子則寫宋仁宗嘉祐年間的瘟疫四起，控制無效，天子下詔罪
己，祈禱神靈禳災。可是疫病更熾，遂差太尉洪信去請天師，天師下
山，卻誤把鎮山的一百零八個妖魔縱逃，于是下面引出三十六天罡七
十二地煞，降落人世，替天行道，……。一步步把《水滸傳》一百零
八人的故事，展開來了。金聖嘆且這樣評論說：

以瘟疫為楔，楔出祈禳，以祈禳為楔，楔出天師；以天師為
楔，楔出洪信；以洪信為楔，楔出遊山；以遊山為楔，楔出
開碣；以開碣為楔，楔出三十六天罡、七十二地煞，此所謂
正楔也。中間又以康節、希夷二先生楔出劫運定數；以武德
皇帝包拯狄青，楔出星辰名字；以山中一虎一蛇，楔出陳
達、楊春；以洪信驕惰傲色，楔出高俅蔡京；以道童猥猚難
認，楔出第七十回皇甫相馬作結；此所謂奇楔也。

這就是他說的「楔子者，以物出物之謂也。」

　　關于《水滸傳》的楔子，金聖嘆業已引述得夠明白了。我們如以

金聖嘆的此一論述，來看《金瓶梅詞話》的這一段入話（楔子），那麼，項羽愛虞姬命喪烏江，劉邦寵戚夫人興起廢嫡立庶之志，這兩則帝王的故實，有關乎西門慶一己身家興衰的故事一些什麼呢？請問一聲聰明的讀者，誰能尋出這段入話與西門慶一己身家興衰這則故事有所關聯呢？如果尋不出兩者間的關聯，試問，作者把項羽與劉邦的這兩段史實，寫作小說的入話，有何作用呢？我們如從這一點來說，顯然的，《金瓶梅詞話》是改寫過了，已把入話可以楔出的故事，改纂掉了。袁中郎於萬曆二十四年（1596）初次讀到《金瓶梅》時，贊詞是「雲霞滿紙，勝枚生〈七發〉多矣！」按枚乘〈七發〉，是一篇有關政治問題的賦，袁中郎既以枚乘的〈七發〉來比況他所閱讀的《金瓶梅》，亦可證諸早期的《金瓶梅》是一部有關政治諷喻的小說。殘存在《金瓶梅詞話》上的入話，更是一則直接證言。

　　我們再從這則入話的文詞來看，改寫的痕跡，也是顯而易見的。試看這段入話，寫完了項羽劉邦二君的故事，語氣便突然一轉，說：「說話的，如今只愛說情色二字做甚？」如果照這個「說話的」說法，《金瓶梅詞話》的內容，應是「情色」二字纏對。可是《金瓶梅詞話》的內容，只有「色」欲，並無「情」感。這一點，就不符。下面的一段，乃從《清平山堂話本》的〈刎頸鴛鴦會〉中錄來，所謂「士矜才則德薄，女衒色則情放。若乃持盈慎滿，則為端士淑女，豈有殺身之禍！」這幾句話，應安置在《金瓶梅詞話》中的那個女人頭上呢？按說，這種說詞，應安放在一個女主角頭上，可是《金瓶梅詞話》的女主角，非止一人。下面又說：「如今這一本書，乃虎中美女，後引出一個風情的故事來，」怎麼可以稱之為「虎中美女」呢？顯然的，這話是為了武松打虎方始如此說的，說的可是太勉強了。潘金蓮的登場，能稱之為「虎中美女」嗎？多麼勉強！如照後面的一些話看，說的這好色婦女，似乎指的是潘金蓮，但如以之與《金瓶梅詞

話》的故事加以比對，則又不能完全符合潘金蓮這個女人。西門慶也不是為了潘金蓮方始斷送了六尺之軀，也沒有為了潘金蓮丟了潑天閧產業。所以，我們可以基此而推繹的說，這一段話，只是改寫者，企圖從項羽、劉邦這兩位帝王的入話，轉入到西門慶與潘金蓮身上而已。可能由於改纂者倉卒為文，或拘於才能之拙，未能改得不露痕跡。更可基此推想，早期的《金瓶梅》，極可能不是西門慶的故事。以後，我們還能尋出證言。

四　崇禎本的入話

還有，我判斷《金瓶梅詞話》的前置〈詞曰〉與〈四貪詞〉，以及第一回前的〈眼兒媚〉引詞及「入話」，都是《金瓶梅詞話》以前的《金瓶梅》之內容的殘餘證據，「崇禎本」的引詞與入話，更可以引來作為我這判斷的證言。我們看「崇禎本」的改寫者，鑑於《金瓶梅詞話》前的引詞與入話，與小說的內容，不相切合，不惟把〈詞曰〉與〈四貪詞〉刪除了，兼且把第一回的原寫情節，全部改寫，尤其是「入話」，不再寫劉邦寵戚夫人的故實，而是大談酒、色、財、氣的論說了。

下面，我們照錄這段引詞與入話：

　　一解：豪華去後行人絕，簫箏不響歌喉咽。
　　　　　雄劍無威光彩沈，寶琴零落金星滅。
　　二解：玉階寂寞墜秋露，月照當時歌舞處；
　　　　　當時歌舞人不回，化為今日西陵灰。
　　色箴：二八佳人體似酥，腰間仗劍斬愚夫；
　　　　　雖然不見人頭落，暗裏教君骨髓枯。

這一首詩，是昔年大唐國時，一個修真煉性的英雄，入聖超凡的豪傑，到後來位居紫府，名列仙班，率領上八洞群仙，救拔四部洲沈苦，一位仙長，姓呂巖，道號純陽子祖師所作。單道世上人，營營逐逐，急急巴巴，跳不出七情六慾開頭，打不破酒、色、財、氣圈子，到頭來同歸於盡，著甚要緊。雖是如此說，只這酒、色、財、氣四件中，惟有「財色」二者，最為利（厲）害。怎見得他的厲害？假如一個人到了窮苦田地，受盡無限淒涼，耐盡無端奧惱，晚來摸一摸米甕苦無隔宿之炊，早起看一看廚前，愧沒半星烟火，妻子饑寒，一身凍冷，就是你粥飯尚且艱難，那討餘錢沽酒！更有一種可恨處，親戚白眼，面目寒酸，便是凌雲志氣，分外消磨，怎能夠與人爭氣。正是：「一朝馬死黃金盡，親者如同陌路人。」到得有錢時節，揮金買笑，一擲巨萬。思飲酒，真個瓊漿玉液，不數那琥珀杯流。要鬥氣，錢可通神，果然是頤指氣使，趨炎的壓脊挨眉，附勢的吮癰舐痔，真所謂得勢疊肩來，失勢掉（調）背去。古今炎涼惡態，莫有甚於此者。這兩等人豈不是受那財的厲害處！如今再說那色的厲害。請看如今世界，你說坐懷不亂的柳下惠，閉門不納的魯男子，與那秉燭達旦的關雲長，古今能有幾人？至如三妻四妾，買笑追懽的，又當別論。還有那一種好色的人，見了個婦女，略有幾分顏色，便百計千方，偷寒送煖，一到了著手時節，只圖那一瞬歡娛，也全不顧親戚的名分，也不想朋友的交情。起初時，不知用了多少濫錢，費了幾遭酒食！正是：「三杯茶作合，兩盞色媒人。」到後來，情濃事露，甚有鬥狠毆傷，性命不保，妻孥難顧。事來成灰，就如那石季倫潑天豪富，為綠珠命喪囹圄。楚霸王氣概拔山，因虞姬頭懸垓下。真所謂生

我之門死我戶，看得過時，忍不過。這樣人豈不是受那色的
屬害處！說便如此說，這「財色」二字，從來只沒有看得破
的，若有那看得破的，便見得堆金積玉，是棺材內帶不去的
瓦礫泥沙。貫朽粟紅，是皮囊內裝不盡是臭污糞。高堂廣
廈，玉宇瓊樓，是墳山上起不得的高堂。錦衣繡裙，狐服貂
裘，是骷髏上裹不了的敗絮。即如那妖姬豔女，獻媚工妍，
看得破的，卻如交鋒陣上將軍叱咤獻威風。朱唇皓齒，掩袖
回眸，懂得來時，便是閻羅殿前鬼判夜叉增惡態。羅襪一
彎，金蓮三寸，是砌墳時破土的鍬鋤。枕上綢繆，被中恩
愛，是五殿下油鍋中生活。只有那《金剛經》上兩句說得好，
他說道：「如夢幻泡影，如電復如露。」見得人生在世，一件
也少不得，到了那結果時，一件也用不著。隨著你舉鼎盪舟
的神力，到頭來少不得骨軟筋麻。由著你，銅山金谷的奢
華，正好時，卻又要冰消雪散。假饒你閉月羞花的容貌，一
到了垂眉落眼，人皆掩鼻而過之。比如你淫貫隋何的機鋒，
若遇著唇冷齒寒，吾末如之何也已。到不如削去六根清淨，
披上一領袈裟，參透了空色世界，打磨穿生滅機關，直超無
上乘，不落是非窠；倒得清閒自在，不向火坑中翻觔斗也。
正是：「三寸氣在千般用，一旦無常萬事休。」

　　這段概論酒、色、財、氣的入話，寫到這裏，便又加上了一段
解說這個酒、色、財、氣四字之所以寫進「入話」的意旨，用以引述
到《金瓶梅》的正體──西門慶的故事。說：

　　　說話的，為何說此一段酒、色、財、氣的緣故，只為當時有
　　　一個人家，先前恁的富貴，到後來，煞甚淒涼，權謀德智，

　　一毫也用不著，親友兄弟，一個也靠不著，享不過幾年的榮華，倒做了許多的話靶。內中又有幾個鬧寵爭強，迎姦賣俏的，起先好不妖嬈嫵媚，到後來也免不得尸橫燈影，血染空房。正是：「善有善報，惡有惡報；天網恢恢，疏而不漏。」

　　以下，方始進入正文，開始述說《金瓶梅》的故事。而且，把武松打虎的開頭改去。單刀直入的寫西門慶與其十兄弟。再把《金瓶梅詞話》說的「情色」二字，改為「財色」。這樣改寫，便把《金瓶梅詞話》的「入話」，所說的「虎中美女」的「風情故事」，以及「情色」二字之不符內容的缺失，改正過來了。而且，「崇禎本」的這段「入話」，雖概述的是酒、色、財、氣，卻無不一一使之牽連上西門慶身家興衰的故事，雖也提了一句「楚霸王氣蓋拔山，因虞姬頭懸垓下」的話，卻不再提劉邦寵戚夫人廢嫡立庶的事了。

　　我們從「崇禎本」把《金瓶梅詞話》的「引詞」與「入話」，予以重行改寫的這一點來說，足以說明「崇禎本」的改寫者，業已發現了《金瓶梅詞話》的「引詞」與「入話」，不能契合小說的內容，所以把它刪去改寫了。要不然，何必再浪費心力與時間去改寫？至於，小說情節上的部分更動，牽涉到政治諷喻的問題，「崇禎本」也有，留待他篇再說吧！

五　〈四貪詞〉與雒于仁〈四箴疏〉

　　我之所以從〈四貪詞〉聯想到萬曆十七年（1589）之大理寺評事雒于仁上的那篇〈四箴疏〉，竟直指皇帝萬曆爺犯了酒、色、財、氣之病，兼且說明「色」是膩愛鄭貴妃。要不是當時的宰輔申時行從中規諫，休說丟官，可能送命。關于萬曆時代的東宮冊立事，牽涉到萬

曆老爺子寵鄭貴妃有廢長立幼的意圖，從萬曆十四年（1586）一月鄭
氏的皇三子誕生始，臣民即要求冊立東宮，（長子常洛生於萬曆十年
八月二十一日），到了萬曆十七年冬雒于仁上〈四箴疏〉，疑皇帝有
廢長改立鄭氏子。因而連番上本奏請速定國本的章疏，如聯珠之箭，
惱得萬曆爺斥為瀆擾，受到謫戍廷杖的臣子，接二連三，抵萬曆二十
年前後，此一冊立東宮的事件，可以說已達高潮。所以我據以推想到
在萬曆二十四年（1596）間出現的《金瓶梅》，極可能是一部有關明
神宗朱翊鈞寵愛鄭貴妃有廢長立幼的政治諷喻。要不然，袁中郎讀了
之後怎麼會以枚乘〈七發〉喻之。何況，還有項羽與劉邦的入話，又
不能符契於西門慶其人的故事，更足以證明《金瓶梅詞話》是改寫
本，它之前的《金瓶梅》，應是一部有關政治諷喻的小說。關於此一
問題，根據《金瓶梅詞話》這部小說所顯示的直接證據，復誰曰不
然。

　　像雒于仁的〈四箴疏〉，都敢直諫，在那個時代，自會有人用小
說的體式來表達其諷喻意旨。這一點，自非斷章取義者，所能否定得
了的。何況，還有其他直接證言可以肯定《金瓶梅詞話》這部小說是
改寫本。他以前的《金瓶梅》，可能是一部寫有政治諷喻的內容，本
文所論，不也是一篇明白的證言嗎！

武松、武大、李外傳^{編按1}

　　從欣欣子其人的序言，與小說開始前的引詞與入話，我們已可以清楚的見解到《金瓶梅詞話》的內容，已非欣欣子的序言所指，尤非引詞與入話所喻。現在我們再從它與《水滸》的關係，來探索這個問題。

一　《水滸》中的西門慶

　　在《水滸傳》中，西門慶的情節，雖有四回之多──從二十四回到二十七回（七十回本則自廿三回到二十六回），且有幾場精彩的演出。如戲奸潘金蓮、酖殺武大郎，又與武松在獅子樓對了拳腳刀杖，但在《水滸傳》的人物分量上，他終究是個陪襯的人物。

　　我們看《水滸》的作者，之所以把西門慶這個人物寫進來，目的就是要他與潘金蓮通姦，更可以說，《水滸》的作者為武松安排了一個同胞的兄長武大（名植，是《金瓶梅詞話》為之加上去的），娶了一位俏婆娘潘金蓮，都是為了陪襯武松的一步步投奔梁山來傳設的情節。把武大塑造得又矮小又醜陋，把潘金蓮塑造得既俏麗又風騷，全是基乎此一目標著墨。先寫她戲叔未成，再寫她巧遇西門慶。不惟在情節上，安排了武松一怒搬離哥嫂之家，又安排了武松受縣長之遣，派去東京公幹，為西門慶與潘金蓮通姦騰出了機會。於是，通姦、酖

編按1　本文連續刊於《文藝月刊》第180期（1984年6月），頁70-78。及第181期（1984年7月），頁92-101。收入專書時，先生略有增補資料。

夫，便在這個空檔間發生了。這麼一寫，遂有武松回來替兄報仇，出
了命案的產生。然後，武松被判刺配孟州，王婆剮刑。下面，再一連
為武松寫了五回的回目。顯然的，西門慶只是武松情節中其一故事的
陪襯；連武大郎與潘金蓮，都是武松的陪襯。

二　《金瓶梅》中的武松

　　我們今天讀到的《金瓶梅》，寫的是西門慶身家興衰的故事，當
然，西門慶是《金瓶梅》的主角。《金瓶梅》中的武松、武大郎，以
及潘金蓮，都是西門慶的陪襯。換言之，他們都是為了陪襯西門慶而
傅設。

　　雖說，《金瓶梅》中的西門慶，以及武大郎、潘金蓮，還有王
婆、鄆哥、何九等人，全是從《水滸傳》借來的演員，但在《金瓶梅》
的情節中，則是另一番氣象矣。

　　《水滸傳》描寫西門慶與潘金蓮通姦，以武松為主導，先寫武松
在橫海郡柴進家會見宋江，寫武松的性格浮躁，再從宋江的眼中寫出
武松的形貌與威武氣概，為後面的景陽崗打虎，先設下了伏筆。陽穀
尋兄，寫武松的手足情深；金蓮戲叔寫武松的品高；殺嫂祭兄與殺西
門慶法送王婆，寫武松的義高；主動投案，寫武松的敢作敢為不失大
丈夫器度。以後便寫武松發配，如十字坡打店、義奪快活林、醉打蔣
門神、大鬧飛雲浦、夜走蜈蚣嶺、醉打孔亮，都是由西門慶與潘金蓮
通姦引發出來的。所以，我說《水滸》中的西門慶與潘金蓮等人，只
是塑造武松這個人物的烘襯，悉以武松為主導。《金瓶梅》中的西門
慶與潘金蓮通姦，雖一仍《水滸傳》上的原有情節而略所剪裁，可
是，武松與西門慶兩人的相互比重，卻不同了。相反的，武松成了西
門慶的陪襯。

　　《金瓶梅》中的武松，算來也佔有四個回目的情節，如第一回的打虎遇兄；第二回的金蓮戲叔、武松辭兄，而東京公幹；第九回的誤打李外傳；第八十七回殺嫂祭兄。但這些情節中的武松，都只是為了陪襯西門慶身家興衰這個故事而安排的。所以，這些情節雖然抄錄自《水滸傳》，武松卻已不是主角了。

　　再說，《水滸傳》中的西門慶與潘金蓮通姦，被移在《金瓶梅詞話》中，乃是引發西門慶身家興衰這個故事的開始，不再是《水滸傳》藉以塑造武松的性行而設。我們看《金瓶梅詞話》如何傳設武松來陪襯西門慶？

　　說來，《金瓶梅詞話》把《水滸》中的武松，降主為從，關鍵之筆不外以下兩點：

　　第一，把武松去東京為縣太爺辦事的時間加長，不惟使西門慶有時間與潘金蓮通姦、酖殺武大，還有時間說娶孟玉樓，然後，再迎娶潘金蓮。

　　第二，安排武松在獅子樓誤打李外傳，逃脫了西門慶，發配了武松，方便西門慶有時間去演出他身家興衰的故事。等到武松被赦回來，業已時去數年，西門慶已死，殺嫂祭兄時，已是西門慶樹倒猢猻散的時候了。

　　我們先說第一點，武松去東京公幹。西門慶之所以能順利的與潘金蓮達成通姦的勾當，正因為武松奉派到東京公幹去了。如果武松不曾離開陽穀（在《金瓶梅》中是清河），憑著武松那分暴躁的脾氣，別說是酖殺武大，就是他知道了西門慶有了調戲他嫂子的傳聞，也會拿著刀棒去尋找西門慶理論的。

　　按：《水滸》寫武松到東京公幹，前後只去了兩個月。

　　當武松要起程時，到哥嫂家拜別，說：「大哥在上，今日武二蒙知縣相公差往東京幹事，明日便要起程。多是兩個月，少是四、五十

日便回。」（萬年青學術叢書《水滸》全傳百二十回本第二十四四回三六四頁）。武松回來的時候，這樣寫著：「光陰迅速，前後又早四十餘日。卻說武松自從領了知縣言語，監送車仗到東京親戚處，投下了來書，交割了箱籠，街上閒遊了幾日，討了回書，領一行人取路回陽穀縣來。前後往回，恰好將及兩月。去時新春天氣，回來三月初頭。」（第二十六回、四〇七頁）。可以說，來回的時間，交代得極為清楚。無論行程，以及武松告別武大的說詞，都能符合。可是到了《金瓶梅詞話》，就走了樣了。按：《金瓶梅詞話》寫武松東京公幹，前後竟去了十個月。

第二回，寫武松向哥嫂辭行時，說：

> 大哥在上，武二今日蒙知縣相公差往東京幹事，明日便要起程。多是兩、三個月，少是一個月便回。

那麼，武松離開清河到東京公幹，是什麼時間呢？這第二回的開頭，也寫得非常清楚：

> 話說武松，自從搬離哥家，撚指不覺雪晴。過了十數日光景，自從到任以來，卻得二年有餘，轉（賺）得許多金銀，要使一心腹人，送上東京親眷處收寄。……當時就喚武松到衙內商議。……

這裏說「不覺雪晴」，當然是冬天。他們弟兄相遇時，正值大雪。在第一回中已經寫明白。時間是政和二年十一月下旬。可是，武松回來，已經是政和三年八月間了。

第九回（三頁四頁）這樣寫著：

> 單表武松，八月初旬到了清河縣。且去縣裡交納了回書，知

縣看了大喜，已知金（銀）寶物交得明白，賞了武松十兩銀
子，酒食管待他不必說。

這武松去東京公幹，豈不是來回去了十個月？

看來，武松也沒有再替這位縣公加辦其他的公事等事。如照《金
瓶梅詞話》其他情節所寫，由清河到東京的行程，單程不過半閱月，
來回一個月足矣。加上辦事的時間，也正如第二回沿襲《水滸》所
寫：「多是兩、三個月，少是一個月便回。」無論如何，也不應躭擱
達十個月之久。

更奇怪的是，武松回來向縣太爺交差的時候，縣太爺一句也不
曾責問武松何以躭擱如此之久？在武松押送財物去了如此之久，這位
太爺卻也毫不疑心，從未追問。想來，也委實不近人情。

不過，關於此一問題，第八回第九頁，卻有這麼一段錄自《水滸
傳》的描寫：

> 光陰迅速，單表武松自從領了知縣書禮，離了清河縣，送禮
> 物馱擔，到東京朱太尉處，下了書禮，交割了箱馱，街上各
> 處閒闖了幾日，討了回書，領一行人，取路回山東大路而
> 來。去時三、四月天氣，回來卻炎暑新秋。路上水雨連綿，
> 遲了日限，前後往回，也有三個月光景。在路上雨水所阻，
> 只覺得神思不安，……

看來，《金瓶梅詞話》的改寫者，並不是不知道他們這樣處理武松到
了八月，方始由東京回來，在時間上未免太晚了，所以，在此寫了這
麼一段，意圖加以彌補缺失。替武松的遲回，寫上了一個「路上水雨
連綿，遲了日限」的理由，說是在路上被雨水阻滯了。這樣的一筆，
越發的暴露出了改寫者的破綻。不得不使我們去猜想，有關《水滸

傳》中的這一段西門慶與潘金蓮的故事，極可能不是《金瓶梅》原始
故事的情節，到了某些人把它改寫成《金瓶梅詞話》時，方行把《水
滸傳》中的這一段故事，借用到《金瓶梅》中來的。像這幾句「去時
三四月天氣，來時卻炎暑新秋。」以及「前後往回，也有三個月光
景」，也只為了要縮短武松東京公幹的來回行程，企圖彌補這一缺
失。但卻由於武松離開清河之後，《金瓶梅詞話》的作者，又為西門
慶先娶了孟玉樓，多了這麼一個情節，在時間上，就不得不加長了。
卻也因此使我感於這「說娶孟玉樓」的情節，在《金瓶梅》的原稿中，
可能不在這一回，改寫者加以調動了。此一問題，下面再談。

　　我們再說第二點，武松在獅子樓誤打李外傳。武松到獅子樓尋
仇西門慶，這西門慶聽到李外傳前來報信，說是武松回來，狀告到知
縣衙門，李知縣已把狀子退了。他在獅子樓上正和李外傳飲酒，忽然
見到樓下武松走來，便推說更衣，打從樓後窗跳下，順著房山，滑落
到後院去了。因而這性情暴躁的武松，到了獅子樓上，尋不到西門
慶，問李外傳又不作答，還跳上桌子，也想從樓窗逃跳。遂被武松抓
來扔到街心，又下樓走到街上，兜襠踢了兩腳，把李外傳打死了。

　　李外傳不是《水滸》的人物，他是《金瓶梅詞話》的作者，特地
創意出來的。他被寫在《金瓶梅詞話》中，從出場到落幕，為時不過
一兩小時，使用的筆墨，尚不到五百字。他是清河縣的皂隸，「專一
在縣在府，綽攬些公事，往來聽氣兒，撰（賺）錢使。若有兩家告狀
的，他便賣串兒，或是官吏打點，他便兩下裡打背。因此縣中起了他
個渾名，叫做李外傳（裡外賺）。」他那天到獅子樓來，就是要把武
松遞狀子要告西門慶的事，告知西門慶，渾了一頓酒飯，又得了五兩
銀子。竟然遇上武松，送了性命。

　　《金瓶梅詞話》之所以穿插了這麼一個李外傳，而且，出場後即
行結束，目的只是要他代西門慶死，好讓西門慶在法外多逍遙幾年，

演出他身家興衰的故事。更可以說，西門慶與潘金蓮的故事，之所以能從《水滸》中支流出來，完全歸功於李外傳這個替死鬼。如從小說的改寫藝術上說，李外傳的替死穿插，應是《金瓶梅詞話》的精巧一筆。有了這一筆，所以，武松在《金瓶梅詞話》中的刺配孟州，罪名乃是打死李外傳，非《水滸》之為打死西門慶發配矣！

等到西門慶死了，蘭陵笑笑生為了讓潘金蓮的結局，回復到《水滸》的故事，於是，武松遇到了東宮冊立，大赦回來了。那麼，他發配的這些年，作些什麼呢？在《金瓶梅詞話》第八十七回（第五頁）這樣寫著：

> 按下一頭，卻說一人。單表武松，自從西門慶墊發孟州牢充軍之後，多虧小管營施恩看顧。次後，施恩與蔣門神爭奪快活林酒店，被蔣門神打傷，央武松出力，反打了蔣門神一頓。不想蔣門神妹子玉蘭，嫁與張都監為妾。賺武松去，假捏賊情，將武松拷打，轉又發安平寨充軍。這武松走到飛雲浦又殺了兩個公人，復回身殺了張都監與蔣門神全家老小；逃躲在施恩家。施恩寫了一封信，皮箱內封了一百兩銀子，教武松到安平寨與知寨劉高，教看顧他。不想路上聽見冊立東宮，放郊天大赦，武松就遇赦回家。

在《水滸》中寫了五、六回的情節，在此不過兩百字，便顛三倒四的一一交代完了。這裡，寫武松在朝廷冊立東宮的大赦中被赦回清河，也只是為了要武松回到清河演出殺嫂祭兄而已。

我們從《金瓶梅詞話》所寫武松的這些情節來看，那麼，《金瓶梅詞話》之借用了《水滸傳》的這段故事，並且安排了一個「李外傳」來替死西門慶，因而使《金瓶梅詞話》由《水滸傳》支流出來，自成湖泊，一如由長江支流出來的洞庭湖。照理說，這應是一個預定計畫

的寫作構想，又怎會產生像武松去東京公幹，竟一去十個月方始歸
來？豈非違背素常理情？想來，這委實是個問題。

　　試想，如果《金瓶梅詞話》的寫作計劃，借用《水滸傳》的這段
故事，乃其原始的構想，似不至於把武松東京公幹這一情節，讓他違
悖情理的一去十個月方回。如果《金瓶梅詞話》借用《水滸》的這段
故事，乃其改寫時方行構想到的計畫，只是遷就了原有的故事情節，
借了《水滸》的這個故事加以穿插，自極易產生了這一違悖常理的缺
失。我們在前面業已說到，這一缺失的產生，關鍵在第七回的「說娶
孟玉樓」。下面，我們來看這一回「薛嫂兒說娶孟玉樓」的情節。

三　薛嫂兒說娶孟玉樓

　　西門慶通姦潘金蓮的情節，由第二回寫到第六回。到了第六
回，武大業已火葬，西門慶與潘金蓮的姦情：

> 不比先前在王婆茶坊裡，只是偷雞盜狗之歡，如今武大已
> 死，家中無人，兩個恣情肆意，停眠整宿。初時西門慶恐鄰
> 舍瞧破，先到王婆那裡坐一回，今武大死後，帶著跟隨小
> 廝，逕從婦人後門而入，自此和婦人，情沾肺腑，意密如
> 膠，常三、五夜不曾歸去……

而且，隔不了一、二日，就要去上一次。去時，還要攜帶些東西。那
天，西門慶在潘金蓮那裡，盤桓至晚纔回家。還留幾兩碎銀子與婦人
做盤纏。婦人再三挽留不住，西門慶戴上眼罩，出門去了。婦人下了
簾子，關上大門，又和王婆吃了一回酒，各散去了。正是「倚門相送
劉郎去，煙水桃花去路迷。」後來如何呢？下一回（第七回）居然筆
鋒一轉，寫「薛嫂兒說娶孟玉樓」了。

　　第七回的開頭，連一絲兒銜接第六回的痕跡都無有。一下子就寫「我作媒人實可能」，嘲笑媒婆之全憑一張嘴與兩條腿，用以引發薛嫂的說娶孟玉樓這一情節。文的一開頭，也是寫的薛嫂，「話說西門慶家中，實（賣）翠花兒的薛嫂兒，提著花廂兒，一直尋西門慶不著……」整個第七回，寫的全是「說娶孟玉樓」的情節，關於潘金蓮的事，則一字未提。直到第八回要寫「潘金蓮永夜盼西門慶」的情節了，方始交代這一段西門慶竟一個多月未去看潘金蓮的問題，說：

> 話說西門慶自從娶了孟玉樓在家，燕爾新婚，如膠似漆。又遇著陳宅那邊，使了文嫂兒來通信，六月十二日就要娶大姐過門。西門慶促忙促急，儧造不出床來，就把孟玉樓陪來的一張南京描金彩漆拔步床，陪了大姐。三朝九日，亂了約一個月多，不曾往潘金蓮家去……

這一交代，雖合情理，固可凸出了西門慶這人在女人方面的喜新厭舊與有慾無情。可是，像第七回的「說娶孟玉樓」，在小說結構上，總顯得是一個孤堡，從頭到尾，孤起孤落，前不沾村，後不沾店。雖然第八回的開頭，予以交代上了，總令人感於這「說娶孟玉樓」的情節在西門慶熱絡潘金蓮時憑空介入，未免突兀。所以，我推想，「說娶孟玉樓」的這一回情節，可能是原始《金瓶梅》中的故事，《金瓶梅詞話》的改寫者，借用了《水滸》的這段故事，與原始《金瓶梅》的故事，重作結構，在調配上，由於改寫者處理結構的才能欠缺，或改寫匆忙，遂留下了這些漏洞。

　　同時，我們還可以在這幾回文字上，尋出《金瓶梅詞話》借自《水滸》的這段故事，未能改寫周到，因而發生兩相扞格的地方。第六回，就有這種漏洞。

　　譬如：《水滸傳》第二十六回，這樣寫著：

再說那婦人來到家中，在槨子前面設個靈牌，上寫：「亡夫武
大郎之位。」靈床子前，點一盞琉璃燈，裏面貼著些經幡錢
垜，金銀錠采繒之處。每日卻自和西門慶樓上任意取樂。卻
不比先前在王婆房裡，只是偷雞盜狗之歡。如今家中又沒人
礙眼，任意停眠整宿。自此西門慶整三五夜不歸去，家中大
小亦各不喜歡。原來這女色坑陷得人，有成時，必須有敗。
有首〈鷓鴣天〉單道這女色，正是：「色膽如天不自由，情深
密意兩綢繆。只思當日同歡慶，豈想蕭墻有禍憂。貪快樂，
恣優遊，英雄壯士報冤讎。請看褒姒幽王事，血染龍泉是盡
頭。」且說西門慶和那婆娘，終朝取樂，任意歌飲，交得熟
了，卻不顧外人知道。這條街上遠近人家，無有一人不知此
事。卻都懼怕西門慶那廝是個刁徒潑皮，誰肯來多管。

《金瓶梅詞話》借用這一段情節，這樣寫著：

那婦人歸到家中樓上去，設個靈牌，上寫亡夫武大之靈。靈
床子前，點一盞琉璃燈，裏面貼些金繒錢吊金銀錠之類。那
（每）日卻和西門慶做一處，打發王婆家去，二人在樓上任意
縱橫取樂。不比先前在王婆茶坊裡，只是偷雞盜狗之歡。如
今武大已死，家中無人，兩個恣情肆意，停眠整宿。初時西
門慶恐鄰舍瞧破，先到王婆那邊坐一回，今武大死後，帶著
跟隨小廝，逕從婦人家後門而入。自此和婦人情沾肺腑，意
密如膠，常時三五夜不曾歸去，把家中大小，丟的七顛八
倒，都不喜歡。原來這女色坑陷得幾時，必有敗。有〈鷓鴣
天〉為證：「色膽如天不自由，情深意密兩綢繆。貪歡不管生
和死，溺愛誰將身體修。只為恩深情鬱鬱，多因愛澗恨悠
悠。要將吳越冤仇解，地老天荒難歇休。」……

我們看《金瓶梅詞話》借自《水滸》的這段情節，雖行文詞句稍異，但述事則一。可是，《金瓶梅詞話》的抄錄與改纂，卻出現了兩大漏洞。第一，這句「如今武大已死，家中無人，兩個恣情肆意，停眠整宿。」則與《金瓶梅詞話》的情節不合。因為《金瓶梅詞話》中的武大，還有前妻留下的一個女兒迎兒，已十二、三歲了，怎能說「家中無人」？在《水滸傳》則可，在《金瓶梅詞話》則不可。因為《水滸》中的武大，並無前妻，也無前妻留下的女兒，所以，《水滸》上寫：「如今家中又沒人礙眼。」試問，《金瓶梅詞話》借用《水滸》的這一段話，又怎能忘了他們為武大增加的那個女兒——迎兒？顯然的，由於他們借用《水滸》的故事來改寫《金瓶梅》，改寫得太馬虎了。第二，關于《水滸》中的「女色坑陷人」的〈鷓鴣天〉證詞，到了《金瓶梅詞話》，則已變成了七律，卻仍說「有〈鷓鴣天〉」為證；而且，這首七律的文詞，除了頭兩句，一仍《水滸》舊句，後六句最少有四句（後四句）證不上西門慶與潘金蓮通姦的情節。所謂「只為恩深情鬱鬱，多因愛濶恨悠悠。」指的西門慶呢？還是潘金蓮？可以說，這兩個人都證不上。尤其末兩句「要將吳越冤仇解，地老天荒難歇休。」對西門慶與潘金蓮來說，更是風馬牛。類似情形，在《金瓶梅詞話》中，比比皆是，我在《金瓶梅劄記》中，已摘述了一些了。無疑的，這類的漏洞，除了是《金瓶梅詞話》的改寫者造成的錯誤，其他，我們委實尋不出更合適的理由來作解釋。

四　武松打虎與西門慶熱結十兄弟

我在前面說過，武松在《水滸傳》中，是個主導人物，西門慶、潘金蓮、武大，都是武松的陪襯人物。景陽崗打虎，當然是為了塑造武松這個主角的威武。我們看武松在《水滸傳》中一出場，作者就加

意塑造他的英雄形象了。這樣寫著：

> 宋江在燈下看那武松時，果然是一條好漢。但見：「身軀凜
> 凜，相貌堂堂，一雙眼光射寒星，兩彎眉渾如刷漆。胸脯橫
> 潤，有萬夫難敵之威風。話語軒昂，吐千丈凌雲之志氣。心
> 雄膽大，似撼天獅子下雲端。骨健筋強，如搖地貔貅臨座
> 上。如同天上降魔主，真是人間太歲神。」當下宋江看了武松
> 這表人物，心中甚喜。

　　可以說，正由於武松具有這樣一副好身材，方適合於景陽崗打
虎；打虎，乃塑造武松英雄形像的第一個大場面。跟著再有獅子樓與
以後的十字坡打店等等。那麼，《金瓶梅詞話》中的武松，只是西門
慶的陪襯，並非主要人物，他在《金瓶梅詞話》中的主要任務，只是
陪襯西門慶完成獅子樓的誤打李外傳，以及後來的殺嫂祭兄；連金蓮
戲叔的情節，都是附帶的。所以，景陽崗打虎，在《金瓶梅詞話》
中，便是一大贅瘤。最低限度，這一情節對武松來說，也顯得頭重腳
輕，不能與《水滸》比論。到了所謂「崇禎本」的《金瓶梅》板行，
這一打虎的情節以及它前面的證詞與入話，便全部刪除，另起爐灶的
改寫了。

　　「崇禎本」的《金瓶梅》第一回，改寫過的內容，正如回目所指：
「西門慶熱結十兄弟，武二郎冷遇親哥嫂。」張竹坡則簡稱之曰：「熱
結」、「冷遇」。（原有的證詞及入話都改寫過了。）關于武松之被寫
到《金瓶梅》中來，當然不能沒有景陽崗打虎的事，卻不需要寫出那
打虎的現實場面。「崇禎本」的《金瓶梅》，便這樣做了。先從趙元
壇元帥身邊的大老虎引出應伯爵的笑話說起。當大家正在笑樂著：

> 吳道官走過來說道：「官人們講這老虎，只俺清河縣這兩日，
> 好不受這老虎的虧，往來的人也不知吃了多少。就是獵戶也

害死了十來人。」西門慶問道:「是怎的來?」吳道官道:「官
人們還不知道,不然我也不曉的。只因日前一個小徒,到滄
州橫海郡柴大官人那裡,去化些錢糧,整整住了五七日,纔
得過來。俺這清河縣近著滄州路上,有一條景陽崗,崗上新
近出一個吊睛白額老虎,時常出來吃人,客商過往,好生難
走。必須成羣結夥而過。如今這縣裡,現出著五十兩賞錢,
要拿他,白拿不得。可憐這些獵戶,不知做了多少限棒哩!

就這樣道出了景陽崗的老虎。

隔了一些日子,應伯爵到了西門慶家,特地報告了武松打虎的
事,用應伯爵的口,述說了打虎英雄武松。他說:「前日吳道官所說
的景陽崗上那隻大蟲,昨日被一個人一頓拳頭打死了。」西門慶道:
「你又來胡說了,咱不信。」伯爵道:「哥,說也不信,你聽著,等
我細說。」於是手舞足蹈說道:「這個人有名有姓,姓武名松,排行
第二。先前怎的避難在柴大官人庄上,後來怎的害起病來,病好了,
又怎的要去尋他哥哥,過這景陽崗來。怎的遇了這虎,怎的怎的被他
一頓拳腳打死了,一五一十說來,就像是親見的一般。又像這隻猛
虎,是他打的一般。」……下面寫應伯爵邀同西門慶去看打虎英雄在
遊街誇耀,再寫到武松後來在街上閒行遇見了親哥哥。

「崇禎本」的《金瓶梅》這樣交代武松的景陽崗打虎,對於《金
瓶梅》的小說來說,已恰如其分。換言之,「崇禎本」的《金瓶梅》
之所以要把《金瓶梅詞話》的第一回改寫,還不是感於有關武松打虎
的部分,全部把《水滸》上的文字抄錄了來,在《金瓶梅》中是太累
贅了嗎!

那麼,我們從這一點來推想,亦足可想知《金瓶梅詞話》中的武
松打虎情節,未必是《金瓶梅》的原始構想,可能是到了《金瓶梅詞
話》時代,方始改纂進去的。

上述推想，應是一大理由吧！

五　陽穀易清河

　　武松兄弟，本是清河人。武松去清河時，因酒醉與人相爭，一時怒起，揮拳打昏了那廝，以為打死了人，便逃到橫海郡柴進家躲避。後來，聽說那人並沒有死，遂想著要回清河去探望哥哥。那麼武大呢？則是因為他娶了張大戶家的使女潘金蓮，武大貌醜，金蓮貌美，武大又懦弱本分，遂經常被一班人在門前叫嘲「好一塊羊肉，倒落在狗嘴裡。」武大在清河縣住不牢，便搬來這陽谷縣紫石街賃屋居住，每日仍舊挑賣炊餅。

　　上面就是《水滸》所寫這武氏兄弟，之所以搬離了清河的情節。後來，武松在陽穀縣屬的景陽崗打死了為禍的白額虎，弟兄二人遂在陽穀相會。是以金蓮戲叔，挑簾裁衣，與西門慶通姦，耽殺武大，以及殺嫂與獅子樓等情節，《水滸》則全在陽穀縣演出。到了《金瓶梅詞話》，則陽穀與清河互易矣！

　　《金瓶梅詞話》何以要把《水滸》中原有武氏兄弟的故事，籍地作了個對調？的確是一個值得探究的問題。

　　美國哈佛大學的韓南（P. Hanan）教授，也曾注意及此。他在所作〈金瓶梅的版本及其他〉一文，推想此一問題，可能是為了遷就臨清這地方上，有官營大瓦廠，以作寫兩個太監的說明。我在拙作〈水滸傳與金瓶梅詞話〉一文中[1]，也曾說到，認為：

　　　　清河與陽穀，雖一北一南，但兩地距離清河這一運河港口，

---

[1]　拙作：〈水滸傳與金瓶梅詞話〉，《金瓶梅探原》，頁 133-142。

都不太遠。雖清河距臨清咫尺，但陽穀距離臨清，也不過數
百里之遙。臨清且是當時運漕要口，繁盛之地。當地官營之
大瓦廠，清河人知道，陽穀人也不會不知道。再者，明代的
宦官派至外地，看守皇莊、皇木、磚瓦廠，非祇臨清一地，
遍乎全國。鑛稅之患，正多太監威福。似不至僅僅為了兩個
太監的寫入《金瓶梅》，才故把陽穀改為清河的。想來，必還
有其他更大的意想，傳設此一改寫的原因之間。

此一原因，多年來，我一直在探索。

前年（1980）臺北召開國際性的漢學會議，美國支加哥大學芮效
衛（D.Roy）教授，提出了一篇論文：「A CONFUCIAN INTERPRE-
TATION OF THE CHIN P'ING MEI」，其中也提到此一問題，他認
為：

> 小說的背景選擇，可能有諷刺批評其故事之用意。這點可用
> 荀子正名的主張作進一步說明。大家都知道，構成《金瓶梅》
> 全書的骨幹，西門慶和潘金蓮的故事，是取自《水滸傳》；但
> 《水滸傳》中，故事發生在陽穀，在《金瓶梅》中，故事的背
> 景，被移到清河縣。故事的其他要點，幾乎完全照抄。因
> 此，故事地點的更動，顯然是作者有意選擇。他如何要如此
> 做呢？

於是，芮效衛認為：

> 清河，意即河清。中國向來有黃河清而聖人出的說法。在《荀
> 子》第十三章〈君道篇〉中有清楚的解釋：「君者，民之原也，
> 原清則流清，原濁則流濁。」

遂又說：

> 荀子以為，在位者如果不在，則社會必然腐敗淫亂，這就如
> 《金瓶梅》所描寫的社會一樣。荀子堅持正名的主張，強調名
> 實不符的危險。要解釋例證荀子正名的主張，除了以西門慶
> 家比喻一徹底腐敗的社會，並把它放在一個名為清河的地方
> 之外，還有更好的方法嗎？

此一說法，自是根據我的《金瓶梅探原》的研究成果引發而來。客歲
（1983）五月間，印第安那大學召開「《金瓶梅》討論會」，芮效衛教
授又提出了一篇論文〈金瓶梅作者乃湯顯祖說〉（此文似從拙作《金
瓶梅的問世與演變》而引發出的動機），又提出了「清河」與「黃河清」
的問題。正好，我的這篇論文，正要討論到「陽穀」易「清河」的問
題。是以需要在此多說一些閑言語了。

　　第一，以修辭學來說，清河縣的「清河」與黃河清的「河清」是
兩個意義迥然不同的文詞，前者是名詞，乃地名；後者是形容詞，乃
形容黃河澄清的時候。第二，清河縣的「清河」一名，是不是由黃河
的「河清」而來呢？這是我們首先要探討的一個問題。

（一）清河縣的名稱淵源

　　按「清河縣」之「清河」，乃由「清河」而來，「清河」乃河名
之一。根據清光緒九年張福謙等纂修之《清河縣志》卷二〈河渠之
志〉，作者崔卓瀛所考：

> 今僅就舊志所載之清河、張甲河、屯氏別河、御河、蔡河、
> 邑字河、清涼江等，及舊志未載之趙王河，參諸《廣平志》、

《畿輔通志》、《方輿紀要》、《元和郡縣志》、《漢書》〈溝洫志〉、〈河渠書〉及採訪冊，按照詞意方向，將各河之本支分支異名實同，分析清楚。再將已涸未涸，歷受河患之事實，及與山東歷次興訟之成案，一一臚列，以待博雅之教正。

於是，崔先生又說：

按清河現存之河，惟運河；其餘若清河、古黃河、張甲河、七里河、一字河等等，現已涸枯。

經考證：「查運河即衛河，蓋自臨清合汶水後，始各為南運。（土人仍稱衛河，又曰御河。）」《廣平府志》載：

衛河在清河縣東，古淇水也。即漢之白溝。《魏志》：建安九年遏其水入白溝，以通糧道為永濟渠，賜名御河。正源出河南輝縣蘇門之山麓，至大名縣會漳河，至山東臨清州三盆口，會南運河（即元氏之會通河）。自尖冢集北流，至北渡口凡六十里，又東北三十里至鹽州店村，入清河縣界。逕二哥營又東北三十五里至安合寺，又北五里孫家口，又北五里油坊鎮，又東北逕牛家嘴，又北入山東夏津界，計長四十里，不但為一邑鉅大之河流，而界分燕魯，亦清河迤東之襟帶也。

至清河的「舊瀆」，據考在清河縣以西。

《水經》注：
淇水東北過廣宗縣為清河。又北經信成（漢屬清河）縣故城，又東北經清陽縣故城西。《方輿紀要》云：「河道今湮，舊志載明，陳棐原縣清河縣，傍無清河也。」河以清河名，按《水經》，清水出修武之白鹿山，瀑布乘巖震動山谷，又合數泉進

七賢祠，所謂山陽舊居者。東北過獲嘉汲縣，入於黃河。按
《一統志》，清水源出輝縣西南山陽鎮下，合洪水入於衛河，
古今所載清水發源之縣雖異，而經山陽則同。修武與輝縣相
近，實一清水。往者，黃河入北，故淇、清皆入黃河。今大
河南徙，故淇、清皆入衛河。此所以人知衛河而不知淇、清
也。據此，則清河即屬於衛河之一支。又據《廣平府志》：衛
河在清河縣東，即古淇水。《水經注》淇水東北過廣宗縣為清
河，是衛河與清河同屬於淇水之本派，昭昭矣！

引說至此，足可證明「清河縣」之「清河」名稱，乃原於地有清河一
流。實則，「清河」與「黃河」乃比稱之名詞，一清一黃也。試想，
清河縣之名，既原於清水之源，與黃河之「河清」成語，攀不上關係
的了。「清河」與「河清」既然攀不上關係，《金瓶梅》的作者，自
也不會把「清河縣」當作「河清」之俟的典實，來作不能比擬之喻。
想來，此理至明，不必再多費辭。

（二）清河縣的變革歷史

如以歷史的演變來看，清河這地方，曾九建其郡，兩立其國。
後漢安帝母孝德皇后葬於此，尊為甘陵；建初七年置甘陵國。抵三國
魏，又復舊名清河郡，晉咸寧三年又置清河國。自漢以還，歷代以清
河之地封王封爵者，數十之多。

　一、漢高帝六年十二月，封中涓王吸為清河（定）侯。（《史記》
　　　作清陽侯。）傳四世除國[2]。

2　見〔漢〕班固：《漢書》〈功臣表〉。

二、漢景帝三年二月封劉乘為清河（哀）王[3]。

三、漢武帝元光二年嗣孝王劉義為代王，元鼎三年徙清河為清河剛王[4]。

四、漢宣帝初年二年二月封子劉兗為清河（哀）王，五年徙中山[5]。

五、後漢章帝子劉慶，建初四年立為皇太子，七年二月廢，改封為清河（孝）王[6]。

六、魏文帝黃初三年封子曹貢為清河（悼）王[7]。

七、魏明帝即位之八月立皇子曹冏為清河王[8]。

八、晉武帝咸憲三年八月封子司馬遐為清河（康）王[9]。

九、前秦曾封苻法為清河王，封王猛為清河郡侯，封王永為清河公。

十、後燕曾封慕容會為清河公。

十一、北魏曾先後封元紹、元懌為清河王。再封崔頤為清河侯。封安難為清河子。封房思安為清河子。封爾朱仲遠為清河郡公。興和二年閏三月，封元威為清河王。封高嶽為清河郡公。封崔道固為清河公。封傅永為清河男。封陸騰為清河縣伯。封李長壽為清河郡公。封蕭祇為清河郡公[10]。

3　見〔漢〕班固：《漢書》〈諸侯王表〉。
4　見前註。
5　見前註。
6　見〔宋〕范曄：《後漢書》〈章帝八王傳〉。
7　見〔晉〕陳壽：《魏志》〈武文世王公傳〉。
8　見〔晉〕陳壽：《魏志》〈明帝紀〉。
9　見〔唐〕唐太宗：《晉書》〈武十三王傳〉。
10　以上均見〔齊〕魏收：《魏書》與〔唐〕李延壽：《北史》。

十二、北周曾封李基為清河郡公，又封趙康為清河子[11]。

十三、北齊曾封高岳為清河王，封解律光為清河郡公[12]。

十四、隋封楊素為清河郡公[13]。

十五、唐武德五年封宗室李孝節為清河王，太宗即位降為公[14]。

十六、封魯王靈夔子李銑為清河王，（後為武則天所害）。封舒王　　　　誼子李汭為清河郡王。封敘王縱子李懷為清河郡王。封蔡國　　　　公煜孫李之蘭為清河縣男。封功臣張濬為清河郡伯。封崔蔭　　　　為清河郡公[15]。

十七、《五代史》晉本傳載有張希崇封清河郡公，封張廷蘊為清河　　　　郡公。

　　捨上列者之外，在唐、宋兩代尚有虛封清河郡王及公爵者二十餘人。自可基此想知「清河」這地方，在前代是多麼轟烈了。今僅從寫在《金瓶梅詞話》中的史學資料來看，亦足可想及這位作者是精通歷史者。那麼，他把《金瓶梅》故事的地理背景，安置在清河縣演出，或基乎此一歷史因素。「清河」，國也。

　　再說，宋慶曆八年，王則據城為亂的貝州，其治即設在清河。王則之亂，在明朝已譜成小說名《三遂平妖傳》。我們再基此推想，或許《金瓶梅》的原始故事，即以清河作為地理背景的，內容則似非寫的西門慶身家興衰。尚待進一步探索了。

11　見〔唐〕令狐德棻：《周書》〈列傳〉。

12　見〔唐〕李白藥：《北齊書》。

13　見〔唐〕魏徵：《隋書》。

14　〔晉〕劉昫：《舊唐書》〈宗室傳〉。

15　以上均見〔宋〕歐陽修、宋祁：《新唐書》。

賈廉、賈慶、西門慶^{編按1}

從欣欣子的序文所論內容，與《金瓶梅詞話》不符，以及第一回的引詞與入話，更與內容不符，因而使我懷疑到《金瓶梅詞話》與它以前的《金瓶梅》，極可能是兩部不同內容的書，甚至於袁中郎最早閱及的那半部《金瓶梅》，未必是西門慶的故事。此一問題，我在《金瓶梅的問世與演變》一書[1]中，業已說到。又在《金瓶梅箚記》[2]中，尋到更多例言，譬如第十七回宇文虛中的參本，就更加證明了《金瓶梅》的原始內容，不是西門慶的故事。下面，我們討論這個問題。

一　西門慶的上層關係

按說，西門慶只是清河縣一家開生藥舖的商人，自小未受教育，依賴著他結拜的十兄弟幫會，在地方上為非作歹。交通官吏，包攬說事、放債、營私、又成天穿梭於妓家。只可以說是清河縣這小城的地痞流氓，因為他在地方上發了跡，遂逐日向高攀了。

首先，他攀緣到的人物，是京城八十萬禁軍提督楊戩的爪牙陳洪，把女兒配與陳洪的兒子陳經濟，就這樣，他遂被列為楊戩手下的親黨。那麼，陳洪是怎等人呢？

編按1　原載於《中華文藝》第159期（1984年5月），頁112-123。

---

[1]　拙作：《金瓶梅的問世與演變》。
[2]　拙作：《金瓶梅箚記》。

據小說上寫，陳洪是楊戩的「親家」，什麼親家？小說一直沒有說明。宇文虛中的參本，也只是把陳洪列為楊戩的親黨而已。

西門慶之所以與上層社會有了關係，就是與陳洪結成了兒女親家開始的。陳洪也沒有一官半職，想來，這個人物只能算得楊戩的爪牙，西門慶也只能算得分屬在外縣市的一個小嘍囉。至於西門慶與蔡太師父子攀上了關係，那是後來的事。但如去尋根究源，自是由攀親陳洪枝蔓出來的。

二　宇文虛中的參本

正由於西門慶與陳洪結了兒女親家，陳洪是東京八十萬禁軍提督楊戩的親家，於是，西門慶也就成了楊戩名下的親黨。楊戩被參劾有罪，應拿送三法司會審，親黨等人，也就受到牽連了。

楊戩身蹈何法被參？陳洪給西門慶的這封信，業已說明。信是這樣寫的：

> 眷生陳洪頓首書奉　大德西門親家見字。餘情不敘。茲因北
> 虜犯邊，搶過雄州地界，兵部尚書不發人馬，失悞軍機，連
> 累朝中楊老爺，俱被科道官參劾太重。　聖旨惱怒，拿下南牢
> 監禁，會同三法司審問。其門下親族用事人等，俱照例發邊
> 衛充軍。生一聞消息，舉家驚惶，無處可投，先打發小兒令
> 愛，隨身箱籠家活，暫借親家府上寄寓。生即上京投在家姐
> 夫張世廉處打聽示下，待事務寧貼之日回家，恩有重報，不
> 敢有忘。誠恐縣中有甚聲色，生令小兒另外，具銀五百兩，
> 相煩親家費心處料。容當叩報，沒齒不忘。燈下草草不宣。
> 仲夏二十日洪再拜。

　　照陳洪的信說，楊戩只是受到連累。按理，「北虜犯邊，搶過雄州地界，兵部尚書不發人馬，失悞軍機，」與八十萬禁軍提督何干？「禁軍」是戍守都城的，不是戍邊的。再說，既然聖旨諭示「其門下親戚用事人等」，都要「照例發邊衛充軍」，陳洪竟然沒有想到他的親家西門慶也會受到牽連嗎？還著小兒携帶箱籠家活投來，真可說是「無處可投」了。

　　像上述這種小地方，仔細推敲起來，都令人感於此一書信，也未免有改纂的嫌疑。

　　至於楊戩是以怎樣的罪名，拿送三法司會問的？宇文虛中的參本，寫得最明白，參本說：

兵科給事中宇文虛中等一本，懇乞宸斷，亟誅誤國權奸，以振本兵以消虜患事。臣聞夷狄之禍，自古有之，周之獫狁，漢之匈奴，唐之突厥，迨及五代而契丹浸強。又我皇宋建國，犬遼縱橫中國者，已非一日。然未聞內無夷狄而外萌夷狄之患者。諺云：「霜降而堂鐘鳴，雨下而柱礎潤。」以類感類，必然之理。譬猶病夫至此，腹心之疾已久，元氣內消風邪外入，四肢百骸無非受病，雖盧扁莫之能救，焉能久乎！今天下之勢，正猶病夫，尪羸之極矣。君，猶元首也；輔臣，猶心腹也；百官，猶四肢也。陛下端拱於九重之上，百官庶政各盡職天下，元氣內充，榮衛外扞，則虜患何由而至哉！今招夷虜之患者，莫如崇政殿大學士蔡京者，本以憸邪姦險之資，濟以寡廉鮮恥之行，纏諂而諛。上不能輔君當道贊元理化，下不能宣德布政保愛元元，徒以利祿自資，希寵固位。樹黨懷姦，蒙蔽欺君，中傷善類，忠士為之解體，四海為之寒心。聯翩朱紫，萃聚一門，邇者河湟失議，主議伐

遼，內割三郡，郭藥師之叛，失陷卒致，金虜背盟，憑陵中
夏，此皆強國之大者，皆由京之不職也。王輔貪庸無賴，行
比俳優，蒙京汲引，薦居政府未幾，謬掌本兵，惟事慕位苟
安，終無一籌可展。迺者，張達殘於太原；為之張皇失散。
今虜之犯內地，則又挈妻子南下，為自全之計，其誤國之
罪，可勝誅戮。楊戩本以紈袴膏梁，叨承祖蔭，憑藉寵靈，
典司兵柄，濫膺閫外，大姦似忠，怯懦無比。此三臣者，皆
朋黨固結，內外蒙蔽，為陛下腹心之蠹者也。數年以來，招
災致異，喪本傷元，役重賦煩，生民離散。盜賊猖獗，夷虜
犯順。天下之膏脈已盡，國家之紀剛廢弛，雖擢髮不足以數
京等之罪也。臣等待罪該科，備員諫職，徒以目擊奸臣誤國
而不為皇上陳之，則上辜君父之恩，下負平生所學。伏乞宸
斷，將京等一干黨惡人犯，或下廷尉，以示薄罰，或置極
典，以彰顯戮；或照例枷號，或投之荒裔，以禦魑魅。庶天
意可回，人心暢快。國法已正，虜患自消，天下幸甚，臣民
幸甚！

奉

聖旨：「蔡京姑留輔政，王輔、楊戩便拿三法司會明白來說。」
欽此！欽遵！續該三法司會問過，並黨惡人犯、王輔、楊
戩，本兵不職縱虜深入，荼毒生民，損兵折將，失陷內地，
律應處斬。手下壞事家人：書辦官掾親黨：董升、盧虎、楊
盛、龐宣、韓宗仁、陳洪、黃玉、賈廉、劉盛、趙弘道等查
出有名人犯，俱問擬枷號一個月，滿日發邊衛充軍。

　　我們看宇文虛這一篇上千言的參本，類似嘉靖年間兵部職方郎
中楊繼盛彈劾嚴嵩十大罪狀的奏疏，這裏且別管它啦。至於此一參本

之是否符合宋史的史實，基於小說家言，也不必管它。我們且來看這
一本章中的三法司會問結果，王輔與楊戩已判「律應處斬」，手下的
壞事家人以及書辦官瑑親黨，已查有名人犯董升等十人，「俱問擬枷
號一個月，滿日發邊衛充軍。」可是，這十人之中，並無西門慶的姓
名在內。何以「西門慶不看萬事皆休，看了耳邊廂只聽颼的一聲，魂
魄不知往那裏去了？就是驚損六葉連肝肺，諕壞三毛七孔心。」這一
點，良是值得我們探討的問題。（王黼，參本作輔）

三　西門慶派人晉京打點什麼

不錯，楊提督倒了，陳洪失去了靠山，還要被抓去枷號充軍邊
衛。當然，西門慶的靠山也沒有了，但還不至於怕到如此失魂落魄；
還不至於馬上派專人晉京去花錢打點。顯然的，這些壞事家人的名單
中，有西門慶的名字，西門慶看了這張邸報，纔會如此害怕，纔會馬
上派專人晉京去花錢打點。否則，西門慶不會害怕到如此的程度。

再說，西門慶派專人晉京，打點些什麼呢？根據第十八回所
寫，他花了五百石白米（五百兩銀子），只是塗改了他「西門慶」的
名字。顯然的，名單上有他「西門慶」的名字。

話說西門慶派去的來保、來旺二人，到了京城，先到蔡京府
上，再輾轉到了禮部尚書李邦彥的府上：

> 來保下邊就把禮物呈上，邦彥看了，說道：「你蔡大爺分上，
> 又是你楊老爺（家），我怎好受此禮物。況你楊爺，昨日聖心
> 回動，已沒事。但只是手下之人，科道參語甚重，已定問發
> 幾個。」即令堂候官取過昨日科中送的幾個名字與他瞧，上寫
> 著：「王輔名下，書辦官董昇，家人王廉，班頭黃玉；楊戩名

下：壞事書辦官盧虎，幹辦楊盛，府椽（掾）韓宗仁，趙弘道，班頭劉成（盛），親黨陳洪、西門慶、胡四等，皆鷹犬之輩。狐假、虎威之輩揆置本宮，倚勢害人。貪殘無比，積弊如山，小民蹙額，市肆為之騷然。乞敕下法司將一干人犯，或投之荒裔，以禦魑魅，或置之典刑，以正國法，不可一日使之留於世也。

下面又寫著：

「來保等見了，慌的只顧磕頭，告道：「小人就是西門慶家人，望老爺開天地之心，超生則個。」高安又替他跪稟一次。邦彥見五百兩金銀，只買一個名字，如何不做分上。即令左右抬書案過來，取筆將文卷上西門慶名字，改作「賈慶」。一面收上禮物去。……

　　根據這第十八回所寫，業已說明西門慶派人上京打點，只是為了塗改他的名字。所以等到來保等人回來，把東京打點的事，從頭說了一遍，西門慶聽了，如提在冷冷水盆內，對月娘說：「早時使人去打點，不然怎了！」於是，西門慶心上的一塊石頭纔落地。過了兩日，門也不關了，花園照舊興工，也漸漸出來街上走動。那麼，照此看來，宇文虛中的參本聖旨，三法司會問出的王、楊兩家犯官的壞事家人與書辦官掾親黨等人，又怎能沒有西門慶的名字？到了第十八回科中送的名單，又怎的與邸報的名單不符？更是我們要進一步去追究的問題。

四　邸報與科中的名單何以不符

　　邸報上寫的壞事家人等名單，雖未別出那些個是王輔名下的，那些個是楊戩名下的，到了第十八回「科中送的那幾個名字」，業已別出隸屬與職司，但兩張名單的姓名與人數，則有了出入。邸報名單中的「賈廉」、「龐宣」，在科中送來的這張名單上不見了，但卻比邸報上的名單多了一個「王廉」、「西門慶」、「胡西」；邸報是十人，科中則是十一人。同時，還有兩人的名字不同，邸報上的「董升」，到了科中則變成了「董昇」，邸報上的「楊盛」，到了科中則變成了「楊成」。這一點，固可責之於手民之誤，可是兩個名單的姓名多寡不同，邸報有的人名，科中名單沒有了，邸報沒有的人名，科中的名單則有。這一部分，則非手民之誤，值得我們探討。

　　第一，我們可以這樣推想：邸報上的名單在先，科中送來的名單在後，後者糾正了前者，所以科中的名單，沒有了賈廉、龐宣，添上了王廉、西門慶、胡四。這樣推想，在情理上雖是說得通的，但問題是：（一）第三人稱的作者，應有文辭上的交代，卻沒有交代。（二）邸報上的名單，既然沒有西門慶的名字，西門慶又為何那麼驚懼萬分？又為何要漏夜派遣家人晉京打點呢？

　　第二，若照西門慶看了邸報後的驚懼情況來說，邸報上沒有西門慶的名字，西門慶看了竟是那麼的驚惶萬分，顯然是小說的缺失。那麼，這小說的缺失是怎樣產生的呢？

　　第三，我的《金瓶梅》研究，在《金瓶梅的問世與演變》一書中，即已肯定《金瓶梅詞話》是改寫本，它以前的《金瓶梅》，極可能是一部有關政治諷喻的內容。那麼，如從這第十七回所寫邸報上沒西門慶的名字這一點來進一步推想，顯然的，這一缺失是改寫者造成的缺失。這缺失的造成，可以肯定的說，邸報上根本就沒有西門慶的

名字，因為早期的《金瓶梅》不是西門慶的故事，以西門慶作為《金瓶梅》故事的主線，可能是《金瓶梅詞話》開始的。我在《金瓶梅的問世與演變》中，已這樣說了。這張邸報豈不就是直接的證據。

　　第四，邸報上沒有西門慶的名字，到了第十八回方始把西門慶的名字給加上去，又把邸報上的那些人的名字，一一分別了隸屬，應是《金瓶梅詞話》改寫者的手筆，他們卻忘了改正邸報。這一缺失，從情理上推想，可能是這樣造成的。

五　賈廉、王廉、賈慶、西門慶

　　此一問題，關鍵最大的一個名字就是「賈廉」，他在邸報中排名第八，陳洪排名第六。雖然在邸報的名單中，並沒有區別誰是王輔名下的，誰是楊戩名下的；但賈廉則排名在陳洪之後。可以推想，這位「賈廉」，應是陳洪一夥。在科中的名單上，雖沒有「賈廉」這人的名字，卻有個「王廉」，與邸報中列在陳洪名下（第七名）的「黃玉」，還有邸報中第一名董升（在科中名單改為董昇）等三人，列在王輔名下；職稱是「書辦官董昇、家人王廉、班頭黃玉。」其餘八人（少了一個龐宣，多了一個西門慶、胡四），則列在楊戩名下。從這兩張名單不符的情況來看，顯然是為了把「賈廉」換成「西門慶」而如此更改。

　　第一，我們看李邦彥受賄五百兩金銀，只是「取筆將文卷上西門慶的名字，改作賈慶，」試想，如把「賈廉」這名字，改作「賈慶」豈不是比「西門慶」改作「賈慶」，在筆畫上要方便得多。基此推想，則邸報上只有「賈廉」並無「西門慶」，則更加確定；更足以推想原始的《金瓶梅》，不是西門慶的故事。

　　第二，邸報的名單，有「賈廉」沒有「王廉」，科中的名單列有

「王廉」沒有「賈廉」。顯然的，這是改寫者把「賈廉」改作了「王廉」的痕跡。

第三，崇禎本《金瓶梅》，則把邸報的名單，減去了「賈廉」一人，只有九人，科中的名單則一仍其舊，共有十一人。但李尚書提筆把文卷上的「西門慶」，改作「賈廉」，不是改作「賈慶」。從「崇禎本」的此一改寫手段來看，也足以說明「崇禎本」的改寫者，也發覺了邸報中的「賈廉」，是個有問題的人物，遂把他刪去，改西門慶為「賈廉」，我們推想不出「崇禎本」的改寫者，何以不把「西門慶」改為「賈慶」，在手續上，只改「西門」二字為「賈」字就成了，何必要改三個字？按情理說，「崇禎本」的改寫者，要改這一名單，應把邸報上的「賈廉」改作「西門慶」，其他都不必改。可是「崇禎本」偏偏把邸報上的「賈廉」刪去，把李尚書提筆改「西門慶」為「賈慶」，換成改為「賈廉」。殊令人不解。

六　陳洪其人的問題

在《金瓶梅詞話》的情節中，陳洪只是一位不上場的附屬人物，他擔當的任務，只是西門慶的兒女親家，西門慶由於陳洪的關係，方始與京城八十萬禁軍提督楊戩攀上了親黨，進一步認識了蔡太師的管家翟謙，再攀緣了蔡太師父子的關係，二十擔壽禮，換來從五品副千戶之職。何以陳洪在《金瓶梅詞話》中，沒有他的故事演出。

陳洪是那裏人呢？《金瓶梅詞話》則無隻字交代。雖說第八十八回，寫陳經濟回到東京，他母親張氏曾說：「不想你爹病死在這裏，你姑夫又沒了。姑娘守寡，這裏住著，不是常法。方使陳定叫將你來，和你打發你爹靈柩回去，葬埋鄉井，也是好處。」後來，他們把陳洪的靈板運回清河，寄在永福寺，卻也不能說明陳洪也是清河人，

因為陳經濟的母親張氏，是清河縣張團練的姐姐，她把丈夫的靈柩運到清河安葬。清河是不是陳洪的「鄉井」？也很難肯定。

　　當京城楊提督被參劾的時候，陳洪打發兒子媳婦到清河西門親家暫避一時，並不在京城。陳洪寫給西門慶的信上說：「生一聞消息，舉家驚惶！無處可投。先打發小兒令愛隨身箱籠家活，暫借親家府上寄寓。生即上京投在家姐夫張世廉處，打聽示下。」這段話可以證明陳洪是在清河之外的另一處所，一邊打發兒子媳婦回清河暫避，一邊暗去京城姐夫家躲避，並就近打聽消息。這時的陳洪，住在何處呢？《金瓶梅詞話》也無交代。

　　至於陳洪是一位怎等人物？《金瓶梅詞話》只說他是楊提督的「親家」；何種「親家」？也無隻字交代。陳洪有無官職在身？也無隻字提及。試想，既能與楊提督結成「親家」，最低限度，他也是西門慶等類的人物。乃楊提督設在山東某一地方上的爪牙吧？再想，他同意兒子娶西門慶的女兒，也足以想知他未必是一位高官厚爵的人物。不過，話可得說回來，也許西門慶與陳洪的這分「親家」，在《金瓶梅詞話》中方纔攀結到的呢！

　　總之，《金瓶梅詞話》中的陳洪，是一個值得研究的問題。

七　宇文虛中的參本取材

　　宇文虛中是《宋史》有其本傳的人物[3]，成都華陽人，大觀三年進士，官至資政殿大學士。徽宗宣和間，任中書舍人，童貫、王輔等貪功，擬興燕雲之役，引女真夾攻契丹，以虛中為參議官。虛中以廟謨失策，主帥非人，將有納侮自焚之禍，上書亟言不可。王輔大怒，

3　見〔元〕脫脫：《宋史》，卷三七一。

降虜中為集賢殿修撰。結果，斡離卜、粘罕分兵入侵，童貫等不知所措。迨虜兵迫太原，帝顧虜中說：「王輔不用卿言，今金人兩路並進，事勢若此，奈何？」宇文虜中奏請皇帝草詔罪己，更革蔽端，挽回人心。徽宗遂命虜中草詔，並以虜中為資政殿大學士軍前宣諭使。後來，宇文虜中且數去金邦和議，曾任金邦官職，然其對祖國則仍一片忠心。秦檜憂心虜中在金邦會阻礙和議，竟把其家人送往金邦。後來金人疑虜中不忠於金，乃羅織其罪名，焚殺其家人老幼百口。但在此一參本上，宇文虜中則被寫為「兵科給事中」。雖出乎小說家言，卻有歷史依據。

按「六科給事」乃明制，《明史》〈職官〉說：

> 六科掌侍規諫，補闕拾遺，稽察六部百司之事。凡制敕宣行，大事覆奏，小事署而頒之，有失封還。執掌凡內外所上章分類抄出，參署付部，駁正其違誤。

自可從而想知宇文虜中的明制職稱，乃小說家的明喻。

至於此參本中的蔡京、王輔、楊戩，也全是《宋史》上有其本傳的人物[4]，所參失職罪狀，亦《宋史》中事實，但參本說：

> 邇者河湟失議，主議伐遼，內割三郡，郭藥師之叛，失陷卒致。金虜背盟，憑凌中夏，此皆誤國之大者，皆由京之不職也。

這裏說的「河湟失議，主議伐遼，」乃童貫、王輔的「不職」，非蔡京。本文前面業已說到，就是宇文虜中力言不可而遭貶的那件事。「內割三郡」，事在靖康元年，金人攻通津、景陽等門，李綱督戰，

4　見〔元〕脫脫：《宋史》，卷四六八、四七〇。

何灌戰死，金方索金帛數千萬，且求割太原、中山、河間三鎮，並宰相親王為質，乃退師[5]。「郭藥師之叛、失陷卒致，」事在政和七年十二月，在「主議伐遼」事稍前。「金虜背盟」，事在郭藥師以燕山降金之同時，當是金人遣使來，許割蔚應州及飛孤靈邙縣。帝遣童貫往受地，結果被騙，童貫逃回。這些史實，都不是蔡京的「不職」，這時的蔡京父子，業已失權。小說之所以如此寫，顯然有所隱喻。關于王輔，說他「謬掌本兵，慕位苟安」；則誠如《宋史》所傳。所謂「迺者，張達殘於太原，為之張皇失散；今虜之犯內地，則又拿妻子南下，為自全之計。」（張達或張慤之誤。）殘太原，就是指的受騙遣童貫受地逃回，寇攻太原的事。王輔聞金兵至，不俟命即載其妻拿以東，乃靖康元年事。可以說，參本中所參議的史實，《宋史》悉有記載，只是並不完全相符而已。

　　關于此一問題，陳洪寫給西門慶的信，則又另有說詞，他說：「茲因北虜犯邊，搶過雄州地界：兵部王尚書不發人馬，失誤軍機，連累朝中楊老爺俱被科道官參劾太重。」此說則與參本所議；頗有出入。但陳洪的此一說法，則又類似明朝王忬（王世貞父）的被參失職。是以明朝的當時文人，論及《金瓶梅》者，疑蔡京父子是分宜嚴氏父子的影射。若從宇文虛中的此一參本來看，卻也不無此一隱喻之意。可能此一參本，也纂改過。

　　如從參本的文辭與所據史實來說，足以想及作者乃一飽學之士，也許原始的《金瓶梅》就是以宋徽宗的史實為背景的，恐未必是西門慶的故事也。

5　見〔元〕脫脫：《宋史》〈徽宗紀〉四。

宋人名、明職官、隱喻義

　　《金瓶梅》的歷史背景，寫的是宋徽宗這個時代。如以年代計，故事由政和二年開始，到建炎元年（或二年），前後綿亙達十六、七年之久。（1112～1127 或 1128）。

　　雖說，故事明寫的是宋徽宗時代的事，而事實上，所寫的則是明朝嘉靖萬曆年間的事。諸如故事的地理背景，徽宗時的都城東京，乃今之河南開封，但從寫於《金瓶梅》中的故事情節看，清河的人或東京的人，兩地往還的地理，則可以確切的證明《金瓶梅》中的東京，實際上乃明朝的北京；西門慶家居住的清河縣城，實際上也是以燕都為範型的。關於這一部分，我在《金瓶梅詞話註釋》及《金瓶梅箚記》，業已說到一些了。

　　《金瓶梅》的小說，歷史背景既是宋徽宗朝代，有關宋徽宗朝代的人與事，自不能不寫。可是，作者並不以宋徽宗朝代的史實為主，祇是假借了宋徽宗這個朝代的幾個人物，以及徽宗朝的幾件事，點綴在西門慶的身家興衰故事中而已。如第六十五回的「宋御史結豪請六黃」，寫了幾句有關宋徽宗花石綱的惡政，以及第四十八回曾孝序參本中的七件事，說到了徽宗時的史事，還有第十七回宇文虛中的參本，也似是而非的提到一些。再就是書的結尾，說到金兵南下，靖康之難，以及趙構南渡，即位建康。在這部百萬言的長編中，有關徽宗史事的情節，總計起來，也難達萬字。說來，宋徽宗的歷史背景，在《金瓶梅》這部小說中，不但是一個假借的託辭或掩飾，就是寫入小說的有關徽宗朝的史事，不但是一些點綴，而且是蘭陵笑笑生的「寄意於時俗，蓋有謂也」的隱喻。這一部份，我在《金瓶梅的問世與演

變》與《金瓶梅箚記》中，也說到了。

　　本文所要探索的，是寫在《金瓶梅》中的一些宋徽宗時代的人物，可是他們所擔任的官職，則又非宋朝的《職官志》所有，有些則與明朝的職官接近，甚而相同。這麼看來，《金瓶梅》這部小說的以宋喻明，自是蘭陵笑笑生的手段。這些問題，業成定論，只是尚未有人指出隱喻所在。至於這部改寫後的《金瓶梅詞話》與它以前的《金瓶梅》，之間有多大距離？那就越發無人會去想到這些。下面我們探索這部小說中有關宋明史實上的一些問題。

一　蔡京父子

　　蔡京及其子蔡攸等，乃宗徽宗朝的權臣。在《宋史》卷四百七十二之列傳二百三十三，寫作姦臣頭一名。按蔡京是閩之仙遊人，熙寧三年進士，為人極有權術，自崇寧初年當權，曾四起四落。抵靖康元年被謫，竄於儋州，道死漳州，父子禍國已二十餘年。

　　蔡京有子八人，儵先死，攸、儵伏誅；絛流白州死，鞗以尚帝姬免竄，餘子及孫皆分徙遠惡郡。

　　按蔡京在徽宗朝，曾任司空封嘉國公，大觀元年又拜左僕射、拜太尉受八寶，又拜太師。政和二年再還京，封魯國。子蔡攸，自鴻臚寺丞賜進士，曾官至龍圖閣學士兼侍讀，進少師封英國公兼領樞密院。雖倚父勢得寵而顯榮，且時有驅父朝外心志，每與弟儵爭勢。後亦因父死同敗死。

　　在《金瓶梅》中，蔡京的官稱是「太師」，以及「崇政殿大學士吏部尚書魯國公」等職，雖時間不符，但蔡京確曾任過「太師」封過「魯國公」；蔡攸的官稱是「祥和殿學士兼禮部尚書提點太一宮」，則與史實不符。小說家言，自亦不便考證。

　　蔡京父子在《金瓶梅》中，出場的情節極少，計來各有一次而已。第十八回，西門慶的家人來保，在京中見了蔡攸一面，第五十五回，西門慶進京拜壽，見了蔡京一面，第七十回西門慶第二次晉京謝恩，都未再見蔡京，只到太師府送上禮單就是。但蔡京父子則是西門慶演出《金瓶梅》這部小說的基礎，西門慶的官職以及他在清河縣顯榮出的那分威勢，所依恃的便是蔡京父子。可以說，《金瓶梅》小說所明寫的那個徽宗朝代，也都全部責成在蔡京父子頭上。如果說，《金瓶梅》的小說，乃隱喻於明朝，那麼，說蔡京父子就是明嘉靖間嚴嵩父子的影射，自也不無牽攀話頭。

二　王黼

　　王黼是河南祥符人，崇寧間進士。《宋史》卷四百七十之〈列傳二二九〉，說他「為人美風姿，目睛如金，有口辯，才疏集而寡學術。」他是繼起於蔡京之後的權臣，為了排拒蔡京的再起與童貫的得寵，遂贊同趙良嗣的聯女真共圖燕地的謀議。結果失敗，徽宗傳位其子，是為靖康元年。王黼被竄永州，被李綱假以盜手，誅於雍丘民家。說來與《金瓶梅》小說所寫，是不能符契的。

　　在《金瓶梅》中，王黼並未出場，只在宇文虛中的參本中提到他，提到他時，已拿下南牢監禁。關於他的罪名，陳洪寫給西門慶的信上說：「茲因北虜犯邊，搶過雄州地界，兵部尚書不發人馬，失誤軍機。」宇文虛中的參本，則說：「迺者張達殘於太原，為之張皇失措，今虜之犯內地，則又挈妻子南下，為自全之計。其誤國之罪，可勝誅戮！」雖說，寫在這同一回（第十七回）的兩份文件，說法不同，但宇文參本所說，則有史實根據。如所謂「張達」（此字乃戩之誤刻或誤書）。殘於太原，事在宣和初年，後便一連串的發生了郭藥

師之叛，金兵南下，王黼聞金兵至，不俟命，即載其妻孥以東，以是貶永州安置，後被誅於雍丘。這些史實，雖時間不符，史實是宣和七年，靖康元年，小說寫在政和五年，兩者相距，約有十年之久。但《金瓶梅》的宇文虛中參本，還是攀附了史實的。

三　楊戩

按楊戩乃宦官，《宋史》卷四六八之〈列傳第二二七〉，說他自幼給事掖庭，主掌後苑，善側伺人主意。自崇寧後，日有寵。曾官彰化軍節度使，後與王黼、梁師成為將歷鎮安、清海、鎮東三鎮，由檢校少保晉至太傅，謀撼東宮。胥吏杜公才獻策，立法索民田契，無敢抗者。宣和三年死，贈太師、吳國公。

但在《金瓶梅》小說中，他被稱為「楊提督」，西門慶說他是「東京八十萬禁軍提督」，可是這個官名，在《宋史》中尋不到。據黃本驥《歷代職官表》概述說：

> 武職則在內以殿前司、侍衛親軍馬軍司、侍衛親步軍司為三衙。其主管為都指揮使、副都指揮使、都虞候。其下諸班殿直有都頭、祗候、都知、押班等，皆五代之習，由藩鎮之牙兵變為禁軍。

再查《宋史》〈職官志〉，也無類似「東京八十萬禁軍提督」這樣的官名。

宇文虛中的參本，未詳列楊戩的罪名，陳洪的信，則說是王黼連累了朝中的楊老爺。北虜犯邊，王尚書不發兵馬，失誤軍機，與京畿的禁軍提督何干？而且，陳洪這封信上的說法，與宇文虛中的參本說法不同，而且有所牴觸。想來，陳洪寫給西門慶的這封信，也許是

《金瓶梅詞話》的改寫者，增加進去的呢？

　　楊戩與王黼，都未在《金瓶梅》中上場演出過什麼情節，作者之所以把他們寫到這小說中來，也只是在陪襯西門慶而已。試看宇文虛中的此一參本，也只是呈現了西門慶這人在交通官吏上的再上層樓，從此之後，他與朝中的三公之一蔡太師都夤緣上了。所以，這幾位宋代權臣，自也不是小說家要去塑造的人物形像，也用不著多說他了。

四　宇文虛中

　　宇文虛中是成都華陽人，大觀三年進士。在徽宗朝的宣和初年，蔡攸、王黼、童貫貪功開邊，引女真攻契丹，以虛中為參謀官。虛中則以廟謨失策，主帥非人，將有納侮自焚之禍。上書極言不可。王黼怒，謫為集賢殿編修。迨金人南下，徽宗悔黼未用虛中言，曾命虛中代為草詔罪己。建炎時，曾任資政殿大學士，南宋時卒於金邦。傳在《宋史》卷三七一之〈列傳第一百三十〉。

　　《金瓶梅》說他是「兵科給事中」，則非史實。按「給事中」一職，雖始置於秦而漢因之，但乃加官之職，並非專司，後歷代均有沿革。《續通典》說：

> 宋制，門下省給事中四人，分治六房，掌讀中外出納，及判後省之事。若政令有失當，除受非其人，則論奏而駁正之。凡章奏日錄，日以進考其稽違而糾治之⋯⋯。

但此說是「兵科給事中」，則明制矣。按明之給事中，無所隸屬，吏、戶、禮、兵、刑、工六科，各都給事中一人，左右給事中各一人，給事中則吏科四人，戶科八人，禮科六人，兵科十人，刑科八人，工科四人，掌侍從規諫、稽察，六部百司之事。凡制敕宣行，大

事覆奏，小事署而頒之，有失封還執奏。凡內外所上章疏下分類抄出，參署付部，駁正其違誤等等。明人屠隆寫〈歷代官制沿革〉一文說：

> 今六科給事，則專掌諫議矣。故今時遂稱給事為諫議為言官。御史、給事並為言官，而秩止七品八品，彈劾百僚，權重秩卑，此祖宗之深意也。

所以，如以官制看，《金瓶梅》說宇文虛中是「兵科給事中」，顯然是明朝的職官，非宋朝的職官，似已不必再多煩言。

五　李邦彥

　　接納了西門慶五百兩銀子的賄賂，把西門慶的名字改為「賈慶」的李邦彥，《金瓶梅》說他是「資政殿大學士兼禮部尚書」，（第十八回，則又寫蔡攸是祥和殿學士兼禮部尚書提點太一宮，一個禮部尚書，何得有兩人兼之？）按《宋史》卷三百五十二之〈列傳一百十一〉，他乃懷州人，大觀二年上舍及第，美風姿，為文美而工。生於閭閻，父乃銀工，是以諳習鄙事。善謳謔，能蹴鞠。每綴市衢俚語為詞曲，人爭傳之，自號李浪子。後因寵拜相，有浪子宰相之稱。堅主割地議和，後罷官。建炎初賜死。這裡說他是「資政殿大學士兼禮部尚書」，亦非史實。

　　在《金瓶梅》中，李邦彥也只出場受賄了五百兩銀子，改西門慶為「賈慶」，免了親黨謫戍的牽連。說來，更不是一位應去推究的人物，也是一位借來的宋朝官員，在這小說中作了個臨時演員而已。

六　曾孝序

　　曾孝序是泉州晉江人，本傳說他是「以蔭」入仕，累官至環慶路經略安撫使時，察訪湖北，過闕與蔡京論講議司事，曰：「天下之財，貴於通流，取民膏血以聚京師，恐非太平法。」京銜之，遂出知慶州。至是，蔡京又倡行結糴俵糴之法，盡括民財充數[1]。曾孝序上疏糾舉，曰：「民力殫矣，一有逃移，誰與守邦！」蔡京發越惱怒，遣御史宋聖寵劾其私事，追逮其家人，鍛鍊無所得，但言約日出師，幾誤軍期罪名，竄於嶺表。後孝序遇赦，量移永州。蔡京罷相後，復官授顯謨閣待制，知潭州。後以論徭事與吳居厚不合落職知袁州。尋復職再知潭州道州。徭人叛，孝序平徭有功，進顯謨閣直學士遷龍圖閣直學士知青州。高宗即位，遷徽猷閣學士升延康殿學士。後以部將王定平臨朐趙晟亂失利而責之，竟被王定惱羞害之，與其子訏等同遇害，時年已七十九；卒後諡感愍[2]。

　　《金瓶梅》說曾孝序是「都御史曾布之子，新中乙未科進士。」按曾布乃曾鞏之弟，江西南豐人。曾孝序是閩人，後家江蘇泰州，籍非一地。說他是曾布之子，自是小說家的捏造。何以要如此捏造？很難揣想了。

　　曾孝序在《金瓶梅》中的職銜，是「巡按山東監察御史」，說曾布是「都御史」。這兩種職官，都是明朝的，不是宋朝的。按「都御史」乃明朝都察院的長官，職專糾察核百司，分左右副都御史。再左

1　此事始於熙寧中，以川茶市易軍儲運輸給西河，謂之「結糴」，其後又行之陝西。「俵糴」亦始於熙寧中，以米鹽錢鈔，在京粳米付都提舉市易司貿易，變民田入多寡，豫給財物。秋成，于澶州北京及緣邊人粟米封樁，謂之「俵糴」。後蔡京令坊郭鄉村以等第給錢，俟收以時價入粟邊郡。

2　見〈元〉脫脫：《宋史》，卷四五三，列傳第二一二，〈忠義〉八。

右僉都御史，以及十三道無定額的監察御史，即所謂的巡按御史。這第四十八回的回目「曾御史參劾提刑官」的職司，就是明朝的巡按御史所職司的事。再說，曾孝序參劾本章上說：

> 臣自去歲奉命，巡按山東齊魯之邦，一年將滿，歷訪方面有司，文武官員賢否，頗得其實。茲當差滿之期，敢不循例甄別。……

此說「一年將滿」，又說「茲當差滿之期」，都是明朝監察御史的口吻，明朝的各道監察御史，乃一年一任，期滿他調。

雖然，曾御史所參是實，可是，此一參本尚未送出，夏提刑他們已在「邸報」上把參本全文抄錄來了。而且，在此一參本尚未送達京城，西門慶派去京城打點的人，即已把事件安排妥當了。蔡太師的管家翟謙看了西門慶信說：

> 曾御史參本尚未到哩，你且住兩日。如今老爺新近條陳奏了七件事在這裡，旨意還未曾下來，待行下這個本去，曾御史本到，等我對老爺說，交老爺閣中只批與他該部知道。我這裏差人再挈我的帖兒，吩咐兵部余尚書，把他的本只不覆上來。交你老爹只顧放心，管情一些事兒沒有。

果然一些事兒也沒有。只是太師府中的一個管家，就能吩咐兵部尚書辦事。看來，這太師府的翟管家，恰似朝中的一位得寵太監似的。像這些地方的有關政治諷喻，方是欣欣子敘言中的「寄意於時俗，蓋有謂也」哩！

曾御史的此一參本，不惟沒有參倒這兩位貪官污吏，而且還能在這一次進京打點的機會裏，鈔得蔡京的奏行七件事，為西門慶帶回了三萬鹽引的專賣。可是曾孝序，則由於忿於參本的未能上達天聽，

又怒於蔡京奏行七件事的舛乖殃民，損下益上，上疏力言不可，反被疏奏，說他大肆倡言，阻撓國事，竟黜為陝西慶州知州。又令陝西巡按御史宋盤、劾其私事，逮其家人，煅煉成獄，將孝序除名，竄於嶺表，以報其仇。（第四十九回第一頁反。）雖說，此一穿插，說是「黜為陝西慶州知州」只是運用了《宋史》上的資料，卻與明朝的史實不合。如明朝的巡按御史是正七品，知州是正四品，巡按御史改知州，乃升，不是黜。曾孝序在《宋史》中，由環慶路經略安撫使改知慶州，那是黜。在明朝由巡按御史改知慶州，乃升而非黜矣。關于這一點，也只是小說家運用宋史以諷喻明朝的現實社會，自不能以史實來考證它了。總之，這位執筆者，乃一熟諳歷史的飽學之士，否則，他無能把《宋史》的材料，靈活的運用到《金瓶梅》小說中來。如蔡京奏行的七件事，就全是《宋史》上的史實，我已在《金瓶梅詞話註釋》中，註釋出了[3]。

這裏的一封開封府通判黃美寫給曾孝序的信，稱謂是「大柱史少亭曾年兄先生大人門下」。此稱巡按御史為「大柱史」，則極罕聞。明朝人每稱翰林為「太史」，翰林們亦自稱「太史」，御史臺怎能稱之為「柱史」呢。老聃曾為柱下史，掌圖書史籍者也。這封信稱曾御史為「大柱史」，有何根據？過去，只當是小說家言，未加理會。客冬，研讀明人屠隆作品，在其所寫〈歷代官制沿革〉一文中，讀到這麼一段：

　　都察院臺卿、御史、臺郎，總謂臺官。都察院稱內臺，按察
　　司稱外臺。俱上應，執法星，故官服俱用獬薦。左都御史，
　　古御史大夫；副僉都，古御史中丞；十三道御史，其屬也。

3　　拙作：《金瓶梅詞話註釋》，頁 274-278。

御史大夫，秦官，漢因之，位上卿。漢御史大夫有兩丞，一
曰御史丞，一曰中丞；以執法殿中，故曰中丞。中丞在殿中
執法。外督部刺史、御史，周時不過贊書記之職，至秦漢始
為糾察之官。糾彈不法，百僚震恐，以其為糾彈憲臣，故為
臺卿屬，而不相制，與他屬官不同。在周為柱下史，老聃嘗
為之，掌天下圖書史籍，不主彈劾，彈劾，自秦漢始也。後
漢亦謂之蘭臺，掌秘書，是猶存周官遺意也。至今日，則掌
糾彈，而秘書文字，專屬翰林矣！漢時侍御史，出巡方國，
號繡衣直指史者，即今之巡按御史也。……[4]

　　如從屠隆的這篇考證觀之，則明之巡按御史，當然可以稱之為
「大柱史」了。中共方面的學人黃霖先生，指屠隆為《金瓶梅》的作
者，那麼，這封信上的稱巡按御史為「大柱史」，不就是直接證據之
一嗎！所以我也認為屠隆可能是最早《金瓶梅》的作者。

七　宋喬年

　　接替曾孝序的山東巡按御史，名宋喬年。此人也是徽宗時人，
他是宰相宋庠的孫子。《宋史》卷三百五十六，〈列傳第一百十五〉
有傳。宋仁宗時召試學士院賜進士出身。父充國曾任大中大夫，卒
後，喬年以父蔭監市易，坐與倡女私及私役吏，失官落拓二十年。有
女嫁蔡京子攸，京當國，始起復用。曾任開封府尹，龍圖閣學士知河
南府。政和三年卒，年六十七。

　　按宋喬年是安陸（湖北）人，《金瓶梅》說這位山東巡按御史宋

4　見〔明〕蘇文韓輯：《緯真先生集》、《皇明王生先集》及〔明〕屠隆撰：《鴻苞集》。

喬年是江西南昌人。不應是同一人。但在第四十九回第一頁寫到曾孝序遣謫事，曾說：

> ……那時將曾公付吏部考察，黜為陝西慶州知州。陝西巡按御史宋盤，就是學士蔡攸之婦兄也，太師（小說誤師為史）陰令盤就核其私事，逮其家人，煅煉成獄，將孝序除名，竄於嶺表，以報其仇。……

則又把《宋史》中的「宋聖寵」與「宋喬年」二人，合而為一人。關於曾孝序之被蔡京羅織成罪，予以竄謫，史籍上寫的是「遣御史宋聖寵劾其私事」，《金瓶梅》則把「宋聖寵」改為「陝西巡按御史宋盤」，而且把宋盤說成是蔡攸的婦兄。但在《宋史》中已寫明宋喬年是蔡京之子蔡攸的岳丈。那麼，我們從這些史實來看，小說上的這些筆墨，悉據《宋史》而改纂者也。

話再說回來，《金瓶梅》的作者如果沒有文史的深湛學養，是無從如此去揉合宋與明的人物與職官的。

八　朱勔

寫進《金瓶梅詞話》的幾位宋徽宗時代的大員，要以朱勔的權勢場面鋪張得最大，比蔡京的壽誕場面要排場多了。我們看寫在這第七十回，寫朱勔代天子視牲回來的情況：

> 那時，正值朱太尉新加太保，徽宗天子又差遣往南壇視牲未回。各家餽送賀禮伺候，參見官吏人等，黑壓壓在門首，等的鐵桶相似。……一等等到午後時分，忽見一人飛馬而來，傳報道：「老爺視牲回來，進南薰門了。」吩咐閒雜人打開，

不一時騎馬回來，傳老爺過天漢橋了。頭一廚役跟隨茶盒到
了，半日纔遠遠牌兒馬到了。眾官都頭帶勇子鎖鐵盔，身穿
鏤漆紫花甲，青紵絲圍花窄袖衲祆，紅綃裹肚，綠廳皮挑線
海獸戰裙，腳下四縫著腿黑靴弓彎雀畫，箭插雕翎金袋，肩
上橫擔銷金令子藍旗，端的人如猛虎，馬賽飛龍。須臾一對
藍旗過來，夾著一對青衣節級上，一個個長長大大，縐縐撒
撒，頭帶黑青巾，身穿皂直裰，腳上乾黃皮底靴，腰間懸繫
虎頭牌，騎在馬上，端的威風凜凜，相貌堂堂。須臾三隊牌
兒馬過畢，只聞一片喝聲傳來，那傳道者，都是金吾衛士，
直場排軍。身長七尺，腰潤三停。人人青巾桶帽，個個腿纏
黑靴，左手執著藤棍，右手潑步撩衣，長聲道子一聲，喝道
而來，下路端的嚇魄消魂，陡然市衢渣淨。頭道過畢，又是
二道摔手，摔手過後，兩邊雁翎排列，二十名青衣緝捕，皆
身腰長大，都是寬腰大肚之輩，金眼黃鬚之徒。個個貪殘似
虎，人人那有慈悲。十對青衣後面，轎是八檯八簇，肩輿明
轎，轎上坐著朱太尉，頭戴烏沙，身穿猩紅斗牛絨袍，腰橫
四指荊山白玉玲瓏帶，腳靸皂靴，腰懸太保牙牌黃金鑰，頭
戴貂蟬，腳登虎皮踏。抬那轎的，離地約有三尺高，前面一
邊一個，相抱角帶身穿青紵絲家人跟著，轎後又是一班兒六
面牌兒馬、六面令字旗，緊緊圍護，以聽號令。後約有數十
人，都騎著寶鞍駿馬，玉勒金鐙，都是官家親掌案書辦書吏
人等。都出于袴養時話，騎自己好色貪財，那曉王章國法。
登時一隊隊都到宅門首，一字兒擺下，喝的人靜迴避，無一
人聲嗽。那來見的官吏人等，黑壓壓一群，跪在街前。良久
太尉轎到跟前，左右喝聲：「起來伺候！」那眾人一齊應諾，
誠然聲震雲霄。只聽東邊鼕鼕鼓來響動，原來本尉八員太尉

堂官，見太尉新加光祿大夫太保，又蔭一子為千戶，都各備大禮在此。治具酒筵，來此慶賀。故此有許多教仿伶官，在此動樂。太尉纔下轎，樂就止了。各項官吏人等，預備進見。忽然一聲道子響，一青衣承差，手拿兩個紅拜帖，飛走而來，遞與門上人說：「禮部張爺，與學士蔡太爺來拜。」連忙稟報進去，須臾轎在門首，尚書張邦昌與侍郎蔡攸，都是紅吉服補子，一個犀帶，一個金帶，進去拜畢。待茶畢，送出來，又是吏部尚書王祖道與左侍郎韓侶右侍郎尹京，也來拜朱太尉。都待茶送了。又是皇親喜國公、樞密使鄭居中，駙馬掌宗人府王晉卿，都是紫花玉帶來拜。惟鄭居中坐轎，這兩個都騎馬。送出去方是本衛堂上六位太尉到了，呵殿宣儀，行仗羅列，頭一位是提督管兩廂提察使孫榮，第二位管機察梁應龍，第三管內外觀察典牧皇畿童太尉姪兒童天胤，第四提督京城十三門巡察使，第五官京營衛緝察皇城使竇監，第六督管京城內外巡捕使陳宗善。都穿大紅頭帶貂蟬，惟孫榮是太子太保玉帶，餘者都是金帶，……少頃裡面樂聲響動，眾太尉插金花，拿玉帶，與朱太尉把盞遞酒，堦下一派簫韻盈耳，兩行絲行和鳴。……

　　試看朱勔的這分權勢的震懾情景，倒像個皇帝，不像個太尉。下面的二百餘字駢文，雖說他是「假旨令八位大臣拱手，巧辭使九重天不點頭；」又說他「督運花石，江南淮北盡灾殃，進獻黃楊，國庫民財皆匱竭。」再說「當朝無不心寒，列士為之屏息。」可是最後的「正是」，則說朱勔是「輦下權豪第一，人間富貴無雙。」這兩句的諷喻，舍天子而外，誰還能在「輦下」算得「權豪第一」？誰還能在「人間」稱得「富貴無雙？」顯然的，這些辭藻，原不是寫在朱勔頭

上的，改纂過的了。

　　再說，在第十八回時，寫蔡攸是「祥和殿學士兼禮部尚書」，這
裡則又把蔡攸寫成「侍郎」了。按第十八回是政和五年夏，這第七十
回是政和七年多，兩年後，蔡攸卻降了級了。這些地方，自也是改纂
的痕跡。

　　那麼，朱勔在宗徽宗時，有些怎樣的作為呢！《宋史》卷四百七
十》之〈列傳二百二十九〉，朱勔乃佞臣之一。他是蘇州人，父冲，
家本微賤，傭於人，梗悍不馴，抵罪鞭背，去之房邑乞貸，遇異人得
金及方書歸，設肆賣藥，病人服之輒效，遂富。因助蔡京建僧寺，夤
緣童貫，置軍籍中，父子均得官。徽宗屬意花石，朱勔父子密取浙中
珍異以進，獲帝嘉賞。政和中，竟以朱勔領蘇杭應奉局及花石綱事，
舳艫相銜於淮汴間，伐塚藏，毀室廬，流毒州郡二十年。後方臘亂
起，方被黜，旋又復官。歷代隨州觀察使，慶遠軍承宣使，又拜寧遠
軍節度使，至直秘閣殿學士，時謂東南小朝廷。靖康時放歸田里，徙
韶州循州。後遣使斬之。看來，《金瓶梅》之誇大朱勔的威勢，不無
據也。只是朱勔並不曾官至太尉三公之位。沈德符在其《萬曆野獲
編》中說：

　　　　聞為嘉靖間大名士手筆，指斥時事，如蔡京父子則指分宜，
　　　　林靈素則指陶仲文，朱勔則指陸炳，其他各有所屬云。

雖蔡京父子與嚴嵩父子，都是父子同朝當政，僅此一點，略可比擬，
其他如林靈素，在《金瓶梅詞話》中，並未直抒林靈素其人，自無從
與陶仲文比況。至於朱勔在《金瓶梅詞話》第七十回中的這分權勢的
排場，佞臣陸炳，似乎沒有這大膽量在京城擺出這麼大的譜兒？陸炳
雖曾受寵破例以三公兼三孤，掌錦衣衛大權久不移，罪夏言，陰仇
鸞，勢傾天下，文武大吏爭走其門，但像這種「輦下權豪第一，人間

富貴無雙」的天子派頭，想必陸炳在行動上，還應有所顧慮吧。

　　按陸炳卒於嘉靖三十九年（1560），這第七十回寫了〈海鹽戲子〉唱了一套嘉靖時人李開先寫的《寶劍記》，這一套正宮〈端正好〉的曲詞，乃林冲指斥當時權臣高俅的話。那麼，如果沈德符說的話是對的「朱勔則指陸炳」，則《金瓶梅詞話》的寫作年代，應在嘉靖以後，斯亦證言也。

九　六黃太尉（黃經臣）

　　《金瓶梅詞話》第六十五回，寫有「宋御史結豪請六黃」的回目，描寫這位六黃太尉奉派押運「萬態奇峯」，路過清河，宋御史率同山東地方文武官員，接迎這位皇帝御前的「六黃太尉」，到西門慶家吃一頓飯。這位「六黃太尉」是誰？小說則未說明。《宣和遺事》亨集，記有宣和六年正月十四日夜，聖旨宣萬姓到鰲山下看燈。說是「去宣德門直上有三四個貴官，全撚線撲頭，舒角紫羅窄袖袍，簇花羅。那三四個貴官姓甚名誰？楊戩、王仁、何霍、六黃太尉。」也未寫出名字。但《金瓶梅詞話》第七十回，工部的本章，記有「朱勔、黃經臣督理神運，忠勤可嘉，勔加太傅兼太子太傅，經臣加殿前都太尉，提督御前人船，各蔭一子為金吾衛正千戶。」那麼，這位「六黃太尉」，應是「黃經臣」吧！

　　按黃經臣，史載與童貫同用事。御史中丞盧航表裏為奸，縉紳側目。大觀三年，陳禾疏劾童貫、黃經臣怙寵弄權之罪，願亟竄之遠方。論奏未終，帝拂衣起。禾引帝衣，請畢其說。衣裾落。帝曰：「正言碎朕衣矣！」禾言：「陛下不惜碎衣，臣豈惜碎首以報陛下！此曹今日受富貴之利，陛下他日受危亡之禍。」言愈切。帝變色曰：「卿能如此，朕復何憂內侍！」請帝易衣，帝卻之。曰：「留以旌直

臣。」翌日，貫等相率前訴，謂國家極治，安得如此不祥語邪？遂奏禾狂妄，謫監信州酒稅。據以史實看來，此一「六黃太尉」，想必是黃經臣也。

可是，作者何以不把童貫寫進來，偏要寫上這位史無本傳的黃經臣而又以「六黃太尉」代之？實難蠡知其用意。再說，這第七十回的工部一本，為了「神運」奉迎，奠安「艮獄」一事，加封的功臣數十員，亦獨缺童貫，想來，這種地方，都是值得我們去更進一步探討的問題。留待以後再去推演了。

十　王寀（王三官）

在《金瓶梅詞話》中拜西門慶為義父的王三官，本名也叫王寀。按《宋史》中的王寀，乃神宗時王韶之子，韶有十子，只有王厚、王寀二人最顯，王寀也可能是行三，（史未說行幾）。王韶是王安石同黨，曾任觀文殿學士禮部侍郎資政殿觀文學士。史說：「非嘗執政而除者，自韶始。」且官其兄弟及兩子。王寀即其一。

《宋史》卷三百二十八之列傳八七，稱王寀也是進士及第，好學工詞章，但愛談神仙事，自言天神可祈而下。林靈素妒之。徽宗曾命王寀到內殿設壇祈神。林靈素譖言王氏父兄曾在西邊與西夏通，徽宗因疑之。迨三夕過後，祈無所聞，乃下寀大獄棄市。看來，這《金瓶梅》中的王三官，可能就是從《宋史》中的王韶本傳套取來的。想來，也只是運用了宋人名而已。

十一　職官的問題

　　關于作者寫在《金瓶梅》」中的職官問題，前人早有評論。如昭槤的《嘯亭續錄》卷二：

> 《金瓶梅》其淫穢不待言。至敘宋代事，除《水滸》所有外，俱不能得其要領。以宋明二代官名羼其間，最屬可笑。是人尚未見商輅宋元通鑑者，無論宋元正史！弇州山人何止譾陋若是？必為贗作無疑也。

此一問題，吳晗也作類似的說詞：

> 作小說雖不一定要事事根據史實，不過，假如一個史學名家作的小說，縱使下筆十分不經意，也不至於荒謬到如昭槤所譏。

可以說，昭槤與吳晗兩人的這番話，都是站在史學家的觀點說的，乃不知小說之論也。

　　西人稱小說為「虛構」（FICTION），斯一命名，真是名符其實。小說如不虛構，那就不是小說了。如果那小說是寫史的小說，如《三國演義》或《隋唐演義》，以及所謂《列國志》，人物與職官，似不應背離歷史。其他小說，雖寫有歷史背景，也不必非得符合那歷史背景不可。小說的歷史背景，只不過是個假設罷了。若《金瓶梅》者，它所寫的宋徽宗時代的歷史背景，只不過是一個假設。作者創意《金瓶梅》的目的，欣欣子已代為說了：「寄意於時俗，蓋有謂也。」作者為了要以古諷今，遂假設了宋徽宗的時代，來諷喻他生活的那個當代社會。因而他把宋徽宗的那個時代，與他生活的那個時代，揉成了一體，把宋明合而為一。不但在史實上，有所隱喻，在職官上，更是

忽而宋忽而明，而又忽而非宋非明，既宋且明。我們在前面提到的那些，業已能夠印證。下面，我們再舉出一部分來加以說明。

首先，我們來說西門慶的提刑官。

在第三十回，蔡京收受了西門慶送來的生辰擔，要賞給西門慶一個官職，說：

> 昨日朝廷欽賜了我幾張空名告身箚付，我安你主人在你那山東提刑所，做個理刑副千戶，頂補千戶賀金的員缺。

第四十八回，曾孝序的參本，則稱他們是「山東提刑所掌刑金吾衞正千戶夏延齡」（西門慶是副千戶）；第三十六回，翟謙寫給西門慶的信，稱之為「即擢大錦堂」；又第六十四回李瓶兒喪禮，眾官的祝文，則稱西門慶為「錦衣」，曰「故錦衣西門恭人李氏」；又第八十回西門慶死，友朋的祭文，均為「錦衣」，應伯爵等人且加上「武略將軍」四字，稱之為「錦衣武略將軍」。西門慶新修的祖墳，墳門上新安的牌面，也大書「錦衣武略將軍西門慶氏先塋」。那麼，西門慶是一個怎樣的職官呢？又是「山東提刑所」的「理刑副千戶」，又是「掌刑金吾衞副千戶」，又是「錦衣武略將軍」。這些職稱，在《宋史》上有沒有根據呢？我們先看《宋史》。

《宋史》卷一百六十七〈職官志〉第一百二十，載有「提點刑獄」之官，志云：

> 提點刑獄公事，掌所部之獄訟，而平其曲直，所至審問囚徒詳覆案讀。凡禁繫淹延而不決，盜竊逋竄而不獲，皆劾以聞。及舉刺官吏之直，舊制參用武臣。熙寧初，以武臣不足以察所部人材，罷之。六年置提刑司檢法官。紹聖初，以提刑兼坑治事。宣和初，詔江西、廣東增置武提刑一員，然遇

闕，則不許武憲兼攝。中興以盜賊未衰，諸路無武臣提刑，處權添置一員。建炎四年罷。紹興初，兩浙路以疆封闊遠，差提刑二員。淮南京路罷提刑，令提舉茶塩官兼領。蓋因事之煩簡而損益焉。乾道六年，詔諸路分置武臣提刑一員，須選差公廉曉習法令民事之人，如無，聽闕。其後稍橫，遂不復除。八年，用臣僚言，諸路經總制錢，並委提點刑獄官督責。嘉定十五年，臣僚言廣西所部州軍最多提刑，合照元降指揮，分上下半年就鬱林州與靜江府兩處置司，無使僻地貧民有冤莫吐。從之。其屬有檢法官，幹辦官。

顯然的，西門慶的「提刑」官職，自是基此史乘而來。可是，又怎能稱之為「金吾衞」呢？

按「金吾衞」乃武衞京師之官，宋名「環衞官」，《文獻通考》論及金吾衞曾言宋制云：

宋為環衞官，無定員，無職事，皆命宗室為之。靖康元年，御史中丞陳過庭言，請遵藝祖開寶初罷諸節度使歸環衞故事，於是節度使錢景臻等，並為左右金吾衞上將軍。孝宗興隆初，詔學士院討論環衞官制，欲參酌祖宗時及唐太宗制，如節度使則領左右金吾衞上將軍，承宣使則領左右衞上將軍，在內則兼帶，在外則不帶。正任為上將軍，副使為中郎將，使臣以下為左右郎將，通以十員為額，宗室不在此例。餘管軍則解，或領閣門皇城之類，則仍帶。雖戚里子弟，非戰功不除。上謂宰相謂：「欲以此儲將才重環衞，如文臣儲才於館閣也。」

試想，西門慶乃山東清河提刑所千戶，如何能稱之為「金吾衞」，金

吾衞環京畿者也。

那麼，西門慶又怎能稱之為「錦衣」呢？

按「錦衣」一詞，雖其意為美衣，但以之名官，自是基於明朝的「錦衣衞」而來。明朝的「錦衣衞」，一如古之金吾衞，也是保衞皇城的御林軍，所不同的是，明朝的錦衣衞掌管緝捕刑獄之事。明〈職官志〉[5]說：

> 錦衣衞掌侍衞緝捕刑獄之事，恆以勳戚都督領之。恩蔭寄錄無常額。凡朝會巡幸，則具鹵簿儀杖，……統所凡十有七，中前左右後五所，分鑾輿、擎蓋、扇手、旌節、旛幢、班劍、斧戟、弓矢、馴馬十司。……

所謂的「錦衣」或「大錦衣」或「錦衣武略將軍」，自是指的錦衣衞之官。

再明朝人稱呼任職於錦衣衞者，習稱之為「金吾」。如湖北麻城人劉守有任職於錦衣衞指揮，屠隆寫信給他，即稱之為「金吾」或「大錦衣」[6]。由此，足以說明這位西門慶，應是錦衣衞的衞所千戶。稱之為「大錦衣」，自是尊詞。但何以要安排到山東清河去？自然是隱喻了。

我們如從上述的情事來看，足以證明《金瓶梅》的作者並非不諳《宋史》，而是對《宋史》極為熟悉，所以他纔能完成這類隱喻的揉合。像昭槤寫在《嘯亭續錄》中的那些話，纔「最屬可笑」呢，令人可笑的是，他讀書未免太馬虎了。像《金瓶梅》這樣的長篇說部，怎能囫圇一過，就下筆斷論的呢！說來，連吳晗也是如此，未能熟思

5　〔清〕張廷玉等：《明史》，卷七六。

6　〔明〕屠隆：《栖真館集》。

《金瓶梅》也。至於其他之並無隱喻的明朝職官，在《金瓶梅》中比
比皆是，這裡不列舉了。

十二　隱喻的問題

　　我認為《金瓶梅詞話》是一部具有政治諷喻的小說，上述職官問
題，便是證言之一。

　　關于諷喻問題，我在《金瓶梅的問世與演變》與《金瓶梅箚記》
二書，業已說了不少。譬如宋徽宗的惡政花石綱，堪與明神宗的礦稅
相比擬；六黃太尉押運「萬態奇峰」的因河中無水，起八郡民夫牽
挽，又恰可與明神宗的皇三子王福之藩的情況相擬。明人沈德符說：
「聞為嘉靖間大名士手筆，指斥時事，如蔡京父子則指分宜，林靈素
則指陶仲文、朱勔則指陸炳，其他各有所屬云。」

　　關于此一問題，我在本文前面已經說到，像沈德符說的這種「指
斥時事」的人物，極難與史實印證。我們只能說，像《金瓶梅》中的
宋史人物以及職官上的宋與明的揉合，或明白寫出了明朝的官制職
稱，全只是小說家作為隱喻的一種手段，焉能用索引的方法，去一一
對證呢？小說中的人與事，如能與史實一一應證，那就不是小說了。

　　《金瓶梅詞話》的政治諷喻對象，乃明朝喜、隆、萬三朝，甚而
說是晚明社會的縮手；手段是以宋喻明，是勿庸再說的了。戴不凡寫
〈金瓶梅零札六題〉，摘出一些問題，指所寫乃「嘉靖時事」[7]，我則
指出第七十回七十一回隱喻有泰昌元年的故事。這些，都是政治的諷
喻，非純嘉靖時事也。

　　如從職官來說，像上述西門慶的官銜等等，應說是隱喻，他如

7　見戴不凡著：《小說見聞錄》（臺北市：木鐸出版社，1987 年），頁 145-148。

派往楚地催皇木的兵部主事，一年期間滿任都水司郎中的安忱等，應說是明喻了。

　　從整體來說，《金瓶梅詞話》中的宋明職官，就是一個有關政治諷喻的直接證據，也足以說明它在《金瓶梅詞話》中，已是改纂過的了，至於原始《金瓶梅》的政治諷喻情節如何？頗有待於原始《金瓶梅》初稿的被發現也。

民國七十三年（1984）六月六日

王三官、林太太、六黃太尉^{編按1}

　　如從《金瓶梅詞話》的情節看，王三官是招（昭）宣使王某的三公子，母親林太太，風月之名揚於妓家，他的妻子，是徽宗皇帝殿前侍衛六黃太尉的姪女兒；這位昭宣使的祖上，曾是太原節度使郟陽王。可以說這位王三官是一位典型的紈袴子弟。在《金瓶梅詞話》的所有人物當中，祇有王三官方能算得上是一位出身於簪纓之家的紈袴子弟。

　　這位名叫王寀的王三官，雖在《金瓶梅詞話》的情節中，出場不多，演出的故事，也不動人，但卻自第四十二回上場，到第八十回方始不再出現也未被提起。前後竟也綿亙了三十九回之久；兩次被寫入回目。

　　那麼，王三官在《金瓶梅詞話》的情節中，究竟扮演了一個怎樣的角色？他是不是一個重要的人物？良是一個值得探索的問題。

一　王三官登場

　　王三官第一次在小說中登場，寫在第四十二回。

　　……西門慶見人叢裡謝希大、祝日念同一個戴方巾的在燈棚下看燈，指與伯爵瞧。因問：「戴方巾這個人，你不認得他？如何跟著他一答兒裡走？」伯爵道：「此人眼熟，不認得他。」西門慶便叫玳安：「你去悄悄請了謝爹來，休教祝麻子和那人

編按1　原載於《中國書目季刊》第18卷第1期（1984年6月），頁29-38。

看見。」玳安小廝（是）眼裡說話（的）賊，一直走下樓來，
挨到人閙裡，待祝日念和那個人先過去了，從旁邊出來，把
謝希大拉了一把，慌的希大回身觀著，卻是他。玳安道：「爹
和應二爹，在這樓上，請謝爹說話。」希大道：「你去；知道
了。等陪他兩個到粘梅花處，就去見你爹。」玳安便一道煙去
了。不想到了粘梅花處，這希大向人閙處，就扠過一邊，由
著祝日念和那個人只顧尋他。便走來樓上見西門慶、應伯爵
二個作揖。因說道：「哥來此看燈，早晨就不說，呼喚兄弟一
聲。」西門慶道：「我早晨對眾人不好邀你們的，已託應二哥
到你家請你去，請你不在家。剛纔祝麻子沒看見你這裡來。」
因問那戴方中的是誰？希大道：「那戴方中的是王昭宣府裡王
三官兒。今日和祝麻子到我家，央我向許不與那裡借三百兩
銀子，央我和老孫祝麻子作保。要幹前程入武學肄業。我那
裡管他這個閙賬，剛纔陪他燈市裡走了走，聽見哥使盛价呼
喚，我只伴他到粘梅花處，交我乘人亂就扠開了，走來見
哥。（第四、五頁）

　　我們看王三官的登場，由西門慶的目光在燈市中發現的，可以
想見王三官這人的穿著與容止，與眾不同，所以纔引起了西門慶的注
意。再說，西門慶是清河縣的土著，這王三官如果在清河住久了，西
門慶不會不認識。這一點，沒有交代，與其他重要人物出現的寫法不
同。不過，如從王三官這一登場的氣派看來，又恰像是一重要伏筆，
隱伏著王三官的後來，必然還有許多重要故事演出似的。可是，下面
一寫到謝希大的介紹，卻又不得不令人感到洩氣。他央懇謝希大等人
向許不與借銀三百兩，對一個只知吃喝玩樂的紈袴子弟來說，雖屬司
空平常，「要幹前程入武學肄業」，則又不是可以用來按給王三官的

借錢理由。「入武學肄業」是正大光明的事，他既是王昭宣府的舍人，縱使老子死了，他娘還活著，出入還照舊前護後擁（見第六十九回），何況，王三官還有個得寵朝廷的六黃太尉，是他老婆的叔伯，怎會為了「入武學肄業」的前程，央懇謝希大等人為他作保向別處借銀？

固然，我們可以說謝希大說的王三官這一借錢理由，只是王三官的託詞，但總令人感於這理由有些不合情理。到了下面，再寫到王三官的借錢事，可就未免市諢得太低級趣味了。

二　王三官借錢

謝希大祝日念等人，在西門慶與與彈唱的妓女們，吃喝玩樂了一陣，在湯飯桌上，希大因問祝日念道：

> 「你陪他，還到那裡纔拆開了？怎知道我在這裏？」祝日念于是如此這般告說：「我等因尋你一回，尋不著，就同王三官到老孫（家）會了，往許不與先生那裏，借三百兩銀子去。乞孫寡嘴老油嘴，把借契寫差了。」希大道：「你們休寫上我，我不管。左右是你與老孫作保，討保頭錢使。」因問：「怎的寫差了？」祝日念道：「我那等吩咐他，寫文書，滑著些，立與他三限纔還這銀子。不依我，教我從新把文書又改了。」希大問：「你文書上，怎麼寫著？唸一遍我聽。」祝日念道：「依著我這等寫立借據人王案，係昭宣府舍人。休說因為要錢使用[1]，只說要錢使用。憑中見人孫天化、祝日念作保，借到許

---

[1]　此句必有文詞脫漏，雲註。

不與先生名下，不要說白銀軟斯金三百兩，每月休說利錢，只說出納梅兒五百文。約至次年交還，別要題次年，只說約至三限交還。那三限？頭一限，風吹轆軸打孤雁；第二限，水底魚兒跳上岸；第三限，水裡石頭泡得爛。到這三限交還他。平白寫了埃子點頭那一年纔還他。我便說：「埃子點頭倘忽遇著一年地動，怎了？」教我改了兩句，說道：「如借債人東西不在，代保人門面南北躲閃。恐無後憑，立此文契不用。到後，又批了兩個字，『後空』。」謝希大道：「你這等寫著，還說不滑稽。及到石頭爛了時，知他和尚在也不在？」」祝日念道：「你到說得好，有一朝天旱水淺，朝廷挑河，把石頭乞做工的夫子兩三蹶頭砍得稀爛，怎了？那時少不的還他銀子。」眾人說笑了一回。看看天晚……

　　像這一段王三官借錢的描述，顯然是下流社會人們的玩樂插科，絕非事實。所以我認為這一段借錢的描述，不是王三官借錢的事實寫照，但卻是謝希大祝日念這班人的生活寫照。這班人──連西門慶都算上，全是下流社會的市儈人物，是以他們的玩樂笑謔，自也全是一些市諢之語。雖然，這一段的王三官借錢，距離現實甚遠，但如從他們這班人的性行來說，他們的這番市諢語的玩樂笑謔，又何嘗不是寫實的筆墨呢！我想，凡是曾經接觸過下流社會的人士，必能吟味到這段筆墨的現實如見。

　　不過，總令人感於這段筆墨，與他處的典雅部分，不能並觀；斯一例耳！

三　王三官與李桂姐

西門慶第一次發現了王三官，是在元宵看燈的時候。到了四月中，這位王三官的故事，方始繼續寫上一筆。寫在第五十一回：

> 伯爵道：「我今敢來，有樁事兒報與哥。你知道院裡李桂兒勾當？她沒來？」西門慶：「她從正月去了，再幾時來？我並不知道甚麼勾當。」伯爵因說起王昭宣府裡第三的，原來是東京六黃太尉姪女兒女婿。從正月往東京拜年，老公公賞了一千兩銀子，與他兩口兒過節。你還不知道這六黃太尉姪女兒，怎麼標致？上畫兒只畫半邊兒也有恁俊俏相的。你只守著家裡的罷了，每日被老孫、祝麻子、小張閑三四個，標著在院裏撞。把二條巷齊家那小丫頭子齊香兒梳朧了。又在李桂兒家走，把他娘子兒的頭面，都拏出來當了，氣的他娘子兒家裡上吊。不想前日這月裏，老公公生日，他娘子兒到東京，只一說，老公公惱了，將這幾個人的名字送與朱太尉，朱太尉批行東平府著落本縣拏人，昨日把老孫、祝麻子與小張閑，都從李桂兒家拏得去了。李桂兒便躲在隔壁朱毛頭家，過了一夜。今日說來你這裡，央及你來了。」西門慶道：「我說正月裡都標著她走。這裏誰人家銀子；那裏誰人家銀子；那祝麻子還對著我搗生鬼。」說畢，伯爵道：「我去吧，等住回，只怕李桂兒來，你管她不管她？她又說我來串作你。」西門慶道：「你且坐著，我還和你說哩。……」……西門慶走到後邊，只見李桂姐身穿茶色衣裳，也不搭臉，用白挑線汗子搭著頭，雲環不整，花容淹淡。與西門慶磕頭，哭起來。說道：「爹！可怎麼樣兒的恁造化低的營生，正是關著門兒家裏

坐，禍從天上來。一個王三官兒，俺們又不認的他，平日
的，祝麻子孫寡嘴領了來俺家討茶吃，俺姐姐又不在家，依
著我說，別要招惹他，那些兒不是？俺這媽越發老的韶刀
了，就是來宅裡與俺姑娘做生日的這一日，你上轎來了就是
了，見祝麻子打旋磨兒跟著，從新又回去，對我說：『姐姐，
妳不出去待他鐘茶兒，卻不難為罵人了。』他便生爺這裡來
了。交我把門插了不出來。誰想從外面撞了一夥人進來，把
他三個不由分說，都拏的去了。王三官便奪門走了，我便走
在隔壁人家躲了。家裡有個人牙兒？纔使保兒來這裡，接的
你（我）家去。到家，把媽諕的魂兒也沒了，只要尋死。今日
縣裡皂隸，又拏著票，喝囉了一清早起去了。如今坐名兒只
要我東京回話去。爹，你老人家不可憐見救救兒，卻怎麼樣
兒的？娘（指吳月娘）在旁邊也替我說說話兒。」西門慶笑道：
「妳起來！」因問票上還有誰的名字？桂姐道：「還有齊香兒
的名字，他梳朧了齊香兒，在他家使錢著，便該當。俺家若
見了他一個錢兒，就把眼睛珠子吊了，若是沾沾他身子兒，
一個毛孔兒裡，生一個天疱瘡。」月娘對西門慶道：「也罷，
省的她恁說誓剌剌的，你替他說說罷！」…（第五、六、七
頁）

　　這一回的王三官雖然沒有出現，由應伯爵與李桂姐的前後口
述，卻也極為清楚。這次的事件，乃由於王三官在妓家玩得太厲害，
他娘子這（四）月裡又去了東京一趟，給老公公拜壽，只一說，這老
公公六黃太尉就惱了，遂著朱太尉批文東平府著落清河縣拿人。於
是，祝麻子、孫寡嘴、小張閑等人，都被捉進官去了。李桂姐與齊香
兒躲開了。李桂姐來西門家求情說項。西門慶接納了吳月娘的建議，

把已派定去江南辦貨的來保，改派晉京，替李桂姐說項，李桂姐就躲在西門家。

　　說來，這一處的描寫，也足夠烘托了西門慶與李桂姐這兩個人物的性行，第一，烘托了李桂姐這位妓家女的妓女心性，以及她的罰誓與王三官無來往。在在都寫出了妓家女的並不忠於某一恩客；第二，烘托了西門慶的器量大，不與妓家女計較細節，照舊派人晉京為李桂姐打點，連銀子都不要李桂姐出；第三，也暗示了西門慶的不能離開妓家這種地盤。所以，如以《金瓶梅詞話》的小說情節論之，此一情節，卻也無疵可以吹求。到了第五十八回，西門慶生日，齊香兒等妓家女到來祝壽，齊香兒要告辭去，提出的理由是「俺們明日還要起早往門外送殯去哩。」伯爵問是誰家？齊香兒道：「是房簷底下開門那家子[2]。」伯爵道：「莫不又是王三官兒家？前日被他連累你那場事，多虧你大爹這裡人情，替李桂兒說，連你也饒了。這一遭，雀兒不在那窩兒罷了。」應伯爵的這幾句話，交代了六黃太尉為姪女兒處理王三官冶遊的那場官司。在情節的穿插上，卻也自然不滯不僵，不像有改寫的痕跡。

　　但王三官的此一情節，從第四十二回正月燈節上場起，到了這第五十八回，業已演進了十七回之多的篇幅，時間也進行了七個月多，可是這王三官的故事情節，卻仍限於陪襯地位，連官府到妓院捉人，也全交由應伯爵與李桂姐的口述，沒有現實場面的演出。因而總令人感到王三官的故事，與他初上場時的那種受到西門慶注意的情景，有些令人失望。

　　那麼，我們再看寫入回目中的「王三官中詐求奸」及「王三官拜西門慶為義父」的故事情節，是怎樣寫的呢？

───────────────

2　「房簷底下開門」，亦調謔語也。

四　王三官中詐求奸

　　在沒有談到「王三官中詐求奸」這一回目，必得先說王三官他娘——林太太，因為王三官的「中詐求奸」必須把他娘聯想到一起，現在，我們先說他娘。

　　第六十八回的全部上下回目：「鄭月兒賣俏透密意；玳安慇懃尋文嫂。」指的便是王三官的娘——林太太。

　　十一月初八日，商人黃四在鄭愛月家擺酒答謝西門慶為他岳父解脫了訟事。這一天，鄭愛月居然向西門慶透露了王三官與李桂姐的事，說：

　　　　……怎的有孫寡嘴、祝麻子、小張閑；架兒于寬、孫錫鉞，
　　　　踢行頭白回子、沙三，日逐標著在他家行走。如今丟開齋香
　　　　兒又和秦家玉芝兒打熱，兩下裡使錢使沒了，包了皮襖，當
　　　　了三十兩銀子，拿著他娘子兒一副金鐲子，放在李桂姐家，
　　　　算了一個月歇錢。」西門慶聽了，口中罵道：「恁小淫婦兒，
　　　　我吩咐休和這小廝纏，他不聽。還對著我賭身發呪，恰好只
　　　　哄我。」愛月道：「爹也別要惱，我說與爹個門路兒，管情教
　　　　王三官打了嘴，替爹出氣。」西門慶把他摟在懷裡……（愛月）
　　　　便道：「我說與爹，休教一人知道，就是應花子，也休望向他
　　　　題，只怕走了風。」西門慶：「我的兒，你告我說，我傻了肯
　　　　教人知道。端的甚門路兒？」鄭愛月悉把王三官娘林太太，今
　　　　年不上四十歲，生的好不喬樣，描眉畫眼，打扮狐狸也似。
　　　　他兒子鎮日在院裡，他專在家，只送外賣，假托在個姑姑庵
　　　　兒打齋，但去就說媒的文嫂兒家落腳。文嫂兒單管與她做牽
　　　　頭兒。只說好風月，我說與爹到明日遇她遇兒也不難。又一

個巧宗兒，王三官娘子兒，今纔十九歲，是東京六黃太尉姪女兒，上畫般標致，雙陸棋子都會，三官常不在家，她如同守寡一般，好不氣生氣死，為他也上了兩三遭吊，救下來了。爹難得先刮拉上了他娘，不愁媳婦兒不是你的。」（第十三頁）

上敘這一段文字，寫在第六十八回，回目是「鄭月兒賣俏透密意」，下半回目便是「玳安殷懃尋文嫂」，把文嫂尋到，便是第六十九回的上半回目「文嫂通情林太太」。

關于這文嫂是怎樣說林太太應允接納西門慶？這裡不再說了，但文嫂為林太太設想的相見理由，則是央挽西門慶摽著王三官冶遊的那夥人斷開了。所以當林太太被文嫂誇說西門慶說情心中迷留模亂情竇已開的時候，便向文嫂計較道：「人生面不熟，怎生好遽然相見的。」文嫂則說：「不打緊，等我對老爹說。只說太太央挽老爹，要在提刑院遞狀，告那起引誘三爹這起人，預先私請老爹來，私下先會一會，此計有何不可！」說得林氏心中大喜。約定後日晚夕等候。……

就這樣，文嫂把林太太與西門慶「通情」上了。下半回目，就是「王三官中詐求奸」。關于這一情節，寫的是西門慶運用了提刑所的公器，把幾位摽著王三官冶遊的小張閑等拿了法辦的事。我們看這一情節：

一宿無話。到次日，西門慶到衙門中發放已畢，在後廳叫過該地方節級緝捕，吩咐如此如此，這般這般。王昭宣府裡三公子，看有什麼人勾引他，院中在何人家行走？使與我查訪出名字來，報與我知道。因向夏提刑說：「王三公子甚不學好，昨日他母親再三央人來對我說，倒不關他這兒子事，只

被這干光棍兒勾引他。今若不痛加懲治，將來引誘壞了人家
子弟。」夏提刑道：「長官所見不錯，必須該取他。」節級緝
捕領了西門慶鈞語。到當日果然查訪出各人名姓來，打了事
件。到後晌時分，來西門慶宅內呈遞揭貼。西門慶見上面有
孫寡嘴、祝日念、小張閑、聶鉞兒、何三、于寬、白回子；
樂婦是李桂姐、秦玉芝兒。西門慶取過筆來，把李桂姐秦玉
芝兒並老孫、祝日念名字多抹了。吩咐只動這小張閑等五個
光棍，即與我拿了，明日帶到衙門中來，眾公人應諾下去。
至晚，打聽王三官眾人，都在李桂姐家吃酒踢行頭。（節級等）
多埋伏在後門首，深更時分，剛散出來，眾公人把小張閑、
聶鉞、于寬、白回子、何三等五人拿了。孫寡嘴與祝日念扒
李桂姐後房去了。王三官兒藏在李桂姐床身上不敢出來。桂
姐一家慌的捏兩把汗，更不知是那裏動人！自央人打聽實
信。王三官躲了一夜不敢出來，李家搗子又恐怕東京做公的
下來拿人，到五更時分，攛掇李銘換了衣服，逃王三官來
家。節級緝捕把小張閑等拿在廳事房，吊了一夜。到次日早
晨，西門慶進衙門與夏提刑陞廳，兩邊刑杖羅列，帶人上
去，每人一夾，二十大棍，打得皮開肉綻，鮮血逆流。響聲
震天，哀號動地。西門慶囑咐道：「我把你這起光棍，專一引
誘人家子弟，在院飄風，不守本分，本當重處，今從輕責你
這幾下兒，再若犯在我手裏，定然枷號在院門首示眾。」喝令
左右扠下去。……（第十、十一頁）

　　這裏，只寫了西門慶命令提刑院的節級與緝捕，拿了小張閑等
五個光棍兒，每人一夾又二十大棍，要他們下次不要再勾引人家子
弟，便扠出了提刑院。並沒有「王三官中詐求奸」的情節。後來，這

幾個光棍兒私下裡研究了半天，也猜到了這一段只是西門慶的名堂。當這夥人又轟到王三官家，企圖再勒索幾兩療傷的銀子，卻又被文嫂使計謀，安撫了幾個光棍在王三官家吃酒，居然偕同王三官到西門家，以姪輩之禮，面報西門慶。於是，西門慶又差左右排軍再把五個光棍捉來，拿出拶子一諕，五個光棍兒便只顧叩頭哀告，要求超生，說是以後再也不敢了。方始纔饒了他們，喝令出去。

可以說，這第六十九回的後半情節，在文詞上，連「王三官中詐求奸」的痕跡也尋不出來。那麼，何以這一回的後半回目，寫的是「王三官中詐求奸」呢？顯然的，我們可以推想到這一回的原始情節，乃「王三官中詐求奸」，如今，已被《金瓶梅》改寫成《金瓶梅詞話》的作者，改寫掉了。回目忘了改正而已。是以到了「崇禎本」的《金瓶梅》，這第六十九回的回目，已改成「招宣府初調林太太，麗香院驚走王三官。」這麼一改，回目與這一回的情節，便符節上了。

五　六黃太尉過清河

王三官的媳婦是東京六黃太尉的姪女兒，在有關王三官的情節中，寫了不下三次之多。但在第六十五回，這位東京六黃太尉——徽宗殿前的御用太監，到清河來了，而且到西門慶家吃了一頓飯。第六十五回的下半回目，便是「宋御史結豪請六黃」，詳細的寫了這位六黃太尉路過山東，被迎接到西門慶家吃了一頓飯的盛況。

關於山東方面的官員迎接六黃太尉的盛況，我們這裏不必抄錄它了。可是，這六黃太尉從船上下來，坐上八抬八簇銀頂暖轎，張打茶褐傘，後邊名下執事人役跟隨，一路上是黃土墊道，鼓吹而行，官員們跪於道旁迎接。所有山東方面的官員全到了，但卻始終未寫王三

官與他的媳婦子夾入參見的行列；在文詞上，也無片語隻字的交代，
頗不合情理。

　　按六黃太尉到達清河西門慶家，時間是政和七年十月十八日，
距離他託朱太尉批行東平府究辦勾引王三官冶遊事，整整五個月（拿
孫寡嘴、祝日念等人下獄，是四月十八日事。）這次，六黃太尉南來
迎取卿雲萬態奇石，即然到了清河，又怎的能沒有接見王三官家人的
情節，縱然沒有接見的時間，也應有囑託清河縣官員的話。對於他這
不上進的姪女婿，在情理上，是不會不加問詢的。但這一回寫的有關
六黃太尉到達清河西門家一飯的事，對於王三官以及他的媳婦，還有
他媽，均一字不曾提到。想來，這就是一大問題了。

　　還有，當宋巡按率領兩司八府官員來西門慶家央煩出月迎請六
黃太尉之事的那天，小說上寫了這麼幾句話：

> 眾官悉言，正是州縣不勝憂苦，這件事欽差若來，凡一應祇
> 迎，廩飼公宴，器用人夫，無不出於州縣，取之於民，公私
> 困極，莫此為甚。我輩還望四泉，在上司處美言提拔，足見
> 厚愛之至。言訖都不久坐，告辭起身上馬而去。

　　我們看這一段話，那裏像是宋巡按與兩司八府官員向一位從五
品副千戶西門慶說的話？如照這段話的語氣來看，極顯然的，這位
「西門慶」的官職地位，應比知府高纔對。按明朝的知府知州，是正
四品，巡按雖祇七品，但權位則高於知府知州。西門慶是衛所副千
戶，雖說，西門慶的職司既非宋制亦非明制，縱以《金瓶梅詞話》的
小說來說，也只是個武職，掌管清河地方的提刑而已，巡按與府州官
怎能以上司之禮尊之？若從這一點來說，足可肯定的說，「宋巡按率
兩司八府來央煩」的這位人物，必是一位權勢大過他們許多的人物，
可能是封藩的親王郡王之類，絕非《金瓶梅詞話》中的西門慶。顯然

的，這一段話，就是袁中郎時代的那部《金瓶梅》的原貌殘餘下的痕跡。乃《金瓶梅詞話》的改寫者，未能改寫周圓的地方。那麼，我在〈賈廉、賈慶、西門慶〉一文中，推想到的原始《金瓶梅》非西門慶的故事，可能是「賈廉的故事」，在此豈不是又得一證明乎？

再說，這一段話的「公私困極，莫此為甚。」應是向這位被央煩者為民有所請命的話，可是下面兩句「我輩還望四泉在上司處美言提拔，足見厚愛之至。」則遽然一轉，變成要求「西門慶」替他們在上司處美語提拔之詞，竟使這段話前後扞格起來了。這一點，也顯然暴露了改寫的痕跡。

六　王三官拜西門慶為義父

西門慶捉放了小張閑五個光棍之後，王三官要訂十一月初十日在家擺酒謝西門慶。西門慶收下王三官的請書盒兒，不勝歡喜，以為其妻指日在其掌中。不期到初十日晚夕（應是前夕纏對），東京本衛經歷司差人行照會到，曉諭各省提刑官員知悉，火速赴京，趕冬至令節見朝引奏謝恩，毋得違誤，取罪不便。（第七十回第三、四頁）遂不得已把王三官的這一宴席回了。一直到十一月二十四日西門慶由京謝恩回來，這王三官再具柬邀請（第七十二回第九頁）。西門慶這纔到王三官家赴宴，時間約在十一月二十五日或二十六日。這裏寫西門慶到王昭宣府赴席，被接到廳上敘禮。這樣寫著：

> 原來五間大廳，毬門蓋造，五脊五獸，重簷滴水，多是菱花橘廂。正面欽賜牌額，金字題曰：「世忠堂」；兩旁對聯寫著：「啟呆（？）元勳第，山河滯碼家」。廳內設著虎皮公座，地下鋪裁毛絨毯。王三官與西門慶行禮畢，西門慶上坐，他便

旁設一椅相陪。須臾紅漆丹盤，拿上茶來。交手遞了茶，左右收了去。彼此扳了些說話，然後安排酒筵遞酒；原來王三官叫了兩名小優兒彈唱。西門慶道：「請出老太太拜見拜見。」慌的王三官令左右後邊說。少頃出來說道：「請老爹後邊見吧。」王三官讓西門慶進內。西門慶道：「賢契你先導引。」于是逕入中堂，林氏又早戴著滿頭珠翠，身穿大紅通袖袍兒，腰繫金鑲碧玉帶，下著玄錦百花裙，搽抹得如銀人也一般。梳著縱鬢，點著朱唇，耳帶一雙胡珠環子，裙拖垂兩掛玉佩叮叮。西門慶一面將身施禮，請太太轉上。林氏道：「大人是客。請轉上了。」半日，兩個人半磕頭。林氏道：「小兒不識好歹，前日沖瀆大人，蒙大人寬宥，又處斷了那些人，知感不盡。今日備了一杯水酒，請大人過來，老身磕個頭兒謝謝。如何又蒙大人見賜將禮來，使我老身卻之不恭，受之有愧。」西門慶道：「豈敢！學生因為公事往東京去了，誤了與老太太拜壽，些須薄禮，胡亂送與老太太賞人便了。」因見文嫂在傍，便道：「老文，你取副臺兒來，等我與太太送杯壽酒。」連忙呼玳安上來。原來西門慶毡包內預備著一套遍地金時樣衣服，紫丁香包，通袖緞襖，翠藍拖泥裙。放在盤內獻上。林氏一見金彩奪目，先是有五七分歡喜。文嫂隨即捧上金盞銀台，王三官便叫兩個小優拿樂器進來彈唱。林氏道：「你看，叫出來做什麼？在外答應罷了。」一面攛出來。當下西門慶把盞畢，林氏也回奉了一盞，西門慶謝了。然後王三官與西門慶遞酒。西門慶繞待送下禮去，林氏便道：「大人請起，受他一禮兒。」西門慶道：「不敢，豈有此禮。」林氏道：「好大人，怎生這般說。你怎大職級，做不起他個父親！小兒自幼失學，不曾跟著那好人。若不是大人垂愛，凡事也指教

為個好人。今日我跟前教他拜大人做了個了義父。但看不是處，一任大人教訓，老身並不護短。」西門慶道：「老太太雖故說得是，但令郎賢契賦性也聰明，如今年少，為小事行道之端。往後自然心地開潤，改過遷善。老太太倒不必介意。」當下，教西門慶轉上，王三官把盞遞了三鍾酒，受其四拜之禮。遞畢，西門慶亦轉下與林氏作揖謝禮。林氏笑吟吟深深還了萬福。自以此後，王三官見著西門慶以父稱之。……（第十二、十三、十四頁）

如以小說的情節說，西門慶與林太太的這一次相見，已是第二次了。不但是第二次見面，而且上過床演過了風月。可是這次見面，則對上次見面的事，作者隻字未提，竟連見面時的心態感應，也不曾寫到容止上來。令人讀來，恰像是初見一樣。固然，這樣寫，可以使讀者感於西門慶與林太太這兩個人的心懷鬼胎而面不露相，可是，這小說是第三人稱，作者可以用全知的觀照來議論幾句，卻也沒有。雖然後面證言了兩句「常將壓善欺良意，權作尤雲殢雨心，」竟也扞格不協。又說：「詩人看到此，必甚不平，故作詩以嘆之，詩曰：『從來男女不通酬，賣俏營奸真可羞，三官不解其中意，饒貼親娘還磕頭。』」像這詩，乃初會的嘆詞，怎能證上再見。下首云：「大家閨閣要嚴防，牝雞司晨最不良；不但字得家聲喪，有愧當時節義堂。」此詩所說的「牝雞司晨」，又怎能配合上林太太？若照《金瓶梅詞話》的情節看來，雖未寫林太太是個寡婦，但也只有王三官這麼一個兒子。雖然作者沒有寫明林太太是怎樣的出身，也沒寫明她在王家是不是正頭娘子？但如從她的年齡不上四十歲，三子王三官不上二十歲，也可以蠡知這位林太太不可能是正頭娘子，必是妾嬴之輩。但在所有寫到這位林太太的情節上，均未正面說她是寡婦，也未寫明她是棄

婦。究竟，她的昭宣丈夫，還在不在世？全沒有交代。看起來，好像
這位林太太是個寡婦似的？像這種地方，豈非顯然的改寫過了。也足
以使我們想到原來的小說情節，必不是這樣的。

再說，那位名叫王景崇的太原節度使邠陽郡王，乃是他家的「祖
爺」，在第六十八回也寫明了。所以，這位林太太究竟是寡婦還是棄
婦？也難從《金瓶梅詞話》中去尋求答案了。

七　王三官與他娘的結果

《金瓶梅詞話》中的人物，大都給他們寫了結果，甚而連死後脫
生到那裡人家，也一一寫明。可是王三官與林太太，作者則沒有給他
們寫個結果，從第八十回之後，在小說的情節上，便再也沒有提到他
們了。

在第七十七回寫到「西門慶踏雪訪愛月」，還暗示了王三官與鄭
愛月也有交情。寫這位能代李瓶兒揀泡螺的西門慶寵倖，也不忠於西
門慶，暗中也和王三官來往，已由一幅王三官題詩的「愛月美人圖」
顯示出來。西門慶看到這畫上的詩，寫著「三泉主人醉筆」，便問：
「三泉主人是王三官的號？」慌的鄭愛月連忙解釋，說這是他舊時寫
下的，如今不號三泉了，怕惱了「爹」，改號小軒了。還馬上去取筆
來，把那三字塗掉了。這裡的情節，也無非寫著妓家女就是妓家女，
她們並不能全靠著西門慶為生啊！

後面又寫著鄭月愛聽到西門慶說王三官已拜他作了義父，遂拍
手大笑道：「還虧我指與這條路兒，到明日連三官娘子不怕屬了爹！」
西門慶還計畫著到了看燈的日子，請她來看燈吃酒，尋機會到手。這
之後，第七十八回又寫到「西門慶兩戰林太太」，這時，已是重和元
年正月初六日，林太太說王三官已於正月初四日起身，往東京與六黃

公公磕頭去了，要過了元宵纔回來。正月十二日西門慶在家擺酒，宴請各官家娘子，主要的目標就是希望能請到王三官娘子。雖然派遣玳安、琴童以及排軍來回催了好幾趟，又使文嫂催請，那麼林太太纔來。那位王三官娘子，卻因王三官不在家，說是家中無人，竟沒來。光是那位何千戶娘子藍氏，已使西門慶一見而魂飛天外魄喪九霄矣。

　　第七十八回之後，第七十九回西門慶得病，吳月娘追問這幾天的漢子行踪，方又提到了林太太，讓月娘知道這位來看燈飲酒的林太太，與他漢子也有連手。到了第八十回，又交代了王三官一句，說「祝日念、孫寡嘴依舊領著王三官兒，還來李家行走，與桂姐打熱。」以後也就不再有這母子二人的消息了。

　　如按照王三官與他娘林太太殘餘在《金瓶梅詞話》中的這些情節來看，可以推想到原始《金瓶梅》中的王三官、林太太、以及六黃太尉，可能是最重要的情節，到了《金瓶梅詞話》，已被刪纂得難以周圓了。

李三、黃四、應伯爵

　　西門慶的發跡，得力於十兄弟幫會，其十兄弟似各有職司，雖未明寫，卻也能從各人的行動上見及。譬如應伯爵，就是一位專在商場上跑攬頭的人物，最顯著的情節，就是李三、黃四借銀[1]。

　　關于李三、黃四借銀，雖是西門慶身家興衰的附屬情節之一，可是它在《金瓶梅》中，竟上場了十四回之多，還附帶了兩回後果的交代，比其他附屬情節要長得多。從第三十八回開始，借了還，還了再借，到第七十九回西門慶死，也未能把這筆債務了清。那麼，我們如把李三、黃四的這些借銀情節，一一摘錄出來，依次排列，便很容易研判出一些問題出來[2]。

一　第三十八回

　　……原來應伯爵來，說攬頭李智、黃四派了年例三萬香蠟等料錢糧下來，該一萬兩銀子，也有許多利息。上完了批，就在東平府，現關銀子。來和你計較，做不做？西門慶道：「我那裏做他攬頭，以假充真，買官讓官。我衙門裏搭了事件，還要動他？我做他怎的。」伯爵道：「哥若不做，教他另搭別

---

[1]　《金瓶梅詞話》的故事，寫的是西門慶的身家興衰，組成這個故事的主要情節是色，附屬情節是財。當然，也有財色合一的情節，但李三、黃四借銀，則只是一個財字，並無色夾雜其間。

[2]　上述論點，便是我說李三、黃四借銀，乃《金瓶梅詞話》西門慶身家興衰的附屬情節。

人。在你借二千兩銀子與他，每月五分行利，教他關了銀子
還你。你心下如何？計較定了，我對他說。教他兩個，明日
挈文書來。」西門慶道：「既是你的分上，我挪一千銀子與他
罷。如今我莊子收拾，還沒銀子哩。」伯爵見西門慶吐了口
兒，說道：「哥若十分沒有銀子，看怎麼再撥五百兩銀子貨物
兒，湊個千五兒與他罷。他不敢少你的。」西門慶道：「他少
下我的，我有法兒處。又一件，應二哥，銀子便與他，只不
教他打著我的旗兒，在外邊東驅西騙。我打聽出來，只怕我衙
門監裏放不下他。」伯爵道：「哥，說的什麼話！典守者不得
辭其責，他若在外邊打哥的旗兒，常沒事罷了，若壞了事，
要我做什麼？哥，你只顧放心，但有差遲，我就來對哥說。
說定了，我明日教他好寫文書。」西門慶道：「明日不教他來，
我有勾當。教他後來。」說畢，伯爵去了。

按一：在這第三十八回之前，李三（智）、黃四二人，不曾出現
過，這裏寫他們上場，只由應伯爵口中說他們是「攬頭」，並未介紹
他們是怎等樣人。像這麼兩位在小說中出現了十幾回之多的人物，居
然沒有身世介紹，則與其他人物的寫法不同；而且，黃四連個名字也
沒給他。此一問題，頗值推敲。

按二：所謂的「攬頭」，似是代官府承辦官用商品或承攬進出口
貿易的商人。這裡說：「派了三萬香蠟等料錢糧下來，該一萬兩銀
子，也有許多利息。」此所謂「年例」，或等於今日進出口貿易的「配
額」吧？（留待研究明朝經濟的學者解說。）西門慶說：「我那裏作
他攬頭，以假充真，買官讓官。我衙門裡搭了事件，還要動他怎
的！」從西門慶的這幾句話看，李三、黃四還不是正式的攬頭，或者
說，他們還不是在官場上登記合格的貿易商。所以要去搭合格的攬

頭，遂來找尋西門慶。可是西門慶已得了官，在身分上不能出面做攬頭了，因說：「我衙門裡搭了事件，還要動他怎的！」當然，更由於這兩人的商業道德不佳，「以假充真，買官讓官，」不願意與他們合作。應伯爵再改口慫恿西門慶以五分行利的利息，借一千五百兩銀子給他們，西門慶便答應了。要他們明日來取。

　　按三：從西門慶的語氣來看，他與李三、黃四早有往還，按理說，在這一回初次上場，應有說明才對。沒有說明，自是問題。

　　按四：此次借銀的時間，是政和六年九月中旬。

二　第四十回

　　喬親家訂正月十二日請西門慶家娘兒們吃看燈酒。西門慶看了喬家鄭氏的請柬，說：「到明日咱家發柬，十四日也請他娘子，並周守備娘子、荊都監娘子、夏大人娘子、張親家母，大妗子也不必家去了。教黃四叫將花匠來，做幾架煙火，王皇親家一起扮戲的小廝們來扮《西廂記》，你們往院中，再把吳銀兒、李桂姐接了。」

　　按一：雖在第三十八回以後的情節中，並未寫李三、黃四來取銀子的事，只說要他們「明日來取」，但從這第四十回的這一段描寫來看，可以想知這一千五百兩銀子是借得去了。這裏說：「教黃四叫將花匠來，做幾架煙火，」想來，李三、黃四已成了西門家的攬頭了。這時，已是政和七年正月初頭，去上次李三、黃四借銀，已三個多月，快四個月了。

　　按二：如照小說的情節說，不寫李三、黃四來取借銀，也非缺失，到了第四十二回，此一借銀問題，又說到了。

三　第四十二回

（喬大戶西門家，結兒女割襟之禮。）

應伯爵來講李智、黃四銀子事，看見問其所以？西門慶告訴
與喬大戶結親之事。十五日好歹請令正來陪親家坐的。伯爵：
「嫂子呼喚，屬下必定來。」……

　　按：應伯爵來講李智、黃四銀子事，時間在政和七年正月十
三、四日，自是來向西門慶說明何日可還銀子的事。想必西門慶已經
催討過了。

四　第四十三回

（李瓶兒生日那天——正月十五日。）

正值李智、黃四關了一千兩香蠟銀子。賁四從東平府押了來
家。應伯爵打聽得知，亦走來幫扶交與。西門慶令陳經濟拿
天秤在廳上盤秤，兌明白收了，還欠五百兩。又銀一百五十
兩利息。當日黃四拿出四錠金鐲兒來，重三十兩，算一百五
十之數。別的搗換了合同。西門慶吩咐二人：「你等過了燈
節，再來計較；我連日家有事。」那李智、黃四老爹長老爹
短，千恩萬謝出門。應伯爵因記著二人許了他些業障兒，趁
此機會好問他，且正要跟隨同去，又被西門慶叫住說
話。……

　　按一：李智、黃四關得的一千兩銀子，由賁四從東平府押了來
家。可以想知李三、黃四還的這筆款子，是西門慶派人從官府中攔截

了來的。那麼，第四十二回寫應伯爵來講李智、黃四銀子事，也許就是來通消息，告訴西門慶說，他們將有一千兩銀子，快要關下來了。遂派賁四到東平府去攔截下來。

　　按二：從去年九月中旬借了去，到了今年正月十五日，為時已近四個月，五分行利，一千五百兩，兩個月的利息，就是一百五十兩了。這裏則未明寫是幾個月的利息，只說利息一百五十兩。西門慶要他二人過了節再來計較，自是為了這一千兩銀子剛從東平府關來，就被西門慶攔截去了，這李三、黃四別處還要用錢，想向西門慶再打商量。

　　按三：看來，這李三、黃四並不是有實力的商人，他們這一夥人，只是依靠著西門慶這類人物混，一如西門慶說的「買官讓官」。這一點，也是晚明社會上的一種商場形態吧！

五　第四十五回

　　原來應伯爵從與西門慶作別，趕到黃四家。黃四又早夥中封下十兩銀子謝他。「大官人吩咐教俺過節去。口氣兒只是搗那五百兩銀子文書的情。你我錢糧拿什麼支持？」應伯爵道：「你如今還得多少纏夠？」黃四道：「李三哥他不知道，只要靠著問那內臣借一般，也是五分行利。不如這裡借著衙門中勢力兒，就是上下使用也省些。如今找著，再得出五十個銀子來，把一千兩合用。就是每月也好認利錢。」應伯爵聽了，低了低頭兒，說道：「不打緊。若我替你說成了，你夥計六人，怎生謝我？」黃四道：「我對李三說，夥中再送五兩銀子與你。」伯爵道：「休說五兩的話。要我手段，五兩銀子要不了你的，我只消一言替你們巧一巧兒，就在裏頭了。今日俺

房下往他家吃酒，我且不去，明日他請俺們晚夕賞燈。你兩個明日絕早，買四樣好下飯，再著上一罈金華酒，不要叫唱的，他家裡有李桂兒，吳銀兒還沒去哩。你院中叫上六名吹打的，等我領著送了去，他就要請你兩個坐。我在旁邊，那消一言半句，管情就替你說成了。找出五百銀子來，共搗一千兩文書，一個月滿，破認他五十兩銀子，那裏不去了，只當你包了一個月老婆了。常言，「秀才取漆無真」。進錢糧之時，香裡頭多上些木頭，蠟裡頭多攙些柏油，那裡查帳去。不圖打點，只圖混水。借著他這名聲兒，纔好行事。」于是計議已定。

到是李三、黃四果然買了酒禮，伯爵領著兩個小廝，抬著送到西門慶家來。西門慶正在前廳打發桌面，只見伯爵來到，作了揖，道及昨日房下在這裡打擾，回家晚了。西門慶道：「我昨日周南軒那裡吃酒，也有一更天氣，也不曾見的新親，說老早就去了。今早衙門中放假，也沒去看看，打發了兩張桌面，與喬親家那裡去。」說畢，坐下了。伯爵就喚李錦：「你把禮物抬進來。」不一時，兩個抬進儀門裡放下。伯爵道：「李三哥、黃四哥再三對我說，受你大恩，節間沒什麼，買了些微禮來孝順你賞人。」只見兩個小廝向前，扒在地下磕頭。西門慶道：「你們又送這禮來做什麼？我也不好受的。還教他抬回去。」伯爵道：「哥，你不受他的，這一抬出去，就醜死了。他還要叫唱的來伏侍，是我阻止他了。只叫了六名吹打的在外邊伺候。」西門慶即令與我叫進來。不一時，把六名樂工叫至，當面跪下。西門慶向伯爵道：「他就是叫將來了，莫不又打發他！不如請他兩個來坐坐罷。」伯爵得不的一聲，即叫過李錦來，吩咐到家，對你爹說，老爹收了禮了。這裏不著請

去了，叫你爹同黃四爹早來這裏坐坐。那李錦應諾下去。須臾收進禮去，西門慶令玳安封二錢銀子賞他，磕頭去了。六名吹打的下邊伺候。少頃，棋童兒拿茶上來那裏吃。西門慶陪伯爵吃了茶，說道：「有了飯，請問爹？」西門慶讓伯爵西廂房裏坐，因問伯爵你今日沒會謝子純？伯爵道：「早晨起來時，李三就到我那裏，看著打發了禮來，誰得閒去會他？」西門慶即使棋童：「快請你謝爹去。」不一時，書童兒放桌兒擺飯，書童兒用桌漆方盒兒拿了四碟小菜兒，都是裏外花邊精緻小碟兒，一碟美甘甘十香瓜茄、一碟紅馥馥的糟筍，四大碗下飯，一碗火燎羊頭、一碗滷燉的炙鴨、一碗黃芽菜，並炒的餛飩雞蛋湯。一碗山藥燴的紅肉圓子，上下安放了兩雙金筋牙兒。伯爵面前是一盞上新白米飯兒，西門慶面前是一甌兒香噴噴軟香稻粳米粥兒。兩個同吃了飯，收了家火去，揩抹的桌兒乾淨。西門慶與伯爵兩個坐著，賭酒兒打雙陸。伯爵趁謝希大未來，乘先問下西門慶說道：「哥明日找與李三、黃四多少銀子？」西門慶道：「把舊文書收了，另搗五百兩銀子文書就是了。」伯爵道：「這等也罷了。哥，你總不如再找上一千兩，到明日也好認利錢。我又一句話，那金子你用不著，還算一百五十兩與他，再找不多兒了。」西門慶聽罷道：「你也說的是。我明日再找三百五十兩與他罷。改一千兩銀子文書就是了。省的金子放在家也是閒著。」兩個正打雙陸，忽見玳安……

（不久，謝希大來了。當銅鑼銅鼓的來了。）

說了一回，西門慶請人書房裏坐的。不一時李智、黃四也到了。西門慶說道：「你兩個如何又費心！送禮來，我又不好受你的。」那李智、黃四慌的下了跪，說道：「小人惶恐！微物

胡亂與爹賞人罷了。蒙老爹呼喚，不敢不來。」于是搬過坐兒
來，打橫坐了。……

按一：這裡雖已寫到第四十五回，在時間上，則是第四十三回
的第二天——正月十六日，換言之，它是緊接著第四十三回的賁四從
東平府攔關了一千兩銀子的情節。所以這裏寫著應伯爵自從與西門慶
作別，趕到賁四家取中錢。於是，黃四與應伯爵談到西門慶要他們過
了節去，猜想到「口氣兒只是搗那五百兩銀文書的情」，可是他們還
需要錢用。應伯爵便應允替他們向西門慶再攛五百兩，湊成一千兩。
當然，李三、黃四他們要再拿五兩銀子謝應伯爵。（業已謝過了十
兩。）情節正好與第四十三回相連。

按二：黃四說李三打算向內臣借，也是五分行利。但卻不如向
西門慶借，可以靠著西門慶衙門中的勢力，就是上下使用也省些。兼
且說李三哥不知道這些。這裡已說明當時駐外的內臣，已不如西門慶
這個提刑副千戶的勢力。想來，頗是問題。這時的西門慶，用二十扛
壽禮換來的副千戶，為時不過數月，蔡太師父子尚未見過他，他在清
河地方上的勢力，未必能大過那些看守皇莊與管理磚廠的內臣。所以
我推想《金瓶梅詞話》中的西門慶，已不是早期《金瓶梅》中的人物。
如果，早期《金瓶梅》中的「西門慶」（可能另一名字），是位親王
什麼的？那黃四的這番話，就能符節了。第十七回宇文虛中的參本，
不是寫明了嗎！

按三：應伯爵建議黃四他們向西門慶餽送禮物，用以達成再加
借五百兩，湊成一千兩的希望。斯乃人情之常，無關宏旨矣。

六　第四十六回

李智、黃四約坐（一回告辭），伯爵趕送出去。如此這般告
訴：「我已替你二公說了，準在明日還找五百兩銀子。」那李
智、黃四向伯爵打了恭又打恭。到黃昏時分，就告辭去了。

（另一處寫西門慶的娘兒們在吳大妗子家吃著燈酒，天下雪，
要為眾婦女取皮衣，其中有一件皮襖就是李智的。月娘道：
「這皮襖纏不是當，倒是商人李智少十六兩銀子，准折的皮
襖。……」）

　　按一：這裡寫的仍是正月十六日，緊接著第四十五回，李智、
黃四送禮來，西門慶留他倆進來坐，一同吃了一會子酒，在打發吳月
娘等人到吳大妗子家吃酒去之後，李三、黃四告辭。應伯爵趕出去告
訴二人說：「準在明日還找五百銀子。」這筆錢又借妥了。

　　按二：在這一回中寫的一件皮襖，吳月娘說是商人李智少十六
兩銀子折抵的。亦足可想知，李三、黃四這兩人，除了明寫的大數銀
兩借貸，另外，仍有少數的金錢往還。也許，這皮襖的折抵，是算還
利息的一部分。

七　第五十一回

（四月二十日，西門慶遣來保等人，往揚州去支鹽。）
　　伯爵舉手道：「哥，恭喜！此去回來，必有大利息。」西門慶
一面讓他坐，喚茶來吃了。因問李三、黃四銀子幾時關？應
伯爵道：「也只不出這個月裏，就關出來了。他昨日對我說，
如今東平府，又派下兩萬香來了。還要問你挪五百兩銀子，
接濟他這一時之急。如今，關出的這批銀子，一分也不動，
都抬過這邊來。」西門慶道：「到是你看見，我這裏打發揚州

去，還沒銀子，問喬親家那裏借了五百兩在這裏頭，那討銀子來。」伯爵道：「他再央及我對你說，一家不煩二主，你不接濟他這一步兒，交他又問那裏借去？」那西門慶道：「門外街東徐四鋪，少我銀子，我那裡挪五百兩銀子與他罷。」伯爵道：「可好哩！」

（之後，在這一回中，又寫陳姐夫往門外討銀子。）

陳經濟回來，回說「徐四家的銀子，後日先送兩百五十兩來，餘者出月交還。」

按一：寫到這一回，已是四月二十日，去正月間借銀事，又三個月了。所以西門慶問伯爵「李三、黃四銀子幾時關？」上次，西門慶派人到東平府攔下一千兩銀子，也是借後三個多月。應伯爵說是也只不出這個月就關下來了。看來，他們經手的這批生意，從開始到領款，似乎都是三個來月。這裏也正可據以作為晚明官商之間的貿易資料。

按二：正月間借去的一千兩銀子，尚未歸還，卻又要借了。因為東平府又派下兩萬香來。上一次是「香」與「蠟」，要一萬兩銀子；這次只是「香」，此說「兩萬香」，未寫明是重量還是銀兩的價值。所謂「又派下」，想是舶來品，派定數量，要進出口的貿易商人去採辦。像這種情形，如按《金瓶梅詞話》其他事件的細描寫法，可就顯得筆觸的線條太粗也太簡略了。看來，這種地方，都似乎是改寫過的，只餘下了一個簡略的情節而已。

按三：這裏寫到「門外街東徐四舖少我銀子」的事，之後，一連寫到向徐四家付銀子，情節也都自然如一的貫串密切的配合上第二次再借五百兩銀子與李三、黃四。看來，尚無斧鑿痕跡，只是「香」等事，缺少交代。

八　第五十二回

（宋巡按送禮給西門慶，其中有一口鮮豬，怕放不久的，遂叫廚子卸開用椒料連豬頭燒了。湊巧應伯爵來了，西門慶又著人去請謝希大。）

伯爵因問：「徐家銀子討來了？」西門慶道：「賊沒行止的狗骨禿，明日纔有，先與二百五十兩。你交他兩個後日來，少我家裏湊與他罷。」伯爵道：「這等又好了。怕不的他今日買些鮮物兒來孝順你。」西門慶道：「倒不消交他費心。」說了一回，……

（謝希大到後，三人在一起吃吃說說。）

三人吃了茶出來。外邊松墻外，各花臺邊，走了一遭。只見黃四家送了四盒子禮來。平安見掇進來，與西門慶瞧。一盒鮮鳥菱、一盒鮮荸薺、四尾冰湃的大鰣魚，一盒枇杷果。……

當日三個吃到掌燈時分，還等著後邊拿出綠豆白米飯來吃了纔去。伯爵道：「哥，明日不得閒？」西門慶道：「我明日往磚廠劉太監莊子上，安主事、黃主事兩個昨來請我吃酒，早去了。」伯爵道：「李三、黃四那事，我後日會他來罷？」西門慶點頭兒，「吩咐交他那日後晌來，休來早了。」二人也不等送，就去了。（以上四月二十一日事。）

四月二十二日，西門慶早起沒往衙門，吃了粥便冠戴著騎馬擎著金扇，僕從跟隨，出城三十里往劉太監莊上赴席。潘金蓮與李瓶兒則在家計較，把陳經濟輸的三錢銀子，又交李瓶兒添出七錢來，買了些酒菜，送到後花樓上賞花觀景。月娘猛然想起今日，倒不請陳姐夫來坐坐。大姐道：「爹又使他，

今日往門外徐家催銀子去了。他待好來也。」不一時陳經濟來
到，……向月娘眾人作了揖，就拉過大姐，一處坐下。向月
娘說：「徐家銀子討了來了，共五封，二百五十兩，送到房
裡，玉簫收了。」……

按一：到了四月二十一日，徐家的欠銀尚未付來，答應明天（四
月二十二日）先還二百五十兩。西門慶關照應伯爵：「你教他兩個後
日來。」於是應伯爵關照黃四送禮物來；送了四樣時新鮮菓，一盒鮮
烏菱，一盒鮮荸薺，四尾冰湃的大鰣魚，一盒枇杷果。

按二：到了四月二十二日，西門慶到劉太監莊上吃酒去，潘金
蓮等人在家中園子裡翫花樓上賞花觀景。在這裡交代了陳經濟已從門
外徐家討來二百五十兩銀子共五封，送到房裡玉簫收了。

按三：四月二十二日，李三、黃四要借的銀子，尚未取去。但
在此回，業已寫出了徐家的欠銀已討回二百五十兩來了，用以伏筆下
文。

九　第五十三回

（西門慶在劉太監莊上吃酒回來，第二天（二十三日）應伯爵
又來了。）

應伯爵就挨在西門慶身邊來坐近了。「哥前日說的，曾記得
麼？」西門慶道：「記甚的來？」應伯爵道：「想是忙的都忘
記了。便是前日同謝子純在這裡吃酒，臨時說的。」西門慶呆
登登想了一會兒說道：「莫不就是李三、黃四的事麼？」應伯
爵笑道：「這叫簷頭雨滴從高下，一點也不差！」西門慶做攢
眉道：「教我那裡有銀子？你眼見我前日支鹽的事，沒有銀子

與喬親家挪得五百兩湊用。那裏有許多銀子放出去。」應伯爵道：「左右生利息的……昨日先有二百五十兩來了，這一半就易處了。」西門慶道：「是便是，那裏去湊？不如且回他，等討徐家銀子，一總與他罷。」應伯爵正色道：「哥，君子一言，快馬一鞭。人而無信，不知其可也。哥前日不要許我便好，我又與他們說了。千真萬真，道今日有的了，怎好去回他。他們極服你做人慷慨，直甚麼事？反被這些經紀人背地裡不服你。」西門慶道：「應二爹如此說，便與他罷。」自己走進去，收拾了二百三十兩銀子，又與玉簫討昨日收徐家二百五十兩頭，一總彈准四百八十兩。走出來對應伯爵道：「銀子只湊四百八十兩，還少二十兩，有些緞疋作數，可使得麼？」伯爵道：「這個卻難。他就要現銀去幹香的事。你好的緞疋也都沒放，你剩這些粉緞，他又幹不得事，不如湊現物與他，省了小人腳步。」西門慶道：「也罷，也罷。」又走進來，補了二十兩成色銀子，叫玳安通共撮出來。那李三、黃四卻在間壁人家坐久，只待伯爵打了照面，就走進來。謝希大適值走來，李三、黃四敘揖畢了，就見西門慶行禮畢。就道：「前日蒙大恩，因銀子不得關出，所以遲遲。今因東平府又派下二萬香來，敢暫挪五百兩，暫濟燃眉之急。如今關出這批銀子，一分也不動，都盡送這邊來，一齊算利奉還。」西門慶便喚玳安舖子裡取天秤，請了陳姐夫，先把他的徐家二十五砲彈準了，後把自家二百五十兩彈明了，付與黃四、李三。兩人拜謝不已，就告別了。西門慶欲留應伯爵、謝希大再坐一回，那兩個那有心想坐，只待出去與李三、黃四分中人錢了。假意說有別的事，急急的別去了。

　　按一：第二天（四月二十三日），應伯爵又來了。從應伯爵的問話推想，可以想知這次西門慶不想再借銀子給李三、黃四了，所以這天應伯爵來，西門慶沒有主動提起這事。因而逼得應伯爵去問，西門慶還裝作忘了，說：「記甚的來？」到了應伯爵道出，居然攢眉道：「教我那裡有銀子？你眼見我前日支鹽的事，沒有銀子，與喬親家挪得五百兩湊用。那裡有許多銀子放出去。」像這一處，便與第五十二回的描寫略有衝突。在第五十二回，已寫明西門慶業已應允等明日徐家答應先還的二百五十兩收到，湊五百兩銀子給他們。而且吩咐「你教他兩個後日來取。」同時，又收受了他們送來的禮物。應伯爵走時，還一再向西門慶說明：「李三、黃四那事，我後日會（同）他來罷？」西門慶也曾點頭，吩咐應伯爵交他那日（廿三日）「後晌（下午）來，休來早了。」試想，西門慶在四月二十一日那天，業已答應他們後天（二十三日）後晌（下午）來取銀子，送來的禮物也收了。再說，徐家的欠銀，也確實在四月二十二日討來了二百五十兩。那麼，應伯爵帶著李三、黃四準時於四月二十三日後晌來取借銀，身為幫會老大，現又居了官的西門慶，怎會食言？顯然的，這一處，想必也是重寫後留下的痕跡。

　　按二：雖然，此一漏洞，這一回也注意到了。所以應伯爵正色道：「哥，君子一言，快馬一鞭。人而無信，不知其可也。哥前日不要許我纔好，我又與他們說了。千真萬真，道今日有的了。怎好去回他？他們極服你做人慷慨，直甚麼事？反被這些經紀人背地裡不服你。」西門慶聽了便道：「應二爹如此說，便與他罷。」雖然這段描寫，業已銜接上了第五十二回的情節，總覺得這位幫會出身的老大，未嘗在金錢上出爾反爾的。正如應伯爵說，反正要付利息的。西門慶也不怕借給他，曾說：「他少下我的，我有法兒處。」不是曾派賁四到東平府攬下了李三、黃四關的銀子嗎！

按三：這五百兩銀子，終于在四月二十三日湊出，借與了李三、黃四。

十　第五十六回

（應伯爵陪同常時節到西門慶家借錢，正遇上西門慶家添製秋衣。）

常時節伸著舌道：「六房嫂子就六箱了，好不費事。小戶人家，一匹布也難的。恁做著許多綾絹衣服，哥果是財主哩。」西門慶和應伯爵都笑起來。伯爵道：「這兩日杭州貨船怎的還不見到？不知他買賣貨物如何？前日哥許下李三、黃四的銀子，哥許他待門外徐四銀到手，湊放與他罷。」西門慶道：「貨船不知在那裡擔擱著，書也沒稍封來，好生放心不下。李三、黃四的，我也只得依你了。」

按一：這一段情節，顯然的是重複了。討來徐四家銀子，湊成五百兩借與李三、黃四他們，在第五十三回，業已寫明借與李三、黃四他們了。這裡卻又重述了一次。

按二：雖說李三、黃四借錢，借了還還了借，徐四家欠五百兩，四月二十三日討來二百五十兩，尚欠二百五十兩，而且，寫到這第五十六回，時間業已進展到七月中旬，將滿三個月，又該還了。這裏說：「哥許他待門外徐四銀到手，湊放與他罷。」應伯爵的這句話，顯然指的是寫在第五十一回中的情節，西門慶曾說：「門外街東徐四舖，少我銀子，我那裏挪五百銀與他罷。」這話說在四月二十日[3]，

四月二十三日已把從徐家討來的二百五十兩，另湊了二百五十兩借與
了李三、黃四，借去三個月了，這裡又提到「哥許他待門外徐四銀
到，湊放與他罷。」這幾句話，自然是重複了。那麼，怎樣重複的
呢？我想，除了多人執筆，分回改寫，方始會產生這樣的錯誤，其
他，委實尋不出更恰當的原因。

　　按三：這裡提到「杭州的貨船怎的還不見到？」查西門慶派崔
本、韓道國等人到揚州支鹽，再去杭州等地辦貨，時在四月二十
日[4]，抵此七月中旬，已三閱月，提到「杭州貨船怎的還不見到？」
也正是時候，但又提到西門慶許下的待門外徐四銀到手，湊放給李
三、黃四的事，則又不是時候了。如果說是錯簡的關係，李三、黃四
借銀的事，又怎的會錯到這裡來呢？現在，我們試把有關李三、黃四
借銀的這幾句話剔除，這段情節就很完整了。我們看：伯爵道：「這
兩日杭州貨船怎的還不見到？不知他買賣貨物如何？」西門慶道：
「貨船不知在那裡擔擱著，書也沒稍封來，好生放心不下。……」把
下面的一句：「李三、黃四的，我也只得依你了。」也刪去。這段情
節就很完整了。算來，這裡有關李三、黃四借銀的四十個字，全是多
餘的。

　　按四：何以我認為不是「錯簡」的錯誤呢？第一，從第五十一回
提到徐四家欠銀，到這裡雖祇六面，可是篇幅則相當長，以所謂「萬
曆刻本」計，也有計九十頁（一百九十餘面）之多，不可能錯簡如此
之遠的。想來，還是多人分回改寫造成的錯誤。

　　按五：沈德符說第五十三回至第五十七回五回，乃「陋儒補以入
刻」者。美國哈佛大學的韓南教授，曾為此語代沈德符尋註腳。那
麼，這一錯誤也正好在沈說的這五回之內。我們可依沈說把這一錯誤

4　同前註。

放在「陋儒補以入刻」的頭上嗎？如果可以這樣說，我就不禁要問：這位「陋儒」補寫這五回，也會「陋」到連自己舖述的情節，也自相抵觸嗎？第五十三回已寫過把討來的徐家二百五十兩銀子，湊了五百兩，借與李三、黃四了。

十一　第六十回

> 卻說次日應伯爵領了李智、黃四來交銀子，說此遭只關了一千四百五六十兩銀子，不夠還人。只挪了這三百五十兩銀子與老爹，等下遭銀子關出來，再找完，不敢遲了。」伯爵在旁，又替他說了兩句美言。西門慶把銀子教陳經濟來，掣天秤兌收明白，打發去了。……

按一：情節進行到這一回，已是政和七年九月四日，四月二十三日湊成的一千兩銀子，至此方行歸還三百五十兩，業已四個半月，加上四月二十日以前未清償的利息，算來，這三百五十兩，還不夠利息，本錢一千兩還在外呢！說是「等下遭銀子關出來，再找完，不敢遲了。」

按二：除去第五十六回的重複情節，此處所寫，可以與第五十一、五十二、五十三等回的借銀情節，銜接起來。這一點，不能契合，也足以否定了沈德符說的有「陋儒補以入刻」的話。如果說，在這部《金瓶梅詞話》之前，還有一部《金瓶梅》刻本，一如鄭振鐸等人的說法。但根據東吳弄珠客的序言，李日華與袁中道的日記，以及馬仲良「司榷吳關」的時間，均足以證明在《金瓶梅詞話》以前，不可能還有另一刻本《金瓶梅》。此一問題，我在《金瓶梅探原》中已探討清楚了。所以我們可以確定這部《金瓶梅詞話》乃是一部改寫

本，多人根據一部《金瓶梅》原稿或殘稿，集體而分回改寫成的。像我摘出的這些情節之誤，不是一大證據嗎！

十二　第六十七回

（鄭愛月著鄭春送一盒酥油鮑螺來，應伯爵搶著嘗食。西門慶吩咐王經把盒兒掇到後面去。）

玳安兒來說：「李智、黃四，關了銀子來。」西門慶問多少？玳安道：「他說一千兩，餘者再一限送來。」伯爵道：「你看這兩個天殺的，他連我也瞞了，不對我說。嗔道他昨日你這裏念經，他也不來。原來往東平府關銀子去了。你今收了，也不要發銀子出去了。這兩個光棍，他攬的人家債也多了，只怕往後，後手不接。昨日北邊徐內相，發狠要親往東平府自家抬銀子去，只怕他老牛箍嘴箍了去，卻不難為哥的本錢了。」西門慶道：「我不怕他。我不管什麼徐內相、李內相，好不好我把他小廝提留在監裡坐著，不怕他不與我銀子。」一面教陳經濟：「你拿天秤出去，收兌了他的，上了合同就是了。我不出去罷！」良久，陳經濟走來回話，說銀子已兌足一千兩，交人（送）後邊大娘收了。黃四說，還要請爹出去說句話兒。」西門慶道：「你只說我陪著人坐著哩。左右他只要搗合同的話，教他過了二十四日來罷。」經濟道：「不是，他有椿事兒，要央煩爹，請爹出去親自對爹說。」西門慶道：「什麼事？等我出去。」一面走到廳上。那黃四磕頭起來，說：「銀子一千兩，姐夫收了。餘者下單找還與老爹。有小人一椿事兒，今央煩老爹。」說著，磕在地下哭了。西門慶拉起來：「端的有甚事？你說來！」黃四道：「小的外父孫清，搭了夥計馮

二，在東昌府販棉花，不想馮二有個兒子馮淮，不守本分，要便鎖了門，出去宿娼。那日把棉花不見了兩大包，被小人丈人說了兩句，馮二將他兒子打了兩下，他兒子就和俺小舅子孫文相厮打攘起來，把孫文相牙打落了一個，他亦把頭磕傷，被客夥中勸解開了。不想他兒子到家，遲了半月，破傷風身死。他丈人是河西有名土豪白五，綽號白千金，專一與強盜作窩主。教唆馮二具狀在巡按衙門，朦朧告下來。批雷兵備老爹問。雷老爹又伺候皇船，不得閒，轉委本府童推官問。白家在童推官處使了錢，教勸隣人供狀，說小人丈人在傍喝聲來，如今，童推官行牌來提俺丈人，望乞老爹千萬垂憐，討封書，對雷老爹說。寧可監幾日，抽上文書去，還是雷老爹問，就有生路了。他兩人厮打，委實不管小人丈人事，又係歇後身死，出于保辜限外，先是他父馮二打來，何必獨賴在孫文相一人身上！」西門慶看了說帖，寫著：「東昌府現監犯人孫清、孫文相、乞青目。」西門慶因說雷兵備前日在我這裏吃酒，我只會了一面，又不甚相熟，我怎好寫書與他！那黃四就跪下，哭哭啼啼哀告。說：「老爹若不可憐見，小的丈人父子兩個，就多是死數了。如今，隨孫文相頭去罷了，只是分豁小人外父出來，就是老爹莫大之恩。小人外父今年六十歲，家下無人，冬寒時月，再放在監裏，就死罷了！」西門慶沈吟良久，說：「罷，我轉央鈔關錢老爹和他說說去，他們是同年，多是壬辰科進士。」那黃四又磕下頭去。向袖中又取出一百石白米帖兒（一百兩紋銀），遞與西門慶，腰裡就拜兩封銀子來。西門慶不接，說：「我那裏要你這行錢。」黃四道：「老爹不稀罕，謝錢老爹也是一般。」西門慶道：「不打緊，事成我買禮謝他。」……（就這樣，西門慶接

下了黃四的請求。）

玳安下了書回來回話說：「錢老爹見了爹的帖子，隨即寫書，
差了一吏，同小的和黃四兒子，到東昌府兵備道下，與雷老
爹。老爹旋行牌向童推官催文書，連犯人提上去，從新問
理，連他家兒子孫文相都開出來，只追了十兩燒埋錢，問了
個不應罪名，杖七十，罰贖。復又到鈔關上回了錢老爹話，
討了回帖纔來了。」西門慶見玳安中用，心中大喜。拆開回帖
觀看，原來雷兵備回錢主事帖子，多在裏面。上寫道：「來諭
悉已處分，但馮二曾責子在先，何況與孫文相忿毆，彼此俱
傷，歇後身死，又在保辜限外。問之抵命，難以平允。量追
燒埋錢十兩，給與馮二相應發落。謹此回覆，下書年侍生雷
起元再拜。」西門慶歡喜，因問黃四舅子在那裏？玳安道：「他
出來，都往家去了。明日同黃四來與爹磕頭。黃四丈人與了
小的一兩銀子。」……

　　按一：李智、黃四主動來還債，把新關來的一千兩銀子，親自
送來，並沒有經過應伯爵。所以應伯爵罵他們，調唆西門慶以後不要
再借錢給他們。這天是十月二十一日，去四月二十三日湊成一千兩至
今，將及半年。九月四日還了三百五十兩，如今又還了一千兩，從頭
算起來，所欠利息銀也不過五、六百兩而已。

　　按二：雖然李三、黃四主動來還這一千兩銀子，主要的原因，
還是黃四為他岳父與舅子招惹了人命官司，特地來想請西門慶說項
的。這情節在此附在一起，也很自然。除了還上一千兩債務，還另外
送了一百兩銀子的禮。官司遂被開脫了。

十三　第六十八回

……黃四領他小舅子孫文相宰了一口豬，一罈酒，兩隻燒鵝，四隻燒雞，兩盒菓子，來與西門慶磕頭。西門慶再三不受，黃四打旋磨兒跪著說：「蒙老爹活命之恩，救出孫文相來，舉家感激不淺。今無甚孝順，些微薄禮，與老爹賞人罷了。如何不受？」推阻了半日，止受豬酒，留下送你錢老爹，也是一樣。黃四道：「既是如此，難為小人，一點窮心，無處所盡。」只是把羹菓抬回去。又請問老爹：「幾時閒空？小人問了應二叔，裏邊請老爹坐坐。」西門慶道：「你休聽他哄你哩！又費煩你，不如不年下了。（此語有誤。崇禎本改為：「不如不央我了。」）那黃四和他小舅子，千恩萬謝出門。這裡西門慶賞給盒錢，打發去訖。……

那日伯爵領了黃四家人，具帖初七日在院中和愛月兒家買酒請西門慶。西門慶見帖兒笑了笑說：「我初七日不得閒，張西材家吃生日酒，倒是明日空閒。」問還有誰？伯爵道：「再沒有人，只請了我，李三哥相陪。又費事叫了四個女的唱《西廂記》。」西門慶吩咐與黃四家人齋（飯）吃了，打發回去。伯爵便問：「黃四那日買了分什麼禮來謝你？」西門慶如此這般，說：「我不受他的，再三磕頭禮拜，我只受了豬酒、添了兩疋白鷴紵絲、兩疋京緞、五十兩銀子，謝了龍野錢先生。」伯爵道：「哥，你不接錢，儘夠了，這個是落得的，少說四疋尺頭值三十兩銀子，那二十兩那裏尋這分上去！便益了他，救了他父子二人性命。」當日坐至晚夕方散。……

第二天，（十一月初六日）應伯爵一早就來邀約西門慶去赴黃四的宴請。

西門慶與應伯爵、黃四、李三等人，在院中鄭愛月家吃酒聽唱，到半夜纔散。

　　按一：這一回，只是舖寫黃四感謝西門慶的人情，又送禮，又
在院中請宴。並未牽涉到債貸的底。

　　按二：這一回的情節已是十一月初五日、初六日。

十四　第七十八回

　　晚夕，只見應伯爵領了李三見西門慶，先道當日外承攜之
事，坐下吃畢茶，方纔說起李三哥來。「今有一宗買賣與你
說，你做不做？」西門慶道：「端的什麼買賣，你說來。」李
三道：「今有朝廷，東京行下文書，天下十三省，每省要萬兩
銀子的古器。咱這東平府，坐派著兩萬兩，批文在巡按處，
還未下來。如今大街上張二官府，破二百兩銀子，幹這宗
批，要做，都看有一萬兩銀子，尋小人會了二叔敬來對老爹
說，老爹若做，張二官府拏出五千兩來，老爹拏出五千兩
來，兩家合著做這宗買賣。左右沒人，這邊是二叔和小人與
黃四哥，他那邊還有兩個夥計。二人分錢使，未知老爹意下
如何？」西門慶問道：「是什麼古器？」李三道：「老爹還不
知，如今朝廷城內新蓋的艮嶽，改為壽岳，上面起蓋許多亭
臺樓閣，又建上清寶籙宮，會真堂，璇神殿，又是安妃娘娘
梳粧閣，都用著這珍禽奇獸，周彝商鼎，漢篆秦爐？宣王名
鼓，歷代銅鍉，仙人掌，承露盤，並希世古董玩器擺設，好
不大興工程；好少錢糧？」西門慶聽了，說道：「此是我與人
家打夥兒做，我自家做了罷。敢量我拏不出這一二萬銀子
來。」李三道：「得老爹全做，又好了。俺們就瞞著他那邊了。
左右這邊二叔和俺們兩個，再沒人。」伯爵道：「哥，家裏還
添個人兒不添？」西門慶道：「到根前再添上賁四替你們走跳

就是了。」西門慶又問道:「批文在那裡?」李三道:「還在
巡按上邊,沒發下來哩。」西門慶道:「不打緊,我這差人寫
封書,封些禮,問宋松原討將來就是了。」李三道:「老爹若
討去,不可遲滯。自古兵貴神速,先下米的先吃飯,誠恐遲
了,行到府裡,乞人家幹的去了。」西門慶笑道:「不怕他,
設使就行到府裏,我也還教宋松原拏回去就是。胡府尹我也
認的。」於是留李三應伯爵同吃了飯。「約會(過一回)我如
今就寫書,明日差小价去。」李三道:「又一件,宋老爹如今,
按院不在這裏了。從前日起身,往克州府盤查去了。」西門慶
道:「你明日就同小价往克州府走遭。」李三道:「不打緊,
等我去,來回破五六日罷了。老爹差那位管家?等我會下,
有了書,教他往我那裏歇,明日我同他好早起身。」西門慶
道:「別人,你宋老爹不認的,他常喜的是春鴻,來爵,一時
兩個去吧。」於是叫他二人到面前,會了李三,晚夕在他家宿
歇。伯爵道:「這等纔好,事要早幹。多才疾足者得之。」於
是與李三吃畢飯,告辭而去。西門慶隨即教陳經濟寫了書,
又封了十兩葉子黃金在書帕內,與春鴻、來爵二人,吩咐路
上仔細,若討了批文:「即便早來。若是行到府裏,問你宋老
爹討張票,問府裡要。」來爵道:「爹不消吩咐,小的曾在克
州答應過徐參議,小的知道。」於是領了書禮,打在身邊,逕
往李三家去了。

不說十一日來爵春鴻同李三早顧了長行頭口,往克州府去
了。卻說十二日,西門慶家中,……。

　　按一:關于李三、黃四的行當,只由應伯爵之口,說他們是攬
頭。從頭節上看,也只寫他們代官府買辦香蠟等物,不曾細寫其他。

所以我推想這李三、黃四在早期的《金瓶梅》中，可能擔當了商場上
的重要角色，到了《金瓶梅詞話》已被刪略了。我們看這回，則又寫
了「今有朝廷，東京行下文書，天下十三省，每省要萬兩銀子的古
器，咱這東平府，坐派著兩萬兩，批文在巡按處，還未下來。」說是
「如今大街上張二官府破二百兩銀子，幹這宗批。」又說：「要做都
看有一萬兩銀子，」所以他與應伯爵來與西門慶說，希望西門慶拿出
五千兩銀子，張二官府也拿出五千兩銀子，兩家合夥來討這一件批
文。從這裏的描寫，可以想知這李三、黃四只是東平府方面的貿易
商，何以動輒要拉著別人合夥？正如我前面猜想的，這兩人大概還不
是登記合格的貿易商。想來，這些貿易，如有詳盡的行動描寫，像描
寫西門慶家庭酒色生活那樣，可能更具社會寫實吧。不過，這段文
字，讀來感於仍有錯誤。既然只萬兩銀子的古器，東平一府焉能派著
兩萬兩？

　　按二：雖然，這件古器批文，已由西門慶派人去獨家攬來，交
給了李三、黃四去承辦，但卻未再牽涉到借貸的事。是以李三、黃四
的債務，還是去年的舊欠。這時，已是重和元年正月初十日。

十五　第七十九回

（西門慶臨終時，留下的遺言中，有李三、黃四的債務。）
李三、黃四身上，還欠五百兩本錢，一百五十兩利錢未算。
討來發放我。
（西門慶死後，一面行文開缺，申報東京本衛。）
卻說來爵春鴻同李三，一日到袞州察院，投下了書禮。宋御
史見西門慶書上，要討古器批文一節，說道：「你早來一步便
好，昨日已都派下各府買辦去了。」尋思間，又見西門慶書中

封著金葉十兩，又不好違阻了的。須得留下春鴻來爵李三在公廨駐紮，隨即差快子拏牌，趕回東平府批文來，封回與春鴻書中，又與了一兩路費，方取路回清河縣。往返十日光景，走進城就聞得路上人說，西門大官人死了。今日三日，家中念經做齋哩。這李三就心生奸計，路上說念來爵春鴻，將此批文按下，說宋老爹沒與來，咱們都投到大街張二官府那裏去吧。「你二人不去，我與你每人十兩銀子，到家穩住，不拿出來就是了。」那來爵見財物，倒也肯了，只春鴻有些不肯，口裡含糊應諾。到家見門首挑著紙錢，僧人做道場，親朋吊喪者不計其數。這李三就分路回家去了。來爵、春鴻見吳大舅陳經濟磕了頭。問：「討的批文如何？李三怎的不來？」那來爵還不言語，這春鴻把宋御史書連批都拏出來，遞與大舅，悉把路上李三與的十兩銀子，說的言語，如此這般，教他隱下休拏出來，同他投往張二官府去。「小的怎敢忘恩背義，逕奔家來。」吳大舅一面走到後邊，告訴月娘：「這個小的兒，就是個有恩的。叵耐李三這廝短命，見姐夫沒了幾日，就這等壞心。」因把這件事對應伯爵說：「李智、黃四借契上本利還欠六百五十兩銀子，趁著剛纏何大人吩咐，把這件事寫紙狀子，呈到衙門裡，教他替俺追追這銀子出來，發送姐夫。他同僚間，自恁要做分上，這些事兒莫肯不依。」伯爵慌了，說道：「李三卻不該行此事，老舅快休動意，等我和他說罷。」於是走到李三家，請了黃四來，一處計較，說道：「你不該先把錢子遞與小廝，倒做了管手，狐狸打不成，倒惹了一屁股臊。他如今恁般恁般，要拏文書提刑所告你們哩。常言道，「官官相護」，何況又同僚之間，費恁難事！你等原抵鬭的過他？依我，不如如此如此，這般這般。悄悄送上二

十兩銀子與吳大舅，只當袞州府幹了事來了。我聽得說，這
宗錢糧，他家已是不做了，把這批文難得掣出來，咱投張二
官那裏去罷。你們二人，再湊得二百兩，少了也掙不出來，
再備辦一張祭桌，一者祭奠大官人，二者交這銀子與他，另
立一紙欠結。你往後有了買賣，慢慢還他就是了。這個一舉
兩得，又不失了人情，有個始終。」黃四道：「你說的是。李
三哥，你幹事忒慌速些了。」真個到晚夕，黃四同伯爵送了二
十兩銀子，到吳大舅家，如此這般：「討批文一節，累老舅張
主張主！」這吳大舅已聽他妹子說，不做錢糧，何況又黑眼見
了白晃晃銀子。如何不應承。於是收了銀子，到次日李智、
黃四備了一張插桌，豬首三牲，二百兩銀子，來與西門慶祭
奠。吳大舅對月娘說了，掣出舊文書，從新另立了四百兩銀
一紙欠帖，饒了他五十兩，餘者教他做上買賣，陸續交還，
把批文交付與伯爵手內，同往張二官處合夥，上納錢糧去
了。……

　　按一：雖然，這一檔古器購辦的批文，西門慶已從巡按衙門討
得來了，可是批文尚未到達手上，西門慶便一命嗚呼。於是，這一批
生意便在「樹倒猢猻散」的情況下，又轉到張二官手上去了。那麼，
李三、黃四的債務呢？據西門慶臨死時的遺言說：李三、黃四本利尚
欠六百五十兩。但如以實際情節所寫的債貸情形計算，西門慶遺言的
這一數字，尚無太大出入。第一，李三、黃四的借貸，首從政和六年
九月中旬借起，借一千五百兩，行利五分。政和七年正月十五日還一
千兩，利息以四錠金鐲折抵一百五十兩。以四個月計息。應為三百
兩，還了一百五十兩，尚欠息一百五十兩。那麼，尚欠本息六百五十
兩。第二，政和七年正月十六日，又借五百兩。共計一千一百五十

兩；四月二十三日又借去五百兩。那麼，六百五十兩自正月十六日起息，到四月二十三日算三個月好了，利息應為九十七兩五錢。合共應為本息一千二百四十七兩五錢。換言之，自政和七年四月二十三日起，李三、黃四欠西門慶的本息共為一千六百四十七兩五錢。更可以說約為一千七百五十兩。（算到四月二十三日）。第三，到了九月四日，還了三百五十兩。由四月二十三日到九月四日，算三個月利息好了，也是一百八十七兩五錢，本利合計應為一千九百三十餘兩。還了三百五十兩，尚欠一千五百八十餘兩。第四，十月二十一日歸還一千兩，尚欠五百八十餘兩，再加上壹個月的利息，約八十兩，則合計應為六百六十餘兩。到了重和元年正月二十一日，又是三個月了，加上利息，則已七百餘兩。計來，尚無太大出入。

　　按二：看來，李三、黃四的借銀情節，雖然綿亙了十餘回之多，除了第五十六回是重複的，其他都能連貫統一，只是太簡略了些。或許，此一情節在早期《金瓶梅》中，乃一重要情節。因為它牽涉了晚明的商場。所以，我們如從這一點來說，李三、黃四的借銀部分，就未免簡略了。

十六　第八十回

　　（西門慶死後一個多月。）

　　伯爵、李三、黃四借了徐內相五千兩銀子，張二官出了五千兩，做了東平府古器這批錢糧。逐日寶鞍大馬，在院中搖擺。……

　　（時間是重和元年二月下旬）

十七　第九十七回

……春梅道：「咱這裏買一個十三四歲丫頭子，與他房裏使喚，掇桶子倒水，方便些。」薛嫂道：「有兩個人家賣的丫頭子，我明日帶一個來。」到次日，果然領了一個丫頭，說：「是商人黃四家兒子房裏使的丫頭，今年纔十三歲。黃四因用下官錢糧，和李三家，還有咱家出去的保官兒，都為錢糧，拏在官裏追贓，監了一年多，家產盡絕，房兒也賣，李三先死，拏兒子李活監著。咱家保兒那兒子僧寶兒，如今流落在外，與人家跟馬哩。」春梅道：「是來保？」薛嫂道：「他如今不叫來保，改了名字，叫湯保了。」春梅道：「這丫頭是黃四家丫頭，要多少銀子？」薛嫂道：「只要四兩半銀子，緊等著要交贓去。」春梅道：「甚麼四兩半，與他三兩五錢銀子，留下罷！」一面就交了三兩五錢雪花官銀與他，寫了文書，改了名字，喚做金錢兒。（時間已是宣和三年六月初頭。）

　　按一：這兩回寫的有關李智、黃四，只是小說結尾的交代，第八十回交代了東平府那件古器批文，已由黃四向徐內相借了五千兩銀子，與張二官合夥做了。

　　按二：第九十七回則交代了李三、黃四的下場，他們都為了虧欠公款，拿在官裏追贓，死的死，監的監，妻子流落，婢僕變賣，跟著西門慶衰下去了。

　　我已把《金瓶梅詞話》中有關李三、黃四的借銀事，全部情節一一摘錄如上，且一一加上按語。我們可以清楚的見到這一情節，在《金瓶梅詞話》中所占的分量。如果，我們認為《金瓶梅》是一部晚

明時代的社會寫實小說，那麼，李三、黃四二人所代表的，應是晚明
商業社會的一個重要縮影。但如以此一觀點來看，則李三、黃四的承
辦官府商品的情節，可就顯得太薄弱了。所以我推想此一情節，極可
能在早期的《金瓶梅》中，是一重要部分，今之《金瓶梅詞話》，著
眼的只是西門慶家庭間妻妾僕婦間的生活，擴而大之也只是妓院之粉
黛爭妍已耳。其他，有關政治與社會的諷喻，無不星星爍爍，何以？
改寫者已刪略之也。

苗青、苗員外、苗小湖^{編按1}

　　《金瓶梅詞話》的情節，前後血脈不貫，可以說不勝枚舉。我已在《劄記》中記述了一些。關於苗青、苗員外、苗小湖這三個人物的問題，我在《劄記》中雖已浪費了不少篇幅，則仍感意猶未盡，用特在此，再加補述，冀以研判這一錯誤，究是怎樣產生的？

一　苗青是怎等樣人

　　根據該詞話本第四十七回第一頁所寫，苗青是揚州廣陵城內，一位「家有萬貫資財，頗好詩禮」的苗員外——苗天秀的家人（傭工人也）。因與苗員外的寵妾刁氏有染，某日，被苗員外發現苗青在後園亭側與刁氏相倚私語，苗員外猝然到來，二人躲避不及，被這苗員外抓來，痛打了一頓。本要把苗青驅逐出門，苗青央懇親隣說情，再三規勸苗員外，方始把苗青留下。

　　詞話又說這苗青，「平白（日）是個浪子。」

　　文雖不多，卻已說明了苗青只是揚州一個財主人家的家人（傭工），而且出身微賤，在行為上是個「浪子」。可以說，苗青是怎等樣人？業已介紹得很明白了。

編按1　　原載於《文訊》月刊，第15期（1984年12月），頁235-251。

二　苗青謀財害命案

有一天，這位苗員外苗天秀，要到東京開封府一位做通判的表兄處，去尋求功名。遂打整了兩箱金銀，再裝載了一船貨物，帶了小廝安童與苗青，由揚州上船，打從水路而行。不想苗青勾通了兩個船夫，在徐州洪把苗員外殺死，拋入水中，小廝安童也推下河去了。於是苗青與兩個船夫，瓜分了船上的貨物及金銀。苗青謀財害命的命案，便這樣造成了。這位揚州的苗員外，也在此結束了。

不想安童被漁翁救起，得以不死；因而苗青案發。

這位苗員外的小廝安童，在漁家住居下來，漁人也應允慢慢為他訪查兇手。一天，安童跟隨漁家老翁在出河口賣魚，發現了那兩個船夫，便具狀告到了提刑院，提來兩個船夫，一個叫陳三，一個叫翁八。一經勘問，知道還有個家人苗青共謀，遂再發票差人緝捕苗青。

這時的苗青，已在臨清開設店舖。得知此情，忙把店門鎖了，躲在經紀樂三家。樂三家住的是韓道國夫婦，樂三嫂知道韓道國的老婆王六兒是提刑所副千戶西門慶的相好，遂建議苗青花銀子錢，託王六兒打點。苗青為了保命，把所有貨物，摒當了一千七百兩銀子，光是西門慶就送了一千兩。等到官司了結，苗青雖然逃得了一條性命，但害命謀來的錢財，只餘下了一百五十兩，還得拿出五十兩來答謝樂三嫂。所以當苗青離開臨清返回揚州，謀財害命的財物，已無剩餘，只保得一條性命。（以上情節，全部寫在第四十七回）。

三　西門慶被參劾

關于苗青的謀財害命案，可以說在第四十七回的一回情節中，業已交代完畢。尤其那位「揚州」的財主「苗員外」，已經被害命亡，

苗青的謀財害命案，若須繼續發展，必與西門慶的貪贓賣法，連成一體，可是《金瓶梅詞話》的此一情節，卻不是這樣發展下去的，我們看此一命案的以下情節。

當西門慶貪贓把苗青賣放，只把兩個船夫抵命，詳文東平府問成斬罪。安童保領在外聽候傳問。後來，安童不服，又到東京他主人表兄黃通判處訴情。黃通判寫了一封信給山東巡按御史曾孝序，要他重行推檢這件案子。儘管，曾御史是一位正直清廉的官吏，讀了黃通判的信，接了安童的訴狀，馬上取紙筆批仰東平府從公查明，連同卷帙詳報，著安童回到東平府聽候傳問。

同時，這曾御史又根據他平時的調查，加上這件貪贓賣法的事，上了一道參劾清河衛所正副提刑千戶夏延齡與西門慶的本章，認為這兩人一個是「蔦苴之材，貪鄙之行，」；一個是「市井棍徒，夤緣陞職，濫冒武功，……縱妻妾嬉遊街巷，而帷薄為之不清；携樂婦而酣飲酒樓，官箴為之有玷；至於包養韓氏之婦，恣其歡淫，而行檢不修。受苗青夜賂之金，曲為掩飾而贓跡顯著；」遂認為「此二臣者，皆貪鄙不職，久乖清議，一刻不可居任者也。」試想此本一上，苗天秀的命案，必可平反了吧。

但西門慶獲知此情，只遣家人來保等進得京去，照舊到了蔡太師府上，連蔡太師都不用見，翟管家一人之力，就可以把曾御史的本章壓制下來，不予呈報。把案子打點妥當，曾御史的參本，尚未到京城。雖已行牌揚州，捉拿苗青，卻其奈西門慶何？不久，曾御史任滿，調往他處去了。新任御史宋喬年，也是蔡太師門人，居然經由蔡巡鹽的介紹，來山東上任便接受了西門慶的招待。飯後，西門慶轉託蔡御史向宋御史說明此案，誆誤在曾公案下，要求宋公把案結了吧。後來，宋御史往濟南去，在河道中又與蔡巡鹽相會，在船上便把公人提來的苗青，未加審問，即接受了蔡巡鹽的建議：「此是曾公案外

的，你管他怎的！」便把苗青放回去了。下詳文至東平府，斬決了兩
個船夫，解除了安童的在外候問。苗青的謀財害命一案以及牽涉到的
西門慶之貪贓賣法，在這第四十九回的情節中，已全部結束了。

　　按說，苗青的情節，可以到此結束，以後不再提到苗青，也不
會是小說情節的缺失。因為苗青的謀財害命案，在這三回（四十七回
至四十九回）情節中，業已完成了他烘托西門慶的「貪肆不職」與「包
養韓氏之婦」，恣其歡淫而行檢不修，受苗青夜賂之金，曲為掩飾而
贓跡顯著」使之一一展示在曾御史的參本上。並進一步寫出了《金瓶
梅》的社會之政治靡爛，雖有清御史如曾孝序其人的參劾，又其奈西
門慶何？同時，更寫了曾御史的此一參本，不惟未傷及西門慶的毫
毛，反而因此參本派人進京打點，又為西門慶帶回來三萬鹽引的專
賣。可是曾御史呢？卻因此參本遭到了蔡京的憤恨，竟予羅織罪名，
先謫官，後遣戍。可以說到了宋御史結了苗青一案，這苗青在小說上
的任務，業已完成，用不著再讓苗青上場了。如果再寫苗青，就應該
是苗青回到揚州以後的故事。或者可以這樣推想，這苗青回到揚州之
後，居然以好人被冤的面孔，作了苗員外遺孀的忠僕，等到苗天秀的
妻子病故，他便與刁氏成親，侵占了苗家在揚州的產業，也像西門慶
似的，成了揚州一方的土豪。不過，我的此一代為設想，想來還是不
可能的。第一，苗天秀家中還有一個未嫁的女兒；第二，苗青與刁氏
有染，險些被趕，親隣皆知；第三，同船遇難安童未死，苗天秀的表
兄黃美仍在開封府任通判，怎能就此罷休。如照今之《金瓶梅詞話》
的情節論之，苗青的故事，應該到第四十九回為止，以後的小說，似
乎不應再有苗青上場纏對，可是，這位苗青，居然在以後的第五十一
回、七十七回、八十一回，又出現了三次。

　　那麼，苗青在以後各回的出場，他究竟在這小說的情節上，擔
當了什麼任務呢？有什麼作用呢？值得我們研究。

四　命案了結後的苗青

政和七年（1117）四月二十日，西門慶打發韓道國崔本去揚州辦貨，帶去了兩封信，一交碼頭上王伯儒店裡，一交城內苗青。小說上這樣寫：

> ……西門慶出來，燒了紙，打發起身。交付二人兩封信，一封到揚州碼頭上，投王伯儒店裏下，這一封就往揚州城內，抓尋苗青，問他的事情下落？快來回報我。如銀子不勾（夠），我後邊再交來保稍（捎）去。……（第五十一回）

若從這一情節看來，可以推想出西門慶開脫了苗青，返回揚州，還交代苗青回到揚州後，辦理一些事情，所以要韓道國等人到了揚州，去「抓尋苗青下落？快來回報我。」恰像苗青回揚州之後，都沒有消息。又說：「如銀子不夠，我後邊再交來保帶去。」顯然的，西門慶曾給了苗青銀子，要苗青到揚州替他辦事。像這些情節，在這第五十一回之前，都無任何跡象可尋。非常明顯，這第五十一回與四十九回之間，必有情節上的缺失。造成這一情節的缺失，除了改寫者可能發生的錯誤，幾無其他理由可說。

那麼，韓道國與崔本等人，到了揚州之後，有沒有抓尋到苗青呢？當七月二十八日韓道國由杭州辦貨回來，對於寫在第五十一回，抓尋苗青的事，竟一字未提。

七月二十八日韓道國由杭州辦貨回來，寫在第五十八回（第一頁）及第五十九回（第一頁）。第五十八回：

> 一宿無話，到次日二十八，乃西門慶正生日，剛燒畢紙，只見韓道國後生胡秀，到了門首下頭口。左右稟報與西門慶。

西門慶叫胡秀到廳上，磕頭見了，問他貨船在那裏？這胡秀
遞上書帳，悉把韓大叔在杭州置了一萬兩銀子緞絹貨物，現
今直抵臨清鈔關，缺少稅鈔銀兩，方纔納稅起腳，裝載進城。

這西門慶一面看了書帳，心內大喜。吩咐棋童看飯與胡秀吃
了，教他往喬親家爹那裏見見去。不一時，胡秀吃畢飯去
了。西門慶進來，對吳月娘說，如此這般，韓夥計貨船到了
臨清，使了後生胡秀，送書帳上來，如今少不的把對門房子
打掃，卸到那裡，尋夥計收拾裝箱上庫，開鋪子發賣。

　　我們看韓道國他們從南方辦貨回來，對於第五十一回寫到的抓
尋苗青的事，一字未提。雖說，第五十一回寫著他們是到揚州，這裏
則寫著由杭州辦貨回來。顯然的，他們到揚州，任務是支鹽，支領那
三年鹽引的鹽，盤實了之後，再到杭州等他去買辦貨物。可是，在第
五十一回則還寫有在臨行前，因為李桂姐與王招宣的三公子王三官交
往，牽連了官司躲在西門家，派來保進京打點，要韓夥計和崔本先
去，等來保由東京辦事回來，再趕了去。這裏寫韓道國回來，也沒有
交代來保的事。韓道國等人於政和七年四月二十日動身去揚州支鹽辦
貨，到七月二十八日返回清河，已三月有餘，來保進京為李桂姐辦
事，回來之後，有沒有趕去南方？這次韓道國回來，又怎能沒有交
代？到了第五十九回，也祇寫到韓道國等人已把買辦來的十大車緞貨
運到了家，直卸到掌燈時分，並說明在鈔關過關時，多承鈔關上的錢
老爹（主事）照顧，一封信遞上，便少使了許多稅銀，十大車貨只納
了三十五兩五錢鈔銀。至於第五十一回上寫的有關抓尋苗青的事，全
沒有交代。到了第六十七回，西門慶的揚州朋友，卻又出現了一位苗
小湖呢！

西門慶又要派韓道國去南方辦貨了。第六十七回這樣寫著：

（1）正說著，只見韓道國進來，作揖坐下。說剛纔各家多來會了，船已僱下，准在（十月）二十四日起身。西門慶吩咐甘夥計攢下帳目，兌了銀子，明日打包。因問兩邊舖子裡賣多少銀兩？韓道國說：「共湊六千餘兩。」西門慶道：「兌兩千兩一包，著崔本往湖州買綢子去。那四千兩，你與來保往松江販布，過年趕頭本（班）船來。你們每人先拿五兩銀子，家中收拾行李去。……（第三頁）

（2）西門慶吃了飯，就過對門房子裡，看著兌銀，打包寫書帳。二十四日燒紙，打發夥計崔本、來保並後生榮海、胡秀五人起身往南邊去。寫了一封信，稍（捎）與苗小湖，就寫（謝）他重禮。……（第十五頁）

關於這裏寫到的「苗小湖」，他是怎等樣人？與西門慶有何瓜葛？我們留在後面再說，這裏先來探討韓道國等五人到南方辦貨的事。

從這第六十七回寫的兩段情節來看，這次韓道國等人去南方辦貨，並不是去揚州，一路上湖州買綢子（崔本等人），一路去松江販布（韓道國等人）。當然，他們買辦完妥，運到揚州，再由揚州上船，運到臨清，再車運返清河。這次南行，崔本帶本銀二千兩，韓道國帶本銀四千兩，共六千兩。到了第七十七回時序已是臘月中旬，前後約兩閱月，崔本與人在南方辦貨回來了。我們看第七十七回的這段情節：

……西門慶走到廳上，崔本見了磕頭畢，放了書帳。說：「船到碼頭，少車稅銀兩。我從臘月初一日起身，在揚州與他兩

個分路，他們兩個往杭州去了。俺們都到苗親家住了兩日。
因說苗青替老爹使了十兩銀子抬了揚州衞一個千戶家女子，
十六歲了，名喚楚雲。說不盡的花如臉、玉如肌、星如眼、
月如眉、柳如腰，襪如鈎，兩隻腳兒恰剛三寸。端的有沉魚
落雁之容，閉月羞花之貌。腹中有三千小曲，八百大曲，端
的風流如水晶盤內走明珠，態度似紅杏枝頭推曉日。苗青如
今還養在家，替他打廂（箱）奩，治衣服，待開春韓夥計保官
兒船上帶來，伏（服）侍老爹，消愁解悶。」西門慶聽了，滿
心歡喜。說道：「你船上稍了來也罷，又費煩他治甚衣服，打
甚妝奩，愁我家沒有。」于是恨不的騰雲展翅，飛上揚州，搬
取嬌姿，賞心樂事。正是：「鹿分鄭（趙）相應難辨（辯），
蝶化莊周未可知。」有詩為證：「聞道揚州一楚雲，偶憑出鳥
語來真；不知好物都離隔，試把梅花問主人。」

　　如從這裏說的苗青使了十兩銀子，抬了揚州衞千戶家一個十六
歲的女子楚雲，為他打好箱奩治妥衣服，待開春交韓夥計等人帶來的
這一情節來說，似可銜接上第五十一回的情節。第五十一回曾說到要
韓道國等人，到了揚州抓尋苗青，問他事情的下落，還問他銀子夠不
夠？不夠再交來保帶去。或可使我們想到第五十一回說的這些事，可
能指的是要苗青購買歌女的事。可是，第五十一回沒有說明，這一回
的文辭，也不像是曾受西門慶之託。這一回還說：「俺們都到苗親家
住了兩日。」西門慶與苗青什麼時候結的親？是什麼關係的親家？以
前各回，都沒有寫過。像這「親家」一辭的兩者關係，最遲也應寫在
第五十一回韓道國等人到揚州的這段情節裏面。西門慶與苗青結親
家，最可能的時機，也應在宋御史開脫了苗青的時候，要不然，兩人
相聚會，如何能結成親家？可是，在這些回目中，全沒有寫到。那就

很難揣測他們是如何成為親家的了。說來，這當然是小說情節的缺失。美國哈佛大學的韓南教授，把此一缺失，派到沈德符說的「陋儒」頭上，是陋儒補寫殘缺的第五十三回至第五十七回時，因陋儒才拙，未能照顧周到而造成。可憾的是，像這類情節前後不相關聯的缺失，在《金瓶梅詞話》中是太多了。所以我們對此缺失的造成，還得另下判斷。那麼，我們來看此處的缺失，究竟是怎樣形成的？

　　第一，如照情節回目的秩序看，這一情節應該緊緊連接著第五十一回，我在前面已說到了。可是，韓道國等人在四月二十日起身去南方支鹽辦貨（第五十一回），到了七月二十八日業已返回清河（第五十八回），按說，第七十七回的此一情節，應該寫在第五十八回。但第五十八回，只寫他們在南方辦貨回來了，辦了一萬銀子的緞絹貨物，遞上書帳而已。對於他們（在第五十一回）帶去揚州的兩封信，以及囑咐他們問詢苗青銀子夠不夠的事？都一字未提。韓道國等人第二次再南去辦貨，只帶了一封信給一位名叫「苗小湖」的人，謝他的重禮。他們這次辦貨回來，崔本竟先報告苗青為西門慶買了一位歌女的事。這一情節，可是空懸的了。從文詞的語氣看，苗青的此一情節，也不像是受了西門慶之託，似是特別買了一個歌女，來報答西門慶救命之恩。這樣看，這第七十七回的情節，似應寫在第六十七回之前，因為第六十七回寫有謝「苗小湖」重禮的事。

　　第二，我們如果這樣認真而有秩的去探尋這些情節的錯綜，準能清楚的絲縷出苗青、苗員外、苗小湖之情節的錯誤根源。下面，我們再看第八十一回，有關苗青的情節：

　　　……話說韓道國與來保兩個，自從西門慶將二千兩銀子，打
　　　發他在江南等處置買貨物，抓尋苗青家內宿歇。苗青見了西
　　　門慶手札，想他活命之恩，盡力趨奉他兩個。成日尋花問柳，

飲酒作樂。一日初冬天氣，寒雲淡淡，哀雁淒淒，樹木彫
零，景物蕭瑟，不勝旅思。于是二人忙將銀往各處，置了布
疋，裝在揚州苗青家安下，待貨物買完起身。……（第一頁）

　　按情節演進說，這一情節應銜接第六十七回。雖說，銀子的本
錢，數目與第六十七回所寫不符，第六十七回寫韓道國與來保，帶去
本金是四千兩，這裡說兩千兩。此一錯誤，無關宏旨，可以不必管
它。可是，這裡寫「苗青見了西門慶手札，想他活命之恩，盡力趨奉
他兩個。」可就不能與第六十七回的情節相銜接了；應銜接第五十一
回纔對。

　　難道，韓道國等人在四月間南去支鹽辦貨，竟未能「抓尋」到苗
青？這十月間第二次南去，方始「抓尋」他？在第五十八回辦貨歸來
時，卻又沒有說明。而且，在第七十七回崔本先回家，且經說明苗青
已為西門慶買了一個歌女楚雲養在家中，正在打製粧奩，治衣裝，開
春由韓夥計等人船上帶來。到了第八十一回，寫韓道國等人之在揚
州，只是在等江南等處買賣的貨物到齊，就上船回家，怎的又寫起
「苗青見了西門慶手札，想他活命之恩」呢？居然把先返家的崔本，
帶回去的那番苗青買歌女的事，忘得一乾二淨，好像根本不知道有崔
本說的那些事，連他們帶來的那封「謝苗小湖重禮」的信，也不知被
丟到何處去了？

　　第三，看起來，所有關于苗青出現在《金瓶梅詞話》中的情節
（一共四處：第四十七回、第五十一回、第七十七回、第八十一
回），全是孤起孤落，互不相聯。第四十七回到第四十九回的苗青謀
財害命，情節孤起孤落；第五十一回的到揚州「抓尋苗青，問他事情
的下落，」這情節也是孤起孤落；第七十七回的苗青為西門慶買的歌
女楚雲，也是孤起孤落；這第八十一回的這一情節，也是孤起孤落；

有關苗青的四處情節，彼此之間，都無法聯粘得上。所以我們不禁要問：像宋惠蓮之死，前後綿互了五回的情節，而且還在這五回中像搓草繩似的，貫串了其他情節，一處處無不縝密而嚴實，又怎的竟把苗青的故事，寫得如此支離破碎？推想起來，不是極有問題的嗎？

　　現在，在我們尚未進入此一問題的研判與推斷之前，還有「苗小湖」與「苗員外」的問題，有待我們加以討論呢！

五　苗小湖與苗員外

　　我們在前面已經寫到了「苗小湖」，第六十七回西門慶第二次派韓道國等人南去辦貨，要他們帶去一封給苗小湖的信，「謝他的重禮」。

　　這位苗小湖是怎樣人呢？第六十七回之前，沒有提到過他。所以我們無法確知西門慶謝他什麼「重禮」。到了第八十一回，「苗小湖」這個人物出現了。

　　崔本先返清河之後，韓道國與來保等人在揚州住在苗青家，待貨物買完起身。這段日子，他們便在揚州玩樂，「日逐請揚州鹽客王海峯和苗青遊寶應湖。」有一天，他們這夥人在妓家玩樂，後生胡秀吃了酒，說話傷了韓道國，因而韓道國要打胡秀，「被來保苗小湖做好做歹勸住了。」這樣看來，又似乎這「苗小湖」就是苗青的另一名號。這苗青在第六十七回之前，送過什麼「重禮」給西門慶呢？在以上十多回情節中，隻字未曾寫過。但在第五十五回，卻寫了一位揚州第一財主苗員外，贈送了兩個歌童給西門慶。可是這位苗員外，乃另有其人，決不可能是苗青。我們看第五十五回怎樣寫出這位「苗員外」：

　　……西門慶遠遠望見一個官員，也乘著轎進龍德坊來。西門
　　慶仔細一認，倒是揚州苗員外。卻不想苗員外也望見西門慶
　　了。兩個同下轎作揖，敘來寒溫。原來這個苗員外，是第一
　　個財主，他身上也現做個散官之職，向來結交在蔡太師門
　　下，那時也來上壽，恰遇了故人。當下兩個忙匆匆，路次說
　　了幾句，分手而別。……

　　試看這裡的揚州苗員外，他「是第一個財主，他身上也現做個散
官之職，向來結交在蔡太師門下。」當然不會是苗青。

　　按苗青謀財害主，發生在政和六年（1116）秋末冬初，事發在翌
年正月。西門慶接納了王六兒的請托，開脫了苗青，時在政和七年正
月十七日。安童上告，曾御史批仰東平府從公查明，重驗尸骨，時在
同年二月上旬。西門慶派來保上京打點，時在同年三月上旬，來保等
由東京返回清河，已是三月下旬。西門慶在永福寺擺酒為蔡御史餞
行，並請轉託宋御史了結苗青一案，時在同年四月十六日。後來，宋
御史在船上便把在揚州提來的苗青押來，把案結了，釋回苗青。時間
約在同年四月末五月初。蔡太師的壽誕日是六月十五日。西門慶在東
京遇見苗員外，距離苗青被開脫釋回，為時不過一月有餘，苗青縱有
天大的神通，也沒有時間攀緣到蔡太師門下，弄個散職之官。所以我
們可以確定的說，這位「苗員外」，絕不會是苗青。

　　那麼，這位苗員外，是不是苗小湖呢？

　　這位苗員外，小說的作者並沒有給他寫個名字，但在《金瓶梅詞
話》的情節上，卻被列上了回目，這第五十五回的後半回目，寫的就
是「苗員外揚州送歌童」，可以想知這位苗員外，在《金瓶梅詞話》
中，應該是個重要的人物，不至於連個名字都沒有給他寫上。但事實
上，蘭陵笑笑生，不惟沒有給他寫上名字，在情節上，也祇是這一回

中的「送歌童」，以後，這位苗員外就沒有再出現了。

　　「送歌童」的情節，是怎樣在小說中演出的呢？小說的這一情節，是這樣寫的：

（1）次日，（西門慶）要拜苗員外，著玳安眼尋了一日，卻在王城後李太監房中住下。玳安挈著帖子通報了。苗員外來出迎，道：「學生一個兒坐著，正想個知心的朋友講講，恰好來（得）湊巧。」就留西門慶筵燕。西門慶推卻不過，只得便住了。當下山餚海錯，不計其數。又有兩個歌童，生的眉清目秀，開喉音唱幾套曲兒。西門慶指著玳安、琴童、書童、畫童，向苗員外看著，說：「那般蠢材，只顧吃酒飯，卻怎地比得那兩個。」苗員外笑道：「只怕伏（服）侍不的，老先生若愛時，就送上也何難。」西門慶謙謝：「不敢奪人之好。」飲到更深，別了苗員外，依舊來翟家歇。那幾日內相府管事的，各各請酒，留連了八九日。西門慶歸心如箭，便叫玳安收拾行李。那翟管家苦死留住，只得又吃了一夕酒，重敘姻親，極其眷戀。次日早起辭別，望山東而行。……（第七頁反第八頁正）

（2）且說苗員外，自與西門慶相會，在太師府前，便請了一席酒，席上又把兩個歌童許下了。那一日西門慶歸心如箭，卻不曾作別的他，竟自歸來了。還當西門慶在京，伴當來翟家問看。那翟家說三日前西門大官家去了。伴當回話，苗員外纔曉的。卻不道君子一言快馬一鞭。不送去也罷，不和我合著氣？只（怕）后來說不的話了。便叫過兩個歌童，吩咐道：「我前日請山東西門大官，席上把你兩個許下他，如今他離東京回家去了。我目下就要送你們過去，

你們早收拾包裹，待我收下書打發你們。」那兩個歌童一
齊陪告道：「小的伏（服）侍的員外多年了，卻為何今日
悶的小的們不好。又不知西門大官性格怎地？今日還要員
外做主。」員外道：「你們卻不曉的，西門大官家裡，豪富
潑天，金銀廣布，身居著右班左職，現在蔡太師門下做個
乾兒子，就是內相朝官，那個不與他心腹往來。家裡開著
兩個綢緞舖，如今又要開個標行。進的利錢也委實無數，
況兼他性格溫柔，吟風弄月，家裡養著七八十個蒼頭，那
一個不穿綾著襖。後房裡擺著五、六房娘子，那一個不插
珠掛金。那些小優們戲子們，個個借他錢鈔，服他差使，
平康巷、青水巷，這些角伎，人人受他恩惠。這也不消說
的，只是咱前日酒席之中，已把小的子許下他了。如今終
不成改個口哩。」那歌童又說道：「員外這幾年上，不知費
盡多少心力，教的俺們彈唱哩。如今纔曉得些弦索，卻不
留下自家歡樂，怎的倒送與別人快活！」說罷不覺地撲簌
簌哩吊下淚來。那員外也覺慘然不樂。說道：「小的子，
你也說的是。咱也何苦定要是這等？只是人而無信，不知
其可也。那孔聖人說的話，怎麼違得。如今也由不得你。
待咱修書一封，差個伴當送你去，教他把隻眼兒好生看覷
你們。你到那邊快活，也強似在我這裏一般。」就叫那門
管先生，寫著一封通候的八行書信；後面又寫那相送歌
童，求他親目的語兒。又寫個禮單兒，把些尺頭書帕，做
個通問的禮兒。差了苗秀、苗實，齎挈書信，護送兩個歌
童，一霎時拴上了頭口，帶了被囊行李，直到山東西門慶
家來。……

　　這兩個歌童送到西門家之後，除了修書整辦厚禮，答謝苗員外，還收拾房間給兩個歌童住。當晚就準備酒宴，叫兩個歌童席前演唱，引得後邊的娘兒們都來聽唱。都十分歡喜，齊聲讚美說：「唱得好。」尤其潘金蓮，不但聽得心歡，而且看得心動。這裡如此寫：

> 只見潘金蓮在人叢裏，雙眼直射那兩個歌童。口裡暗暗低語道：「這兩個小夥子，不但唱得好，就（是）他容貌也標致的緊。」心下便已有幾分喜他了。……

　　如循應著小說的情節看去，「苗員外揚州送歌童」的情節，應是《金瓶梅》的重要關目纔對，可是，這「送歌童」的情節，卻只有這第五十五回的上錄這些，到了第五十六回，只寫了短短二十餘字，說：「後來，兩個歌童，西門慶畢竟用他不著，都送太師府去了。」這「送歌童」的情節，便全部了結。這種虎頭蛇尾的情節穿插，誠非《金瓶梅》原作者的原始手筆。我們可以肯定的說，「苗員外揚州送歌童」的情節，在原作者的原始手稿中，一定很多。更可以確定的說，這兩個歌童在西門家，必與「潘金蓮」有了瓜葛，不是伏筆了潘金蓮「心中已有幾分喜歡他了」嗎？依小說情節演進與發展的情理說，也應枝生出這些瓜葛出來。要不然，安排這「苗員外揚州送歌童」有何意義呢？

　　就以《金瓶梅詞話》第五十五回的這一「送歌童」的情節所寫，更是孤起孤落，與其他的情節，全都連貫不上。再去推究一下這一情節的內容，對於西門慶身家興衰的整個故事來說，既無穿插它的意義，也無穿插它的作用。想來，與欣欣子的敘論所言，不能符節了。

（一）苗小湖其人

　　關于「苗小湖」這個人物，在小說的情節中，一共祇寫到兩次，第一次寫在第六十七回，韓道國等人二次南去辦貨，西門慶要他們帶去一封信給苗小湖，「謝他的重禮。」此一問題，本文前面已經說到了。但從西門慶寫信謝他重禮的這一點來想，這位苗小湖的身分地位，應與西門慶相等，我在前面說了。如果認為這位苗小湖就是西門慶在京城會到的那位「苗員外」，前後的情節，尚能關連上。雖說，「送歌童」的事，業已寫了謝函，又備了謝禮，交由苗員外派去送歌童的兩位家人苗秀苗實帶回。這次派韓道國等人南去辦貨，免不了有求苗員外幫忙之處，再寫封信謝謝他的重禮，「禮多人不怪」，何嘗不是人情之常。所以，我們可以推想這位「苗小湖」就是那位「苗員外」。

　　可是，當「苗小湖」在第八十一回出現時，卻不得不令我們推翻了此一推想。因為他與來保等人的地位相等。當韓道國要打胡秀，苗小湖與來保上前勸住了。

　　從寫在第八十一回之苗小湖的舉止來看，他又怎能是那位有資格進京向蔡太師拜壽的「苗員外」呢？看來，這位被寫在第八十一回的「苗小湖」，極可能就是苗青的另一名號。但如以之與寫在第六十七回的「苗小湖」，可又貫連不上了。我們說到苗青擺脫了官司之後，回揚州時，身上只餘下一百兩銀子。到了韓道國第二次南去辦貨（十月二十四日），為時不過十閱月，那裏來的經濟能力再去送厚禮呢！再說，在人情往還上，他與西門慶也無此必要啊！

　　所以，我們肯定的認為：這位苗小湖，既不是那位「苗員外」，也不是這個「苗青」。

（二）王伯儒其人

韓道國等人第一次南去辦貨，帶去兩封信，一封信抓尋苗青，另外一封信，寫給王伯儒。那次，來保要先到東京為李桂姐辦事，回來之後，再趕去揚州。

> 因說：「我明日到揚州，那裏尋你們？」韓道國道：「老爹吩咐，教俺們碼頭上投經紀王伯儒店裏下，說過世老爹，曾和他父親相交。他店內房屋寬廣，下的客商多，放財物不躭心，你只往那裏尋俺們就是了。」

我們看，西門慶的揚州朋友，還有這麼一位世交王伯儒，他們兩人的上一代就有交往。而且，「他店內房屋寬廣，下的客商多，放財物不躭心，」可以想知他們過去到南方的貨物起運，都是屯放在王伯儒店內。可是這位王伯儒，也只有這第五十一回寫了兩次，只說帶信給他，以後也就再也沒有說到他了。

計算起來，西門慶在揚州方面，只有苗青、苗員外、王伯儒，以及苗小湖有往還。可是這幾個人，除苗青與王伯儒兩人，我們可以從情節的文詞上，知道西門慶是怎樣認識他的——苗青是西門慶提刑所刑案中的犯人，王伯儒是西門慶的世交，其餘兩人，與西門慶如何相識？都不曾明確的寫在小說的情節上。是以我們無從知道他們與西門慶之間，有過什麼樣的關係？但如從小說情節的演變需求來說，像「苗員外」這個人物，絕不應在第五十五回與西門慶見上兩面，送了兩個歌童，就從此沒有了蹤跡，在以後的情節中，還應出現纏對。但無論為何，這兩個歌童還應有故事被情節出來。我們在前面已經說到了。

今者，如從《金瓶梅詞話》的現有情節來看，第五十一回之後的

苗青、苗員外、苗小湖這三個人的情節，他們之所以孤起孤落，顯然的，他們已不是原作者的原作，業已經過改寫者重新編纂或改頭換面的重新經營過了。我想，這一看法，應是不會錯的。

至於這幾個上下綿亙三十餘回居然孤起孤落而不相連貫的缺失，能否從之探索出一些原作《金瓶梅》的風貌呢？我們不妨推想一下。

六　苗青情節的原貌探索

我在前面說過，苗青的謀財害命情節，寫到第四十九回結束，也不會使我們讀者感到有欠缺。因為苗青的謀財害命情節，業已烘托出西門慶在交通官吏上的廣大神通，連巡按御史也莫奈他何。同時，也寫出了《金瓶梅》那個時代的政治黑暗，清官如曾孝序者，竟因了他的為官正直，居然落了個謫戍的下場。可以說，苗青的情節，已經完成一個不算小的任務，不再上場，也不致於使讀者認為他的故事還沒有完。那麼，我們如把苗青的情節，擴大去推想呢？這位苗青自然還應有他回到揚州之後的情節。安童還沒有死，苗天秀的表兄黃美，還在東京開封府任通判之職。這兩個人物，都應是延續苗青情節的轉環關鍵。所以，我們可以推想苗青的情節，在第四十九回之後，還應該有。果然，在第五十一回又提到了苗青，到了第八十一回又寫到了苗青。由此，我們可以肯定的說，在原始《金瓶梅》的情節中，苗青的故事，極可能綿亙到第八十一回。只是其中的原始情節，已被《金瓶梅詞話》的改寫者改寫掉了。

從《金瓶梅詞話》的情節中，我們知道西門慶在揚州方面的熟人，除了苗青之外，尚有「苗員外」、「苗小湖」、「王伯儒」三人。這三人出現在《金瓶梅詞話》中的情節，全是「孤起孤落」，連苗青

都算上，他們都互不牽連。而且第五十一回已寫明，那位王伯儒是揚州方面的「經紀」，更是西門慶的世交（兩人的上一代就是朋友）。兼又寫明「他店內房屋寬廣，下的客商多，放財物不就心。」可是第八十一回寫韓道國等人在揚州，則是住在苗青家。

　　苗青本是一個浪子，在苗天秀家的身分，也只是個傭工，想來，不是一位有什麼大才能的人。他幹了一票弒主謀財的命案，雖然逃了一條命出來，謀來的那筆財貨，則已蕩然無存。他回到揚州，縱然苗天秀的家屬未再找他的麻煩，為時不到一年的時間，也不見得能有家院來招待韓道國等人吧？第八十一回居然寫著苗青與鹽商王海峯同遊處呢。這些情節，都未免令人無從思議。

　　那麼，像這些情節的缺失，是怎樣產生的呢？是蘭陵笑笑生的才薄能拙嗎？可是其他如宋惠蓮之死；夏花兒竊金；春梅遊舊家他館；……等等情節，無不穿插得自然有致。何以有些情節，不僅孤起孤落，而且錯簡重疊。所以，我們怎能怪到《金瓶梅》的原始作者身上呢？（原始《金瓶梅》的作者，是不是蘭陵笑笑生？尚屬疑問。）

　　基是推想，除了改寫者，打算刪掉原始《金瓶梅》中的有問題的情節，在改寫時未能周詳而縝密的圓實了改寫後的情節，別的我們委實尋不出更適當的原因。像第五十一回之後的苗青、苗員外、苗小湖以及王伯儒的情節，不就是改寫者遺留下來的蛛絲馬跡嗎！

　　像苗員外這個人，他既是揚州的第一財主，又是蔡太師的門下，「他身上也現做個散官之職。」顯然的，他必是揚州方面的一位重要人物，自不致於只讓他出來，在《金瓶梅》中只送了兩個歌童，就沒他的事了。在我看來，這個苗員外，應是苗青被西門慶釋放後，回到揚州後的一位庇蔭者纔對。如按西門慶的為人，像苗青也者，又怎能不是西門慶運用在南方替他效命的小人物呢！這麼看來，極可能西門慶在開脫苗青回南方的時際，就介紹他去見那位現居散官之職的

「苗員外」，到苗員外府邸作他蔭避之所。同時再交代他一些任務。
這樣，則寫在第五十一回「抓尋」苗青的事，便有了根蒂了；寫在第
八十一回的苗青，也不顯得孤起孤落了。說起來，關于苗青的情節，
自第四十九回到第八十一回之間，必還穿插了不少的情節。但已被
《金瓶梅詞話》的改寫者，改得面目全非矣！

　　像西門慶這麼一位在政治舞台上以及現實社會中擅於長袖善舞
的人物，怎可與那同是蔡太師門下爪牙的苗員外，僅僅有那麼一次
「送歌童」的往還，就不再交往？更何況，那苗員外曾向歌童們說：
「你們卻不曉的，西門慶大官家裡，豪富潑天，金銀廣布，身居著右
班左職，現在蔡太師門下做個乾兒子。就是內相朝官，那個不與他心
腹往來。家裡開著兩個綾緞舖，如今又要開個標行，進的利錢，也委
實無數。……」（第五十五回第十一頁，上已引過。）
試想，這麼一位重視西門慶的苗員外，也不可能只贈送了兩個歌童，
以後便不再往還。所以我們可以從之推想到那寫在第六十七回韓道國
二次南去辦貨，西門慶要他們帶去一封信給「苗小湖」，「謝他的重
禮」。這位苗小湖可能就是苗員外的名號。至於寫在第七十七回崔本
先回來說的，揚州苗青已為西門慶買來一位揚州千戶家的女子，名叫
楚雲，正為他打製粧奩治衣服，開春由韓夥計船上帶來。這一情節，
依情依理都應是苗員外，不應是苗青。再後面第八十一回寫的與來保
勸開韓道國打胡秀的苗小湖，則應是苗青。我們這樣推想，就可以認
定《金瓶梅詞話》的這些有關苗青、苗員外、苗小湖的情節，之所以
孤起孤落，前後不粘，相互矛盾，全由於改寫者的重新編纂，未能周
圓格局，因而還留下了原始《金瓶梅》情節的痕跡。其他，我們委實
不易尋出更適當的理由，來解說這個問題。

　　《金瓶梅詞話》是改寫本，應是確立不移之論。有關苗青、苗員
外、苗小湖的情節之孤起孤落，業已清楚的顯示了原始《金瓶梅》的

一些殘餘風貌。我們從這一殘餘的情節，可以想像得到，有關苗青謀財害主的命案，必是原始《金瓶梅》中的重要情節之一，前後牽連綿亙達三十餘回之久。可能事涉政治隱喻，《金瓶梅詞話》的改寫者，已為之重新改纂重新經始過了。我不是從第十七回宇文虛中的參本，尋出了「賈廉、賈慶、西門慶」的問題，推想原始的《金瓶梅》不是以西門慶其人為主的故事嗎！本文探索到的苗青、苗員外、苗小湖，亦一證也。

清河、東京、嚴州 ^{編按1}

　　在《水滸》；武大、潘金蓮、西門慶的故事背景，是陽穀，到了
《金瓶梅》，則易陽穀為清河。至於《金瓶梅》的作者，何以要為武
氏兄弟搬個家？我在〈武松、武大、李外傳〉這一章，業已說到了。
但尚未說到清河的地理位置，與東京以及江南等地的路線問題。這
裏，我們來探索一番清河究在山東何方？東京在清河何方？以及江南
的揚州、湖州、杭州、還有嚴州，與清河這地方，究竟怎樣往還？這
樣，或許能獲得一些作者的原始創意。

一　清河

　　根據《清河縣志》（光緒九年刊本）之沿革說，清河本境，古屬
兖、冀二州。清河人崔對考謂：

> 馬（端臨）杜（佑）既列清河為兖州，而復云兖冀者，因清河
> 在昔為郡為國，領縣甚多。馬、杜二通，其小注云：「在洚水
> 東，古兖州地，在洚水西，古冀州地，蓋清河屬縣在河內
> 者，自屬古之冀州，而清河現在本境之故迹及屬縣，同在河
> 東者，當然入於古之兖州也。」

那麼，照此說來，《金瓶梅》的作者，把清河列為山東省，還是有根
據的。可是，清河與山東省的陽穀，中間尚隔臨清、堂邑二縣，堂邑

編按1　　原載於《中國書目季刊》第18卷第3期（1984年12月），頁41-48。

之左，尚有聊城；陽穀之右，尚有莘縣，並非鄰縣。不過，此一問
題，在《水滸》中便把清河與陽穀寫成「咫尺」。

按《水滸》全傳第二十三回，武松說了這段話：

> 我是清河縣人民，這條景陽岡上，少也走過了一二十遭，幾
> 時見說有大蟲！你休說這般鳥話來嚇我，便有大蟲，我也不
> 怕。

這話也在說明了陽穀縣的景陽岡，與清河很近，所以陽穀縣的知縣
說：「雖你原是清河縣人氏，與我這陽穀縣只在咫尺。我今日參你在
本縣做個都頭，如何？」如照《水滸傳》的這些話來看，清河與陽穀
應是鄰縣纔對。但事實上，清河與陽穀，並非鄰縣。按實際地理，陽
穀南臨壽張，極近；西有朝城，北有莘縣，還有聊城；再東便是黃河
南岸的東阿。清河則南鄰臨清、夏津；北鄰南宮、武城；西鄰廣宗，
威縣。可以說清河與陽穀，既不相鄰，也不「咫尺」之近。不惟隔著
他縣，相距也有數百里呢。

再說，武松由滄州返回清河縣看望哥哥，卻為了何事，先去了
陽穀？又在陽穀遇見了哥哥，真是巧。由滄州到清河，不必經過陽
穀，陽穀在清河以南。如果說，武松先到清河，發現哥哥已不在清
河，問知他人，說是已搬到陽穀去了，再去陽穀，這就符合情節了。
可是在《水滸》中，並未寫上此一交代，可見現存的百回《水滸》，
也是改寫本，把這些問題，都改寫掉了。到了《金瓶梅》，把武氏兄
弟的籍貫，從《水滸》借來調了一個過兒，說他們本是山東陽穀人，
「因時遭荒饉，將租房賣了，與兄弟分居，搬移在清河居住。」又說：
「這武松因酒醉，打了童樞密，單身獨自，逃在滄州橫海郡（軍）小
旋風莊上，」這樣一寫，可以說武氏兄弟由陽穀搬到清河居住，武松
是知道的，而且是一塊兒搬來的。那麼，武松由滄州柴進莊上回清河

尋兄，幹麼要跑到陽穀去呢？我在前面說了，由滄州到清河，又不需
經過陽穀。滄州在清河東北，陽穀在清河以南。他們弟兄已由陽穀搬
到清河居住，武松已經知道，且已寫明他要回清河尋兄，居然也跑到
陽穀來了。在《水滸傳》，寫武松到了陽穀，只能說小說家欠了一句
交代，未交代武松先回清河尋兄，問知哥哥已搬到陽穀，再從清河趕
往陽穀，遂在景陽岡打虎成了英雄。這一漏洞，還有理由說得過去。
但《金瓶梅》的武松，明明知道哥哥已由陽穀遷到清河，他又到陽穀
去作什麼？由滄州到清河又不經過陽穀；滄州在清河北，陽穀在清河
南。可以說《金瓶梅》的此一地理上的錯誤，連個解說的理由都尋不
出來，只能說是小說家言，難往實處觀也。

　　但無論如何說，像清河與陽穀的地理關係之誤，以及武松由滄
州返回清河，居然在陽穀演出了打虎的英雄故事？委實是《金瓶梅》
作者的錯誤。問題是，原始作者就是這樣錯的嗎！那麼，《金瓶梅》
的此一作者，寫作才能也就未免太低劣了吧！如果說，《金瓶梅》的
作者借用《水滸傳》的情節寫入《金瓶梅》，迫於時間倉促，或許是
個說得通的理由。而我，則認為像這等情節上的不相貫串，並不是孤
單的問題，這類錯誤，他處還多得很呢！前述各章，不是縷述了不少
嗎！下面，我們再看另一問題。

二　東京

　　《金瓶梅》的故事，以清河縣為發展的基地，其他涉及的地方，
除了近鄰的臨清，則為東京以及南方的揚州、湖州、杭州還有嚴州等
處。其中要以東京在《金瓶梅》故事中，所占地位較重。西門慶曾兩
次進京，寫到了京城的盛況。

　　按北宋時代的東京，是汴梁城，即今之開封。位置在清河的西

南方。可是，《金瓶梅》中的東京，又似乎不是開封，我們看第七十
二回所寫：

> 西門慶來到清河縣，吩咐賁四、王經跟行李先往家去，他便
> 送何千戶到衙門中，看著收拾打歸（掃）公廨乾淨，（轉下）
> 他便騎馬來家，進入後廳。吳月娘接著拂去塵土，舀水淨面
> 畢，就令丫環院子裏放桌兒，滿爐焚香，對天地位下告許愿
> 心。月娘便問：「你為什許願心？」西門慶道：「且休說。我
> 性命來家。」往回路上之事，告說一遍：「昨日十一月二十三
> 日，剛過黃河，行到沂水縣八角鎮（誤刻公用鎮）上，遭遇大
> 風。那風那等兇惡，沙石迷目，通不放前進。天色已晚，百
> 里不見人，眾人多慌了。況（一個裝）馱垛又多，誠恐鑽出個
> 賊來怎了。前行投到古寺中，和尚又窮，夜晚連燈火沒個
> 兒，各人隨身帶著些乾糧麵食，借了燈火來，熬來了豆粥，
> 人各吃一頓，砍了些柴薪草根，喂了馬，我便與何千戶在一
> 個禪坑上抵足一宿。次日風住了，方纔起身。這場苦，比前
> 日更苦十分。前日雖是熱天，還好些，這遭又是寒冷天氣，
> 又耽許多懼怕，幸得平地還罷了，若在黃河遭此風浪，怎
> 了？我頭行路上，許了些願心，到臘月初一日，宰豬羊祭賽
> （謝）天地。……

試看這一段話，已寫明他們從東京返回清河，要渡過黃河。那
麼，他們由東京返回清河，經過那些路線呢？這一段話說：「剛過黃
河，行過沂水縣八角鎮上，」這沂水縣應離黃河不遠纔對。可是沂水
縣在山東地界，無論南或北，距離黃河，都不止一天的路程。按沂水
縣在魯之東南部，出泰山郡蓋縣艾山，南至於邳（江蘇北部）西南入
於泗。《明一統志》云：

> 沂水縣在青州府莒州城西北七十里，周為鄆邑，漢為東莞
> 縣，後魏改為新泰縣，隋初改為東安縣，後於古蓋城別置東
> 安縣，而此縣改名沂水，唐宋屬沂州，金元屬莒州。

那麼，我們再查歷代黃河變遷的流道，曾否經過沂水附近呢？
查劉鶚著《歷代黃河變遷圖考》，則無論禹貢故道，周至西漢河道，
東漢新莽清河的流道，唐宋時的河道，以及宋時的二股河，金章宗時
決河南流入淮的南河道，俱無流經沂水近境的情事。西門慶等人又焉
能「剛過黃河」就「行過沂水縣」呢？這難道是小說家言？無從去入
實稽考矣？

再說，由宋時的東京回清河，應在東京（開封）附近渡河，一直
東北行，回到清河，已無須再渡黃河。不過，這裡說：「剛過黃河，」
就「行過沂水縣」，顯然是由北往南，換言之，《金瓶梅》的作者寫
宋之東京，事實上乃是以明之北京為背景的。這一點，則是明顯的證
據。不過此一問題，在第七十一回結尾時，則說：「比及剛過黃河，
到水關八角鎮，驟然撞遇天起一陣大風。」過了黃河到達的地方，不
是「沂水縣」，而是「水關」的八角鎮。查山東並無「水關」這個縣
分，如果是個小地名，黃河流經冀魯甚長，不易查了。總之，這也是
一處前後不相契一的問題，也只有歸咎於分回改寫之未能統一耳。或
者「沂水縣」乃原著語。

三　嚴州

西門慶與南方的交往，全是商業上的事務，往還最多的地方是
揚州，其次是杭州、湖州；揚州則是一個屯貨轉運點。因為西門家開
了五爿舖子，除了祖傳生藥舖，還有綢緞、絨線、典當以及南北雜貨

等。正如同應伯爵說的，舖子裏樣樣有，纔算得買賣。可以說西門慶
的舖子樣樣有。所以他時常派人南去辦貨。買辦的貨品大多是綢緞絲
絨或香蠟等等。往往一次買辦，都得用十車二十車搬運，辦貨的本錢
動輒數千兩上萬兩，但卻從來沒有去過嚴州。

嚴州乃今之建德，富春江流域，在桐廬縣以南，蘭溪縣以北，
屬於浙西南的一個山城，是個小地方。西門慶的舖子需要的貨物，買
辦不到嚴州那種地方。但《金瓶梅》之寫到嚴州，則是西門慶死後，
陳經濟為了打孟玉樓的主意，嚴州方始被寫入了《金瓶梅》的小說情
節中來。

在第九十一回，西門家的六房妻妾，只賸了大房吳月娘一人，
孟玉樓也嫁了。孟玉樓嫁的是清河縣太爺的小衙內，名叫李拱璧，也
三十零了。雖是一個國子監監生，卻也是個常在三瓦兩巷中走走的紈
袴子弟，外號李棍子。由於在清明節上墳時，從永福寺回家路過杏花
村，在跑馬賣解的熱鬧處，遇見了孟玉樓，兩人便一見傾心。縣太爺
派人來說媒，孟玉樓便下嫁了。不久，這位縣太爺改調嚴州府判官，
一家人由清河遷到嚴州。就這樣，嚴州這地方，寫進了《金瓶梅》。

陳經濟在丈人家經管典當物存儲房屋的鎖鑰，經常出入內院，
有一天他在花園中拾到孟玉樓的一根金頭蓮瓣簪兒，上面鑴著兩溜字
兒：「金勒馬嘶芳草地，玉樓人醉杏花天。」因而留下來不給孟玉樓。
西門慶死後，這根簪子他還曾納在袖中，被潘金蓮發現，盤問了一
番，纔還給他。（見第八十二回）。到了第九十二回，吳月娘把西門
大姐送來，又交還許多庄帳粧奩，但卻三日一場嚷，五日一場鬧。這
陳經濟又吵嚷他娘籌本錢，他要找房子開布店作生意。就這樣，他娘
被吵嚷不過，為他湊了五百兩銀子在臨清碼頭，開店販賣布疋。當他
聽說孟玉樓嫁了李衙內，近日隨老子到嚴州去了，這陳經濟便想起了
他在花園中拾到的孟玉樓那根簪子，遂想：

就把這根簪子，做個證見把物，趕上嚴州去。只說玉樓先與他有了奸，與了他這根簪子，不合又帶了許多東西嫁了李衙內。都是昔日楊戩寄放金銀箱籠應沒官之物。那李通判一個文官，多大湯水，聽見這個利害口聲，不怕不教他兒子，雙手把老婆奉與我。我那時娶將來家，與馮金寶一對兒，落得好受用。

所以陳經濟帶領家人陳安，還有楊大郎：

押著九百兩銀子，從八月中秋起身，前往湖州，販了半船絲綿綢絹，來到清江浦江口碼頭上，灣泊住了船隻。投在個店主人陳二店內。夜間點上燈火，交陳二郎殺雞取酒，與楊大郎共飲。在飲酒中間，和楊大郎說：「夥計，你暫且看守船上貨物，在二郎店內略住數日，等我和陳安拏些人事禮物，往浙江嚴州府，看家姐嫁在府中。多不上五日，少只三日期程就來。」楊大道郎：「哥去只顧去，兄弟情願店中等候。哥到日一同起身。」……

這陳經濟便帶了陳安由清江浦江口到浙江嚴州去了。

我們看上錄《金瓶梅詞話》第九十二回的這一番話，便產生了地理上的問題。第一，清江浦江口在何處？距離湖州多遠？在湖州何方？第二，由湖州返回清河，需要經過清江浦（江口）嗎？第三，清江浦（江口）距離嚴州多遠？它在嚴州何方？這三個問題，都需要我們去探索的。

第一，清江浦（江口）在何處？距離湖州多遠？在湖州何方？

查清江浦舊名沙河，又名烏沙河，宋喬維岳開濬。明永樂初，陳瑄重濬，改名清江浦，屬江蘇省清河縣。《明史》〈河渠志〉：「清

河六十里，陳瑄濬至天紀祠，東涇於黃河。」從地圖上看，它在淮陰
淮安附近。在運河岸邊。當然，它在浙紅湖州（吳興）的北方，論距
離，總有二千里之遙。

第二，由湖州反清河，需要經過清江浦（江口）嗎？

從地圖上看，如循水路，由湖州先到揚州，再由揚州入運河北
上，當然經過清江浦。可是，再由清江浦去嚴州，可就太遠了。

第三，清江浦距離嚴州多遠？它在嚴州何方？

當我們知道清江浦在江蘇北部，嚴州在浙江西南部，比湖州還
要偏遠，算起來，也不會少於二千里。一在南一在北，關山阻隔，並
非近鄰。按說，湖州距離嚴州較近，也有五、七百里吧？中隔數縣，
山路崎嶇，也不是三五日可以來回的，單程也未必能達。既然這陳經
濟的南去湖州買辦貨物，行前即已安下去嚴州尋孟玉樓的心意，應在
湖州去嚴州，何必到了清江浦再去嚴州？令人費解。

再查「嚴州」這個地名，在我國地理上，捨浙江之外，他省也
有。如唐置宋廢之嚴州，故地在廣西來賓縣。另一遼置金廢的嚴州保
來軍，故治在今遼寧省興城縣南，與清江浦遠而又遠矣！更是攀不上
關係。

那麼，如照《金瓶梅》的說法：「多不上五日，少只三日期程就
來。」則由清江浦到嚴州，來回最多不過五天，距離不會超過二百
里，方有這樣的說法。可是清江浦近處，並無嚴州，嚴州近處，也無
清江浦。這番說詞，是怎麼來的呢？當真，是小說家的信口雌黃？只
能當作小說家言嗎！

四　時間的問題

陳經濟由臨清前往湖州，寫明「從八月中秋起身」。路上行程總

得十天半個月，再加上買辦貨物多天，他們離開湖州時，最遲也應該是九月上旬了。船到清江浦，又折回嚴州，惹了一起官司，最快，當他了清這場官司，也應該是十月間。這裏則寫陳經濟了清官司，回到清江浦陳二店中尋楊大郎，說：「是三日前，往府前尋你去，說你監在牢中，他收拾貨船，起身往家中去了」。陳經濟則和陳安搭別人便船，當衣討吃歸家。說：「那時正值秋暮天氣，林木凋零，金風搖落。」他回到家，也查不到楊大郎把貨船運到那裡去了。家庭，又因小老婆馮金寶與西門大姐及丫頭元宵鬧氣。陳經濟把西門大姐打了一頓，西門大姐上吊死了。死日竟是「八月二十三日。」在陳經濟由嚴州回到家中，到西門大姐上吊，全部情節只寫了五百字（每行二十四字寫了二十一行），在這五百字中，無一字交代時間又過了一年。試想，西門大姐之死，又怎的會是八月二十三日？

這一筆，如以紀年來看，乃宣和元年。西門大姐死時是二十四歲。按西門大姐在政和三年（1113）出嫁時，年十四歲，抵宣和元年（1119），不過二十歲，不是二十四歲。像這些情節不符的問題，再淺陋的小說家，也不致誤失到如此程度。那麼，我們應認為這種誤失的情事，乃改寫者的編纂匆忙，未能將原稿改寫周圓，遂一處處殘餘了這多誤失。這些問題，還需要寫一本校勘專書來訂正錯誤。在此，我只是舉出來，用以證明清河、東京、嚴州這些地理上的錯綜不契，都是改寫者在匆忙中付梓造成的。

再譬如陳經濟在宴公廟任道士時，年二十四歲。時為宣和二年（1120）。政和三年他十七歲，抵宣和二年正好二十四歲。死時（靖康元年 1126）年二十七歲，則又不符了。我在《金瓶梅編年紀事》中說過，宣和元年以後，就不易詳確的編其年紀其事矣！此一問題，自也是改寫者造成的缺失。

五　問題的推想

　　如從現實上的地理關係，來探討《金瓶梅》中的幾處重要地方的方位與距離，委實無法把它們取出安放在現實的地圖上。譬如那位蔡狀元與安進士，由東京（汴梁）返里省親，蔡是九江人，安是錢塘久，又如何能道經山東清河？顯然的，《金瓶梅》中的東京，在《金瓶梅》作者的心理上，是以燕都為背景的，由北京返江西九江或浙州錢塘，繞道清河，也就說得過去了。像這種地理關係的安排，自然是這小說家為了隱喻宋之東京即明之北京的有意安排，以宋喻明也。

　　雖然，清河與東京之間的地理關係，實際上是清河與北京的關係，然而嚴州與清江浦之間的地理關係，卻無法以之與清河、東京間的關係併看。它們之間，如照《金瓶梅》處理其他地理關係來看，絕非小說家在現實地理關係以外，或像美國小說家福克納（W. Fualkner）一樣，在密西西比州又建立了一個雅克那巴陶發郡，《金瓶梅》使用的地理名詞，全是現實地理上的地名，既是現實上的地名，像陳經濟到湖州辦貨，回到清江浦，再由清江浦折回嚴州的地理關係，自然是作家在筆墨上的差異，尋不出有何隱喻的意義存在其間，說來，這種錯誤的造成，怎能不令人推想它是改寫時造成的呢？

　　極為明顯的事，業已在這些差異的問題上，一一展示出來，那就是，在《金瓶梅詞話》未成書之前，有一大堆雜亂的稿件，這些稿件是那裡來的？我們可作如下推想：

（一）從許多不同傳抄人的手中蒐求到的

　　我想，同意此一推想的人，一定佔多數。

　　可是，此一推想，則有四個問題，得不到圓滿的解釋。一、沈

德符說：「此等書必遂有人板行。」沈的這句話，乃明朝當時社會文
化樣相的事實，像《金瓶梅》這類的小說，正合當時社會需要，必然
有人梓行它。但是，《金瓶梅》自萬曆二十四年（1596）傳抄於世，
居然二十餘年，沒有人梓行它。這是怎麼回事？二、在明朝——尤其
嘉靖萬曆年間，淫穢的文字與圖畫，不干公禁。這是歷史上的事實。
那麼，《金瓶梅》之遲遲無人梓行，自不是因為它的淫穢關係吧？
三、明朝的萬曆年間，刻書之風最盛，大部頭的叢書，接一連二；而
且改寫編纂的風氣，更是明代文人的習尚。像《金瓶梅》這樣的一部
書，在傳抄時代縱無全本，也會有人代之續完付梓的；可能續本不止
一種呢。此一情事，居然沒有產生，怎麼回事？四，最早梓行的《金
瓶梅詞話》，時間最早已是萬曆四十五年（1617），可是，在我們今
天已見到的明朝人論及《金瓶梅》的文字資料，竟無一人見到這部
《金瓶梅詞話》？如有人見到《金瓶梅詞話》的話，何以無人提到「蘭
陵笑笑生」與「欣欣子」？

　　這第一個推想，看來很難成立。

（二）從說書人的口中抄來的

　　此一推想，已有人這樣說了。我則認為此一推想，最難成立。
何以？試想啊！《金瓶梅》如在萬曆時代已在說書人口中傳說著了，
怎的在萬曆的文獻中，沒有說書人說《金瓶梅》的記載？張岱的《陶
庵夢憶》提到說《金瓶梅》一事，時間已是崇禎七年了。

（三）多人根據原稿改寫出來的

　　此一推想，我在拙作《金瓶梅的問世與演變》及《金瓶梅箚記》

兩書中，已說了又說，證之又證。可以說，除了這個解釋，足以周圓情理，其他都不易解釋。下面，我們再把理由臚述一遍：

（1）《金瓶梅》的早期原稿，乃一政治諷喻小說，對象是明神宗寵幸鄭貴妃有廢長立幼的悖禮心態，引起臣民的掛慮與不滿。有不少臣子不懼謫官與廷杖甚至丟命的危險去上疏諫諍，怎的會無人以小說的形式去諷諫呢！

（2）早期的《金瓶梅》既是有關政治諷喻，目標是「今上」，試問，誰敢梓行？是以十年來沒有全稿，也無刻本[1]。一直到了萬曆三十四年（1606）方始有了全稿在誰家的消息。

（3）在萬曆二十六年及三十一年，曾兩次發生所謂「妖書」事件，用小冊子假名反諷萬曆爺寵幸鄭貴妃的廢長立幼心態，鬧了一個不小的政治風波。要拿問妖書的作者與梓行者。若從此聯想，則萬曆三十四年的全稿消息，或者就是他們打算改寫《金瓶梅》的計畫。

（4）到了萬曆四十三年（1615）十一月，沈德符手中已有了《金瓶梅》全稿[2]，或者可以說至此已改寫完成了。卻又遇上福王之國的問題（福王之國在萬曆四十二年三月），以及萬曆四十三年間的「梃擊」事件，這兩個政治風波，都由宮闈引起，自然是影響《金瓶梅》付梓的阻礙。所以《金瓶梅》的付梓，又拖了下去了。

（5）流行於今之《金瓶梅詞話》，有東吳弄珠客萬曆四十五年（1617）冬的序文，但此書則刻於天啟初，有第七十回、七十一回一年兩冬至的隱喻可證。再加以天啟三年的詔修《三朝

---

[1]　〔明〕沈德符：《萬曆野獲編》。

[2]　〔明〕李日華：《味水軒日記》，卷七。

要典》（梃擊、紅丸、移宮等三案），又影響了《金瓶梅詞話》
的發行，直到所謂「崇禎本」把殘餘在《金瓶梅詞話》中的
政治隱喻刪了（改寫了第一回的政治諷喻），《金瓶梅》一書，
方始流行。從明朝人論及《金瓶梅》，居然無人提及「蘭陵笑
笑生」與「欣欣子」的這一點來說，即足以證明《金瓶梅詞話》
在明朝未敢發行，刻出的書，可能毀了。日本京都大學收藏
的那二十三回殘本，就是從佛經的襯紙中發現的。這也清楚
的說明了《金瓶梅詞話》雖已刻出，在明朝則未曾發行。

那麼，我們若從以上的三種推想來看，自以第三種推想：「多人
根據原稿改寫出來的」理由，最能說得通，最能解釋得周圓。正因為
是多人分回改寫，遂產生了這多的錯誤，如重複、錯簡、名不統一，
情節不聯，自全是大家分回改寫而無人總其成，便匆匆付梓造成的。
捨此，還有另外什麼好理由說它呢！

因果、宿命、改寫問題^{編按1}

　　佛家的因果之說與宿命之論，雖有其相因的關係，但兩者的人生目標，則大不相同。因果之說「善有善報，惡有惡報；不是不報，時間未到。」《佛涅盤經》之〈憍陳品〉，說：「善惡之報，如影隨形，三世因果，循環不失。」《法華經》說到因果報應，〈方便品〉則說：「如是因，如是緣，如是果，如是報。」換言之，人之一生得失，都是前行事實產生的必然後果；斯即所謂的「善有善報，惡有惡報。」這樣看來，講因果的人生觀，則認為人生的禍福際遇，不是與生俱來就固定了的，尚能由其在世間行事的善惡行為，來改變他這一生的時運遇合；行善則有善報，作惡則有惡報也。宿命之論則不然，講求的是前生，人的一生命運，則是生來就注定了的；認為人生的福祿壽夭，皆定於其人之宿命，一切禍福際遇，無可避免。《大藏法數》三十四^{編按2}，說：「六道眾生，各各宿命。」若照此說來，所有的眾生，都具有既定的宿命。那麼，人生之富、貴、貧、賤、壽、夭，既是在未生之前就注定了的，則其有生之年的善惡作為，自也無法改變其業已生前就注定了的「宿命」，最多只能修其來生而已。這一點，豈不就是「因果」與「宿命」的不同處嗎？

　　明人屠隆，寫有《知命篇》數萬言，從歷史上的三代例說到他當代的世宗（嘉靖）朝，例說的宿命故事，不下千條。屠隆所強調的

編按1　原載於《中外文學》第13卷第9期（1985年2月），頁58-76。本文略作增刪修
　　　　潤之。
編按2　《金學卷》編輯說明：「六道眾生，各各宿命」出自《大藏法數》三十四〈六
　　　　神通〉。《大藏法數》全名為《一代經律論釋法數》，釋寂照撰。日本萬治元
　　　　年（1658）西村九郎右衛門刊本。

「知命」，即意在命乃宿命，非能強也。可是屠隆又強調「因果」與「宿命」的合一說，他認為「定命必本宿業。」我們看他例說的這個故事：

> 武后誅戮皇宗，一宗子繫大理當死。曰：「既不免刑，焉用汙刀鋸！」夜中以衣領自縊死。及曉而蘇，遂言笑飲食如故。曰：「始死，冥官怒之！曰：『爾合戮死，何為自來？速還，受爾刑。』」宗子問故？官示以冥簿云：『前世殺人，今宜償對。』」數日就戮，神色不變。余謂定命必本宿業，以此不然，命何由而定哉！

屠隆此說，強調「定命必本宿業」。還有一個故事，說：

> （梁）武帝召一高僧入宮，僧至而帝與大臣奕。帝忽云：「殺卻。」左右誤以為命殺此僧，遂牽出。臨刑，問僧曰：「師道德既高，何為至是？」僧曰：「帝之前身為蚓，老僧鋤地，誤斫其頭；今日所以報也。」以誤而殺，以誤而報，嗚呼嚴哉！悟達國師之冤業，卒得解釋。則以十代戒德，足為定業報償，非倖免也。

此說也是強調定命本由宿業的「宿命」。

再者，屠隆還強調定命的不能改變，他記有這個故事：

> 庾黔妻至孝，父病危，每夜稽顙北辰，求以身代。聞空中曰：「徵君壽盡，命不可延。汝誠禱既至，政得至月末耳。」天神業已感格孝子，而壽數竟不可易，可易則非定命矣！

從屠隆的「知命論」來看「因果」與「宿命」之說，縱能合而為一，也是兩個階段，所謂「定命必本宿業」。宿業是前因，定命是後

果。這種「因果」說，卻又不是「善惡之報，如影隨形」的因果論說。在俗語中，有「現世報」或「現世現報」之說，都是因果論的說法。這說法，就不是屠隆所強調的「定命」說了。

那麼，《金瓶梅》這部書，它的人生觀，基於因果說呢？還是宿命論？頗值吾人探索。

一　從《金瓶梅》的故事結構看

《金瓶梅》的故事，寫的是西門家的身家興衰，但故事中的情節，譜敘的則是《金瓶梅》那個時代的社會縮影，乃現實主義的寫實，是一部寫實主義的小說。

凡是寫實主義的作品，總是正面提出各種問題，而且十之九也都是暴露黑暗面的，筆鋒總是大張撻伐，《金瓶梅》就是這樣一部描寫現實社會黑暗面的作品。從整個人生觀來說，寫實主義的作品，是入世的，不是出世的。當然，《金瓶梅》的人生觀，也是入世的。

譬如西門慶這個人物，他不過一個清河縣的小商人之子，又不曾讀書識字，只靠了十兄弟的幫會，在地方上混生活，諸如包攬詞訟，官商之間的營私舞弊，他就是交通官吏的樞鈕。因而發了跡，娶了六房妻子，開了五個舖子，又上攀到京城太師，弄了個五品千戶，居然成了地方上的一流要人；連皇帝的御前太尉都賞光到他府上吃頓飯。當他還是一個小小地痞流氓的時候，一位兵科給事中的參本，原要捉去枷號一月發到邊衛充軍，他有本領把名字買了下來。另一件巡按御史的參本，更是指名參劾他行為浪蕩，貪鄙不職，應予罷斥。可是，這監察御史的參本，尚未送達京城，西門慶便已派人在京城打點妥了。不惟這位曾御史的參本沒有損及西門慶的毫毛，反而因此為西門慶帶來三萬鹽引的專賣。那位上本參劾西門慶的曾御史，還因而被

羅織成罪，先謫慶州，再竄領南。

　　再說，《金瓶梅》的故事，由西門慶的「興」，描寫出的那些官場上的腐敗淫靡以及社會風尚的頹廢，自是因由那個《金瓶梅》時代的政治窳敗。換言之，如果沒有《金瓶梅》那個靡爛的社會，又怎能產生西門慶那樣的人物呢？若是看來，我們可以肯定的說，《金瓶梅詞話》的故事，乃是結構在因果論上的。更可以說，寫實主義的作品，無不入世乎此。西門慶的「衰」，則是因由於他的縱慾過度，強調的也是因果。

二　從《金瓶梅》的人物架設看

　　如從因果說的「善惡之報」來說，《金瓶梅》中的人物，尚難說是基于「因果論」的架設。譬如西門慶之死，雖因於他的縱慾過度造成的後果，但一生作惡多端的西門慶，死後卻又脫生在一位財主人家為子。這又怎能說是「善有善報，惡有惡報」呢！

　　固然，書到結尾時（第一百回），寫到吳月娘的結果，說：「……壽年七十歲，善終而亡，此皆平日好善看經之報也。」這話自然是基於因果的說法。

　　結尾尚有詩一首，說：

> 閱閱逸書思惘然，誰知天道有循環；西門豪橫難存嗣，經濟
> 顛狂定被殲。樓月善良終有壽，瓶梅淫佚早歸泉，可憐金蓮
> 遭惡報，遺臭千年作話傳。

這首詩，自也是基於因果論的說法寫的。不過，這說法則又未免膚淺而且勉強。竟認為西門慶的雖有子嗣而未能傳代，乃其「豪橫」之報；陳經濟的被殺，乃其顛狂之報；孟玉樓與吳月娘之所以能獲得長

壽善終，乃其好善之報；李瓶兒與春梅的死，乃其淫佚之報；潘金蓮慘死又蒙淫婦之名而遺臭千年，更是她應得的報應。像這些因果報應的說法，如從因果論的哲理上說，幾無學理可以析論，但如置於寫實這一論點來說，這些說法，誠是一般中下層社會的婆婆媽媽們的普遍心理。她們的果報觀，的確是如此的。若以之放在小說藝術上說，這些人物的架設，似乎不是這八句詩的意思。就拿潘金蓮來說，「武都頭殺嫂祭兄」，本是《水滸》的舊情節啊！

　　東吳弄珠客在序言中說：

> 如諸婦多矣，而獨以潘金蓮、李瓶兒、春梅命名者，亦楚檮杌之意也。蓋金蓮以姦死，瓶兒以孽死，春梅以淫死，較諸婦為更慘耳！

關于此一說詞，先勿論《金瓶梅》的命名，是否一如東吳弄珠客所說。這三個婦人的死，在《金瓶梅》的情節中，則是可以印證的。雖說潘金蓮的死，乃一仍《水滸》之舊，死於她與西門慶通姦，又酖殺親夫，引發了武松的殺嫂祭兄，但金蓮之死於姦，則係事實。春梅因淫欲過度，淫死在男人懷中，也符合弄珠客的說法。李瓶兒的孽死，這說法則較隱晦。蓋「孽」字之義，乃惡因也；此所謂「李瓶兒以孽死，」即意指李瓶兒之死，是有惡因的。什麼惡因呢？那就是李瓶兒與她那叔公花老太監之間的不正常關係。由於她與那花老太監有非人道的性行為，使她養成不正常的狂熱性需求，這一點，應是她把西門慶當作了藥物的原因。正由於李瓶兒在性生活上，有著狂暴的需求，遂造成了李瓶兒的血崩之症，這就是李瓶兒之死的惡因。關于這一部份，我在《金瓶梅箚記》中已說到了。不過，要說這三個婦人之死，「較諸婦更慘」，則又不合《金瓶梅》的情節。如孫雪娥、宋惠蓮都是因被逼吊死的。若春梅，因貪圖淫欲，枯竭在男人懷中，復何慘之

有？說起來，這三個婦人之死，頗符合《金瓶梅》的人物架設而已。

雖說吳月娘的壽高七十，善終而亡，皆由於她平日好善看經修來的。那麼，韓道國與王六兒夫婦，也是善終的。這夫婦二人，何嘗好善看經？那李嬌兒不是又嫁了一位與西門慶相等的張二官嗎？這些問題，又如何能以因果論之呢！

總之，從《金瓶梅》這部小說的人物架設看，很難以因果論的學理來論斷它們。認真說來，《金瓶梅》的人物，只是描繪那現實社會的眾生相，小說家的附加議論，也只是俯拾人生的口頭禪而已。

三　《金瓶梅》的宿命說

在《金瓶梅》的情節中，除了具有宿命論的詩，附入了不少，以宿命論之說，論及人物的地方則極少。只有官哥死時，由徐陰陽的口中，說了這麼一番話：

> 他生前曾在袞州蔡家為男子，曾倚力奪人財物，吃酒落魄，不敬天地，六親橫事牽連，遭氣寒之疾，久臥床席，穢污而亡。今生為小兒，亦患瘋癲之疾。十日前被六畜驚去魂魄，又犯太歲先亡。攝去魂死，託生往鄭家為男子，後作千戶，壽六十八歲而終。

另外，薛姑子又替李瓶兒念《楞嚴經》，解冤咒，勸她休要哭了。說：

> 經上不說的好！「改頭換面輪迴去，來世機緣莫想他」。當來世，他不是你的兒女，都是宿世冤家債主託生來，化財化

目，騙劫財物。或一歲而亡，二歲而亡，三、六、九歲而亡。一日一夜，萬死萬生。

又說了《陀羅經》上的故事：

昔日有一婦人，常持佛頂心《陀羅經》，日以供養不缺。乃于三年之前，曾置毒藥，殺害他命。此冤家不爭離子前後，欲求方便，致殺其母。遂以托蔭此身，向母胎中，抱母心肝，令母至生產之時，分解不得，萬死千生。及至生產下來，端正如法，不過兩歲，即便身亡。母思憶之，痛切號哭，遂即抱孩兒拋向水中，如是三遍。托蔭此身，向母腹中，欲求方便，致殺其母至第三遍。准前得生，向母胎中，百千計較，抱母心肝，令其母千生萬死，悶絕叫喚，准前得生下，特地端嚴，相見具足，不過兩歲，又以身亡。母既見之，不覺放聲大哭。是何惡業姻緣，准前抱孩兒直至江邊，已經數時，不忍拋棄。感得觀世音菩薩，遂化作一僧，身披百衲，直至江邊。乃謂此婦人曰：「不用啼哭。此非是你男女，是你三生前冤家，三度托生，欲殺母不得。為緣你常持誦佛頂心《陀羅經》，並供養不缺；所以殺汝不得。若你要見這冤家，但隨貧僧手指看之。道罷，以神通力一指，其見遂化作一夜叉之形，向水中而立。報言：「緣汝曾殺我來，我今故來報冤；蓋緣汝有大道心，常持佛頂心《陀羅經》，善神日夜擁護所致，殺汝不得。我已蒙觀世音菩薩受度了，從今永不與汝為冤。」道畢，沉水中不見。此女人兩淚交流，禮拜菩薩，歸家益修善事，後壽至九十七歲而終。轉女成男。

于是，這薛姑又勸李瓶兒說：

你這兒子必是前世冤家，托來你陰下，化目化財，要惱害你
身。為緣你供養修持，印捨了此經一千五百卷，有此功行，
他殺害你不得，今此離身。到明日再生下來，纔是你兒女。
（第五十八回）

　　除了官哥之外，也只有李瓶兒死時寫了前生，在第六十二回李
瓶兒病危時，吳月娘使出玳安來，教徐陰陽看看黑書上，往那方去
了？

　　這徐先生一面打開陰陽秘書觀看，說道：「今日丙子日，乃是
己丑時。死者上應寶瓶宮，下臨齊地。前生曾在濱州王家作
男子，打死懷胎母羊，今世為女人屬羊。稟性柔婉，自幼陰
謀之事，父母雙亡，六親無靠。先與人家作妾，受大娘子
氣，及至有夫主，又不相投。犯三刑六害。中年雖招貴夫，
常有疾病。比肩不和，生子夭亡。主生氣疾，肚腹流血而
死。前九日魂去，托生河南汴梁開封府，袁指揮家為女。艱
難不能度日，後躭擱至二十歲，嫁一富家，老少不對，中年
享福，壽至四十二歲，得氣而終。」看畢黑書，眾婦聽了，各
自歎息。

　　作者之所以把官哥的前世冤家生死觀念，用僧尼薛姑子之口道
出，又把李瓶兒的前世由徐陰陽看黑書道出，說來，也只是寫實的手
段而已。像薛姑子講述的這一則投胎殺母的輪廻報應，這一宿命觀的
生死觀念，正是我們中國人近千年來的人生觀，可以說至今仍存乎現
社會間。此一生死觀念，也正是我國人之具有忍耐的基本力源。至於
徐陰陽的黑書，說到李瓶兒的前世與輪廻，也正是我國民間，在人死
時獲得安慰的一種說詞，只要說到前生，論及宿命，便不得不認為人

之生生死死，全是宿命完了的，既是宿命，自然莫可如何！像這兩處
寫的李瓶兒母子的兩世因果，一出薛姑子之口，一出徐陰陽之口，可
以說只是小說家描寫現實社會的寫實手段而已，還讀不到是《金瓶
梅》的宿命論。如果，《金瓶梅》是宿命論，如西門慶、潘金蓮、吳
月娘、春梅，甚而陳經濟等人，都應述其前生，寫其兩世。可是《金
瓶梅》沒有這樣作，也只是附帶說他們死後，又投胎到何處已耳！

　　宿命論，講究的是前生，即本文開頭所錄屠隆說的那些「定命必
本宿業」的故事。那麼，宿命論的小說，與《金瓶梅》有何不同呢？
例說起來，雖然很多，像馮夢龍的「三言」，則十之九都是宿命論的
作品，但要以《平妖傳》最具代表性。

　　《三遂平妖傳》的題材，是歷史故事，宋仁宗慶曆七年（1047）
王則在貝州叛亂，文彥博敉平。由於王則之亂，含有神話色彩，是以
後人傳說鼎盛。據說羅貫中曾把這故事譜成小說，名之為《三遂平妖
傳》，今還存有一部由明萬曆年間人王慎脩改纂過的一本二十回《三
遂平妖傳》。但馮夢龍則又於萬曆末年，把這二十回本加以充實，改
寫成四十回本；這四十回本的《平妖傳》，便是以宿命論來架構故事
情節及人物傅設的。可以說，馮夢龍的《平妖傳》，已把貝州王則之
亂的故事，徹頭徹尾的用宿命論予以處理了。譬如小說中的幾個重要
人物，王則、胡永兒、聖姑姑，以及於平妖的大臣文彥博，都譜了他
們前生的因。像王則，寫他是武則天轉身，文彥博則是張柬之轉身。
關于這些宿命的部分，除了在故事的情節中，加以詳細的描述，（此
不引錄）馮氏還在第三十七回這樣寫著說：

　　　原來王則原是個趣修羅中多欲魔王轉劫，五百年一出世，或
　　　男或女，妖浮好殺，應人間魔運而起。遇著昏君無道，攪亂
　　　乾坤。若撞了治世明主，其魔亦不能逞也。因為真宗皇帝偽

造天書，裝鬼說鬼，醞釀齋醮，妖氣深重，所以生下王則。
湊著魔運，幸是赤腳大仙治世，文曲武曲諸星，皆為輔助，
不成其大害。前劫武則天娘娘，福壽太過分了，這一劫雖轉
男身，事事減損，命中合居王位一十三年，遇天壽星而絕，
享年四十。那天壽星是誰？就是招討使文彥博。他在唐朝，
姓張名東之，一生抱文武全才，年近八旬，不得際遇，虧了
梁國公狄仁傑薦為丞相，領羽林軍勦滅了武氏，建立了李
家。後因中宗皇帝不明，枉受貶死。上帝哀憐，使配天壽星
之位，世享富貴遐齡。在五代為馮瀛王，在今日為文彥博。
都是位極人臣，壽將百歲。當初則天之亂，是他平定了，今
日王則之亂，仍要做他的功勞。天數註定，非偶然也。

馮夢龍的這一番話，足以說明他的《平妖傳》乃宿命論的作品。

那麼，我們如從馮夢龍的《平妖傳》，來比況《金瓶梅》，就會
認為《金瓶梅》並無宿命論的情節，李瓶兒母子的前生述說，以及宿
業定命，也祇是社會現實眾生心象的寫實，無從以宿命論的學理論
之。

可是，在《金瓶梅詞話》中，卻夾有不少有關宿命論的證詩，頗
值吾人深入探索。

四 宿命論的證詩

按說，小說中的「有詩為證」，應證的當是它那一回或那一節的
內容，此一傳統原自經書──如《論語》、《孟子》、《尚書》、三傳
等。可是《金瓶梅詞話》的證詩，則泰半難與它那一回或那一節的內
容符合。這一點，本文沒有篇幅從事討論，今祇摘錄一部分含有宿命

意蘊的詩句，來尋求這些宿命論的詩，之何以被引證於此。

（一）

第十四回，吳月娘等人在他家牆的這一邊，用梯子接運牆的那一邊李瓶兒家的財物，小說上寫著說：

> 到晚夕月上的時分，李瓶兒那邊同兩個丫環迎春、綉春，放桌凳把箱櫃抬到牆上，舖苫毡條，一個個（件件）打發過來，都送到月娘房中去。你說有這等事，「要得富，險上做。」
> 有詩為證：
> 富貴自是福來投　利名還有利名憂
> 命裡有時終須有　命裡無時莫強求

既然說：「要得富，險上做。」而且「富貴自是福來投」，那西門慶之獲得了李瓶兒囊取的花家財產，全是西門慶命裡該獲得的了？但在小說情節中，則又不曾譜寫西門慶的「宿命」如此。

那麼，這首詩又何以證在此處？

（二）

第十九回的回目是：「草裡蛇邏打蔣竹山，李瓶兒情感西門慶。」這一回的證詩是：

> 花開不擇貧家地，月照山河處處明
> 世間只有人心歹　百事還教天養人
> 癡聾瘖瘂家豪富，伶俐聰明卻受貧

　　　年月日時該載定　算來由命不由人

　　這首詩放在這第十九回的前面，豈不是在指證蔣竹山的被草裏
蛇等「邐打」，以至到最後「鬱死」，都是他命中註定的嗎？是他前
世欠了西門慶的嗎？在小說的情節中，也未譜寫蔣竹山的「宿命」如
此。

　　這詩在第九十四回，又重證了一次。按第九十四回的回目是：
「劉二醉毆陳經濟，酒家店雪娥為娼。」推敲起來，都會令人感於這
首詩何以證之這兩回？

（三）

　　第二十回，內容是「孟玉樓義勸吳月娘，西門慶大鬧麗春院。」
回目前的證詩則是：

　　　在世為人保七旬　何勞日夜弄精神
　　　世事到頭終有悔　浮華過眼恐非真
　　　貧窮富貴天之命　得失榮華隙裡塵
　　　不如且放開懷飲　莫使蒼然兩鬢侵

　　想來，這首詩放在這一回，豈不是認定西門慶的這種享樂行
為，乃「天之命」也乎？「不如且放開懷飲，莫使蒼然兩鬢侵」，不
正是西門慶的享樂人生嗎？這兩句話與欣欣子序言中的「明人倫、戒
淫奔、分淑慝」的說法，已大相逕庭矣！

（四）

第二十九回「吳神仙貴賤相人」，吳神仙說：「智慧生於皮毛，苦樂觀乎手足；細軟豐潤，必享福逸樂之人也。兩目雌雄，必至富而多詐，眉抽二尾，一生常自主歡娛；根有三紋，中年必然多耗散；奸門紅紫，一生廣得妻財；黃氣發於高曠，旬日內必定加官；紅色起於三陽，今歲間必生貴子；又有一件不敢說，淚堂豐厚，亦主貪花；谷道亂毛，號為淫抄；且喜得鼻乃財星，驗中年之造化，承漿地閣，管末世之榮枯。」
遂又舉了四句詩為證：

> 承漿地閣要豐隆　準乃財星居正中
> 生平造化皆由命　相法玄機定不容

命相之學，自亦出乎宿命之論。吳神仙說：「生平造化皆由命」，那麼，西門慶的興衰以及其淫靡荒誕的生活，還有他那些無法無天的作為，都是命中註定的了！所憾者，小說的情節，並沒有寫他的前生宿業。

不過，吳神仙的這些說詞，在第二十九回的情節中，卻還貼切。

（五）

第三十三回「陳經濟失鑰罰唱，韓道國縱婦爭鋒」的情節，證詩則是：

> 人生雖未有前知　富貴功名豈力為
> 枉將財帛為根蒂　豈容人力敲天時

世俗炎涼空過眼　　塵紛離合漫忘機

君子行藏須用舍　　不開眉笑待何如

　　我們看這首詩中的「富貴功名實力為」？以及「豈容人力敲天時」等句，自也是宿命的思想。問題是，這首詩證在這三十三回，顯然有些兒河漢空溟，何況，這一回中的回目「韓道國縱婦爭鋒」的情節，也不在第三十三回，我在《金瓶梅箚記》中已說到了。

（六）

　　第四十六回「妻妾笑卜龜兒卦」完後，潘金蓮方始到來，沒有趕上。她就大發議論的說：「我不卜他。常言：算的著命，算不著行。想著前日道士打看，說我短命哩。怎的哩說的人心裡影影的。隨他，明日街死街埋，路死路埋，倒在洋溝裡就是棺材。」

說畢，和月娘同歸後邊去了。作者在此加了一句「正是」，詩云：

萬事不由人計較　　一生都是命安排

　　這兩句詩，證在此處，不知指的是誰？

（七）

　　同樣，在第四十八回的結尾，當西門慶派去進京打點曾御史參本的來保回來，告知一切均已打點停當，還附帶為西門慶携回了三萬鹽引的專賣。西門慶的朋友蔡狀元又點了兩淮巡鹽，心中不勝歡喜。一面打發夏壽回家，（夏提刑的家人，與來保同去京城，）報與夏提刑知道，一面賞了來保五兩銀子，兩瓶酒，一方肉，回房歇息，不在

話下。然後來一「正是」:「樹大招風風損樹,人為名高傷喪身。」按說,這兩句話,足夠作為這一回的結尾證言,這一回的回目,是「曾御史參劾提刑官,蔡太師奏行七件事。」可是後面,還附加了一首證詩,說:

有詩為證:
得失榮枯命裡該　皆因年月日時栽;
胸中有志終須到　囊中無財莫論才。

這四句詩的含意,頭兩句乃屠隆的知命論,「定命本宿業」的說法,得失榮枯都是命定的,而且是經由以往的年月日時栽培成的。那麼,後兩句是感慨曾御史嗎?「囊無中財莫論才」,不正是曾御史與西門慶的尖銳對比嗎!可是,這首證詩,則又出現於第九十五回結尾。

按第九十五回,情節是「平安偷盜假當物,薛嫂喬計說人情」。寫吳月娘差遣玳安到春梅家送禮,春梅只收了下飯豬酒,把尺頭都著玳安擡回來了。月娘問玳安,那春梅是不是說明年到咱家來?玳安答道,委實對我說來。自此兩家交往不絕。正是:

世情看冷暖,人面逐高低。

按說,有這兩句證言,也就夠了,卻偏再加上「有詩為證」,這四句詩,就是上錄第四十八回結尾的這同樣四句。

這四句證詩,頭兩句可以證上這第九十五回有關春梅的情節,後兩句就證不上了。試問,何以證此?

（八）

　　第四十九回的情節是「西門慶迎請宋巡按，永福寺薦行遇胡僧」，開頭的證詩是：

　　　寬性寬懷過幾年　人死人生在眼前
　　　隨高隨下隨緣過　或長或短莫埋怨
　　　自有自無休歎息　家貧家富總由天
　　　平生衣祿隨緣度　一日清閒一日仙

　　這一回是西門慶的事業已興旺到極點的時期，換言之，「永福薦行遇胡僧」，也正是西門慶衰的開始。這一首贊頌「隨緣過」而「總由天」的詩，放在第四十九回的前面，有何意義呢？

　　這一回的開頭，交代了曾御史的後果。那位參劾西門慶的曾御史，調回京城之後，又參劾蔡京的七件事不當，因而被冠以「大肆倡言，阻撓國事」的罪名，先予降調，再繼之以私事羅織，竄於嶺表。或許，這首詩的感慨，如「平生衣祿隨緣度，一日清閒一日仙，」乃基乎曾御史的下場而發的吧？所以我推想曾御史的情節，在《金瓶梅詞話》之前的《金瓶梅》中，極可能是一重要部分，到了《金瓶梅詞話》，已被刪略得還餘下了這一些些了。

（九）

　　第九十三回「王杏菴仗義賙貧，任道士因財惹禍。」證詩是：

　　　誰道人生運不通　吉凶禍福並肩行
　　　只因風月將身陷　未許人心直似針

　　　自課官途無枉屈（曲）　豈知天道不昭明
　　　早知成敗皆由命　信步而行黑暗中

　　當然，這詩也是贊頌宿命論的，所謂「早知成敗皆由命，信步而行黑暗中。」這首詩的含意，及其感慨的對象，自是基於陳經濟而發的，但又不是十分貼切。

　　《金瓶梅詞話》中的證詩，十之九都是錄自他處，又略加改纂。至於它們之不切內容，確應專題研究，在此不多費辭了。

（十）

　　第九十七回「陳經濟守禦府用事，薛嫂買賣說姻親。」回前的證詩是：

　　　在世為人保七旬　何勞日夜弄精神
　　　世事到頭終有盡　浮華過眼恐非真
　　　貧窮富貴天之命　得失榮枯隙裡塵
　　　不如且放開懷樂　莫待無常鬼使侵

　　這詩雖然說到「貧窮富貴天之命」，天命是不可強求的，人生的一切都是命中註定的，但此八句詩的全詩意蘊，則是今日有酒今朝醉而得過且過的人生。人生在世如想活到七十以上，最好不要日日夜夜在爭競上費神憂思，世事再好也有盡頭，浮華只是過眼雲煙，貧富貴賤都是命中註定的，得失榮枯一如隙光中的塵屑，一瞬目便消失了，有什麼可戀念的。所以說人生最好是「不如且放開懷飲」，不要等待無常鬼到來索命，可就晚了。像這詩，可以說與這部小說前面的四季詞一樣，全是出世的思想。可是這首詩，在第二十回已證過了，在此卻略加改動，又用一次。

（十一）

　　關于這一類出世思想的詩，從小說前面的〈四季詞〉開始，在百回情節中，確是夾有不少。如第二十九回：「百年秋月與春花，展放眉頭莫自嗟！吟幾首詩消世憂，酌二壺酒度韶華。閒敲棋子心情樂，悶撥瑤琴興趣賒。人事與時俱不管，且將詩酒作生涯。」先不管這詩錄自何處，但這首詩的出世思想，則與小說前面的〈四季詞〉，如出一轍的。再如第四十三回的「細推古今事堪愁，貴賤同歸土一丘。漢武玉堂人豈在，石家金谷水空流。光陰自旦還將暮，草木從春又到秋。閒事與時俱不了，且將身入醉鄉遊。」只求遊於醉鄉不要浪費韶光，這都是出世的思想，非有所寄寓於「世運代謝」與「循環之機」，不是欣欣子的說法了。

　　他如第五十三回結尾，寫完了西門慶要應伯爵拿出所得中人錢（介紹李三、黃四借錢的佣金）請客，一面擺下酒菜與應伯爵謝希大等弟兄吃喝，一面商量在應伯爵請客時，西門慶如何支應他。應伯爵等人走後，已寫到結尾，遂有「正是」：「百年終日醉，也只三萬六千場。」像這要以酒來為人營建醉鄉的證詩，在第五十七回的結尾，也寫了這同樣的句子。說：

　　　秋月春花隨處有　　賞心樂事此時同
　　　百年若不千場醉　　碌碌營營總是空

　　第五十七回的情節是「道長老募修永福寺，薛姑子勸捨陀羅經。」這一回的結尾，寫完了西門慶給了薛姑子三十兩銀子，印五千卷《陀羅經》。這時，他請的客人都到了，有吳大舅、花二舅、謝希大、常時節這一般人，坐下來吃喝。還寫了他們吃喝的情況，說：

　　只見酒逢知己，形迹多忘。猜枚的，打鼓的，催花的，三拳
　　兩謊的，歌的歌，唱的唱。談風月盡道是杜工部、賀黃冠乘
　　春賞翫；掉文袋也曉的蘇玉局、黃魯直赤壁清遊；投壺的定
　　要那正雙飛、拗雙飛、八仙過海；擲色的又要那正馬軍、拗
　　馬軍、鰍入菱窠；輪酒的要喝個無滴，不怕你玉山傾倒；贏
　　色的又要去掛紅，誰讓你倒看接羅；頑不盡少年場光景，說
　　不了醉鄉裡日月。

那麼，這「百年若不千場醉，碌碌營營總是空」，指的是西門慶這般
人了？

　　可是「這百年若不千場醉，碌碌營營總是空」，又怎能是西門慶
的人生呢？西門慶並不是劉伶這類人物，他還在官場與商場上行雲造
雨，更在地方上飛揚拔扈著呢！想來，這證詩放在此處，也不適合。

　　我已多次說過，《金瓶梅詞話》的故事，是架構在因果論上的，
由入世的人生觀作出發點的。但《金瓶梅詞話》，卻又夾有如此多具
有宿命論與出世的人生觀的詩詞為證。這種不相協調的現象，除了歸
咎於《金瓶梅詞話》是改寫過的，其他，還有什麼理由更適當呢？

五　改寫的問題

　　我們把問題探索到這裏，可以說《金瓶梅詞話》是一部改寫過的
版本，已非傳抄時代的《金瓶梅》原貌，這一點，應是可以確定了
的，幾已無可爭論。說來，應是我十餘年來辛勤獲得的成果。

　　最近，上海復旦大學的黃霖，又引錄了一條明朝人論及《金瓶
梅》的史料，乃萬曆崇禎間人薛岡在其所著《天爵堂筆餘》卷二有一
文。文曰：

住在都門，友人關西文吉士，以抄本不全《金瓶梅》見示。余
讀數回，謂吉士曰：「此雖有為之作，天地間豈容有此一種穢
書，當急投秦火。」後二十年，友人包巖叟以刻本全書寄敝
齋，予得盡覽。初頗鄙嫉，及見荒淫之人，皆不得其死，而
獨吳月娘得善終，頗得勸懲之法。但西門慶當受顯戮，不應
使之病死。〈簡端序語〉有云：「讀《金瓶梅》而生憐憫心者，
菩薩也；生畏懼心者，君子也；生歡喜心者，小人也；生效
法心者，禽獸耳！」序隱性名，不知何人所作，蓋確論也。所
宜焚者，不獨《金瓶梅》，四書笑浪史，當與同作坑灰。李氏
《焚書》，存而不論。

其中提到的「關西文吉士」，我已查出是陝西三水人文翔鳳，堪
證薛岡讀到抄本的時間是萬曆三十七、八年間，所謂「二十年」後讀
到的刻本，確定是「崇禎本」。何以？第一，文中提到的第一篇序文
（〈簡端序語〉），是東吳弄珠客序文中的語句，「崇禎本」的第一篇
序文，就是東吳弄珠客的序，第二篇是廿公的跋，無欣欣子的序。第
二，文中又說「序隱姓名，不知何人所作？」顯然的不是《金瓶梅詞
話》，因為《金瓶梅詞話》的第一篇序，是欣欣子的，薛岡讀到的刻
本如果是《金瓶梅詞話》，絕不會說「序隱姓名，不知何人所作？」
所謂「蘭陵笑笑生」雖不是真實姓名，卻不能說不是名字，更不致于
說「不知何人所作？」光是從這一點，也足以肯定薛岡讀到的《金瓶
梅》刻本，乃「崇禎本」無疑。再者，薛岡只有文翔鳳這一位姓文的
好友。

按「崇禎本」的問世，據日本版本學家鳥居久靖作〈金瓶梅版本
考〉論及「崇禎本」時，曾引另一版本學家長澤規矩也的研究，認為
日本內閣文庫的藏本，字樣類似天啟間的南京刻本。近來，日本北海

道函館大學的荒木猛寫了一篇〈新刻繡像金瓶梅（內閣文庫藏本）出
版書肆之研探〉一文，根據裝在這二十本上的表紙，乃印刷物之背面
貼成，因而查出這些作表紙的印刷物，再進一步推研，查出這些出版
物，多為杭州書賈魯重民所發行。遂結論說：

> 是故此人（魯重民）雖未必是內閣本《金瓶梅》之發行者，然
> 其發行年代，應是明祚大限已盡之崇禎十三年或稍晚[1]。

再根據鳥居久靖的〈金瓶梅版本考〉肯定所謂「崇禎本」的《金瓶
梅》，最早的一部刻本，是藏于北平孔德圖書館的那一部，其次纔是
內閣文庫藏本。這樣看來，所謂「崇禎本」的《金瓶梅》，最早的梓
行問世時間，不會超過天啟。換言之，最早問世的刻本，也應在天啟
末年，約當一六二一年之後。那麼，若以此一上限來說，薛岡見到的
不全抄本《金瓶梅》，當在一六〇〇到一六〇四間，即萬曆三十八年
至四十年間，不會更早。按文翔鳳是萬曆三十八年進士，他與薛岡初
交於萬曆三十七、八年間，二十年後即崇禎初。

　　尤其，此一問題，則是可以肯定的，那就是《金瓶梅詞話》的欣
欣子序文，在所有現發現的九位明朝人論及《金瓶梅》的史料中，竟
無一人說到。自可基此推想抄本在傳抄時，並無欣欣子的序文。同
時，也可以基此推想刻本《金瓶梅詞話》，刻出後並未公開發行，緊
跟著便改寫第一回等等，梓行問世時，已是天啟末或崇禎初了。

　　我在拙作《金瓶梅的問世與演變》一書中，曾研判認為《金瓶梅
詞話》刻妥後，正巧碰上詔修《三朝要典》，梓行人惟恐其中的政治
諷喻會惹上麻煩，不敢發行，到了改寫後的「崇禎本」，對於欣欣子
序文中的「寄意於時俗，蓋有謂也」，以及「知盛衰消長之機」與「世

---

[1]　荒木猛：〈新刻繡像金瓶梅出版書肆之研探〉，《東方月刊》（1983 年 6 月）。

運代謝」等語的隱喻，便不得不割愛它了。

　　以我看來，欣欣子還是《金瓶梅詞話》刻本以前的序，東吳弄珠客方是《金瓶梅詞話》的序者。我在《金瓶梅的問世與演變》一書中，已經說了，原始的抄本《金瓶梅》，在袁中郎的《觴政》寫出後，《金瓶梅》即已有了改寫的構想。當沈德符的那篇論《金瓶梅》的文章完成，《金瓶梅》的第一次改寫稿，即已完成。要不然，沈德符怎會說：「未幾時而吳中懸之國門矣！」事實上，《金瓶梅》在萬曆四十五年（1617）以前沒有刻本，我這一研究成果，業已鐵證如山，不必再說的了。但此一改寫稿，也未付梓，直到明神宗賓天，方始匆匆再行修正付梓，即今之《金瓶梅詞話》也。

　　正由於《金瓶梅詞話》與傳抄本之間，有著一改再改的情況，所以《金瓶梅詞話》中殘餘了不少匆匆改寫的痕跡。我在《金瓶梅箚記》中已舉證了不少；那麼，我這十篇探索舉出的例證，不是更清楚了嗎！

　　我認為《金瓶梅詞話》是改寫本，非原始傳抄之《金瓶梅》的全部內容，雖淫穢如故，可能原有的故事情節，則已脫胎換骨了。

按：關于薛岡在《天爵堂筆餘》論《金瓶梅》一文，首由目錄學家王重民拈出，記於〈中國善本書目提要〉中。我則由黃霖得來。

附錄一

屠隆是《金瓶梅》作者 ^{編按1}

　　《金瓶梅》一書的作者是誰？雖有諸多推說，仍無具體結論。近數年來，中外學界研究日熾，作者是誰？又有不少新說。如大陸方面的徐朔方、吳曉鈴的李開先說，張遠芬的賈三近說，美國支加哥大學芮效衞的湯顯祖說，今又有復旦大學黃霖的屠隆說。若是幾說，要以黃霖的「《金瓶梅》作者屠隆考」一說；最值繼續推究。

　　黃霖說屠隆是《金瓶梅》的作者，有八點可以符節。（一）屠隆生於嘉靖二十年（1542）卒於萬曆三十三年（1605）。按《金瓶梅》之前半，問世於萬曆二十四年（1596），以屠隆的生存時間說，可以符節。（二）屠隆於萬曆五年（1577）中進士，任潁上令，晉禮部主事，抵十二年（1584）罷官，入仕僅七年。家居二十餘年，生活困頓，賣文為活。且罷官原因，劾與西寧侯淫縱（與西寧侯夫人有染），離京時，友儕多避之如時疫。以其這段生活歷程論之，屠隆誠有寫作《金瓶梅》之可能。（三）在屠隆罷官家居的這二十餘年間，正是明神宗遲不立儲，官民疑帝有廢長立幼心意，紛起疏請，鬧得時間最久。此一問題，自萬曆十四年（1586）起，雖東宮冊立於萬曆二十九年（1601），然而神宗偏寵鄭貴妃之皇三子，引起的事件，到光宗死後未息。且在萬曆二十六年（1598）、三十一年（1603），發生兩次「妖書」事件。大理寺評事雒于仁於萬曆十七年（1589）冬上〈四

編按1　原載於《中國時報》第8版（1983年9月20日），題名原為〈屠隆是金瓶梅作者──首先響應上海復旦大學黃霖先生〉。

箴疏〉，直指皇上有酒色財氣之病，應戒。揣想此時的屠隆，極有可能以此題材，作一政治諷喻小說之可能。（四）《金瓶梅》問世於萬曆二十四年（1596），上已說到，但到萬曆四十五年（1617）以後，方有刻本問世。這一點，在明朝嘉萬社會，淫穢文字與圖畫均不干公禁，而又出版業鼎盛，編書偽纂風氣正盛的時代，像《金瓶梅詞話》這樣內容的書，正如沈德符說：「此等書必遂有人板行」，竟然二十餘年無人板行，自有其不能板行的原因。這原因，除了政治因素，焉有其他？是以，如展觀自萬曆二十四年（1596）到泰昌元年（1620）再到天啟三年（1623）這二十餘年間的一次次因宮闈鄭貴妃之寵引發的事件來看，再對證一下《金瓶梅詞話》第一回的入話（劉邦寵戚夫人有廢嫡立庶之意），以及《金瓶梅詞話》及所謂「崇禎本」《金瓶梅》之改寫痕跡，在在均足以證明《金瓶梅詞話》以前的《金瓶梅》，必是一部有關政治諷喻的小說，內容可能諷喻的是明神宗宮闈事件，因而遲遲未能付梓。所以，我們如認為屠隆在萬曆十八年（1590）春，獲知雒于仁有〈四箴疏〉一本，他以小說題材來作一小說，推情奪理，此時的屠隆，極有可能。（五）那麼，何以袁小脩、謝肇淛等人提到《金瓶梅》的內容，看來應與《金瓶梅詞話》無異？又怎能說袁中郎在一五九六年冬閱及的《金瓶梅》不是這部書？我們從沈德符、袁小脩、謝肇淛等人的說詞矛盾情形，可以蠡及袁中郎這夥朋友們，企圖為《金瓶梅》諱，為朋友諱，更為自己諱。他們之所以眾口一詞的說《金瓶梅》寫的是有關西門慶家庭淫佚故事的書，一言以蔽之，「諱」也。因為袁中郎這班朋友最先讀到的《金瓶梅》，是一部「雲霞滿紙，勝枚生〈七發〉多矣」的政治小說，當萬曆二十六年（1588）與三十一年（1603）兩次「憂危竑議」明喻皇上寵愛鄭貴妃，鄭氏子將取代皇長子，且於三十一年（1603）間釀成「妖書」事件，動盪全國。試想，這樣的政治小說，誰敢入刻？這一點，屠隆的情況，極能

符節。（六）最值得推敲的一件資料，是沈德符寫於《萬曆野獲編》
有關《金瓶梅》的那段話。他這段話寫於萬曆四十一年之後，溯述他
在萬曆三十四年（1606）間在京城遇見袁中郎，說到《金瓶梅》時的
情形。若從沈氏的這段說詞看，沈德符還不曾見到《金瓶梅》，袁中
郎也從未讀到全書，只知「今唯麻城劉延白承禧家有全本。」還說是
「從其妻家徐文貞鈔得者。」沈氏又說他於萬曆三十七年（1609）間，
在京城向袁小脩抄得《金瓶梅》其書歸，返抵家鄉後，友人勸他高價
出售板行，可以療饑，他雖固篋未售，卻未幾時吳中便懸之國門。因
之鄭振鐸等據此說判定《金瓶梅》出版於萬曆三十八年（1610）。沈
德符的這段話，寫於萬曆四十一年（1612）乃係確定的事實，蓋文中
的「丘工部」乃萬曆四十一年進士也。既是作於萬曆四十一年，則沈
氏於萬曆三十七年抄回《金瓶梅》，又怎能「未幾時」在吳中「懸之
國門」？竟到了萬曆四十五年（1617）之後，方有刻本問世？又何
況，袁小脩於萬曆四十二年（1614）八月寫的日記，還說未見《金瓶
梅》全本，沈德符又如何能於萬曆三十七年抄得全本？再者，袁中郎
的《觴政》一文，作於萬曆三十五年（1607）間，何以沈德符到了萬
曆四十一年，還說「袁中郎《觴政》，以《金瓶梅》配《水滸》傳為
外典，余恨未得見。」這時，《觴政》早已出版了，愛飲的沈德符又
常與袁小脩往還，焉能不見？想來，沈說乃為《金瓶梅》作者諱也。
按屠隆卒於萬曆三十三年，所以萬曆三十四年間，《金瓶梅》有了「全
本」的消息，而且唯有麻城劉承禧家有全本，劉承禧乃屠隆恩人子
也。黃霖證出屠隆罷官離京時，只有劉守有未避嫌隙，為他照顧妻兒
八口。屠隆作《金瓶梅》先呈劉思雲校正，自是必然之事。傳言劉家
有全本，想是基此而發。可以說，沈德符的這句話，已隱指作者是屠
隆矣！（七）謝肇淛在《小草齋文集》論跋《金瓶梅》時曾說「唯弇
州家藏者最為完好。」按屠隆與王氏兄弟亦交契。不過，屠隆作《金

瓶梅》時（以《金瓶梅》傳抄時間說），王氏兄弟已謝世。若謝肇淛、屠本畯（《山林經濟籍》）等人之說王氏家有全本，亦或基此之隱指。想來，這些說詞，也堪能與屠隆行狀符節。（八）黃霖發現的《開卷一笑》。第三卷還殘有「一衲道人屠隆閱」字樣，恰可與該書編者「笑笑先生」呼應出此書即屠隆編著，其中之〈哀頭巾詩〉與〈祭頭巾文〉，亦刻在《金瓶梅詞話》中也。此一發現極具參證之力。

　　黃霖認為《金瓶梅》的作者是屠隆，所提證言，極有繼續推究價值，我認為黃霖尋出的資料與推斷，率多能夠成立，比其他諸說之疑猜，符節多矣！不過，研究《金瓶梅》的作者，必須區分成兩個階段，第一個階段是袁中郎時代的《金瓶梅》，第二個階段即今之《金瓶梅詞話》。這一點，幾乎是所有研究《金瓶梅》作者的人，忽略了的一個問題。《金瓶梅詞話》是改寫本，它以前的《金瓶梅》，是否是西門慶的故事，都是待究的問題。我的《金瓶梅劄記》已詳說之矣！

按：黃霖與我，均誤以屠隆《栖真館集》中題到的劉大金吾，即劉承禧，嗣經美國支加哥大學之馬泰來先生指正，此一劉大金吾乃劉承禧之父劉守有，字思雲，屠隆罷官時，劉守有任錦衣衛指揮。萬曆十六年斥退。

附錄二

論屠隆罷官及其雕蟲罪尤
──屠隆可能寫作《金瓶梅》的動機

《金瓶梅》的作者究竟是誰？雖傳言甚久的王世貞之說，業經吳晗、鄭振鐸提出證說予以否定，但今日仍有主張王世貞是作者的論者。比年以來，大陸方面有了三個說法。一是吳曉鈴、徐朔方的李開先說，一是張遠芬的賈三近說，一是黃霖的屠隆說；還有美國支加哥芮效衛（David Roy）的湯顯祖說。這些創說，只有屠隆有其可能寫作《金瓶梅》的生活背景與寫作動機。此一問題，我雖已作文響應，但尚未進一步探索討論。近來，我又讀了屠氏的《白榆集》與《栖真館集》，頗有收穫。本文即基此而論。

一　屠隆的家世

根據屠隆自撰〈先府君行狀〉一文，說他原是大梁（開封）人，宋南渡時遷鄞，後遂世居於此。屠隆的父祖三代都是布衣，父是漁人，每「與海客乘巨籃絕島而漁」，鄞是浙江濱海之縣。

屠隆有兄五人，（佃、侯、佚、俛、仍）隆居季。另有姊妹二人。據張應文作〈鴻苞居士傳〉，隆卒於萬曆三十三年（乙巳）享年六十四歲，基此，當生於嘉靖二十一年（壬寅）。其父生於弘治十年（丁巳），卒於嘉靖四十五年（丙寅），年已七十，其母少父一歲，是以屠隆生時，其父母均已四十五歲以上，所以他在〈先府君行狀〉文

中說：「晚年舉不肖孤。」（屠隆是否庶出？待考，一，名非人傍，與五兄名字有異，二、自號長卿，如按排行，他最幼，焉能號長？）萬曆五年（丁丑）中進士時，年已三十五歲，自弱冠為諸生，困頓名場已十五年矣！

家素貧窮，說：「十歲令就外傅，貧不能具饘粥，」又說：「或從講舍歸，不舉火。府君撫以溫言，即忘其枵腹。」可以說在他父親這一代，即食貧終生。他的父親曾說：「吾食貧六十年，不能嫚語，……」（沒有才能向人說諂媚的話。）自可想知屠隆是窮苦人家出身。

雖說，屠隆中了進士之後，作了縣令，應從此可以改換門庭了吧！不想在官的時間，首尾也不過七年，萬曆十二年（甲申）十月，便因故被削籍了。直到他六十四歲過世，罷官後的二十年間，屠隆便在窮窘中賣文為活。號窮之辭，在他的詩文中，隨處可見。

二　屠隆的罷官

屠隆是如何被罷官的呢？我們看屠隆在官七年的情形：萬曆五年進士及第之後，選任（安徽）潁上令，當年十一月二十六日抵潁上就職。翌年十一月改調（浙江）青浦令，十二月抵青浦就職。十年十月上計，十二月十四日抵京。嗣即改調禮部儀制司主事，返鄉後，於十一年七月北上，八月初九日抵都門，十二日就禮部職。

屠隆任職禮部甫一年，即被刑部主事俞顯卿摘其詩酒放浪行為不檢奏劾，雖查無實據，但竟以他詞，說他在青浦令任內疏曠，遂於萬曆十二年十月與俞顯卿同罷免。

關于屠隆罷官的主要因由，起於他在禮部主事任內，與西寧侯宋世恩的交往。此一部分，在屠隆的《白榆集》卷十一（書六），有

兩封信，道出了他被罷官的全部事實，一〈與張大司馬肖甫〉，一
〈寄王元美元馭兩先生〉，曾陳顛末。

與張大司馬肖甫書云：[1]

> ……西寧侯宋世恩，恂恂雅如儒生，生平慕李臨淮之為人，
> 欲脫去貂蟬氣習，而以辭賦顯名。新從秣陵解府印還燕，即
> 託人為介紹，執贄通刺，願就講千秋業，稱北面弟子。不佞
> 力謝不敢當，固請以兄禮事。不佞不得已，許之。九月置酒
> 張戲，大會賓客，詞人無論縉紳布衣，不下十數人；不佞與
> 焉。措大燕五侯之第，酒酣樂作，客醉淋漓，狂態有之。冤
> 哉！獨不佞某不善酒，亦不能狂。當諸客豪舉浮白時，某瞑
> 目眕坐，作老頭陀入定；客相戒無驚其神也。西寧凡兩觴不
> 佞，不佞亦一觴西寧。西寧不解事，時向人抵掌，言屠先生
> 幸肯與宋生通家乎？又向不寧言，徼天寵靈，業蒙先生許某
> 稱弟，異日者，家弟婦將扶伏拜太夫人嫂夫人堂下，座客多
> 聞此話，實未行也。仇人欲甘心不佞之日久，自某之入京，
> 日夜偵不佞行事無所得。不佞故多賢豪長者，游蹤跡皎然，
> 難可媒孽。西寧者，紈褲武人子，可借以惑人報仇。又適聞
> 有通家往來語，又酒中狂態可指摘，遂文致張皇其辭。嗟
> 呼！家僅一僮一婢，何關渠家事？而亦擸摭其中邪？其所誣
> 衊，姑無論事情，即以理度之，通乎？不通乎？疏上，主上
> 令廉訪其事，廉訪而了無實狀，乃坐伊人挾仇誣陷，而坐某
> 以詩酒放曠，兩議罷；又及不佞青浦之政。嗟嗟！上所置問
> 疏中，污衊事爾，業廉無之，伊人之傾險，何辭而乃別求他

1　張大司馬肖甫：名佳允，字肖甫，四川銅梁人，嘉靖二十九年進士，時任兵部尚書
　兼右副都御史，總督薊遼保定軍務。

細過，令與險者同罷邪？又及青浦之政，青浦之政應罷邪？
又今日是問青浦之政時邪？一夫持論，萬口莫爭，斯其故，
不可知已？（此信寫於萬曆十二年十一月二日）

　　屠隆的罷官因由，上錄的這段話，業已說得一清二楚。先是起
因於他與那位刑部主事俞顯卿有宿仇，暗中偵伺其行事已久，他無所
得，遂摘取西寧侯宋家的這次詩酒之會，疏劾屠隆放曠。上令廉訪，
了無實狀。結果，竟羅織了青浦之政，強說屠隆在青浦令任上，以詩
酒曠疏政務，竟以此罪名罷官；同時，刑部主事俞顯卿疏劾不實，也
予同案罷免。那位西寧侯也因此受到處分，罷薪半年。看來，這種處
分，不是極其顯然的，要把屠隆這人削籍嗎！真可以說是，欲加之
罪，何患無辭！

　　不錯，正如屠隆所疑，「青浦之政應罷邪？又今日是問青浦之政
時邪？」這時，屠隆離開青浦已一年餘，且上計之後再調遷禮部，那
是再問青浦之政的時候呢？今竟仇誣之事，雖廉訪非實，居然改以曠
廢青浦之政為罪名罷官，是以屠隆大惑不解，「斯其故不可知矣！」

　　寄王元美[2]元馭[3]兩先生書云：

　　……禍亦大奇，請略陳其梗概。
　　刑部主事俞顯卿[4]，傾險反覆，天性好亂。初入刑部，構陷堂
官潘司寇，排擠同僚，提牢生事，風波百生。同僚疾之如寇

---

[2]　王元美，名世貞，字元美，江蘇太倉人，嘉靖二十六年進士，及第時年僅十九歲。
　　文名蓋當世，任南京大理卿時被劾罷，時正家居。故僅稱先生而未加職銜。
[3]　王元馭，名錫爵，字元馭，江蘇太倉人，嘉靖四十一年會試第一，廷試第二。在禮
　　部右侍郎任內，因迕與張居正意左而乞歸不出。萬曆十二年冬即家拜禮部尚書兼文
　　淵閣大學士參機務還朝。屠隆寫此函時，乃萬曆十二年十一月初，元馭尚家居，故
　　僅稱先生而未加職銜。稍後給王元馭書信，則稱「閣老」矣。
[4]　俞顯卿，松江府上海縣人，萬曆十一年進士。

讎，畏之如蛇蝎，此通都士大夫所盡知也。不肖向待罪青浦，俞以上海分剖隸治青浦，暴橫把持，鄉閭切齒，不肖每事以法裁之。復以詩文相忌，積成仇恨。比長安士大夫盛傳其構陷堂官事，不肖偶聞而非之，語泄於俞，大仇深恨，遂愈結而不可解。頃者，西寧侯宋世恩，新從留都解府印還。此君賢公子，雅好士，慨然欲脫去貂蟬氣習，而以辭賦顯名。託友人為介紹，執贄通刺，以藝文就正，稱北面弟子。不肖力謝不敢當，固請以兄禮事。不肖不得已許之。一日置酒張戲，大會賓客，無論縉紳山人，同席不下十餘人。酒酣樂作，眾客盡懽，豪舉浮白，狂態有之。冤哉！獨不肖不喜酒，亦不能狂，在門下所素知者。當諸客淋漓時，隆面壁瞑目，趺坐作老頭陀入定；客相戒無驚其神也。西寧凡兩觴不肖，不肖亦一觴西寧；西寧不解事，頗號於人，謂不肖與彼以千秋之業，相砥通家之好，幸甚！至哉！又與不肖言屠君業以弟畜我，弟婦何可不一登堂謁太夫人嫂夫人？座客多聞此語者。而山人布衣，復好揚詡，顯卿聞其事而生心焉。又不肖好從建言，得罪諸公，游居則杯酒相勞，出則長歌送行，為當時所不悅。顯卿廉知其故，益挾以為奇貨。一則計圖報仇，二則意在希合。日夜偵不肖行事無所得，不肖故多賢豪長者，游蹤跡皎燕，難可媒孽。近見有西寧交好，謂彼紈褲武人子，可藉以惑人報仇。又適聞有通家往來語，又酒中狂態可指摘，遂肆誣孽，張皇其詞，疏入，主上下其事，令廉訪，了無實跡。持議者乃坐顯卿挾仇誣陷，而別求不肖詩酒疏狂細過，及追論青浦之政，謂放浪廢職，並議罷。嗟呼！上所置問疏中，污孽事爾，廉訪既無端倪，則伊人誣陷之罪偏重，何辭乃別求細過，又追論疏外前愆，文致附會，

而今被誣之人與仇證者同罷邪？又及青浦之政，青浦之政應罷邪？又今日是問青浦之政時邪？當口語陡興，舉國駭愕，縉紳臺省諸公，傾都而來，視不肖扼腕慷慨，義形於色者，何止萬口？雖武夫宿衛，閭巷小人，洶洶讙讙，無不為不肖稱冤。陛辭之日，交戟外環而觀者，條如堵城。貂璫緹騎，盡傷不肖無妄，交口而罵伊人，以虜眾共擊之，梃下如雨。公憤如此，而一夫持論，萬口爭之不能得，斯其故，不可知已？豈非數哉！（此信寫作時間，自與張大司馬書同時，相距或不過數日。）

屠隆寫給王元美、元馭兩先生的這封信，把他罷官的起因，說得更加清楚，連他如何與俞顯卿結仇的經過，都一一道出了。但卻使他不解的事，既然俞某參劾他在西寧侯家飲燕，有酒後越禮行為，業被廉訪不實，按理依法，應去處罰那位挾仇誣陷的人，不應連他這位無罪而被誣陷者，一併處罰。他說：「上所置問疏中，誣巇事爾，廉訪既無端倪，則伊人仇誣之事偏重，何辭乃別求細過，又追論疏外前愆，文致傅會，而令被誣之人與仇誣者同罷邪？」而且，「萬口爭之不得，」這可真叫屠隆莫明所以？只有納悶的說：「斯其故，不可知已？」

關于此一問題，我們今天，卻能在明史的文件中，尋到屠隆罷官的底蘊。請看《明神宗實祿》卷一百五十四（萬曆十二年十月）的記事：

一、甲子（十月二十二日）刑部主事俞顯卿，劾禮部主事屠隆與西寧侯宋世恩淫縱諸狀，並及陳經邦。上以顯卿出位瀆奏，並屠隆宋世恩等，該科其參看以聞。

　　從實錄的這一則記事來看，俞顯卿疏劾屠隆等人的本章，十月
二十二日皇帝爺交刑科查報。按理說，刑科給事中奉旨查報，問問
東，詢詢西，最快也得三五天，可是，第二天，皇上的處分令就下來
了。

　　　　二、乙丑（十月二十三日）禮部主事屠隆，上疏自辯並參俞顯
　　　　　　卿；西寧侯宋世恩亦上疏自辯。於是吏科給事中齊世臣
　　　　　　交參之。上削隆、顯卿籍；奪世恩祿米半年。朱宗吉等
　　　　　　法司提問。

　　屠的這件案子，皇上雖已交刑科查報，尚未查報呢，皇上便緊
跟著在他看到屠隆與宋世恩的自辯疏時，遂把這件案子處分了，兩人
同削籍，一人罰俸。

　　這樣看來，則與屠隆上兩封信的說法，有了出入，還未曾「廉
訪」啊！屠隆怎的說：「廉訪了無實跡，持議者乃坐顯卿挾仇誣諂，
而別求不肖（隆）詩酒疏狂細過，及追論青浦之政，謂放浪廢職，並
議罷。」

　　此一問題，我們應作內外觀。實錄所記之事，是內觀，別求他
過罷屠隆是外觀。蓋實錄的記事，並不是當時可以件件都應發表的文
件，應發表的錄之邸報。所以當時的屠隆，並不知道皇上於十月二十
二日把俞顯卿的疏，交科「參看以聞」，第二天，皇上就又批示削其
二人籍，罰宋半年祿米。我們可以據理推想，內閣大臣接到皇上批下
的此一處分決定，總不能毫無理由的遵照皇上的批示發布。罷官總得
有罪名吧！如承認俞的參劾，縱不去顧及西寧侯家的榮辱，又如何削
俞顯卿的籍？不承認俞的參劾，又如何削屠隆的官籍？既然皇上這樣
批示決定了，不另求他過以罷屠隆，怎麼辦呢？只有羅織罪名來冤屠
隆矣。可以說，屠隆說的也是事實，但是外觀，有關單位對外發布的

罪名也。

固然，屠隆罷官的罪名，非常勉強。但臣下為天子補袞，也只有如此吧。屠隆一再冤呼：「萬口爭之不能得」，他怎知這是皇帝老子存心要削他的籍呢！所以他一再說：「斯其故，不可知已？」說：「豈非數哉！」

三　屠隆猜想到的罷官原因

上錄的屠隆寫給張大司馬以及元美元馭兩先生信，他已把他罷官的前因後果，一一說明，只是起因於刑部主事俞顯卿的挾仇誣陷而仇口，結果，仇口雖非事實，竟別求其他細過而與誣告者同罷。真格是「禍大奇矣」！所以屠隆一再的冤呼：「斯其故，不可知已？」

當然，屠隆在上述兩信函中說的那些，只是他所能知道的業已發表的外在原因，至於他的罷官，必有內在原因，屠隆自然會想到，決不是由於他在青浦令任上的有所「廢政」，此一罷官之辭，乃羅織而已。雖然屠隆以「豈其數哉」來自慰，但像屠隆這樣的求真性格，又怎麼僅僅訴之於「數」而心甘罷休？自然要去尋得真正的底因；非得尋出他被罷官的內在原因不可。所以屠隆有不少向友朋訴冤的信函。

在《白榆集》卷十一（書六）還有一封〈答張質卿侍卿〉[5]的信，說：

> ……不肖某橫被仇人中傷，實為無罪污名業，蒙當事湔白，乃坐以酒過。嗟嗟！坐酒過者應與傾險者同議邪？凶德宵

5　張質卿侍御之年籍待查。

人，無故而發難讒士大夫，讒之而其事實，即以其罪罪之，讒之而其事不實，則別求他細過，此何故哉？且今被誣之人與誣人者同罪，何其輕重失倫？是烏可長也！人實暱就不肖，天下大矣，萬耳萬目，寧可盡塗？此其人必有可取，一旦以仇人不實惡口，必逐之而快乎！即論酒德，人之召不肖，以酒為名爾？以為名也者，先生察之，不肖能勝鸚鵡杯幾杯？又雅不善驪呼孟浪，淹淹名理，則有之必也，坐以雕蟲一技，不肖乃僾而無說矣！⋯⋯

屠隆的這封信，有一句話：「則有之必也，坐雕蟲一技，不肖乃僾而無說矣！」他認為如必須「逐之而快」，應從他愛寫文章這件事上，去尋出應罷官的理由，如果這樣作，他就俯首認罪無話說了。

屠隆的文章，有那些篇可以作為罷官的由頭呢？屠隆自己既然這樣說了，他自己心裡必然有個底案。再說，以文字不妥而涉罪，除了辱君或辱國以及叛國的行為，都派不上罪名。那麼，屠隆這樣想，根據的什麼文章呢？就是你我今日來尋，也未必能在屠隆的文集中，尋出可以作為罷官罪名的不妥文辭。那麼，屠隆既然這樣說了，他心裡一定有個腹案，一定疑心到他的文章，有那一篇不妥？我想，屠隆猜想到的，可能是這一篇：

〈賀皇子誕生〉

奏為慶賀事。臣近接邸報，恭遇萬曆十年八月十一日未時，皇第一子誕生。臣恭逢大慶，不勝欣躍。竊惟華渚流虹，大地發祥千帝曆；瑤光貫月，高天呈彩千皇圖。麟趾振振，德徵仁厚，螽斯蟄蟄，慶洽陽和。雲仍繼美，衍國家有道之長；千億宏開，實宗社無疆之福。恭維皇上，沈幾炳朗，妙惟冲玄，孝奉意闈，穆矣兩宮雍肅，仁占黎首，熙然四海清和。

蓋惟協氣交暢于寰區，是以皇首錫乎元嗣。嘉祥式啟，會嶽瀆風雨之靈；英哲挺生，協日月星辰之運。龍種鳳雛，俊偉豈同凡品；金枝玉葉，扶疎風植靈根。傳宣宮府，百辟咸歡，詔諭華夷，萬方胥快。玉壘崇基，喜宗祊之世篤，銀橫衍派，占國脉之靈長。臣職忝封疆，欣逢盛美，目極雲中，望龍顏之咫尺；心懸日下，亟虎拜以趨蹌。伏願天眷彌隆，聖謨益慎。立教以淑，冲人出入起居之有度；正學以端，蒙養凝丞保傅之無違。神聖繩繩，國本繫苞桑之固；元良翼翼，宗祧奠盤石之安。臣無任歡欣鼓舞之至！謹具本差官基齎捧謹奏，稱賀以聞。（《白榆集》卷十六）

另外，還寫有〈賀皇上〉、〈賀仁聖皇太后徽號〉、〈賀慈聖皇太后徽號〉，共四篇[6]。

按說，屠隆的這幾篇因皇長子生而寫的賀辭，意在祝禱，為天子賀，為國家賀，那有因此獲罪之理？可是，當屠隆寫這篇恭賀皇上的賀文時，並不知道他賀辭中的那些話，如「伏願天眷彌隆，聖謨益慎。立教以淑，冲人出入起居之有度；正學以端，蒙養凝丞保之無違。神聖繩繩，固本繫苞桑之固；元良翼翼，宗祧奠盤石之安。」卻全不是他的皇上願意聽的。因為萬曆爺壓根兒就不希望這個孩子出生。說來，還有一段宮闈的秘密。我在〈一月皇帝的悲劇〉文中，已經寫了[7]。在此，我再重說一遍。

神宗皇帝朱翊鈞，是隆慶皇帝的第三子。在他六歲的時候，立為太子；那時是隆慶二年。十歲的那年五月，隆慶帝駕崩，他就繼承了帝位。年號萬曆。萬曆六年（1578）三月大婚，到了萬曆十年，皇

6　依禮，皇長子生，應加兩宮徽號。
7　參閱拙作：《金瓶梅的問世與演變》附錄。

后尚未生子，有一位王氏宮人，卻懷了孕了。

　　這位王氏，本是慈寧宮的宮人，年齡比朱翊鈞大。有一天，這位年輕的皇帝到慈寧宮去，私幸了王氏宮人，居然懷了孕。皇帝在宮中的言談舉止，太監們都有紀錄。朱翊鈞私幸了王氏宮人，只是一時的隨喜，可是王氏宮人懷了孕，竟不能隱瞞了。雖然太監與宮人們都不敢說，文書房的紀錄，可以驗證那王氏宮人的身孕，就是皇家的子孫。於是皇太后就追問了起來。那天，皇帝陪侍太后吃飯，太后問起王氏宮人懷孕的事。皇帝避開問話不回答。換言之，是不願承認。皇后著太監取來皇帝的起居注，一經驗證那私幸的日子，當然隱瞞不了。太后便以好言委婉的說：「我老了，還沒有抱孫子呢！如果生下個男孩，豈不是宗廟與社稷的福嗎！」又說：「母以子貴，她是個未來的母親，應與別的宮人有別了。」朱翊鈞怎敢違拗母命，遂在這年四月，冊封王氏宮人為恭妃，八月就生下個男孩，就是皇長子常洛。

　　可以說，常洛這孩子，自從在母體中成胎，萬曆爺就不喜歡他。若不是皇太后有抱孫的心情，迫使皇帝承認這孩子，這孩子縱然有命留下來，也不知漂落何方？可是，他雖是皇長子，卻仍悲劇一生，這裡不多說了。

　　但我們可以蠡知，萬曆爺非常不喜歡有這個兒子，像屠隆這樣為了皇長子誕生而無任歡欣鼓舞，還寫文章為國有邦本賀，還規諫皇上從今往後要「聖謨益慎，立教以淑，」這皇帝看了，怎能不隱恨在心。當俞顯卿的參劾引發到屠隆，先是交科查報，第二天卻就下詔命把屠隆與俞顯卿同罷。這一點，不是顯然的「必逐之而後快」嗎！

　　雖說，《明神宗實祿》上的這兩日記事，當時的屠隆未必見到。但屠隆給王元美王元馭兩先生的信函，寫了這樣幾句話：「陛辭之日，交戟外環而觀者，倏如堵城，貂璫緹騎，盡傷不肖無妄，交口而罵伊人，以虜眾共擊之，梃下如雨。」這番話如係當時事實，則「貂

瑠緹騎」悉宮廷中人，或有所風聞。所以屠隆寫給張質卿侍御的信，有「坐以雕蟲一技，不肖乃偲而無語矣」的話。換言之，屠隆的意思則是說：「如摘出我賀皇長子誕生一文中語言之不當，因而罷我的官，我就沒有話說了。」可是，屠隆又怎敢如此指訴呢？只有冤冤屈屈的一再說：「斯其故，不可知已？」

關于〈賀長子誕生〉一文，寫於青浦令任內，文中自稱「職忝封疆」，似乎不合身分。可是這四篇賀文，全沒有註上「代作」字樣，顯然是出於一時歡欣而寫出的內心賀忱。縱係假擬之詞，亦是屠隆的作品。想來，此文之必上於聖殿，諒亦無所疑問。

自此而後，屠隆與友人函札，輒以雕蟲一技為他惹禍之辭，而時抒感慨。或可推想屠隆已知禍之由來也。

四　屠隆罷官後的反響

若以常理來說，屠隆的罷官，雖有冤屈而又言不正理不順，不平者在當時，也只能鬧嚷一陣，三五個月過後，也就自然的煙消而雲散。反正罷了官的人已易服為民，還有什麼可以繼續鬧嚷下去的因由呢，可是，屠隆罷官五年之後，還有人為屠隆的罷官，繼續鳴不平，而且慫恿屠隆去傚效司馬遷〈報任安書〉，李陵與蘇武書，把心中的冤抑筆之於書，以昭萬世之不朽。試想，這樣的反響，可就不是俞顯卿的挾仇誣陷的單純問題了。顯然的，與當朝天子有關矣！否則，如果能扯到司馬遷之〈報任安書〉與李陵之與蘇武書呢！

我們看《栖真館集》中的這幾封信。

（1）〈答王胤昌太史〉[8]

……放廢以來，五易裘褐，無一字抵長安故人。非欲引抗自高，誠穆穆憒憒，念不及此。趙奉常歸，以足下手書見遺。縈縈百千言，掩抑沈頓，情寄深邈，向無生平，何遽有此？猶憶囊出國門，祖帳如雲，傾都扼摰。逮反初服，遂絕寒暄。今數千里題械申章，相念乃屬胤昌足下，陳義一何高乎！書辭謂僕蒙詬受誣，抱此憒悁，宜如子長之報任少卿，李陵之與蘇屬國，刳腹腸於紙上，寫涕淚於毫端。黃河澎湃，五岳隱起，磊塊心跡，千載猶新。使胤昌讀之，無雲而震，不寒而栗，風蕭蕭從易水來，詎不雄豪颯爽快人哉！感足下相念之雅，誠欲衝冠投袂，作憤激不平之譚，則學道降心之謂何？欲塞充杜機，遵老氏沈嘿之旨，則又胡以仰副知己於萬一！……往者，彼夫以仇故，攜摭中傷，非復人理。維時當宁洞嚙誣罔，顯絀其人，羣情憤然，咸持公議。道民仰天一笑而掛冠，脫我今日之紅塵，還我舊時之白雲；行逕松關，不減蘭省，鹿駢鶴駕，安事馬蹄；衢犬猶狺，冥鴻已遠，顧何用復制？呶呶則為知己耳！（節錄）

我們看，屠隆罷官，已去五年，一位職司於翰林院的官員，與屠隆又向無生平往還，居然寫信給屠隆，作憤憤不平之語，盼屠隆效馬遷之〈報任安書〉，李陵之與蘇武書，「刳腹腸於紙上，寫涕淚於毫端」，真是「何遽有此？」這封信，豈不是極為明顯的道出了屠隆的罷官底因，非為俞某的仇口，乃當朝天子之挾私恨而冤臣民也。馬遷的〈報任安書〉，李陵的〈與蘇武書〉，都是苦訴定罪受辱之冤，

8　王胤昌太史，年籍待查。

雖未直指天子之私心剛愎，但字裏行間，實乃向天子懟怨且鳴不平。
這位王胤昌太史，書盼屠隆傚效司馬遷等作書懟怨，自然是他們業已
獲知屠隆被罷官的真正原因。他們在翰林院服務，執掌大內文書，想
是洞見了內情。所以雖已事過五年有奇，仍有激起他們不平的理由，
方始憤起內心不平，遂函知屠隆冀其一效司馬遷、李陵等。

那麼，激起王胤昌他們憤起內心不平的理由，是什麼呢？這一
點，我們就需要知道萬曆朝的一些宮闈歷史了。

在前面，我們已經說到皇長子常洛的受孕與出生的經過，常洛
這孩子，自從在母體中受了孕的那天開始，他的一生悲劇便註定了。
因為他的皇帝老子，根本就不希望有他，他老子幸了他母親，只不過
是一時的隨喜，非所愛也。生下他，而且成了皇長子，乃皇太后的慈
命難違，非其願也。是以屠隆的那種「賀皇長子誕生」的臣民懽躍，
正是萬曆爺所厭惡的。當然，如無他事引發，自不便逕以他那篇〈賀
皇長子誕生〉等文為免官的罪名。也只能飲恨在心而已。當屠隆受到
俞顯卿的挾仇誣陷，便詔示同罷。從萬曆十二年十月二十二、二十三
兩日的神宗實錄所記，不是清楚的說明了嗎！

第一，當俞顯卿的疏上，「上以顯卿出位瀆奏，並屠隆宋世恩
等，該科其參看以聞。」十月二十二日方始旨交刑科。

第二，俞顯卿的出位瀆奏，剛剛交下查報，屠隆與宋世恩的答
辯也呈上來了。這時的天子，方行想到屠隆其人，正是那位寫〈賀皇
長子誕生〉的人，討厭，免。俞顯卿這人出位瀆奏，也不是什麼好臣
子，免。宋世恩大宴賓客，詩酒放浪，罰祿米半年。皇上可能就是出
於此一心理頓然如此處分了的。尚未查報，他就處分了。

第三，職司是案的臣子們，對於屠隆的罷免，總得按上個罪
名。但如以他在西寧侯家詩酒放曠為罪名，俞顯卿就得無罪，遂不得
不以他辭罪之。只有向青浦令上去羅織。我在前面已說到了。

　　屠隆罷官，時在萬曆十二年十月二十三日，未出十月就出京了。從他十一月二日寫給張大司馬的信，可以證明。這時，萬曆爺不喜他的長子常洛的情事，只是宮闈中的生活瑣事，尚未明朗於外。到了萬曆十四年四月，大興鄭氏妃生下皇三子常洵，皇上下詔諭，要封鄭氏為貴妃，內閣首輔申時行疏請立儲，諭命待稍長舉行冊封。從茲始，皇上寵鄭貴妃，有廢長立幼的心意，便一天天明朗起來。於是臣子們上疏請求冊封東宮的本章，連珠箭似的飛向內庭。由萬曆十四年正月到萬曆十七年十二月，臣子們因為疏請冊封東宮，招致廷杖、謫官、削籍者，不下十人。

　　如萬曆十四年十月，禮部司祭主事盧洪春（萬曆五年進士，屠隆同年），上疏規勸皇上不要太貪衽席之歡，還是為國家保重身體要緊。他發火寫了一百多字的諭旨，要閣臣擬罪報核。閣臣們擬予免官了事，他不答應。結果廷杖六十，斥為民。跟著，戶科給事中姜應麟（萬曆十一年進士）除了上疏請求早日冊封太子，還要求正名定分，直指冊封鄭氏為貴妃的不當，應先封長子母恭妃王氏，然後方能輪到鄭氏。皇上大怒，斥姜應麟「窺探」，謫為山西廣昌縣典史。他如吏部驗封員外郎沈璟（萬曆二年進士）刑部主事孫如法（萬曆十一年進士）等，也上疏請立太子，以及貴妃冊封，也應將恭妃包括在內。也都一一降級處分。到了十七年冬，大理寺評事雒于仁（萬曆十一年進士）上〈四箴疏〉，指出皇上犯了酒、色、財、氣的病症，且直說皇上的色欲是寵愛鄭貴妃。這位皇帝爺氣得要親自問罪。經首輔申時行的委婉勸說，朕雒于仁自請告歸了事。可以說，萬曆爺不喜皇長子常洛，到了萬曆十六、七年間，業已明朗，且天下盡知。這時的屠隆，自然徹底明瞭了他被罷官的主要原因。而他，又怎敢直說而無隱呢！雖有人激發他，他也拒絕再談罷官蒙冤之事。

（2）^{編按1}與蕭以占太史

另外，在《栖真館集》卷十七，還有一封〈與蕭以占太史〉[9]的
信：

> 往歲不佞被謠諑以出也，所為衝冠益摯者，殆通都矣。獨足
> 下陳義更高，燈影幢幢，朔風漠漠，唾壺欲裂，雄劍自吼。
> 拘于官局，恨不提章伏闕，一申子長之墳，吐霍諝之忠。贈
> 言解衰，意氣千古。夫子蘭謫屈，登徒毀宋，自昔而然。第
> 出諉夫之口，即事之所恆有，其究卒空理之所必無，後將何
> 據？而當時雖舉國不平，公論沸起，獨道民若聾若瘖，都無
> 片語。友朋有瞋目戟首相向者，僕但以醇酒關其口，竟長嘯
> 以出國門。人以為達，不知理固應爾。丈夫於此時應揮手
> 去，呶呶何為！今久而其事定，須大有分明，千秋萬歲後，
> 詎遂謂曾參殺人也。貴僚王胤昌，生平未識僕面孔，題書相
> 問，娓娓欲得僕憤懣之言為報也。若李陵之於蘇屬國，司馬
> 遷之於任少卿，近世唐伯虎之於文待詔。感彼風霜，懸諸日
> 月，而不知道民樂道者，與三子調不同。傾感其意，作萬言
> 答之。乃不能得僕憤懣之言而得儵慥閒曠之語。足下試歸而
> 取觀之，亦足以明僕之近抱矣！

我們雖沒有讀到王、蕭兩位太史的信，僅從屠隆的覆信上，也
能了解到這兩人的心意，顯然的，乃由於他們獲知了屠隆罷官之冤的
底因。斯時，又正是臣子們紛紛疏請皇上冊立東宮，僵持得君臣不能

編按1　為了方便讀者閱讀，《金學卷》在編輯過程中，特增入序號和標題。

9　蕭以占太史，名良有，萬曆八年榜眼，湖北漢陽人。

和諧的時機。此二人感於屠隆此乃一宮闈事件的第一位受殃者，遂有期於屠隆效法司馬遷〈報任安書〉，「刳腹腸於紙上，寫涕淚於毫端，」可垂不朽。是以屠隆美此二人的「陳義高」。如屠隆之美蕭太史「陳義更高」說：「燈影幢幢，朔風漠漠，唾噫欲裂，雄劍自吼。」似是指的蕭太史信上說的近年來宮闈事件之隱隱約約的情形。

　　這時的屠隆，雖已是鄉野草民，儒家門徒，又怎能不憂其君？罷官後這幾年來的冊封貴妃與立儲事件，廷杖譴官者，有其同年。他蒙冤罷官的底因，自然明白了。不再是「斯其故，不可知已」的疑問，應是業已證驗了他「雕蟲一技」惹出來的罪尤之時。像屠隆這樣的有智慧有思想而又有遠見的哲人，怎會在這一點去傚效司馬遷之〈報任安書〉，來期乎己之名垂後世呢！所以，屠隆一一委婉答謝了他們。仔細想想這個問題，屠隆誠哲人也。

五　屠隆罷官的不平與不鳴

　　在科舉時代，奔競科場幾是當時文人的求學目標，是以往還科場而皓首不息。歸有光先生中進士時，已六十歲矣。因為科舉時代的仕途，由舉人而進士，是一條最便捷的道路，中了進士，便是「禹門三級浪，平地一聲雷。」頭戴烏紗足登朝靴的官職，就要得到了。試想，科舉時代的進士及第，該是當時文人多麼需求的一件事。那麼進士得了官，居然無罪被罷，被罷的文士，該是怎樣的心情呢！將心比心，我們任誰都是可以推想而知的吧！

　　我們在前面說到了，屠隆的罷官，是無辜的，所以他在罷官後，寫給友朋與親長的書信，充滿了冤歎的呼號。一再說：「嗟呼！上所置問疏中，污衊事爾，廉訪既無端倪，則伊人誣陷之罪偏重，何辭乃別求細過，又追論疏外前愆，文致附會，而令被誣之人與仇誣者

同罷邪？又及青浦之政，青浦之政應罷邪？又今日是問青浦之政時
邪？……而一夫持論，萬口爭之不能得。斯其故，不可知已？」這自
是屠隆的不平之鳴。在他罷官後的一年間，這種不平的冤呼，不時在
他寫給親友的書信中出現。這些書信，都在《白榆集》中，不必引錄
了。

　　屠隆雖也一再向朋友說，他丟了官等於擺脫了塵網，對於「雞肋
浮華，覷破已久；風塵馬蹄，良所厭苦，」終是自解之詞。息心修道
之說，實亦殷中軍之咄咄書空耳。

　　到了萬曆十六、七年間，（罷官後五、六年），由於皇上寵愛大
興鄭氏妃，遲不立儲君，臣民連章疏請，不是不報，報亦怒責。這
時，皇上的廢長立幼心態，業已明朗，天下盡瞭。當然，屠隆的罷官
底因，他自然了悟乃咎由何起？雖累於「雕蟲」之辭，仍不時可在他
寫給親友的書信中出現[10]，但已不再有不平的冤呼之辭。連王、蕭兩
位太史的憤情激發，也盪不起一絲漣漪，真可說是修道人已得道矣！
（屠隆自語）。

　　當真，屠隆的這一不平之冤，良如他自己所說：

> 僕寥廓之夫，萬事擺落。此自得之天性，非關學道。偶遭此
> 風波，視之若浮雲幻泡，莫不與丹元君事。一官雞肋，豈千
> 秋長住之物手？為恩為仇，亦是妄緣。今屏居沈寥，掩關習
> 嬾，二六時中，著衣吃飯，都不復記憶身嘗有官從何處來，
> 卻從何處去？伊人雖嘗貝錦，亦久忘之。即胸懷偶及，亦絕
> 不出瞋恚想此，詎便謂已到三摩地哉！[11]

10　參閱〔明〕屠隆：《栖真館集》。
11　〔明〕屠隆：〈答沈肩吾少宰〉，《白榆集》，卷十一。

此一問題，在《栖真館集》卷十九〈奉楊太宰書〉[12]中，卻懇切說出了。說：

> ……彼夫以疇昔私憾謠諑攟摭，一旦以至不肖之名加於隆，隆不能受，亦不能怒。夫裂眦濺血，髮上指冠，黃沙儵走，白目徒黑，繁霜夏零，長虹晝見。隆之意氣，自小能之，而今顧不爾……蓋隆近頗得道也。

這裏說的「一旦以至不肖加於隆，隆不能受，亦不能怒，」不是說明了他罷官後的心情嗎！既不能受，也不能怒！「不能受」是因無罪而罷官，「不能怒」自是指的他已知他罷官的底因，是由於他寫了「賀皇長子誕生」那幾篇文章，居然觸惱了皇上，藉詞罷免了他。今雖知乎此因，也不能怒也。若一旦因此怒生，必起大波瀾，有性命之虞矣！

又說：

> 夫平情忍辱，忘境齊物，猝而能鎮、撼而不驚者，真道所貴也。以故隆聞謗之日，怡然而之；以無怒為養性，以不辯為忘言。雖舉國不平，交友搤髀，而隆未嘗以一芥蒂於胸懷。未嘗芥蒂者，不肖希達人之蹤，而搤髀不平者，友朋抗同仇之義也。

關于這一段話，我們只要一讀《白榆集》中的那些書信，就會感於屠隆的這些話，並非事實。上一節，我們已引述到一些了。何嘗「無怒」？何嘗「不辯」？何嘗無「一芥蒂於胸懷」？尚能「安之」而已！非無怒也，非不辯也，非無芥蒂也！

---

12 楊太宰名巍，字伯謙，海豐人。嘉靖二十六年進士。時任吏部尚書。

又說：

> 夫友朋友高義而事故（固）宜然，而隆始未敢輒以此理望明
> 公，則以與明公無生平之素也！

怪哉！既「未敢以此理（友高義）望明公」，又何必以書函明之
邪？其心態，豈非顯然有所望乎？

又說：

> ……而隆所坐，不過詩酒。詩酒之罪，隆實有之，不為枉。

可是，在此話的後面，卻又一再述說自己不善飲，每飲「不能盡
柿子大一杓，即面赤頭眩上下四方易位」。居然前言不搭後語。何
以？前言所說「詩酒之罪，隆實有之，不為枉。」乃謙抑之詞，寫到
後面，真情壓抑不住，遂又不得不愬冤矣！

又說：

> 六年之間（斯時當為萬曆十七年或十八年），寄聲日至，而不
> 肖又恬然安之，了無半札一言為謝。……譬之候蟲，時未至
> 而暗暗無聲，時至而嘒嘒不已。彼蓋無求無營而自鳴，其天
> 機也。

第一，屠隆罷官六年以來，友朋們的不平，仍在「寄聲日至」。
益可想知屠隆的罷官，並不是單純的個人之間的挾仇誣陷，乃別有他
因。若不是涉及了皇長子的冊立問題，所寫賀詞觸怒了皇上的不懂，
遂主動罷免了他，友朋們站在維護國本的心情，因而把屠隆的罷官事
件，與盧洪春、孫如法、姜應麟、雒于仁等人的遭遇，同抱不平，又
怎會在屠隆罷官的六年間，還「寄聲日至」而不息！此一事理，不是
非常明顯了嗎！

　　第二，屠隆說：「了無半札一言為謝。」卻也不是事實。在《白榆集》的書信中，為了他的罷官，答言友朋者，何止十件？不過，尚能「恬然安之」，未作憤滿之辭而已。（《白榆集》的詩文集，寫作時間雖在《栖真館集》之前，但《栖真館集》則出版在前；序刻於萬曆十八年，《白榆集》則序刻於萬曆二十八年。）

　　第三，屠隆對於友朋們的不平反應，之所以能「恬然安之」，只是不願作望影聞聲的瞎吠，所以他以候蟲為喻，待時至而嘒嘒鳴也。

　　那麼，屠隆的內心不平之鳴，應鳴於何時呢？

　　我們再讀這封給楊太宰書的語言。又說：

> ……今日水旱沓仍，疫癘繼作，去年元元大被其毒，今歲益甚。吳越之間，赤地千里，喪車四出，巷哭不絕。隆竊念主上英明，總攬大臣，寬仁愛人，明良在朝，政刑脩舉，不應致眚而災眚若此，此或前人驚猛束濕之餘烈也。……

　　范文正公有言：「居廟堂之高，則憂其民，處江湖之遠，則憂其君；是進亦憂退亦憂。」斯亦儒家人士的持身處世之道。屠隆飽讀經書，那能脫此？是以他見及吳越災眚，便忍不住要向這位身為太宰的大員，為大眾訴苦情，斯即「退亦憂」也。雖然信上說「主上英明」，又說「總攬大臣寬仁愛人，明良在朝政刑脩舉」，但卻「不應致眚而災眚若此」！這話的內涵不也是極清楚的在指斥當政嗎？儘管，屠隆為「災眚」之生，尋了一句託詞：「此或前人驚猛束濕之餘烈也。」把致眚的責任，推給了張江陵。我們可以想到，這話決不是屠隆的內心話。

　　關于王胤昌太史的信，屠隆在這裡也提到了。他說：

> 頃王胤昌太史書來，欲得隆憤滿不平言吐冤人之氣，激壯士

之肝；長留天壤，山川生色。夫憤滿不平事，世上所有，隆胸中所無。隆雖至不肖，不敢為世上所有事，不能作胸中所無語，而且以寂寥幽適之辭答之耳。士大夫以尺牘遺其交知，抒心寫愫，垂名流照者，在古昔則有史遷、李陵、揚惲、鄒陽、江淹，在近世則有唐寅、陳昌積、盧柟，吾鄉則有陳來，皆以高材發為雄文，沈痛悽惋，掩抑頓挫，有足悲者。並不聞胸次鬱結，蒲紙侘傺，豪儁之徒，賞其悲壯，清遠之士，陋其煩競。才雖高矣，量不足取也。

屠隆一再表白他不願傚效司馬遷等人之「抒寫心愫」；「以遺交知」；雖罷官之事，乃世所不平，他則說他「胸中所無」。還說：「往託名山著書，以規不朽。此校之一不得志猖狂婬逸從日暮途窮之計者，固也勝之，然隆以為非上策也。」他認為像司馬遷〈報任安書〉的這種作為，固勝日暮窮途而哭者，而他則以為「非上策」，何以？這樣作，只是為一己的心中不平愬苦而已。

那麼，屠隆的「上策」如何呢？顯然的，他要做個候蟲，待時至而嘒嘒，而且是「無求無營而自鳴」。斯其所謂「鳴」之「上策」也。

屠隆對於當時前政，也非常縈心。又說：

> 天下之事，方大集於公。隆竊思此時，國本未定，朝議多端，宗室失所，邊防懈弛，吏治粉飾，官守貪污，人情傾仄，俗尚浮夸，費用太繁，征求頗急，閭閻空虛，黔首痾瘵。又如，以災情事，大有可虞！夫天下仳離，則治平繼之，治平之後，所繼非復治平矣！

試看屠隆這一段論隤時政的語言，其所急者，何嘗是個人無罪而橫遭免官的憤懣，迺急天下之治平，所繼非復治平也。像信中所論

及的時政之弊，不正是萬曆朝的缺失嗎。試想，屠隆如把此一憂國憂民的懷抱，發之為文，著之竹帛，良乎！高於史遷多矣！

六　屠隆待時而嘖嘖的時機

屠隆是一位胸懷大志的作家，情操清遠的哲人，所以他能向遠大處著想，更能壓抑了胸中的不平激情。雖說，在他的書信中，字裏行間，仍難掩蓋他無罪而罷的不平心情。卻能安之，大是不易。當萬曆十七、八年的時際，不惟「國本未定，朝議多端，」而且「邊防懈弛，吏治粉飾，……」他已看到天下要起變亂了。

關于國本問題，上一節我們業已說到，廷杖謫官者比比矣！士大夫上疏規諫，率多直懟皇上的寵幸措施不當。這時的常洛，已經八、九歲了，既不行冊立太子之禮，也不讓他讀書。臣民之請，總是藉口推託。越是推推拖拖，臣子們越是懷疑。要求皇長子冊封，並馬上出閣講學的本章，越來越多。這位皇上曾向首輔申時行發牢騷說：「近來只是議論紛紛，以正為邪，以邪為正。一本論的還未及看，又有一本辯的來了。使朕應接不暇。難道這要我點起燈來連夜閱覽嗎。這怎算個朝綱？……」到了萬曆十九年秋，被逼不過，只得下令詔訂二十年春舉行東宮冊立禮。八月，工部主事張有德，認為東宮冊立禮既訂明年春，儀注所需，應開始準備了，遂上疏請。結果，皇上大怒，責張有德瀆擾，罰薪三月，並把原訂冊立時間，延至二十一年舉行。嚴飭各衙門，不得再來瀆擾。二十年正月，禮科給事中李獻可，偕六科諸臣，疏請預教。認為元子已十一歲，不能不讓他唸書了。疏上，皇上又大發脾氣，還摘出疏中誤書弘治年號的問題，責以違旨侮君，貶一秩調外，餘奪俸半載。戶科給事中孟養浩疏救李獻可，則責孟養浩疑君惑眾，命錦衣衛杖之百，削籍為民。可是到了二十一年，

則手詔三子並封為王，立儲的事，少待數年，若是皇后未生嫡子，再
行冊立長子。這時的首輔，已換了太倉王錫爵，雖上疏力爭不可，請
下廷議也不許。後來，雖迫於公議沸騰，追寢前命，但冊立太子的
事，則諭：「少俟二三年再議。」這一次，光祿寺丞朱維京，刑科給
事中王如堅，因抗爭三王並立事，疏文激憤，均謫戍極邊。這年七月
彗星出現，王錫爵以星變為辭請冊封，也只慰答了事。冬間萬壽節，
再請行冊封禮，諭言仍待皇后有出。但長子年將十三歲，那有曠學之
理。到了閏十一月初一，方始下詔，訂明春舉行豫教出閣禮。二十二
年二月，皇長子出閣講學受教了。

　　關于皇長子出閣講學，朱國楨在他所著《湧幢小品》，曾予記
載。文謂：

　　　萬曆二十二年，光廟以皇長子出閣講學。故事講必巳刻，遇
　　　寒暑傳免。至是，定以寅刻，也不傳免。

講書訂在「巳刻」，傍午時間。到了常洛出閣講學，則改訂為寅刻，
「寅刻」，日尚未出呢。天寒天冷也不傳免。不惟不傳免，朱氏記稱
天大寒時，講堂連個火爐也不設。又說講官們在叩頭時，方始發現這
位皇長子袍內，止一尋常狐裘，而且是年年冬天所著，都是那一件。
萬曆爺虐待他這個兒子，竟至乎此種情景。本來，講官進講畢，必賜
酒飯，且比常宴精腆。可是到了萬曆二十二年常洛出閣講學，則自食
其食，每五鼓起身，步行數里，黎明講書，備極勞苦。大暑天氣涼，
出入猶便，大寒衝風，幾於裂膚。先朝的銀幣、筆墨、節錢賞賜，至
此已成絕響。端午節到了，連一把扇子也不給。所以朱國楨感歎云：
「聖上教子，可謂極嚴極儉者。」實則，《湧幢小品》的這些記述，
又何嘗是贊頌萬曆皇帝教子之嚴之儉呢！言外有音也。

　　再說宮廷以外的故事如何呢？屠隆寫給楊太宰的信，業已詳確

的一一說到了。下面，我們再從《明史》之〈神宗本紀〉，摘錄這數年間的大事記如下：

（一）十七年春正月己酉朔，日有蝕。宿松賊劉汝國作亂，安慶指揮陳越討之，敗死。吳松指揮陳戀功，方討平。雲南永昌兵變。始與妖僧李圓朗作亂，犯南雄。六月，浙江大風、海盜。浙江大旱，太湖水涸。

（二）十八年四月，湖廣飢、賑。青海部長火落赤犯舊洮州，副總兵李聯芳敗沒。七月庚子朔，日有蝕。七月，火落赤再犯河州，臨洮總兵官劉承嗣敗績。

（三）十九年春正月，緬甸寇永昌、騰越。四月，四川四哨番作亂。七月癸未諭廷臣，「國是紛紜，致大臣爭欲乞身。此後有肆行污衊者，重治。」十二月，河套部敵犯榆林。是年，畿內蝗災，浙江大水。

（四）二十年三月，寧夏致仕副總兵哱拜殺巡撫都御史黨馨，副使石季芳，據城反。四月，總兵官李如松提督陝西討賊軍務。西亂未平。五月，東方倭寇犯朝鮮，陷王京。朝鮮王李昖奔義州求救。八月，兵部右侍郎宋應昌經略備倭軍務。李如松甫平西亂，又著提督薊遼保定山東軍務，充防海禦倭總兵官救朝鮮。

（五）二十一年春正月，李如松攻倭於平壤，克之。但進攻王京時即遭敗績。朝內大臣則為三王並封事，力爭未已。朝鮮倭寇雖平，而是年之江北、湖廣、河南、浙江、山東，均大饑荒待賑。

（六）二十二年春正月，由於各省災傷甚重，山東、河南、徐淮尤甚，盜賊四起。兼且有司玩愒，朝廷詔令不行。夏四月己酉朔，日有蝕。六月己酉雷雨，西華門災。七月河套部長卜失

兔犯延綏。播州宣撫使楊應龍反。十月，炒花犯遼東。雖然
亂事平了，終究有了這些叛亂事件。

　　我們看，自從屠隆罷官後的十年歲月間，可以說是內憂外患，
日亟一日。尤其國本問題，到了萬曆二十一、二年，常洛業已十二、
三歲，不惟未行太子冊立之禮，而且連書也不讓他讀，不是顯然的不
希望讓他來接掌大位嗎？這情形，不正是屠隆說的「國本未定，朝議
多端，宗室失所，邊防鬆弛」嗎？像皇長子的雖已出閣講學，竟是一
反常規的虐待他，「寅刻」就要講學了，且時在農曆二月，燕都尚在
嚴寒，連個火爐也不予備。這情事，應是屠隆所期望的候蟲之「時
至」而「嘖嘖」的時際吧？我基此推想，則《金瓶梅》之草創於此
際——萬曆二十二年，正其時也。

　　《金瓶梅》文稿，最早傳抄於萬曆二十四年（1596）冬，這年的
八月，礦稅的惡政，已派中官四出開之征之矣。不也是激發屠隆送出
《金瓶梅》稿的憤懣時機嗎？

　　按《金瓶梅》之最早傳播者是袁宏道，斯時袁尚在吳縣令任內。
據袁所說，乃從董其昌手中得來。這時的董其昌已由翰林院調湖廣提
學副使。正巧，屠隆也在萬曆二十四年間，到了蘇州。從袁宏道寫給
王輅（以明）及湯顯祖（義仍）的信，可以想知他們這年是初會。袁
對屠極為贊美，說：

> 遊客中可語者，屠長卿（隆）一人，軒軒霞舉，略無些子酸俗
> 氣，餘碌碌耳。

給湯氏書則說：

> 長卿隽人，東上括蒼，不知唾落幾許珠璣？有便幸賜我一二
> 顆。

自可想知袁之推重屠氏。惜乎在屠隆文集中，尚未發現與袁中郎的往還辭語。不過，屠隆與董其昌，早在董未中進士時，他們就頗有往還了。（《白榆集》中有書信提到董玄宰）。也許，屠隆這年抵吳，已把部分《金瓶梅》稿，給了董其昌了。當袁中郎函詢董其昌「《金瓶梅》從何得來？」我們之所以至今尚未能見到董其昌的答覆，但卻極有可能董已回答，卻彼此誰也不便宣布作者的真實姓名而已。

黃霖推想《金瓶梅》稿，最早獲得閱覽的人，可能是麻城劉延禧，（應是延禧之父劉守有思雲），此一推想，也有可能性。劉守有是屠隆罷官後，知遇最重的師友。他離京後的八口之家，都交給了劉大金吾（錦衣衛指揮）照顧，在《栖真館集》中的與劉大金吾書，已說到了。董其昌由麻城劉家得來，也有可能。而我的推想，則認為是董在屠手中直接得來。屠隆在此時送出《金瓶梅》稿，在意念中，也只是企圖一觀友朋的反應而已。但除了袁中郎的兩句：「雲霞滿紙，勝枚生〈七發〉多矣！」他如名利心重的董其昌等，都不敢妄置一辭。何以？蓋有關政治諷喻，大則喪身傾家，小亦謫官遣戍也。

關于此一問題，我在拙作《金瓶梅的問世與演變》一書，對于《金瓶梅》的問世與演變，業已探討清楚。它之所以遲遲沒有成書？它之遲遲無人梓行？放在明朝、嘉、隆、萬年來說，其阻礙卻只有一個理由，就是政治諷喻問題，不是淫穢問題。這也正是《金瓶梅》稿的傳抄，只囿於文士階層，而未曾公開的真正原因。

屠隆卒於萬曆三十三年（1605），在《金瓶梅》稿送出傳抄，抵屠隆過世，恰好十個年頭。在這十年之間，曾兩遇「妖書」事件，一是萬曆二十六年有人以「朱東吉」之名為問答禮，作〈憂危竑議〉一文，梓出徧發，諷喻皇三子常洵將掌東宮。此事雖也冤謫了三位臣子，一是刑部侍郎呂坤乞休准，二是給事中戴士衡及全椒知縣樊玉衡謫官。終算未釀事端，便焚版了事。可是到了萬曆三十一年五月，一

本假名「鄭福成」（鄭氏子福王必成功入大位也）的〈續憂危竑議〉
又出現了。這時，常洛雖於萬曆二十九年十月草草冊立，已是太子。
但福王卻未到河南藩府，仍在京城。太子呢？則有官不具。所以臣民
們還是懷疑。因有〈續憂危竑議〉的出現。此一問題，曾鬧得全國沸
騰，皇上非要查出作者及梓版者不可。鬧了整年，方始斬了一個倒楣
的秀才，此事方行不了了之。但這兩次「妖書」事件，豈不是阻礙了
《金瓶梅》成書與梓行，以及有了改寫計畫的重大原因嗎？

　　雖不易查明《金瓶梅》的改寫計畫，是不是屠隆的本意？但今日
卻可以肯定的說，自袁中郎的《觴政》寫成，居然以未梓行而又未成
書的《金瓶梅》與《水滸》傳相配，作為酒場甲令，即足以證明他們
即已有了改寫《金瓶梅》的計畫了。沈德符的《萬曆野獲編》，越發
透露了他們計畫改寫《金瓶梅》的消息。當我們發現了薛岡的《天爵
堂筆餘》，這條論及《金瓶梅》的資料，不是把《金瓶梅詞話》之未
在明朝公開發行，說得夠清楚了嗎[13]！

　　我們如果認真讀了屠隆的《白榆集》、《栖真館集》以及《鴻苞
集》，準會感於屠隆是一位熱誠求真的作家，所以他改字緯真，書名
《栖真館集》，又號赤水，赤水，血水也。可是，他行文遣辭，則極
端謹慎，對於他之罷官冤枉，雖「不敢受」，也「不敢怒」。雖知禍
起「雕蟲」，卻不願學司馬遷之〈報任安書〉，以其非上策也。今者，
當我們認真讀了《金瓶梅詞話》，雖說已改纂過了，則屠隆的所謂
「吏治粉飾，官守貪污，人間傾仄，俗尚浮夸，」不還存在於西門慶
的無法無天間嗎？想來，像《金瓶梅》的這種諷喻，實為屠隆發洩心
中鬱憤的「上策」也。

---

[13]　〈金瓶梅的新史料探索〉，已發表在《中華日報》副刊，1984 年 10 月 19、20 日，
　　參閱本書附錄五。

　　我們把問題討論至此，可以說屠隆有其可能寫作《金瓶梅》的動
機，不是很鮮明了嗎！遺憾的是，我們今天所能讀到的《金瓶梅詞
話》，已非原稿矣！

附錄三

關于《金瓶梅》中的酒與馬桶^{編按1}

——答鄭培凱先生

　　我的《金瓶梅》研究，判斷《金瓶梅詞話》的作者是了江南人，根據的是蘭陵笑笑生寫於書中的語言、飲食，以及生活習尚，乃一整體的綜合研判。我想，凡是認真讀過《金瓶梅詞話》而又認真讀過我的《金瓶梅》研究論述者，都不至於否定我所研判的《金瓶梅》作者乃江南人的結論。何以？因為西門家的飲食，大率都是江南人喜愛的風味。即以酒類一項來說，偏嗜者乃「金華酒」以及各類配花釀造的酒，寫到北方人習飲的白酒之處極少。他如菜餚、瓜果，更加若是。在我的研究計劃中，「《金瓶梅》中的飲食」將是我要寫的一本書。那時，我將運用統計歸納的方法，將《金瓶梅詞話》中有關飲食部分，予以列述，再加考證論說。那麼，有關《金瓶梅詞話》中的飲食，究係有南方人的風味多，還是北方人的風味多，就是未曾讀過《金瓶梅》的人，也能一目了然的。今者，既然鄭培凱先生向我提出了此一飲酒方面的問題，我卻不得不先寫這本有關飲食的書。雖然，我的朋友童世璋已經寫過一些，但尚缺考證。這一工作，還應再作。所以我還要寫這本書。

　　鄭先生提出的酒類問題，引徵所證，只說明了一件事，在明代，黃酒亦流行於北方。可是，鄭先生的論述，卻未能證明黃色酒類

編按1　原載於《中國時報》第8版，1983年9月28日。

纔是明代南北通行的酒，在明代，白色的酒類，尚未普遍流行。所以蘭陵笑笑生筆下的山東人西門慶家，以及其他等，所飲用的酒類，率多是黃色酒。鄭先生更說明代的金華酒，在南方已身價大貶，相反的，在北方仍有市場。意為明代末期的北方，卻正是金華酒盛行的時期。可是鄭先生尚未提出證言，證明在萬曆末葉，南方的金華酒纔是北方人（尤其是山東人）最喜愛的杯中物，已取代了其他任何酒類。否則，如何證明這位「蘭陵人」笑笑生是那麼喜愛「金華酒」？

　　我是北方人，雖原籍山東而非山東生長，但出生地以及童年生活，則在山東鄰近地域，是以語言、飲食，以及生活習尚，悉與齊魯無異。我家產酒，造酒人家，稱之為「酒坊」，而且是世代相傳，其歷史自不止百年二百年。然所造者，悉為白酒，所謂「高粱」，所謂「綠豆燒」。釀黃酒者，則未之聞。即鄭先生所引明人顧清在《傍秋亭雜記》指出的天下名酒，亦以山東之「秋露白」列冠，淮安之「綠豆」列亞，悉白酒也。「婺州之金華」，則列為第四矣。可見在第十六世紀初期的明代，金華酒尚未能取代北方的白酒。再說，人類的生活習慣，基於水土，何以北方人嗜愛白酒，風土習尚然也。西門慶家的餐飲酒類，竟以金華為主，白酒極少飲用，良有違齊魯人的習尚，這一點，非鄭先生的徵引所能否定。因為鄭先生沒有證據說明，在明代尚不流行白色酒類。

　　關于「馬桶」，我非常同意鄭先生的看法，「北方的大戶人家，想來與南方大戶的生活享受差不了多少，當然會使用馬桶。」然而我看西門慶家使用馬桶的情形，與北方人使用的情形，大不一樣。請看第八十五回第三頁第三行到五行所寫：

> 須臾坐淨桶，把孩子打下來了。只說身上來，令秋菊攬草紙倒將東淨毛司裏。次日，掏坑的漢子挑出去，一個白胖的小廝。

試看這裏寫的：「掏坑的漢子挑出去，」以及前面那句：「令秋菊攪草紙倒將東淨毛司裏。」則全不是北方人使用淨桶處理糞便的生活情實。談到此一問題，卻又不得不多說幾句。

第一，我們必須了解北方的農耕施肥，與江南大不相同。江南用水肥，把廁坑中的糞便，加水以桶挑出，用水瓢舀出，一舀舀直向農作物灌施。北人用的是乾肥，他們要把糞便發酵後曬乾，使人碾碎成粉末，用車送到田中，用木掀（ㄒㄧㄢ）鏟起，一鏟一鏟的撒在田中。是以北方人家的「毛司」（茅廁），不是水坑，乃平地。廁內經常置土一堆，鏟一把、帚一把，便後，以鏟鏟土蓋之。處理糞便時，通常以柳條圓筐挑出，用鏟鏟入柳條筐，挑出倒入糞坑。這種糞坑，若在農家，每家必有一個，城內的商家，宅第大，也備糞池，宅第小，就不一定有。這種糞池（坑），如不是在雨季裡，糞池中的糞便，不是水類，而是泥類。將滿時，便掏出，再加土製成餅乾或球形，放在太陽下晒乾，作成粉末，堆成糞堆，發酵成熟，方能用車輸到田中使用。若未發酵成熟，施肥田中會生蟲。

第二，在北方，任何縣市，城之四方，都有不少家糞場，他們經營糞便的生意。城中的大戶人家，糞便的處理，便包給這些經營糞便的糞場。鄉間的農家，全是各家處理各家的。所以北方人處理糞便，不是把「淨桶」裡的糞便，倒在「毛司」裏，而是傾入糞坑。像西門慶這樣的大戶人家，不可能沒有「糞池（坑）」。我在前面說了，北方人的「毛司」是平地，不是水坑，潘金蓮小產到淨桶中的孩子，如何能「倒將東淨毛司裏」，而秋菊不曾發現？再說，「掏坑的漢子」，若是一位北方人的話，他掏的應是北方人的大糞池，不是南方人的「毛司」——水坑。北方人的大糞池，所蓄糞便已加土成泥，淨桶中孩子，縱可傾倒在這大糞池中，也沉不到泥中去，也只是如同傾倒平地上一樣，如不加工在泥中挖坑，那小產的死孩子，便無法掩沒

　　了。試想，寫了這番話的作者，怎會是北方人？在生活習尚上說，這位作者必是江南人也。

　　第三，北方有所謂「拾糞」的名詞，且可作為職業。當可想知糞便在北方的貴重，人類的糞便，更是此中的上品。南方則無「拾糞」之說，因為處理糞便的方式不同。說來，又是題外話了。孟子云：「淫辭知其所陷。」又何必遠徵費辭，故意淆亂聽聞！

　　最後，我想再為鄭先生發表於《中外文學》的酒色財氣之說，略答數語。鄭先生認為《金瓶梅詞話》第一回中的入話，只是承襲了元明人的寫作傳統，拉不到政治諷喻上去。可是今年美國印地安那大學召開的《金瓶梅》討論會，不是有人說到蘭陵笑笑生筆下的西門慶，寫得像個皇帝嗎？此話則與我的論點合焉。鄭先生你正好是此一會員席上的成員也。

附錄四

巡按御史稱柱下史的問題
——屠隆是《金瓶梅》作者補說

　　《金瓶梅詞話》第四十八回有一封開封府通判黃美，寫給巡按御史曾孝序的信，信的開頭這樣寫：「寓都下年教生黃美，端肅書奉大柱史曾年兄先生大人門下。……」多年以來，我總認為稱巡按御史為「大柱史」乃是小說家言，未去理它。近來讀屠隆的《鴻苞集》，其中有一篇〈古今官制沿革〉，卻明白的說到巡按御史可稱「大柱史」的史料。

　　該文在寫到「都察院」時，說：

　　都察院臺卿、御史、臺郎、總為「臺官」。今都察院稱內臺，按察司稱外臺；俱上應，執法星；故官服俱用薦豸。左都御史，右卿史大夫，副僉都，古御史中丞；十三道御史，其屬也。御史大夫，秦官，漢因之，位上卿。漢御史大夫，有兩丞，一曰御史丞，一曰中丞；以執法殿中，故曰中丞。中丞在殿中執法。外督部刺史、御史，周時不過贊書記之職；至秦漢始為督察之官。糾彈不法，百僚震恐，以其為糾彈憲臣，故為臺卿屬，而不相制，與他屬官不同。在周為柱下史，老聃嘗為之，掌天下圖書館籍，不主彈劾；彈劾自秦漢始也。後漢亦謂之「蘭臺」，掌秘書，是猶存周官遺意也。至今日，則專掌糾彈，而秘書文字，專屬翰林矣。漢林侍御史，出巡方國，號繡衣直指使者，即今之巡按御史也。……

　　可見，巡按御史稱「大柱史」，還是有歷史根據的，只是我們讀書太少，未能蠡知而已。此一稱謂，我曾請教多位研究文史的朋友，都說沒有聽說過，或說距離太遠。近來，我又在文翔鳳的《太微集》中，讀到一篇〈崇禎甲戌（七年）春正月人日巡按應天等處監察御史東海門人遲大成沐手書〉的序文，下鈐兩方私印，上朱文，曰：「遲大成印」，下白文，曰：「柱史之章」。也自稱監察御史是「柱史」。

　　按文翔鳳是陝西三水縣人，萬曆三十八年進士，遲大成是天啟五年進士，自稱是「東海門人」。按遲大成是山東萊陽人，或可稱籍「東海」，可能是文氏門人。但其鈐曰「柱史之章」，此一稱呼，想是援用了屠隆的說法。

　　再者，另一屠隆的鄉人薛岡，在所著《天爵堂集》卷四，有一篇〈御史楊公九載考滿序〉一文，一下筆即云：

　　　　古有侍御史主柱下方書，糾察不法，及秦監郡國，稱監察御
　　　　史，威烈赫奕，莫之能犯。

薛岡亦鄞人，稱監察御史為柱下史，想必也是援用了屠隆的說法。

　　我尚未能查出在屠隆之前，有沒有像屠隆所寫〈古今官制沿革〉上的這種稱「監察御史」為「柱下史」的稱謂，如果在屠隆之前無此稱謂，那麼，我們可以肯定的說，寫於《金瓶梅詞話》第四十八回中的這封稱監察御史曾孝序為「大柱史」的信函，可能也是援用了屠隆的〈古今官制沿革〉之考說。縱然屠隆不是《金瓶梅》的作者，《金瓶梅詞話》的寫作時間，亦必在萬曆三十年前後，絕難上推到嘉靖去。斯亦證也。

　　我們如援用此一證據，認為屠隆是《金瓶梅》的作者，似乎比《開卷一笑》中的〈別頭巾文〉更具證據價值。此一說法，乃屠隆考

證所得也[1]。

　　屠隆不惟讀書多，下筆亦勤。他自萬曆十二年罷官後，直到萬曆三十三年故世，二十餘年來，一直賣文為生。有些官場稱謂，往往獨樹一說。像監察御史稱之為「柱下史」或「柱史」、「大柱史」，尚有史乘可稽，他稱禮部為「蘭省」，則就難知其以何史為據矣。

　　在他的《白榆集》（萬曆二十八年刻）書牘中，幾有十次以上的書信，稱他服務的禮部為「蘭省」。此一稱禮部為「蘭省」的說法，如以史論，委實令人納悶。可是屠隆一次又一次，說了如此之多。如卷十書五〈報龍君善司理〉云：

　　……濫次蘭省，居恆有柱笏西山之意。

同卷書五〈答李惟寅〉云：

　　含香之署如僧舍，沈水一爐，丹經一卷，日生塵外之想。蘭省簿牘，有曹長主之，了不關白。……

再同卷書五〈與沈嘉則〉云：

　　婆娑蘭省，曹務總歸曹長，了不關白。平白入署，如坐僧舍，焚香讀書，亦甚清適。

又卷十一書六〈報董伯念〉云：

　　蘭省客，亦大豪舉哉！

1　黃霖指出屠隆為《金瓶梅》作者，重要的依據是明刻《開卷一笑》（一名《山中一夕話》）卷五〈別頭巾文〉（包括〈哀頭巾詩〉），也出現在《金瓶梅詞話》第五十六回，作者「一衲道人」，乃屠隆的筆名。

同卷書六〈答胡從治開封〉云：

> 而屠生者，今低回刺促龍鍾白首，一蘭省郎，余恐青蓮笑人也。

又卷十四書九〈答方眾甫〉云：

> 與足下別，三見蕙草矣，花縣飛觴，蘭省促膝，故驪杳然。

再同卷書九〈與李濟南〉云：

> 一旦以無罪罷蘭省，因可知已。

再同卷書九〈答胡從治開府〉云：

> 不穀待罪蘭省，與足下都無生平懂，……。

　　無疑的，屠隆這些書信中說的「蘭省」，都是指的禮部。按屠隆於萬曆五年（1587）中進士，選任穎上令，再轉青浦令。之後，遷禮部儀制司主事，年餘即因事罷官。〈與李濟南〉書中的「一旦無罪罷蘭省」，更顯明的，乃指稱禮部為「蘭省」。再者，屠隆的親家翁張應文寫的〈鴻苞居士傳〉，曾說：

> 居士舉萬曆丁丑（五年）進士，出為穎上青浦令，治行第一，遷禮部儀制司主事，以讒去官，林居二十歲，乙巳（萬曆三十三年）八月二十五日病卒，享年六十四歲。

那末，越發證明了屠隆那些書信中說及的「蘭省」，全是指的「禮部」。亦足徵禮部就是屠隆口中的「蘭省」。

　　以「蘭省」代稱「禮部」，不知在屠隆以外，尚有何人？關于此一問題，我也曾請教過一些治文史的朋友，無不頗感茫然。足以說明

把禮部稱為「蘭省」，乃極少見到，也極少聽到的代稱名詞。

再按「蘭省」一詞，乃唐朝官制尚書省的異名。唐之尚書省總括吏、禮、兵、工、都官（刑部）、度支（戶部）六曹，與尚書令下的左右僕射，合稱八座。一如我們今日的行政院，乃全部政務的總匯。換言之，「蘭省」既是尚書省的異名，那麼，六曹的每一部，都可以稱之為「蘭省」矣。想來，似不合適。查大漢和辭典之「蘭省」一條，記有「唐無名氏」除鄭明工部尚書同平章事制：「諫垣蘭省，常推讜正之風，廉俗登壇，克懋撫循之職。」則此說所指，乃臺諫之官署矣！

又一說，「蘭省」乃「蘭臺」的異名。那末，「蘭省」既是「蘭臺」的異名，則又是史官的官署矣。屠隆的〈古今官制沿革〉一文，論及「蘭臺」時說：

> 古有史官、太史、太史令、掌修史起居注，起居郎掌逐月記事，以授國史，今則一以翰林兼之。

是以明朝人稱翰林院的翰林等官為「太史」。屠隆在該文中又說：

> 翰林院古無其名，東漢置秘書監，掌典圖書古今文字合異同。又置蘭臺、東觀，蘭臺有令史，東觀有校書郎、著作郎。……

蓋「蘭臺」乃漢時宮廷之藏書所也。《漢書》〈百官公卿表〉：「在殿中蘭臺，掌圖籍秘書。」這樣看來，明之翰林院，或可稱「蘭臺」、「蘭省」，可是，身為禮部儀制司主事的屠隆，則一再稱述他服務的禮部為「蘭省」，頗令人不解。

像屠隆的這些說詞，監察御史稱「柱下史」，尚有考說可據，稱禮部為「蘭省」，可就不知以何史為據矣。可是，那些收信人，都是

當朝一時雋彥，也未見屠氏文集中，有與友人討論禮部稱「蘭省」的
問題。想來，屠氏的此一說詞，總是有史據的吧？還是另有喻意呢？
尚待考索。還有期於賢者教之焉！

附錄五

《金瓶梅》的新史料探索

　　自從美國支加哥大學馬泰來先生，發現了謝肇淛的〈金瓶梅跋〉，使明朝人論及《金瓶梅》的史料，增加到九人；如今，上海復旦大學的黃霖，說到薛岡的《天爵堂筆餘》，王重民提要到一則，共十一則矣！全文如下：

> 往在都門，友人關西文吉士，以抄本不全《金瓶梅》見示。余讀數齣，謂吉士曰：「此雖有為之作，天地間豈容有此一種穢書，當急投秦火。後二十年，友人包巖叟以刻本全書寄敝齋，予得盡覽。初頗鄙嫉，及見荒淫之人，皆不得其死，而獨吳月娘得善終，頗得勸懲之法。但西門慶當受顯戮，不應使之病死。簡端序語有云：「讀《金瓶梅》而生憐憫心者，菩薩也；生畏懼慎心者，君子也；生歡喜心者，小人也；生效法心者，禽獸耳！」序隱姓名，不知何人所作，蓋確論也。所宜焚者，不獨《金瓶梅》，四書笑浪史，當與同作坑灰。李氏諸書，存而不論。

　　薛岡的這一番話，有以下幾個問題，需要我們探索討論。第一，薛岡的生活背景及其著作，第二，關西文吉士是誰？推繹薛岡何時讀到抄本？何時讀到刻本？第三，薛岡文中的「簡端序語」問題。第四，薛岡文中的這位包巖叟，生活背景如何？第五，抄本與刻本的內容，有無出入？第六，薛岡這則史料的研究價值。

一 薛岡的生活背景及其著作

從薛岡的《天爵堂集》看，有李維禎、米萬鍾、范汝梓、薛三省等人的序文。李序於天啟甲子（四年），米序於天啟乙丑（五年），范汝梓則序於崇禎壬申（五年），則此書刻于崇禎五年稍後，殆無疑問。

至於《天爵堂筆餘》的寫作年代，薛岡在序中說：

> 余自乙末至癸丑，其間觸於目，騰於耳，而欲宣洩於口者，輒以條紙筆而篋之。

按乙末乃萬曆二十三年（1595），癸丑乃萬曆四十一年（1613）。但此一部分在萬曆乙卯（四十三年）冬，為其友人周野王取去，編成八卷四冊，未付剞劂而野王病故。待尋回時，餘不過十之三四，刻諸都下。久而觀之，頗覺冗長，遂又合續寫總為芟刈再刻之。是以這兩卷筆餘，有神廟以後事。那麼，所記《金瓶梅》事，自是天啟或崇禎間所記，自亦無疑問。

按薛岡乃鄞縣人，布衣。在其自傳〈織履道人〉文中，說明生於嘉靖辛酉（四十）年七月十日，又在〈重刻天中稿序〉文中說：「……歲戊子年二十八」，戊子為萬曆十六年，則堪證薛岡確應是生於嘉靖四十年（1561），抵崇禎元年巳年六十八矣。」

二 關西文吉士是誰？推繹薛岡何時讀到抄本？何時讀到刻本？

薛岡最初讀到的《金瓶梅》不全抄本，究在何時？關鍵在上錄文中的那位「關西文吉士」的生活背景；那麼，這位「關西文吉士」是

誰呢？

查《天爵堂集》有幾卷尺牘（卷十六、十八），其中有一封給「文太清光祿」的信。按文太清（亦作青）是文翔鳳的別號，陝西三水人，萬曆三十八年進士，三十九年任山東萊陽令，四十一年卸任，後升到光祿寺少卿。著作頗豐，知名當世，乃晚明學界聞人。我們先看薛岡寫給文太青的這封信：

> 數月金陵，解衣推食，而又每每先於所往。二十年肝膽，愈久愈真，何敢忘也。不佞弟賣文為活，是天所命，不當逆天浪遊；既鮮遊福，亦短遊才。頃奉命走彼地，主人誠如葉公，有好龍之癖，門堂几席，畫龍滿前，而獨不好不佞弟，以弟為足下推轂，是張僧繇所畫之龍，試一點睛，即便飛去，不能為其馴狎耳。然不佞弟寧為足下屋上之烏，不願為他人軒前之鶴，而況肯以此身為此君之畫龍乎！兒下第歸，弟亦將就北道。兒年尚少，需三年不妨，但此三年間，不知望七老人之容面何若也！致所欲言，不他及。（卷十七）

由此信上語言觀之，足證薛岡與文翔鳳相交，已「二十年」，而且曾「解衣推食」，乃肝膽相照的朋友。這信還說到被文氏推薦到某處，竟未被青睞而歸，寧願作文太青屋上的烏鴉。尤其最後，竟將下第的兒子託寄給文太青管教三年，以期下闈再試。他們的交情，可以稱得上是推心置腹的莫逆之交。

那麼，這封信寫於何年？文中有「望七老人」之語，顯然已是天啟末崇禎初了。

再查薛岡有子二人，長之璞，喜讀書，二十歲亡故。只餘一子之璜，已中秀才，文集中有喜璜兒游泮的歡愉詞語。此函中，所謂的「兒下第歸」，自是指的鄉試未捷。若以之比對他的「望七老人」之

說，這封信的寫作時間，當為天啟七年丁卯（1627），薛岡年六十七
歲。蓋翌年崇禎元年戊辰有春闈之試，天啟七年的丁卯，正是秋闈
期。是以我們可以肯定薛岡此一信函中說的「兒下第歸」，自是指的
天啟七年，已無可爭議。

　　此信既可肯定寫於天啟七年，則此信中所說的他與文太青相交
已二十年，則其初交恰好是萬曆三十七年（1609）前後。通常，遠地
舉子中試後，總要晉京作明年會試前的準備，即吾人常說的「晉京趕
考」。文翔鳳是萬曆三十七年的舉人，家在關西陝之三水，秋闈後即
行晉京，自是一種事實。薛岡在燕都滯留三十年，他們可能相交於此
時。由萬曆三十七年數到天啟七年，為數十九，縱以萬曆三十八年算
起，也十八年了。古人習以成數計年，那麼，薛岡與文翔鳳相交自萬
曆三十七、八年間始，自然可以稱之為「相交二十年」。

　　再說，薛岡文中的「關西文吉士」，怎麼就能據此肯定就是文翔
鳳呢？第一，文翔鳳是陝西三水人，而且文氏是三水的望族，他們都
是宋朝名臣文彥博的後裔，「關西文」氏置於文翔鳳這人的頭上，應
是沒有問題的吧！第二，文翔鳳是萬曆三十八年的進士，翌年（萬曆
三十九）方始選任山東萊陽令。在文翔鳳中了進士，尚未獲得選任職
官的這段日子，如何稱呼他呢？稱之為「文進士」嗎？不大恭敬。在
進士中，有選為庶吉士的，可以稱為「吉士」。雖文翔鳳並未膺選為
庶吉士，薛岡在文翔鳳中了進士而尚未派官的時期，稱之為「文吉
士」的尊敬詞，自也是行文的常理。所以我認為薛岡筆下的這位「關
西文吉士」，除了文翔鳳太青可以當之，其他，無法尋到別人。雖說
陝西三水的文氏，在萬曆一朝有四位進士，（一）甲戌（二年）的文
運熙，（二）癸未（十一年）的文在中（翔鳳父），（三）辛丑（二十
九年）的文在茲，（四）庚戌（三十八年）的文翔鳳；此四人都無選
任庶吉士的紀錄。在薛岡《天爵堂集》中，只有文太青這一位相交二

十年而肝膽相照的朋友。這位「關西文吉士」，不是文翔鳳又能是誰呢？

我們把問題探索到這裏，可以說，薛岡讀到《金瓶梅》（不全抄本）的時間，應為萬曆三十八年間無疑。由萬曆三十八年（1610）下數二十年，則正好是崇禎初年（約在崇禎三年——1630 前後）。薛岡讀到的《金瓶梅》刻本，自然是所謂的「崇禎本」。

三　薛岡文中的「簡端序語」問題

另外，在薛岡論到《金瓶梅》的這段話中，曾說：『簡端序語』有云：『讀《金瓶梅》而生憐憫心者，菩薩也；生畏懼心者，君子也；生歡喜心者，小人也；生效法心者，禽獸耳！』按薛岡所錄刻本《金瓶梅》的「簡端序語」，乃東吳弄珠客序文中的話，把東吳弄珠客的序置於「簡端」（第一篇），是崇禎刻本的形態，因為崇禎本無欣欣子的序文。在所謂「萬曆本」的《金瓶梅詞話》，共有三篇序跋，第一篇是欣欣子的序，第二篇是廿公跋，第三篇纔是東吳弄珠客的序文。到了「崇禎本」，欣欣子的序便刪去了，東吳弄珠客的序，置於第一篇。那麼，薛岡既然說東吳弄珠客的序文是「簡端序語」，他讀到的刻本，當然是「崇禎本」了。

還有，薛岡又說：「序隱姓名，不知何人所作？」這話更加說明了，薛岡讀到的是「崇禎本」《金瓶梅》，不是所謂的「萬曆本」《金瓶梅詞話》。何以？薛岡讀到的如是《金瓶梅詞話》，就不致于說「序隱姓名，不知何人所作？」因為欣欣子的序文，已說明《金瓶梅》的作者是「蘭陵笑笑生」，雖是筆名，並非真實姓名，但「蘭陵笑笑生」也是名字。薛岡如讀到了欣欣子的序，怎的還會說「不知何人所作？」這一點，豈不是也說明了薛岡讀到的刻本《金瓶梅》是「崇禎

本」嗎！

四　薛岡文中的這位包巖叟，生活背景如何？

薛岡文中的這位包巖叟，是寄《金瓶梅》刻本給薛岡的友人。在薛岡的《天爵堂集》中，有數處提到這位朋友，他是薛岡的知交，也是鄞縣人。卷四有一篇〈送包巖叟赴德州判官序〉，乃知此人曾任德州通判，他是南雍（南京太學）監生入選的。在德縣志的〈職官表〉中，萬曆末年（四十五、六年間）有一位名包士瞻的通判，就是這位包巖叟。但在《寧波府志》，則無此人的任何記載。《天爵堂集》卷二，有一篇〈妄談序〉，就是序包士瞻的著作〈妄談〉。可以想知此人尚有著作。

在寧波府的〈藝文志〉中，目錄有薛岡的《天爵堂集》，可是包士瞻的〈妄談〉，則未列入。自可想知此人在鄉里中的聲望，極為低微。

不過，他寄給薛岡的《金瓶梅》刻本，業已推繹確定是「崇禎本」，似不必再為此人多費筆墨了吧。

五　抄本與刻本的內容有無出入

過去，曾有人認為最早的《金瓶梅》無淫穢的描寫，如袁中郎第五世孫袁照曾在《袁中郎遺事錄》中說，以及清朝乾隆五十九年王仲瞿序之《古本金瓶梅》，也持此說。實則，《金瓶梅》在傳抄時期，就有淫穢的描寫，袁小脩的日記《遊居柿錄》，謝在杭的《小草齋文集》（〈金瓶梅跋〉），記述到的抄本《金瓶梅》，全有淫穢的描寫，如今，又多了一則《天爵堂集筆餘》薛岡論及《金瓶梅》的話。關于

《金瓶梅》的內容是淫穢的問題，在傳抄本中就是如此，自是不必爭論的了。至於抄本與刻本的其他內容，有無不同？薛岡的這段說詞，卻也提供了一句可以推演的話。

我們看薛岡讀了抄本之後，有一句話說：「此雖有為之作，天地間豈容有此一種穢書！」這話中的「有為之作」四字，當是指的內容乃「有為」而寫，一如〈欣欣子序文〉中的「寄意於時俗，蓋有謂也。」自亦同於袁中郎說的「雲霞滿紙，勝枚生〈七發〉多矣！」我們可以據薛岡的這句「有為之作」來推想他讀到的抄本，其中尚有諷喻的筆楮，到了他讀到刻本時，則未再說「有為之作」的問題，只著眼於淫穢部分之應付秦火而已。基此，自可想知抄本與刻本的內容必有出入。

事實上，所謂「萬曆本」的《金瓶梅詞話》，與「崇禎本」的《金瓶梅》，在內容上也是有出入的。譬如崇禎本《金瓶梅》的第一回，便與《金瓶梅詞話》的第一回，內容完全不同。崇禎本《金瓶梅》已把萬曆本《金瓶梅詞話》第一回中的政治諷喻，全部刪除而纂改成西門慶熱結十兄弟了。同時，第四十八回的「蔡太師奏行七件事」，也被刪減得七零八落。還有第十七一回最能隱喻泰昌元年的一年兩冬至，也被改得無從印證。光是《金瓶梅詞話》與崇禎本《金瓶梅》，內容也有了異趣。只是淫穢部分還大多相同。

那麼，所謂「萬曆本」的《金瓶梅詞話》，是不是原始《金瓶梅》的內容呢？我在拙作《金瓶梅的問世與演變》[1]及《金瓶梅劄記》[2]兩書中，業已推斷出《金瓶梅詞話》並非《金瓶梅》的原始稿本，是改寫過的本子。在《金瓶梅詞話》之前的《金瓶梅》，是不是西門慶身

---

[1]　拙作：《金瓶梅的問世與演變》。

[2]　拙作：《金瓶梅劄記》。

家興衰的故事？尚值懷疑。我在本書中，寫有一篇〈賈廉、賈慶、西門慶〉一章，在第十七回與第十八回已尋出了改寫的痕跡，推想原始的《金瓶梅》可能不是西門慶的故事，而是賈廉的故事。《金瓶梅劄記》中的一篇附錄，也說到了。至於袁小脩寫於萬曆四十二年間的日記，謝在杭寫於萬曆四十一年以後的〈金瓶梅跋〉，都可能有所掩飾。也就是說，他們明明知道《金瓶梅》的內容是政治諷喻，也知道作者是誰，卻怕牽連到「妖書」事件[3]，惹到滅族的麻煩。遂有計畫的掩飾了他們讀到的《金瓶梅》乃是西門慶與潘金蓮等人的家庭淫靡故事。從袁中郎寫於萬曆三十四、五年間的《觴政》來作推想，可以說，他們在萬曆三十四年間便已計畫改寫《金瓶梅》了。我的理由是：袁中郎寫《觴政》的時候，他明知《金瓶梅》尚無刻本問世，連原稿他也只讀到一部分，何以竟把《金瓶梅》與《水滸傳》列為酒場甲令？而且說：「不知此典者，乃保面甕腸」。像袁中郎這樣有智慧有才名的人，怎會如此唐突而孟浪邪？若說此時的袁中郎已有了改寫《金瓶梅》的計畫，則《觴政》之說，就有了理由了。

　　總之，《金瓶梅》在未刻成《金瓶梅詞話》之前，有二十餘年的時間都在傳抄中，極可能在萬曆三十四年之後，傳抄的《金瓶梅》就是改寫過的稿本。果爾，則薛岡在萬曆三十八年間讀到的不全抄本《金瓶梅》，可能就是改寫後的傳抄稿本。

六　薛岡這則史料的價值

　　薛岡這則史料的發現，證明了《金瓶梅詞話》在明朝雖已刻出，但並未普遍發行，是以明朝論及《金瓶梅》的這九人，並無一人談到

---

[3]　萬曆三十一年間，有人用假名問答，暗諷當今皇上寵幸鄭貴妃將廢長立幼的小冊子。

欣欣子的序文，自也無人論及蘭陵笑笑生。像薛岡，他是一位由嘉靖四十年生活到崇禎年間（最少活到崇禎十年左右）的人物，他讀到的《金瓶梅》，雖由抄本讀到刻本，竟然沒有讀到《金瓶梅詞話》，也未提到《金瓶梅詞話》，豈不足以證明我在《金瓶梅的問世與演變》一書中的推論是正確的。我的推論是：《金瓶梅詞話》約在天啟二、三年間刻出，刻出後，正遇上天啟朝在修《三朝要典》[4]，因為《金瓶梅詞話》第一回就寫有漢劉邦寵戚夫人有廢嫡立庶的入話，還有其他政治諷喻等，所以不敢發行。《金瓶梅詞話》既然沒有敢公開發行，當然明朝人大多不知道《金瓶梅詞話》這部書，「欣欣子」與「蘭陵笑笑生」自然就無人知曉了。有機會獲得這部《金瓶梅詞話》的人，卻也不敢聲張。後來，遂有了改寫第一回及其中有關可能會惹起麻煩的政治諷喻，全一一加以刪改。今所謂「崇禎本」的《金瓶梅》，便在崇禎初問世。薛岡的這則史料，不是清楚的提供出了嗎？

　　薛岡的這則史料，業已明白道出了崇禎本《金瓶梅》問世的年代，也清楚的對證了《金瓶梅詞話》之不曾在明朝普遍發行。關于這一部分，都是前有的十則史料所不曾提供的。可以說，這一則《金瓶梅》史料的出現，對於《金瓶梅》這部書的問世與演變，助益大矣！[編按1]

編按1　　原載於《古典文學》第6集，1984年12月，頁375-384。文後有「附記」兩行。收入《金瓶梅原貌探索》時，刪去「附記」。

4　　梃擊、紅丸、移宮等三案，即萬曆四十三年一名男子持棗木棍打入太子宮廷的事件「梃擊」；萬曆四十八年八月末，光宗常洛食紅丸送命事件；熹宗由校登基光宗的選侍還住在中宮，楊漣等逼這位李選侍移宮事件。

後記

　　在本書印刷校勘期間，接日本友人荒木猛先生（北海道函館大學）來信，就拙作《金瓶梅的問世與演變》一書，提出了幾個問題，率皆有關我提出的涉及政治諷喻者。第一，荒木先生認為關于「詞話本」的入話，寫了項羽、劉邦的寵幸故事，乃援乎《大宋宣和遺事》。不錯，《大宋宣和遺事》的入話，也寫了周幽王寵褒姒，貶太子、廢申后，招來犬戎之亂，以及楚靈王寵嬪嬙之色，起章華之臺，為平王所逐，死於野人家；再寫陳後主之寵張麗華、隋煬帝之寵蕭氏妃。正因為《大宋宣和遺事》寫的宋徽宗這位皇帝的事，自以帝王的寵幸為入話，方能冠於帝王頭上。試想，《金瓶梅詞話》寫的是清河縣流氓西門慶的身家興衰，一開頭就寫帝王的寵幸，豈不是戴不到平民西門慶頭上的一頂王冠嗎！後來，西門慶雖然賄得了五品武職，終究戴不了帝王的王冠。這一點，就是我懷疑傳抄本的《金瓶梅》，其內容可能不是西門慶的故事。《金瓶梅詞話》是改寫本，不是可以肯定了嗎！第二，關于「詞話」第七十回、七十一回中，隱喻的泰昌、天啟兩個元年的冬至，荒木先生則認為此一冬至時日，在萬曆十年、十一年兩年的冬至，也正好相合；（萬曆十年冬至是十一月二十八日，十一年冬至是十一月初九日）。按荒木先生所據乃今人鄭鶴聲編之《近世中西史日對照表》。鄭氏的此一編製，雖以科學方法推算而來，但與明朝實際使用的曆日，頗有出入。蓋明朝萬曆的曆日，文獻上可以尋出三種不同的紀錄，有萬年曆（即耶穌紀元曆）、大統曆、授時曆；當時政府的紀日，則以大統曆為準。到了萬曆朝，節令交替，已有差誤，且有提出重新推算之議。我在《金瓶梅的問世與演

變》中，業已說到。是以我依據的節令紀日，乃以明朝帝王之實錄為則。那麼，有關我提出的「一年兩冬至」的政治隱喻，悉據《明神宗實錄》所紀。《實錄》中所紀的冬至節令日期，方是他們當時所遵行的實際日期。譬如荒木先生提出的萬曆十年冬至是十一月二十八日，十一年的冬至是十一月初九日。這日期只是鄭鶴聲的《近世中西史日對照表》所紀，非萬曆朝實際的冬至日也。查《明神宗實錄》卷一三〇，所記萬曆十年的冬至，是十一月癸未，乃十一月二十九日，非二十八日；卷一百四十三紀萬曆十一年冬至，是十一月初十，亦非初九。萬曆十一年十一月初九日實錄的文曰：「丁亥，以明日冬至，遣公徐璧祭南郊，侯李偉告太廟，公朱應禎、侯吳繼爵、大學士申時行、余有丁分祭四壇。」按「丁亥」是初九，說明「明日冬至」。何以初九遣大臣舉祭，猜想是交節時刻在夜，且近於初九，故於初九舉祭之也。總之，實際上的萬曆十年的冬至是十一月二十九日，十一年的冬至是十一月初十日，非鄭鶴聲的對照所記者也。

特在此向荒木先生說明此一問題，並致萬分謝意！

至於荒木先生提出的屠隆問題，本書附錄二，可作答覆，這裡不多說了。

我在《金瓶梅》一書的研究進行過程中，十五年來，卻一直是匹馬單槍在廝殺，雖未至於不眠不休的困頓於斯事，卻未嘗一日不在此一研究的問題上耗費思考。每在深夜夢中警覺，也立刻起身，開燈展紙，提筆記下，以便明日據以推敲。可以說，我筆之書中的每一問題，都是在千萬輾轉中而焦思熟慮得來。當然，我筆之於書中的每一字，都是心血滴鑄出來的。關于此一心血的凝鑄，曾多次說過，有如老蠶吐絲結繭，己所期者，並非織絲成衣，於焉炫耀外表，而是希求成蛾下子孳生於後世。所以，我決不反對別人依據我的研究去發展新

說。所期者，應加註腳也。

　　說來，我的研究環境，最為寂寞。在臺灣只有我一位從事《金瓶梅》的研究者，連我的家人──妻子兒女（五位子女，均已大學畢業），也從無人來瞅睬我的研究問題　更可以說他們從不問我在做了些什麼？就是有人問他們任何一位，知不知道我這老人已出版了些什麼著作？可能無一人道出一本書名來。他們只知道我在《金瓶梅》的研究工作上，已出版了不少書而已。平常日子，也沒有朋友在這方面相互切磋。近三、五年來，雖有他校學生找上門來，說是有志研究這部書，卻往往一年之後，便一個個失去了影踪。我知道，這部書難讀，他們消受不了。在朋友中，除了翁同文先生業已洞然了我的研究問題，有時在電話上聊聊，或時與老友莊練閒聊一些有關明史上的問題，其他，幾無談話的對象。試想，我是多麼的需要這方面的朋友啊！

　　我曾企盼老友水晶回國，卻又無力促成。二十年前，水晶在國內的時候，我們每次閒聊，都過午夜。三公里的路程，他總是徒步返家。如今想來，時不再矣！

　　大陸方面，雖有數位《金瓶梅》的研究者，頗通靈犀。但所處天各一方，也只有在論文上，交換研究心得而已。

　　近數年來，我的研究，多著眼於書中情節的錯誤，冀望提醒《金瓶梅》的研究者，別再誤判了內容，鬧出笑話來。說起來，像《金瓶梅箚記》以及這部《金瓶梅原貌探索》，都是為所有有志於研究《金瓶梅》的人，研究出來的工具書。像我這兩部書摘錄出來的情節詿誤，過去，大都未曾被人提出。也許，還有我未能周詳或摘錄有誤的地方，尚有盼智者指正。

　　今後，這種在情節中挑錯的研究工作，尚待繼續去做。曾有人

約我把《金瓶梅詞話》作一徹底的校勘。由於我的思維中，尚有不少問題，亟待繼續探索，未敢應允。校勘的工作，比一個專題研究，要艱鉅得多。我已是望七老人，雖體力尚健，奮進未懈，也得隨興而為。我計劃中的研究工作，尚有不少專題待作，一年寫一本，二十年也寫不完。所以，我是多麼的企盼海內外的學者，來共同切磋啊！

　　最後，還有一點，必須在此說明的是，乃本書第二篇中的〈詞曰〉四闋，乃元人中峯禪師的作品。多謝王國良教授告知我，得在校勘中改正。足徵朋友們之間的共同切磋，多麼重要！